원티드맨

A WANTED MAN by Lee Child

Copyright ⓒ 2012 by Lee Child
All rights reserved.
Korean translation rights arranged with Darley Anderson Literary, TV & Film Agency,
London through Danny Hong Agency, Seoul.
Korean translation copyright ⓒ 2013 by Openhouse for Publishers Co., Ltd.

이 책의 한국어판 저작권은 대니홍 에이전시를 통한 저작권사와의 독점 계약으로 (주)오픈하우스포퍼블리셔스
에 있습니다. 신저작권법에 의해 한국 내에서 보호를 받는 저작물이므로 무단전재와 복제를 금합니다.

원티드 맨

잭 리쳐 JACK REACHER
리 차일드

장편소설
정경호 옮김

오픈하우스

1

목격자는 실제로 살해 장면을 보지는 못했다고 진술했다. 하지만 정황상 다른 설명이 있을 수 없었다. 자정을 조금 넘긴 시각에 녹색 방한 코트를 입은 사내가 하나뿐인 출입구를 통해 콘크리트 벙커로 들어갔다. 곧이어 검은 정장 차림의 사내 둘이 그를 따라 들어갔다. 잠시 후, 정장 차림의 두 사내가 다시 밖으로 나왔다.

녹색 코트의 사내는 나오지 않았다.

검은 정장 차림의 두 사내는 10미터 정도를 잰걸음으로 걸어가서 빨간색 차량에 올라탔다. 목격자는 소방차처럼 빨간색이라고 표현했다. 칠한 지 얼마 되지 않은 선명한 빨강. 일반적인 4도어 세단인 것 같다고 했다. 아니 5도어, 혹은 3도어일 수도 있다고 했다. 하지만 2도어 쿠페는 절대 아니라고 했다. 도요타인 것 같다고 했다. 아니 혼다일 수도, 혹은 현대, 아니면 기아였을 수도 있다고 했다. 차종이나 브랜드가 뭐였든 검은 정장 차림의 두 사내는 빨간색인 게 분명한 차를 타고 떠났다.

녹색 코트의 사내는 여전히 밖으로 나오지 않았다.

잠시 후, 콘크리트 벙커의 출입문 아래로 피가 흘러나와 바닥에 흥건히 고였다.

목격자는 911에 신고했다.

카운티 보안관이 현장으로 달려와 목격자의 진술을 들었다. 보안관은 증인을 쥐어짜는 기술이 뛰어난 사람이었다. 그것은 그가 지닌 많은 재능들 가운데 하나였다. 그는 목격자에게서 사건에 관한 모든 진술을 얻어낼 수 있었다. 심문을 끝낸 뒤 보안관은 상당히 오랫동안 생각에 잠겼다. 어두운 지평선 너머로까지 수만 헥타르의 황무지가 사방으로 펼쳐져 있는 지역이 그의 관할 구역이었다. 그 황무지 위로 마치 얇은 띠처럼 도로들이 이어져 있었다.

미국이다. 도로를 이용하지 않고는 아무 데도 갈 수 없는 나라.

그는 부하들에게 명령을 내렸다. 고속도로 순찰대에도 연락했다. 주 경찰국에는 헬기 지원을 요청했다.

지명수배.

검은 정장 차림의 두 사내가 타고 있는 선명한 빨간색 수입 승용차.

리처는 어느 여자가 운전하는 회색 칸막이 밴을 얻어 타고 90분 동안 남쪽으로 145킬로미터를 내려왔다. 어느 순간 그의 눈앞에 밝은 빛무리가 나타났다. 동서 방향을 가리키는 녹색 이정표가 서 있는 주간고속도로의 입체교차로였다. 여자는 밴의 속도를 줄이다가 이내 정차를 했고 리처는 차에서 내려 그녀에게 감사의 말을 전한 뒤, 손을 흔들어 작별을 고했다. 밴은 덴버와 솔트레이크시티로 향하는 서쪽 노선을 타기 위해 첫 번째 램프로 올라섰다. 리처는 교차로 아래까지 걸어가서 동쪽 노선으로 진입하는 램프 어귀에 멈춰선 뒤, 한 발로는 갓길을 딛고 다른 발은 차도에 올린 자세로 엄지 손가락을 치켜세웠다. 그리고 얼굴에 미소를 피워 올렸다. 선량하고 친절한 사람처럼 보이기 위해.

하지만 누구의 눈에도 그렇게 비쳐질 리가 없었다. 195센티미터에 110킬로그램, 거인급의 덩치였다. 그리고 그날 밤도 여느 때처럼 그의 행색은 추레했다. 혼자서 고속도로를 달리는 운전자들이 원하는 건 편안하고 유쾌한 동행이다. 리처는 사람들을 주눅 들게 만드는 외모를 가진 자신이 결코 바람직한 히치하이커가 아니라는 걸 잘 알고 있었다. 더구나 그날 밤은 더욱 아니었다. 얼마 전에 코가 깨졌기 때문이다. 길고 널찍한 은색 덕테이프가 코의 상처를 덮고 있었다. 노란 가로등 불빛을 받아 번쩍거리는 덕 테이프를 얼굴에 떡하니 붙이고 있는 엄청난 덩치의 추레한 사내 앞에 차를 세워줄 사람이 과연 얼마나 될 것인가. 하지만 상처를 빨리 아물게 하기 위해선 그 덕 테이프가 필요했다. 그래서 그는 앞으로도 1시간 동안은 덕 테이프를 계속 붙이고 있기로 마음먹었다. 하지만 1시간 내에 차를 얻어 타지 못한다면 덕 테이프를 떼어낼 생각이었다.

그는 결국 차를 얻어 타지 못했다. 일단 차량 통행이 뜸했다. 한겨울, 한밤중의 네브래스카였다. 그가 진을 치고 있는 입체교차로는 인근 10킬로미터 내외에서는 유일한 인터체인지였다. 다리 위에서는 직진 차량들의 행렬이 이어지고 있었다. 하지만 리처가 서 있는 램프를 타고 그 행렬에 합류하려는 운전자들은 드물었다. 처음 1시간 동안 동쪽 노선으로 바꿔 타기 위해 그 램프로 들어선 차량은 고작 마흔 대에 불과했다. 승용차, 트럭, SUV, 다양한 브랜드와 차종, 그리고 색깔. 그중 서른 대는 속도조차 늦추지 않은 채 쏜살같이 그의 앞을 지나쳤다. 나머지 열 대의 운전자들은 속도를 늦췄다가 리처의 꼴을 확인하고는 눈길을 돌린 채 액셀을 밟았다.

사실 꼭 리처의 외모 때문만은 아니었다. 언젠가부터 히치하이커들을 꺼림칙하게 여기는 운전자들이 급격히 늘고 있었다. 거리에서 차를 얻어 타는 것 자체가 예전처럼 쉽지 않았다.

리처는 도로를 등지고 돌아섰다. 그가 얼굴의 중앙을 덮고 있는 덕 테이프의 한쪽 끝에 갈라진 엄지손톱을 밀어 넣었다. 1.5센티미터쯤 틈이 벌어졌다. 알루미늄 캔에 개봉 손잡이가 생긴 셈이었다. 그는 그 부분을 엄지와 검지로 집었다. 두 가지 방법이 있었다. 하나는 단숨에 잡아떼는 것이고, 다른 하나는 천천히 떼어내는 것이었다. 사실 선택이라고 할 수도 없었다. 어차피 고통은 똑같을 터였다. 그래서 그는 한 번에 떼어버렸다. 양쪽 뺨은 별문제가 없었다. 하지만 코 부분은 얘기가 달랐다. 상처들이 다시 벌어졌다. 억눌려 있던 붓기가 순식간에 주변으로 번져갔다. 억지로 맞춰 놓았던 골절 부위들이 찌꺽거리며 서로 떨어졌다.

그는 피 묻은 덕 테이프를 구겨 말아서 호주머니에 쑤셔 넣었다. 상처 주변은 손가락 끝에 침을 발라서 대충 닦아냈다. 그때 400미터 상공에서 헬기 소리가 들려왔다. 고성능 서치라이트 빛줄기가 어둠 속 여기저기에 내리꽂혔다. 리처는 도로를 향해 돌아서서 한 발을 다시 차도로 내려딛고 엄지손가락을 치켜세웠다. 헬기는 그의 머리 위에서 잠시 맴돌다가 다른 쪽 하늘로 사라져갔다. 프로펠러의 소음이 완전히 잦아들었다. 입체교차로 위로 들어서는 차량들은 여전히 드물었지만 그렇다고 흐름이 완전히 끊긴 것은 아니었다. 그는 희망을 버리지 않았다.

밤공기가 매서웠다. 리처로서는 고마운 일이었다. 얼굴이 얼얼한 덕분에 상처의 통증을 거의 느낄 수 없었다. 한순간 기회가 온 것 같았다. 남쪽에서부터 올라온 픽업트럭이 속도를 늦추더니 리처 앞으로 천천히 굴러왔다. 캔자스 번호판을 단 트럭의 운전자는 덩치가 큰 흑인이었다. 그는 두꺼운 코트로 몸을 감싸고 있었다. 히터가 고장 난 모양이었다. 그는 상당히 오랫동안 리처를 자세히 훑어보았다. 태워줄 것 같았다. 하지만 아니었다. 운전자가 눈길을 돌렸다. 트럭은 이내 속도를 올리고 리처를 지나쳐 램프 위로 올라가더니 동쪽으로 사라졌다.

리처에게 돈이 없는 건 아니었다. 링컨이나 오마하까지만 가면 버스를 탈 수 있었다. 하지만 거기까지 갈 도리가 없었다. 누군가의 신세를 지지 않고는 불가능한 일이었다. 치켜든 오른손이 얼어서 떨어질 것 같았다. 그는 도로가 빌 때마다 오른손을 왼쪽 겨드랑이에 쑤셔 넣었다. 두 발도 동동 굴렀다. 희뿌연 입김이 그의 머리 위에 마치 구름처럼 머물렀다 흩어지기를 반복했다. 고속도로 순찰차 한 대가 전속력으로 그의 앞을 지나쳐 램프를 타고 올라갔다. 경광등은 번쩍였지만 사이렌은 울리지 않았다. 차 안에는 경찰 둘이 타고 있었다. 그들은 리처 쪽으로는 아예 눈길도 돌리지 않았다. 그들의 머리는 정면을 향해 고정되어 있었다. 동쪽 어딘가에서 사고가 난 모양이었다.

그 뒤 연속으로 두 번, 다시 기회가 찾아온 듯했다. 한 대는 남쪽에서, 다른 한 대는 북쪽에서 몇 분 간격을 두고 다가왔다. 두 대 모두 속도를 줄이고 털털거리며 굴러왔다. 하지만 운전자들은 리처의 모습을 훑어본 뒤, 다시 속력을 올리고 지나쳐 갔다. 그래도 훨씬 확률이 높아진 셈이었다. 리처는 이제 곧 차를 얻어 탈 수 있을 거라고 생각했다. 시간적으로 유리했다. 사람들은 원래 한낮보다는 밤늦은 시각에 훨씬 자비로워지는 법이다. 게다가 야간 운전이라는 건 그 자체로 이미 평범한 일이 아니다. 따라서 동승을 구걸하는 낯선 사람을 태우는 걸 꺼림칙하게 여기지 않을 운전자들이 낮 시간대보다 많은 게 사실이었다.

리처는 희망을 버리지 않았다.

다시 또 한 대가 속도를 늦추며 다가왔다. 운전자는 리처를 상당히 오랫동안 살펴보았다. 하지만 그대로 지나가버렸다.

그리고 다시 또 한 대.

리처는 양 손바닥에 침을 뱉은 다음 머리 매무새를 다듬고, 계속해서 미소를 지었다.

그는 희망을 버리지 않았다.

그리고 마침내, 램프에 진을 치고 나서 93분이 흐른 뒤, 차 한 대가 완전히 멈춰 섰다.

2

차는 리처 바로 앞이 아니라 10미터 전방에 멈춰 섰다. 네브래스카 번호판을 달고 있는 적당한 크기의 짙은 색 쉐보레였다. 군청색이나 진회색, 아니면 검정색. 정확한 색깔은 확인할 수 없었다. 짙은 색 금속체의 색깔은 어둠 속에서는 구분이 되지 않는다.

실내등이 밝혀진 차 안에는 세 사람이 타고 있었다. 앞에는 남자 둘, 뒤에는 여자 혼자. 두 사내의 허리가 뒷좌석을 향해 서로 반대 방향으로 틀어져 있었다. 세 사람 간에 토론이 진행 중인 것 같았다. 민주주의. '저 사내를 태울 것인가, 그냥 지나칠 것인가?' 그 모습을 보면서 리처는 그 세 사람이 서로 잘 아는 사이는 아닐 거라는 생각이 들었다. 비슷한 직급의 직장 동료들인 것 같았다. 함께 출장을 나오게 되어 같은 차를 타고는 있지만 서로 허물없는 사이는 아니기에 상대방, 특히 한 명뿐인 여자의 입장을 배려하는 모습이었다.

리처는 여자가 고개를 끄덕이는 것을 보았다. 그녀의 입 모양이 분명히 '예스를 만들어냈다. 두 남자는 다시 자세를 바로잡았다. 차가 리처를 향해 천천히 굴러왔다. 그리고 다시 멈춰 섰다. 조수석 창문이 리처의 엉덩이와 나란해졌다. 유리창이 내려갔다. 리처는 허리를 깊게 수그리고 최선을 다해 상냥한 표정을 지었다. 얼굴에 열기가 끼쳐왔다. 자동차의 히터는 제대로 작동하고 있었다. 그건 분명했다.

조수석에 앉은 사내가 물었다. "어디까지 가십니까?"

13년 헌병 생활 동안, 그리고 그 이후로도 쭉 리처는 정신을 바짝 차리고 살아왔다. 늘 방심하지 않았기 때문에 그는 살아남을 수 있었다. 항상 오감을 총동원해서 경계를 늦추지 않는 자세, 그것이 그의 생존 비결이었다. 차를 태워주겠다는 호의를 받아들일지 아니면 거부할지를 결정하는 건 주로 그의 후각이었다. 맥주나 대마초, 혹은 버번 냄새. 하지만 지금은 어떤 냄새도 맡을 수 없었다. 코가 깨졌기 때문이다. 잔뜩 부어오른데다가 피딱지가 엉겨서 콧구멍 두 개가 완전히 막혀버린 상태였다. 비뚤어진 코중격(양쪽 콧구멍을 나누는 가운데 칸막이)이 영원히 원래대로 복구되지 않을 수도 있는 심각한 부상이었다. 앞으로 다시는 냄새를 맡지 못하게 될 각오까지 해야 할 정도였다.

그 상황에서 촉각이 대안이 될 수는 없었다. 미각도 마찬가지였다. 손끝으로 더듬거나 혀로 핥아서 파악할 수 있는 상황이 아니었다. 그렇다면 이제 남은 것은 시각과 청각뿐이었다. 조수석에 타고 있는 사내의 말투는 높지도 낮지도 않은 어조에 어느 지방 사투리도 배어 있지 않은 억양이었다. 그의 목소리에는 어느 정도의 교육 수준과 사회적 지위, 그리고 그에 따른 약간의 권위 의식이 드러나 있었다.

세 사람 모두 머리 매무새가 단정했다. 손에는 굳은 살이 박혀 있지 않았고 몸매도 근육질과는 거리가 멀었다. 피부도 햇볕에 그을지 않았다. 최소한 육체 노동자들은 아니라는 증거였다. 사무직 노동자들이었다. 고위층은 아니었고 중견 간부들이라면 적당할 것 같았다. 세 사람 모두 40대 중반으로 보였다. 인생을 절반 남짓 산 사람들이었다. 그리고 사회생활은 절반을 훌쩍 넘어선 사람들이었다. 군대로 따지자면 중령쯤? 꾸준하게 삶을 꾸려 왔지만 슈퍼스타들은 아니었다.

세 사람 모두 검은 바지에 푸른 데님 셔츠 차림이었다. 유니폼이었다. 데님 셔츠는 고급스러워 보이지는 않았지만 거의 새것이었다. 포장 속에서 접혔던 주름이 고스란히 드러나 있었다. 팀워크 훈련인가? 리처의 머릿속에 몇 가지 생각이 꼬리를 물고 떠올랐다. 중견 간부들을 책상 앞에서 끌어내어 몇 사람씩 조를 이루게 한 다음 똑같은 셔츠를 입혀 놓고 전혀 낯선 곳에서 공동으로 수행할 임무를 부여하는 팀워크 훈련? 그래서 그들 모두 어느 정도 모험심이 발동하여 낯선 부랑자 앞에 차를 세울 용기를 낼 수 있었던 게 아닐까? 10미터 전방에서도 그랬듯이 그들은 나중에 이 문제에 대해서도 토론을 하지 않을까?

"동쪽으로 갑니다." 리처가 말했다.

"아이오와 주로요?" 조수석의 사내가 물었다.

"아이오와를 지나서 버지니아까지 갑니다." 리처가 말했다.

"타세요." 조수석의 사내가 말했다. "어느 정도까지는 태워다 드리겠습니다."

여자는 조수석 뒤에 앉아 있었다. 그래서 리처는 트렁크 뒤를 돌아 운전석 뒷자리에 올라탔다. 여자가 리처를 향해 약간 수줍은 듯한 목례를 보냈다. 아니, 수줍다기보다는 조심스럽다는 표현이 옳았다. 엉망으로 깨진 그의 코 때문일 수도 있었다. 웬만한 여자라면 불안해하는 게 당연했다.

운전석의 사내가 룸미러로 뒤를 확인했다. 차는 곧장 램프로 올라섰다.

3

카운티 보안관의 이름은 빅터 굿맨이었다. 그를 아는 사람들은 모두 그와 잘 어울린다고 고개를 끄덕이는 이름이었다. 실제로 그는 좋은 사람(Goodman)이었다. 그리고 마음먹은 일은 무엇이든 해내는(Victor) 사람이었다. 그렇다고 그의 성과 이름 사이에 어떤 필연적인 연관성이 있는 건 아니었다. 그가 모든 일을 성공적으로 해낼 수 있었던 건 단지 좋은 사람이기 때문이 아니라 신중했기 때문이다. 그는 앞으로 나가기 전에 발 디딜 곳을 몇 번이고 확인할 만큼 신중한 사람이었다. 두 걸음 전진, 한 걸음 후퇴, 이것이 긴 인생을 통해 효과가 검증된 그의 방식이었다. 덕분에 그는 자기 이름에 걸맞은 삶을 살아올 수 있었다. 그 방식에 따라 그는 자신이 내렸던 지명수배의 내용과 타당성을 되짚어보았다. 그리고 자신이 성급했다는 걸 깨달았다.

그 콘크리트 벙커 속에서 벌어진 일이 단순한 살인 사건이 아닌 것 같았기 때문이다. 녹색 코트의 사내가 그 안에서 살해되었다. 의도적인 살인, 일종의 처형이라고까지 간주할 수도 있는 정황이었다. 분명한 살해 의도를 지닌 범인에 의해 휘둘러진 칼이었다. 말다툼이나 드잡이 끝에 우발적으로 이루어진 범행이 아니었다. 메이저리그급 전문가의 솜씨였다. 네브래스카의 궁벽한 시골에서는 드문 일이었다. 아니, 일어날 수 없는 일이었다.

굿맨은 이미 FBI 오마하 지부에 연락을 취해 놓은 상태였다. 그들에게 수사 지휘를 요청하기 위해서였다. 관할권을 놓고 다투는 건 현명한 그로서는 있을 수 없는 일이었다. 그는 빨간색 승용차 속의 두 남자에 관해 생각을 해보았다. 목격자는 소방차 같은 색깔의 자동차라고 했다. 아주 선명한 빨간색. 아무래도 이상했다. 그런 자동차를 도주용으로 선택할 암살 전문가는 없었다. 눈에 쉽게 띄는 색깔. 그래서 목격자의 기억에 분명히 남을 색깔. 그렇다면 두 암살자가 접근이 용이한 어느 장소에 다른 차량을 미리 준비해 두었을 거라는 추리가 가능해진다. 거기까지만 소방차처럼 빨간색 차량을 몰고 가서 차를 바꿔 탔을 가능성이 높았다.

그다음에는 정장을 벗어버렸을 것이다. 목격자는 그들이 양복 아래 입고 있던 셔츠를 정확히 기억하지 못하고 있었다. 흰색 같았는데 크림색일 수도 있다고 했다. 줄무늬였던 것 같은데 체크무늬일 수도 있다고 했다. 둘 다 넥타이를 매고 있지 않았던 것 같은데 어쩌면 한 사람은 매고 있었을 수도 있다고 했다.

거기까지 생각을 마친 굿맨은 보안관 사무실과 고속도로 순찰대, 그리고 공중지원 팀에 연락을 했다. 지명수배 내용을 수정하기 위해서였다.

차종 불문, 복장 불문, 무조건 두 사내.

조수석에 앉은 사내가 뒷좌석을 향해 몸을 돌리고 리처에게 말했다. "실례가 되지 않는다면 어쩌다 얼굴이 그렇게 됐는지 물어도 될까요?"

리처가 말했다. "문이 있는 줄 모르고 걷다가 제대로 부딪쳤소."

"정말로요?"

"아뇨. 사실은 발이 걸려서 넘어졌습니다. 특별한 사고는 아니었고. 늘 일어날 수 있는 일이오."

"언제 그랬죠?"

"어젯밤에요."

"통증이 심합니까?"

"아스피린만 먹으면 괜찮아질 겁니다."

사내는 허리를 좀 더 틀어서 여자를 한 번 쳐다보았다.

그가 운전석의 사내에게로 눈길을 돌리며 말했다. "우리가 아스피린 가진 게 있던가? 이분을 좀 도와드리자고."

팀이 맞았다. 크건 작건 모든 일을 함께 해결하려는 팀워크.

리처가 말했다. "괜찮습니다. 신경 쓰지 마십시오."

여자가 말했다. "나한테 아스피린이 있어요."

그녀가 바닥을 더듬어서 가방을 집어 올렸다. 그녀의 손이 가방 속으로 들어갔다. 조수석의 사내는 그녀의 모습을 열심히 지켜보고 있었다. 그는 약간 흥분한 것 같았다. 리처는 별다른 의심 없이 그 모양을 보아 넘겼다. 여자가 거의 비어 있는 바이엘 아스피린 한 통을 꺼내들었다. 그녀는 통을 흔들어 다른 쪽 손바닥 위에 한 알을 떨어뜨렸다.

"두 알 드리지 그래." 조수석의 사내가 말했다. "그 정도는 드셔야 할 것 같은데. 아니야, 세 알은 있어야겠군."

리처가 듣기에는 약간 명령조였다. 여자가 이전 프로젝트에서 치명적인 실수를 했던 것인지는 모르겠지만, 어쨌든 팀 내에서 여자의 입지는 사내들에 비해 어느 정도 처져 있는 것처럼 느껴졌다. 여자는 조수석 사내의 강요 아닌 강요에 상당히 난처해진 것 같았다. 얼마 남지 않은 아스피린이 그녀에게 꼭 필요한 상황인지도 몰랐다. 신경성 불안증 환자일 수도 있었다. 그러면서도 속내를 말하기가 거북한 모양이었다. 조수석의 사내가 그 기회를 이용해 자신의 우위를 과시하려는지도 몰랐다. 상처 입은 낯선 사람을 돕자는 명분을 내세워 그녀를 은근히 압박하고 있다고나 할까?

리처가 말했다. "한 알이면 충분합니다. 아무튼 고맙소."

여자가 자신의 손바닥 위에 얹힌 작고 하얀 알약을 리처의 손바닥 위로 떨어뜨렸다.

조수석의 사내는 물병을 뒤로 건넸다. 냉장고의 냉기가 채 가시지 않은 새 물병이었다. 리처는 알약을 털어 넣은 뒤, 물병의 마개를 열고 충분히 물을 들이켰다.

리처가 말했다. "잘 마셨습니다." 그가 물병을 다시 건넸다. 조수석의 사내는 리처에게 받은 물병을 운전하고 있는 사내에게 내밀었다. 운전하는 사내는 정면을 응시한 채 아무 말 없이 고개만 저었다. 시속 120킬로미터의 속도였다. 당연히 그는 온 정신을 눈앞의 도로에 집중해야 했다. 리처의 어림으로는 182센티미터쯤 될 것 같은 사내였다. 어깨는 좁았고 등은 약간 굽어 있었다. 사내치고는 상당히 가냘픈 목이 솜털도 없이 매끈했다. 최근에 이발을 한 모양이었다. 머리 매무새가 복고풍으로 단정했다. 손가락에는 반지가 없었다. 값싼 데님 셔츠의 소매는 그의 팔 길이에 비해 턱없이 짧았다. 그래서 손목에 차고 있는 시계가 훤히 드러났다. 숫자판 위에 작고 복잡한 계기판들이 가득 차 있는 시계였다.

조수석의 사내는 동료보다 키는 작았지만 어깨는 더 넓었다. 뚱뚱하다고 말할 순 없었지만 앞으로 일주일에 한 번 이상 햄버거를 먹는다면 금세 그 경계를 넘어설 것 같은 체격이었다. 핑크빛이 감도는 얼굴 피부가 아주 팽팽했다. 그도 역시 최근에 이발한 것 같았다. 짧은 머리는 사립학교 모범생처럼 가르마를 냈고 단정히 빗질되어 있었다. 그래도 운전석의 사내보다는 세련된 느낌이었다. 그의 경우에는 셔츠 소매가 반대로 너무 길었고 손목 부분은 조이는 듯했다. 어깨춤이 헐렁헸다. 새 셔츠답게 삼각의 원형을 고스란히 유지하고 있는 옷깃이 그의 넉넉한 목살 속에 살짝 파묻혀 있었다.

가까이서 보니 여자의 나이는 사내들보다 한두 살 아래인 것 같았다. 40대 중반이 아니라 초반인 게 분명했다. 칠흑 같이 검은 머리카락을 정수리 위로 틀어 올린 매무새였다. 트레머리라고 하던가? 여자들 머리 모양의 정확한 명칭을 리처로선 알 수 없었다. 앉은 자세로 미루어 적당한 키에 마른 몸집이었다. 그녀의 셔츠가 사내들 것에 비해 작은 사이즈인 건 분명했다. 하지만 그래도 그녀에겐 너무나 컸다. 슬쩍 보고 하는 얘기가 아니라 정말로 예쁜 얼굴이었다. 흰 피부, 커다란 눈, 다만 화장이 너무 진했다. 그 예쁜 얼굴에 피곤한 기색이 역력했다. 그리고 왠지 불안해 보였다. 이번 프로젝트가 그다지 마음에 들지 않는 모양이었다. 그래도 리처는 세 사람 중에 그녀에게 가장 믿음이 갔다.

조수석의 사내가 다시 몸을 돌리고는 리처에게 한쪽 손을 부드럽게 내밀었다.

그가 말했다. "인사가 늦었군요. 앨런 킹입니다."

리처가 그의 손을 맞잡으며 말했다. "잭 리처입니다."

"만나서 반갑습니다, 리처 씨."

"저도 반갑습니다."

운전자가 말했다. "돈 맥퀸입니다." 그는 악수를 청하진 않았다.

"실례지만 참 재미있군요." 리처가 말했다. "킹과 맥퀸이라니."

킹이 말했다. "그렇죠?"

여자가 리처에게 손을 내밀었다. 킹의 손보다 훨씬 작고 가냘픈 흰 손이었다.

그녀가 말했다. "카렌 델펜소예요."

"만나서 반갑소, 카렌." 리처가 그렇게 말하곤 그녀의 손을 맞잡았다. 그녀는 그의 예상보다는 조금 늦게 손을 뺐다. 그때 맥퀸이 갑자기 액셀에서 발을 뗐다. 네 사람의 몸이 조금씩 앞으로 쏠렸다. 앞쪽에 브레이크등이 빨갛게 빛나고 있었다. 마치 그들의 앞길을 가로막고 선 붉은 장벽 같았다.

앞쪽 멀리에서는 한 무리의 순찰차들이 붉고 푸른 경광등을 번쩍이며 진을 치고 있었다.

4

두 걸음 전진, 한 걸음 후퇴. 검토, 재검토. 빅터 굿맨 보안관은 두 사내가 바꿔 탔다고 추정되는 두 번째 차량에 관해 다시 한 번 생각을 정리하고 있었다. 그는 세상의 변화에 뒤지지 않으려고 최선을 다해왔다. 궁벽한 시골의 보안관으로서 그건 쉽지 않은 일이었다. 그런 그의 노력은 이번에도 큰 도움이 되었다. 1년 전쯤 국토안전국 홈페이지를 통해 알게 된 한 가지 사실이 떠오른 것이다. 그것은 한밤중에 감시카메라로 식별하기 가장 힘든 색깔이 군청색이라는 사실이었다. 코트나 모자 혹은 자동차, 그 무엇이든 군청색 물체는 밤거리를 찍은 화면 속에서 그냥 배경 속의 구멍처럼 보인다고 했다. 따라서 화면상으로 실체를 구분하기란 불가능하다고 했다. 시골이긴 하지만 그의 동네에도 물론 감시 카메라가 있었다. 아직 확인해보지는 않았지만 카메라 렌즈나 사람의 눈이나 별 차이가 없을 거라고 생각한 굿맨은 두 사내 또한 바로 그 점을 이용했을 거라고 판단했다. 그들은 십중팔구 전문가들일 것이다. 따라서 그들이 대기시켜 놓은 제2의 차량은 군청색일 가능성이 높았다.

혹은 그렇지 않을 수도 있었다.

그렇다면 그는 어떤 조치를 취해야 할 것인가?

결국 그는 어떤 조치도 취하지 않았다. 그로서는 그게 최선의 선택이었다. 만약 그의 추리가 잘못됐다면 검문소에 군청색 차량을 특히 유심히 살피라고 요청하는 건 자폭이나 다름없었다. 그래서 그는 지명수배 내용을 수정하지 않았다.

차종 불문, 복장 불문, 무조건 두 사내.

리처 일행이 달리고 있는 고속도로는 왕복 6차선이었다. 동쪽으로 향하는 세 개 차선이 심각한 정체를 빚고 있었다. 승용차, 트럭, SUV 등 모든 차량이 브레이크등을 거의 연속해서 번쩍이며 기듯이 나아가고 있었다. 맥퀸은 손가락으로 핸들을 토닥거렸다. 초조해 보였다. 킹은 앞 유리 너머를 응시하고 있었다. 초조해 보이진 않았지만 그의 인내는 체념에서 나온 것 같았다. 델펜소 역시 앞을 내다보고 있었다. 마치 약속 시간에 늦기라도 한 듯 초조해 보였다.

차 안에 내려앉은 침묵을 깨고 리처가 물었다. "목적지가 어디십니까?"

"시카고입니다." 킹이 말했다.

리처로서는 아주 신 나는 대답이었다. 시카고에는 버스 편이 널려 있다. 아침 일찍 출발하는 것도 많다. 일리노이를 남쪽으로 통과한 뒤 켄터키를 동쪽으로 가로지르고 나면 버지니아다. 정말 운이 좋은 셈이었다. 하지만 그는 자신의 속내를 드러내지 않았다. 늦은 밤이었다. 자신을 태워준 사람들의 기분도 생각해야 했다.

리처가 말했다. "한참을 가야겠군요."

"960킬로미터 정도요." 킹이 말했다.

"어디에서 오는 길입니까?"

차가 잠깐 멈췄다가 앞으로 조금 나가는 듯하더니 다시 멈췄다.

"캔자스에서 오는 길입니다." 킹이 말했다. "거치는 게 없었죠. 도로에 차가 없었어요. 막힐 일이 없었죠. 지금까지 쭉 그렇게 달려왔어요. 이렇게 멈춰 선 건 3시간 만에 처음이에요."

"신 나게 달렸겠군요."

"그렇죠. 내내 시속 96킬로미터 이상은 유지했으니까요. 돈이 브레이크를 밟은 건 이번이 처음일 거예요. 안 그래, 돈?"

맥퀸이 말했다. "리처 씨를 태우느라고 멈췄을 때 빼고는 그랬지."

"내 말이." 킹이 말했다. "그래서 리듬이 깨졌나 봐."

리처가 물었다. "사업 관계로 여행 중인 겁니까?"

"항상 그렇죠."

"무슨 사업입니까?"

"소프트웨어 분야예요."

"그렇습니까?" 공손함을 유지하려고 애쓰며 리처가 되물었다.

"프로그래머는 아니에요." 킹이 말했다. "스케이트보드 타고 피자 배달 다닌다고 보면 됩니다. 우린 영업부 직원들이거든요."

"열심히 일하는 분들이군요."

"항상 그렇죠." 킹이 다시 그렇게 말했다.

"지금까지 성과는 좋았습니까?"

"나쁘진 않아요."

"난 처음에 세 분이 팀 훈련 중인 줄 알았습니다. 회사 교육 프로그램 같은 거 말이오. 휴가도 겸해서."

"그냥 일상적인 출장 업무예요."

"그렇다면 입고 계신 셔츠는 어떻게 된 겁니까?"

킹이 미소를 지었다.

"그러게요. 우리 회사가 그쪽으로는 좀 파격적이에요. 금요일만이 아니라 다른 요일에도 평상복 출근을 허용합니다. 하지만 통일성은 강조하고 있죠. 스포츠 팀의 유니폼처럼요. 하기야 요즘 소프트웨어 업계의 현실은 스포츠 경기장이나 마찬가지이긴 해요. 경쟁이 장난 아니죠."

"사시는 곳은 네브래스카입니까?"

킹이 고개를 끄덕였다. "사실 여기서 그리 멀지 않아요. 요즘엔 오마하에도 기술 기업들이 많이 들어섰으니까요. 리처 씨가 생각하시는 것보다 훨씬 많을 겁니다. 우리 같은 업체들에게는 환경적으로 아주 바람직한 곳이거든요."

차가 앞으로 조금 굴러가다가 다시 멈춰 섰다. 그러고는 다시 조금 더 나아갔다. 리처는 차 주인이 맥퀸이라고 판단했다. 렌트한 차량은 아니었다. 회사에서 내어준 차량도 아니었다. 그렇다고 하기에는 너무 낡고 더러웠다. 맥퀸이 가위바위보 게임에서 진 모양이었다. 그가 이번 출장 여행의 운행 책임을 맡은 건 거의 분명했다. 그의 직급이 가장 낮을 수도 있었다. 아니면 워낙 운전을 좋아하는 사람일 수도 있었다. 사실 핸들만 잡으면 흥분하는 사람이 적지 않으니까. 가족과 떨어져 출장을 나와 있는 도로의 난폭자. 그에게는 가족이 있었다. 그 차는 그가 가족들을 태우고 다니는 차였다. 차 안에 아이들 용품이 몇 가지 있었다. 바닥에 반짝거리는 장식이 있는 핑크색 헤어밴드가 떨어져 있었다. 리처가 아무리 그런 쪽을 모른다고 해도 성인 여성이 착용할 만한 물건은 아니었다. 콘솔 위의 보관함 속에는 인형이 놓여 있었다. 속 솜이 거의 납작하게 찌부러졌고 마치 규칙적으로 씹어댄

듯, 바깥 털이 완전히 숨이 죽은 동물 인형이었다. 외동딸. 리처는 생각했다. 나이는 여덟 살에서 열두 살 사이. 더 이상의 추리는 불가능했다. 그는 아이들에 관해서는 거의 아는 게 없었다.

하지만 그 아이에게는 엄마, 아니면 최소한 계모가 있었다. 맥퀸에게는 아내 아니면 여자 친구가 있었다. 그건 분명했다. 차 안 곳곳에 여성의 흔적이 배어 있었다. 꽃무늬가 그려진 휴지 상자, 인형 바로 옆에 박혀 있는 못 쓰는 립스틱, 자동차 열쇠고리에 달랑거리고 있는 크리스털 펜던트. 만일 냄새만 맡을 수 있었다면 차 안 곳곳에서 여성의 향취를 느낄 수 있었을 거라고 리처는 확신했다.

리처는 맥퀸이 가족을 그리워하고 있는지 궁금했다. 어쩌면 가족과 떨어져 있는 지금의 상황을 아주 만족해하고 있는지도 몰랐다. 반지가 없는 빈 손가락. 그는 가족을 좋아하지 않는 가장일 수도 있었다. 리처의 생각이 거기까지 이르렀을 때 맥퀸이 정면을 응시한 채 질문을 던졌다.

"자, 이제 당신 얘기를 해보시죠. 어느 분야에서 일하십니까?"

"분야랄 게 없습니다." 리처가 말했다.

"그럼 일용직 근로자라는 말씀인가요? 무슨 일이든 생기기만 하면 다 하는?"

"그건 아닙니다."

"그럼 실업자?"

"그렇긴 합니다만 내 선택이었소."

"언제부터요?"

"제대한 뒤부터요."

맥퀸은 더 이상 묻지 않았다. 정신을 집중해야 할 곳이 생겼기 때문이다. 얼마 떨어지지 않은 전방에서 차선이 맨 오른쪽 하나로 좁아지고 있었다. 그게 정체의 원인이었다. 자동차 사고일 거라고 리처는 생각했다. 누군가 핸들을 잘못 놀리는 바람에 차가 중앙 분리대를 들이받은 다음 튕겨 나오면서 뒤따르던 몇 대의 차량을 덮쳤을 수도 있었다. 하지만 소방차의 모습은 보이지 않았다. 구급차도 없었다. 견인 트럭도 마찬가지였다. 번쩍이는 불빛들의 고도는 모두 똑같았다. 자동차 지붕. 순찰차들. 빠르게 깜박이는 경광등들이 마치 한 덩어리처럼 어우러져서 푸르고 붉은 빛의 바다를 이루고 있었다.

차가 앞으로 조금 나아갔다. 출발, 정지, 출발, 정지. 푸르고 붉은 빛의 바다를 50미터가량 남겨둔 지점에서 맥퀸은 깜빡이를 켜고 맨 오른쪽 차선으로 끼어들었다. 덕분에 리처는 앞쪽의 상황을 정면으로 확인할 수 있었다.

자동차 사고가 아니었다.

검문이었다.

첫 번째 순찰차가 맨 왼쪽 차선을 가로막은 상태로 주차돼 있었다. 두 번째 순찰차는 좀 더 멀리에서 두 번째 차선을 가로막고 서 있었다. 맨 오른쪽 차선으로만 운행하라는 화살표인 셈이었다. 운전자들로서는 그 지시에 따를 수밖에 없었다. 곧이어 두 대의 순찰차가 두 번째 차선 위에 직렬로 주차돼 있었다. 그 반대편에도 두 대의 순찰차가 갓길 위에 같은 방법으로 세워져 있었다. 일종의 복도 벽을 구축하고 있는 셈이었다. 그다음엔 다시 두 대의 순찰차가 왼쪽 차선만을 비워둔 채로 나머지 차선들을 가로막고 서 있었다. 왼쪽으로 바짝 핸들을 틀어야만 빠져나갈 수 있는 미로를 마련해둔 것이다. 그 미로를 빠져나가면 다시 목적지를 향해 뻥 뚫린 3차선 도로를 달릴 수 있었다.

리처가 보기에 나무랄 데 없는 검문 구도였다. 한 차선으로 줄어드는 바람에 모두들 아주 천천히 운행할 수밖에 없고, 미로 끝에서는 핸들을 왼쪽으로 최대한 틀어야 했기에 속도를 올려 달아날 수가 없었다. 가운데 차선과 갓길에 세워진 순찰차들 사이의 복도를 차량들이 천천히 지나가는 동안 경찰들은 충분히 검문검색을 할 수 있었다. 순찰차들을 포진시킨 사람이 풋내기가 아닌 건 분명했다.

하지만 검문의 목적이 뭘까? 여덟 대의 순찰차를 동원했다는 건 장난이 아니라는 얘기였다. 더구나 경찰들은 소총까지 들고 있었다. 일반적인 검문이 아니었다. 안전벨트 착용 여부나 번호판 유효 기간을 확인하기 위한 검문이 아니라는 얘기다.

리처가 물었다. "라디오에서 이 근방에 뭔가 심각한 상황이 발생했다는 뉴스 보도가 있었소?"

"긴장할 것 없어요." 킹이 말했다. "종종 있는 일이니까. 탈주범 때문일 겁니다. 여기서 서쪽으로 얼마 떨어지지 않은 곳에 대형 교도소가 두 군데 있어요. 툭하면 탈주 소동이 벌어지곤 해요. 너무 멍청하지 않나요? 죄수들을 가둬둔다는 게 뇌수술처럼 어려운 일도 아닌데 말입니다. 문단속만 제대로 하면 되는데."

맥퀸이 거울을 통해 리처와 눈을 맞춘 뒤 말했다. "절대 당신은 아니길 바랍니다."

"내가 뭐가 아니길 바란다는 겁니까?" 리처가 물었다.

"교도소 탈주범."

웃음기가 밴 목소리였다.

"아닙니다." 리처가 말했다. "난 절대 아니에요."

"안심이군요." 맥퀸이 말했다. "만일 그렇다면 우리 모두 곤란해질 테니까요."

조바심 나는 행렬 속에서 차가 앞으로 조금 나아갔다. 앞 유리와 뒤 유리의 긴 터널을 통해서 리처는 경찰들이 검문하는 모습을 볼 수 있었다. 그들 모두 모자를 쓰고 있었다. 총부리는 땅을 향하고 조명봉은 치켜져 있었다. 그 불빛에 의지해서 그들은 검문소 앞에 멈춰 선 차량들의 구석구석을 확인하는 중이었다. 차에 타고 있는 사람들의 수를 세고 바닥을 살피는가 하면 때로는 트렁크 안을 확인하기도 했다. 그러고 나선 손을 흔들어 통과시키고 다음 차를 검문했다.

"걱정하지 마, 카렌." 킹이 고개를 돌리지 않은 채 말했다. "이제 곧 집에 가게 될 거라고."

델펜소는 아무 대꾸도 하지 않았다.

킹이 이번에는 리처를 돌아보며 말했다. "카렌은 차 타고 다니는 걸 좋아하지 않아요." 그는 설명을 하고 있었다.

리처는 아무 말도 하지 않았다.

차는 기듯이 천천히 나아갔다. 앞에서는 똑같은 검문 과정이 반복되고 있었다. 리처는 거기서 한 가지 패턴을 파악할 수 있었다. 남자 운전자가 혼자 타고 있는 차량의 경우에만 경찰들이 트렁크 안까지 확인한다는 것. 그것은 이 검문이 탈주범 때문이라는 킹의 주장이 틀렸다는 얘기였다. 둘이나 셋, 아니면 네 사람이 타고 있는 차량의 트렁크 안이라고 탈주범이 숨어 있지 말라는 법은 없었다. 다섯이나 여섯 명이 타고 있는 승합차, 만원 버스의 트렁크 안에도 탈주범이 웅크리고 있을 수 있었다. 경찰들은 누군가 혼자서 상당한 부피의 불법적인 물건을 차량으로 운반하고 있다는 정보를 미리 입수한 상태인 게 거의 확실했다. 마약, 총기, 폭탄, 장물 등등.

차는 천천히 앞으로 나아갔다. 이제 그들 앞에는 두 대뿐이었다. 그 두 대 모두 운전자 혼자 타고 있는 승용차들이었다. 경찰들은 그들의 트렁크를 수색했다. 그리고 두 대 모두 손짓으로 통과시켰다. 맥퀸이 앞으로 차를 몰고 나가서 경찰이 지시하는 지점에 세웠다. 경찰 한 사람이 보닛 앞으로 다가서서 조명봉으로 번호판을 확인했다. 그 사이 네 명의 경찰이 다가왔다. 그들은 각각 두 명씩 차 양옆에 서서는 조명봉을 들이대고 머릿수를 세었다. 잠시 후, 보닛 앞에 서 있던 경찰이 옆으로 비켜섰다. 맥퀸에게서 가장 가까이 있던 경찰이 그의 눈높이에 맞춰 낮고 신속하게 통과하라는 손짓을 보냈다.

맥퀸은 천천히 차를 몰고 나가다가 핸들을 한껏 돌려서 왼쪽으로 90도 가까이 방향을 틀었다. 다음엔 역시 같은 각도의 우회전이었다. 앞 유리창 너머로 텅 빈 고속도로가 갑자기 넓게 펼쳐졌다. 그가 숨을 내쉬며 등받이에 몸을 깊숙이 기댔다. 조수석의 킹 역시 숨을 내쉬며 좌석에 몸을 파묻었다. 맥퀸이 액셀을 한껏 밟았다. 차는 이제 더 이상 허비할 시간이 없다는 듯, 동쪽을 향해 쏜살같이 달려나갔다.

1분 뒤, 리처는 반대 방향에서 역시 쏜살같이 달려오는 차 한 대를 중앙분리대 너머로 보았다. 짙은 색의 포드 크라운 빅토리아였다. 라디에이터 그릴 뒤쪽에서 푸른색 섬광등이 번뜩이고 있었다. 현장으로 긴급히 달려가는 관용 차량이었다.

5

짙은 색 포드 크라운 빅토리아는 FBI 오마하 지부 소속 차량이었다. 굿맨 보안관의 보고를 받은 상황실 직원은 신속하게 절차를 밟았다. 굿맨은 범인들이 전문가라고 말했다. 전문가가 개입된 범죄란 FBI 용어로는 조직적 범죄를 의미하며 조직적인 범죄는 곧 FBI의 존재 이유에 다름이 아니다. FBI의 평판과 영광, 그리고 승진의 기회는 바로 그 영역에서 이루어진다. 근무 중인 특수요원 한 명이 현장으로 급파됐다. 풍부한 경험과 발군의 역량으로 오마하 지부의 최정예 가운데 한 사람으로 꼽히는 20년 경력의 베테랑이었다.

그녀의 이름은 줄리아 소렌슨이었다. 그녀는 만 47세 생일을 목전에 두고 있었다. 오마하에서의 만족스러운 근무 경력은 만 47개월에서 며칠 부족한 상태였다. 물론 뉴욕이나 워싱턴 본부와 견줄 정도는 아니었지만 오마하 지부도 나쁘지는 않았다. 절대 시베리아는 아니었다. 그런 평가는 모욕이었다. 범죄는 철길을 따라다닌다. 누구도 그 정확한 이유는 모르지만 옛날부터 그래 왔다. 오마하는 철도가 많기로 세계에서 손꼽히는 지역이다. 따라서 오마하에서 소렌슨의 재능은 결코 빛바랠 일이 없었다. 그녀는 오마하 지부에 배속된 걸 좌천이라고 생각한 적이 없었고, 따라서 자신이 하는 일에 자부심을 잃어본 적도 없었다.

그녀는 차를 몰면서 굿맨 보안관의 휴대폰으로 전화를 걸어 자기가 가고 있다는 사실을 알렸다. 그리고 사건 현장에서 1시간 뒤에 만나기로 약속을 정했다.

굿맨 보안관은 자신의 순찰차 안에서 그 전화를 받았다. 한 사람을 제외한 모든 보안관보들을 카운티를 벗어나는 도로상에 배치시킨 다음이었다. 남은 한 사람에게는 콘크리트 벙커 주변의 현장 보존과 목격자 보호 임무를 맡겼다. 그리고 그 자신은 선명한 빨간색 차를 찾기 위해 카운티 곳곳을 차를 몰고 돌아다니던 중이었다.

면적은 넓었지만 지리적으로는 복잡하지 않은 카운티였다. 1세기 전에 누군가가 지도상에 사각형을 하나 그렸고 그 구도가 그대로 고착되었다. 그 사각형 위에는 두 개의 절단선이 그어져 있다. 하나는 왼쪽에서 오른쪽, 즉 서쪽에서 동쪽으로 카운티를 지나가는 왕복 2차선 직선 도로이고 다른 하나는 위에서 아래, 즉 북쪽에서 남쪽으로 카운티를 지나가는 역시 왕복 2차선 직선 도로이다. 그 두 개의 간선 도로는 사각형의 거의 중앙 부분에서 서로 만나 교차로를 이루고 있었다. 그 교차로를 중심으로 인구가 팔천 명에 이르는 마을이 형성되어 있었다. 동서 도로는 양방향 모두 통행량이 많지 않았다. 80킬로미터 떨어진 북쪽에 카운티의 동서 도로와 나란히 뻗어 있는 주간고속도로가 대부분의 물류를 소화하고 있었기 때문이다. 하지만 남북 도로는 양방향 모두 통행량이 상당히 많았다. 그 고속도로를 들고 나는 차량들이 많았기 때문이다. 마을의 장사꾼들은 고속도로가 개통되자마자 즉시 그 흐름을 간파했다. 그래서 그들은 교차로에서 북쪽으로 5킬로미터 남짓 떨어진 지역에 새로운 상업 지구를 형성했다. 주유소, 식당, 모텔, 바, 편의점, 칵테일 라운지 등 대부분의 업종들이 장거리 운전자들의 수요에 부합하는 것들이었다. 마을 주민들은 대부분 그곳을 그저 또 다른 하나의 상업지구로 보아 넘겼지만 나름 도덕정신이 투철한 일부 주민들은 그렇지 않았다. 그런 주민들에 의해 그 일대는 '씬 시티(흔히 라스베이거스를 일컫는 말로 도박과 환락에 빠진 도시를 뜻함)'라는 아름답지 못한 이름을 갖게 됐다. 형식적으로는 씬 시티 역시 카운티의 다른 지역과 똑같은 법과 규율, 그리고 제약이 미치는 곳이었다. 하지만 실질적으로는 그렇지 않았다. 지난 50년 동안 그곳은 마치 치외법권 지역 같은 특혜를 누려오고 있었다. 그 결과 씬 시티의 바들은 키노(빙고 비슷한 도박의 일종)와 포커 머신까지 들여 놓게 되었고, 칵테일 라운지에는 스트립쇼 무대가 설치되었다. 모텔에서는 매매춘이 가능하다는 소문도 있었다. 하지만 카운티 당국은 꿀 먹은 벙어리나 마찬가지였다. 씬 시티의 불법 영업으로 엄청난 세금을 거둬들이고 있었기 때문이다.

굿맨은 씬 시티를 향해 차를 몰았다. 범인들이 거기서 불법적인 향락을 즐겼을 거라고 판단했기 때문이 아니었다. 씬 시티를 벗어나고 나면 고속도로에 이르기까지 70여 킬로미터의 거리 사이에 이렇다 할 휴게 공간이 없었다. 게다가 그곳에는 버려진 공터와 폐쇄된 사업체 건물들, 그리고 창문 없는 회벽돌 담벼락이 널려 있었다. 따라서 도주용 차량을 남의 눈에 띄지 않게 숨겨 놓을 수 있는 최적의 장소였다.

그는 건전한 동네들을 뒤로 하고 교차로를 가로질러 북쪽으로 달려 올라갔다. 도로 양쪽으로 곧장 콩밭이 펼쳐졌다. 그다음에는 여러 차례 주인이 바뀌어 낡디낡은 중고 농기구들이 전시되고 있는 야적장이 양쪽 갓길을 따라 400미터가량 이어졌다. 농기구들은 모두 팔려고 내놓은 것들이었지만 대부분 오랫동안 새 주인을 만나지 못한 채 녹슬어가고 있었다. 농기구 야적장, 아니 야외 전시장 다음에는 다시 콩밭이었다. 그 콩밭 사이를 한동안 달리고 나자 멀리서 씬 시티의 불빛이 나타났다. 그 상업지역의 남쪽과 북쪽 초입에는 각각 대형 주유소가 하나씩 들어서 있었다. 하나는 서쪽, 다른 하나는 동쪽이었다. 바퀴 열여덟 개짜리 트레일러까지 이용할 수 있도록 종합운동장 주차장만 한 부지에 자리 잡고 있는 주유소들은 두 군데 모두 키 높은 기둥 위에 달아맨 조명으로 인해 대낮처럼 환했다. 그리고 두 곳 모두 10킬로미터 떨어진 곳에서도 보일 만큼 정유 회사 사인을 높이 달아매고 있었다. 두 개의 주유소가 남문과 북문의 수문장들처럼 지키고 있는 씬 시티에는 식당, 모텔, 바, 편의점, 칵테일 라운지 등이 도로 양쪽에 아무 각도로나 들어서 있었다. 돌을 부숴서 깐 부지 위에 자리 잡고 있다는 게 씬 시티 업소들의 공통점이었다. 불이 환히 밝혀진 곳도 있었고 어둠 속에 그림자로 서 있는 곳도 있었다. 50년 동안 꾸준히 번창해온 곳도 있었고 이미 오래전에 폐업해 잡초로 덮인 곳도 있었다.

굿맨은 도로의 오른쪽부터 훑기 시작했다. 그는 자신이 가끔씩 들르는 어느 식당 앞에서 차의 속도를 바짝 줄이고선, 한손으론 핸들을 잡고 다른 손으로는 앞 유리 너머에 세운 가로대 위의 조명등 작동 버튼을 조절해가며 주차된 차량들을 살펴보았다. 그는 그 식당의 뒤쪽으로 차를 몰고 들어가서 쓰레기 더미를 지나 어느 칵테일 라운지 주위를 한 바퀴 돈 다음 모텔 한 곳의 주변을 수색했다. 하지만 선명한 빨간색 차량은 눈에 띄지 않았다. 씬 시티의 북쪽 초입을 지키는 주유소의 윤활유 구역 근처에 펜더가 우그러진 세단 두 대가 서 있었다. 하지만 두 대 모두 빨간색과는 거리가 멀었다. 게다가 앞 유리에 더께로 앉은 먼지들로 미루어 상당히 오랫동안 그 자리에 세워져 있었던 게 분명했다.

굿맨은 몇 대의 차량이 지나가기를 기다렸다가 길을 가로질러서 도로의 서쪽 지역으로 들어선 다음 남쪽으로 내려가며 수색을 시작했다. 첫 번째 업소는 바였다. 굿맨의 기억으로 약 20년 전에 크림색으로 페인트칠을 한 그 바의 회벽에는 창문이 없었다. 마치 버섯처럼 지붕 위에 환기 장치만이 얹혀 있었다. 그 근처에는 빨간색 차량이 없었다. 그다음 업소는 칵테일 라운지였다. 씬 시티에서 가장 건전한 유흥업소라는 평판이 나 있는 곳이었다. 최소한 외양만은 그 평판에 걸맞게 단정해 보였다. 굿맨은 핸들을 틀어서 건물 뒤로 돌아들어 갔다. 차의 조명등이 핸들이 가는 방향을 환히 비췄다. 그 불빛 속에 그가 찾던 차량이 모습을 드러냈다.

선명한 빨간색 수입차는 그 칵테일 라운지 뒤쪽에 세워져 있었다.

6

리처는 맥퀸의 머리통이 가리고 있는 앞 유리창 너머를 살펴보기 위해 오른쪽으로 몸을 약간 기울였다. 자연히 그의 어깨가 델펜소의 공간을 침범했다. 그녀는 그 너비만큼 오른쪽으로 몸을 기울여 문짝에 거의 붙다시피 하며 기존의 간격을 유지했다. 헤드라이트가 비치는 일정한 공간, 그 공간 너머에는 어둠만 가득했다. 다만 아주 멀리서 앞차의 붉은 브레이크등 한 쌍이 마치 붙박이 조명처럼 빛나고 있을 뿐이었다. 속도계는 시속 130킬로미터를 가리키고 있었다. 유량계의 눈금은 4분의 3, 엔진의 온도는 정상이었다. 에어백 덮개 위에 황금색 십자 로고가 박혀 있었다. 쉐보레였다. 총 주행거리는 65000킬로미터 남짓이었다. 새 차도 아니었지만 오래된 차도 아니었다. 엔진 소리도 별 무리가 없었다.

리처는 다시 자세를 바로잡았다. 델펜소도 원래의 자세로 돌아왔다.

킹이 몸을 반쯤 돌리고서 말했다. "우리 형도 군대에 있었어요. 피터 킹, 혹시 아는 이름입니까?"

"군대는 엄청난 규모의 조직입니다." 리처가 말했다.

킹이 약간 겸연쩍은 미소를 지었다.

"물론 그렇죠." 그가 말했다. "멍청한 질문이었네요."

"하지만 흔히들 하는 질문입니다. 바깥세상 사람들은 군인들끼리는 모두 아는 사이라고 지레짐작들 하죠. 왜 그런지는 나도 모르겠지만. 흠, 당신이 사는 곳의 인구가 얼마나 됩니까?"

"백오십만 명쯤 될 겁니다."

"당신은 그 사람들을 모두 알고 있소?"

"옆집 사람들도 모르는 걸요."

"바로 그겁니다. 그나저나 형이라는 분은 어느 병과였습니까?"

"포병이었어요. 제1차 걸프전에 참전했고요."

"나도 참전했습니다."

"그랬다면 우리 형을 알 수도 있겠네요."

"오십만 명이 파병됐습니다. 부풀려 말하자면 거의 미군 전체가 참전했던 셈이오. 역사상 최대 규모였습니다."

"그 전쟁은 어땠나요?"

"형이 얘기해주지 않았습니까?"

"우리 형제는 서로 말을 하지 않고 지내거든요."

"대단한 전쟁이었소." 리처가 말했다. "일단 떠오르는 게 그겁니다."

"당신은 무슨 병과였죠?"

"헌병." 리처가 말했다. "범죄수사대. 이등병부터 장군까지."

킹은 어깨를 한 번 으쓱한 뒤, 고개를 끄덕이는 둥 마는 둥 하다가 입을 다물었다. 그러고는 다시 고개를 정면으로 돌리고 어둠 속에 눈길을 던졌다.

갓길에 서 있는 표지판 하나가 순식간에 차창을 스치고 지나갔다.
아이오와 주에 오신 것을 환영합니다!

굿맨 보안관은 라운지 뒤쪽 주차장에 직진으로 진입해서 차를 세운 뒤, 조명등의 밝기를 높였다. 그 수입 차량은 도요타가 아니었다. 혼다도, 현대도 기아도 아니었다. 마즈다였다. 정확하게는 마즈다6이었다. 5도어 해치백이었지만 차체 뒷부분이 매끈하게 빠져서 언뜻 보기에는 일반 4도어 승용차 같았다. 최신형 모델이었다. 소방차 같은 빨간색이었다. 차 안은 텅 비어 있었다. 하지만 차체에 이슬이 맺혀 있진 않았다. 세워 놓은 지 얼마 되지 않은 것이다.

주차장은 상당히 넓었다. 그 넓은 공간에 달랑 그 차 한 대만 주차돼 있었다. 차 뒤에 50미터가량 잡초 덮인 자갈밭이 있었다. 자갈밭 뒤로는 그저 삭막한 황무지였다. 그 황무지는 서쪽으로 1100킬로미터 떨어진 덴버의 끝자락까지 이어져 있었다. 차의 앞머리는 라운지의 뒷문을 향하고 있었다. 진흙 빛의 회벽 속에 자리 잡은 평범한 철제 직사각형 문짝이었다.

알맞은 장소였다. 사각지대였다. 목격자가 있을 가능성이 거의 없었다. 굿맨은 두 사내가 마즈다에서 내려서는 모습을 눈앞에 그려보았다. 그들은 정장을 벗어버린 뒤, 미리 세워둔 제2의 차량을 몰고 떠났을 것이다.

어떤 차일까?

알 수가 없었다.

어디로 떠났을까?

동쪽이나 서쪽은 아니다. 동서 도로를 통해 카운티를 빠져나가려면 일단 교차로를 향해 남쪽으로 내려가야 한다. 하지만 범인들이 이미 마련해둔 도주용 차량을 몰고 범행 현장으로 되돌아갈 리는 없었다. 그들은 분명히 북쪽으로 올라갔을 것이다. 주간고속도로. 그들을 어두운 지평선 너머로 데려다줄 고속도로가 마치 보이지 않는 자석처럼 그들을 북쪽으로 끌어당겼을 것이다.

아마 그들은 카운티 경계 내의 북쪽 검문소가 설치되기 몇 분 전에 이미 빠져나갔을 것이다. 혹은 검문소가 설치된 몇 분 뒤였을 수도 있다. 그 시점에 굿맨의 보안관보들은 지시받은 대로 선명한 빨간색 차량만을 검문했기 때문이다.

그의 실수였다. 스스로도 그걸 알고 있었다.

굿맨은 무전기를 들고 사방의 검문소에 진을 치고 있는 보안관보들에게 철수 명령을 내렸다. 그 이유도 설명해주었다. 이어서 그는 두 명의 보안관보에게 칵테일 라운지 뒤쪽의 현장을 확보하라는 명령을 내렸다. 나머지 대원들에게는 평소의 야간 업무로 복귀하라고 지시했다. 그런 다음 굿맨은 고속도로 순찰대 상황실에 전화를 걸었다. 하지만 현재까지 아무 결과가 없다는 대답만 들었을 뿐이다. 그는 시계를 보고 나서 시간과 속도와 거리를 계산한 다음 크게 한 번 심호흡을 했다. 그러고는 기어를 넣고 살인 사건 현장을 향해 출발했다. 특수요원 줄리아 소렌슨과 만나기 위해서였다.

그의 실수였다.

두 사내는 이미 주 경계선을 벗어났다.

이제 사건은 완전히 FBI의 소관이 되었다.

7

소렌슨은 아주 쉽게 교차로를 찾을 수 있었다. 당연했다. 반경 수 킬로미터 이내에서 그녀 차의 내비게이션 화면에 나타나는 지형물은 오직 그 교차로 하나뿐이었으니까. 그녀는 기계가 지시하는 대로 교차로에서 우회전해서 서쪽으로 방향을 잡았다. 100미터가 채 안 되는 전방에서 경광등이 번쩍이고 있었다. 콘크리트 벙커가 그녀의 눈에 들어왔다. 그 옆에 순찰차 두 대가 주차돼 있었다.

사건 현장이었다. 상황실의 정보와 정확히 일치했다.

두 대의 순찰차 모두 그녀의 차와 똑같은 포드 크라운 빅토리아였다. 차체에는 카운티의 기장이 그려져 있었고 앞머리와 꽁무니에는 보조 범퍼가 부착되어 있었다. 차 지붕의 조명등 가로대 위에서 경광등이 번쩍였다. 그녀에게는 너무나 익숙한 차량들이었다. 하지만 벙커의 경우에는 얘기가 달랐다. 그녀로서는 이해하기도, 설명하기도 어려운 구조물이었다. 다만 크기와 모양새만 어림할 수 있었다. 가로 7미터, 세로 5미터, 높이 3미터 남짓의 직사각형 콘크리트 구조물이었다. 천장은 평평하고 벽에는 창문이 나 있지 않았다. 군데군데 삭고 녹이 슨 철제 문짝은 약간 뒤틀려 있었다. 전체적으로 보았을 때 마치 오랜 세월 동안 버텨오느라 너무 지쳐서 땅속으로 꺼져 들어가고 있는 듯한 느낌을 줄 만큼 낡은 건물이었다. 콘크리트 외벽은 군데군데 주먹크기만 한 홈이 패어 고동색 부싯돌 같은 돌멩이들이 드러나 있었다. 그 돌멩이들 역시 상당수가 금이 가거나 부서진 상태였다.

소렌슨은 보안관보의 순찰차 뒤에 주차를 하고 차에서 내렸다. 키가 큰 여자였다. 스칸디나비아 혈통이 완연히 드러나 있는 외모였다. 염색을 하지 않은 옅고 긴 금발머리에 예쁘다기보다는 잘생겼다는 표현이 어울리는 얼굴이었다. 그녀는 검은 바지와 검은 재킷에 푸른색 셔츠를 받쳐 입고 있었다. 신발도 검은색이었고, 권총과 신분증 지갑을 제외하고 그녀에게 필요한 모든 물건을 담고 있는 보트 모양의 숄더백 또한 검은색이었다. 권총은 왼쪽 엉덩이에 차고 있는 총 지갑 속에, 그리고 신분증 지갑은 주머니 속에 들어 있었다.

그녀는 신분증 지갑을 꺼내서 펼쳐 들고 보안관에게 다가갔다. 그녀의 어림으론 자기보다 스무 살은 더 먹었을 것 같은 영감이었다. 몸집은 다부졌지만 키는 크지 않았다. 보통 미식축구 선수의 4분의 3 정도의 체격이라고 말할 수 있었다. 영감치고는 썩 괜찮은 몸매였다. 그는 유니폼 위에 방한 재킷을 입고 있었다. 밤공기가 매서웠는데도 장갑 없이 맨손이었다. 두 사람은 악수를 나눈 뒤, 잠시 콘크리트 벙커를 바라보며 말없이 서 있었다. 둘 다 어디서부터 시작할지 궁리해야 했기 때문이다.

"우선 궁금한 게 있습니다." 소렌슨이 먼저 입을 열었다. "이 건물은 뭐죠?"

굿맨이 말했다. "오래된 펌프장이오. 대수층(지하수가 있는 지층)에서부터 물을 끌어올렸던 곳이지."

"현재는 폐쇄됐고요?"

굿맨이 고개를 끄덕였다. "대수층의 지하수가 고갈됐소. 더 깊이 구멍을 뚫느니 새로운 곳을 찾는 게 훨씬 경제적이라고 하더군. 여기서 1.5킬로미터 남짓 떨어진 곳에 새로운 펌프장이 가동 중이오."

"죽은 남자의 시체는 아직 저 안에 있나요?"

굿맨이 다시 고개를 끄덕였다. "우린 당신이 도착할 때까지 기다리고 있었소."

"지금까지 저 안에 들어간 사람은요?"

"나와 의사 선생 둘뿐이었소."

"피가 흥건하네요."

"그래요." 굿맨이 말했다. "피가 많이 흘렀소."

"피 웅덩이에 발을 디뎠나요?"

"그럴 수밖에 없었소. 남자의 숨이 완전히 끊어졌는지 확인해야 했으니까."

"어디를 만지셨나요?"

"손목과 목만 건드렸을 뿐이오. 맥박을 확인하기 위해서."

소렌슨은 쭈그리고 앉아서 보트 모양으로 생긴 숄더백을 열었다.

그녀가 신발싸개용 비닐과 라텍스 장갑, 그리고 카메라를 차례로 꺼냈다. 준비를 마친 그녀가 끈적끈적한 피 웅덩이에 한 발을 딛고 벙커의 문을 열었다. 위쪽 문돌쩌귀는 비명을 질렀고 아래쪽 건 신음을 냈다. 마치 저승으로 인도하는 요정의 곡소리 같았다. 그녀는 다른 쪽 발도 피 웅덩이 속으로 옮겨 디뎠다.

"실내에 전등이 있소."

그녀가 스위치를 찾아 올렸다. 천장에 매달린 전구에 불이 들어왔다. 전구도, 그것을 에워싸고 있는 철망 갓도 해묵은 것들이었다. 투명한 유리 전구는 200와트짜리인 것 같았다. 그 불빛 아래에서 실내 모습이 구석구석까지 환하게 드러났다. 그녀의 눈에 제일 먼저 들어온 건 서로 3미터 정도 간격을 두고 바닥에 박혀 있는 두 개의 두껍고 낡은 파이프였다. 두께가 30센티미터는 되는 것 같았다. 원래는 공공기관 특유의 초록색이었겠지만 칠은 거의 다 벗겨졌고 대신 온통 녹이 슬어 있었다. 파이프의 주둥이는 둘 다 휑한 구멍을 드러내고 있었다. 한쪽 파이프는 땅속에 수직으로 박혀 있고 다른 쪽 파이프는 지하 배관을 통해 벙커 근처 어딘가에 설치된 물탱크와 연결돼 있는 구조였다. 오랜 세월 동안 한쪽 파이프를 타고 맑은 지하수가 솟구쳐 올라와 호스를 통해 다른 쪽 파이프로 흘러들어 가서 물탱크를 채우고 또 채웠을 것이다. 그러던 어느 날, 물 대신 지하 암반의 이물질들이 빨려 올라오기 시작하자 당국에서는 폐쇄를 결정하고 두 파이프를 연결하고 있던 호스를 제거한 것이다.

소렌슨이 검토했던 사건 브리핑 자료에 기재된 사항이었다. 연간 2.5조 갤런, 네브래스카는 텍사스와 캘리포니아 다음으로 풍부한 지하수 자원을 보유하고 있었다.

그녀는 펌프장 내부를 찬찬히 살펴보았다.

바닥에는 먼지가 켜켜이 쌓여 더께를 이루고 있었다. 한쪽 벽에는 상당한 크기의 전기 제어판이 부착돼 있었다. 아주 낡은 모양새로 미루어 몇 세대 전에 설치된 게 분명했다. 또 다른 벽에는 빛바랜 도면이 붙어 있었다. 두 개의 파이프를 연결하고 있는 호스 및 기타 수력학 장비들의 특성과 용도를 그림과 함께 기록한 일종의 설명서였다. 원래부터 벙커 내부에 있었던 설비는 거기까지였다.

그 설비 목록에 포함되어 있지 않은 물체는 피 웅덩이 속에 누워 있는 사내의 시체뿐이었다. 사내는 등을 바닥에 댄 자세로 누워 있었다. 마치 몸동작만으로 표현해야 하는 숫자 알아맞히기 게임의 술래마냥 양 팔꿈치와 무릎이 아무렇게나 구겨져 있었다. 피가 집중적으로 흘러나온 부분은 얼굴과 허리께였다. 마구 엉겨 붙은 피 때문에 얼굴을 제대로 살펴볼 수 없었지만 굳이 나이를 어림잡자면 마흔 살 가량이었다. 그가 입고 있는 녹색 코트는 면 소재의 방한 코트였다. 완전히 새것은 아니었지만 그리 낡은 것도 아니었다. 코트의 앞섶이 풀어져 있었다. 안에 받쳐 입은 낡고 더러운 크림색 체크 셔츠와 회색 스웨터는 모두 가슴 근처까지 걷어올려져 있었다.

시체의 자상은 역시 두 군데였다. 하나는 눈 위 2.5센티미터 부근 이마에 수평으로 그어진 칼자국이었다. 다른 하나는 배꼽과 같은 높이의 오른쪽 옆구리로 파고 들어간 칼자국이었다. 물론 사내를 죽음으로 이끈 건 옆구리의 상처였다. 너덜너덜한 상처를 통해 몸통의 피가 거의 전부 흘러나온 것 같았다. 사내의 배꼽은 마치 빨간 페인트가 말라붙은 쇠고리 같았다.

소렌슨이 말했다. "보안관님은 이 상황을 어떻게 보십니까?"

문밖에서 굿맨이 말했다. "범인들은 일단 피살자의 이마를 칼로 그었을 거요. 앞을 보지 못하도록 눈 속으로 피가 흘러들어가게 만든 거지. 칼싸움에선 옛날부터 먹혔던 기술이오. 그래서 난 그들이 전문가라고 판단한 거고. 어쨌든 그다음부터는 쉬웠을 거요. 그들은 피살자의 스웨터와 셔츠를 걷어올리곤 갈비뼈 아래를 쑤셨소. 그다음엔 칼을 비틀었고. 하지만 완전한 마무리는 아니었던 것 같소. 피살자가 숨이 끊어질 때까지는 몇 분이 걸렸을 거요."

소렌슨은 고개를 끄덕였다. 시체 아래 고인 피 웅덩이가 굿맨의 의견을 뒷받침하고 있었다. 치명적인 상처를 입은 다음에도 사내의 심장은 한동안 박동을 멈추지 않았던 것이다. 열심히, 하지만 헛되게.

그녀가 물었다. "피살자의 신원을 아십니까?"

"한 번도 본 적 없는 얼굴이오."

"범인들은 왜 이 사람의 셔츠를 걷어올렸을까요?"

"그들은 전문가들이었으니까. 칼날이 걸리지 않도록 하기 위해서였을 거요."

"제 생각도 그래요." 소렌슨이 말했다. "긴 칼이었을 거예요, 그렇죠? 갈비뼈 아래에서 흉곽까지 가닿았다면."

"칼날의 길이만 20센티미터 정도 됐을 거요."

"목격자가 칼을 보았나요?"

"봤다는 얘기는 없었소. 요원님이 직접 물어보시구려. 지금 보안관보의 순찰차에 타고 있소. 몸을 녹이려고."

소렌슨이 물었다. "그들이 총을 사용하지 않은 이유는 뭘까요? 전문가들은 소음기를 장착한 22구경을 선호하는데."

"좁고 폐쇄된 공간에서는 소음기를 장착해도 큰 소리가 나기 때문이었겠지."

"근처에 아무것도 없는데도요?"

"흠, 그렇다면 나도 그 이유를 잘 모르겠소." 굿맨이 말했다.

소렌슨은 가지고 들어간 카메라의 줌을 조절해가며 시체와 내부 구석구석을 촬영했다.

굿맨이 말했다. "이건 당신 사건이오."

"그래요?"

"범인들은 이미 우리 주 경계선을 빠져나갔소."

"동쪽으로 도주했다면 그랬겠죠."

"서쪽을 택했어도 마찬가지요. 시간만 조금 더 걸렸을 뿐 검문소를 이미 통과했을 거요."

소렌슨은 아무 말도 하지 않았다.

"아마 다른 차량으로 갈아탔을 거요." 굿맨이 말했다.

"두 대의 차량일 수도 있겠죠." 소렌슨이 말했다. "서로 갈라져서 각자 도주했을 수도 있으니까요."

굿맨은 주차된 마즈다 양옆의 빈 공간을 머릿속에 떠올렸다. 그리고 자신이 마지막으로 내렸던 지명수배 내용을 생각해보았다.

'차종 불문, 무조건 두 사내'

그가 말했다. "난 그 가능성까지는 미처 생각하지 못했소. 내가 실수한 것 같군."

소렌슨은 그를 몰아붙이지 않았다. 다만 흥건한 피 웅덩이를 돌다가 그나마 가장 깨끗한 바닥 위에 쪼그리고 앉았다. 중심을 유지하기 위해 왼손은 뒤로 빼고 오른손만으로 더듬고 두드려가며 그녀는 시체를 수색하기 시작했다. 셔츠 윗주머니에는 아무것도 없었다. 코트 주머니들도 마찬가지였다. 끈적끈적한 핏덩어리들이 묻어서 장갑 끝이 빨개졌다. 그녀는 바지 앞주머니들도 확인해보았다. 역시 아무것도 없었다.

그녀가 소리쳐 굿맨을 불렀다. "보안관님, 안으로 들어와서 저 좀 도와주세요!"

굿맨이 안으로 들어섰다. 그는 천 길 낭떠러지 위로 난 좁은 바윗길을 걷는 듯, 뒤꿈치를 든 채 옆걸음으로 소렌슨에게 다가갔다.

소렌슨이 말했다. "시체를 좀 들어 올려주세요. 뒷주머니를 확인해야겠어

요."

굿맨은 그녀의 맞은편에 쪼그리고 앉은 다음 사내의 벨트 고리에 손가락 하나를 걸었다. 그가 고개를 외로 꼬고 손가락에 힘을 주었다. 시체의 엉덩이가 허공에 들려졌다. 그 엉덩이 아래서 핏물이 뚝뚝 떨어져 내렸다. 하지만 떨어지는 속도는 아주 느렸다. 이미 굳어가고 있었던 데다가 바닥의 먼지와 섞여 묽은 반죽 같은 상태였기 때문이다. 소렌슨의 장갑 낀 손이 뒷주머니 속으로 파고들어 갔다. 마치 소매치기의 손놀림 같았다. 그녀는 호주머니 구석구석을 뒤졌다.

하지만 아무것도 없었다.

"신분증이 없어요." 그녀가 말했다. "그러니 현재로선 신원 미상의 사내가 살해된 사건이군요. 참 지랄 맞죠?"

굿맨은 아무 대꾸 없이 시체의 벨트 고리에서 손가락을 풀었다. 시체가 철버덕 소리를 내며 다시 바닥으로 떨어졌다.

8

잭 리처는 법에 대한 학문적 조예가 있는 사람이 아니었다. 하지만 여느 경찰처럼 그는 현실 세계와 연관된 실용적 의미에서의 법, 그리고 법의 술수와 사각을 어느 정도 이해하고 있었다.

그리고 그는 법이 침묵하는 범위 또한 알고 있었다.

히치하이커를 태워준 운전자들이 진실을 말하리라는 법은 없다.

자신에 대한 얘기를 꾸며내고 싶은 욕구가 얼마나 강렬한 것인지 리처는 잘 알고 있었다. 리처가 생각하기에는 바로 그것이 운전자들이 히치하이커 앞에 차를 세우는 가장 큰 이유였다. 과장급이라고 구라 치는 말단직원, 임원이라고 속이는 과장, 사장이라고 거짓말하는 임원, 중견기업 소유주라고 허세를 부리는 구멍가게 주인, 의사인 척하는 간호사, 외과의사인 척하는 가정의학과 의사 등등 차를 얻어 타고 돌아다니는 동안 리처는 환상 속의 모습을 실제 자신이라고 소개하는 수많은 사람들을 겪어왔다. 거짓말이라 기보다는 주인공이 자신의 극본에 몰입된 연극에 가깝다. 극본과 주인공은 있다. 무대는 차 안이다. 이제 필요한 건 관객이다. 히치하이커가 바로 그 관객인 것이다.

그건 잘못이라고 할 수 없다. 죄는 더더욱 아니다.

남에게 해를 주지 않는 즐거움일 뿐이다.

하지만 킹의 거짓말은 달랐다.

그의 얘기 속에는 허풍선적인 요소가 없었다. 그는 자기 자신을 실제보다 더 크고 나은, 혹은 더 똑똑하고 섹시한 존재로 부풀리고 있는 게 아니었다. 그는 어떤 뚜렷한 이유도 없이 멍청하고도 사소한 거짓말을 늘어 놓고 있었다.

푸른 데님 셔츠만 해도 그랬다. 그들이 입고 있는 셔츠는 기업체 유니폼이 아니었다. 로고가 수놓아져 있어야 할 호주머니 위가 비어 있었다. 처음으로 입은 셔츠였다. 세탁을 한 적이 없었다. 편의점에서 구입한 값싼 제품이었다. 선반에서 집어 들고 허술한 포장을 갓 벗겨낸 셔츠였다. 틀림없었다. 리처 자신이 늘 그런 제품들만 골라왔기 때문에 잘 알고 있었다.

그들이 3시간 동안 쉬지 않고 달려왔다는 얘기도 마찬가지였다. 유량계의 눈금이 4분의 3을 가리키고 있었기 때문이다. 킹의 얘기가 사실이려면 연료 탱크를 가득 채운 쉐보레는 12시간을 달릴 수 있어야 한다. 고속도로라는 점을 감안할 때 거리상으로 1500킬로미터라는 계산이 나온다. 그건 불가능한 일이다.

리처가 아스피린을 복용할 때 킹이 건네준 물병도 또 다른 증거였다. 물병은 냉기를 간직하고 있었다. 히터가 작동하는 차 안에서 3시간을 달려왔다면 있을 수 없는 일이었다.

거짓말들.

킹은 자기 집이 네브래스카 어느 곳에 있다고 말했다. 그다음엔 자기가 살고 있는 지역의 인구가 백오십만 명이라고 했다. 네브래스카 주 전체 인구수에 가까운 숫자였다. 오마하의 인구수는 사십만 명, 링컨은 이십오만 명 정도다. 미국에서 인구수가 백만 명을 넘어서는 도시는 고작 아홉 개에 불과하다. 그중 여덟 개 도시의 인구수는 백오십만 명을 훌쩍 넘어서거나 아예 턱없이 부족하다. 백오십만 명 어림이라고 할 수 있는 도시는 오직 필라델피아 하나뿐이다.

그렇다면 이들은 과연 필라델피아 주민들인가? 아니면 킹이 위성도시까지 포함해서 얘기한 것일까? 그렇다면 필라델피아 도시권의 인구수는 너무 많아진다. 반면 대상이 되는 도시들도 상당히 많아진다. 콜럼버스, 라스베가스, 밀워키, 산 안토니오, 노퍽-버지니아 비치-뉴포트 뉴스를 아우르는 지역 등등.

하지만 아무리 그래도 네브래스카에는 그만한 도시가 없다.

얼추 비슷한 규모도 없다.

그리고 델펜소가 침묵을 지키고 있는 까닭은 무엇인가? 그때까지 그녀가 입을 연 건 단 두 차례뿐이었다. 리처와 처음 인사를 나눌 때 자기 이름을 말했고 킹이 아스피린을 찾았을 때 있다고 말했던 게 전부였다. 장시간 동안 침묵을 지키기로 말하자면 리처야말로 전문가였다. 하지만 그런 리처도 상대방에게 예의를 지켜야 할 때면 먼저 입을 열곤 했다. 겉모습으로만 판단할 때 델펜소 역시 그런 예의를 충분히 차릴 만한 사람이었다. 하지만 그녀는 입을 꼭 다물고 있었다.

왜?

'내가 상관할 문제는 아니다.' 리처는 생각했다. 그가 상관해야 할 문제는 버지니아로 가는 버스에 몸을 싣는 것이었다. 게다가 현재 그는 초당 35미터, 그러니까 시속 130킬로미터에 육박하는 속도로 그 목표를 향해 나아가고 있었다. 그는 등받이에 몸을 기대고 두 눈을 감았다.

소렌슨은 깡충거리며 벙커 밖을 돌아다녔다. 마침내 신발싸개가 벗겨지자 그녀는 그것들을 장갑과 함께 비닐 백에 넣고 봉했다. 증거가 될 수도 있는 물건들이었다. 최소한 생물학적으로 위험한 것만은 분명하니 분리수거할 이유는 충분했다. 그녀는 전화기를 꺼내 들고 FBI 현장 감식반에 연락을 했다.
그녀의 사건이었다.
그녀는 보안관보의 순찰차 뒷좌석에 올라탔다. 목격자를 추운 바깥으로 불러낼 수는 없어서였다. 굿맨은 앞좌석에 올라탔고 보안관보는 운전석에서 허리를 틀었다. 차 안이 작은 취조실이 되었다. 방탄 막으로 가로막힌 양쪽에 각각 두 명씩 나눠 앉은 취조실.
목격자는 쉰 살쯤 되어보였다. 겨울 들판에서 일하기 적당한 옷차림에 구레나룻을 덥수룩하게 기른 사내였다. 소렌슨이 예상했던 대로 그의 진술은 명확하지 않았다. 그녀는 목격자들의 진술이 지닌 한계를 누구보다 잘 알고 있었다. 콴티코(미 해병대 기지) 훈련생 시절, 그녀는 의료보험 사기 혐의가 있는 어느 의사를 심문하라는 지시를 받은 적이 있었다. 그녀는 사람들로 붐비는 병원 대기실에 앉아 자기 차례를 기다렸다. 어느 순간 병원 안으로 무장괴한이 뛰어들었다. 마약을 원하던 그자는 곳곳에 소총을 여러 발 갈기고선 번개같이 도주했다. 물론 나중에야 알게 된 사실이지만 훈련생들의 교육을 위한 연극이었다. 의사도, 무장괴한도 배우였다. 총알은 공포탄이었다. 대기실에 앉아 있던 사람들은 그녀와 마찬가지로 모두 훈련생들이었다. 무장괴한의 인상착의에 관한 그들의 진술은 일치하지 않았다. 아예 제

각각이었다. 키가 작다, 크다, 몸이 뚱뚱하다, 말랐다, 흑인이다, 백인이다, 어느 누구도 범인의 모습을 정확히 기억하고 있는 사람이 없었다. 그날 아침 이후로 소렌슨은 목격자의 진술을 100퍼센트 믿어서는 안 된다는 교훈을 얻게 되었다.

그녀가 물었다. "녹색 코트를 입은 남자가 도착하는 걸 봤나요?"

사내가 말했다. "아뇨. 나는 그가 인도에 있는 걸 봤어요. 그게 다예요. 바로 저기 있는 펌프장으로 가고 있는 것만 보았을 뿐이에요."

"자동차가 도착하는 걸 봤나요?"

"아뇨. 자동차는 이미 도착해 있었어요."

"그 차에 정장을 입은 두 남자가 타고 있었나요?"

"아뇨. 그들도 인도에 있었어요."

"녹색 코트를 입은 남자를 쫓아가던가요?"

사내가 고개를 끄덕였다. "3미터쯤 뒤에서요. 아니, 6미터쯤이었나?"

"그 사람들의 인상착의를 설명할 수 있나요?"

"그냥 두 남자였어요. 정장을 입고 있는."

"늙었나요, 젊었나요?"

"늙지도 젊지도 않았어요. 그냥 두 남자였어요."

"키가 작았나요, 컸나요?"

"보통이었어요."

"흑인이었나요, 백인이었나요?"

"백인들이었어요."

"뚱뚱했나요, 말랐나요?"

"보통이었어요."

"특별한 점은 없었나요?"

"무슨 뜻인지?"

"그들의 얼굴에 특징이 있었나요? 수염이나 흉터, 아니면 피어싱?"

"그냥 보통 남자들이었어요."

"머리카락은 무슨 색이었죠? 밝은색이었나요, 어두운색이었나요?"

"머리색이요?" 사내가 말했다. "모르겠는데요. 그냥 머리카락 색깔이었던 것 같은데."

"그들이 펌프장 안으로 들어갈 때 칼을 들고 있던가요?"

"그건 못 봤는데요."

"그들이 나올 때 칼을 들고 있던가요?"

"그것도 못 봤는데요."

"그들의 몸에 피가 묻어 있던가요?"

"한 사람의 윗도리 몇 군데가 젖어 있었던 것 같아요. 하지만 검은색 얼룩이었어요, 빨간색이 아니라. 물이었던 것 같아요. 내 말은 그러니까 검은색 양복 위에 물 얼룩이 져 있었다는 거죠."

"가로등 불빛은 노란색이에요."

사내는 그녀의 말을 확인하려는 듯, 차창 밖을 내다본 다음 말했다. "그러네요."

"노란 불빛 속에서는 피가 검은색으로 보일 수도 있어요."

"그럴 수도 있겠네요."

"그 빨간색 차량은 그들의 것으로 보였나요?"

"그들이 거기에 올라탔어요. 그게 내가 본 전부예요."

"차에 올라타는 모습이 어땠나요? 아주 자연스럽던가요, 아니면 왠지 어색한 것 같던가요?"

앞좌석에서 굿맨이 소렌슨에게 의아한 눈길을 보냈다.

소렌슨이 굿맨에게 말했다. "살해된 남성의 주머니 속엔 아무것도 없었어요. 물론 자동차 키도 없었고. 그렇다면 그가 어떻게 여기까지 왔겠어요?

빨간색 자동차는 그의 것일 가능성이 커요."

굿맨이 말했다. "그렇다면 다른 두 사내는 여기까지 어떻게 왔겠소? 일단 걸어왔을 리는 없소. 이렇게 추운 날씨에 코트도 안 입었던 걸 보면."

"어쩌면 세 사람이 함께 왔을 수도 있겠네요."

"난 몰라요, 요원님. 그 두 사람은 차에 올라타서 떠났어요. 내가 본 건 거기까지예요." 사내가 말했다.

목격자를 집으로 돌려보낸 뒤 굿맨은 소렌슨을 태우고 북쪽으로 차를 몰았다. 범인들이 버리고 간 빨간색 차량을 보여주기 위해서였다.

9

리처는 눈을 감고 있었다. 그의 코는 기능을 상실한 상태였다. 따라서 남아 있는 감각기관은 미각과 촉각, 그리고 청각이었다. 입안에서는 구리와 쇠 맛이 느껴졌다. 아직까지도 이따금씩 목구멍 뒤쪽으로 핏덩이가 넘어왔다. 오른손 손가락 끝으로는 뒷좌석 시트의 뻣뻣하고 조밀한 인조섬유의 감촉이, 허벅지에 올려놓은 왼손으로는 두껍고 거칠면서도 한 번 세탁한 뒤에 출시된 면제품 특유의 바지 촉감이 느껴졌다. 두 귀로는 콘크리트 노면과 마찰하는 타이어 소리, 모터 소리, 구동벨트 소리, 앞 유리창과 사이드미러에 부딪치는 바람 소리, 그리고 좌석 스프링이 삐걱대는 소리를 들을 수 있었다. 귀에 좀 더 신경을 모으자 다른 세 사람의 숨소리까지도 구분할 수 있었다. 느리면서도 절제된 것은 돈 맥퀸의 숨소리, 초조한 기색이 역력한 것은 카렌 델펜소의 숨소리, 그리고 갈수록 받아지는 건 앨런 킹의 숨소리였다. 킹은 뭔가를 골똘히 생각하고 있었다. 그리고 결론에 거의 다다른 것 같았다. 리처의 귀에 손목 피부와 천이 스치는 소리가 들렸다. 킹이 손목시계를 확인하고 있는 것이다.

킹이 허리를 뒤로 틀었다. 리처가 두 눈을 떴다.

킹이 말했다. "동이 트기 전에 시카고에 닿았으면 정말 좋겠네요."

'나도 그러면 정말 좋겠소.' 리처는 생각했다. '시카고에서 출발하는 많은 아침 버스 편들. 남쪽으로 일리노이를 다 내려간 다음, 동쪽으로 켄터키를 관통하고 나면 버지니아니까.'

리처가 말했다. "반드시 그럴 수 있을 겁니다. 우리는 빠르게 달리고 있으니까. 게다가 겨울이니 동이 늦게 틀 거요."

킹이 말했다. "처음 절반은 돈이 운전하고 나머지 절반은 내가 운전하는 게 원래 계획이었어요. 하지만 이제 계획을 수정해서 세 부분으로 나눴으면 합니다. 당신이 가운데 부분을 맡아주면 좋겠군요."

"카렌은?" 리처가 말했다.

그녀는 아무 대꾸도 하지 않았다.

"카렌은 운전을 하지 않아요." 킹이 말했다.

"알겠소." 리처가 말했다. "기꺼이 한 몫 거들죠."

"셋이 나눠서 운전하는 게 좀 더 안전할 겁니다."

"아직 내 운전 솜씨를 보지 못했잖소."

"직선으로 툭 트인 도로예요. 다른 차들도 없고."

"알겠소." 리처가 다시 그렇게 말했다.

"다음번 기름 넣을 때 교대하기로 합시다."

"그게 언제쯤일 것 같소?"

"금방이겠죠."

"어떻게?" 리처가 말했다. "당신들은 3시간을 쉬지 않고 달려왔는데도 연료는 아직 4분의 3이나 남아 있잖소. 그렇다면 뉴욕까지 절반 정도 가서야 기름이 떨어진다는 계산이 나와요. 어쩌면 그 이상 갈 수도 있을 거고."

킹이 잠시 입을 다물었다. 그의 눈이 한 번 껌뻑거렸다.

그가 다시 입을 열었다. "리처 씨, 관찰력이 예리한 분이시군요."

리처가 말했다. "그러려고 노력하는 편이오."

"이건 내 찹니다." 킹이 말했다. "주인인 내가 이 차의 구석구석을 모른다는 건 말이 안 되죠. 사실 저 유량계는 고장 났어요. 저것만 보고서는 기름이 얼마나 남았는지 알 수가 없어요. 처음엔 아주 조금씩 움직이다가 어느 시점에선가 갑자기 확 떨어져버리거든요."

리처는 아무 말도 하지 않았다.

킹이 말했다. "내 말 믿어요. 우린 곧 주유소에 들러야 할 겁니다."

칵테일 라운지 뒤쪽 주차장을 지키고 있는 보안관보 두 사람은 빨간색 마즈다를 마치 방사능을 방출하거나 폭발할 위험이 있는 차량으로 간주하고 있는 것 같았다. 그들의 순찰차들이 그 차를 가운데 두고 6미터쯤 떨어져 각각 엇각으로 주차돼 있었다. 굿맨은 그 두 대와 삼각형을 이룬 형태로 차를 주차시켰다.

소렌슨이 말했다. "이쪽 현장엔 목격자가 없는 거군요, 그렇죠?"

"오늘이 내 생일이 아닌 건 분명하오." 굿맨이 말했다. "크리스마스가 아닌 것도 분명하고."

"이 라운지도 폐업했나요?"

"그렇지 않소. 여긴 자정에 문을 닫는 곳이오. 상당히 건전한 술집이지."

"건전하다는 기준이 뭐죠?"

"이 부근의 다른 술집들에 비해 건전하다는 얘기였소."

"저 차가 여기로 들어선 건 몇 시쯤이었을까요?"

"아무리 일러봐야 12시 20분은 넘었을 거요. 목격자가 있을 수 없는 시각이지."

"보안관님은 술집에서 일해본 적이 없으시죠?" 소렌슨이 말했다.

"그렇소." 굿맨이 말했다. "그런데 그건 왜?"

"자정까지만 영업을 한다고 해서 직원들도 그 시각에 퇴근을 하는 건 아니거든요. 최소한 웨이트리스 한 명은 남아서 뒷정리를 하는 게 원칙이에요. 이 라운지 주인을 알고 계신가요?"

"물론이오."

"그럼 그에게 전화하세요."

"그가 아니라 그녀라오." 굿맨이 말했다. "스미스 부인. 평생을 여기서 보낸 사람이오. 마을 유지들 가운데 한 명이지. 만일 내가 이 시각에 잠을 깨우면 좋아하지는 않을 거요."

소렌슨이 말했다. "만일 보안관님이 그렇게 하지 않는다면 제가 좋아하지 않을 거예요."

굿맨이 전화기를 귀에 대고 순찰차 주변을 어슬렁거리는 동안 소렌슨은 마즈다로 다가가 차체를 살펴보았다. 노스캐롤라이나 번호판이었다. 뒤 유리창에는 바코드가 붙어 있었다. 외양은 물론 실내도 깨끗하고 산뜻해 보이는 차량이었다. 그녀는 휴대폰으로 번호판과 차량등록번호를 찍어서 메모와 함께 오마하 본부로 전송했다. 굿맨은 전화기를 어깨와 귀 사이에 끼고 손바닥에 펜으로 뭔가를 적고 있었다. 그녀는 그가 펜 뚜껑을 닫은 뒤 전화를 끊는 모습을 지켜보았다.

그가 말했다. "스미스 부인은 '정확히' 자정에 손님들과 함께 라운지를 떠났다네요."

자기 생각도 완전히 틀렸던 건 아니라는 얘기였다. 일단 보안관으로서 체면은 살려야 했을 테니까. 그 마음은 충분히 이해할 수 있었다. 하지만 소렌슨은 틈을 주지 않고 추궁했다.

"그리고요?"

"웨이트리스 한 명은 청소를 하기 위해 뒤에 남았다고 했소. 당번제인 모양이오. 매일 밤, 자정에 문을 닫고 난 뒤에 웨이트리스 가운데 한 명이

30분 동안 잔업을 한다고 했소."

"보안관님 손바닥에 적은 게 그 웨이트리스의 전화번호죠?"

"그렇소. 그녀의 휴대폰 번호."

"이 마즈다는 렌트카예요." 소렌슨이 말했다. "다른 주의 번호판에다 반납 장소의 직원이 판독할 수 있는 바코드가 붙어 있어요. 일주일에 두 번 갱신되는 시스템일 거예요."

"여기서 가장 가까운 렌트카 영업소는 오마하 공항에 있소. 한번 알아볼까요?"

"내가 벌써 했어요. 보안관님은 그 웨이트리스에게 전화하세요."

굿맨은 그의 왼손바닥을 헤드라이트 불빛에 비춰가며 오른손 엄지손가락으로 휴대폰의 번호판을 눌렀다.

10

아이오와로 들어서고 나서 얼마 되지 않아 주간 고속도로는 2차선으로 좁아졌다. 하지만 차량 통행은 여전히 뜸했다. 출구는 십수 킬로미터마다 하나씩 뚫려 있었다. 고속도로의 출구는 장거리 운전자들을 유혹하는 일종의 이벤트 행사장 입구다. 그 관점에서 보자면 출구에 이르기 전에 서 있는 입간판들은 도로에 나와 있는 이벤트 홍보 도우미나 마찬가지다. 입간판들은 서로 100미터 정도의 간격을 두고 세 개씩 서 있는 것이 보통이다. 각각의 파란 표면에는 출구를 빠져나오면 만날 수 있는 이벤트의 내용이 적혀 있다. 대개는 주유소와 식당, 그리고 숙박업소의 존재를 알리는 내용들이다. 하지만 그 세 개의 입간판들 가운데 하나나 두 개 위에 아무것도 적혀 있지 않은 경우도 있다. 출구를 빠져나가도 주유소와 식당, 그리고 모텔 중에 하나나 두 개를 만날 수 없다는 걸 알려주는 표시다. 처음부터 없었을 수도 있지만 폐업한 뒤 지운 것들이 대부분이다. 하지만 그냥 내버려둔 것들도 가끔씩 있다. 운전자들에게는 함정이다. 리처는 미국 내의 거의 모든 주간고속도로를 달려본 사람이었다. 그래서 그는 그런 함정의 존재를 잘 알고 있었다. 그 내용을 그대로 믿고 출구를 빠져나가면 자물쇠가 채워진 건물들만이 기다리고 있을 뿐이다. 혹시나 해서 시골길을 20킬로미터쯤 더 달린 후에야 속았다는 걸 깨닫게 되는 경우도 있다. 특히 야간운전을 할 때, 그런 황당한 경우를 당하지 않기 위해선 일단 출구 쪽의 지평선을 확인해야 한다. 지평선 어림에 빨갛고, 파랗고, 노란 빛무리들이 어우러져 있으면 빠져나가도 좋다. 하지만 지평선이 어둠에 잠겨 있다면 그냥 지나치는 게 안전하다.

그들은 계속해서 고속도로를 달렸다. 모두들 속도와 시간에 반쯤 무감각해진 채 굳게 입을 다물고 있었다.

디모인을 지나고 얼마 되지 않아서 마침내 앨런 킹이 그저 그런 출구를 선택했다.

그가 말했다. "돈, 이번에 빠지자고."

차례로 지나쳐 가는 세 개의 입간판 위에는 주유소, 식당, 모텔 이름이 하나씩 적혀 있었다. 프렌차이즈들은 아니었다. 리처는 경험상 어떤 곳들일지 짐작할 수 있었다. 그의 눈앞에 풍경이 그려졌다. 개인 주유소 한 곳과 길 건너에 외따로 자리 잡은 허름한 식당, 그곳의 메뉴는 전자레인지에 데워먹는 봉지 음식과 뭉근한 불 위에 놓인 주전자 속의 커피가 전부일 것이다. 그리고 1.5킬로미터쯤 떨어진 지점에 나이 든 부부가 운영하는 여인숙급의 숙박업소가 있을 것이다. 리처는 출구 너머를 살펴보았다. 희고 파란 빛무리가 밤안개 속에 뿌옇게 번져 있었다. 주유소의 불빛이었다. 빛무리의 규모로 보아 상당한 크기의 주유소였다. 트럭들도 이용할 수 있는 곳이 분명했다.

돈 맥퀸은 마치 착륙하려는 점보제트기처럼 출구에서 훨씬 못 미친 지점에서부터 차의 속도를 줄이기 시작했다. 1.5킬로미터까지 후방이 훤히 비어 있다는 걸 알고 있으면서도 그는 룸미러를 확인하고 깜빡이를 켰다. 램프의 아스팔트 노면 상태는 거칠었다. 바퀴들이 번갈아가며 크게 투덜거렸다. 램프는 2차선 지방도로로 이어졌다. 그 도로에서 우회전을 한 다음 남쪽으로 30미터를 내려가자 오른쪽에 주유소가 나타났다. 면적으로만 보자면 리처의 짐작대로 상당한 규모였다. 하지만 그 넓은 공간에 들어선 시설은 보잘것 없었다. 주유 펌프 여섯 개, 타이어 공기 주입기 하나, 소형 실내 진공청소기 한 대가 일반 차량을 위한 시설의 전부였다. 트럭을 위한 공간 역시 황량하기는 마찬가지였다. 디젤 펌프 몇 개와 그 부근에 고여 있는 기름 웅덩이 몇 개가 풍경의 전부였다. 먼 구석에 떨어져 있는 화장실과 경비 초소만 한 크기의 정산소 말고는 어떤 부대 건물도 없었다. 천막으로 지붕을 이은 간이 건물조차 보이지 않았다. 음식을 팔지 않는 곳이었다.

하지만 역시 리처의 짐작대로 주유소 건너편에 식당이 있었다. 길고 낮은 구조의 다 쓰러져가는 헛간 같은 건물이었다.

식사와 음료, 24시간 영업

흰 페인트 글씨가 적힌 간판이 2미터 높이의 처마선 아래 걸려 있었다. 식당에서 조금 떨어진 도로 아래쪽에 고속도로 입간판과 내용은 같지만 크기는 훨씬 작은 모텔 안내판이 세워져 있었다. 모텔은 보이지 않았다. 안내판 위에 그려진 작은 화살표가 어둠 속을 가리키고 있었다. 도로 위에는 무릎 높이까지 안개가 차올라 있었다. 그 안개 바다 속에서 작은 얼음 결정체들이 반짝였다.

맥퀸이 차를 몰고 주유소로 들어섰다. 그는 크게 핸들을 돌려 앞머리를 왔던 방향으로 향하고 펌프와 나란히 차를 세웠다. 그가 시동을 끈 다음 핸들에서 손을 뗐다. 한순간 차 안에 정적이 흘렀다.

그 정적을 깨고 앨런 킹이 말했다. "리처 씨, 커피를 사오시죠. 우린 기름을 넣겠습니다."

리처가 말했다. "아닙니다. 내가 기름을 넣지요. 그래야 옳아요."

킹이 미소를 지었다. "차를 얻어 탄 대가를 당당히 치르고 싶으셔서?"

"난 내 몫의 기름 값을 내고 싶은 것뿐입니다."

"그 마음 충분히 이해합니다." 킹이 말했다. "하지만 내 돈으로 기름을 넣는 게 아니에요. 이런 여행에는 아니죠. 우린 출장 중이에요. 경비는 당연히 회사에서 지급하는 겁니다. 당신이 우리 회사에 기부할 필요는 없다는 얘기예요."

"그럼 기름 넣는 일이라도 내게 맡기십시오. 그냥 차 안에 앉아들 계세요. 그래야 마음이 좀 편할 것 같습니다."

"앞으로 500킬로미터는 당신이 운전대를 잡기로 했잖아요. 그걸로 충분합니다."

"바깥은 춥잖습니까."

킹이 말했다. "기름이 얼마나 들어가는지 확인하고 싶으신 모양인데, 유량계가 고장 났다는 내 말을 믿지 않는 거죠?"

리처는 아무 말도 하지 않았다.

킹이 말했다. "누군가 길거리에서 당신을 차에 태워줬고 덕분에 목적지까지 상당한 거리를 갈 수 있게 됐다면 그 누군가가 사소한 사실을 얘기했을 때 그냥 믿어주는 게 최소한의 예의 아닌가요?"

리처는 아무 말도 하지 않았다.

"커피." 킹이 말했다. "설탕 한 숟갈을 탄 크림커피 두 잔, 그리고 카렌의 커피는 그녀가 원하는 대로."

델펜소는 아무 말이 없었다. 잠시 침묵이 흘렀다.

킹이 말했다. "그럼 카렌은 됐고."

리처는 차에서 내려 2차선 도로를 건너갔다.

굿맨 보안관의 전화는 곧장 음성사서함으로 넘어갔다.

그가 말했다. "웨이트리스의 휴대폰이 꺼져 있는 모양이오."

"당연히 그렇겠죠." 소렌슨이 말했다. "단잠을 방해받고 싶지 않을 테니까. 저녁 내내 일하느라 힘들었을 거예요. 혹시 그 집에 유선전화는 없나요?"

"스미스 부인이 알려준 건 휴대폰 번호뿐이오."

"그렇다면 스미스 부인에게 다시 전화해서 주소를 받으세요. 현관문을 두드려 보죠, 뭐."

"스미스 부인에게 다시 전화할 수는 없소."

"전화하셔야 해요." 바로 그때 소렌슨의 휴대폰이 울리기 시작했다. 평범한 전자 벨소리였다. 곡조가 없었다. 다운로드를 받지 않은 것이다. 그녀는 응답 뒤 잠시 귀를 기울이고 나서 말했다. "알았어요."

그녀가 전화를 끊었다.

"저 마즈다는 덴버 공항에서 렌트한 차량이에요." 그녀가 말했다. "렌트한 사람은 혼자였대요. 우리 쪽 사람들이 알아본 결과 그의 신분증과 신용카드는 모두 가짜였고요."

"덴버라니, 이해가 가질 않는군." 굿맨이 말했다. "목적지가 여기라면 오마하 공항을 이용하는 게 당연한데. 차도 거기서 렌트하면 되고."

"덴버가 오마하보다 훨씬 크니까 남의 눈을 피하기가 훨씬 쉽잖아요. 렌트카 수요가 오마하의 20배는 될 걸요?"

그때 그녀의 휴대폰이 다시 울렸다. 좀 전과 똑같은 평범한 전자음이었다. 그녀가 응답을 했다. 다음 순간 그녀의 등이 곧게 펴지는 걸 굿맨은 보았다. 상관의 전화였다. 그건 전 세계 공통의 육체언어다.

그녀가 말했다. "다시 한 번 말씀해 주시겠습니까?" 잠시 귀를 기울이고 난 뒤, 그녀가 다시 말했다. "네, 알겠습니다."

그녀가 전화를 끊었다.

그녀가 말했다. "상황이 복잡하게 돌아가는데요."

굿맨이 물었다. "무슨 말이오?"

"펌프장으로 출동한 우리 감식반이 피살자의 지문을 채취해서 감식을 요청했대요. 그런데 곧장 국무성에서 개입했다는군요."

"국무성? 당신네하고는 관할이 다르지 않소? 거기선 국외 문제를 다루니까. 당신들은 법무성 소속으로 알고 있는데. 아닌가?"

"우린 실질적으로 어디 소속도 아니에요."

"어쨌든 국무성이 개입한 이유가 있을 거 아니오?"

"아직은 몰라요. 피살자가 국무성 직원일 수도 있겠죠. 아니면 모종의 연관이 있는 인물이든지."

"외교관 같은 거 말이오?"

"아니면 다른 기관의 해외 주재원일 수도 있고."

"네브래스카에서?"

"그런 사람들은 책상 앞에 매어 있지 않아요."

"외국인같이 보이진 않던데."

"당연하죠. 온통 피를 뒤집어쓰고 있었으니까."

"그럼 이제 우린 뭘 해야 하오?"

"최대한의 노력." 소렌슨이 말했다. "상부의 지시 내용이에요. 그 두 사내는 지금 어디 있을까요?"

"지금? 있을 만한 곳이 백만 군데도 넘을 거요."

"그렇다면 이제 도박을 해야겠군요. 이 사건에서 손을 떼라는 지시를 받기 전까지. 아니면 독자적인 수사를 접고 상부의 지시에만 따르게 되기 전까지. 아침이 되면 그 둘 중 한 가지 명령이 떨어질 거예요. 좀 전에 내가 받은 지시는 그때까지 최대한 노력하라는 의미예요. 보안관님 생각으로는 그 두 사내가 아직 도로 위에 있을 것 같은가요?"

"어느 도로 말이오? 도로가 백만 개는 되는데."

"주간고속도로를 타고 있을 것 같은가요?"

"그럴 것 같소?"

"그들은 이 지역 사람들이 아닐 거예요. 본거지가 상당히 떨어져 있을 테니 아직 거기로 달려가고 있을 가능성이 높아요."

"어느 방향으로?"

"양쪽 가운데 하나겠죠."

"그들이 서로 다른 도주로를 선택했을 수도 있다고 당신이 말했잖소."

"그럴 가능성을 짚어본 것뿐이에요. 통계적으로 보자면 심각한 범죄를 저지른 범인들은 범행 후에도 함께 붙어 있는 경우가 대부분이에요. 인간의 본성이죠. 믿음 때문이 아니라 의심 때문에요. 상대방이 배신할까 봐."

"통계라……."

"사건을 해결할 때 통계는 유용한 단서가 되곤 하죠."

"알겠소. 그들이 아직까지 붙어 있고 또 그들이 저 고속도로를 서쪽으로 달리고 있다면, 현재 그들은 덴버까지 거리의 4분의 1쯤 되는 지점에 있을 거요. 만일 동쪽으로 달리고 있다면 이미 아이오와 깊숙이 들어가 있겠고."

"속도는?"

"아마 시속 130킬로미터에 조금 못 미치는 속도로 달리고 있을 거요. 고속도로 순찰대들은 그 정도 속도로 달리는 차량에는 대부분 신경을 쓰지 않는 법이오. 특히 이 지역에서는 그냥 내버려두는 게 보통이지. 궂은 날씨라면 적극적으로 제지할 수도 있겠지만 오늘 밤은 아주 맑잖소."

최대한의 노력.

도박.

소렌슨은 약 30초 동안 생각에 잠겨 있다가 다시 휴대폰을 들었다. 그녀는 고속도로 순찰대에 전화를 걸어 주간고속도로 두 지점에 검문소를 설치할 것을 요청했다. 한 곳은 서쪽으로 덴버까지 거리의 4분의 1에다가 130킬로미터를 더한 지점이고, 다른 한 곳은 아이오와 상당히 깊숙한 곳에다가 130킬로미터를 더한 지점이었다.

연령 미상의 두 백인 남성. 외모상의 특징은 없고 옷가지에 혈흔이 있을 가능성과 최근에 사용한 흔적이 있는 칼을 소지하고 있을 가능성을 염두에 둘 것. 그녀는 그렇게 수배 대상을 설명한 뒤 1시간 이내에 검문소가 설치되어야 한다고 강조하고 전화를 끊었다.

11

리처는 보드지로 만든 접시 위에 커피 네 잔을 담아 들고 허름한 식당을 나섰다. 그는 그중 세 잔은 그냥 버려야 될 거라고 생각했다. 차가 떠나고 없을 게 거의 분명했기 때문이다. 하지만 아니었다. 차가 주유 펌프 옆에서 움직이긴 했다. 하지만 타이어 공기 주입기와 실내 진공청소기 근처에서 그를 기다리고 있었다. 헤드라이트를 켜고 시동을 건 상태였다. 앨런 킹과 카렌 델펜소는 똑같은 자리에 앉아 있었다. 돈 맥퀸은 운전석 문밖에 나와 있었다. 춥고 피곤해 보였다. 리처의 어림대로 182센티미터의 키에 야윈 몸매였다. 팔다리가 아주 길었다.

리처는 2차선 도로를 건너가서 맥퀸에게 크림커피 한 잔을 건넸다. 그다음엔 보닛을 돌아 조수석 옆으로 가서 킹에게 나머지 크림커피 컵을 건넸다. 이제 델펜소의 차례였다. 그는 그녀 쪽 문을 열고 세 번째 커피 컵을 들이밀었다.

리처가 말했다. "블랙이오. 설탕 없이."

델펜소는 잠시 망설이다가 컵을 받았다.

그녀가 말했다. "고마워요. 전 늘 이렇게 마셔요. 그런데 그걸 어떻게 아셨죠?"

그때까지 그녀가 했던 말들을 모두 합친 것보다 더 긴 얘기였다. 리처는 생각했다. '40대 초반의 날씬한 여성이라면 절대 커피에 크림이나 설탕을 타지 않는다는 걸 모르는 사람이 어디 있겠소?'

리처가 말했다. "그냥 때려 맞춘 것뿐이오."

그는 진공청소기 옆에 있는 쓰레기통으로 다가가서 종이 접시를 던져 넣었다. 돈 맥퀸이 그를 위해 운전석의 문을 열어주었다. 교대 의식인 셈이었다. 리처는 운전석에 올라탄 뒤 커피 컵을 홀더에 끼웠다. 맥퀸이 그의 뒷자리에 올라탔다.

리처는 기어 스틱의 위치를 확인한 뒤 좌석을 뒤로 밀었다. 등받이가 맥퀸의 무릎에 닿았다.

리처가 앨런 킹을 보며 말했다. "맥퀸 씨하고 자리를 바꾸는 게 어떻겠소? 키가 큰 두 사람이 한쪽으로 앉게 됐으니까."

킹이 말했다. "난 항상 앞자리에 탑니다."

"항상?"

"예외 없이."

리처는 어깨를 한 번 으쓱한 뒤 거울들의 각도를 조절하고 안전벨트를 맸다. 이어서 몸을 몇 차례 들썩여 최대한 편안한 자세를 취했다. 이제 출발 준비가 끝났다. 리처는 기어를 주행 위치에 놓고 액셀을 밟았다. 차는 2차선 도로로 진입해서 30미터를 나아간 뒤 램프를 타고 다시 고속도로에 올라섰다.

리처를 태우기 전까지 그들이 3시간 동안 쉬지 않고 달려왔다는 얘기가 거짓말이라는 증거가 또 한 가지 드러났다.

아무도 화장실에 다녀오지 않았으니까.

굿맨이 휴대폰을 닫으며 말했다. "스미스 부인이 전화기를 아예 꺼버렸소." 소렌슨이 고개를 끄덕였다. "밤이 늦었잖아요. 일반인들은 자야 할 시각이죠. 그녀가 어디 사는지 아세요?"

굿맨은 대답하지 않았다. 아무래도 내키지 않는 모양이었다.

"보안관님은 틀림없이 그녀가 사는 곳을 알고 있어요." 소렌슨이 말했다. "여기서 평생을 살아온 여자라면서요. 게다가 마을 유지이고. 내키지 않으시겠지만 그녀 집 현관문을 두드려야 해요. 그래야 웨이트리스가 사는 집을 찾아가죠."

굿맨이 말했다. "스미스 부인의 현관문을 두드릴 수는 없소. 이 한밤중엔 도저히."

소렌슨은 굿맨의 얘기에 아무 대꾸도 하지 않았다. 대신 그녀는 옆걸음질을 쳐서 마즈다의 측면으로부터 왼쪽으로 물러난 뒤, 칵테일 라운지와 회벽돌로 담을 쌓은 술집 사이의 공간을 통해 바깥쪽을 내다보았다.

그녀가 말했다. "여기선 길 건너편 주유소가 보이네요."

굿맨이 말했다. "그런데?"

"주유소 쪽에서도 내 모습을 충분히 볼 수 있다는 얘기잖아요."

"혹시 목격자가 있을 수도 있다는 얘기요? 어떤 트럭 운전수가 저 주유소에서 기름을 넣고 있었다? 범인들이 마즈다를 타고 왔다가 다른 차를 타고 떠나는 광경을 이 골목을 통해 목격했다? 그 가능성이 얼마나 될 것 같소? 각도도 맞아야 하고 엉덩이를 긁으며 기지개를 켜는 대신 이 골목만 열심히 들여다봐야 했을 거요. 게다가 시간까지 감안하면 그럴 가능성은 제로에 가깝겠지. 백 번 양보해서 그런 목격자가 있다고 해도 어디서 그를 찾을 수 있겠소?"

"아니, 내 말은 그게 아니라." 소렌슨이 말했다. "저 주유소에 감시 카메라들이 있지 않을까요? 어안렌즈처럼 촬영 범위가 큰 기종일 수도 있잖아요.

그렇다면 여기서 벌어진 상황이 찍혔을 가능성이 있어요."

굿맨은 아무 말도 하지 않았다.

"저 주유소에 카메라가 설치돼 있나요?"

"모르겠소." 굿맨이 말했다.

"그럴 가능성이 높아요." 소렌슨이 말했다. "대형 트럭들 가운데는 연료 탱크 용량이 100갤런이나 되는 것들도 있어요. 아시다시피 요즘 경기가 너무 안 좋잖아요. 탱크를 대충 채우고선 돈을 내지 않은 채 내빼고 싶은 유혹을 느끼는 운전자들이 왜 없겠어요? 주유소 측에서 그런 경우를 대비하는 게 당연할 것 같은데."

"일단 건너가서 확인합시다."

"그래야죠." 소렌슨이 말했다. "그다음엔 스미스 부인 집의 현관문을 두드려야 해요. 그럴 수 없다는 생각은 제발 하지 마세요. 잠자는 시간을 송두리째 뺏는 것도 아니잖아요."

리처는 운전대를 잡기에 결정적인 하자가 있는 사람은 아니었다. 하지만 딱 거기까지였다. 물리적으로만 볼 때 그의 몸은 단 두 가지 방식으로만 움직였다. 극도로 느리거나 극도로 빠르거나. 평상시 그는 몸집이 큰 사람들이 흔히 그렇듯이 느릿느릿 행동했다. 때로는 느려터진 정도를 넘어서서 반쯤 잠이 든 상태에서 움직이는 것 같았다. 하지만 언제든 필요하다면 말 그대로 전광석화처럼 움직였다. 팔다리가 보이지 않을 정도로 신속하게 일을 처리하고 나선 언제 그랬냐는 듯 다시 휴면 상태로 돌아가는 게 리처였다. 그 극단적인 두 가지 몸놀림 사이에는 중간 단계란 존재하지 않았다. 운전대를 잡았을 때 리처의 문제점이 바로 그거였다. 운전을 잘하기 위해서는 그 중간 단계의 몸놀림이 필요하기 때문이다. 재빠르되 조심스럽고, 기민하되 신중하며, 신속하되 사려 깊은 작용과 반작용이 몸에 밴 사람이 최고의 운전자다. 하지만 리처에게는 그런 개념을 인식하는 것조차 힘든 일이었다. 예를 들어 200미터 전방에서 위험한 상황이 발생했을 때 리처의 반응은 두 가지다. 아예 차를 세우는 게 한 가지 반응이고, 상황이 저절로 해결될 거라는 자의적인 판단 아래 그대로 돌진하는 게 다른 한 가지 반응이다. 그 때까지 그는 고의로 그런 적은 있어도 실수로 사람을 치어 죽이거나 다치게 한 적은 없었다. 하지만 철저하게 현실적인 사람으로서 그는 결코 스스로를 기만하는 법이 없었다. 따라서 자신의 운전 실력이 수준 이하라는 건 누구보다도 그 자신이 잘 알고 있었다.

다행히 킹의 장담대로 고속도로는 직선으로 툭 트여 있었다. 어느샌가 너비도 편도 3차선으로 늘어났다. 차의 성능도 아주 좋았다. 게다가 밤이라 차들도 거의 없어서 작용이든 반작용이든 필요할 일이 없는 상황이었다. 그런 상황에서 가장 큰 문제는 졸음운전이었다. 하지만 그건 리처가 자신 있는 부분이었다. 그는 가장 기본적인 의식 상태만을 유지한 채 언제까지도 버틸 수 있는 능력의 소유자였다. 그는 두 손으로 핸들을 잡고 있었다. 시계판으로 치자면 각각 10시와 2시의 위치였다. 그는 대략 20초 간격을 두고 거울들을 확인해가며 운전했다. 조수석 밖의 사이드미러, 차 안의 룸미러, 운전석 밖의 사이드미러, 그리고 다시 차 안의 룸미러. 그 룸미러를 통해 리처는 오른쪽 어깨 뒤편에 앉은 델펜소가 깨어 있는 걸 번번이 확인할 수 있었다. 긴장과 초조가 뒤섞인 표정이었다. 그녀 옆에 앉아 있는 돈 맥퀸의 호흡은 낮게 가라앉아 있었다. 잠이 든 건 아니었지만 완전히 깨어 있는 상태도 아니었다. 조수석에 앉은 앨런 킹은 깨어 있었다. 말없이 뚱한 모습이 뭔가를 골똘히 생각하고 있는 것 같았다. 그의 머리는 운전석을 향해 45도 각도로 돌려져 있었다. 전면의 도로와 리처, 그리고 속도계를 한눈에 보기 위해서였다.

리처는 제한 속도 어림을 유지하며 차를 몰았다. 자동차 키에 매달린 크리스털 펜던트가 차가 덜컹일 때마다 그의 무릎에 부딪치며 소리를 냈다.

주유소의 감시 카메라는 네 대였다. 모두 흑백이었다. 그 카메라들을 통해 촬영된 영상들은 계산대 뒤쪽, 담배 진열대 옆 선반 위에 올려진 하드디스크 레코더에 녹화되고 있었다. 그 내용이 계산기 옆, 4등분 된 LCD화면에 실시간으로 재생되는 시스템이었다.

그중 세 대의 카메라는 소렌슨의 관심 밖이었다. 첫 번째와 두 번째 카메라는 각각 차량 통행 입구와 출구에 낮게 설치되어 있었다. 번호판을 확인하기 위한 용도였다. 두 대 모두 너무 가깝게 초점이 맞춰져 있어서 배경이 전혀 잡히지 않았다. 세 번째 카메라는 계산대 위에 매달려 있었다. 계산대를 지키고 있는 사내의 오른쪽 어깨 뒤쪽 천장에서 아래를 내려다보는 각도였다. 종업원들의 손장난을 감시하기 위한 용도였다. 현찰이 도는 업종에서는 일반적인 관행이었다. 믿기는 믿되 그 믿음을 객관적으로 입증하기 위해서.

하지만 네 번째 카메라는 달랐다. 희망을 걸어볼 만했다. 바깥쪽 간판 기둥 중간쯤에 매달린 지지대에 부착된 검정색 반구형 유리 카메라였다. 유리 덮개 속의 장치가 돌아가면서 주유소 전체를 촬영하고 있었다. 계산대 직원의 얘기로는 사고 보험 문제 때문에 설치한 것이라고 했다. 구체적으로는 두 대의 트럭이 후진을 하다가 트레일러끼리 부딪쳤을 때 어느 쪽이 먼저 움직였는지를 밝혀내기 위해서라고 했다. 또한 휘발유나 디젤을 도난당했을 때 현장 물증으로서 법정에 테이프를 제출하기 위해서라고도 했다. 들어서는 차량의 번호판, 기름을 넣는 사람, 차를 몰고 떠나는 사람, 떠나가는 차량의 번호판.

네 번째 카메라의 촬영 범위는 아주 넓어서 남북간 2차선 도로와 건너편 갓길 너머의 자갈밭, 그리고 회벽돌로 담을 쌓은 술집과 스미스 부인의 칵테일 라운지 일부까지 그 속에 포함되어 있었다. 그 두 건물 사이의 좁은 골목도 마찬가지였다. 화면에 보이는 대로 판단하자면 마치 카메라가 그 골목 속을 수평으로 들여다보는 것 같았다. 어안렌즈로 촬영한 볼록 영상이었기 때문이다. 그쪽 부분에는 환한 빛무리가 번져 있었다. 보안관보의 순찰차 헤드라이트 불빛이었다.

화질은 그다지 선명하지 않았다. 게다가 모든 형체가 회색으로만 드러나 있었다. 지나가는 차량들의 헤드라이트 불빛도 문제였다. 그 불빛에 따라 화면은 반짝이다가 번지다가 환해지다가 희미해지는 과정을 반복하고 있었다.

하지만 없는 것보다는 나았다.

최대한의 노력. 도박.

"됐어요." 소렌슨이 말했다. "이제 돌려보는 방법을 가르쳐 줘요."

12

주유소의 야간 계산원은 상당히 협조적이었다. 머리도 좋은 것 같았다. 게다가 첨단 생활 장비들을 자유자재로 다룰 만큼 젊은 세대였다. 그가 어떤 버튼을 누르자 네 개로 나눠져 있던 LCD 모니터 화면이 하나가 되었다. 그가 또 다른 버튼을 누르자 디지털 시간 표시 옆에 플러스와 마이너스 사인이 나타났다. 그는 키보드 위의 화살표들과 화면 위 사인들의 상관관계를 소렌슨에게 직접 보여주었다. 어떤 화살표들을 누르고 있으면 15분 단위로 전후 녹화 내용이 재생된다는 것도 알려줬고 다시 정상 속도로 돌리기 위해서는 화살표들을 한 번 쳐주면 된다는 것도 가르쳐줬다.

소렌슨은 배운 대로 화살표를 조작해서 화면 위의 시간을 자정에서 조금 못 미친 시점으로 되돌린 다음 손을 뗐다. 그녀와 굿맨은 화면 앞에 어깨를 맞대고 선 채 화면 한구석을 열심히 지켜보았다. 녹색과 회색이라는 차이만 있을 뿐 질 떨어지는 야시경을 통해 바라보는 밤풍경처럼 어둡고 흐렸다. 더구나 지나가는 차량들의 번뜩이는 헤드라이트 불빛 때문에 그마저도 이따금씩 보이지 않았다. 회벽돌로 담을 쌓은 술집 앞에는 차가 한 대도 없었다. 하지만 스미스 부인의 라운지 앞에는 최소한 세 대가 서 있었다. 두 건물 사이의 좁은 골목 안쪽에는 아무것도 보이지 않았다.

"이 기계에 앞으로 빨리 감기 기능도 있나요?"

"시프트 키를 누르시면 됩니다." 젊은 친구가 말했다.

소렌슨은 5분 분량을 빨리 감기로 건너뛰었다. 화면 속의 시계가 자정 30초 전을 알리는 순간 그녀는 정상 속도 복귀를 지시하는 화살표를 손가락 끝으로 가볍게 두드렸다. 회벽돌 술집 앞에서는 아무 움직임도 없었다. 하지만 칵테일 라운지에서는 손님들이 나오기 시작하고 있었다. 회색 화면 속의 회색 형체들, 야간에 촬영된 디지털 비디오로는 색깔이나 모습이 아니라 윤곽과 움직임으로 사물을 파악해야 했다. 그림자 같은 손님들이 그림자 같은 차에 탔다. 번쩍이는 헤드라이트 불빛들의 움직임으로 미루어 차량들이 후진을 했다가 반원을 그리며 도로로 진입하고 있다는 걸 알 수 있었다. 차량들은 모두 남쪽으로 방향을 꺾었다. 라운지의 입구를 나선 마지막 형체는 윤곽으로 볼 때 땅딸막한 체구의 여성이었다. 그 형체는 윤곽으로 볼 때 캐딜락인 것 같은 차량에 올라탔고 그 차는 이내 화면에서 사라졌다.

자정에서 2분이 지난 시각이었다.

"스미스 부인." 굿맨이 말했다.

스미스 부인이 가게 문을 나선 직후 유리창 안에서 비치던 네온사인이 꺼졌다.

이후로 16분이 지나도록 라운지 주변에는 아무 움직임도 없었다.

마침내 12시 18분에 라운지와 술집 사이의 골목에서 빛무리가 환히 비쳤다. 건물들 뒤편, 돌을 깨서 깐 공터들을 따라 화면의 왼쪽, 그러니까 남쪽에서부터 라운지를 향해 접근하는 자동차의 헤드라이트 불빛이 확실했다. 빛무리가 움직이는 속도가 점차 줄어들더니 잠시 멈췄다. 이내 화면 전체가 흰 섬광으로 덮였다. 헤드라이트가 회전을 하면서 한순간 정확히 카메라 렌즈를 향해 불빛을 쏘았기 때문이었다. 그 불빛은 천천히 옆으로 비껴나다가 라운지 뒤쪽으로 숨어들었다. 차가 완전히 멈춰 선 것이다.

"범인들이로군." 굿맨이 말했다. "틀림없소."

소렌슨은 두 손가락으로 앞뒤 감기 버튼들을 조작해서 좁은 골목 끝에서 차가 모습을 드러낸 짧은 장면을 찾아냈다. 그녀가 다시 손을 떼고 주의 깊게 화면을 지켜보았다. 이거다 싶은 장면은 아니었다. 환한 불빛, 그리고 그 빛무리 뒤에 4분의 3 정도 뿌연 형체를 드러낸 자동차의 보닛, 카메라 렌즈를 향해 정면으로 쏟아진 헤드라이트 때문에 생겨난 흰 섬광, 그 직후에 순식간에 지나가는 운전석 쪽 옆면, 그게 전부였다. 차는 건물 뒤에 멈춰 섰고 헤드라이트는 꺼졌다.

화면 속에서 자동차는 빛을 발하는 옅은 회색의 형체로 나타났다. 실제로는 빨간색일 수도 있었다.

"됐어요." 소렌슨이 정지 화살표를 누르며 말했다. "그들은 범행 현장에서부터 북쪽으로 차를 몰고 달려왔고 이 상업지구의 남쪽 끝자락에 이르자 건물들 뒤편으로 진입했어요. 공터들을 타고 라운지 건물 뒤쪽까지 올라와서는 뒷문 앞에 차를 세운 거예요. 그들은 거기서 차를 바꿔 탔어요. 그들이 어떤 차량을 대기시켜 놓았는지 알아내야 해요. 그러려면 웨이트리스를 반드시 만나야 해요."

"시간이 맞질 않잖소." 굿맨이 말했다. "웨이트리스는 저 시점에서 12분이 지난 다음에야 라운지를 나섰을 거요. 그때는 이미 범인들이 사라진 지 오래였을 테고."

"아뇨. 역시 술집에서 일해본 적이 없어서 모르시는군요. 사장은 이미 퇴근을 했어요. 고양이가 사라졌으니 이제 쥐들의 세상이에요. 뒤에 남은 직원은 30분 동안의 잔업 수당을 받아요. 하지만 그렇다고 해서 그 직원이 반드시 30분 동안 남아 있는다는 얘기는 아니죠. 최대한 신속하게 일을 해치우고 퇴근을 하는 게 보통이에요. 그 웨이트리스도 그랬을 거예요. 12시 18분 전에 가게를 나섰을 가능성이 충분하다는 거죠. 그러지 않았다고 해도 쓰레기봉투나 빈 병들을 내놓느라 뒷문을 들락거리긴 했을 거예요."

"알겠소." 굿맨이 말했다.

소렌슨이 말했다. "이제 범인들이 저곳을 떠나기 전에 무슨 일이 있었는지 지켜보죠."

그녀가 재생 화살표를 누르자 화면 속의 시계가 다시 작동하기 시작했다. 그녀는 머릿속으로 계산을 해보았다. 범인들이 마즈다에서 내리는 데 5초, 제2의 차량으로 다가가 잠금 장치를 여는 데 5초, 그 차에 올라타는 데 5초, 시동을 걸고 떠날 채비를 하는 데 5초, 차를 몰고 떠나는 데 5초.

그녀는 화면 앞으로 상체를 기울이고 골목 사이로 보이는 좁은 공간에 눈길을 고정시켰다. 제2의 차량이 회벽돌로 벽을 쌓은 술집 뒤를 돌아 다시 2차선 도로로 올라선 다음 북쪽으로 내빼기 위해 그 공간을 왼쪽에서 오른쪽으로 지나가는 순간을 놓치지 않기 위해서였다. 번쩍이는 섬광은 없을 것이다. 따라서 화면이 순간적으로나마 하얗게 채워지는 일도 없을 것이다. 차체의 측면이 앞머리에서부터 꽁무니까지 완벽하게 드러나는 장면이 반드시 있을 것이다. 그 장면을 근거로 제조사와 차종을 알아낼 수도 있을 것이다. 어쩌면 색깔까지도.

소렌슨은 화면을 열심히 지켜보았다.

하지만 고대했던 장면은 나오지 않았다.

북쪽을 향해 골목 안쪽의 공간을 지나가는 차량은 없었다. 1분이 지나도록 아무 움직임이 없었다. 2분, 3분, 4분, 5분이 지나도 마찬가지였다. 그녀가 빠른 재생 버튼을 눌렀다. 없었다. 화면 전체가 하나의 어둑한 정물화였다. 화면상으로 15분이 지나도록 어떤 움직임도 없었다. 그때 불빛이 비쳤다. 하지만 그녀가 고대했던 장면은 아니었다. 남쪽을 향해 2차선 도로를 달려오는 트럭의 헤드라이트였다. 북쪽을 향해 달리는 세단의 형체도 나타났다. 두 대의 차량이 교차해서 지나간 뒤, 잠시 환했던 화면이 다시 어두워졌다. 그리고 또다시 아무 움직임도 없는 밤풍경만이 길게 이어졌다.

소렌슨이 말했다. "대체 그자들이 어디로 사라진 걸까요? 남쪽으로? 건물들 뒤편 길을 타고 상가지역의 남쪽 끝으로 내려간 걸까요?"

굿맨이 말했다. "절대 남쪽으로 내려갔을 리는 없소."

"그 말씀이 맞기를 바랄게요." 소렌슨이 말했다. 그녀는 고속도로에 설치한 검문소들을 머릿속에 떠올렸다. 서로 수백 킬로미터의 거리를 두고 있는 두 개의 검문소. 고속도로에 검문소를 설치하는 건 쉬운 일이 아니다. 비용도 많이 들고 절차도 복잡하다. 따라서 아무 성과가 없으면 명령을 내린 사람은 아주 곤란해진다. 당장에 사건 해결이 힘들어지는 건 물론 경력에도 오점으로 남게 된다.

도박.

13

아이오와를 관통하는 고속도로는 굴곡이 거의 없이 평탄했다. 자로 잰 듯, 일직선으로 하염없이 뻗은 도로였다. 교통량이 많지는 않았지만 끊이지도 않았다. 밤낮에 상관없이 무작위로 뽑은 어느 순간에 차를 타고 도로를 달리는 미국인의 숫자는 평균 약 백만 명으로 추산된다. 아이오와에서도 그

백만 명 가운데 일부가 늘 차를 몰고 있는 건 틀림없는 사실이다. 하지만 그 일부의 숫자가 그다지 크지 않다는 것 역시 분명한 사실이다. 인구 비율만 따져 봐도 쉽게 수긍이 가는 사실이다. 리처는 시속 130킬로미터를 살짝 밑도는 속도를 유지하며 차를 몰았다. 낮게 으르렁거리는 엔진 소리, 차체에 부딪치는 바람 소리, 노면을 구르는 타이어 소리. 단조롭고 규칙적이면서 서로 어우러지는 그 소리들을 들어가며 광활한 평원을 가로질러 달리는 내내 리처는 편안한 기분이었다. 이따금씩 추월을 하거나 당할 때는 잠깐 정신이 분산되기도 했지만 그는 머릿속의 시계를 작동시켜 흘러가는 시간과 좁혀지는 거리를 끝없이 계산하고 있었다. 그 배경에는 시카고의 그레이하운드 터미널 전경이 붙박여 있었다. 사우스사이드 근처의 웨스트해리슨에 자리 잡고 있는 그 터미널을 리처는 한때 자주 이용했었다. 육중한 디젤 엔진의 소음 속에서 미국 내 모든 곳으로 통하는 차편들이 쉴 새 없이 들고나는 아주 멋진 곳이다. 하지만 버지니아로 가기 위해 반드시 거기서 버스를 탈 필요는 없다. 유니언 역에서 기차 편을 이용할 수도 있다. 예전에 그는 시카고에서 뉴욕까지 18시간 동안 기차 여행을 한 적이 있었다. 즐거운 여행이었다. 뉴욕 터미널에는 워싱턴으로 가는 열차편이 반드시 있을 것이다. 거기까지만 가고 나면 그의 최종 목적지까지는 지척이다.

그는 가벼운 마음으로 차를 몰았다.

그러던 어느 순간 차의 앞 유리가 벌겋게 물이 들었다. 브레이크등의 불빛이었다. 빨간 불빛이 한두 개가 아니라 아예 바다를 이루고 있었다. 그 붉은 바다 너머에는 파랗고 빨간 경광등을 번뜩이며 한 무리의 순찰차들이 진을 치고 있었다. 조수석의 킹이 불평을 하듯 낮은 신음소리를 울리며 눈을 감았다. 델펜소는 아무 기색도 내비치지 않았다. 맥퀸은 여전히 반수면 상태였다. 리처가 액셀에서 발을 떼자 차가 천천히 굴러갔다. 리처는 핸들을 조작해서 미리 맨 오른쪽 차선으로 들어섰다. 그가 브레이크를 힘껏 밟자 차는 흰색 닷지 픽업트럭 뒤에 멈춰 섰다. 그 거리가 너무 가까워서 트럭의 짐칸 문짝이 마치 절벽처럼 시야를 가로막았다. 트럭의 범퍼에는 스티커가 붙어 있었다. '내 운전이 마음에 안 드나? 신고할 테면 어디 한번 해봐!'

리처는 룸미러를 들여다보았다. 소형 트럭이 속도를 줄이며 다가와 멈춰 섰다. 트럭 엔진이 낮게 그르렁대는 소리가 들리는 것 같았다. 가운데 차선의 흐름이 늦춰지더니 완전히 정지했다. 잠시 뒤에는 맨 왼쪽 차선도 똑같은 상태가 되었다.

픽업트럭의 짐칸 문짝에 반사된 헤드라이트 불빛 때문에 차 안이 환했다. 킹이 창 쪽으로 고개를 돌리고 턱을 오른쪽 어깨에 파묻었다. 리처는 맥퀸이 잔기침을 하다가 다시 가늘게 코를 골며 몸을 뒤채는 소리를 들었다. 그는 다시 룸미러로 뒷좌석을 살폈다. 맥퀸의 팔뚝이 눈두덩 위에 얹혀 있었다.

델펜소는 허리를 곧게 편 채 여전히 말짱하게 깨어 있었다. 창백한 얼굴에 초조한 빛이 완연했다. 거울 속에서 두 사람의 눈길이 마주쳤다.

그녀가 빠르게, 그리고 열심히 눈을 깜빡이기 시작했다.

의도적인 깜빡임이었다. 눈을 깜빡이는 도중에 그녀는 때로는 왼쪽, 때로는 오른쪽으로 고개를 꺾었다. 고갯짓 다음에는 다시 눈 깜빡임이 계속됐다. 열세 번, 두 번, 세 번, 한 번, 아홉 번.

리처는 놀란 눈으로 거울 속을 응시했다.

어느 순간 뒤에 서 있는 소형 트럭이 크고 길게 경적을 울렸다. 리처가 잽싸게 눈길을 다시 앞 유리창 너머로 옮겼다. 닷지 픽업트럭이 앞으로 굴러가고 있었다. 리처는 서둘러 그 꽁무니에 따라붙었다. 아이오와 고속도로 순찰대의 검문소는 구조적으로 네브래스카 순찰대의 그것과 동일했다. 맨 오른쪽 차선을 제외한 다른 모든 차선들을 봉쇄한 구조였다. 검문소로 다가가는 차량의 흐름을 적절히 통제하기 위해 빨간 손전등을 든 경찰관 두 명이 분주히 돌아다니고 있었다. 전체적으로 중서부 지역 특유의 호의와 공공정신이 유감없이 발휘되고 있는 광경이었다. 운전자들 모두가 양보 운전을 하고 있었다. 리처가 판단하기에는 10분 정도 지체될 것 같았다. 그게 다였다. 대수롭지 않은 일이었다.

그는 다시 룸미러로 눈길을 옮겼다.

델펜소의 눈이 다시 깜빡거리기 시작했다.

소렌슨은 가장 중요한 15분 동안의 영상을 고속으로 두 번 더 돌려보았다. 한 번은 뒤로, 한 번은 앞으로. 하지만 마즈다가 도착한 뒤 아무 움직임이 없다가 15분이 지난 시점에서 남쪽으로 향하는 트럭과 북쪽으로 향하는 세단이 헤드라이트 불빛으로 화면을 밝히며 서로 지나쳐가는 내용은 변함이 없었다.

도박.

"범인들이 남쪽으로 도주했을 가능성은 정말로 전혀 없는 건가요?" 그녀가 물었다.

"전혀." 굿맨이 말했다.

"확실히요?"

"절대적으로."

"보안관님의 연금을 걸고?"

"내 집도 보태시오."

"확신이 지나치신 것 같은데요?"

"원한다면 내 첫 손자도 걸 수 있소."

"알겠어요." 소렌슨이 말했다. "그들은 북쪽으로 도주했어요. 카메라에 잡혔어요."

"어느 부분에서?"

"바로 여기요." 소렌슨이 그렇게 말하며 화면을 정지시켰다. 북쪽으로 올라가는 세단과 남쪽으로 내려가는 트럭이 서로 교차하는 장면이었다.

그녀가 말했다. "저 차예요. 저 세단. 틀림없어요. 북쪽으로 올라간 차량은 저것뿐이니까요. 그들은 뭔가를 하면서 15분을 보낸 다음 북쪽이 아니라 남쪽으로 뒷길을 돌아 나와서 큰길로 진입한 거예요. 그리고 거기서부터 북쪽으로 올라간 거고. 논리적으로 다른 설명은 불가능해요."

"뭘 하느라고 15분을 지체했겠소?"

"나도 모르죠."

"도망을 치는 상황에서 아무 이유 없이 15분을 지체하지는 않았을 텐데."

"그럴만한 이유가 있었겠죠."

계산대의 직원이 말했다. "12시 20분쯤에 자동차 경고음이 들렸어요."

소렌슨이 정색을 하고 그를 쳐다보았다.

그녀가 말했다. "왜 이제야 그 얘기를 하는 거지? 진즉에 말했어야지."

"내가 왜요? 나한테 물어보지도 않았잖아요. 무슨 일인지 설명도 해주지 않으셨고요. 그건 지금도 마찬가지지만. 난 그냥 생각나서 말씀드린 것뿐이에요."

"12시 20분이라고 했지?"

"그쯤일 거예요."

"분명히 자동차 경고음이었어?"

"확실해요. 소리도 아주 컸어요. 오늘 밤에 일어난 가장 큰 사건이에요. 물론 두 분이 나타난 것 빼고."

"어디서 난 소리였지?"

점원의 손이 허공을 크게 가르다 한 지점에서 멈췄다.

"저 건너에서요." 그가 말했다. "스미스 부인네 라운지 뒤편인 것 같았어요. 아니, 같은 게 아니라 거기가 분명해요."

"알았어." 소렌슨이 말했다. "고마워."

굿맨이 그녀에게 물었다. "그렇다면 얘기가 어떻게 돌아가는 거요? 범인들이 차를 훔치느라 15분을 보냈다?"

"그럴 수도 있고 그렇지 않을 수도 있겠죠. 하지만 어찌 됐든 자동차 경고음이 울린 건 사실이고 따라서 웨이트리스는 틀림없이 라운지 밖을 살펴보았을 거예요. 무엇보다도 자기 차의 안전이 걱정됐겠죠. 지금 당장 그녀를 찾아야 해요. 최소한 현관문 두 개는 두드려야겠어요."

굿맨이 자신의 손목시계를 확인했다.

"서둘러야겠소." 그가 말했다. "범인들은 지금쯤 검문소에 다다랐을 거요. 130킬로미터가 아니라 160킬로미터 지점에 검문소를 설치해야 했소."

소렌슨은 아무 대꾸도 하지 않았다.

14

9분. 리처는 지체 시간을 수정했다. 10분이 아니었다. 하지만 큰 차이는 아니었다. 두 명의 경찰관들은 걸어 돌아다니면서 아주 효율적으로 교통정리를 했다. 검문소의 경찰들 역시 아주 신속하고 요령 있게 검문 절차를 진행하고 있는 모양이었다. 차량의 흐름이 완전히 멈추지 않고 느리게나마 꾸준히 이어지고 있었다. 육중한 닷지 픽업트럭이 시야를 막고 있었기 때문에 리처는 검문소의 상황을 제대로 확인할 수 없었다. 하지만 신속한 진행이 최우선 지침인 것만은 분명했다. 그는 한 번에 차 한 대 길이만큼 나아가다 멈춰 서기를 몇 차례 반복했다. 거리가 좁혀질수록 파랗고 빨간 경광등 불빛이 더욱 환해지고 더욱 강렬해졌다. 킹은 여전히 고개를 꼬고 가슴에 턱을 묻고 있었다. 잠이 든 것 같았다. 맥퀸의 팔뚝은 여전히 눈두덩 위에 얹혀 있었다. 델펜소도 여전히 말짱하게 깨어 있었다. 하지만 그녀의 눈은 더 이상 깜빡이지 않았다.

90미터 정도만 더 가면 된다고 리처는 생각했다. 앞에 선 차량의 숫자는 열다섯 대쯤 될 것이다. 8분, 어쩌면 7분.

스미스 부인의 집은 농장주택이었다. 대형 영농 회사에 농장을 넘기고 농사일에서 완전히 은퇴한 농부가 살고 있을 것 같은 집이었다. 진입로, 집, 차고로 쓰는 헛간, 작은 앞마당, 작은 뒷마당, 그 모든 것들이 새것으로 보이는 철제 울타리에 에워싸여 있었다. 그 울타리 너머로는 집주인의 소유가 아닐 게 분명한 4천 헥타르 정도의 콩밭이 펼쳐져 있었다. 굿맨 보안관은 진입로로 들어선 뒤 현관 앞 6미터쯤 되는 지점에 차를 세웠다. 그가 차 지붕 위 경광등의 스위치를 올렸다. 한밤중에 누군가 문을 두드릴 때 대부분의 집 주인들은 일단 침실 창문을 통해 밖을 살피는 법이다. 그럴 때 경찰차의 경광등은 백 마디 설명을 대신한다. 서로 악을 쓰고 투덜거릴 필요가 없어지는 것이다.

소렌슨을 차 안에 남겨둔 채 굿맨은 혼자서 현관으로 다가갔다. 그의 카운티, 그의 주민들이었다. 소렌슨은 굿맨이 그의 임무를 수행하는 모습을 지켜보았다. 그가 문을 두드리자 이층 창문들 가운데 하나에 드리워져 있던 커튼이 살짝 젖혀졌다. 4분이 지난 뒤 현관문이 열렸다. 땅딸막한 몸집에 상당히 나이 들어 보이는 여자였다. 스미스 부인. 그녀는 잠옷 차림이었다. 하지만 머리는 단정하게 빗질이 돼 있었다.

굿맨이 인사를 건넨 뒤 머리를 긁적였다. 그가 준비한 질문을 했고 스미스 부인이 답변을 했다. 굿맨이 뭔가를 적은 다음 확인을 위해 그 내용을 읽었다. 그녀가 고개를 끄덕였다. 현관문이 닫혔다. 복도의 불이 꺼졌다. 굿맨이 차로 돌아왔다.

"찾아가려면 한참 걸리겠소." 그가 말했다. "범인들이 검문소에서 상당히 못 미친 지점에 있기만을 바라야겠소."

그는 차를 돌려서 다시 도로로 올라섰다.

흰색 닷지 픽업트럭이 검문소를 통과했다. 리처는 창문을 내리고 팔꿈치를 문턱에 걸친 다음 파랗고 빨간 경광등 불빛에 부신 눈을 가늘게 뜬 채로 차를 몰아 검문소 앞에 멈춰 섰다. 유니폼 팔뚝에 갈매기표식을 여러 줄 달고 있는 반백의 경찰이 다가왔다. 그는 허리를 깊게 수그리고 차 안 곳곳을 살펴보았다.

뭔가를 찾고 있었다.

하지만 찾지 못했다.

그가 다시 허리를 곧게 폈다. 검문은 끝났다. 경찰의 마음은 이미 다음 차량으로 옮겨가 있었다. 하지만 어느 순간 그의 눈길이 리처의 얼굴에 꽂혔다. 두 눈이 약간 커졌다. 동정과 의문이 한데 섞인 표정이었다.

그가 말했다. "아이고 아파라."

"내 코 말씀입니까?" 리처가 말했다.

"무지 아프셨겠소."

"나랑 붙었던 작자도 보셨어야 했는데."

"그 사람은 지금 어디 있죠?"

"경찰관님 구역엔 없습니다."

"잘됐군요." 경찰이 말했다. "자, 그럼 오늘 밤, 안전 운전하십시오."

리처가 물었다. "그런데 경위님, 대체 누굴 찾고 계신 거죠?"

"고맙긴 합니다만 난 경위가 아니라 경사입니다."

"알겠습니다. 대체 누굴 찾고 계신 거죠, 경사님?"

경사가 잠시 뜸을 들였다.

이내 그의 얼굴에 미소가 피어올랐다.

"당신은 아닙니다." 그가 말했다. "그건 분명해요. 당신은 아니에요."

말을 마친 뒤 그는 뒤차를 향해 한 걸음을 내디뎠다. 리처는 창문을 다시 올리고 순찰차들이 벽을 이루고 있는 짧은 미로를 조심스럽게 빠져나갔다. 그다음엔 자세를 편히 가다듬고 액셀을 밟은 발에 힘을 주었다. 65, 80, 95, 110킬로미터, 차는 속도를 올리며 800미터 전방에 흰색 닷지 픽업트럭의 미등만이 빨갛게 빛나는 어둠 속을 달려 나갔다.

15

스미스 부인이 굿맨 보안관에게 일러준 주소 부근은 주택 건설 회사에 소규모 농장을 매각하고 은퇴한 농부들 몇이 모여 사는 동네인 것 같았다. 농장은 갈아엎어져서 아직은 공사가 시작되지 않은 넓은 택지로 변했고, 도로를 따라 이어진 0.4헥타르쯤 되는 농지 위에는 네 채의 작은 농장 주택들이 자리 잡고 있었다. 지어진 지 20년 정도 되는 건물들이었다. 달빛 아래 드러난 모습만으로 보아서는 관리 상태가 꽤 양호한 것 같았다. 외관은 모두 똑같았다. 흰 벽, 회색 지붕, 집 앞의 잔디밭, 짧은 일직선 진입로, 그 어귀에 단단한 나무 기둥에 매달린 우체통.

하지만 한 가지 명백히 다른 점이 있었다.

세 집의 진입로에는 차가 세워져 있었다.

한 집의 진입로는 비어 있었다.

스미스 부인이 굿맨 보안관에게 일러준 주소가 바로 그 집이었다.

"예감이 안 좋은데요." 소렌슨이 말했다.

"그렇군요." 굿맨이 말했다.

어느 집에서도 불빛이 내비치지 않았다. 한밤중이니 당연했다. 하지만 왠지 네 번째 집은 유독 어두워보였다. 어둠과 정적 속에 깊이 파묻힌 것이 마치 빈집 같았다.

소렌슨이 차에서 내렸다. 농로에 대충 아스팔트를 깐 것 같은 도로였다. 배수로라고 하기엔 너무 취약한 도로 양쪽의 도랑에는 지난번에 내린 비로 농지에서 쓸려내려 온 흙과 이물질들이 진흙 띠를 이루고 있었다. 소렌슨은 그 진흙 띠를 건넌 뒤 텅 빈 진입로 입구에 멈춰 섰다. 잠시 후 굿맨이 합류했다. 소렌슨이 우편함을 확인했다. 습관적인 행동이었다. 우편함은 비어 있었다. 저녁 일을 하는 사람의 집이니 당연했다. 저녁에 출근하는 사람들은 집에 돌아올 때가 아니라 나설 때 우편함을 확인하는 법이다.

다른 집들과 마찬가지로 흰색 우편함이었다. 그 위에 작은 글씨체의 스티커로 주인의 성씨가 붙어 있었다. 델펜소.

"그녀의 이름이 뭐죠?" 소렌슨이 물었다.

굿맨이 말했다. "카렌."

소렌슨이 말했다. "문을 두들겨 보세요. 아무도 없을 것 같기는 하지만."

굿맨이 현관으로 다가갔다.

그가 문을 두들겼다.

아무 반응이 없었다.

그가 다시 문을 두들겼다. 길고 크게.

아무 대답도 없었다.

소렌슨은 잔디밭을 가로질러 옆집 현관으로 다가갔다. 그녀가 초인종을 눌렀다. 한 번, 두 번, 세 번. 그녀는 FBI 신분증을 꺼내 들고 기다렸다. 2분이 지나자 문이 열렸다. 파자마 차림의 사내였다. 머리가 희끗희끗한 중년이었다. 소렌슨은 옆집 여자가 퇴근하는 걸 보았냐고 물었다.

파자마 차림의 사내는 보지 못했다고 말했다.

소렌슨은 옆집 여자가 혼자 사냐고 물었다.

사내는 그렇다고 말했다. 이혼녀라고 덧붙였다.
소렌슨은 그녀가 차를 소유하고 있냐고 물었다.
사내는 그렇다고 대답했다. 2~3년밖에 되지 않은 아주 좋은 승용차이며 이혼 위자료로 구입한 거라고 덧붙였다.
소렌슨은 이웃이 항상 차를 타고 출근하냐고 물었다.
사내는 그렇다고 했다. 그 지역에는 대중 교통수단이 없다고 덧붙였다.
소렌슨은 이웃의 차가 항상 진입로에 주차돼 있냐고 물었다.
사내는 그렇다고 말했다. 출근하기 전 낮 시간 내내, 그리고 퇴근한 뒤 밤 시간 내내 진입로에 세워져 있다고 했다. 그 집의 진입로 위에 기름에 젖은 공간이 있다, 가까이 가면 분명하게 눈에 띈다, 그곳이 주차 장소다, 엔진 오일이 조금씩 새는 게 그 차의 유일한 하자다, 이웃집 여자는 진즉에 정비소에 차를 맡겼어야 했다, 하지만 그런 하자를 대수롭지 않게 넘기는 운전자들도 많다, 사내는 이번에는 길게 덧붙였다.
소렌슨은 이웃이 집에 들어오지 않는 날도 있냐고 물었다.
사내는 아니라고, 그런 적은 없다고 말했다. 그녀는 라운지에서 일을 한다, 매일 밤 시계처럼 정확하게 12시 10분에 귀가한다, 다만 청소 당번일 때는 예외다, 그럴 때는 12시 45분경에 귀가한다, 델펜소 부인은 괜찮은 여자다, 그녀는 좋은 이웃이다, 그녀에게 나쁜 일이 생기지 않았기를 바란다, 사내는 이번에도 길게 덧붙였다.
소렌슨은 사내에게 감사의 인사를 건넨 다음 그만 들어가 쉬라고 말했다. 사내는 자신의 진술이 도움이 됐으면 좋겠다고 말했다. 소렌슨은 도움이 됐다고 말했다. 사내는 만일 더 많은 정보를 얻고 싶으면 반대편 이웃집에 가서 물어보라고 말했다. 두 집 여자들이 서로 가깝게 지낸다고 했다. 사실상 친구나 마찬가지라고 했다. 서로 도와가며 살아간다고 했다. 예를 들자면 델펜소 부인이 일을 하는 동안 그 집에서 그녀의 아이를 재워준다고 했다.

그가 마지막으로 덧붙인 얘기에 소렌슨의 귀가 번쩍 뜨였다.

그녀가 말했다. "카렌에게 아이가 있나요?"

"딸이 하나 있어요." 사내가 말했다. "열 살짜리. 그 집 아이와 같은 나이예요. 두 아이가 함께 자고 일어나면 델펜소 부인은 아침을 차려주고 스쿨버스 타는 곳까지 태워다 줍니다."

16

리처는 최면에 걸려본 적이 없었다. 하지만 그의 생각엔 한밤중에 텅 빈 고속도로를 차를 몰고 달리는 건 최면과 마찬가지였다. 아주 기본적인 인지 능력만 동원하면 되는 일이기에 두뇌의 극히 일부분만 깨어 있으면 된다. 두뇌의 나머지 부분은 휴면 상태에 들어간다. 전두엽은 할 일이 없고 후두엽은 싸울 일이 없다. 휴식이다. 시간과 거리가 정지한다. 지금이 바로 그런 상태였다. 닷지 픽업트럭의 미등은 영원히 가까워질 것 같지 않았다. 리처는 앞으로 100시간을 운전한다고 해도 그 차를 따라잡을 수 없을 것 같다는 생각이 들었다.

리처의 경우에는 두뇌가 그렇게 공백 상태가 될 때마다 숫자가 그 자리를 채우곤 했다. 그가 숫자에 남다른 재능이 있어서가 아니었다. 하지만 숫자들은 흥미로운 대상이었다. 그것들은 서로 얽히고설키면서 감춰져 있던 모습들을 드러내곤 한다. 리처는 그게 재미있었다. 예를 들어 그가 속도계에 무심코 눈길을 주었다 치자. 바늘이 마침 76을 가리키고 있다면 공백 상태의 그의 두뇌가 어느새 그에 관한 생각들로 채워지게 된다. 76의 제곱은 5776이다. 끝이 76으로 끝난다. 100이하의 두 자리 숫자들 가운데 제곱값의 끝자리 두 개와 제곱근이 같은 숫자는 단 두 개뿐이다. 나머지 하나는

25이다. 25의 제곱은 625이다. 그리고 625의 제곱은 390625이다. 재밌지 않은가? 또 다른 예를 들어보자. 고속도로 순찰차들이 모두 그가 떠나온 검문소에 몰려 있는 상황을 이용해서 그가 차의 속도를 시속 130킬로미터로 올렸다고 치자. 그것도 재밌는 숫자다. 1을 130으로 나누면 소수점 이하 일곱 자리까지 0.0076923이라는 답이 나온다. 하지만 딱 떨어지는 값이 아니다. 그 뒤로 076923이 끝없이 반복된다. 세상이 끝날 때까지. 리처가 닷지를 따라잡는 것보다 더 오랜 시간 동안.

하지만 그날 밤엔 숫자 대신 단어들이 두뇌의 공백을 채웠다.

우선 앨런 킹의 입에서 새어나온 다섯 개의 단어.

'카렌의 커피는 그녀가 원하는 대로.'

설탕을 넣은 크림커피 두 잔에 카렌의 커피는 그녀가 원하는 대로.

그게 킹의 주문이었다.

그 단어들 때문에 리처는 그들이 한 팀이라는 자신의 판단에 의심을 품게 됐다. 같은 팀의 멤버들은 서로의 커피 취향을 잘 알고 있는 법이다. 휴게실, 공항, 스타벅스, 허름한 스낵코너 등등 그들은 여기저기서 함께 커피를 마신다. 간이식당이나 레스토랑에서는 함께 주문을 한다. 동료들을 위해 번갈아가며 커피 심부름을 하기도 한다.

하지만 킹은 카렌의 커피 취향을 모르고 있었다.

따라서 카렌은 팀 멤버가 아니었다. 최소한 정식 멤버는 아니었다. 물론 신입 멤버일 가능성도 있기는 하다. 아예 신입사원일 수도 있다. 그래서 그녀가 함부로 입을 열지 않는지도 몰랐다. 어쩌면 자신의 불안한 입지를 지나치게 의식했기 때문일 수도 있었다. 어쩌면 새롭게 만난 동료들이 마음에 들지 않기 때문일 수도 있었다. 어쩌면 그들이 그녀를 좋아하지 않기 때문일 수도 있었다. 최소한 앨런 킹은 그런 것 같았다. 그는 그녀가 있는 자리에서 짜증이나 심지어 모욕으로 간주될 수도 있는 얘기들을 내뱉었다. 아예 그녀의 존재를 무시하는 것 같았다.

'카렌은 운전을 하지 않아요.'

그가 그렇게 말했었다.

'그럼 카렌은 됐고.'

그녀가 커피를 주문하지 않자 그런 말도 했었다.

그들은 3인조가 아니었다. 킹과 맥퀸은 분명히 2인조였다.

배타적인 2인조.

소렌슨은 텅 비어 있는 진입로로 돌아가 굿맨과 합류했다. 그리고 델펜소의 아이에 관한 얘기를 전했다.

"맙소사." 굿맨이 말했다. 그의 눈길이 잠시 델펜소의 친구라는 이웃집을 훑었다. "그래서 그 아이는 지금 저 집에 있소?"

"몽유병에 걸린 아이가 아니라면요. 아침이 되면 당연히 엄마를 만날 줄 알고 있을 거예요."

"그 아이에게 이 상황을 알려선 안 되오. 모든 게 분명해지기 전까지는 절대로."

"물론이죠. 지금 그럴 순 없어요. 하지만 저 집 어른들은 만나봐야 해요. 아무 일도 아닐 수 있으니까요. 카렌에게 특별히 볼 일이 생겼을 수도 있어요. 그렇다면 미리 친구에게 연락을 했을 테고요."

"정말 그렇게 생각하는 거요?"

"아뇨. 그럴 것 같지는 않아요. 하지만 일단 확인은 해야죠."

그들은 함께 다른 쪽 잔디밭을 건너갔다. 소렌슨은 잠든 어른의 귀에는 들리겠지만 아이를 깨우지는 않을 정도로 힘을 조절해서 그 집 현관문을 두드렸다. 말이 쉽지 실제로는 아주 어려운 일이었다. 첫 번째 시도는 너무 약해서 아무 결과가 없었다. 두 번째 시도는 온 식구를 깨울 만큼 강력했다. 최소한 30대의 여성을 현관 앞으로 불러오는 데에는 성공을 했다.

카렌 델펜소는 어떤 메시지도 남기지 않았다.

17

이어서 또 다른 단어들이 리처의 두뇌의 공백을 메웠다. 반백의 경사가 했던 얘기였다. '당신은 아닙니다. Not you.'

결국 습관대로 리처는 그 단어들을 숫자들과 연결시켰다.

Not you, 6과 3 그리고 1.

여섯 개의 철자, 6. 두 단어 모두 세 개의 철자로 이루어졌고 자음과 모음이 각각 세 개씩이니 3. 리처는 y를 모음이라고 우기는 사람들을 이해할 수 없었다.

6과 3.

재미있는 숫자들이다.

세 개의 점은 모두 하나의 직선 위에 존재하지 않는 한 그것들을 연결하는 선으로 원을 그릴 수 있다.

가장 큰 숫자가 3으로 나눠떨어지는 연속된 세 개의 수를 아무거나 고른다, 그 세 개의 숫자를 더한다, 그 덧셈 값의 각 단위에 나와 있는 숫자를 다시 더한다, 그 값이 한 자리가 될 때까지 필요하다면 몇 번이고 더한다, 그러면 그 한 자리의 값은 반드시 6이다. 7, 8, 9를 예로 들어보자. 그중 가장 큰 숫자는 9, 물론 3으로 나눠떨어진다. 그 세 숫자를 더하면 24, 그리고 2+4는 6이다.

이번엔 256, 257, 258을 예로 들어보자. 그중 가장 큰 건 258, 역시 3으로 나눠떨어진다. 그 세 숫자를 합치면 771, 7+7+1은 15, 다시 1+5는 6이다. 한편 1, 2, 3은 위의 조건을 충족하는 가장 작은 수이다. 이건 그냥 한

번에 6이다.

하지만 리처가 'Not you'라는 두 단어와 '6과 3'이라는 숫자들을 연결시킨 건 순전히 재미 때문이었다. 지금 상황에서 그 단어들과 현실적인 의미를 갖고 연결되는 숫자는 '1'이었다. 경찰들이 찾고 있는 건 혼자 타고 있는 운전자였기 때문이다.

'당신은 아닙니다'는 누굴 찾느냐는 리처의 질문에 대한 경사의 대답이었다. '당신들은 아닙니다' 혹은 '이 차에 타고 있는 사람들은 아닙니다'가 아니라 '당신은 아닙니다'였다.

그전의 검문소에서도 마찬가지였다. 당시 그는 차례를 기다리는 동안 검문 과정을 좀 더 자세히 관찰할 수 있었다. 운전자 혼자 타고 있는 차량들은 경찰들이 트렁크까지 뒤졌던 기억이 생생했다.

한편,

'당신은 아닙니다.'

그건 리처의 인상착의가 그들이 잡으려는 범인과 다르다는 얘기였다. 일단 리처는 키가 크고 피부가 희며 나이가 들었고 몸집이 육중했다. 따라서 경찰이 찾고 있는 용의자는 키가 작고 피부가 검으며 나이가 젊고 몸집이 가벼운 사람일 수도 있다.

하지만 경사의 어조는 아주 단호했다. 다시 한 번 분명히 아니라고 강조까지 했다. 그가 알고 있는 용의자의 인상착의와 리처의 용모가 절대적으로 다르지 않는 한 그렇게 단정적일 수는 없다. 하지만 키의 차이는 상대적인 것이다. 그들이 찾는 사람이 난쟁이나 왜소증 환자라면 물론 얘기가 달라진다. 그러나 그 경우라면 차 안을 슬쩍 둘러보는 것만으로도 검문은 충분했을 것이다. 피부색도 마찬가지다. 절대적으로 흰 피부란 존재할 수 없다. 희고 검은 건 상대적인 개념이다. 게다가 요즘은 피부색을 가지고 잘못 운운했다간 호되게 당할 수도 있는 세상이다. 나이도 그렇다. 리처가 나이는 들었지만 폭삭 늙은 건 아니었다. 그들이 찾는 사람이 젖먹이가 아닌 한 늙고 젊은 게 절대적인 기준이 될 수는 없었다. 또한 리처는 엄청나게 뚱뚱한 사람이 아니었다. 따라서 용의자가 뼈만 남은 몸매의 소유자가 아닌 한 몸집 역시 기준이 될 수는 없었다. 결국 경사는 리처의 키, 피부, 나이, 혹은 몸집을 보고 판단을 내린 게 아니었다.

'당신은 아닙니다'라는 얘기가 나온 건 리처가 일부러 경사의 계급을 경위로 올려 말하며 누구를 찾느냐고 물어본 다음이었다. 계급 사회에서는 실수라기보다는 경의로 이해되는 일종의 관행이다. 특히 그 사회의 짬밥이 오래된 사람끼리는 오해 없이 가볍게 주고받곤 하는 예우이다. 게다가 경사는 리처의 실수를 감사하며 정정해주었다. 따라서 경사의 어조가 단호했던 건 절대 불만의 표현이 아니었다.

그 대화가 나오기 전에 두 사람은 리처의 깨진 코에 대한 걱정과 농담을 주고받았다. 그러니 경사는 이미 리처의 코를 보고 판단을 내린 상태였다는 결론이 나온다. 즉, 용의자는 코가 깨지지 않은 사람이라는 얘기였다. 하지만 대부분의 사람들은 코가 온전하다.

키도, 피부도, 나이도, 몸집도 아니고 다만 코가 온전한 용의자? 결국 용의자는 외모상으로 어떤 특징도 없다는 정보만 갖고 그들은 검문에 나선 것이다. 깨진 코만이 아니라 상처, 문신, 달아난 귀, 의안, 긴 턱수염, 파격적인 머리 모양, 그 어떤 특징도 없는 용의자.

리처도 13년 동안이나 경찰 밥을 먹었던 사람이다. 따라서 그런 인상착의를 표현하는 경찰 용어를 똑똑히 기억하고 있었다.

외견상의 특징 부재.

소렌슨과 굿맨은 다시 진흙이 엉긴 배수로를 건너 뛰어 차에 올라탔다.
소렌슨이 말했다. "출동 나가 있는 순찰차들에게 연락하세요. 혼자서 돌아 다니고 있는 여자를 목격한 대원이 있는지 확인해야 해요. 모종의 충격으로 비틀거리거나 방향 감각을 상실한 상태일 수도 있다는 점을 주지시키세요. 지금부터 우리는 그 두 사내가 델펜소의 차를 훔쳐 타고 도주했다는 가정을 근거로 수사를 진행해야 해요. 차를 뺏기 위해 그녀의 머리를 내리쳤을 가능성도 있고요."

"그자들이 그녀를 살해했을 수도 있소."

"가능한 추정이긴 하지만 현재로선 최선만을 생각하기로 해요. 아무튼 부하들에게 라운지 뒤편도 수색하라고 지시하세요, 아주 철저하게. 거기 어딘가 어둑한 그림자 속에서 그녀가 의식을 잃은 채 누워 있을 수도 있으니까요."

"그렇다면 지금쯤은 온몸이 거의 다 얼어붙었을 거요."

"그러니까 서둘러야 해요."

굿맨이 무전기를 집어 들었다. 소렌슨은 자신의 휴대폰을 켰다. 두 개의 주에 설치한 검문소의 상황을 확인하기 위해서였다. 양쪽 모두에서 부정적인 대답들만 돌아왔다. 외모상의 특징이 없는 두 사내가 타고 있는 차량은 한 대도 없었다고 했다. 피 묻은 옷을 입고 있는 운전자도 없었다고 했다. 칼을 소지한 운전자도 없었다고 했다. 소렌슨은 머릿속으로 계산을 해보았다. 두 사내가 어느 쪽으로든 검문소를 이미 빠져나간 게 거의 확실했다. 시간과 거리가 그 사실을 말해주고 있었다. 하지만 그녀는 순찰대원들에게 1시간만 더 검문소를 지키라고 지시했다. 두 사내가 탄 차량의 타이어가 펑크가 났을 수도 있었다. 혹은 예기치 못한 상황 때문에 발목이 잡혔을 수도 있었다. 검문소가 철수되고 나서 5분쯤 지난 뒤, 범인들의 차량이 이제는 텅 비어버린 그 지점을 유유히 통과하는 상황은 절대 일어나지 말아야 했다.

그녀가 통화를 끝내자 굿맨이 그녀에게 현재 상황을 전했다.

순찰차는 아직 웨이트리스를 발견하지 못했다. 하지만 보안관 사무실의 전 대원이 현재 썬 시티 뒤편은 물론 시내 전역을 샅샅이 수색하고 있는 중이다.

18

리처는 계속해서 차를 몰았다. 그의 옆에 앉은 앨런 킹은 깊은 잠에 빠져 있었다. 그의 바로 뒤에 앉은 돈 맥퀸도 곤하게 잠을 자고 있었다. 카렌 델펜소는 여전히 말짱하게 깨어 있었다. 허리를 꼿꼿이 세운 자세였다. 긴장하고 있는 게 분명했다. 리처는 룸미러를 뚫어지게 쳐다보고 있는 그녀의 시선을 느꼈다. 그가 거울에 눈길을 주었다. 두 사람의 눈길이 부딪쳤다. 그녀는 그의 눈을 똑바로 바라보고 있었다. 마치 그에게 무언가를 이해시키기 위해 간절히 호소하고 있는 듯한 눈빛이었다.

뭘 이해하라는 의미인가? 그 순간 그의 머릿속에 다시 숫자들이 자리를 잡았다. 이번에는 13, 2, 3, 1, 9였다. 아까 델펜소가 고갯짓들을 사이에 두고 다섯 차례에 걸쳐 눈을 깜빡였던 횟수들이었다.

왜?

모종의 교신인가?

단순한 알파벳 순서? 알파벳의 열세 번째 철자는 'M'이다. 두 번째는 'B', 세 번째는 'C', 첫 번째는 'A', 그리고 아홉 번째는 'I'이다.

'MBCAI?'

단어가 아니다. 로마 숫자도 아니다. 회사 이름인가? 기업체? 혹은 두문자어(이니셜로 조합한 단어)?

리처는 다시 앞 유리 너머로 눈길을 던지고 전방에 펼쳐진 약 2킬로미터 거리의 도로 지형을 머릿속 지도에 입력시켰다. 그는 룸미러를 통해 다시 한 번 델펜소와 눈을 마주한 상태에서 입술, 치아, 혀를 천천히 그리고 과장되게 놀려서 소리 없이 입 모양만으로 단어를 발음했다.

'M-B-C-A-I?'

델펜소는 한층 강렬한 눈빛으로 그를 열심히 쳐다보았다. 그가 자신의 교신 시도에 응답을 했다는 기쁨과 그가 자신이 보낸 신호를 이해하지 못하고 있다는 실망감이 섞인 눈빛이었다. 목이 타들어가던 참에 누군가 물바가지를 내밀었다가 도로 거둬갔을 때의 눈빛이라고 할까?

그녀가 고개를 저었다.

'아니에요.'

이어서 그녀는 왼쪽으로 턱을 한 번 제쳤다가 다시 오른쪽으로도 한 번 제쳤다. 거울 속의 리처의 눈에 고정된 그녀의 두 눈이 한층 커졌다. 마치 '이해하겠어요?'라고 말하는 것 같았다.

리처는 바로 이해하진 못했다. 다만 왼쪽과 오른쪽의 턱짓이 각각 뭔가를 의미한다는 것만 깨달았을 뿐이다. 두 가지 서로 다른 영역. 어쩌면 왼쪽 턱짓 뒤에 이어진 깜빡임은 철자들이고 오른쪽 턱짓에 이어진 깜빡임은 숫자들을 의미하는지도 몰랐다. 혹은 그 반대일 수도 있었다.

'M-2-C-A-9?'

'13-B-3-1-I?'

그 순간 킹이 꿈지럭거리며 잠에서 깨어나 자세를 바로잡았다. 델펜소의 눈길이 거울을 벗어났다. 그녀의 고개가 창 쪽을 향해 꺾였다.

킹이 리처를 바라보며 물었다. "괜찮습니까?"

리처는 말없이 고개를 끄덕였다.

킹이 말했다. "아스피린이 더 필요한 건 아닙니까?"

리처는 역시 말없이 고개만 가로저었다.

킹이 말했다. "카렌, 리처 씨한테 아스피린 몇 알 더 드리지."

델펜소는 아무 대꾸도 하지 않았다.

킹이 말했다. "카렌?"

리처가 말했다. "더 이상은 필요 없습니다."

"내 눈엔 필요한 것처럼 보이는데요. 카렌, 몇 알 더 드려."

"그녀가 복용할 건 남겨야잖소."

"그래도 나눠 먹을 만큼은 있을 겁니다."

"그건 당신 생각이고."

"하지만 당신은 정신이 멍해 보여요."

"난 도로에 집중하고 있었을 뿐이오."

"아니. 당신은 뭔가를 생각하고 있었어요."

"난 언제나 뭔가를 생각하고 있습니다."

"뭘요?"

"좀 전엔 어떤 내기에 관해 생각하고 있었소."

"어떤 내기?"

"당신은 정상적인 속도로 1분 동안 얘기를 계속할 수 있소?"

"뭐라고요?"

"내 얘기 들었잖소."

킹이 잠시 머뭇거렸다.

"그래요." 그가 말했다. "물론 할 수 있죠."

"당신은 A자가 들어가지 않은 단어들만 사용하며 1분 동안 정상적인 속도로 얘기를 계속할 수 있소?"

"그건 훨씬 어렵겠는데요." 킹이 말했다. "아니, 아예 불가능할 것 같은데요? A자가 들어간 단어들이 너무 많으니까."

리처가 고개를 끄덕였다. "10초 전에 깨어나서 당신은 지금까지 18개 단어를 얘기했고 그중 세 단어에 A자가 들어 있었소."

"그렇다면 말이 안 되는 내기잖아요."

"아니. 쉽게 이길 수 있는 내깁니다." 리처가 말했다.

"어떻게?"

"나중에 가르쳐 드리겠소." 리처가 말했다. "일단 좀 더 자 둬요."

"지금 말해 주시오."

"나중에." 리처가 다시 말했다. "뭔가를 기대하며 기다리는 것도 좋은 일이오."

킹이 어깨를 한 번 으쓱거렸다. 그의 눈길이 리처의 얼굴을 떠나 앞 유리 너머에 꽂혔다. 심드렁한 눈빛이었다. 불만족스러운 표정이었다. 화가 난 것도 같았다. 하지만 그는 이내 고개를 외로 꼬고 다시 눈을 감았다.

리처는 그들이 지나쳐왔던 두 곳의 검문소를 생각하며 차를 몰았다. 각각 여덟 대의 순찰차와 여덟 명의 경찰들이 진을 치고 있었다. 검문검색도 철저했다. 리처는 자신을 혼자 차를 몰고 있는 수배 인물이라고 가정하고 생각을 풀어나갔다.

검문소가 설치돼 있다는 걸 예상하고 있다. 경찰들은 특징 없는 외모에 혼자서 차를 몰고 있는 사람을 찾고 있다. 그렇다면 어떻게 할 것인가?

무사히 빠져나가려면 두 가지 방법 가운데 하나를 동원해야 한다.

변장이 첫 번째 방법이다.

화장품, 접착제, 수염, 혹은 가발, 가짜 피어싱, 문신, 혹은 흉터.

하지만 리처는 이내 고개를 가로저었다. 쉽지 않은 일이었다. 경험과 기술이 필요했다. 게다가 준비할 시간까지.

그렇다면 남은 방법은 오직 하나.

혼자 타고 있지 않은 상황을 만들어야 한다.

경험과 기술 없이도 쉽게 해낼 수 있는 일이다. 시간이 얼마 없어도 충분히 가능한 일이다.

히치하이커를 태우면 그만이었다.

19

소렌슨은 전화상으로 델펜소의 이름과 집주소를 수배했다. 1분이 지나지 않아 그녀의 차에 관한 정보가 입수됐다.

4년 된 군청색 쉐보레 임팔라.

그녀는 차량 번호와 함께 그 정보를 두 곳의 검문소에 진을 치고 있는 순찰대에 알렸다. 그 차종과 색깔에 그 번호판을 달고 있으며 두 사내가 탑승하고 있는 차량은 통과하지 않은 것 같다는 대답이 두 곳 모두에서 되돌아왔다. 확실을 기하기 위해 순찰차에 장착된 블랙박스를 확인할 것이지만 그러려면 시간이 걸릴 거라고도 했다.

소렌슨은 굿맨 보안관과 함께 다시 칵테일 라운지로 갔다. 굿맨의 부하들은 의식을 잃었거나 사망한 여성은 발견되지 않았다고 보고했다. 라운지의 뒷문을 기점으로 해서 반원형으로 범위를 넓혀가며 살살이 수색했지만 어떤 단서도 찾을 수 없었다고 했다. 으슥한 곳, 그늘진 곳, 외진 곳, 폐업한 건물들, 잡초 무성한 담벼락, 쓰레기통, 모든 물웅덩이와 흙구덩이, 하지만 아무것도 없었다고 했다.

굿맨이 말했다. "더 멀리까지 수색 범위를 넓히면 그녀를 찾을 수 있을지도 몰라. 의식이 잠깐 돌아와서 여기저기 방황하다가 다시 쓰러졌을 수도 있어. 머리에 상당한 충격을 받은 피해자의 경우에는 그럴 수도 있다고."

보안관보들 가운데 한 사람이 말했다. "그자들이 그녀를 납치해서 차에 태우고 가다가 내던져버렸을 가능성도 있지 않겠습니까? 아주 외딴 지점에서요. 범인들에게는 그게 훨씬 안전한 방법이죠. 만일 그랬다면 그녀를 여기서 찾으려고 하는 건 완전 헛수고입니다. 80킬로미터 떨어진 곳에 있을지도 모르니까요."

소렌슨이 말했다. "다시 한 번 말해 보세요."

"80킬로미터 떨어진 곳에 있을 수도 있다고 했습니다."

"그 앞부분."

"그들이 그녀를 납치했을 가능성도 있다고 했습니다."

'그 번호판을 달고 있으며 두 사내가 탑승하고 있는 차량은 통과하지 않았다.'

소렌슨이 말했다. "맞아요, 그랬던 거예요. 그리고 그녀는 아직도 그 차에 타고 있는 거예요. 인질, 그리고 연막작전. 둘이 아니라 세 사람. 그래서 그들은 문제없이 검문소를 통과할 수 있었던 거예요."

아무도 입을 열지 않았다.

"그녀는 어떤 차림으로 일을 하죠?"

아무 대답이 없었다.

"왜들 이러시나. 당신들 가운데 야간 근무가 없을 때 이 라운지에 들러서 목을 축인 사람이 아무도 없었단 말인가요? 그런 적이 없다고 잡아 뗄 생각들은 아예 말아요."

"검은 바지." 굿맨이 말했다.

"그리고?"

"검은색과 은색이 섞인 윗도리." 굿맨이 말했다. "반짝거리는 재질에 가슴골이 훤히 드러나는 천 쪼가리."

"확실한가요?"

"눈 뜬 사람이라면 모두 그렇다고 말할 거요. 볼거리가 있어야 손님들이 몰리는 법이오."

"볼거리라면?"

"당신도 알잖소."

"난 몰라요."

"사실 그녀는 가슴을 드러내고 있는 거나 마찬가지였소."

"그런데도 이곳이 건전한 술집이라고요? 그렇다면 건전하지 않은 술집에선 종업원들이 대체 뭘 입고 있는 거죠?"

"티 팬티."

"달랑 그것만?"

"그리고 하이힐."

소렌슨이 다시 휴대폰을 꺼내 들었다. 네브래스카와 아이오와를 내처 달리는 한겨울, 한밤중의 장거리 고속도로 여행. 트럭 운전자들, 농부들, 성경 말씀대로 살아가려는 선량한 중서부 주민들. 반짝이는 재질에 가슴골을 훤히 드러낸 웨이트리스의 의상은 눈에 띄지 않을 수 없을 것이다. 최소한 애써 지루함을 참고 있던 검문소의 순찰대원들은 분명히 눈여겨보았을 것이다.

하지만 네브래스카 검문소의 순찰대원들 가운데 반짝이는 재질에 가슴골을 훤히 드러낸 웨이트리스 의상을 본 사람은 없었다.

아이오와 검문소의 순찰대원들 중에서도 없었다.

리처는 계속해서 차를 몰았다. 왼손은 핸들 아래에 걸치고 오른손은 기어 스틱 위에 얹은 상태였다. 어깨가 흔들려서 상처가 도지는 걸 방지하기 위해서였다. 기어 스틱의 작은 진동이 전해져 왔다. 그쪽 손바닥으로 윙윙거리는 소음이 지속적으로 느껴졌다. 연동 장치가 엔진 내부의 소요를 알려주고 있었다. 그는 기어 스틱을 이쪽저쪽으로 조금씩 움직여보았다. 제대로 자리 잡고 있는지 확인하기 위해서였다. 그리고 나서도 다시 눈으로 확인했다. 스틱은 주행 표시에 나란하게 고정되어 있었다. 여전히 약간 떨고는 있었지만 큰 문제는 아닌 것 같았다. 아니, 그러기를 바랄 뿐이었다. 그는 차에 대해 아는 게 거의 없었다. 하지만 군용 차량의 변속기들은 미친 듯이 요동을 친다. 그리고 그걸 걱정하는 운전병은 없다.

기어 스틱 옆에는 희미하게 불이 들어오는 P-R-N-D-L 표기가 일렬로 새겨져 있었다. 주차-후진-중립-주행-저속. 알파벳 순서로 치자면 각각 열여섯 번째, 열여덟 번째, 열네 번째, 네 번째, 그리고 열두 번째 철자들이었다. 힘들 것이다. 눈을 깜빡여서 신호를 보내려고 할 때 그렇다는 얘기다. 그중 세 개가 알파벳 순서의 중간을 넘어서 있으니까. 물론 WOOZY나 ROOST, 혹은 TRUST 같은 단어보다는 쉽겠지만. 연속적으로 눈을 깜빡이거나 손가락을 두들겨서, 혹은 전기 스위치를 올리고 내려서 교신을 도모하는 방법은 스물여섯 개의 철자로 이뤄진 영어 알파벳 체계에서는 효율적이지 않다. 일단 시간이 너무 많이 소요된다. 그리고 전달자나 피전달자가 따로, 혹은 동시에 횟수를 혼동하거나 잊어버릴 위험이 너무나 다분하다. 샘 모스는 그래서 모스 부호를 발명한 것이다.

리처가 다시 눈길을 아래로 떨어뜨렸다.

R. 후진. 거꾸로.

카렌 델펜소가 눈을 깜빡거린 최다 횟수는 열세 번이었다. 그건 그녀의 교신 내용을 이루는 철자들이 모두 알파벳 순서의 전반부에 위치하고 있다는 걸 의미했다. 그럴 수는 있겠지만 그 가능성이 높지 않았다.

모스 전신 부호를 모르는 사람일지라도 샘 모스가 이미 파악했던 단순한 연타 신호의 단점을 알 수는 있었다. 특히 긴장과 초조 속에서 교신할 시간적 여유조차 충분하지 않은 상황이라면? 그런 상황이라면 임기응변으로 시간을 절약할 수 있는 방법을 고안했을 가능성이 크지 않겠는가?

D와 R.

전진과 후진.

그녀의 왼쪽 고갯짓은 A를 기점으로 전진을 의미하는 표시일 수도 있었다. 그렇다면 오른쪽 고갯짓은 Z를 기점으로 후진을 의미하는 표시일 것이었다.

드디어 델펜소의 퀴즈가 풀리는가?

오른쪽 13, 왼쪽 2, 오른쪽 3, 오른쪽 1, 그리고 왼쪽 9.

'NBXZI?'

아니었다. 전체적으로는 여전히 의미가 없는 단어였다. 'NB'는 'nota bene'라는 라틴 단어의 공식적인 약자이긴 하다. 영어로 해석하면 'note well', 혹은 'pay attention', 즉 눈여겨보라는 의미이다. 하지만 'XZI'는?

갓난아기의 옹알이 이상도 이하도 아니다.

리처는 눈길을 들어 룸미러를 쳐다보았다.

거울 속에선 델펜소가 제발 뭔가를 깨달으라는 간절한 눈빛으로 그를 뚫어지게 바라보고 있었다.

거울 속에서.

그 속에 비치는 모습은 실제와는 반대다.

왼쪽이 오른쪽이고 오른쪽이 왼쪽인 신호.

열세 번 전진, 두 번 후진, 세 번 전진, 한 번 전진, 그리고 아홉 번 후진.

M-Y-C-A-R.

리처는 다시 거울 속을 응시하며 입 모양만으로 말했다.

'이게 당신 차라고?'

델펜소가 고개를 끄덕였다. 다급히, 열심히, 절실하게, 그리고 기쁘게.

20

소렌슨은 몇 발짝 물러선 뒤 몸을 돌려가며 사방을 둘러보았다. 그녀가 말했다. "그들은 일단 이 뒷길을 타고 남쪽으로 내려갔어요. 그리고 나선 도로로 진입해서 북쪽으로 도주했어요. 왜 그랬을까요?"

굿맨이 말했다. "여기로 들어왔던 길을 순서만 거꾸로 해서 돌아나간 게 아니겠소? 도로로 진입하는 방법은 그것밖에 몰랐던 모양이지."

"그건 말이 안 돼요. 그자들은 여기서 곧장 도로로 진입할 수 있는 길이 있다는 걸 충분히 알았을 거예요. 북쪽을 한번 보세요. 저 술집과 0.4헥타르의 자갈밭. 그들이 저걸 보지 못했을 리가 없어요."

"그렇다면 남쪽 끝의 주유소에서 기름을 넣기 위해?"

"그것도 말이 안 돼요. 바로 이 앞에 주유소가 있으니까요. 정면으로 보이잖아요. 그 와중에 그들이 두 곳의 기름 가격을 비교했다고 생각하시는 건 아니겠죠?"

"그럼 감시 카메라 때문에?"

"저 주유소에 감시 카메라가 설치돼 있다면 다른 주유소도 마찬가지일 거예요. 당연한 얘기죠."

"아무튼 기름 가격은 두 곳이 똑같소. 지금까지 쭉 그래 왔소."

"그렇다면 그들이 일단 남쪽으로 내려간 이유는 뭘까요?"

굿맨이 말했다. "뭔가 이유가 있었겠지."

소렌슨이 남쪽으로 걸음을 옮기기 시작했다. 얼어붙은 자갈밭을 가로지른 다음 문 닫은 간이식당, 이름 없는 술집, 허름한 모텔, 그리고 불을 환히 켠 채 영업을 하고 있는 편의점까지 일렬로 늘어선 건물들 뒤편으로 난 길을 잰걸음으로 걷던 그녀가 넓은 공터 앞에서 멈춰 섰다. 공터 너머에는 또 다른 칵테일 라운지가 있었다. 그리고 나선 길 끝의 주유소에 이르기까지 아무것도 없었다.

그녀가 말했다. "일단 그들이 식사를 하거나 뭔가를 마시기 위해 남쪽으로 내려왔을 가능성은 희박해요. 하룻밤 묵을 생각을 했을 리도 없고요. 기름이 필요했다면 더 가까운 주유소를 이용했을 게 분명하고. 그렇다면 그들이 여기까지 내려온 이유는 뭘까요?"

"편의점." 굿맨이 말했다. "거기서 필요한 게 있었던 거로군."

두 사람은 서둘러 편의점으로 들어갔다. 밝고 차가운 형광들 불빛이 환히 밝혀진 실내엔 묵은 커피와 전자레인지 간편식, 그리고 살균 세제 냄새가 배어 있었다. 계산대 뒤의 점원은 인기척에도 고개조차 들지 않았다. 소렌슨의 눈길이 가게 천장을 잽싸게 훑었다. 카메라는 보이지 않았다.

여러 개의 복도로 구분이 지어진 상품 구역마다 온갖 물건들이 빽빽이 진열돼 있었다.

정크 푸드, 캔류, 빵과 과자류 위주의 식료품 구역.

기본적인 세면용품 구역.

자동차 오일, 부동액, 유리 세척제, 부착식 커피 잔, 특허 마크를 뽐내는 불 꺼지는 재떨이, 접이식 부삽 등이 들어찬 자동차용품 구역.

장화, 목 긴 양말, 1달러짜리 남성용 흰 속옷, 싸구려 티셔츠, 작업복 상의와 하의, 그리고 값싼 데님 셔츠 등이 쌓여 있는 의류 구역.

소렌슨은 의류 진열대를 자세히 살펴보고 나서 요원 신분증을 꺼내든 뒤, 계산대로 다가갔다. 점원이 고개를 들었다.

"뭘 도와드릴까요?" 점원이 말했다.

"오늘 밤, 대략 12시 20분과 30분 사이에 이 가게에 누가 있었죠?"

"저요."

"손님은 없었나요?"

"한 사람이 있었던 것 같은데요."

"어떤 사람이었죠?"

"키가 크고 마른 몸집의 남자였어요. 와이셔츠에 넥타이를 매고 있었고요."

"재킷은 입지 않았고요?"

"차에서 내려서 곧장 여기로 들어온 것 같았어요. 추위를 느낄 시간도 없었던 것처럼. 이 지역에선 걸어 다니는 사람이 없어요. 황량한 벌판 한가운데니까요."

"그가 타고 온 차를 봤나요?"

점원이 고개를 저었다. "건물 뒤편에 차를 댄 것 같아요. 그러곤 모퉁이를 돌아서 이리 들어왔겠죠. 본 건 아니고 그냥 그랬을 것 같다는 얘기예요."

소렌슨이 물었다. "그가 여기서 뭘 사갔죠?"

점원은 계산기 틈새로 삐죽이 내밀어진 채 말려 있는 업소 보관용 영수증 끝자락을 자기 쪽으로 잡아당겼다. 그가 일정한 간격을 두고 마치 각각이 하나의 스탬프처럼 찍혀 있는 흐린 잉크 자국들을 엄지손가락으로 짚어가며 시간을 거슬러 판매 기록들을 확인해 나갔다. 그러다 길이가 들쭉날쭉한 열한 줄짜리 스탬프에 이르자 그가 동작을 멈췄다.

"여섯 가지를 사갔네요." 그가 말했다. "그리고 세전 합산 금액, 세금, 세후 합산 금액, 지불 금액, 거스름돈."

"현금을 내던가요?"

"그랬겠죠. 거스름돈이 찍혀 있는 걸 보면."

"확실히 기억하는 건 아니고?"

"난 그런 것까지 일일이 기억하진 않습니다. 이건 꿈의 직업이 아니라고요, 요원님."

"그 여섯 가지가 뭐였죠?"

사내가 다시 판매 기록을 확인했다. "같은 거 세 개, 또 다른 거 세 개."

"같은 게 구체적으로 뭐죠? 또 다른 건 뭐고. 오늘 밤에 일어난 일이잖아요. 역사 속의 일이 아니라. 비범한 기억력을 동원해 달라고 부탁하는 게 아니라고요."

"물." 사내가 말했다. "물 세 병이었어요. 냉장고 속에 들어 있던 것들."

"그리고?"

사내가 다시 영수증을 들여다보았다.

그가 말했다. "다른 거 세 개요. 가격이 같네요."

"그 세 개가 뭐였냐니까요?"

"기억이 안 나는데요."

소렌슨이 말했다. "오늘 밤에 한 대 피운 거예요?"

점원의 표정이 일순 굳어졌다.

그가 말했다. "뭘 피웠다는 거죠?"

"아마 그 질문은 굿맨 보안관님 몫이겠군요. 오늘 밤 철저하게 수색 당할 준비는 되어 있는 거죠?"

점원은 그 말에 아무 대꾸도 하지 않았다. 다만 몇 시간 전 자신이 놀렸던 손가락질을 기억하려는 듯, 손가락들을 꼬물거리며 손목을 반복해서 위아래로 움직였다. 한참 동안 기억을 되살리려고 애를 쓰던 그의 얼굴에 마침내 미소가 피어올랐다.

"셔츠요." 그가 말했다. "데님 셔츠 세 벌. 세일 품목이었어요. 파란색이었고요. 스몰, 미디엄, 라지 각각 한 장씩."

소렌슨과 굿맨은 편의점을 나선 뒤 건물 뒤편으로 다시 돌아갔다.

소렌슨이 말했다. "카렌 델펜소는 그들의 인질로 잡혀 있어요. 그자들은 그녀를 이용해서 연막작전을 편 거예요. 그러니 그녀를 다른 옷으로 갈아입혀야 했겠죠. 가슴골이 훤히 드러나는 웨이트리스 의상은 결정적인 단서니까요. 그들은 검문소가 설치될 걸 이미 예상하고 있었던 거예요."

"그녀만이 아니라 범인들도 옷을 갈아입었소." 굿맨이 말했다. "세 사람, 셔츠 세 벌."

소렌슨이 고개를 끄덕였다.

"핏자국." 그녀가 말했다. "목격자가 말했던 대로 최소한 그 둘 중 한 명의 재킷 앞부분에 피살자의 피가 묻었던 거예요."

"완전히 헛다리를 짚었군." 굿맨이 말했다. "우리 두 사람 다 말이오. 처음에 나는 검은 정장 차림의 두 사내를 찾으라는 지시를 내렸소. 그랬다가 무조건 두 사내라고 수배 내용을 바꿨지. 하지만 두 사내가 아니었던 거요. 세 사람이었던 거지. 파란색 데님 셔츠를 입고 있는 사내 둘과 여자 하나."

소렌슨은 아무 말도 하지 않았다. 그 순간 그녀의 전화기가 울렸다. 아이오와 고속도로 순찰대였다. 비디오 판독 결과 카렌 델펜소의 차량을 확인했다고 했다. 그들의 검문소를 통과한 지 1시간이 경과했다고 했다. 그들로선 전혀 의심하지 않고 통과시킬 수밖에 없었다고 했다.

그 차에 네 명이 타고 있었기 때문이라고 했다.

21

소렌슨은 굿맨에게서 약간 몸을 돌리고 전화기를 다른 손으로 바꿔 쥐었다. 그녀가 말했다. "네 사람이라고요?"

아이오와의 순찰대장이 말했다. "화질이 그다지 선명하지는 않습니다. 하지만 네 사람의 모습은 똑똑히 확인이 됩니다. 둘은 앞에, 나머지 둘은 뒤에 타고 있었습니다. 검문을 담당했던 경사가 운전자를 기억하고 있습니다."

"그 경사와 통화할 수 있나요?"

"이제 검문소의 병력을 철수시켜도 되겠습니까?"

"그 경사와 통화한 다음에요."

"알겠습니다. 잠시만 기다리십시오."

이어서 뭔가 긁히는 듯한 소리와 자동차 엔진이 먹먹하게 울리는 소리가 연속적으로 그녀의 귀에 들려왔다.

그녀는 굿맨을 향해 돌아서서 말했다. "우리는 우리가 깨달았던 것보다 훨씬 크게 헛다리를 짚었어요. 그 차 안에 네 사람이 타고 있었대요."

그때 휴대폰이 손에서 손으로 건네지는 듯한 소리가 나더니 이내 컬컬한 목소리가 들려왔다. "여보세요?"

그녀가 물었다. "그 차에 누가 타고 있었죠?"

경사가 말했다. "다른 사람들은 잘 모르겠고 운전자는 똑똑히 기억이 납니다."

"남자였나요? 아니면 여자?"

"남자였습니다. 아주 덩치가 큰 사내였어요. 코가 깨져 있더군요. 아주 끔찍하게 부서져 있었어요. 아주 최근에 그런 것 같았습니다. 그 사내를 한마디로 표현하자면 얼굴이 으깨진 고릴라였어요."

"싸움판에서 얻은 상처 같았나요?"

"자기 입으로 어느 정도 시인하더군요. 하지만 아이오와에서 싸움을 벌인 건 아니라고 말했습니다."

"그와 직접 얘기를 나누셨나요?"

"잠깐 동안요. 나를 대하는 태도가 아주 공손했어요. 코 말고는 특별히 수상한 점이 없었습니다."

"불안해 보이던가요?"

"그런 것 같지는 않았습니다. 침착했어요. 인내심이 강한 성격인 게 분명했습니다. 코가 그 지경인데도 운전을 했던 걸로 미루어 평범한 인물이 아닌 것도 확실하고. 병원에 누워 있어야 할 상태였거든요."

"무슨 옷을 입고 있었죠?"

"방한 코트."

"다른 사람들은요?"

"다른 사람들에 관해서는 정확히 기억이 나지 않습니다."

"지금 난 경사님을 목격자로 생각하고 심문하는 게 아니에요. 그러니 위증 책임은 절대 신경 쓰지 마세요. 뭐든 기억나는 대로 얘기해주면 고맙겠습니다."

"차 안을 둘러보면서 받았던 인상만이 생각날 뿐입니다. 따라서 정확하지 않은 내 기억 때문에 수사에 차질을 빚게 될까 봐 함부로 말하기가 좀 그렇습니다."

"괜찮아요. 뭐든 말해주시면 도움이 될 거예요."

"흠, 일단 그들은 '피터, 폴 앤드 메리' 같았어요."

"누구요?"

"포크 가수들이요. 왕년의 인기 그룹. 아마 요원님이 비교적 젊은 세대라면 그들을 잘 모르실 겁니다. 어쨌든 나머지 세 사람은 똑같은 복장이었어요. '피터, 폴 앤드 메리'처럼 남자 둘과 여자 한 명으로 이루어진 그룹 같아 보였어요."

"파란색 데님 셔츠였나요?"

"맞습니다. 그래서 더더욱 컨트리 뮤직 트리오 같아 보였어요. 난 차 트렁크 속에 기타가 잔뜩 들어 있을 것 같다는 생각을 했어요. 매일 밤 지역을 옮겨 가며 순회공연을 하고 있다는 생각도 했고요. 고속도로에선 그런 가수들을 가끔씩 보거든요. 더구나 여자의 화장이 짙었어요. 무대에서 방금 내려온 것처럼."

"하지만 운전자는 달랐단 말씀이죠?"

"그가 전속 매니저일 수도 있다는 생각을 했어요. 아니면 현지 매니저든지. 그런 친구들은 대개 덩치가 크고 거칠잖습니까. 아무튼 이미 말했듯이 내가 받은 인상이 그랬다는 얘깁니다."

"그 밖에는요?"

"내 진술이 사실이 아닐 수도 있다는 점을 감안하실 거죠?"

"물론입니다."

"차 안 분위기가 무거웠습니다. 여자는 화난 것처럼 보였어요. 뭔가 아주 분한 일을 당한 것 같았어요. 난 공연이 순탄치 않아서 그녀가 남은 일정을 접고 싶어한다고 생각했습니다. 하지만 2대 1의 상황이었던 거죠. 만일 매니저도 투표권이 있었다면 3대 1이었겠고요. 밤늦은 시각이었는데도 운전수 말고는 그녀만 완전히 깨어 있었으니까요. 뭔가 골똘히 생각 중이었기에 그런 게 아닐까요? 어쨌든 내 느낌이 그랬다는 것뿐입니다."

소렌슨은 아무 말도 하지 않았다.

경사가 말했다. "그들이 수배자들이었던 거죠, 그렇죠?"

소렌슨이 말했다. "그들 중 데님 셔츠 차림의 두 사내."

"놓쳐서 미안합니다."

"경사님 잘못이 아니에요."

거기서 대장이 전화를 바꿨다.

그가 말했다. "요원님, 우리에겐 도주 중인 두 사내를 찾으라고 지시했잖습니까. 내분을 일으킨 포크 가수들이 꽉 들어찬 차량이 아니라."

"당신네 잘못이 아니에요." 소렌슨이 다시 말했다.

"이제 철수해도 되겠습니까?"

"네." 소렌슨이 말했다. "그리고 이젠 그 번호판을 단 차량의 수배령을 내리겠습니다. 지금 위치에서 동쪽 편의 요지에 모두."

"이거 보세요, 요원님. 지금 내 위치에서 동쪽으로는 병력이 없어요. 전 대원을 이리로 불러 모았단 말입니다. 현실을 직시하시기 바랍니다. 그자들이 누구든 이미 오래전에 빠져나갔다고요."

리처도 윙크를 할 수는 있었다. 하지만 오직 왼쪽 눈으로만 가능했다. 어렸을 적부터의 잠 습관 때문이었다. 아이 때 그는 거의 항상 왼쪽으로 누워 잠을 잤다. 잠에서 깰 때면 베개에 밀착된 왼쪽 눈은 감은 채로 오른쪽 눈만 뜨고서 꿈과 현실 세계의 경계선을 넘는 동안 의식을 적응시키곤 했다. 게다가 지금은 델펜소가 그의 왼쪽 눈의 움직임을 볼 수 있을지 확신할 수 없었다. 그녀가 앉은 뒷자리에서는 거울의 위치상, 각도가 나오기 힘들었다. 시속 130킬로미터의 속도로 달리면서 거울의 각도를 세밀하게 조절한다는 것도 힘든 일이었다. 그래서 그는 기어 스틱 위에 얹혀 있던 오른손을 들어올렸다. 이제부터 손의 움직임에 주목하라는 신호였다. 그 의미를 그녀가 충분히 파악할 만큼 기다린 뒤, 그는 다시 손을 내렸다.

리처는 먼저 엄지손가락을 왼쪽으로 젖혔다. 거울을 통하지 않았으니 왼쪽은 그대로 왼쪽이었다. 이어서 그는 검지로 스틱 손잡이를 가볍게 세 번 두드렸다. 'C'. 그러곤 다시 왼쪽 젖힘과 한 번의 두드림, 'A'. 다음엔 오른쪽과 아홉 번, 'R'. 왼쪽과 열 번, 'J'. 왼쪽과 한 번, 'A'. 다시 왼쪽과 세 번, 'C'. 마지막으로 또다시 왼쪽과 열한 번, 'K'.

손동작을 끝낸 뒤 그가 거울을 들여다보고 델펜소와 눈을 맞춘 다음 양눈썹을 한 번 치켜 올렸다. 그건 물음표였다.

'CARJACK(자동차 탈취)?'

델펜소가 거울 속에서 고개를 끄덕였다. 열심히.

절대적인 긍정이었다.

리처가 의아하게 생각했던 많은 것들이 그걸로 설명되었다.

하지만 세 사람이 입고 있는 옷은 여전히 의문이었다.

리처는 기어 스틱에서 손을 떼곤 엄지와 검지로 자신의 코트 자락을 잡고서 거울을 바라보며 온 얼굴에 의아한 표정을 띠운 채 입 모양을 만들어 보였다. '셔츠?'

델펜소의 눈동자가 좌우로 여러 차례 흔들렸다. 적절하게 설명할 방법이 생각나지 않는 모양이었다. 그러다가 눈길을 왼쪽으로 돌리고 맥퀸을 열심히 바라보았다. 그런 다음 자신의 셔츠 단추를 풀기 시작했다. 리처는 한 눈은 앞 유리 너머에 두고 다른 눈으로는 거울을 지켜보았다. 다섯 번째 단추까지 푼 다음, 델펜소가 셔츠 앞섶을 양쪽으로 벌렸다. 검은색과 은색이 섞인 작은 천 쪼가리가 거울 속에 드러났다. 겉옷이라기보다는 속옷에 가까운 크기와 디자인이었다. 코르셋 같은 장식이 윗배를 끈으로 꼭 조이는 구조였기에 가뜩이나 낮게 파인 옷깃 위로 가슴의 상당 부분이 풍만하게 밀려올라와 있었다. 게다가 그 천 쪼가리의 가슴 부분 디자인은 봉긋하게 솟은 브래지어 모양이었다. 그래서 유방의 곡선과 가슴골이 더욱 두드러져 보였다.

리처는 거울을 향해 고개를 끄덕여보였다. 전에도 여러 번 본 적이 있는 의상이었다. 남성들이라면 대부분 보았을 것이다. 군인들이라면 무조건 본 적이 있을 것이다. 선술집의 여급, 혹은 여성 바텐더들의 근무복이었다. 그 옷차림으로 퇴근길에 나섰다가 차에 타려는 순간, 아니면 신호를 기다리는 순간 두 사내에게 습격당했을 것이다. 두 사내는 어딘가에서 차를 세우고 그녀에게 셔츠를 사 입혔을 것이다. 물론 지명수배를 의식해서였다.

상의를 벗은 것이나 마찬가지 복장의 검은 머리 여성. 눈만 뜨고 있다면 누구나 한 번에 알아볼 수 있는 인상착의였다.

델펜소가 다시 단추를 잠그기 시작했다. 리처는 검지로는 앨런 킹을, 그리고 엄지로는 돈 맥퀸을 가리킨 뒤 손바닥을 펴고 허공을 약간 밀어 올리는 시늉을 했다. 누구나 이해할 수 있는 만국 공통의 수신호였다.

'이 두 사람도 같은 셔츠를 입고 있는 까닭은?'

델펜소의 입이 약간 벌어졌다가 닫혔다. 이어서 그녀의 눈이 다시 열심히 깜빡이기 시작했다.

전진 두 번, 전진 열두 번, 후진 열두 번, 후진 열두 번, 전진 네 번.

'B-L-O-O-D'

후진 열두 번, 후진 열세 번.

'O-N'

후진 일곱 번, 전진 여덟 번, 전진 다섯 번, 전진 아홉 번, 후진 아홉 번.

'T-H-E-I-R'

'그들의 옷에 핏자국?' 리처가 입 모양으로 물었다.

델펜소가 열심히 고개를 끄덕였다.

리처는 어둠 속을 뚫고 계속해서 차를 몰았다. 흰 닷지 픽업트럭의 미등을 여전히 먼 전방에 둔 채 서로 십수 킬로미터씩 떨어져 있는 황량한 출구들을 지나치는 동안 그의 머릿속에서는 갖가지 의문들이 서커스 무대 위, 가는 막대기 끝에서 돌아가는 접시처럼 끊임없이 맴돌고 있었다.

22

매서운 추위를 조금이라도 피하기 위해 굿맨 보안관은 코트 깃 속에 턱을 파묻은 채 편의점 뒤편의 공터를 한 바퀴 빙 돌았다.

그가 말했다. "그자들이 여기에 차를 세운 것 같소. 따라서 옷도 여기서 갈아입었을 거요. 입고 있던 재킷은 버렸을 거고. 범행에 사용했던 칼도 마찬가지겠지. 그러니 이 일대의 쓰레기통들을 뒤져야겠군."

소렌슨이 말했다. "직접 하시려고요?"

"그럴리가요. 딴 데는 써먹을 일이 없는 보안관보들이 있는데."

"그럼 그러세요." 소렌슨이 말했다. "하지만 시간 낭비일 게 뻔해요. 그들이 델펜소의 차 트렁크 속에 재킷을 던져 넣었을 게 분명하니까요. 칼은 펌프장의 파이프 두 개 중 하나에 버렸을 거고요."

"이제 세 번째 검문소를 설치할 생각이오?"

"아이오와에는 그럴 만한 병력이 없대요."

"그렇다면 일리노이에 세워야겠지. 만일 그자들이 고속도로에서 아직까지 빠져나가지 않았다면 시카고까지 내처 달리려는 계획인 게 분명하오. 주 경계선 부근에 일리노이 순찰대를 대기시켜 놓는 게 좋을 것 같은데."

"지금쯤은 그자들도 운이 좋았다는 걸 느끼고 있을 거예요. 검문소를 두 군데나 무사히 통과했으니까. 따라서 세 번째로 운을 시험할 생각은 감히 하지 못할 거예요. 당연히 지방도로로 바꿔 타겠죠. 아니면 어딘가로 아예 숨어버리든지."

"그럼 이제 더 이상 검문은 없다는 얘기요?"

"그래 봐야 성과가 없을 거예요."

"그자들의 계획이 정말로 당신 추리와 일치할 것 같소?"

"난 내 추리를 그들의 계획에 맞추려는 거예요."

"카렌 델펜소에게는 안 좋은 소식이군." 굿맨이 말했다. "더 이상 방패막이가 필요 없어진 그자들이 그녀를 허허벌판 위에 내려놓을 테니까."

"아뇨. 절대 그러지 않을 거예요." 소렌슨이 말했다. "그들의 얼굴을 보았으니 그녀를 죽이겠죠."

리처의 머릿속에 떠오른 첫 번째 의문,

고작 차량 탈취 사건 때문에 경찰들이 두 개의 주에 검문소를 설치했단 말인가?

그에 대한 답,

아마 그랬을 것이다. 아니, 거의 확실하다. 소유주를 태운 채 차량을 탈취하는 건 납치다. 납치는 큰, 아주 큰 범죄다. 연방이 관할하는 사건이 된다. 이 사건에도 FBI가 나선 것이 틀림없다. 두 개의 주 이상에서 연합 작전을 펼친 것이 그 증거다.

게다가 지형상의 문제도 있었을 것이다. 방대하면서도 황량한 지역이다.

이런 지역에서 범인을 찾기 위한 전략은 오직 검문검색뿐이다.

그리고 헬리콥터.

헬리콥터가 뜬 것을 리처도 보았다. 1000미터 상공에서 서치라이트로 이곳저곳을 비추던 헬리콥터.

두 번째 의문,

헬리콥터를 동원하고 FBI까지 개입해서 검문소를 두 군데나 설치한 것은 혹시 각각 서로 다른 범행을 저지른 두 명의 단독 범행 용의자를 잡기 위해서일까? 똑같은 겨울밤, 똑같이 황량한 지역에서 단독으로 벌인 두 개의 사건을 한 번에 해결하기 위한 작전일까?

그에 대한 답,

아니다. 그럴 가능성은 매우 낮다. 당장에 지형적인 여건만 감안하더라도 그건 아니다. 천지 사방으로 도주로가 널린 허허벌판에서 둘 중 한 사건만을 해결하는 것만으로도 대단한 행운일 것이다. 별개 사건의 범인 둘을 한 그물로 잡는다는 전략은 발상 자체부터 불가능하다.

따라서,

두 개의 검문소는 킹과 맥퀸을 잡기 위해 설치된 것이다.

결국 경찰들이 해결하려는 건 두 개의 사건이 아니라 하나의 사건이고 연루된 범인은 하나가 아니라 둘이었다.

그건 거의 확실했다.

그렇다면 경찰은 처음부터 헛다리를 짚은 것이다.

그 이유는,

네브래스카에 설치된 첫 번째 검문소에서 순찰대원들은 운전자 혼자 탑승하고 있는 차량들을 열심히 수색했다. 그건 나름대로 타당한 작전이긴 했다. 혼자인 범인은 누군가 다른 사람을 태워서 그물을 빠져나갈 수 있다. 같은 식으로 둘이 탄 범인은 세 번째 사람을, 셋이 탄 범인은 네 번째 사람을 태울 수 있다. 이후로도 연속적인 덧셈의 술수이다. 하지만 이 경우엔 뺄셈의 술수 역시 적용될 수 있다. 그물을 빠져나가기 위해 두 범인 가운데 하나가 숨는 것이다. 네브래스카 경찰들은 뺄셈의 술수에 중점을 두고 운전자 혼자 탑승하고 있는 차의 트렁크들을 열심히 뒤졌던 것이다. 마약이나 총기, 혹은 폭탄이나 장물을 찾기 위해서가 아니었다. 그들이 찾으려 했던 건 그 안에 웅크린 채 숨어 있을 수도 있는 두 번째 사내였다.

하지만,

네브래스카 순찰대가 두 사람을 찾으려 했던 건 실수였다. 그들은 세 사람을 찾았어야 했다. 두 명의 범인과 납치까지 보태진 차량 탈취 사건의 피해자. 거의 반라 상태의 선술집 여급, 혹은 바텐더.

하지만 거기에도 문제가 있다.

왜?

킹과 맥퀸은 세 사람이 탑승하고 있는 차량을 중점적으로 검문하라는 지명수배령이 떨어질 걸 분명히 예상하고 있었다. 그들 둘과 델펜소. 그래서 그들은 일단 그녀에게 셔츠를 사 입혔다. 그녀의 인상착의를 바꾸기 위한 위장술이었다. 고속도로를 어느 정도 달리다가 히치하이커를 태워준 것도 같은 맥락이었다. 그래서 리처가 제4의 인물로서 동승하게 된 것이다. 연속적인 덧셈의 술수였다.

셋이 아니라 네 사람. 연막작전이었다. 셋이서 똑같은 셔츠로 갈아입은 것, 리처를 태운 것, 그리고 두 번째 검문소를 무사히 통과하기 위해 리처를 운전석에 앉힌 것까지 경찰들의 추리를 한 발 앞서 간 교묘한 속임수였다.

연막작전, 속임수, 거기에 양동 작전까지 가미한 완벽한 각본이었다. 리처의 부서진 코. 그의 코에 시선을 뺏긴 검문 경찰이 나머지 승객들에게 마땅한 주의를 기울이지 못하게 만든 임기응변의 양동 작전.

입체교차로 어귀에서 엄지손가락을 치켜세우고 있던 리처 앞에 차를 세우기 전에 그들이 대화를 나눴던 것도 민주적인 합의를 끌어내기 위해서가 아니었다. 정반대였다. 뒷좌석을 향해 허리를 틀고 앉은 킹과 맥퀸이 델펜소를 협박했던 것이다. 입 닥치고 가만히 있지 않으면 끔찍한 꼴을 당하게 될 거라고 을러댔을 것이다. 그들이 내뱉었던 얘기가 리처의 귀에 들리는 듯했다.

'입 닥치고 있어야 해!'

'분명히 알아들은 거야? 맞아?'

10미터 떨어진 곳에서 리처는 그녀가 고개를 끄덕이는 걸 분명히 보았다. '예스'라고 대답하는 입 모양도 보았다. 그땐 그녀가 기꺼이 합의를 한 걸로 오해했었다. 하지만 사실 그녀는 겁에 질린 채 그들의 명령에 따르겠다는 대답을 한 것뿐이었다.

아스피린을 둘러싼 해프닝도 낯선 사람의 건강에 대한 염려에서 비롯한 것이 아니었다. 그때쯤엔 앨런 킹의 머릿속에 리처를 운전시켜야겠다는 계획이 이미 자리 잡고 있었다. 가방을 뒤지는 델펜소의 동작을 뚫어져라 지켜본 것도 그녀가 어떤 식으로든 구조를 요청하는 표현을 하지 못하도록 감시하고 있었던 것이다.

사실 리처는 야간에 장거리를 달려야 하는 운전자들이 말동무로 삼기에 적합한 사람이 아니다.

킹과 맥퀸이 그를 태워준 이유는 단 하나뿐이다.

세 사람이 타고 있는 차량을 적극적으로 수색하라는 지명수배를 피하기 위해서였다.

하지만 실제로 떨어진 지명수배는 두 사람이 타고 있는 차량이었다.

왜?

가능한 답은 오직 하나이다.

FBI는 두 명의 범인이 주간고속도로를 타고 도주 중이라는 사실은 알고 있다. 도주 차량이 탈취한 것이라는 사실도 알고 있다. 하지만 그들은 범인들이 인질을 잡았다는 사실은 모르고 있는 것이다.
 그런데도 FBI는 두 개의 주에 걸쳐 검문소를 구축했다.
 왜?
 결국 첫 번째 의문에 대한 리처의 대답은 잘못된 것이었다.
 그들이 잡으려는 자들은 납치범이 아니었다. 인질의 존재를 모르고 있으니까. 또한 검문 규모로 미루어 단순한 차량 탈취범도 아니었다. 그들은 그보다 훨씬 강력한 범죄 사건의 용의자들을 찾고 있는 것이다.
 따라서,
 킹과 맥퀸은 죄질이 아주 나쁜 범인들인 게 분명했다.
 '그들의 옷에 핏자국.'
 리처는 아이오와의 어둠 속을 시속 130킬로미터에 가까운 속도로 계속해서 달려 나갔다. 그의 호흡은 낮게 가라앉아 있었다.

 굿맨과 소렌슨은 다시 빨간색 마즈다로 걸어갔다. 소렌슨이 소집한 FBI 현장감식반이 펌프장 일을 끝내고 그리로 옮겨와 있었다. 그들은 이미 혈흔과 지문, 그리고 머리카락과 체모를 수집하고 감식까지 일부 끝낸 상태였다. 두 명의 용의자는 범죄 전과가 없었다. 그것만은 분명했다.
 소렌슨이 말했다. "조심성이 없는 자들이군요."
 굿맨이 말했다. "범죄자들은 대부분 그렇소."
 "하지만 이자들은 그 밖에 다른 면에선 대부분의 범죄자들과 확실히 달라요. 이건 강도 행각이 어쩌다가 살인으로 이어진 사건이 아니에요. 그들은 정장 차림이었어요. 국무성과도 모종의 연관이 있는 사건이고요. 그런데도 그들은 전혀 준비가 되어 있지 않았어요. 사전 계획이 없었던 범행이라는 거죠. 그들은 임기응변으로 일관했어요. 차량을 탈취해서 도주한 것만 봐도 그렇잖아요. 정말 이해가 가지 않아요. 대체 무슨 영문일까요?"

"계획을 세울 필요가 없었으니까 계획을 세우지 않았겠지."

"한 사람을 살해하기 위해 네브래스카의 허허벌판까지 내려올 정도면 마땅히 계획이 있어야 하는 것 아닌가요?"

"그들이 그 사내를 살해하기 위해 여기 온 게 아닐 수도 있소. 최소한 처음엔 그럴 의도가 없었던 게 아닌가 싶소. 하지만 여기 온 뒤에 갑자기 상황이 변해버린 게 아닐까? 살인이라는 게 대부분 우발적으로 일어나는 거니 말이오."

"나도 그 부분에는 동의해요." 소렌슨이 말했다. "하지만 그 부분 말고는 어느 것도 우발적이라는 느낌이 들지 않아요."

굿맨이 부하 한 사람에게 편의점 뒤편의 쓰레기통들을 뒤지라는 지시를 내렸다. 감식반장이 마즈다에서 엉덩이부터 빠져나와 소렌슨에게 다가왔다. 그의 손에는 두 장의 사진이 들려 있었다. 첫 번째는 얼굴만 나온 피살자의 컬러 사진이었다. 얼굴을 뒤덮고 있던 핏물을 닦아내서 이목구비가 어느 정도 드러나 있었다. 사진 속의 사내는 눈을 뜨고 있었다. 양 꼬리가 조금 치켜 올라간 아몬드 모양의 두 눈, 짙은 색 눈동자. 사내의 오른쪽 아래 뺨에는 작은 사마귀가 하나 돋아 있었다. 여자의 뺨에 그런 게 있었다면 애교로 봐줄 수도 있겠지만 남자였으니 그냥 사마귀였다.

두 번째는 그 사내의 얼굴을 확대한 흑백 사진이었다. 비디오 영상을 다시 카메라로 찍은 스틸 사진이었다. 감시 카메라에 잡힌 장면이 분명했다. 화질이 아주 투박한데다가 약간 번진 상태였다. 형광등 불빛 아래에서 감시 카메라가 촬영한 걸 저화소 디지털 레코더로 재생했고 동작 중인 화면을 스틸 카메라로 찍었으니 당연한 일이긴 했다. 하지만 사내의 눈 모양새는 분명히 확인할 수 있었다. 게다가 첫 번째 사진에서와 똑같은 부위에, 똑같은 모양의 사마귀가 돋아 있었다. 바코드나 지문처럼 독특했고 DNA 샘플처럼 확실한 표식이었다.

"어디서 찍힌 거죠?" 소렌슨이 물었다.

"덴버 공항의 렌트카 영업소 접수대에서요." 반장이 말했다. "피살자 본인이 마즈다를 렌트했습니다. 오늘 아침 9시에, 아니, 이제 어제 아침이라고 해야겠군요. 자동차 마일리지 확인 결과 다른 곳을 거치지 않고 곧장 이리로 달려온 게 분명합니다."

"장거리인데."

"1100킬로미터가 조금 넘는 거리죠. 10시간 내지 11시간이 걸렸을 겁니다. 중간에 주유소에 한 번 들렀을 거예요. 현재 연료 탱크는 거의 비어 있는 상태고요."

"그 먼 거리를 내내 혼자 달려왔을까요?"

"모르겠어요." 반장이 말했다. "내 눈으로 본 바가 없으니까."

조심성 많은 사내였다. 눈으로 확인할 수 있는 자료만을 신뢰하는 외골수, 거기다 지금은 약간 심통이 나 있는 것 같았다. 한겨울, 허허벌판 한가운데, 야간 임무.

소렌슨이 말했다. "반장님의 추측을 물었던 거예요."

"난 과학잡니다." 반장이 말했다. "추측은 하지 않아요."

"그럼 사색을 해보세요."

반장의 얼굴 표정이 일그러졌다.

"차 뒷좌석에 사람이 앉았던 흔적은 없습니다." 그가 말했다. "하지만 운전석과 조수석에는 모두 앉았던 흔적이 있어요. 따라서 피살자가 덴버에서부터 한 사람을 조수석에 태우고 이 도시로 왔을 가능성은 있습니다. 하지만 그가 혼자 차를 몰고 왔을 가능성도 있어요. 후자의 경우라면 조수석에 남아 있는 흔적은 범인 둘이 범행 현장에서부터 이리로 오는 동안 생겼을 테고."

"그래서 피살자가 혼자 왔다는 건가요, 아니면 누구와 함께 왔다는 건가요?"

"혼자 왔을 가능성이 좀 더 큽니다. 운전석의 흔적이 조수석의 흔적보다 훨씬 뚜렷하니까요."

"1100킬로미터와 5킬로미터의 차이를 대변할 만큼?"

"정확한 수치로 환산할 수는 없습니다. 앉았던 흔적은 거리에 비례하는 게 아니니까요. 좌석에 엉덩이를 갖다 댄 뒤 1~2분만 지나면 흔적이 남게 됩니다."

"그런가요, 안 그런가요? 이론 말고 실제 세계에서."

"그렇다고 볼 수 있습니다. 운전석에는 장시간에 걸쳐 하중이 가해진 반면에 조수석은 그렇지 않으니까요."

"그렇다면 그 두 사내는 어떤 수단을 이용해서 이 도시까지 왔을까요? 코트 없이 홑양복 차림이었는데."

"난 그것까진 모르겠습니다." 반장은 그 말을 마치곤 마즈다를 향해 걸음을 옮겼다.

"나도 모르겠소." 굿맨이 말했다. "현재까지 내 부하들 가운데 누구도 버려진 차를 발견하지 못했소. 내가 눈에 불을 켜고 찾으라고 지시했는데 말이오."

소렌슨이 말했다. "그들이 차를 버리지 않은 건 분명해요. 만일 그들이 자기네 차를 타고 여기로 왔다면 웨이트리스의 차를 탈취하지 않았을 거예요. 지금 우리는 아이오와의 검문소에서 델펜소의 차를 몰았던 제4의 인물이 어디서 왔는지도 알아내야 해요. 동료들이 펌프장에서 일을 치르고 있는 동안 그자가 어디 있었는지도 밝혀내야 하고요."

"당신 얘기를 들어보니 아주 특이하게 생긴 사내라는 느낌이 드는데, 맞소?"

소렌슨이 고개를 끄덕였다. "얼굴이 박살난 고릴라. 그런 외모라면 누구든 쉽게 잊어버리지 않을 거예요."

다음 순간 그녀의 전화벨이 울렸다. 그녀가 전화를 받았다. 굿맨은 그녀의 등이 곧게 펴지고 얼굴 표정이 변하는 것을 보았다. 30초 동안 귀를 기울이고 난 뒤 그녀가 전화기에 대고 말했다. "알겠습니다." 잠시 후, 그녀가 그 말을 다시 한 번 반복했다. "알겠습니다. 그렇게 하겠습니다." 그녀가 전화를 끊었다.

차렷 자세는 취했지만 '네, 알겠습니다'가 아니라 그냥 '알겠습니다'였다. 굿맨은 그녀가 속해 있는 지부이든 워싱턴의 본부이든 FBI 상관으로부터 걸려온 전화는 아니라고 짐작했다.

그가 물었다. "누구였소?"

소렌슨이 말했다. "버지니아, 랭글리의 상황실 책임자였어요."

"랭글리라면?"

소렌슨이 고개를 끄덕였다.

그녀가 말했다. "이제 CIA까지도 이 사건에 코를 들이민 거죠. 밤사이에 진행한 수사 상황을 서면으로 보고하라네요."

23

시속 130킬로미터의 속도로 차를 몰면서 맨손으로 조수석에 앉아 있는 사람을 해치운다는 건 상당히 어려운 일이다. 움직임과 정지를 동시에 요구하는 일이기 때문이다. 운전자는 오른쪽 발로 액셀을 밟아야 한다. 그건 두 다리를 움직일 수 없다는 걸 의미한다. 게다가 왼쪽 어깨도 고정되어야 한다. 오른쪽 팔만 움직일 수 있다는 결론이다. 그 팔을 백핸드로 낫처럼 휘둘러서 조수석에 타고 있는 사람의 머리를 가격하는 방법뿐이다. 하지만 다른 부분을 움직일 수 없으니 상대적으로 강도가 약한 일격이 될 수밖에 없다.

그래도 리처는 조수석의 앨런 킹을 얼마든지 제압할 수 있었다. 일단 오른손으로 왼쪽 어깨를 긁는 시늉을 하다가 백핸드 라이트 훅으로 킹의 얼굴을 가격하면 그만이었다. 쉐비(=쉐보레) 앞좌석의 구조가 문제긴 했다. 다른 차종에 비해 대시보드가 상당히 높았고 룸미러는 상당히 낮게 달려 있었다. 따라서 비좁은 공간을 낮게 베어가다가 끝 부분에서 솟구치는 방법으로 주먹을 휘두를 수밖에 없었다.

게다가 리처의 팔은 길었다. 따라서 주먹이 앞 유리창에 부딪치지 않으려면 팔꿈치를 도중에 어느 정도 접어야 했다.

주먹은 낮게 그어가다 마지막 부분에서 위를 향해 가격해야 하고 팔꿈치는 제때에 접어야 한다는 건 그 자체만으로도 조절하기 힘든 과정이었다. 더구나 그 과정 중에 작용 반작용으로 인해 왼쪽 어깨가 흔들리지 않도록 강도를 조절해야 했다. 왼쪽 어깨가 조금이라도 흔들려선 안 되는 상황이었다. 물론 넓고 곧게 뻗은 고속도로였다. 순간적으로 핸들이 살짝 어긋나더라도 사고로 연결되기 전에 금세 바로잡을 수는 있었다. 하지만 작게 패인 구덩이라든지 그 비슷한 장애물을 갑자기 만나게 될 위험은 늘 도사리고 있다. 그렇게 되면 리처는 최소한 5초 동안은 미끄러지는 바퀴를 바로잡기 위해 왼손은 물론 킹을 향해 뻗어가던 오른손까지 거둬들여서 양손으로 핸들을 꼭 붙들어야 한다. 그동안 킹은 반드시 반격을 해올 것이다.

따라서 그 모든 걸 감안할 때 강력한 공격보다는 가벼운 가격이 훨씬 효과적이라는 결론이 나온다. 가벼운 가격으로 소기의 성과를 거두기 위해서는 가격 부위를 정확히 선정하는 것이 중요하다. 그 상황에서는 앞 목이 제1순위였다. 손칼을 가라데 당수처럼 수평으로 날려서 앨런 킹의 목젖 부위를 가격하는 것이다. 그 일격으로 킹이 죽지는 않겠지만 전투 능력은 상실하게 될 것이다. 하지만 킹이 고개를 외로 꼬고 턱을 가슴에 파묻은 채 잠을 자고 있는 게 문제였다. 목이 드러나 있지 않은 것이다. 그를 잠재우려면 먼저 깨워야 하는 상황이었다. 어깨를 한 번 찌르면 잠에서 깨어날 것이다. 허리를 곧게 펴고 눈을 끔뻑이며 하품을 한 다음 고개를 앞으로 빼고 두리번거릴 게 틀림없었다.

간단했다. 찌르고 긁고 휘두르고 퍽. 상당히 어려운 일이긴 했지만 가능성은 충분했다. 킹은 얼마든지 제압할 수 있었다.

하지만 돈 맥퀸은 그럴 수 없었다. 바로 뒷좌석에 앉아 있는 사내를 운전자가 제압할 수 있는 방법을 과학은 아직 발견하지 못했다. 특히 시속 130킬로미터의 속도로 차를 몰고 있을 때는 아니었다. 절대 불가능했다. 엄두를 낼 수조차 없었다. 어떤 4차원적 계획으로도 달성할 수 없는 목표였다.

리처는 시속 130킬로미터 어림의 속도로 계속해서 차를 몰았다. 그가 룸미러에 잠시 눈길을 주었다. 뒤따라오는 차량은 없었다. 맥퀸은 여전히 자고 있었다. 1분이 지난 뒤 그가 다시 룸미러를 바라보았다. 그 속에서 델펜소가 리처를 응시하고 있었다. 그는 대략 2킬로미터까지 전방의 도로 상황을 머릿속에 입력한 뒤 다시 거울을 바라보았다. 리처가 고개를 끄덕였다.

준비됐으니 어서 교신을 시작하라는 의미였다.

그녀가 시작했다.

전진 아홉 번.

'I'

전진 여덟 번, 전진 한 번, 후진 다섯 번, 전진 다섯 번.

'H-A-V-E'

전진 한 번.

'A'

전진 세 번, 전진 여덟 번, 전진 아홉 번, 전진 열두 번. 전진 네 번.

'C-H-I-L-D'

'내겐 아이가 있어요.'

리처는 고개를 끄덕이고 나서 운전석과 조수석 사이의 사물함에서 동물 인형을 집어 올렸다.

'알고 있습니다.'

말라붙은 침에 엉켜 털이 빳빳해진 인형이었다. 납작해진 모양은 작은 턱이 오랫동안 잘근잘근 깨물어댔다는 걸 말해주고 있었다. 그가 인형을 내려놓았다. 델펜소의 두 눈에 눈물이 차올랐다. 그녀가 고개를 돌렸다.

리처는 옆으로 몸을 기울이고 앨런 킹의 어깨를 한 번 찔렀다.

킹이 꿈지럭거리며 잠에서 깨어나 허리를 곧게 펴고 눈을 끔뻑이며 하품을 했다. 그러고선 고개를 빼고 두리번거렸다.

그가 말했다. "무슨 일입니까?"

리처가 말했다. "기름이 얼마 남지 않았소. 어디서 빠져야 할지 알려주시오."

편의점 뒤편에 다녀온 보안관보가 굿맨에게 보고를 했다. 쓰레기통들을 뒤졌지만 피 묻은 재킷이나 칼은 없었다고 했다.

소렌슨은 감식반장을 마즈다에서 불러낸 뒤 말했다. "피살자의 신원에 관한 정보가 필요해요."

"내가 도울 수 없는 일입니다." 반장이 말했다. "신분증이 없어요. 부검은 내일 실시할 거고."

"전 반장님의 느낌을 듣고 싶어요."

"난 과학잡니다. 난 예지력도 없고 그런 걸 갖고 싶다는 생각도 해본 적이 없습니다. 예지력을 키우는 기초 강좌도 수강한 적이 없고요."

"그래도 전문가로서 경험에서 우러난 추론은 할 수 있잖아요."

"왜 이렇게 서두르는 겁니까?"

"두 군데 서로 다른 조직에서 나를 조여대고 있어요."

"구체적으로 어딥니까?"

"처음엔 국무성, 지금은 CIA."

"서로 다른 조직이 아니네요. 국무성은 CIA의 정치적 얼굴 마담이잖습니까."

"우리 둘은 FBI 소속이고요. 그쪽 친구들한테 쪽팔리기 싫어서 그래요. 우리 FBI가 굼뜨고 무능하다는 비난을 들을 수는 없잖아요. 창의력이 결여됐다는 비난도 마찬가지고요. 그래서 반장님의 느낌을 말해달라는 거예요. 그동안의 경험과 지식에 근거한 의견도 좋고요. 아니면 체면 살리는 법 기초 강좌에서 강조하는 어떤 것도 좋아요."

"뭐에 관한 의견을 듣고 싶은 거죠?"

"나이가?"

"마흔 살 정도로 추정됩니다."

"국적은요?"

"미국인으로 추정됩니다."

"이유는요?"

"치아를 확인한 결과 미국식 치과 치료를 받아왔더군요. 입고 있는 옷가지들로 미루어 봐도 미국인인 것 같고요."

"옷가지로 미루어 본다?"

"셔츠는 외제인 것 같습니다. 하지만 속옷은 미제예요. 대부분의 사람들은 모국 브랜드의 속옷을 고집하는 경향이 있죠."

"그래요?"

"일반적으로 그렇다는 얘깁니다. 습관이 기준이 되는 문제죠. 실제적으로든 상징적으로든. 편안함은 그다음 문제고. 외제 속옷을 입는다는 건 인생에 큰 변화가 일어났다는 걸 의미할 수 있거든요. 망명이나 이민 같은."

"그건 과학적 판단인가요?"

"심리학도 과학입니다."

"셔츠는 어느 나라 제품이죠?"

"그건 잘 모르겠습니다. 라벨이 없더군요."

"하지만 외제 같아 보였다면서요?"

"글쎄요. 실제적으로 요즘 미국 의류 시장의 면제품은 모두 외국산입니다. 대부분이 아시아권에서 만들어지죠. 하지만 품질과 재단, 그리고 색깔과 무늬는 당연히 소비 시장의 특성에 따르게 됩니다."

"피살자의 셔츠는 어떤 시장의 특성을 보이고 있죠?"

"천이 얇고 색깔은 희다기보다는 크림색에 가까웠어요. 목깃은 길고 좁았고 체크 디자인은 단순한 그래픽이었어요. 전통적인 방식으로 직조할 때 생겨나는 자연스러운 무늬를 모방하는 게 보통인데 말이죠. 따라서 내 생각엔 파키스탄에서 구입한 제품인 것 같습니다. 중동 지역일 가능성도 있고."

24

앨런 킹은 허리를 빳빳이 세우고 상체를 왼쪽으로 기울였다. 연료계를 들여다보고 난 뒤 그가 말했다. "아직은 여유가 좀 있네요. 바늘이 4분의 1에 이르면 그때 알려주세요."

"곧 그렇게 될 것 같소." 리처가 말했다. "눈금이 정말 쑥쑥 내려가는군."

"리처 씨가 무지하게 속도를 내니까 그렇죠."

"맥퀸 씨 정도로만 밟았는데."

"그럼 유량계가 또 말썽인가 보죠. 하지만 곧 정상으로 돌아올 겁니다."

"기름이 떨어지면 안 되잖소. 아주 곤란해질 거요. 도움을 기대하기가 힘든 상황이오. 차량 통행도 뜸한데다가 고속도로 순찰대는 모두 뒤쪽의 검문소에 몰려 있으니까."

"30분만 이대로 달립시다." 킹이 말했다. "그때 가서 본격적으로 궁리를 해도 늦지 않을 겁니다."

"알겠소." 리처가 말했다.

"그런데 A자 어쩌고 했던 그 내기의 답이 뭐죠?"

"나중에."

"지금."

"나중에 말해준다고 했잖소. 그게 그렇게 알아듣기 힘든 얘기요?"

"강요받기를 싫어하는 성격이군요. 안 그런가요, 리처 씨?"

"잘 모르겠소. 난 강요받아 본 적이 없어서. 만일 그런 일이 일어나면 내가 그걸 좋아하는지 싫어하는지 당신에게 제일 먼저 알려주겠소."

킹이 정면으로 고개를 돌렸다. 그는 족히 1분 동안 아무 말 없이 앞 유리 너머의 어둠 속을 바라보다가 자세를 편히 잡고 턱을 가슴에 파묻은 다음 다시 눈을 감았다. 리처는 룸미러를 확인했다. 맥퀸은 여전히 깊이 잠들어 있었다. 델펜소는 여전히 깨어 있었다.

그녀의 눈이 다시 깜빡이기 시작했다.

후진 일곱 번, 전진 여덟 번, 전진 다섯 번, 후진 두 번.

'T-H-E-Y'

전진 여덟 번, 전진 한 번, 후진 다섯 번, 전진 다섯 번.

'H-A-V-E'

전진 일곱 번, 후진 여섯 번, 후진 열세 번, 후진 여덟 번.

'G-U-N-S'

'그들이 총을 갖고 있어요.'

리처는 고개를 끄덕이곤 계속 차를 몰았다.

칵테일 라운지 뒤편의 현장은 그 후로도 5분 동안 조용하게 북적거렸다.

모두들 말없이 분주하게 각자 할 일들을 했다. 감식 팀은 마즈다 내부의 구석구석을 연속으로 촬영했다. 자동차의 안개 낀 유리창들이 규칙적인 플래시 불빛으로 인해 환해졌다 어두워지기를 반복했다. 아주 멀리서 번개가 치는 것 같기도 했고 언덕 너머에서 전투가 벌어진 것 같기도 했다. 굿맨의 부하들은 그 일대를 샅샅이 수색했지만 아직 어떤 단서도 찾아내지 못했다. 소렌슨은 전화상으로 연방정부와 주정부의 데이터베이스에 접속을 해서 최근에 얼굴 부상을 입은 덩치 큰 사내의 신원을 확인하려고 애를 썼다. 하지만 그녀의 노력도 성과가 없었다.

그 고요한 부산스러움을 깨고 8기통 엔진의 소음이 들려왔다. 이내 깨진 돌 위를 구르는 차바퀴 소리가 들리며 남쪽 안개 속에서 헤드라이트 불빛이 위아래로 요동을 치더니 짙은 색 세단 한 대가 현장을 향해 다가왔다. 소렌슨의 차와 똑같은 군청색 포드 크라운 빅토리아였다. 뒤쪽 차 지붕에 바늘 안테나를 달고 있는 것까지 똑같았다. 하지만 미주리 번호판이었다. 차는 적당한 거리를 두고 멈춰 섰다. 차 안에서 두 사내가 내려섰다. 두 사람 모두 짙은 색 정장 차림이었다. 그들은 열려진 차문 뒤에 서서 두툼한 오리털 파카를 걸쳐 입었다. 잠시 후 차문을 닫은 그들은 현장을 둘러보며 가까이 다가왔다. 그들이 카운티 보안관보들을 지나쳤다. 굿맨 보안관을 지나쳤다. 감식반원들을 지나쳤다. 하지만 소렌슨 앞 2미터 지점에서는 걸음을 멈추고 각자 주머니에서 신분증을 꺼내 들었다.

소렌슨의 것과 같은 신분증이었다.

FBI.

오른편에 선 요원이 말했다. "우린 캔자스시티 대테러 팀 소속입니다."

소렌슨이 말했다. "그쪽에 지원을 요청한 적이 없는데요."

"오마하 지부 상황실의 교신 기록이 자동으로 경보를 울렸습니다."

"왜죠?"

"그 범죄 현장은 중요한 곳이니까."

"그래요? 그냥 폐쇄된 펌프장에 불과한 곳인데요?"

"그렇지 않습니다. 그곳의 파이프는 미국에서 가장 큰 천연 지하 저수지와 수직으로 연결돼 있습니다. 그런데 그 입구가 훤히 개봉되어 있으니까요."

"이미 우물로서의 기능을 상실한 시설이에요."

요원이 고개를 끄덕였다. "하지만 그건 지하수면이 파이프 맨 아랫부분보다 하강했기 때문입니다. 우물의 기능을 하든 못하든, 어쨌거나 파이프 주둥이 속으로 흘러들어간 물질은 자연스럽게 대수층으로 흡수됩니다. 피할 수 없는 일이죠. 스펀지 위에 잉크를 떨어뜨리는 것과 같은 이치라고 할까?"

"구체적으로 뭐가 흘러들어간다는 얘기죠?"

"절대로 흘러들어가서는 안 될 물질들이 상당히 많습니다."

"하지만 무식하게 말하자면 물이 가득 찬 양동이에 이물질이 한 방울 섞이는 거잖아요. 물그릇은 아주 크고 불순물은 극소량이라면? 내 말은 지하수 양이 엄청나다는 의미예요. 연간 지하수 소비량이 2.5조 갤런에 육박한다고 알고 있어요. 반면에 가장 큰 유조차의 탱크 용량이 얼마나 되죠? 기껏해야 5천 갤런도 안 되잖아요. 그걸 통째로 붓는다고 해도 흔적이나 있을까요?"

요원이 다시 고개를 끄덕였다. "하지만 테러리즘이란 건 수치적 비율로 설명될 수 있는 게 아닙니다. 물론 당신 얘기가 맞아요. 독성물질이나 바이러스, 혹은 세균, 뭐가 됐든 그 물그릇 속에 5천 갤런쯤 섞인다고 해도 인체에 큰 해는 없을 겁니다. 하지만 실제로 그런 상황이 벌어졌을 때 주민들을 안심시킬 방법이 있을 것 같습니까? 지역 전체가 공포에 휩싸이게 되겠죠. 피난 행렬이 끝없이 이어질 거고. 곧이어 이 나라의 상당한 지역에 혼란이야기될 겁니다. 테러리스트들이 노리는 게 바로 그거죠. 이 지역은 미국의 대표적인 곡창지댑니다. 지역 경제가 치명적인 타격을 입게 되는 거죠. 내륙 지방에 밀집된 군사 시설들도 최소한 간접적으로는 영향을 받을 거고."

"진심으로 하는 얘긴가요? 그건 화학생물학전을 의미하는 거잖아요."

"우리는 아주 진지하게 얘기하고 있는 겁니다."

"그럼 왜 그 파이프들을 개봉된 상태로 내버려 두고 있는 거죠?"

"그런 시설이 1만 개 가까이 있습니다. 최선을 다해서 하자를 보수하고 예방조치를 해도 미처 손길이 닿지 못하는 곳들이 생겨날 수밖에 없어요."

소렌슨이 말했다. "이건 단순 살인 사건이에요. 테러리스트가 연루된 사건은 아니라고 보는데요."

"정말 그렇게 생각합니까? 국무성에서 연락이 없었나요? 피살자의 신원에 관해?"

"연락 받았어요."

"CIA에서도?"

"네."

"그런데도 해외 적대 세력과 연관된 사건이 아니라는 겁니까?"

소렌슨의 머릿속에 감식반장의 얘기가 떠올랐다.

'파키스탄에서 구매한 제품일 가능성이 높습니다. 중동 지역일 수도 있고.'

그녀가 말했다. "그럼 내가 이 사건을 당신들에게 넘겨야 하나요?"

오른쪽에 선 사내가 고개를 저은 뒤 말했다. "아닙니다. 이 사건의 담당자는 여전히 당신이에요. 하지만 우린 당신의 어깨 너머로 지켜볼 겁니다. 하루 24시간. 우리에게 확신이 생길 때까지. 절대 사사로운 감정에서 하는 얘기가 아닙니다. 양해 바랍니다."

리처는 뒷좌석에서 맥퀸이 잠에서 깨어나는 기척을 느끼고 룸미러를 올려다보았다. 맥퀸은 자기 쪽 창문 밖 텅 빈 차선을 내다보고 있었다. 잠시 후 그가 고개를 돌려 델펜소 쪽의 갓길로 눈길을 던졌.

차가 한 무리의 출구 안내판들을 지나쳤다. 세 개의 푸른색 간판들 가운데 하나는 비어 있었다. 주유소와 숙소는 있고 식당은 없었다. 출구 너머의 지평선에는 불빛이 보이지 않았다. 리처의 생각으로는 실망만을 안겨줄 가짜 출구였다. 어두운 지방도로를 30킬로미터쯤 달려가봐야 기다리고 있는 건 폐업한 건물들일 게 뻔했다.

"여기서 빠집시다." 맥퀸이 말했다.

"뭐라고요?" 리처가 말했다.

"여기서 빠지라고요."

"진담이오? 아무것도 없을 것 같은데?"

"그냥 빠져요."

리처는 곁눈으로 앨런 킹의 기척을 살폈다. 그런 그의 모습을 맥퀸이 룸미러를 통해 보았다.

맥퀸이 말했다. "눈치 볼 것 없어요. 그가 아니라 내가 책임자니까. 그리고 난 지금 당신에게 여기서 빠지라고 했습니다."

25

캔자스시티에서 온 대테러 요원 두 사람은 그들의 얘기대로 소렌슨의 어깨 뒤에만 서 있지 않았다. 그들은 때로는 그녀와 나란히, 때로는 그녀 앞으로 나서서 현장을 지켜보았다. 그들은 로버트 도슨과 앤드류 미첼이라고 자신들을 소개했다. 두 사람 모두 요원 생활 15년 차에 직급도 같다고 했다. 도슨은 미첼보다 키가 좀 더 컸고 미첼은 도슨보다 몸집이 좀 더 컸다. 하지만 그 외의 부분에서는 아주 비슷했다. 금발, 붉은 기가 도는 흰 얼굴, 40대 초반의 나이, 오리털 파카와 군청색 정장, 그 아래 받쳐 입은 흰 와이셔츠와 파란 넥타이. 밤늦은 시각이었는데도 피곤해 보이지 않는 기색이나 초조해하지 않는 태도까지도 고스란히 닮아 있었다. 소렌슨은 특히 그 점이 인상 깊었다.

하지만 사건 수사에 관해서는 그들도 속수무책이었다. 수사는 미궁에 빠진 상태였고 소렌슨도 그 사실을 잘 알고 있었다. 범인들은 디모인의 동쪽 어느 지점에 있을 게 분명했고 인질은 이미 살해됐거나 그 비슷한 상태일 것이 확실했다. 따라서 열 살짜리 소녀는 이미 엄마를 잃었거나 그 비슷한 처지가 된 것이 분명했다.

사체 부검과 현장 감식 결과가 나오면 수사가 활발해지기는 할 것이다. 하지만 사건을 해결하기까지 엄청나게 오랜 시간이 걸릴 것이다. 그 과정 또한 엄청나게 힘들 것이다. 그런 시간과 노력을 들이고서도 과연 해결할 수 있을지 확신이 가지 않는 사건이었다. 행운이 따르지 않고는 영원히 미궁 속을 헤매게 될 사건이었다. 설사 그 미궁 속에서 빛을 본다고 해도 결코 환한 빛은 아니었다. 소렌슨의 이력서 어느 한 귀퉁이조차 밝혀주지 못할 희미한 빛이었다. 그녀는 이미 사건의 심각성을 충분히 이해하고 있었고 또한 사건을 해결해봐야 자신이 얻을 것은 아무것도 없다는 걸 알고 있었다.

그녀가 말했다. "시카고 지부에 대비를 하라고 알려야겠어요."

도슨이 말했다. "밀워키, 매디슨, 인디애나폴리스, 신시내티, 루이스빌에도 알려야죠."

미첼이 말했다. "인터폴에도. 그리고 NASA에도 알려야 할 것 같지 않습니까? 지금쯤 범인들은 사람의 발길이 닿을 수 있는 곳이라면 어디든 가 있을 테니까요."

"미첼 요원, 나는 심각하게 얘기한 거예요."

"농담입니다. 심각하게 받아들이셨다면 미안합니다." 도슨이 말했다.

그때, 도슨과 미첼이 나타날 때와 똑같은 상황이 다시 한 번 일어났다. 8기통 엔진의 소음과 잘게 부순 돌멩이 위를 구르는 차바퀴 소리가 들리더니 안개 속에서 헤드라이트 불빛을 위아래로 흔들면서 또 다른 세단이 북쪽으로 앞머리를 향하고 그들에게 다가왔다. 포드 크라운 빅토리아. 역시 관용 차량이었다. 하지만 소렌슨이나 대테러 요원들의 자동차와 완전히 똑같지는 않았다. 차종과 차체는 같았지만 트렁크 덮개 위에 종류가 다른 바늘 안테나들이 여러 개 달려 있었고 페인트도 옅은 색이었다. 특히 번호판이 달랐다. 연방정부 번호판이었다.

차가 10미터 앞에서 멈춰 섰고 운전자가 내려섰다. 면직물 바지와 스웨터 위에 코트를 걸친 사내였다. 현장을 둘러보며 보안관보들과 굿맨 보안관, 그리고 감식반원들을 차례로 지나친 사내는 소렌슨과 두 대테러 요원을 향해 곧장 다가왔다. 거리가 가까워지자 소렌슨은 그의 모습을 좀 더 자세히 살펴볼 수 있었다. 현재의 복장보다는 완벽한 정장 차림이 훨씬 어울릴 것 같은 사내였다. 한밤중에 긴급 호출을 받자 마치 침실 문 앞에서 늙은 애견이 낑낑대는 소리에 잠에서 깬 은행가처럼 손에 집히는 대로 걸치고 나오느라 그렇게 입었을 것이 분명했다.

사내는 그들의 2미터 앞에서 걸음을 멈추고 주머니에서 신분증을 꺼냈다. 그들의 것과는 다른 종류였.

국무성.

신분증에 적힌 이름은 레스터 L. 레스터 주니어였다. 맨 위 단추까지 잠겨 있는 깔끔한 와이셔츠 차림의 사진은 단정하게 빗질이 된 머리 모양만 달랐을 뿐 사내의 얼굴이 분명했다. 있는 티가 물씬 풍기는 생김새였다. 브룩스 브라더스(미국의 클래식 패션 브랜드)에서 상당한 대우를 받고 있는 게 분명했다.

그녀가 물었다. "무슨 일이시죠, 레스터 씨?"

미첼이 물었다. "가운데 이름도 레스터인가요?"

레스터라고 불린 사내가 그를 쳐다보았다.

그가 말했다. "그렇습니다."

"특이하군요." 미첼이 말했다.

"무슨 일이시죠?" 소렌슨이 다시 물었다.

"현장을 확인하기 위해서요." 레스터가 말했다.

"피살자를 알고 있는 모양이군요?" 소렌슨이 말했다.

"개인적으로 아는 사이는 아닙니다."

"하지만 국무성과는 아는 사이겠죠?"

"그래서 내가 온 겁니다."

"피살자는 누구죠?"

"난 그 정보를 제공할 권한이 없습니다."

"그렇다면 돌아서지 그래요? 그리고 어딘지 몰라도 당신이 떠나온 곳으로 당장 돌아가요. 여기선 당신이 전혀 도움이 되지 않으니까."

"난 여기 있어야 합니다."

"휴대폰 있어요?"

"네, 있습니다."

"그럼 그걸 꺼내요. 그리고 당신네 본부에 전화를 걸어서 내게 피살자의 신원에 관한 정보를 제공해도 좋다는 허락을 받아내요."

레스터는 그녀의 지시에 따를 마음이 전혀 없는 것 같아 보였다.

미첼이 물었다. "당신네 CIA 친구들도 여기 와 있소?"

레스터는 짐짓 과장된 동작으로 주위를 천천히 둘러보았다.

"내 눈엔 안 보이는데요?" 그가 말했다. "당신 눈엔 보입니까?"

미첼이 말했다. "으슥한 곳에 숨어 있을지도 모르지. 그들의 주특기가 그

거잖소, 안 그래요?"

레스터는 아무 대꾸도 하지 않았다. 그때 소렌슨의 휴대폰이 울리기 시작했다. 평범한 전자음. 전화를 받은 그녀는 잠시 아무 말 없이 듣기만 했다.

그녀가 말했다. "네, 잘 알겠습니다." 그녀가 전화를 끊었다. 그녀의 눈길이 레스터의 얼굴에 꽂혔다. 그녀의 얼굴에 미소가 피어올랐다.

그녀가 말했다. "엄청 속도를 내서 달려온 모양이죠?"

레스터가 말했다. "그게 무슨 말이죠?"

소렌슨이 말했다. "우리 지부장의 전화였어요. 당신이 이리로 오고 있는 중이라고 하더군요. 우리 정보망이 아직 쓸 만한 것 같기는 하네. 아무튼 그 양반 얘기로는 10분쯤 뒤에 당신이 도착할 거라던데."

레스터가 말했다. "도로가 한산하더라고요."

"내 상관은 피살자가 누군지도 알려줬어요."

레스터는 아무 대꾸도 하지 않았다.

도슨이 소렌슨에게 물었다. "누구랍니까?"

"대사관 직원이래요."

"미국 대사관?"

"네."

"그럼 외교관인가요?"

"상무관이라나 봐요."

"고위직이랍니까?"

"그렇진 않은 것 같아요. 직급이 아주 낮은 것 같지도 않고요. 물론 느낌상."

"나이는?"

"마흔두 살."

"중요한 인물이랍니까?"

"그 부분에 관해서는 아무 얘기도 없었어요."

미첼이 말했다. "지부장급의 FBI 요원이 한밤중에 잠도 안 자고 현장에 나와 있는 부하에게 전화를 걸었다면 피살자가 상당히 중요한 인물이라는 얘기죠, 안 그런가요?"

도슨이 말했다. "그가 어디서 근무했답니까? 어느 지역이래요? 그리고 임무는 뭐였대요?"

"그런 얘기는 없었어요. 우리 지부장도 모르고 있는 것 같아요. 아무튼 외지에서 근무를 했고 모종의 임무가 있었던 건 틀림없겠죠."

'파키스탄에서 구입한 셔츠. 어쩌면 중동 지역일 수도 있고.'

"그가 이곳에 온 이유는 뭘까요?" 도슨이 레스터를 바라보며 질문을 던졌다.

레스터가 말했다. "그가 여기 온 이유는 나도 몰라요."

"정말입니까?"

"네, 정말 몰라요. 그래서 내가 여기 온 겁니다. 우리 쪽에서도 그 이유를 몰라서."

그때 7미터쯤 떨어진 곳에 서 있던 굿맨 보안관의 휴대폰이 울리기 시작했다. 호주머니 속에 들어 있었기 때문에 벨소리가 제대로 들리진 않았지만 적막한 밤이었기에 제법 큰 소리로 울려 퍼졌다. 한데 몰려 있던 네 사람이 일제히 소리 나는 방향으로 몸을 돌렸다. 굿맨이 전화를 받았다. 상대방의 이야기에 귀를 기울이면서 굿맨은 소렌슨을 찾아 잠시 두리번거렸다. 전화기에 귀를 댄 채로 그는 마치 누군가 잡아끄는 것처럼, 혹은 본능의 지시에 따른 것처럼 그녀를 향해 걸음을 옮기기 시작했다. 3미터 앞까지 다가온 굿맨이 통화를 끝내고 전화기를 닫았다. 그러고도 1미터를 더 다가선 뒤에야 그가 입을 열었다.

그가 말했다. "목격자가 사라졌소. 아까 당신이 심문했던 그 사내 말이오. 집에 돌아오지 않았다는군."

맥퀸과 얘기를 나눴던 짧은 시간 동안에도 차는 상당한 거리를 달렸다. 따라서 리처는 램프에 들어서기 위해 급히 핸들을 돌려야 했다. 그다음엔 큰 각도의 커브를 돌아나가기 위해 브레이크를 세게 밟아야 했다. 아까부터 생각하고 있던 공격을 실행에 옮길 기회였다. 그의 몸은 좌석에 단단히 고정되어 있었다. 오른발로는 페달을 힘껏 밟았고 왼손으로는 핸들을 꼭 붙든 상태였다. 갑작스러운 회전과 급격한 감속의 충격 때문에 킹이 잠에서 깨어났다. 그의 목이 충분히 노출되었고 따라서 리처의 공격이 성공할 확률은 아주 높았다.

하지만 속도가 시속 30킬로미터로 줄었어도 여전히 맥퀸이 문제였다. 이론적으로만 따지자면 레버를 조종해서 운전석을 뒤로 바짝 민 다음에 오른쪽 팔꿈치로 공격을 하면 성공할 수 있었다. 하지만 머리 받침대가 팔꿈치의 동선을 가로막고 있었다. 게다가 델펜소의 안전도 문제였다.

아이와 강제로 헤어지게 된 엄마.

그녀와 맥퀸의 거리는 고작 60센티미터, 게다가 그의 오른쪽.

맥퀸은 오른손잡이일 게 분명했다. 사람들은 대개 오른손잡이니까.

'그들이 총을 가지고 있어요.'

리처는 결국 공격을 실행하지 못한 채 커브를 돌아서 램프를 빠져나왔다. 좁은 2차선 도로의 갓길에 또다시 주유소와 모텔 간판이 세워져 있었다. 간판 위의 화살표들은 둘 다 오른쪽을 가리키고 있었다.

킹이 길게 하품을 하고 나서 말했다. "여기서 내리기로 한 건가?"

맥퀸이 말했다. "어디든 마찬가지야."

"뭣 때문에 여기서 빠지자고 했던 거요?" 리처가 말했다.

"기름을 넣기 위해." 맥퀸이 말했다. "다른 이유가 뭐 있겠습니까? 이제 오른쪽으로 꺾어요. 간판의 화살표를 따라갑시다."

26

리처는 화살표가 가리키는 대로 오른쪽으로 방향을 꺾었다. 좁고 어두운 도로는 아이오와의 대부분의 도로들처럼 곧게 뻗어 있었다. 주변의 풍경은 어둠에 잠긴 채 전혀 보이지 않았다. 하지만 벌판이라는 느낌이 들었다. 한참을 달려도 아무것도 없었다. 그저 어둠뿐이었다. 그대로 160킬로미터만 달리면 미주리로 들어설 것이 분명했다. 경계선 직전에 강을 만나게 될 것이다. 디모인 강. 리처는 생각했다. 그는 학창 시절에 국토지리를 배웠다. 디모인 강은 디모인라는 이름의 도시로부터 남동쪽으로 600킬로미터쯤 떨어진 지점에서 미시시피와 합류한다.

리처가 말했다. "이것들 보시오. 이건 완전한 시간 낭비요. 이대로 30킬로미터를 달려봤자 결국 만나는 건 무연휘발유가 개발되기 전에 폐업한 주유소 건물뿐일 거요."

맥퀸이 말했다. "간판을 봤잖아요. 없는 걸 있다고는 하지 않았겠지."

"당신이 초등학교에 다니던 시절에는 뭔가가 있었겠지. 그때는 휘발유 값이 1리터에 10센트쯤 했을 거요. 럭키 스트라이크 담배는 한 갑에 30센트였을 테고."

"내용을 업데이트했겠죠."

"세상에 대한 믿음이 강한 스타일이시군."

"딱히 그런 편은 아닙니다만." 맥퀸이 말했다.

리처는 계속 차를 몰았다. 노면 상태가 형편없었다. 피해갈 수 없는 크고 작은 구덩이들 때문에 차체는 쉴 새 없이 요동쳤다. 차도 리처와 마찬가지로 고속도로 체질이었다.

맥퀸이 물었다. "머리는 좀 어때요?"

리처가 말했다. "내 머리는 괜찮소. 코가 깨진 거지 두개골은 멀쩡하니까."

"아스피린이 더 필요합니까?"

"그 얘기는 아까 킹 씨와 끝냈소. 당신이 자고 있는 동안."

킹이 맥퀸에겐지 아니면 모두에겐지 비아냥거리듯 말했다. "그냥 참으시겠다더군. 카렌한테 필요할 거라면서. 그녀를 꽤 챙기시는 것 같아."

"아스피린은 처방이 필요한 약품이 아니잖아." 맥퀸이 킹에겐지 아니면 모두에겐지 나무라듯 말했다. "카렌이 필요하다면 이제 곧 들를 주유소에서 얼마든지 구할 수 있을 거야. 파라세타몰(해열진통제)이나 이부프로펜(진통소염제)도 마찬가지고."

"바퀴벌레들도." 리처가 말했다. "한 30년쯤 전에 폐업했을 테니 은행에서 채워 놓은 자물쇠를 열면 엄청 쏟아져 나올 거요."

"그냥 계속 차나 모시죠, 리처 씨." 맥퀸이 말했다. "믿음을 좀 가져봐요."

리처는 계속 차를 몰았다. 울퉁불퉁한 도로를 3킬로미터 남짓 천천히 달리고 난 후, 그는 자신의 판단이 틀렸다는 걸 깨닫게 됐다. 맥퀸이 옳았다. 멀리 지평선 어림의 어두운 안개 숲을 마치 등대처럼 노란색 빛무리가 희미하게 물들이고 있었다.

그들이 다가갈수록 빛무리는 더욱 밝아졌다. 주유소였다. 옥수수밭 한 귀퉁이를 0.1헥타르쯤 밀어낸 공간에 신기루처럼, 혹은 UFO처럼 쉘 주유소가 흰색과 노란색 그리고 오렌지색의 강렬한 네온 빛을 뿌리며 들어서 있었다. 두 개의 곤돌라 장치 위에 하이테크 주유 펌프들이 늘어서 있고 오일 교환 시설까지 갖춘 현대식 주유소였다. 벽 사방을 통유리로 세운 편의점도 딸려 있었다. 가게 안은 우주에서도 보일 만큼 환하게 불이 밝혀져 있었다.

영업 중이었다.

"당신은 날 신뢰했어야 했어요." 맥퀸이 말했다.

리처는 속도를 바짝 줄여서 주유소 입구로 들어선 뒤, 도로에서 가장 가까운 주유 펌프 앞에 차를 세웠다. 편의점에서 가장 멀리 떨어진 펌프이기도 했다. 그가 기어를 주차에 놓고 시동을 껐다. 이어서 키를 뽑은 뒤, 자기 주머니 속에 집어넣었다. 누가 봐도 습관적 행동이라고 할 만큼 자연스러웠다.

킹이 그 모습을 보았지만 아무 말도 하지 않았다.

리처가 말했다. "아까처럼 하면 되는 거요? 난 커피, 당신들은 기름?"

"그래요." 맥퀸이 말했다.

리처가 운전석 문을 열고 내렸다. 그는 잠시 스트레칭을 한 뒤 편의점을 향해 걸음을 옮겼다. 가게 안, 계산대 뒤에는 소년티를 채 벗지 못한 청년이 서 있었다. 청년은 다가오고 있는 리처의 얼굴을 창을 통해 유심히 바라보았다. 부서진 코. 갓 스물을 넘겼을까 말까 한 나이에 밤일이 지루했던 점원이 아니라 누구라도 관심을 가질 수밖에 없었다.

가게 안으로 들어가기 전, 리처는 뒤쪽의 기척을 살폈다. 킹은 신용카드를 넣고 주유할 준비를 하고 있었다. 맥퀸은 차 안에 앉아 있었다. 델펜소는 그의 옆에 앉아 있었다.

리처가 문을 열고 들어섰다. 계산대의 점원은 그를 올려다보며 인사말 대신 고개를 끄덕여 보였다. 조심스럽게. 리처는 문이 완전히 닫히기를 기다렸다가 그에게 물었다. "공중전화 있나?"

점원이 눈을 깜빡이더니 입을 한 번 벙긋했다가 다시 닫았다. 금붕어 같았다.

"어려운 질문이 아니잖아." 리처가 말했다. "네, 아니요로만 대답하면 충분해."

"네." 점원이 말했다. "공중전화 있어요."

"어딨지?"

"화장실 옆에요." 점원이 말했다.

"화장실은 어디 있지?"

점원이 손을 들어 방향을 가리켰다.

"안쪽에요."

리처는 청년이 가리킨 것과는 반대 방향, 창밖을 먼저 확인했다. 맥퀸 쪽의 차문이 열려 있었다. 하지만 그는 아직 밖으로 나오진 않았다. 얼굴을 정면으로 한 채 여전히 뒷좌석에 앉아 있는 그의 모습이 보였다.

리처는 다시 몸을 돌리고 가게 안쪽을 살펴보았다. 안쪽 벽에 문이 하나 있었다. 그 위에 각각 치마와 바지가 그려진 손가락만 한 작대기가 두 개 붙어 있었다. 그는 그리로 다가가서 문을 당겨 열었다. 문 안쪽은 작은 로비였다. 로비 한쪽 벽에 다시 두 개의 문이 나 있었다. 한쪽 문에는 치마, 다른 쪽 문에는 바지를 걸친 작대기가 붙어 있었다. 공중전화기는 그 두 문 사이의 벽에 매달려 있었다. 반짝이는 새것이었다. 위에는 반투명한 플라스틱 덮개도 드리워져 있었다.

리처는 다시 뒤쪽을 살펴보았다. 킹이 기름을 넣고 있었다. 맥퀸은 차에 앉은 채 스트레칭을 하는 중이었다. 그의 두 발은 땅을 딛고 있었다. 하지만 그게 전부였다. 두 발을 폈다 오므렸다 하기 위해서지 밖으로 나오기 위해서가 아니었다.

최소한 아직은 그럴 기미가 없었다.

리처는 먼저 여자화장실 안을 확인했다. 밖으로 연결되는 덧문은커녕 창문조차 없었다. 이번엔 남자화장실을 확인했다. 마찬가지였다. 그는 남자화장실에서 페이퍼타월을 한 주먹 끊어가지고 다시 로비로 나왔다. 그러곤 매장으로 통하는 문이 약간 열린 상태를 유지하도록 경첩 아래 틈에 그 페이퍼타월을 끼워 넣었다. 10센티미터 정도의 틈새가 확보됐다. 리처는 전화기 앞으로 다가간 다음 거기서 틈새를 통해 밖을 살펴보았다. 가게의 한 부분만이 눈에 들어왔다. 그 작은 부분에 입구의 한 조가리도 포함되어 있었다. 최소한 문이 열리는 기척은 알 수 있을 것 같았다.

리처는 전화기를 들고 911을 눌렀다.

신호가 가자마자 거의 즉시, 상황실 직원이 응답했다. "현재 위치가 어디십니까?"

리처가 말했다. "FBI와 연결해 주시오."

"선생님, 현재 위치가 어디시죠?"

"허비할 시간이 없소."

"어떤 도움이 필요하신 거죠? 경찰? 아니면 소방차나 구급차?"

"난 FBI가 필요하오."

"선생님, 여긴 911 구급대입니다."

"알고 있소. 2001년 9월 11일 이후부터 FBI와 버튼 하나로 연결되는 라인이 개설돼 있다는 것도 알고."

"그걸 어떻게 아셨죠?"

"그냥 때려 맞춘 거요. 그 버튼을 누르시오, 지금 당장."

리처의 눈길은 문틈 너머에 고정되어 있었다. 아직까지는 어떤 변화도 없었다. 수화기에선 짧은 침묵에 이어 새로운 신호음이 들려왔다.

이내 새로운 목소리가 응답했다.

"FBI입니다. 긴급 상황을 상세히 말씀해 주시겠습니까?"

리처가 말했다. "정보가 있소. 네브래스카, 오마하의 당신네 지부에서 아마도 필요할 내용이오."

"어떤 정보입니까?"

"날 즉시 그리로 연결해 주시오."

"선생님, 성함이 어떻게 되시죠?"

리처는 야간 당직자들의 생리를 너무도 잘 알고 있었다. 현역에 있을 때 그들과 통화한 것만 수천 번이었다. 그들은 늘 단 두 가지 반응만을 보인다. 무관심과 적극적인 관심. 리처는 어떻게 해야 후자의 반응을 이끌어낼 수 있는지 물론 잘 알고 있었다. 이를테면 심리적인 접근 방법이었다.

그가 말했다. "지금 그리로 연결하시오, 당장. 안 그러면 밥그릇을 잃게 될 거요."

망설임.

침묵.

새로운 신호음.

그때 가게 출입문이 열렸다. 고무 마감재가 문틀과 마찰하며 뻑적지근한 신음을 크게 올렸다. 10센티미터 남짓의 틈새로 흰색 문짝이 휙 지나가는 것도 보였다. 그리고 곧바로 푸른색 형체가 언뜻 스쳤다. 이어서 타일 위를 내딛는 조급한 발자국 소리.

리처가 전화기를 제자리에 내려놓고 잽싸게 출입문 앞으로 다가갔다.

그는 경첩 틈에서 한 손으로 페이퍼타월을 빼내어 등 뒤로 던진 뒤 다른 손으로 문을 열었다. 막 문 앞에 다다른 맥퀸과 그의 얼굴이 거의 부딪칠 뻔했다.

27

리처와 맥퀸은 화장실 문 앞에서 사내들이 대개 그러듯, 옆 몸으로 서로를 비껴지나갔다. 매장으로 나온 리처는 곧장 커피 자판기 앞으로 걸어갔다. 크롬과 알루미늄 외장에 너비가 1미터쯤 되는 기계였다. 아주 새것이었다. 이태리제인 것 같았다. 아니면 프랑스제일 수도 있었다. 어쨌든 유럽 쪽 제품인 건 확실했다. 그래도 기능은 미국제 자판기와 똑같았다. 한 번에 한

컵씩. 따라서 시간이 꽤 걸렸다. 마지막 잔을 받고 있는 도중에 맥퀸이 화장실에서 나왔다. 리처로서는 잘된 일이었다. 맥퀸이 커피 컵 두 개를 들어줄 것이기 때문이다. 그건 그자가 두 손을 써야 한다는 얘기였다. 양손에 물건을 잡고 있는 총잡이는 손이 놀고 있는 총잡이보다 안전하다.

리처는 블랙커피 두 잔을 들고 가게 밖으로 나왔다. 그와 델펜소의 커피였다. 맥퀸이 나머지 컵 두 개를 들고 그의 뒤를 바짝 따라 나왔다. 킹은 여전히 차 밖에 나와 있었다. 차는 여전히 주유 펌프 옆에 서 있었다. 리처는 펌프의 계량판을 눈여겨보았다. 고작 15리터 남짓이었다.

킹이 말했다. "여기서부터는 내가 운전하지요."

리처가 말했다. "그래도 되겠소? 난 아직 500킬로미터를 채우지 못했는데."

"계획을 바꿨어요. 모텔에서 하룻밤 묵어가기로."

"시카고에 가려는 게 아니었소?"

"계획이 바뀌었다고 했잖아요. 뭘 그렇게 꼬치꼬치 따지시나."

"하기야 차 주인은 당신이니까." 리처가 말했다.

"물론." 킹이 말했다. "차 키."

리처의 머릿속이 바빠졌다.

그는 운전석 쪽에 있고 두 사내는 반대편에 서 있다. 델펜소는 차 안에 앉아 있다. 그녀 쪽 문은 활짝 열려 있다. 그녀의 머리는 킹의 오른손에서 고작 10센티미터쯤 떨어져 있다. 킹과 맥퀸이 커피 컵을 놓고 총을 뽑는 데는 채 1초도 걸리지 않을 것이다. 뜨거운 커피가 가득 든 컵을 수류탄처럼 사용할 수는 있지만 한 사내만 맞힐 수 있을 뿐이다. 트렁크를 돌아가거나 짚고 뛰어넘어서 그들을 덮칠 수도 있다. 하지만 그 전에 커피 세례를 모면한 나머지 한 사내의 총이 불을 뿜을 것이다.

불가능한 계획이었다.

기하학, 그리고 시간.

리처는 커피 컵을 쉐비의 지붕 위에 올려놓고 주머니를 뒤졌다.

그가 차 키를 꺼냈다.

'와서 가져가기를.' 리처는 속으로 킹이 그러길 바랐다. 하지만 그는 멍청한 사내가 아니었다.

킹이 말했다. "운전석 위에 올려놓으시오. 내가 돌아가서 짐을 테니."

맥퀸이 조수석에 올라탔다. 그러곤 뒷좌석을 향해 시계 반대 방향으로 몸을 틀었다. 겉으로만 보자면 일행들이 모두 편하게 자리 잡고 앉는지 확인하려는 배려 깊은 동작이었다. 하지만 그건 오른손이 언제든 오른쪽 허리춤을 더듬을 수 있도록 공간을 확보하기 위한 자세였다.

킹은 여전히 주유 펌프 옆에 서 있었다. 그의 오른손 역시 여전히 델펜소의 머리와 10센티미터의 거리를 유지하고 있었다.

기하학, 그리고 시간.

리처는 뒷좌석에 올라탄 뒤 몸을 굽히고 열쇠를 운전석 위에 떨어뜨렸다. 그를 지켜보고 있던 맥퀸의 얼굴에 미소가 피어올랐다. 킹이 델펜소 쪽의 문을 닫은 뒤 트렁크를 돌아와서 리처 쪽의 문을 닫았다. 그가 차 키를 주워든 다음 운전석에 올라타서 좌석을 15센티미터가량 앞으로 당겼다. 이내 시동이 걸리고 차가 다시 도로로 나섰다. 방향은 고속도로를 등진 남쪽, 목적지는 입간판이 약속했던 모텔.

FBI 긴급 상황실 통신원은 낯선 사내의 라인과 오마하 라인을 연결한 뒤 접속 상태를 확인하기 위해 잠시 그 통화 라인에 귀를 기울이고 있었다. 이내 그는 오마하의 상황실 벨이 울리는 소리를 들었다. 하지만 낯선 사내는 그냥 전화를 끊어버렸다. 그는 신참이었다. 그래서 야간 근무에 투입되었다. 하지만 그는 상당히 똘똘한 신참이었다. 그래서 워싱턴 본부 긴급 상황실에 배속되었다. 그리고 실제로 그만한 자격이 있었다.

그는 신속하게 후속조치를 취했다. 그는 오마하 지부로 전화를 걸었다. 당직 요원이 전화를 받았다.

그가 물었다. "오늘 밤 그쪽에서 사건이 발생했습니까?"

오마하의 당직 요원은 하품을 늘어지게 하고 나서 말했다. "그렇다고 볼 수 있죠. 아주 외딴 동네에서 칼로 추정되는 무기에 의해 한 사람이 살해된 사건이 일어났어요. 그렇게 특별한 사건이 아닌 것 같은데, 무슨 이유에선지 지부장이 직접 나선 상태예요. CIA와 국무성에서도 코를 들이밀고 있고. 주간고속도로상에 검문소가 여러 개 설치됐어요."

"그렇다면 좀 전에 이리로 걸려왔던 전화가 상관이 있을 수도 있겠군요. 제가 그쪽으로 연결했는데 받으시기 전에 전화가 끊겼습니다."

"위치는?"

"발신자 번호와 전화 회사 기록에 따르자면 외진 곳에 위치한 주유소였습니다. 아이오와, 디모인의 남동쪽 어디인 것 같습니다."

"이름은 받아뒀나요?"

"아니요. 남성이었습니다. 아주 다급한 목소리였고요. 감기 때문에 두통을 앓고 있는 것 같았어요. 코맹맹이 소리였거든요."

"원하는 게 뭐였죠?"

"상세한 얘기는 하지 않았습니다. 네브래스카, 오마하 지부에 아마도 필요할 정보를 갖고 있다는 얘기만 했어요."

"아마도 필요하다?"

"그가 얘기한 대로입니다."

오마하의 당직 요원이 말했다. "알겠어요, 고마워요." 그가 전화를 끊었다.

직선으로 뻗은 아이오와의 어두운 지방도로를 13킬로미터가량 달리자

별 특징 없는 삼거리가 나왔다. 왼쪽으로는 광활한 들판, 오른쪽으로도 광활한 들판, 앞쪽으로는 그 두 개를 합친 것 같은 들판이었다. 삼거리엔 또 다른 입간판이 서 있었다. 왼쪽을 가리키고 있는 화살표를 따라 다시 13킬로미터를 달리고 나자 평범한 사거리가 나왔다. 거기에 다시 간판이 서 있었다. 이번에는 화살표가 오른쪽을 가리키고 있었다. 킹은 광대한 체스판 같은 아이오와 농경지의 농로를 따라 수시로 핸들을 90도로 꺾어가며 차를 몰았다. 맥퀸은 조수석 창문에 바짝 달라붙어서 바깥을 내다보고 있었다. 그의 뒤에 앉은 델펜소는 꼿꼿한 자세로 정면을 응시하고 있었다. 그녀는 단 한 번도 리처에게 눈길을 주지 않았다. 그에게 꽤나 실망한 모양이었다.

리처는 가만히 앉아 의식적으로 천천히 숨을 쉬고 있었다. 느리게 호흡을 하면서 그는 기다리고 있었다.

오마하의 당직 요원은 메모지 위에 별생각 없이 좀 전의 통화 내용을 적어내려 갔다.

남성, 다급한 목소리, 코맹맹이 소리, 주유소, 아이오와, 디모인 남동쪽.

그가 펜을 내려놓고 자기 전화기에 단축번호로 입력돼 있는 비상연락망을 훑기 시작했다. 그의 눈길이 줄리아 소렌슨의 휴대폰 번호에 머물렀다.

그는 잠시 생각했다.

중요한 내용일지도 몰랐다.

그가 단축번호를 눌렀다.

소렌슨은 사라진 목격자에 관해 굿맨 보안관과 얘기를 나누고 있었다. 목격자가 동거녀와 함께 살고 있는 임대주택은 펌프장에서부터 북서쪽으로 18킬로미터가량 떨어져 있었다. 거기까지 자동차로 가는 길은 실질적으로 하나뿐이었다. 하지만 그는 집에 돌아오지 않았다. 그의 차 역시 집 앞은 물론 중간 어디서도 발견되지 않았다. 그는 씬 시티의 라운지나 바에 들르지 않았다. 시내에서도 그의 흔적은 발견되지 않았다.

그때 소렌슨의 전화기가 울렸다. 그녀는 굿맨에게 양해를 구한 뒤 돌아서서 전화를 받았다. 오마하 사무실의 당직 요원이었다. 그녀는 그의 얘기를 처음엔 대수롭지 않게 들어 넘겼다. 관공서에는 원래 말없이 끊는 전화가 많이 걸려온다. 심심한 아이들, 할 일 없는 어른들, 주정꾼, 혹은 단순히 잘못 누른 전화.

하지만 당직 요원이 그 전화의 발신지를 언급한 순간 그녀는 온몸이 귀가 되었다.

'범인들은 디모인의 동쪽 어느 지점에 있을 것이다.'

고속도로 검문 작전이 실패로 돌아간 뒤 그녀는 체념을 하고 그렇게 단정하지 않았던가.

당직 요원이 말했다. "아이오와, 디모인 남동쪽의 어느 외진 곳에 있는 주유소의 공중전화였답니다."

"정확한 정보야?"

"발신자 추적 장치와 전화 회사 자료를 통해 입증된 사실입니다."

"전화를 한 사람은 누구지?"

"이름은 알 수 없습니다. 하지만 긴급 상황실 통신원의 얘기로는 남성이었답니다."

"그게 전부야?"

"다급한 어조였답니다. 코맹맹이 소리가 심했고요."

"코맹맹이 소리?"

"감기 걸린 것 같은 목소리요."

"녹음은 했대?"

"그 통화 내역 말입니까? 물론 했을 겁니다."

"그 기록을 내 이메일로 보내줘. 그리고 지금 그 주유소로 전화해서 비디오가 있는지 확인하도록. 만일 없다면 그 시간대를 전후해서 거기 들렀던 모든 사람들과 거기서 발생했던 모든 일들에 관해 상세한 진술을 받아야 해."

당직 요원이 말했다. "그럼 선배님은 CIA에 연락하세요."

소렌슨이 말했다. "지금 나한테 명령하는 거야?"

"그쪽에서 저한테 귀찮도록 전화를 해대서 드린 말씀입니다. 진척 상황을 알려달라고요."

"그들에게 연락하지 마." 소렌슨이 말했다. "아직은."

그녀가 통화를 끝내고 돌아섰다.

그녀가 굿맨의 눈을 똑바로 쳐다보며 말했다. "실례했습니다, 보안관님. 나는 지금 아이오와로 가야겠어요."

28

소렌슨에게 대충 상황을 전해들은 굿맨이 그녀에게 말했다. "사라진 목격자는 어쩌면 좋겠소?" 소렌슨이 말했다. "혼자서 처리하셔야죠. 하지만 걱정하진 마세요. 이 밤만 수고하시면 될 테니까. 내일 아침 근무가 시작되면 난 상부의 지시에 따라 이 사건에서 손을 떼게 될 거고 대신 다른 요원들이 벌떼처럼 몰려올 거예요. 이 지역이 온통 FBI 요원들 천지일 테니까 그중에 두어 명, 할 일 없어 보이는 친구들을 뽑아서 동네 순찰이나 시키세요. 거리가 아주 깨끗해질 거예요."

"당신네 지부장이 이미 진두지휘에 나섰잖소. 아직까지 그가 별다른 조치를 취하지 않은 걸 보면 당신에게 계속 사건을 맡기려는 게 분명하오."

"아뇨. 아직 상부에 보고하지 않은 상태라 그런 거예요. 이 한밤중에 그가 감히 그럴 수는 없죠. 하지만 곧 보고할 거예요. 자기 엉덩이는 단단히 감싼 채로요. 지금 보고서를 작성하고 있을 게 분명해요. 해가 떠오를 때쯤이면 그의 상관들 모두 이메일로 그 보고서를 보게 되겠죠. 그 마지막 내용은 나를 불러들이고 대신 워싱턴의 최정예 요원들을 투입하자는 건의일 거예요. 틀림없어요."

"그가 당신을 그다지 신임하지 않는다는 얘기요?"

"아뇨. 그는 나를 믿고 있어요. 하지만 이번 사건이 유독가스 같아 보이니까 그런 조치를 취하는 거예요. 자기 사무실 근처에서 멀리 날려버리려는 거죠. 가까이 있다간 자기도 피해를 볼 게 분명하니까."

"그렇다면 당신이 지금 아이오와로 가겠다는 이유는?"

"지금 현재로선 내가 담당하고 있는 사건이니까요."

"그 주유소에 나타난 자들이 범인이라는 확신이 있는 거요?"

"위치가 그렇잖아요. 그들이 지금쯤 가 있을 만한 지점과 맞아떨어지니까요."

"위치만 갖고 판단하는 건 무리일 것 같은데."

"디모인의 남동쪽 외딴 지역에서 오마하의 FBI 사무실로 한밤중에 전화를 걸 사람은 그리 많지 않아요."

"어쨌든 간에 범인들이 오마하로 전화를 걸었다는 설정 자체가 설득력이 없잖소. 그것도 위치 추적이 가능한 공중전화로."

"양심에 찔려서 그랬다면요? 아마 운전자가 전화를 했을 거예요. 코맹맹이 소리라는 게 그 가능성을 뒷받침해주고 있어요. 감기가 아니라 깨진 코 때문인 거죠. 그리고 다른 통신수단이 없어서 공중전화를 이용할 수밖에 없었다면 충분히 말이 되잖아요."

"하지만 그가 그냥 끊어버렸잖소."

소렌슨이 고개를 끄덕였다. "심경에 변화가 일어났겠죠. 얼마든지 있을 수 있는 일이에요."

굿맨이 말했다. "카렌 델펜소의 딸 문제는 어떻게 처리하면 좋겠소?"

"아이에게 사실을 알려줘야 해요. 아무튼 보안관님은 그렇게 하셔야 하잖아요. 여기는 보안관님의 카운티고 그 아이도 이 지역 주민이니까요."

"언제 말하는 게 가장 좋겠소?"

"아침에 아이가 잠에서 깨면 곧바로."

"참 못할 짓이로구먼."

"늘 그렇죠."

"당신이 아이오와 그 촌구석에 도착했을 때쯤엔 범인들은 이미 멀리 떠나고 없을 거요. 여기서 거기까진 먼 거리잖소."

"난 그자들보다 시간을 단축시킬 수 있어요. 검문소도 없고, 과속 스티커를 걱정하지 않아도 되니까요."

"그렇다고 해도 결과는 마찬가질 거요."

"어쨌든 여기서 어물거리는 것보단 나아요."

소렌슨이 말했다.

소렌슨은 도슨과 미첼에게도 상황을 설명했고 자신의 계획을 알려주었다. 그녀는 그들에게 자기 차를 함께 타고 가자는 말은 하지 않았다. 하지만 그들이 그녀를 뒤쫓아 올 거라고 기대했다. 노련한 대테러 요원들은 범인들을 쫓아다니는 걸 즐길 거라고 생각했기 때문이다. 하지만 그들은 현장에 남아 있겠다고 했다. 대테러 전문가들로서 자신들의 생각은 네브래스카 황무지가 수사 포인트라고 했다. 테러에 관한 한 아이오와는 걱정할 곳이 아니라고도 했다. 물론 그 아름다운 주를 폄하하려는 의도는 없다고 했다. 하지만 테러리스트 표적 리스트의 상단에 올라 있는 곳은 아니라고 했다.

소렌슨이 말했다. "그곳에 그들의 본부가 있을 수도 있잖아요. 소굴 같은 곳."

미첼이 말했다.

"진심으로 하는 얘깁니까?"

"꼭 그런 건 아니에요."

도슨이 고개를 끄덕였다. "우리가 세인트루이스 지부에 연락을 취하겠습니다. 아이오와 남동부 지역은 구역상 그들 관할이니까요. 필요하다면 그들이 나서겠죠."

소렌슨은 국무성의 레스터에게는 아무 얘기도 하지 않았다. 그녀는 그를 아예 무시해버렸다.

굿맨이 펌프장까지 그녀를 태워주었고 거기서 그녀는 자기 차로 갈아탔다. 그녀는 그 즉시 내비게이션에 의존해서 시속 110킬로미터가 넘는 속도로 고속도로를 향해 북쪽으로 달려갔다. 차 안에선 휴대폰 충전기의 불빛이 소심하게, 그리고 섬광등 불빛이 요란하게 반짝였다.

'실망만 안겨줄 가짜 출구.' 리처는 다시 그런 생각을 했다. 어두운 시골길을 열심히 달려가 봐야 결국 만나는 건 오래 전에 폐업한 빈 건물뿐일 것이다. 물론 주유소에 관해서는 그의 판단이 틀렸지만 그렇다고 해서 모텔이 건재하고 있을 가능성이 높아지는 건 아니었다. 광고라는 것의 본질을 생각해 볼 때 반반의 확률이 최선일 것이다. 지금까지 곳곳을 유랑하는 동안 리처는 폐업한 모텔들을 수없이 봐왔다. 미국은 그런 건물들 천지다. 그것들은 마치 소형 타임캡슐과도 같다. 평범하든 파격적이든 그 외양에 상관없이 하나같이 구시대의 유물로 서 있을 뿐이다. 그 건물들 하나하나는 소유주의 정열과 야망이 어떻게 낭비되고 시들어갔는지를 말해주는 길고 슬픈 기록이자 숙박업 시장에서 대중의 기호가 어떻게 변해왔는지를 입증해주는 산 증거이다. 해충들이 물고 뜯는 호숫가 오두막에서의 일주일은 더 이상 바람직한 휴가가 아니다. 라스베이거스의 5성급 호텔과 버진아일랜드의 크루즈가 대세인 세상이다. 여행사의 광고 전단만 봐도 쉽게 알 수 있는 일이다. 리처는 요즘 사람들이 휴가를 어디로 가고 싶어하는지 잘 알고 있었다. 최소한 아이오와의 외진 구석은 아니었다. 따라서 그 지역의 모텔들은 지난 30년 동안 차례로 문을 닫았을 테고 입간판의 화살표는 자물쇠가 걸려 있는 또 하나의 건물을 가리키고 있는 게 분명했다.

리처로서는 유감스러운 일이었다. 만일 실제로 영업 중인 모텔이 있어서 거기서 하루를 묵는다면 절호의 기회가 생길 것이기 때문이다.

킹은 왼쪽, 오른쪽으로 계속해서 핸들을 꺾었다. 차는 어둠에 잠긴 체스판 위를 남쪽과 동쪽으로 방향을 돌려가며 한참을 달렸다. 하지만 실제로는 주유소에서부터 고작 50킬로미터를 떠나왔을 뿐이었다. 그렇다고 킹이 직감에만 의존해서 무조건 방향을 잡은 건 아니었다. 길들이 갈라지는 곳마다 어김없이 모텔의 방향을 가리키는 수수한 이정표가 서 있었다. 그 정성이 조금 의외긴 했지만 리처로서는 여전히 믿음이 가지 않았다. 하지만 맥퀸은 전혀 걱정하는 기색이 없었다. 완전히 깨어 있는 그의 얼굴에는 자신감마저 감돌았다. 그는 그 화살표들을 굳게 믿고 있었다.

그리고 그가 옳았다. 리처는 그날 밤 들어 두 번째로 자신의 판단착오를 인정해야 했다. 어느 순간 왼쪽 멀리 안개 숲속을 희미하게 비추는 빛무리가 그의 눈에 들어왔다. 거리가 좁혀지자 그 빛무리의 정체가 드러났다. 낮고 긴 모텔 건물 외벽 전면에 무릎 높이로 설치된 칸막이벽 구조물 위, 열을 지어 부착된 옅은 진주색 전구들의 불빛. 갈색 외벽에 평범한 외양을 지닌 모텔이었다. 로비와 사무실로 통하는 현관이 북쪽 가장자리에 자리 잡고 있고, 거기서부터 남쪽으로 길게 뻗어 있는 객실 구역에는 모두 열두 개의 문과 창문이 나 있었다. 차를 댈 수 있는 현관 옆에는 음료수 자판기가 설치돼 있고 객실 문 옆에는 각각 한 쌍의 간이의자가 놓여 있었다. 칸막이 벽 구조물에 열을 지어 부착된 전구들은 건물과 나란한 외부 복도를 밝히기 위한 용도였다. 두 개의 방 앞에 차가 주차돼 있었다. 한 대는 옆구리에 녹이 여러 줄 나 있는 낡은 세단이었고 다른 한 대는 경주용 오토바이처럼 페인트칠을 한 대형 픽업트럭이었다. 사무실 외벽에도 차 한 대가 바짝 붙어 주차돼 있었다. 골프 카트 크기의 3도어 수입 차량이었다. 직원의 차인 것 같았다.

킹이 속도를 낮추다가 모텔 현관에서 7미터쯤 떨어진 도로 위에 차를 세웠다. 시동은 끄지 않았다. 북쪽 끝에서부터 남쪽 끝까지 모텔을 찬찬히 살펴보고 나서 그가 말했다. "여기 어때?"

맥퀸이 말했다. "난 마음에 들어."

킹은 델펜소의 의견은 묻지 않았다. 삼자간의 민주적인 합의는 애초부터 존재하지 않았다.

킹은 핸들을 왼쪽으로 꺾어서 진입로로 들어선 뒤 앞머리를 북쪽으로 두고 현관 앞에 차를 세웠다. 불편한 위치였다. 체크인을 한 뒤, 객실 앞으로 가기 위해선 후진을 하거나 180도 돌아야 하기 때문이다.

로비는 불빛이 환했다. 리처는 넓은 유리창을 통해 그 안을 살펴보았다. 조화인 것 같은 화분이 놓인 프런트는 비어 있었다. 그 뒷벽에는 사무실로 통하는 문이 나 있었다. 직원은 그 안에서 잠을 자고 있을 것 같았다.

킹이 말했다. "리처 씨, 안으로 들어가서 빈방이 있는지 알아봐 주실래요?"

리처가 말했다. "당연히 있을 겁니다. 문이 열두 갠데 차는 고작 두 대뿐이잖소."

"그렇다면 체크인을 해주시죠?"

리처가 말했다. "내가 그 일에 적임자는 아닌 것 같소만."

"그건 또 무슨 얘기죠?"

리처가 생각했다. '이 차에서 내리고 싶지 않으니까. 지금은 그럴 수 없어. 내 손에 차 키가 없는 상태에선 절대 안 되지.'

리처가 말했다. "신용카드가 없소."

"그래요?"

"신분증도 없는 거나 마찬가지요. 여권이 있긴 한데 오래전에 기간이 만료됐소. 어떤 데서는 인정을 안 해주더군."

"운전면허증은 있을 거 아닙니까?"

"없소."

"아까 운전을 했잖아요."

"신고하지 말아주시오."

"무면허 운전은 범죄인데."

"경범죄 정도일 거요."

"면허증을 가져본 적은 있습니까?"

"민간인 면허증이라면, 없소."

"운전면허 시험은 통과했어요?"

"그런 것 같소. 군대에서, 아마도?"

"기억이 안 난다는 겁니까?"

"교습을 받은 건 기억이 납니다. 하지만 시험을 봤는지는 가물가물하오."

맥퀸이 말했다. "내가 함께 들어가지. 난 신용카드가 있으니까."

리처로서는 아주 잘된 일이었다. 혼자 차에서 내리긴 싫었다. 킹이나 맥퀸이 혼자서 방을 잡는 것도 찝찝했다. 누가 무슨 행동을 할지 지켜볼 수는 있어야 했다. 리처가 자기 쪽 문을 열었다. 맥퀸이 조수석 문을 열었다. 두 사람이 동시에 차에서 내렸다. 맥퀸은 현관에서 3미터 남짓 떨어진 위치였다. 리처는 차폭만큼 더 떨어진 위치였다. 맥퀸이 그를 기다렸다. 리처는 트렁크를 돌아서 그와 합류했다. 리처는 아무 말 없이 오른손을 활짝 펴서 사선으로 내리뻗었다. '앞장서시오.' 물론 예의를 지키느라 그런 게 아니었다. 조심하기 위해서였다. 총을 지니고 있는 사내를 앞질러 걷는 건 찝찝한 일이다. 총에 맞을 위험이 너무 커서 그런 건 아니었다. 그 순간, 그 장소에서는 아니었다. 그 소리를 들을 수 있는 모텔 직원과 두 명의 투숙객이 있는 한 그건 아니었다.

맥퀸이 으깬 돌멩이들을 깔아 만든 보도 위로 걸음을 옮겼다. 리처가 그 뒤를 따랐다. 맥퀸이 현관문을 당겨 열었다. 리처가 바짝 다가가서 한 손으로 문을 잡은 뒤 다른 손을 아까처럼 내리뻗었다. '먼저 들어가시오.'

맥퀸이 로비로 들어갔다. 리처도 뒤따라 들어갔다. 비닐로 된 바닥 한쪽에 네 개의 반질반질한 등나무 의자가 낮은 테이블을 중심으로 놓여 있었다. 엄지로 단추를 눌러 뚜껑을 여는 커피포트와 포개진 종이컵들이 놓인 키 높은 테이블도 하나 있었다. 한쪽 벽에는 칸칸이 나눠진 보관함이 걸려 있었다. 투숙객들이 관심을 가질 만한 여행 정보 책자 보관용이었다. 하지만 칸들은 대부분 비어 있었다.

프런트는 커피 테이블과 2미터가량 떨어져 오른쪽 벽 앞에 자리 잡고 있었다. 새어나온 빛줄기로 테를 두른 사무실 문 뒤에서 희미하게 TV 소리가 들려왔다. 맥퀸이 프런트 오른쪽으로 다가섰다. 리처는 왼쪽이었다.

"계십니까?" 맥퀸이 직원을 불렀다.

응답이 없었다.

맥퀸이 주먹으로 카운터를 두드렸다.

"계십니까?" 그가 다시 불렀다.

응답이 없었다.

"이놈의 서비스 업종." 맥퀸이 말했다. "하여간 알아줘야 한다니까."

그가 다시 카운터를 두드렸다. 이번엔 좀 더 세게.

"계십니까?" 그가 다시 소리쳤다. 이번엔 좀 더 크게.

그가 왼쪽으로 고개를 돌려 리처를 바라보며 말했다. "저 문 좀 두드려 보시겠소?"

그의 말대로 하자면 리처는 처음으로 총구 앞에 등을 노출하게 될 판이었다. 하지만 자연스럽게 거절할 구실이 없었다. 프런트 양쪽은 모두 트여 있었지만 사무실 문은 왼쪽에서 더 가까웠다. 그리고 리처는 왼쪽에 서 있었다. 어쩔 수 없었다. 최소 에너지 법칙, 기하학. 하는 수 없었다.

리처는 커피 테이블과 프런트 모서리 사이를 통해 안으로 돌아 들어갔다. 도중에 로비 창문을 통해 잠깐 바깥쪽의 동정을 살폈다. 차는 그 자리에 그대로 서 있었다. 그르렁대는 낮은 엔진 소리와 함께 꽁무니로 흰 연기를 뿜으며 그들을 기다리고 있었다. 그런데,

조수석 차문이 열려 있었다. 맥퀸이 문을 닫지 않은 것이다. 위기를 알리는 첫 번째 신호였다.

두 번째 신호는 리처가 다시 앞으로 고개를 돌렸을 때 뒤에서 들려온 소리였다. 비닐 바닥 위를 걷는 발자국 소리.

재빠른 발놀림이었다.

정확히 말하자면 신속하게 옆으로 비껴나며 동시에 뒷걸음치는 발자국 소리였다.

세 번째 신호는 면과 모직, 그리고 금속과 사람의 피부가 연속해서 접촉하며 일으키는 소리였다.

정확히 말하자면 뭔가 무거운 금속 물체를 호주머니에서 끄집어내는 소리였다.

리처는 맥퀸을 향해 돌아섰다. 맥퀸의 얼굴은 보이지 않았다. 리처의 얼굴 정중앙을 겨누고 있는 소형 스테인리스 강철 권총의 총구가 그자의 얼굴을 가리고 있었기 때문이다.

29

스미스 앤드 웨슨 2213이었다. 스미스 앤드 웨슨 총기제조사의 수많은 제품들 가운데 가장 작은 자동권총이다. 22구경 롱 라이플 실탄, 7.5센티미터 길이의 총신, 여덟 발들이 탄창. 모양은 아담하지만 강력한 살상무기다. 게다가 맥퀸이 그걸 다루는 솜씨도 능란했다. 일단 아주 빨랐다. 마술사처럼. 아니, 마법사처럼. 비어 있던 손에 어느새 그걸 쥐고 있었다.

총구와 리처의 거리는 3미터 정도였다. 맥퀸은 총을 쥔 긴 오른팔을 수평선에서 약간 위로 뻗고 있었다. 그의 몸은 옆을 향하고 있었다. 그 자세에서 고개만 앞으로 돌린 그의 한쪽 눈이 감겨 있었다.

그리고 방아쇠에 걸린 그의 손가락이 하얗게 핏기를 잃어가고 있었다.

22구경 롱 라이플은 제조 역사가 가장 오래된 총알들 가운데 하나이다. 그리고 단연 가장 많이 쓰이는 실탄이다. 1887년 이래로 매년 20억 개 이상이 생산돼 오고 있다. 값이 싸고 회전 홈도 골이 얕고 짧아서 소음이 적다. 게다가 성능도 우수하다. 소총으로 쏠 때는 쥐나 다람쥐 정도면 150미터 거리에서도 잡을 수 있다. 개나 여우는 80미터, 코요테는 50미터 거리면 각각 치명적인 상처를 줄 수 있다.

3미터 거리의 인간의 머리통은 여지없이 박살이 난다.

총신이 짧은 권총으로 쏴도 마찬가지다.

좋은 상황이 아니었다.

절대 좋은 상황이 아니었다.

창밖의 쉐비는 더 이상 보이지 않았다. 맥퀸이 리처의 시야를 가로막고 서 있었기 때문이다. 그나마 다행이었다. 최소한 델펜소가 처참한 현장을 보지 않아도 될 테니까.

곧 죽을 자에게 베푸는 마지막 자선이었다.

하지만 다음 순간 리처 특유의 신념이 발동했다.

밝은 면을 보자.

총신이 짧은 권총이 표적을 맞히지 못하는 경우는 크게 네 가지가 있다. 거리가 3미터라도, 표적이 인간의 머리통만큼 커도 맞히지 못할 수가 있다.

높은 조준, 낮은 조준, 좌로 치우친 조준, 우로 치우친 조준.

가장 흔한 건 높은 조준이다.

모든 총기는 발사 순간 총구가 위로 들리는 법이다. 작용 반작용, 물리의 기본 법칙이다. 초보자가 기관총을 쏠 때는 갈수록 총구가 허공을 향해 들리게 된다. 본질적이고도 고질적인 사격 실수이다. 그래서 기총수 훈련의 90퍼센트는 총구를 아래로 찍어 누르는 습관 들이기에 집중돼 있다. 그건 보조 기총수가 필요한 이유 가운데 하나이기도 하다.

물론 맥퀸이 사격 초보자라고 믿을 만한 근거는 없었다.

하지만 만약 그가 리처의 머리통을 맞추지 못한다면 그건 총구가 높이 들려졌기 때문일 것이다.

물리의 법칙이다.

거의 동시에 네 가지 상황이 발생했다.

리처가 갑자기 울부짖었다.

맥퀸이 깜짝 놀라서 뒤로 한 걸음 물러섰다.

리처가 신속하게 자세를 낮췄다.

맥퀸이 방아쇠를 당겼다.

총알은 빗나갔다.

부분적으로는 리처가 신속하게 몸을 바닥으로 던져서 유도한 결과였다. 아니, 동작이 신속했다기보다는 중력의 법칙이 그의 몸을 바닥으로 빨아들이듯 작용했기에 가능했다고 보는 것이 옳을 것이다.

리처는 총이 발사되는 소리를 들었다. 대부분의 총포 소리에 비해 작긴 했지만 그래도 막혀 있는 좁은 공간에서 귀를 먹먹하게 만들기에는 충분했다. 그 상태에서도 리처는 뒷벽 상단의 석고가 부서져 내리는 소리를 들을 수 있었다. 아래로 몸을 던져가던 리처는 무릎에 이어 허벅지까지 비닐 바닥에 닿자 즉시 몸을 굴려서 프런트 뒤로 숨어 들어갔다.

　머릿속에는 어떤 계획도 떠오르지 않았다. 그 순간 그는 한 번에 한 동작이라는 원칙에 충실할 수밖에 없었다. 일단 하나의 순간을 모면하고 찰나적으로 다음 동작을 임기응변으로 구상하는 게 최선이었다. 바닥으로 몸을 던질 때 프런트 책상을 맥퀸을 향해 들어 던질까 하는 생각이 잠시 스쳐지나갔다. 물론 바닥에 고정되어 있지 않아야 가능한 일이었다. 그다음엔 사무실 문을 열고 굴러들어가는 방법도 떠올랐다. 창문이 있을 것이다. 하지만 추운 겨울밤인데 당연히 닫혀 있을 것이다. 그래도 팔꿈치로 유리를 깨고 창틀을 넘을 수는 있을 것이다. 머리에 총알이 박히겠는가, 찢기고 멍들어도 살아남겠는가.

　책상을 들어 싸우느냐, 사무실 창문을 통해 도망가느냐, 순간적으로 선택을 해야 했다.

　하지만 결국 선택할 필요는 없었다.

　총성의 여운이 잦아들기 시작하자 비닐 바닥 위를 뛰는 발소리가 리처의 귀에 들려왔다. 그는 프런트 책상 모서리를 한 손으로 잡고 상체를 일으켜서 팔뚝 너머로 고개를 내밀고 동정을 살폈다. 맥퀸의 뒷모습이 현관문을 빠져나가고 있었다. 밖으로 나간 맥퀸은 짧은 보도를 달려 나가 열어둔 차 속으로 몸을 던졌다. 그 문이 채 닫히기도 전에 차는 급격하게 앞머리를 돌리고 다시 도로로 진입했다. 그러곤 날카로운 마찰음과 푸른 연기를 남기고 곧장 남쪽을 향해 전속력으로 달려 내려갔다. 그 짧은 순간에 리처는 쉐비의 뒤 유리 안쪽에서 흰 물체가 어른거리는 걸 보았다. 델펜소의 창백한 얼굴이었다. 뒤를 돌아본 채 입을 벌리고 있는 그 얼굴에 공포가 가득했다.

　리처는 무릎을 꿇은 자세로 잠시 바닥에 앉아 있었다. 사방엔 다시 적막이 드리워졌다. 그의 어깨와 머리 위로 흰 석고 가루들이 마치 속삭이듯 무게감 없이 천천히 내려앉았다. 푸르스름한 배기가스가 형성한 구름이 점차 엷어지면서 마치 사건의 전말을 설명하는 진술처럼, 혹은 증거처럼 현관문 앞에서 차가 사라진 방향을 따라가다 마침내 자취를 감추었다. 마치 아무 일도 일어나지 않았던 것처럼.

 다음 순간 사무실 문이 빼꼼 열렸다. 그 틈으로 작고 뚱뚱한 사내가 머리를 내밀고선 사방을 둘러보더니 리처에게 말했다. "충분히 짐작하겠지만 난 벌써 경찰에 당신을 신고했어요."

 속도를 내서 달리는 엔진의 소음 속에서도 소렌슨은 휴대폰에 메일이 왔다는 신호음을 들었다. 워싱턴의 긴급 상황실 통신원이 첨부한 오디오 파일이었다. 그녀의 휴대폰은 자동차의 스테레오 시스템에 연결돼 있었다. 포드 세단의 기본 사양 가운데 하나이기에 첨단이라고는 할 수 없었지만 소리가 아주 크고 선명하게 울렸다. 그녀는 볼륨을 키운 뒤 재생 버튼을 눌렀다. 한 사람은 후버 빌딩, 다른 한 사람은 아이오와 어딘가로 추정되는 곳에서 두 사람 간에 주고받은 15초 동안의 짧은 대화가 흘러나왔다.

 'FBI입니다. 긴급 상황을 상세히 말씀해 주시겠습니까?'

 '정보가 있소. 네브래스카, 오마하의 당신네 지부에서 아마도 필요할 내용이오.'

 '어떤 정보입니까?'

 '날 즉시 그리로 연결해 주시오.'

 '선생님, 성함이 어떻게 되시죠?'

 그다음엔 거의 눈치 챌 수 없을 정도로 짧은 시간적 공백.

 '지금 그리로 연결하시오, 당장. 안 그러면 밥그릇을 잃게 될 거요.'

 그다음엔 다시 짧은 공백. 잠시 후 새로운 신호음. 그리고 전화 끊는 소리.

소렌슨은 그 내용을 다시 한 번 들었다. 이번에는 통신원은 거의 무시하고 전화 건 사람의 얘기에만 전적으로 주의를 기울였다.

'정보가 있소. 네브래스카, 오마하의 당신네 지부에서 아마도 필요할 내용이오.'

'날 즉시 그리로 연결해 주시오.'

'지금 그리로 연결하시오, 당장. 안 그러면 밥그릇을 잃게 될 거요.'

6초. 스물세 단어. 다급하지만 왠지 모를 여유가 분명히 느껴지는 목소리. 지독한 코맹맹이 발음과 입으로만 몰아쉬는 숨소리는 거의 기능을 하지 못할 만큼 코가 깨진 상태라는 걸 입증해 주고 있었다. 사내는 특히 'ㅁ'을 거의 'ㅂ'처럼 발음하고 있었다. '오마하'는 '오바하'로, '아마도'는 '아바도'처럼 들렸다.

그녀는 세 번째로 대화 내용을 들었다. 이번에는 사내의 얘기의 특정 부분에만 정신을 집중했다.

'네브래스카, 오마하의 당신네 지부에서 아마도 필요할 내용.'

'안 그러면 밥그릇을 잃게 될 거요.'

사내의 어조에는 다급함과 여유가 절반씩 섞여 있었다. 긴급 상황실의 통신원과 통화를 해본 경험이 많다는 증거였다. 또한 명령이나 지시를 내리는 행동에 아주 익숙한 사람이라는 증거이기도 했다. 사내는 망설이는 통신원이 즉각적으로 조치를 취하도록 다그쳤다. 일반인이 아니었다. 사내의 흔들림 없는 목소리가 그 사실을 뒷받침하고 있었다. 전화상으로 수백만 달러를 거래하곤 하는 대기업의 중역일지라도 한밤중에 FBI의 긴급 상황실 직원과 통화를 하게 되는 경우에는 어느 정도 긴장감을 드러내는 법이다. 그런데 사내는 아무렇지도 않은 것 같았다. '당신네'라는 표현을 사용한 것으로 미루어 현직 FBI 요원은 분명히 아니었지만 최소한 이쪽 세계의 사정을 잘 알고 있는 사람인 건 분명했다. 또한 '당신네'라는 표현은 그가 FBI

와 어깨를 견줄만한 기관의 소속원일 가능성도 시사하고 있었다.

가장 미묘한 건 '아마도'라는 단어였다. 사내는 신중을 기하기 위해 그 단어를 선택했을 것이다. 오마하 지부에 꼭 필요한 정보라는 걸 100퍼센트 확신하면서도 혹시 자신의 확신이 틀릴 경우 수사에 혼선이 일어날까 봐 만전을 기하기 위해 '아마도'를 덧붙였을 거라는 얘기다. 혹은 긴급 상황실의 통신원에게 일종의 공범 의식을 주입하기 위한 시도일 수도 있었다. 통신원이 스스로의 판단을 통해 그 정보가 오마하에 반드시 필요하다는 걸 깊숙이 인식해서 곧장 라인을 연결하도록 유도하려는 목적으로 그 단어를 사용했을 가능성도 있다는 얘기다.

소렌슨의 직감이 그렇게 얘기하고 있었다.

그 사내는 긴급 상황실 통신원을 어떻게 다뤄야 하는지 잘 알고 있다. 그는 조직의 생리를 아주 정확하게 꿰뚫고 있는 인물이다.

그래서,

'아니면 밥그릇을 잃게 될' 거라고 협박을 했다. 사내는 아주 짧은 침묵 뒤에 그렇게 말했다. 그런 경우에 어떤 식으로 대처해야 하는지를 정확히 알고 있는 것이다. 당직 요원들을 다뤄본 경험이 많은 사내다. 어쩌면 그 자신이 당직 요원으로 근무했던 경험자인지도 모른다.

그렇다면,

그는 왜 살인범 둘과 인질 한 명이 타고 있는 차를 몰고 있었던 걸까?

그리고,

그가 전화를 건 이유는? 그래 놓고 끊은 이유는?

의문은 꼬리를 물었지만 그녀는 더 이상 생각을 이어갈 수 없었다. 전화벨이 울렸기 때문이다. 대시보드와 양쪽 앞 문짝에 장착된 스피커, 그리고 뒷좌석 가운데 설치된 서브우퍼에서 터져 나온 중후하고 명료한 전자음이 차 안을 가득 채웠다. 소렌슨은 볼륨을 한 칸 줄인 다음 수신 버튼을 눌렀다. 오마하 지부의 당직요원이었다. 아이오와에서 걸려온 전화를 제때 받지 못했던 그 요원, 그녀의 절친한 후배.

그가 말했다. "지부장님이 통화 대기 중이십니다."

소렌슨은 차의 속도를 시속 130킬로미터로 늦췄다. 그녀가 전방의 도로와 룸미러를 차례로 확인한 뒤 말했다. "바꿔줘."

차 안의 스피커들이 귀에 거슬리는 전자음으로 잠시 치직거리더니 목소리가 들려왔다. "소렌슨?"

소렌슨이 말했다. "네, 지부장님."

오마하 지부장, 그녀의 감독관, 그녀의 직속상관. 성은 페리. 54세. FBI에 평생을 바친 야심찬 사내. 부하들은 그의 이름, 안토니를 줄여서 토니라고 부른다. 하지만 그의 앞에서만 그런다는 얘기다. 뒤에서는 그를 스토니(stony)라고 부른다. 심장이 있어야 할 자리에 돌덩어리가 들어앉아 있는 사내이기 때문이다.

그가 말했다. "내가 직접 아이오와의 주유소에 전화를 했어."

"그러셨어요?"

"어차피 잠에서 깨어났으니 나도 뭐든 해야지."

"그래서요?"

"아주 똘똘한 젊은이더군. 계산대 점원 말이야. 진술이 아주 세세하고 일관적이었어."

"그런데요?"

"군청색 쉐비 임팔라였대. 번호판은 보지 못했고. 남자 셋과 여자 하나, 그렇게 넷이 타고 있었다더군. 남자 한 명과 여자는 차에 남아 있었대, 처음엔. 차에서 내린 두 사내 중 하나가 기름을 넣었다는데 그게 첫 번째 흥미로운 부분이야. 그가 사용한 신용카드 조회 결과가 방금 전에 나왔어. 위조된 거야."

"혹시 덴버 공항에서 사용된 카드와 동일한 건가요?"

"그렇진 않은 것 같아. 다른 카드인 게 거의 분명해. 아무튼 카드는 그렇다 치고, 두 번째 흥미로운 부분은 그 사내가 기름을 고작 15리터만 넣었다는 거야. 점원 생각엔 그게 아주 이상했대. 그 주유소의 기름 매출은 차 한 대당 평균 40리터라더군. 그러니 잔디 깎는 기계에 넣으려고 깡통으로 기름을 받아간 정도밖에 안 됐던 거지."

"그렇다면 연료 탱크가 거의 비어 있거나 아니면 거의 꽉 찬 상태에서 기름을 넣었다는 거네요. 전자의 경우라면 목적지에 거의 다다랐다는 거고, 후자의 경우라면 그 전에 다른 주유소에서 탱크를 채웠다는 얘기고요."

"우린 오늘 밤에 그 위조카드가 다른 곳에서도 사용됐는지를 알아보고 있는 중이야. 아직 결과는 없고. 어쨌든 그 사내가 기름을 넣고 있는 동안 다른 사내가 혼자서 가게 안으로 들어왔대. 그러더니 문이 완전히 닫힐 때까지 기다렸다가 공중전화 위치를 물어봤다는군."

"그 사내가 운전자군요?"

"맞아. 점원의 얘기로는 덩치가 엄청났대. 코는 깨져 있고. 피가 마구 엉겨 있는 걸로 봐서 다친 지 얼마 되지 않은 상처 같더래. 처음엔 약간 무서웠대. 공포영화 속에서 뛰어나온 사람 같아서. 묻지마 살인범처럼 보였다더군. 옷은 더러웠고 머리는 쑥대밭이었대. 하지만 몇 마디 얘기를 나누고 난 다음에는 나쁜 사람이 아니라는 느낌이 들었다는 거야. 그래서 점원은 공중전화 위치를 알려줬대. 실내 화장실 옆에 있어서 밖에서는 보이지 않는 곳이래. 따라서 그가 실제로 전화를 썼는지는 모르고. 잠시 후 차 안에 남아 있던 사내가 가게 안으로 들어왔대. 이내 덩치 큰 사내가 화장실로 통하는 문에서 나와서는 커피를 네 잔 뽑았고 늦게 들어온 사내도 화장실에 들렀다가 함께 가게를 나갔대. 그러더니 조금 뒤에 차는 남쪽으로 떠났고. 수상한 기미는 전혀 없이."

"분위기는요? 뭔가 찝찝한 게 느껴지진 않았대요?"

"그렇진 않았대. 한밤중이어서 다들 좀 피곤해보인 것뿐이라더군. 언성을 높이거나 욕을 주고받지도 않았고 긴장감도 느껴지지 않았대. 서두르는 기색도 없었고. 거기까지야."

"긴급 상황실 통화 녹음 내용은 들으셨습니까?"

"물론 들었지."

"뭔가 감이 잡히시는 부분이 있던가요?"

"'아마도'라는 단어. 전혀 종잡을 수 없게 만드는 단어야. 그 덩치가 공범이라면 범행 장소를 알고 있을 게 당연하잖아. 그렇다면 네브래스카, 오마하 FBI 지부에 필요한 정보라고만 말했어야지 그 단어를 왜 붙인 걸까?"

"그럼 지부장님은 그자가 공범이 아니라고 생각하시는군요?"

"꼭 그런 건 아니고 아무래도 똘마니급인 것 같아. 운전과 커피심부름은 도맡으면서 범행에 관해서는 제대로 모르는 똘마니."

'아니네요, 이 양반아.' 소렌슨은 생각했다. '그의 말투로 보자면 절대 똘마니는 아니네요. 스토니 당신보다도 더 똑똑한 사람처럼 들리던걸?'

그녀가 말했다. "유용한 정보 감사합니다, 지부장님. 수고 많으셨어요."

"곧 또 연락하자고." 지부장은 그 말을 남기고 전화를 끊었다.

소렌슨은 생각에 잠긴 채 한동안 천천히 차를 몰았다. 그런 다음 차의 속도를 시속 145킬로미터로 올리면서 음향 시스템의 볼륨을 높인 뒤 이메일 음성 파일 재생 버튼을 눌렀다. 통화 내용이 다시 한 번 차 안에 울려 퍼졌다.

'날 즉시 그리로 연결해 주시오.'

그가 다짜고짜 그렇게 졸라댄 건 아니었다. 그전 얘기는 합리적이고 설득력이 있었다.

'내게 정보가 있소. 네브래스카, 오마하의 당신네 지부에서 아마도 필요할 내용일 거요.'

그렇게 그는 침착하게 용건을 밝혔다. 하지만 그가 원했던 결과는 돌아오지 않았다. 긴급 상황실의 통신원은 상황의 심각성을 제대로 파악하지 못했다. 그래서 그 덩치 큰 사내는 인내를 포기했다.

'지금 그리로 연결하시오, 당장.'

다급하고 답답해서 사뭇 화가 난 어조였다. 왜 자기 얘기가 제대로 접수되지 않는지 이해가 되지 않는다는 채근이었다. 특히 마지막 단어 '당장'은 잇새로 발음하고 있었다. 초조해진 것이다. 그 얘기는 이렇게도 해석할 수 있었다.

'나는 첫 번째 관문에서 충분히 털었소. 이제 정말, 정말로 두 번째 관문에서 지체할 시간이 없소. 그리고 나는 정말, 정말로 당신이 상황의 심각성을 깨닫지 못한다는 게 이해가 가지 않소.'

결국 마음이 바뀐 게 아니었다. 시간이 없어서였다. 또 다른 사내가 편의점 안으로 들어왔기 때문이다.

덩치 큰 사내도 공범인 건 확실했다. 하지만 그는 배신자였다.

30

리처는 양 손바닥으로 바닥을 짚고 일어섰다. 몸을 돌려가며 주변을 살피고 난 뒤 그는 사무실 문가에 서 있는 땅딸보를 바라보며 말했다. "당신 차 좀 빌려야겠소."

땅딸보가 리처의 얼굴을 노려보았다.

그가 말했다. "뭐라고요?"

"당신 차. 지금 당장."

"안 돼요."

서른 살 정도로밖에 보이지 않는 나이인데 벌써 이마 선이 위로 한참 올라가 있는 사내였다. 키나 몸무게보다는 높이와 너비로 따지는 게 옳을 것 같은 체격이었다. 그는 흰색 와이셔츠 위에 빨간색 브이넥 조끼를 걸치고 있었다.

그가 말했다. "좀 전에 말했듯이 난 벌써 신고했어요. 경찰들이 지금 이리로 달려오고 있는 중이라고요. 그러니 허튼 짓 할 생각은 아예 말아요."

리처가 말했다. "경찰들이 여기까지 오는 데 얼마나 걸릴 것 같소?"

"길어야 2분이죠. 경찰차가 얼마나 빨리 달리는지 알죠?"

"어디서부터 오는 거지?"

사내는 아무 대답도 하지 않았다.

리처가 말했다. "카운티 경찰서인가?"

사내가 말했다. "밤 시간에는 주 경찰국에서 출동해요."

"그들은 모두 검문소에 나가 있소. 동원 가능한 병력은 모두 고속도로에 설치된 검문소로 출동했지. 여기서 서쪽으로 한참 떨어진 지점이오. 최소한 2시간 거리는 될걸? 2분이 아니고. 게다가 그들이 온들 무슨 소용이 있겠소? 여긴 죽은 사람도 없는데."

"총이 발사됐잖아요."

"맞소. 그리고 그건 나쁜 일이오. 그것도 맞지 않소?"

"물론 나쁜 일이죠."

"그렇다면 그들은 나쁜 사람들이오. 총을 쐈으니까. 그들이 겨냥한 건 나였소. 따라서 난 좋은 사람인 거요."

"그들보다 더 나쁜 사람이든지요."

"어쨌거나," 리처가 말했다. "내가 좋은 사람이라면 당신은 나를 도울 거요. 우린 같은 편이니까. 반대로 내가 그들보다 더 나쁜 사람이라고 해도 당신은 나를 도울 거요. 안 그러면 큰일 날 것 같아서 무서우니까. 결국 당신은 나를 도울 수밖에 없소. 그러니 불필요한 논쟁은 여기서 끝내고 내게 차 키를 주시오."

"키가 있어도 소용이 없어요."

"왜?"

"난 내 스스로를 지키고 있으니까요."

"그건 또 무슨 소리지? 뭐로부터 스스로를 지킨다는 거요?"

"당신 같은 사람들로부터."

"어떻게?"

"차에 기름이 없거든요."

"당신 차에는 기름이 반드시 있소. 여긴 주유소에서부터 50킬로미터나 떨어져 있는 곳이니까."

"기껏해야 4리터 정도예요. 그걸로 55킬로미터쯤은 달릴 수 있어요. 하지만 여기선 55킬로미터를 달려봐야 그 주유소 말고는 아무 데도 못 가요. 어느 쪽으로든."

"정말이오?"

"차를 도둑맞지 않기 위한 최선의 방법이에요. 경고음보다 더 나은 방법이죠. 위치 추적 장치나 최첨단 잠금 장치보다도 낫고요."

"아주 천재시군." 리처가 말했다. "아니면 완전히 꼴통이든지. 그 둘 중 하나가 틀림없는 건 맞는데 어느 쪽인지는 잘 모르겠소. 오늘 밤 투숙객들은 어떻소? 어떤 사람들이지? 저 앞에 세워져 있는 픽업트럭을 빌리면 딱 좋을 것 같아서 묻는 거요."

땅딸보가 짧게 말했다. "오, 제발요."

굳이 그가 애원하지 않았다 해도 리처는 그 얘기를 실행에 옮길 마음이 없었다. 그는 그 자리에 가만히 서 있었다. 속수무책이었다. 숫자들이 그 상황을 입증하고 있었다.

4, 3 그리고 2.

쉐비가 떠난 지 거의 4분이 지나가고 있었다. 그들은 지금쯤 다음번 교차로에 다다랐을 것이다. 삼거리일 수도 있고 사거리일 수도 있다. 각각 선택은 2와 3이다.

아이오와. 체스판 같은 들판. 농경지대의 미로.

도주하고 있는 범인들과 광활한 들판을 사이에 두고 벌이는 추격전.

길을 잘못 들 확률이 너무도 컸다. 모텔로 올 때까지 리처가 지나쳤던 삼거리와 사거리의 비율은 2대 3이었다. 서로 간의 거리는 평균 13킬로미터였다. 땅딸보의 차에 남아 있는 기름으로는 대략 1시간을 달릴 수 있다. 따라서 그 1시간을 달린 뒤에도 리처가 킹과 맥퀸의 도주로를 그대로 쫓아가고 있을 확률은 약 650분의 1이었다.

이메일이 수신됐다는 신호음이 다시 울렸다. 아이오와 911 상황실에서 녹취한 음성 파일이었다. FBI 긴급 상황실 통신원에게 연결되기 전의 통화 내용. 소렌슨이 재생 버튼을 눌렀다.

'현재 위치가 어디십니까?'

'FBI와 연결해 주시오.'

'선생님, 현재 위치가 어디시죠?'

'허비할 시간이 없소.'

'어떤 도움이 필요하신 거죠? 경찰? 아니면 소방차나 구급차?'

'난 FBI가 필요하오.'

'선생님, 여긴 911 구급대입니다.'

'알고 있소. 2001년 9월 11일 이후부터 FBI와 버튼 하나로 연결되는 라인이 개설돼 있다는 것도 알고.'

'그걸 어떻게 아셨죠?'

'그냥 때려 맞춘 거요. 그 버튼을 누르시오. 지금 당장.'

예의 코맹맹이 소리였다. 똑같이 신중한 재촉이었다. 두려움은 없었지만 초조함이 배어 있는 것도 똑같았다. 노련한 화술도 마찬가지였다. 정확히 말해서 911과 FBI가 직통 버튼으로 연결된 날짜는 그 비극이 발생하고 나서 일주일쯤 뒤였다. 하지만 정확한 날짜는 중요하지 않았다. 사내가 그 사실을 알고 있다는 게 중요했다.

어떻게?

그녀는 파일을 처음으로 돌려서 다시 한 번 들었다. 그러나 이번엔 '난 FBI가 필요하오'까지였다. 그 대목에서 그녀의 전화벨이 울렸기 때문이다. 평범한 전자음이 스피커를 통해 시끄럽게 울려 퍼지기 시작했다. 오마하 상황실의 당직 요원이었다.

그가 말했다. "중요한 정보인지는 모르겠지만 일단 아셔야 할 것 같아서 연락드렸습니다. 아이오와 주 경찰국에서 총격 사건에 관한 보고가 올라왔습니다. 사건 현장은 그 주유소에서 약 50킬로미터 떨어진 어느 모텔 로비랍니다."

땅딸보는 도무지 진정이 안 되는 듯 프런트 뒤쪽에서 서성거렸다. 리처는 그자의 뒷벽에 패인 총알구멍을 살펴보았다. 천장과 벽이 만나는 부분에서 약 4센티미터 떨어진 높은 위치였다. 사무실 문의 정중앙을 중심으로 대략 22센티미터 비껴난 지점이었다. 총알이 몰딩의 장식 못이나 나사 근처를 맞힌 것 같았다. 찻잔 받침만 한 회반죽이 떨어져나간 자리가 그만한 크기의 분화구로 남아 있었다. 분화구의 정중앙에는 연필 굵기보다 조금 작은 22구경의 탄환 구멍이 깔끔하고 분명하게 움푹 패어 있었다.

리처는 맥퀸이 서 있던 자리까지 뒷걸음질로 물러섰다. 그가 몸을 옆으로 돌려세웠다. 그가 맥퀸의 눈높이와 맞추기 위해 무릎을 굽혀 12센티미터쯤 자세를 낮췄다. 그가 팔을 들어 올린 뒤 쭉 펴고선 둘째손가락으로 벽

위의 구멍을 겨눴다.

그가 한쪽 눈을 감았다.

그가 머리를 가로저었다.

형편없는 조준이었다. 리처가 바닥으로 몸을 던지지 않았다고 해도 맞지 않았을 각도였다. 발돋움을 했어도, 아니 점프를 했어도 총알은 빗나갔을 것이다. 225센티미터의 NBA 센터라면 몰라도 195센티미터의 리처는 어떤 자세였어도 안전했을 것이다.

'정규 사격 훈련을 받지 않은 민간인들이 표적을 빗맞힐 때는 대부분 높은 조준이 원인이다.'

리처는 다시 무릎을 펴고 땅딸보를 향해 몸을 돌리며 말했다. "전화 좀 씁시다."

31

줄리아 소렌슨은 운전에만 집중한 채 몇 분간 제한 속도 이상으로 차를 몰았다. 어느 순간 요란한 벨소리가 차 안에 다시 울려 퍼졌다. 이번에도 오마하의 당직 요원이었다.

그가 말했다. "오늘 밤엔 선배님한테 운이 따르는 것 같습니다."

"왜?"

"그 사내에게서 다시 전화가 걸려왔습니다."

"그 코맹맹이?"

"현재 통화 대기 중입니다."

"위치는?"

"방금 전 아이오와 911에 총격 사건을 신고한 전화와 동일한 회선입니다."

"그 모텔 로비?"

"그렇습니다."

"아이오와 경찰들은 얼마나 멀리 나가 있지?"

"아주 멉니다. 검문소 때문에 모두 서쪽에 몰려 있습니다."

"좋았어, 연결해."

"진담이십니까? 스토니가 직접 통화하고 싶어할 텐데요?"

"내 사건이야." 소렌슨이 말했다. "바꿔줘. 스토니한테는 나중에 내가 잘 애기할 테니까."

딸깍거리는 소리와 잡음들이 몇 차례 연속된 뒤, 낯설지만 짐작하기 어렵지 않은 배경에서 일어나는 소리가 그녀의 귀에 들려왔다. 그다지 넓지 않은 공간. 딱딱한 바닥. 얇은 나무 책상. 철제 캐비닛. 십중팔구 사무실이었다. 이윽고 코맹맹이 소리가 들려왔다. "여보세요?"

그녀가 말했다. "FBI 특수요원 줄리아 소렌슨입니다. 성함이 어떻게 되시죠, 선생님?"

리처는 땅딸보의 합판 책상 위에 팔꿈치를 얹고 전화기를 그의 어깨와 목 사이에 꼈다.

그가 말했다. "내 이름을 밝힐 생각은 없소. 아무튼 아직은. 일단 얘기부터 합시다."

소렌슨이 물었다. "뭐에 관해서 말인가요?"

'미네소타 출신이로군.' 리처는 생각했다. 그쪽 토박이. 이름만이 아니라 말투에서도 스칸디나비아 혈통인 게 느껴졌다. 아주 사무적인 여자였다. 간결하고 명료하게 할 얘기만을 하는 타입.

리처가 말했다. "당신들이 현재 내 상황을 어떤 식으로 파악하고 있는지 알고 싶소."

"카렌 델펜소는 아직 살아 있나요?"

"내가 아는 한 그렇소."

"그렇다면 우리가 관심 있는 건 그녀의 상황이에요."

"내 관심도 그렇소." 리처가 말했다. "그게 내 요점이오. 당신들은 나를 제지할 겁니까, 아니면 도와줄 겁니까?"

"무슨 도움을 말씀하시는 건가요?"

"그녀를 찾는 일."

"그럼 현재 그녀와 함께 있지 않다는 얘긴가요?"

"그렇소. 그들이 내게 총을 쏜 뒤 차를 타고 도주했소. 델펜소를 태운 채로."

"당신은 누구죠?"

"내 이름은 밝힐 생각이 없소."

"나는 당신이 이 사건과 무슨 연관이 있는지를 묻는 거예요."

"난 아무 연관이 없소."

"당신이 차를 몰고 있는 모습이 목격됐어요."

"그자들이 내게 부탁했던 거요."

"그럼 당신은 그들의 운전수인가요?"

"난 그 전엔 그들을 만난 적이 없소."

"그게 무슨 얘기죠? 그럼 당신은 누구라는 말인가요? 그냥 낯선 사람? 그냥 길을 지나가고 있는데 그들이 차를 세우더니 운전을 부탁했다는 거예요?"

"난 차를 얻어 타려했고 그들은 나를 태워준 거요."

"어디서요?"

"네브래스카에서."

"그러곤 그들이 당신에게 운전을 부탁했다는 건가요? 상식적으로 말이 되는 얘기라고 생각해요?"

"내 경험상 상식적인 일은 아니오."

소렌슨은 아무 대꾸도 하지 않았다.

리처가 말했다. "그들은 검문을 예상하고 있었던 것 같소. 그래서 속임수가 필요했겠지. 그들은 세 사람이 탑승하고 있는 승용차에 수배가 내려졌을 거라고 생각했고 따라서 인원을 넷으로 불리는 작전을 썼던 거요. 그리고 그 네 번째 사람을 운전석에 앉히는 게 더 안전할 거라고 판단한 거고. 검문소의 경찰들이 제일 먼저 확인할 사람은 운전사니까. 내 깨진 코는 보너스였던 셈이지. 당신들이 뒤늦게 확인했을 도주 차량에 관한 검문 기록의 90퍼센트는 코가 깨진 운전수에 관한 내용일 거요. 얼굴이 완전히 박살난 사내."

"고릴라."

"뭐라고 했소?"

"얼굴이 박살난 고릴라. 듣기 좋은 표현은 아니겠지만."

"고릴라 입장에서는 그렇겠지." 리처가 말했다. "어쨌든 나는 그자들에게는 유용한 존재였소. 하지만 그건 고속도로를 달릴 때의 얘기였소. 지방도로로 갈아타고 난 뒤 난 더 이상 쓸모가 없어진 거요."

"그래서 그들이 당신에게 총을 쏜 건가요? 부상당했나요?"

"난 그들이 내게 총을 쐈다고만 말했소. 그들은 날 맞히지 못했소."

"그들이 어디로 가고 있는지 알고 있나요?"

"전혀 모르겠소."

"그렇다면 무슨 수로 델펜소를 찾겠다는 거죠?"

"방법을 생각해 낼 거요."

"그자들에게 당신이 더 이상 쓸모가 없어졌다면 델펜소도 마찬가지일 거예요. 그녀의 차만 필요할 뿐이겠죠."

"그러니 서둘러야 하오."

"내가 거기 도착하려면 앞으로 1시간은 걸릴 거예요."

"경찰들도 이리로 오는 중이오?"

"그들은 모두 내 뒤에 있어요."

리처가 말했다. "어쨌든 나는 그자들의 행방을 놓쳤소. 이 지역의 도로들은 정말 답이 나오질 않소. 따라서 나는 그자들의 꽁무니를 쫓는 대신 다른 방향으로 추적할 거요."

"네브래스카에서는 뭘 했죠?"

"그건 당신이 상관할 바가 아니오."

"거기서 코가 깨진 건가요?"

"기억이 나지 않소."

"검문소의 경사 얘기로는 당신이 싸움을 벌인 사실을 인정했다는데."

"꼭 그랬다고는 볼 수 없소. 난 그더러 나와 맞섰던 사람을 봐야 했다고 말했을 뿐이오. 그게 다였소. 흔히들 하는 농담이잖소."

"경사는 그 상대방이 아이오와가 아니라 다른 주에 있다는 얘기도 들었다고 했어요."

"난 그가 당신들에게 한 얘기에 대해서는 왈가왈부하고 싶지 않소. 내가 직접 들은 게 아니니까."

"그 상대방은 네브래스카에 있나요?"

"당신은 지금 시간 낭비를 하고 있소."

"아뇨. 난 제한 속도 이상으로 달려가고 있어요. 이 상황에서 내가 그것 말고 할 수 있는 일이 뭐가 있겠어요?"

"속도를 더 올리시오."

소렌슨이 말했다. "당신은 어디로 가려는 거였죠?"

리처가 말했다. "언제?"

"그들이 당신을 차에 태워준 시점에서."

"버지니아."

"목적은?"

"당신이 상관할 바 아니오."

"버지니아에는 뭐가 있는 거죠?"

"많은 것들. 중요한 주 아니오? 인구 규모는 미연방에서 열두 번째, GDP는 열세 번째. 자료를 찾아보시오."

"내가 당신에 대해 신뢰를 쌓을 수 있는 기회를 주지 않는군요. 이런 식으로 나오면 당신의 개인적 상황에 도움이 되지 않을 거예요."

"내가 당신들에게 전화한 이유가 뭘 것 같소?"

"거래를 하기 위해서?"

"아니. 난 거래할 필요가 없소. 내게 필요한 건 할 수 있다면 델펜소를 돕는 거요. 그다음엔 버지니아로 가는 거고."

"델펜소를 돕는 게 필요하다니, 이유가 궁금하군요."

"당연히 필요한 거 아니오? 난 인간이니까."

소렌슨은 아무 대꾸도 하지 않았다.

리처가 물었다. "그런데 그자들은 무슨 일을 저지른 거요?"

"당신과 그 문제를 의논할 수는 없을 것 같네요. 아직은."

"난 그자들이 델펜소의 차를 탈취했다는 걸 알고 있소. 그들의 옷에 피가 묻었었다는 것도 알고."

"그걸 어떻게 알고 있죠? 그들은 셔츠를 사서 옷을 갈아입었어요."

"델펜소가 말해줬소."

"둘이 얘기도 나눴어요?"

"눈을 깜빡여서 알려줬소. 그자들 모르게. 간단한 철자 코드로."

"영리한 여자군요. 용감하기도 하고요."

"맞소." 리처가 말했다. "그녀는 그자들이 총을 지니고 있다고 내게 경고했소. 하지만 결국 나는 그녀의 기대를 저버렸소."

"확실히."

"당신네도 그리 잘한 건 없잖소. 둘이 타고 있는 차량을 대상으로 수배를 내렸으니까."

"두 사람에 대한 볼로가 떨어졌으면 세 사람 이상 탑승하고 있는 차량들도 당연히 검문해야 하는 거 아닌가요? 난 아주 간단한 추론이라고 생각하는데."

"경찰은 추론 같은 건 하지 않소. 그들은 절대 앞서나가는 법이 없소. 그래봐야 물 먹는 건 자신들뿐이니까."

소렌슨이 물었다. "델펜소는 어떻든가요?"

리처가 말했다. "즐거운 시간을 갖고 있는 것 같지는 않았소."

"집에 아이가 있어요."

"알고 있소." 리처가 말했다. "그녀가 알려줬소."

소렌슨이 물었다. "지금 근처에 이용할 수 있는 차량이 있나요?"

리처가 말했다. "그런 것 같지 않소. 무리를 하면 빌려 탈 수도 있는 차가 몇 대 있긴 하지만 그래 봐야 허튼 짓이오. 그자들의 행방을 모르잖소."

"이름이 어떻게 되시죠?"

"아직은 아니라니까."

"알겠어요. 지금 그 자리에 그대로 있어요. 도착해서 뵙죠."

"볼 수도 있고." 리처가 말했다. "못 볼 수도 있고."

'속도를 더 올리시오.' 코맹맹이가 그렇게 말했다. 소렌슨은 그 충고에 따랐다. 이제 그녀의 차는 시속 160킬로미터에 육박하는 속도로 달리고 있었다. 그녀로서는 편안한 운전이 아니었다. 다행히 일직선의 도로는 넓고 텅 비어 있었다.

'난 그 전엔 그들을 만난 적이 없소.' 사내는 그렇게 말했다. '난 차를 얻어 타려고 했소.'

그의 말이 사실일까? 사실일 수도 있고 거짓일 수도 있었다. 아주 간결하면서도 설득력 있는 설명이었다. 그래서 오히려 의심이 갔다. 실제 삶은 간결하지도 않고 설득력도 없기 때문이다. 대개 그렇다는 말이다. 게다가 요즘 세상에 누가 차를 얻어 타고 여행을 다닌단 말인가? 특히나 이 겨울에? 목소리로 미루어 못 배운 남자는 아니었다. 그리고 그다지 젊은 축도 아니었다. 차를 얻어 타고 다닐 만한 부류가 아니라는 얘기다. 물론 통계에 입각한 결론이다. 하지만 FBI에서는 통계 역시 상당히 유용한 자료이다.

그리고,

'그들이 내게 총을 쐈소.'

하지만,

'맞히지 못했소.'

엄청난 행운이 따랐을 수는 있다. 하지만 아주 교묘한 연극일 수도 있다. 범인들로부터 총격을 받았다는 사실만으로도 경찰의 신뢰를 끌어낼 수 있다. 자기들끼리 사전에 세웠던 계획의 일부일 가능성이 높았다.

그때 연료 부족을 알리는 신호음이 울렸다. 유량계에 노란 불빛 한 점이 밝혀졌다. 젠장. 기름이 떨어지기에 알맞은 타이밍이 아니었다. 장소도 마찬가지였다. 아이오와 주는 대체로 한적하다. 고속도로 출구들은 서로 한참 떨어져 있다. 각각의 출구는 나름대로 광고를 하고 있다. 그녀는 무조건 첫 번째 나타난 출구로 빠져나갔다. 디모인에서 약간 동쪽으로 떨어진 지방도로와 이어지는 평범한 출구였다. 전방의 안개 숲을 파랗고 하얗게 물들이고 있는 주유소의 불빛이 그녀의 눈에 들어왔다. 램프를 타고 2차선 도로에 들어서자 주유소가 보였다. 남쪽으로 30여 미터 떨어진 지점이었다. 승용차들만이 아니라 트럭들도 이용할 수 있는 상당한 규모였다. 승용차들을 위한 공간에는 주유 펌프가 여섯 개 늘어서 있었다. 펌프들 옆에는 자그마한 요금 정산소가 있었고 공터의 한쪽 끝에 화장실이 있었다. 길 건너편에는 헛간처럼 생긴 긴 식당이 있었다. 처마 밑에 설치된 간판에는 '식사와 음료, 24시간 영업'이라고 쓰여 있었다.

기름을 넣는 동안 소렌슨의 머릿속에 코맹맹이 목소리가 다시 한 번 울렸다.

'어쨌든 나는 그자들을 놓쳤소. 이 지역의 도로들은 정말 답이 나오지 않소. 따라서 나는 그들의 꽁무니를 쫓는 대신 다른 방향으로 추적할 거요.'

좌절, 그리고 또 다른 결심.

두 차례 사용한 일인칭 단수, '나'. 다른 사람의 곤경을 자신의 탓으로 돌리고 있다. 타고난 책임감. 그리고 결단력. 게다가 상당한 지식. '두 사람에 대한 볼로가 떨어졌으면 당연히 세 사람 이상 타고 있는 차량들도 검문해야 하는 거 아닌가요?' 그녀는 그렇게 말했었다. '볼로(BOLO, be on the lookout)'는 '수배'를 의미하는 그들만의 전문용어이다. 따라서 일반인들에겐 아주 생소한 단어이다. 하지만 그는 그 의미를 묻지 않았다. 이미 알고 있었기 때문이다.

이어서 그는 이렇게 말했다. '경찰은 추론 같은 건 하지 않소. 그들은 절대 앞서 나가는 법이 없소. 그래 봐야 물먹는 건 자기들뿐이니까.'

상당한 수준의 통찰력을 엿볼 수 있는 지적이었다. '범인들은 검문을 예상하고 있었던 것 같소. 그래서 속임수가 필요했고.' 그것도 역시 예리한 분석이었다. 소렌슨 자신의 생각과 일치하는.

책임감, 결단력, 지식, 통찰력, 분석력.

두 명의 살인범과 인질을 태우고 도난 차량을 운전한 사내.

'내가 전화를 건 이유가 뭐라고 생각하오?'

도대체 이 사내는 누구란 말인가?

32

리처는 관광 안내 책자 보관함을 완전히 엎듯이 뒤진 다음에야 지도 비슷한 걸 찾아낼 수 있었다. 기대했던 것만큼은 아니었지만 그나마 없는 것보다는 나았다. 왼쪽 아래에 캔자스시티, 오른쪽 아래에 세인트루이스, 왼쪽 위에 디모인, 그리고 오른쪽 위에 시더래피즈.

네 귀퉁이에 네 개의 도시를 수작업으로 표기한 직사각형 구도의 인쇄물이었다. 직사각형 안에는 하얀 여백 위에 여러 개의 아이콘들이 기입되어 있었다.

리처는 아이콘들이 아니라 하얀 여백에 주목했다. 특히 상반부의 여백, 아이오와였다. 아이오와는 미연방 오십 개 주 가운데 면적으로는 스물여섯 번째이고 인구 규모로는 서른 번째이다. 하지만 미 내륙지역 1급 토양의 4분의 1을 차지하고 있다. 덕분에 옥수수와 콩 소출, 그리고 돼지와 소 마릿수에 관한 한 1~2위를 다툰다. 그건 인구 밀도가 낮다는 걸 의미한다. 상당히 떨어진 이웃집 간의 거리, 용도가 불분명한 외로운 건물들, 각자 살아가면 그뿐이라는 생활 철학, 따라서 아이오와 농경지대의 주민들은 누가 무엇을 했고 어디서 언제 왜 그랬는지에 관해 상대적으로 관심이 없다.

수색 작전을 펼치기에 가장 까다로운 지역 1~2위는 인구 밀도가 높은 도시와 황량한 시골이다. 리처는 그런 지역들에서도 성공을 거둔 적이 많았다. 하지만 실패한 적도 역시 많았다.

그의 뒤에서 땅딸보가 말했다. "내 벽이 파손된 건 누가 보상해줄 건가요?"

리처가 말했다. "나는 아니오."

"어쨌든 누군가는 보상을 해야죠."

"당신은 대체 뭐하는 사람이오? 사회주의자인가? 당신 돈으로 사람을 사서 수리하시오. 아니면 직접 하든가. 뇌수술이 아니잖소. 스패클(보수하는 데 쓰이는 속건성 회반죽의 일종)로 메우면 되는 일 아니오. 2분이면 끝날 텐데."

"남의 업소에 뛰어들어와 이런 짓을 저지른 건 옳지 않잖아요."

"난 바빠."

"뭐 때문에요?"

"생각하느라고."

"그냥 빈 종이를 들여다보고 있는 것뿐이잖아요."

"좀 더 지도다운 건 없나?"

"옳지 않았다고요."

"재수가 없었다고 생각하고 그만 잊어버리지."

"총알이 벽을 뚫었으면 내가 맞을 수도 있었다고요."

"농담하자는 건가? 저 자국을 보면서도?"

"하지만 내 키가 컸다면 어쩔 뻔했어요? 총을 쏜 사람은 내가 작다는 걸 몰랐잖아요. 어떻게 알았겠어요? 전혀 생각 없는 행동이었어요. 아주 무책임했다고요."

"그래?"

"난 총에 맞을 수도 있었단 말예요."

"하지만 맞지 않았잖나. 그러니 더 이상 징징대지 말라고."

"난 죽을 수도 있었다고요."

"총알구멍을 보라고." 리처가 말했다. "당신이 당신 어깨 위에 올라서 있었다고 해도 총에 맞지 않았을걸?"

그때 사무실에서 전화벨이 울렸다. 땅딸보가 안으로 들어가 전화를 받았다. 잠시 후 다시 밖으로 나온 그가 리처에게 말했다. "FBI예요. 코가 깨진 사람을 찾네요. 당신이겠죠?"

리처가 말했다. "계속 쓸데없이 투덜거리면 당신이 전화를 받게 될지도 몰라."

그는 지도를 들고 사무실 책상으로 가서 전화를 받았다. 이번에도 스칸디나비아 여성이었다. 미네소타 토박이. 줄리아 소렌슨.

그녀가 말했다. "아직 거기 있었군요?"

"알면서 뭘 묻소?" 리처가 말했다.

"왜죠?"

"이미 말했잖소. 여기 도로는 그래프용지 같소. 2분만 차이가 나도 먼저 떠난 차량의 행방을 찾을 수 없게 돼 있소."

"그들의 도주로를 그대로 쫓아가야 할 필요는 없잖아요. 그들은 남쪽으로 가고 있어요. 목적지가 아래쪽 어딜 게 분명해요. 아이오와를 벗어난 남쪽."

리처가 말했다. "난 동의할 수 없소."

"왜요?"

"이제 곧 동이 틀 거요. 범인들은 이미 전국적으로 수배령이 내려졌다는 걸 분명히 알고 있소. 차량 번호는 물론 그들의 인상착의까지. 따라서 그들은 더 이상 모험을 감행하지 않을 거요. 절대 그럴 수 없겠지. 그들로서는 동이 트기 전에 숨는 게 상책이오. 여기 아이오와 어딘가에."

"시간상으로 날이 밝기 전에 미주리로 넘어갈 여유는 있잖아요."

"하지만 그러지 않을 거요. 미주리 주 순찰대가 주 경계선에 진을 치고 있다고 생각할 테니까. 경찰의 품 안으로 곧장 달려들어갈 만큼 어리석은 자들이 아니오."

"하지만 그들은 아이오와에 머물러 있을 수도 없어요." 소렌슨이 말했다.

"사실 그들은 어디에도 머물 수 없어요. 경찰이 그들의 차량에 수배령을 내리면서 모텔들에도 연락을 했다고 생각할 테니까요."

"그들은 모텔에 묵지 않을 거요. 내 생각엔 숨어들 만한 곳이 있는 것 같소. 그들만의 은거지. 고속도로에서 빠져나올 때 그들은 무작위로 출구를 선택한 게 아니었소. 나라면 결코 선택하지 않을 출구였소. 내가 아니라 제정신인 사람이라면 누구도 마찬가지였을 거요. 그냥 이름 없는 지방도로와 연결되는 출구였소. 하지만 그들은 그 출구를 잘 알고 있었소. 어디로 가야 할지를 알고 있었다는 말이오. 주유소가 거기 있다는 것도 알았고 모텔이 여기 있다는 것도 알고 있었소. 전에 와보지 않고는 도저히 알 수 없는 사실들이오."

"당신 생각이 옳을 수도 있겠네요."

"반대로 틀릴 수도 있소."

"어느 쪽이라는 거예요?"

"모르겠소."

"그자들이 하루 종일 숨어 있을까요?"

"나라면 그러겠소."

"그건 모험이 아닐까요? 앉아 있는 오리 신세인데."

"앉아 있는 오리인 건 맞소. 하지만 들킬 확률은 그리 높지 않소. 그들이 이 모텔에서부터 1시간 반을 달렸다고 할 때, 그들의 위치는 80만 헥타르에 달하는 직사각형 속의 어딘가가 될 거요. 당신이라면 그 넓은 지역을 건물마다 돌며 탐문 수사를 하겠소? 요행을 바라며?"

"그럼 당신은 어떻게 할 건가요?"

"먼저 내 개인적 상황에 관해 결론을 내렸는지를 묻고 싶소."

"아직은."

"그렇다면 당신은 내가 어떻게 할지를 결코 알 수 없을 거요."

"당신은 누구죠?"

"그냥 사내."

"어떤 사내?"

"내게 다시 전화한 이유가 뭐요?"

"당신이 어떤 사내인지 알아보려고."

"지금까지 알아본 결과는?"

"모르겠어요."

"난 무고한 여행자일 뿐이오. 그게 전부요. 그게 나라는 사내의 정체요."

"누구나 무고하다고 말하죠."

"때로는 그게 진실일 수도 있소."

"거기 그대로 있어요." 소렌슨이 말했다. "1시간이 되기 전에 도착할 테니까."

소렌슨은 전방의 도로와 내비게이션 화면을 동시에 주시하며 시속 145~160킬로미터를 오가는 속도로 계속 차를 몰았다. 사내가 얘기했던 이름 없는 출구가 가까워오고 있었다. 그녀의 머릿속에 코맹맹이 목소리가 또다시 울렸다.

'제정신인 사람이라면 결코 선택하지 않을 출구.'

그의 얘기가 옳았다. 주변엔 단지 끝없는 어둠뿐이었다. 어떤 불빛도, 어떤 형체도, 어떤 관심거리도 눈에 띄지 않았다.

'그들은 어디로 가야할지를 알고 있었소.'

그때 그녀의 휴대폰이 시끄럽게 울리기 시작했다. 페리였다. 오마하 지부장, 그녀의 직속상관, 스토니.

그가 말했다. "피살자에 관해 좀 더 알아냈어."

"잘됐군요." 소렌슨이 말했다. "현장에 나타난 국무성 직원은 아무 얘기도 없더라고요."

"레스터? 그 친구는 모르고 있을 거야. 그의 윗선에서 알아낸 정보거든. 국무성에서 특별히 감출 필요가 있어서 그런 건 아니고. 어쨌든 피살자는 상무관으로 밝혀졌어. 일종의 세일즈맨, 혹은 브로커라고 할 수 있지. 그게 전부야. 진짜로. 미국 수출업자들을 위해 바퀴에 기름을 치는 게 그의 업무였어."

"어디서 근무했죠?"

"그 얘기는 못 들었어. 하지만 그가 아랍어를 할 줄 안다더군. 그러니 자네 혼자 결론을 내려 봐."

"네브래스카에는 무슨 일로 온 거래요?"

"밝혀진 바 없어."

"일 때문이래요? 아니면 휴가?"

"내 직감상 일 때문은 아니야. 새로운 근무지로 발령받기 전에 짬이 좀 났던 게 분명해."

"캔자스시티에서 대테러 요원 둘이 현장으로 출동한 거 아시죠?"

"보고 받았어. 그쪽과 연관이 있을 수도 있겠지. 없을 수도 있고. 항상 세상을 놀라게 할 건수를 찾아다니는 친구들이니까. 어떻게든 밥값은 해야 하잖아."

소렌슨은 아무 대꾸도 하지 않았다.

페리가 말했다. "우리도 마찬가지야. 밥값을 해야지. 자네가 그 운전수와 접촉을 했다고 들었는데?"

소렌슨이 말했다. "그는 자신이 히치하이커라고 주장하더군요. 범인들이 자신에게 총을 쏜 뒤 버려두고 도주했대요. 1시간 내에 그자와 만날 예정입니다."

"좋았어. 보는 즉시 체포하도록. 살인, 납치, 차량 탈취, 속도위반. 그 밖에도 체포할 구실이 많잖아. 곧장 내게로 끌고 와. 수갑을 채워서."

33

굿맨 보안관은 사건이 발생한 펌프장에서 출발해서 목격자가 살고 있는 농장에 도착했다. 마을에서 북서쪽으로 18킬로미터가량 떨어져 있는 지점이었다. 운전하는 내내 그는 속력을 낮추고 오른쪽 갓길 주변을 주의 깊게 살폈다. 지도상으로는 아주 평평한 지역이었다. 하지만 도로 사정은 아주 나빴다. 노면이 울퉁불퉁한데다 갓길 쪽엔 아스팔트가 누더기처럼 갈라진 곳도 많았다. 거기다 군데군데 얼음까지 얼어 있었다. 목격자를 잘 알고 있는 어느 보안관보의 얘기로는 그가 몹시 낡은 포드 레인저 픽업트럭을 타고 다닌다고 했다. ABS 장치가 없는 차량이었다. 그런 차량이 짐칸이 빈 상태로 노면이 거친 빙판길을 달리게 되면 미끄러지기 십상이다. 게다가 그는 속도를 냈을 게 분명했다. 그 상태에서 미끄러졌다면 벌판으로 10~20미터는 들어가서 처박혔을 것이다. 농기구 자국이나 짐승 굴에 바퀴가 걸려 전복됐을지도 몰랐다. 그래서 굿맨은 특히 커브 길에서는 보행자 속도로 차를 몰며 앞 유리 옆에 설치된 서치라이트로 주변을 샅샅이 훑었다.

하지만 아무것도 없었다.

목격자의 집은 오두막과 다름없었다. 그래도 80년 전에 지어질 당시에는 주변에 펼쳐진 20헥타르가량의 농장을 일구는 자영농의 따뜻한 보금자리였을 것이다. 하지만 농장 병합이 두세 차례 이루어지고 난 지금은 남의 땅을 무단으로 점유한 채 무너져가고 있는 흉물스런 무허가 건물에 불과했다. 그래도 바람막이 구실은 할 정도여서 농장 노동자들이 무상으로 혹은 약간의 월세만 내고 번갈아 들어와 살고 있는 중이었다. 아래로 축 늘어진 처마 아래 창틀에는 뿌연 유리가 끼워져 있었다. 그 유리창에선 빛이 새어

나오지 않았다. 인기척도 없었다. 굿맨은 순찰차에서 내려 문을 두드렸다. 아무 응답이 없었다. 그는 다시 문을 두드리며 소리쳐 주인을 불렀다.

3분쯤 지나자 잠옷 차림에 머리를 산발한 여자가 문을 열었다. 목격자의 동거녀였다.

아뇨, 아직 돌아오지 않았어요.

아뇨, 밖에서 자고 오는 버릇은 없어요.

네, 늦게 되면 꼭 연락을 해요.

아뇨, 어디 있는지 모르겠어요.

굿맨은 다시 차에 올라탔다. 그리고 왔던 길을 돌아가기 시작했다. 펌프장까지 가는 내내 그는 천천히 차를 몰면서 아까와는 반대쪽 갓길을 서치라이트로 훑었다.

아무것도 없었다.

그렇다면 목격자가 다른 경로를 이용해서 집에 오다가 사고를 당했을 수도 있었다. 실제로 그 가능성은 낮았지만 굿맨 보안관은 그나마 확률이 높은 순서로 다른 도로들을 차례차례 수색하기 시작했다. 굿맨의 카운티는 지리적으로 복잡한 지역이 아니었다. 중앙에 자리 잡은 교차로가 그의 카운티를 네 개의 구역으로 가르고 있었다.

북서부, 북동부, 남서부, 남동부.

각각의 구역은 개발 지구들을 포함하고 있었다. 목격자가 북서부의 개발 지구 사이를 우회하는 도로를 선택했을 수도 있다. 하지만 그럴 수도 있다는 것뿐이지 그 가능성은 희박했다. 기름 값만 따져 봐도 그건 아닐 것 같았다. 그렇다고 그 지역 어딘가에 또 다른 여자가 있어서 그를 반갑게 맞아들였을 것 같지도 않았다. 하지만 굿맨은 철저한 사람이었다. 그래서 그는 그 지역의 샛길들까지 수색했다.

그러나 북서부 구역 어디에서도 포드 레인저 픽업트럭은 눈에 띄지 않았다. 북동부 구역에서도, 남서부 구역에서도 마찬가지였다.

목격자가 남동부 구역을 선택했을 리는 더더욱 없었다. 그의 집과 완전히 반대쪽이기 때문이다. 자정이 넘은 시각에 그럴 이유가 없었다. 게다가 남동부 구역은 대부분 상업 지구였다. 남쪽을 향해 뻗은 2차선 도로 양쪽에 상가들이 빼곡했다. 동쪽으로 뻗은 도로도 마찬가지였다. 철물점, 종묘상, 포목상, 식품점, 총포상, 전당포, 옷가게, 은행 등이 양옆으로 늘어서 있었다. 은행만이 아니라 모든 업소들이 오후 다섯 시면 문을 닫았다. 두 도로의 갓길에는 사선이 그어진 주차 공간이 마련돼 있었다. 물론 밤이면 텅 비는 공간이었다. 상가 뒤에는 제법 널찍한 주차장들이 있었다. 그곳들 역시 밤에는 거의 비어 있었다. 군데군데 창고로 쓰이는 낡은 건물들이 있었지만 하나같이 굳게 잠겨 있었다.

하지만 굿맨 보안관은 남동부 구역도 수색하기 시작했다. 그는 철저한 사람이었다. 그는 남쪽으로 천천히 차를 몰면서 오른쪽 건물들 사이로 난 골목들을 주의 깊게 살폈다.

없었다.

구역 끝에 이른 그는 오른쪽 상가 뒷길을 따라 다시 북쪽으로 올라가면서 주차장들과 창고들 주변을 쭉 훑었다.

없었다.

그는 이번에는 왼쪽 골목들을 주의 깊게 살피면서 다시 남쪽으로 내려갔다.

없었다.

구역 끝에 이른 그는 왼쪽 상가 뒷길을 따라 북쪽으로 올라가면서 주차장들과 창고들 주변을 쭉 훑었다.

없었다.

그는 이번엔 동서 도로를 따라 차를 몰았다. 먼저 오른쪽 상가들 주변과 건물들 사이의 골목.

없었다.

벌판이 시작되는 지점에서 차를 돌린 다음 그는 오른쪽 상가들 뒤편을 훑으며 올라갔다.

없었다.

이번에는 왼쪽 상가들 주변과 골목을 주의 깊게 살펴보며 다시 동쪽 끝까지 내려갔다.

없었다.

마지막으로 왼쪽 상가들 뒤편.

있었다.

구스 벤틀리 철물점 뒤편의 주차장에 낡은 포드 레인저 픽업트럭이 반듯하게 세워져 있었다.

리처는 지도 비슷한 종이쪽을 접어서 뒷주머니에 넣었다. 그가 사무실 창문을 통해 바깥의 동정을 살폈다. 여전히 조용하고 어두웠다. 하지만 동이 터오고 있었다.

리처가 땅딸보를 바라보며 말했다. "방 하나 내주겠소?"

땅딸보는 아무 대답이 없었다.

리처가 말했다. "난 당신에게 돈을 주고 당신은 내게 열쇠를 주면 되는 일이오. 그런 걸 영업이라고들 하지."

땅딸보는 여전히 입을 다문 채 카운터 뒤로 걸어갔다. 그가 뒷벽에 붙어 있던 안내문을 떼어냈다. 플라스틱 필름을 입힌 종이쪽이었다. 그 위에 필기체의 글씨가 흐리게 인쇄되어 있었다.

'본 사업장은 서비스를 거부할 권리가 있음.'

플라스틱 필름 위에 총구멍에서 떨어진 횟가루가 살짝 덮여 있었다.

리처가 말했다. "내가 좋은 사람이라는 걸 아직도 못 믿겠소? FBI 요원과 화기애애하게 통화하는 내용을 당신도 들었잖소."

땅딸보가 말했다. "더 이상 문제가 일어나면 난 감당할 수가 없어요."

"당신은 오늘 밤 겪을 만한 문제는 이미 다 겪었소. 이제 곧 수사가 시작될 거요. 일주일 동안 FBI 요원 열 명이 여기 묵게 될 수도 있소. 열 명 이상이 일주일 이상 묵을 수도 있지. 예년의 겨울철 투숙률에 비해 어떻소?"

땅딸보가 머뭇거렸다.

리처가 말했다. "알겠소. 그럼 요원들과 함께 다른 곳을 알아보겠소."

그가 말했다. "40달러."

"20달러."

"30달러."

"이거 왜 이러시나. 요원들이 자기 주머니에서 방값을 낸다고 생각하오? 결제를 담당하는 부서가 따로 있단 말이오. 조금이라도 마음에 안 드는 계산서는 즉시 세무서에 신고하는 사람들이오. 그냥 찔러 본다니까."

"25달러."

"좋소." 리처가 말했다. 그는 다른 쪽 뒷주머니에서 구겨진 지폐 뭉치를 꺼냈다. 25달러. 10달러짜리 한 장, 5달러짜리 두 장, 1달러짜리 5장.

땅딸보가 말했다. "일주일 치 선불."

"이거 왜 이러시나." 리처가 다시 말했다.

"알았어요. 그럼 이틀 치."

리처는 20달러짜리 한 장과 5달러짜리 한 장을 더 뽑아냈다.

"가운데 방을 주시오. 양쪽이 비어 있는 방."

"왜죠?"

"난 고독한 영혼이니까."

땅딸보는 서랍을 열고서 가죽 장식이 달린 열쇠를 꺼냈다. 장식의 한쪽 면에는 5라는 숫자가 희미한 금박으로 새겨져 있었고 다른 면에는 우편 반낼 방법 같은 게 적혀 있었다.

그가 말했다. "숙박부에 서명하세요."

"왜?"

"아이오와 법이니까."

리처는 빌 스쿼론이라는 이름을 흘림체로 적어 넣었다. 리처가 태어나기 몇 주 전에 열렸던 그해의 월드시리즈에서 3할7푼5리의 타율을 기록한 양키스의 전설적인 타자였다. 땅딸보에게서 열쇠를 건네받은 리처는 5호실을 향해 현관을 나섰다.

굿맨 보안관은 소렌슨에게 전화를 걸었다. 휴대폰을 받은 그녀에게 그는 목격자의 트럭을 찾았다는 사실을 알렸다.

소렌슨이 물었다. "범죄를 추정할 만한 흔적이 있나요?"

굿맨이 말했다. "없소. 지극히 정상적으로 주차돼 있었소. 아주 깔끔하고 단정하게 철물점 뒤에 세워져 있더구먼. 칵테일 라운지 뒤편에 세워진 마즈다처럼."

"잠겼던가요?"

"그렇소. 솔직히 말하자면 이 지역에선 이례적인 일이라고 할 수 있소. 여기선 차문을 잠그고 다니는 사람들이 별로 없소. 게다가 20년 묵은 똥차인데."

"차 주인은 찾지 못했고요?"

"찾지 못했소. 마치 증발해버린 것 같은 느낌이오."

"근처에 술집이나 숙박업소가 있나요?"

"전혀 없소. 일반 상가들만 들어선 구역이오."

"그리로 곧 감식반을 보낼게요."

"이제 곧 동이 틀 거요."

"더 잘된 일이죠." 소렌슨이 말했다. "햇빛은 언제나 우리 편이니까."

"그게 아니라 카렌 델펜소의 딸아이 말이오. 그 아이가 이제 곧 깨어날 거라는 얘기였소. 새로운 소식은 없소?"

"델펜소의 차를 운전했던 남자가 내게 다시 전화를 했어요. 범인들이 그를 버리고 도주했대요. 델펜소는 아직 살아 있어요. 최소한 그가 마지막으로 봤을 때까지는."

"그 시점에서 얼마나 지난 거요?"

"유감스럽지만 상황이 바뀌기에는 충분한 시간이에요."

"그렇다면 아이에게 알릴 수밖에 없겠군."

"사실만. 모든 게 분명해지기 전까지는 현재까지 드러난 것 이상을 얘기해주면 안 돼요. 그리고 교장한테 전화하세요. 아이가 오늘 결석한다고. 그 이웃집 아이도 학교에 보내지 않는 게 좋겠어요. 델펜소의 아이 곁에 있도록. 이웃집 여자는 낮에 일한대요?"

"아마 그럴 거요. 아니, 틀림없소."

"그녀도 어떻게 집에 있도록 해보세요. 델펜소의 딸아이에겐 친근한 얼굴들이 필요할 거예요."

"당신은 지금 어디 있소?"

"난 목적지에 거의 도착했어요. 그 운전수와 모텔에서 만나기로 했어요."

"그는 왜 그런 모험을 하는 걸까요?"

"그 사람 말로는 자기는 무고한 여행자래요."

"그 말을 믿소?"

"잘 모르겠어요."

굿맨과 통화를 하는 동안 소렌슨은 쉘 주유소를 지나쳤다. 그녀는 우회전과 좌회전을 반복하며 남동쪽을 향해 끝없는 어둠 속을 헤쳐 나갔다. 그녀는 내비게이션 화면에 흘깃 눈길을 주었다. 모텔까지 50킬로미터. 이제 30분 남았다.

크라운 빅토리아가 시골길에서도 잘 달리는 차라는 걸 그녀는 새삼스럽게 깨달았다. 자동차는 직진, 우회전, 직진, 좌회전, 쉴 새 없이 바뀌는 핸들의 지시와 액셀과 브레이크를 번갈아 밟아대는 소렌슨의 발동작이 내리는 명령을 무리 없이 소화해내고 있었다. 마치 바람을 가르며 자유자재로 방향을 바꾸는 한 척의 요트 같았다. 모든 관용 차량이 그렇듯이 그녀의 차에도 경찰차 전용 완충 장치가 장착돼 있었다. NASCAR(미국의 대표적인 자동차경주 대회)에 출전해서 1~2등을 다툴 정도는 아니었지만 웬만한 경주용 차량보다는 성능이 우수했다. 다만 문제라면 타이어였다. 그것들은 방향이 급격히 꺾이고 노면과 심하게 마찰할 때마다 비명과 신음을 시끄럽게 울려댔다. 갈아야 할 때가 된 것 같았다. 스토니를 졸라야 했다.

리처는 5호실의 문을 따고 안으로 들어섰다. 왼쪽엔 퀸 사이즈 침대, 그 발치 맞은편 벽엔 장식장, 그 옆에 옷장, 그리고 침대 쪽 벽엔 욕실로 통하는 문.

전형적인 시골 모텔 객실이었다. 네 벽은 나뭇결무늬의 합판으로 둘렀는데 생나무의 질감을 나타내기엔 색깔이 너무 붉었다. 바닥엔 갈색 카펫이 깔려 있었다. 침대 커버는 빨강과 갈색의 중간쯤 되는 색깔이었다. 멋이나 아름다움과는 거리가 먼 인테리어였다. 그건 분명했다. 하지만 리처에겐 상관이 없었다. 처음부터 그 방에 묵을 마음이 없었으니까.

그는 욕실 전등을 켠 뒤, 욕실 문을 반쯤 열어두었다. 침실용 탁자의 스탠드도 켰다. 커튼은 2.5센티미터 정도의 틈만 남기고 창문 위로 드리웠다. 그 정도면 충분했다.

곧장 밖으로 나와 객실 문을 잠그고 난 다음 그는 주차장과 도로를 차례로 가로질러 서쪽으로 펼쳐진 들판으로 걸어 들어갔다. 90미터쯤 걸은 뒤, 그는 멈춰 서서 몸을 돌리곤 그 자리에 쪼그리고 앉아 5호실 쪽을 살펴보았다. 여지없이 사람이 안에 있는 객실처럼 보였다. 리처는 오랜 세월 동안 수없이 많은 위기를 넘기며 살아왔다. 항상 긴장을 풀지 않았고 늘 적절히 조심했기에 가능한 일이었다. 지금도 마찬가지였다. 방심하고 있다가 스칸디나비아 여자에게 허를 찔릴 수는 없었다. 그녀가 어떤 사람인지, 그리고 그녀의 의도가 무엇인지 확실히 파악하기 전까지 그는 숨어 있을 작정이었다. 그녀가 SWAT 팀 혹은 다른 지원군을 끌고 온다면 그대로 사라질 계획이었다. 그녀가 혼자 온다면 걸어 나가서 그녀에게 자신을 소개할 수도 있었다.

그러지 않을 수도 있고.

그는 도로를 지켜보며 기다렸다.

34

추위 속에서 웅크린 채 기다린 지 30분이 되어갈 무렵, 동트기 직전의 평온한 안개 바다에 외계 발광체와 같은 푸르고 붉은 섬광등과 헤드라이트 빛무리가 리처의 왼쪽에서 나타났다. 리처의 어림으로는 3킬로미터 남짓 되는 거리였다. 현재 속도라면 2분. 헤드라이트 불빛이 위아래로 흔들리며 다가왔다. 푸르고 붉은 섬광등 불빛도 바짝 붙어 따라왔다. 앞 유리 안쪽에 설치된 섬광등을 켠 채 속력을 늦추지 않고 다가오는 차체가 낮고 폭이 넓은 달랑 한 대의 차량. SWAT 팀은 없었다.

현재까지는 순조로웠다.

차가 가까이 다가오면서 빛줄기들이 강렬해졌다. 800미터까지 거리가 좁혀지자 리처는 차종을 확인할 수 있었다. 포드 크라운 빅토리아. 관용차.

400미터가 되자 그 차가 군청색이라는 것도 알 수 있었다. 200미터가 되자 그는 그 차가 몇 시간 전 고속도로 반대편 차선에서 순간적으로 지나쳤던 차량이라는 걸 깨달았다. 오마하 쪽에서부터 서쪽을 향해 쏜살같이 달리던 바로 그 군청색 크라운 빅토리아. 리처는 마치 인간의 지문처럼 외형과 주행 방식만 갖고도 차량의 정체를 파악할 수 있다고 믿는 사람이었다.

리처는 차가 급제동을 걸며 킹이 그랬듯이 진입로로 꺾어져 들어가 객실들을 뒤로 한 채 차양이 쳐진 현관 앞에 멈춰서는 걸 지켜보았다. 기어가 주차로 들어가면서 미등이 하얗게 빛나더니 이내 운전석에서 어떤 여자가 내려섰다.

FBI 특수요원, 줄리아 소렌슨. 큰 키에 금발. 스칸디나비아 사람의 일반적인 특징. 그녀가 분명했다. 파란 셔츠 위에 검은 재킷, 그리고 검은 바지 차림이었다. 신발도 검은색이었다. 그녀는 잠시 등 근육을 푼 다음 몸을 수그리고 차 안에서 보트 모양의 검은색 가방을 꺼내 어깨에 멨다. 그녀의 손이 주머니로 가더니 지갑을 꺼내 쥐었다. 신분증. 그녀가 보닛을 돌아서 모텔 현관문을 향해 걸음을 옮겼다. 걸어가면서 재킷을 들추고 엉덩이에서 권총을 꺼내들었다.

리처는 왼쪽의 어둠 속을 살펴보았다. 뒤따르는 차량은 없었다. 단지 눈에 띄지 않는 것뿐인지도 몰랐다. 앞에 나선 미끼, 숨어 있는 지원군. 당연한 전략이었다. 리처는 그 미끼를 덥석 물어버릴 사람이 아니었.

최소한 지금 당장은 아니었다.

그녀가 보도를 따라 잰걸음으로 현관문으로 다가갔다. 그리고 문을 당겨 열었다. 그녀의 모습이 안쪽으로 사라졌다.

소렌슨은 로비를 둘러보았다. 시골 모텔 로비의 전형이었다. 비닐 바닥, 그 위에 등나무 의자 네 개, 커피포트와 종이컵들이 놓인 테이블, 양쪽으로 돌아 나올 수 있는 허리 높이의 프런트, 그 뒤쪽 벽의 사무실 문. 그 문틀 한참 위쪽, 천장과 가까운 벽면에 생긴 지 얼마 되지 않은 총알자국이 패어 있었다.

테두리에서 빛이 새어나오는 사무실 문 안쪽에서 TV 소리가 먹먹하게 들렸다. 소렌슨은 로비 한가운데 서서 직원을 불렀다. "계십니까?"

크고 분명한 목소리였다.

사무실 문이 열리고 땅딸막한 체구의 사내가 나타났다. 듬성듬성한 머리카락을 젤 따위를 이용해서 머리통에 발라 붙인 모습이었다. 빨간색 조끼를 입고 있는 사내의 눈길이 소렌슨의 신분증과 권총에 번갈아 가며 꽂혔다.

소렌슨이 말했다. "코가 깨진 사내는 어디 있죠?"

그가 말했다. "저 깨진 벽은 누가 보상해줄 거죠?"

그녀가 말했다. "나야 모르죠. 아무튼 나는 아니고."

"국가 차원의 보상제도가 없나요? 피해자 보상이라든지 그런 거 말에요."

"그 문제는 나중에 얘기하기로 하고," 그녀가 말했다. "일단 코가 깨진 사내가 어디 있는지부터 말해요."

"스퀴론 씨 말인가요? 5호실에 있어요. 아주 무례한 사람이에요. 나더러 사회주의자라니, 참 나."

"직원용 열쇠 좀 빌립시다."

"난 총에 맞아 죽을 뻔 했어요."

"사건 현장을 목격했나요?"

사내가 고개를 저었다. "난 사무실에 있었어요. 쉬느라고. 어느 순간 총소리가 났어요. 그래서 곧장 경찰에 신고했어요. 내가 사무실 문을 열었을 땐 모든 상황이 끝난 다음이었어요."

"그랬군요. 일단 직원용 열쇠 좀." 소렌슨이 다시 말했다.

사내가 불룩한 주머니를 뒤져서 아무 표식 없는 고리에 매달린 청동제 열쇠를 꺼내들었다. 소렌슨은 신분증을 갈무리한 다음 그에게서 열쇠를 받아들었다.

그녀가 물었다. "다른 투숙객들은 어떤 사람들이죠?"

"낚시꾼들이에요. 근처에 호수가 있거든요. 하지만 그들은 술만 엄청 마셔대고 있어요. 총소리가 나도 깨어나지 못할 만큼."

"당신은 사무실에 들어가 있어요." 소렌슨이 말했다. "안전한지 확인한 다음에 알려줄 테니."

왼쪽의 어둠 속에서는 여전히 어떤 움직임도 없었다. 불빛도 차량도 없었다. 지원군은 없었다. 리처는 마치 테니스 심판처럼 로비와 도로를 번갈아가며 주의 깊게 살폈다. 그녀가 현관문을 밀고 나왔다. 손에는 여전히 권총을 쥐고 있었다. 그 땅딸보를 쏘지 않았다니, 상당한 인내심의 소유자인 게 분명했다. 그녀가 건물과 나란한 바깥 복도를 따라 걸음을 옮기기 시작했다. 복도를 밝히고 있는 환한 불빛 덕분에 그녀의 움직임이 훤히 드러났다. 음료수 자판기, 1호실, 2호실, 3호실, 4호실.

그녀는 5호실 바로 앞에서 멈춰 섰다. 그러곤 커튼 틈새로 방 안을 살폈다. 첫 번째는 고개만 잠시 내밀었다가 다시 뒤로 빼는 기민한 동작이었다. 다음번엔 좀 더 오랫동안 들여다보았다. 거실에 서 있는 사람도 없었고 침대 언저리에 삐죽 내밀어진 발끝도 보이지 않았다.

'화장실.' 소렌슨은 당연히 그렇게 생각했다.

리처는 다시 한 번 왼쪽의 어둠 속을 살펴보았다. 북쪽에서 다가오는 불빛은 없었다. 아무 소리도 들리지 않았고 어떤 기척도 느껴지지 않았다. 그는 오른쪽도 찬찬히 살펴보았다. 지원군이 체스판의 선을 따라 우회해서 남쪽으로부터 접근해올 가능성도 배제할 수 없었다. 충분히 구상할 수 있는 전략이었다. 하지만 남쪽에서도 불빛은 보이지 않았다. 소리도 들리지 않았고 기척도 느껴지지 않았다.

여자의 손에는 휴대폰이 들려 있지 않았다. 교신이 없는 상황. 지원 없는 단독 작전. 만일 그녀가 미끼였다면 숨어 있는 지원군들이 그녀를 이렇게 오랫동안 노출 상태로 내버려둘 리가 없었다.

여자는 혼자였다.

지원군은 없었다.

리처는 그녀가 5호실 문을 두드리는 걸 보았다. 잠시 기다렸다가 다시 또, 이번엔 세게, 두드리는 것도 보았다. 끝내 반응이 없자 여자가 커튼 틈으로 귀를 갖다 대는 것도 보았다.

리처는 몸을 일으키고 얼어붙은 땅을 가로질러 그녀를 향해 걸음을 옮겼다. 소렌슨은 문손잡이에 열쇠를 끼우고 돌렸다. 그녀가 총을 세워 들고 방 안으로 들어갔다. 20초 뒤 그녀가 다시 밖으로 나왔다.

그녀는 문밖에 놓인 의자들 옆에 서서 왼쪽, 오른쪽, 그리고 전방을 번갈아 가며 조심스럽게 살폈다. 총을 든 팔을 엉덩이 옆에 내려뜨린 자세였다. 리처는 계속 걸음을 옮겨 도로로 올라섰다.

그녀가 그의 발자국 소리를 들었다. 그녀의 얼굴이 소리가 나는 방향을 향해 돌려졌다.

"안녕하십니까." 리처가 말했다.

소렌슨이 총을 쥔 팔을 들어올렸다. 두 다리로 땅을 버티고 두 손으로 총을 잡은 자세였다. 리처는 그녀의 두 눈이 정확한 조준을 위해 모아지는 걸 똑똑히 보았다. 그는 어둠 속에서 걸어 나와 그녀에게로 다가갔다.

리처가 말했다. "전화로 얘기 나눴던 사람이오. 무기는 없소."

총구는 흔들림이 없었다.

그가 완전히 도로를 건너 모텔 주차장으로 걸어 들어갔다. 바깥 복도의 불빛 아래 그의 모습이 드러났다.

그녀가 말했다. "정지."

그가 멈춰 섰다.

글록 17. 각이 진 검정색 권총이 불빛 아래에서 희미하게 반짝였다. 총구 뒤로 보이는 그녀의 머리가 마치 뭔가가 궁금하기라도 한 양, 옆으로 기울어져 있었다. 이마 위로 흘러내린 머리칼 몇 가닥이 그녀의 한쪽 눈을 살짝 가리고 있었다. 맥퀸보다는 훨씬 보기 좋은 모습이었다. 그건 확실했다.

그녀가 말했다. "바닥에 엎드려."

리처는 허리 높이에서 양팔을 뻗고선 활짝 편 양 손바닥을 그녀에게 내보였다.

리처가 말했다. "그렇게 빡빡하게 나올 필욘 없잖소. 같은 편끼리."

"엎드리지 않으면 쏘겠다."

"아니, 당신은 안 쏴."

"내가 왜 안 쏠 거라는 거지?"

리처는 왼쪽으로 고개를 돌렸다. 현관 앞 차양 밑에 주차된 그녀의 차에 푸르고 붉은빛이 넘실거렸다. 그녀가 섬광등을 끄지 않고 내린 것이다. 차 너머로 보이는 도로에는 오직 어둠뿐이었다. 그 반대편, 남쪽 지평선 어림에는 밝은 빛이 보였다. 하지만 가까워지고 있는 불빛이 아니었다. 차량의 헤드라이트가 아니었다. 먼 곳에서 피워 놓은 화톳불처럼 옅은 오렌지색의 빛이었다.

리처가 말했다. "그 복잡한 서류 작업을 어떻게 감당하려고 날 쏘겠소?"

그녀는 아무 말도 하지 않았다.

"절대 정당방위가 성립되지 않소. 난 무기가 없는 상태인데다가 당신에게 위해를 가하려는 시도도 하지 않았으니까. 당신은 배지를 반납해야 될 거요. 그뿐인가? 감옥에도 가야겠지."

그녀는 아무 대꾸도 하지 않았다.

"게다가 당신은 카렌 델펜소를 찾기를 원하고 있소. 그런데 범인들에 관해 거의 모르고 있다는 게 문제잖소. 당장에 범인들이 어떤 이름을 사용하고 있는지조차 모르고 있소. 하지만 난 알고 있소. 이름은 물론 그들이 은연중에 흘린 정보까지도. 따라서 당신은 날 살려둘 수밖에 없소. 최소한 필요한 정보를 알아낼 때까지는."

총구는 내려가지 않았다. 하지만 그녀의 몸은 움직였다. 그녀는 여전히 그에게 총구를 겨눈 채, 그에게서 눈을 떼지 않고 옆걸음질을 쳤다. 5호실 문 앞에서 6~7미터쯤 떨어져 나간 뒤, 그녀가 멈춰 섰다. 리처가 방으로 들어갈 수 있도록 통로를 열어주려는 행동인 것 같았다. 하지만 아니었다.

소렌슨이 말했다. "앉아요. 문 옆 의자에."

리처가 앞으로 걸어갔다. 6~7미터 거리에서 글록의 총구가 그를 따라 움직였다. 사격에 자신 있는 여자임이 분명했다. 맥퀸은 3미터 거리에서도 그를 맞히지 못했다. 리처는 왼쪽에 놓인 의자 앞에 멈춰 서서 몸을 돌린 후 그 위에 엉덩이를 내려놓았다.

소렌슨이 말했다. "등을 기대요. 두 다리는 앞으로 곧게 뻗고 양팔은 팔걸이에 걸쳐요."

리처는 그녀의 지시에 따랐다. 이제 그는 할아버지의 할아버지가 낮잠에서 깨어날 때 그랬을 것 같은 자세가 되었다. 확실히 영리한 여자였다. 임기응변에 능숙한 FBI 요원이었다. 리처는 허벅지에서 섬뜩한 냉기를 느꼈다. 겨울밤의 기온과 똑같아진 흰 플라스틱 의자.

그녀는 움직이지 않았다. 하지만 권총의 총구는 내려갔다.

그는 소렌슨이 생각했던 모습이 아니었다. 완전히 예상 밖이라고는 할 수 없었지만 최소한 고릴라는 아니었다. 공포영화 스크린에서 튀어나온 존재와도 거리가 멀었다. 하지만 그를 그렇게 묘사했던 사람들을 이해할 수는 있었다. 일단 덩치가 엄청났다. NFL(미국 프로 미식축구) 경기장 밖에서 그녀가 그때까지 만나봤던 사람들 가운데 가장 큰 것 같았다. 키가 매우 크고 어깨가 무척 넓었으며 팔다리가 아주 길었다. 방문 옆의 의자는 보통 크기였지만 그의 엉덩이 밑에서는 낚시 의자처럼 보였다. 실제로 플라스틱 몸체가 하중을 견디지 못해 뒤틀린 상태였다. 팔걸이에 팔을 걸쳤는데도 양손이 땅바닥에 거의 닿을 듯했다. 목은 대들보처럼 굵었고 손은 요리 접시만큼 컸다. 입고 있는 옷은 더러운데다가 온통 구겨져 있었다. 머리는 산발이었다. 얼굴의 상처는 끔찍했다. 찢어져 벌어진 콧등이 잔뜩 부어올랐고 멍 자국은 눈 밑까지 번져 있는 상태였다.

야만인. 하지만 아니었다. 거대하고 살벌하고 더럽고 끔찍한 겉모습에도 불구하고 소렌슨은 그 사내에게서 상당한 수준의 교양을 감지할 수 있었다. 절제되고 조심스러우면서도 평온한 몸동작은 우아하다고까지 말할 수 있었다. 문장 사이의 찰나적인 간격을 이용해서 다음에 할 얘기를 미리 구상하고 검토하는 말 습관은 그녀가 이미 느꼈다시피 아무나 흉내 낼 수 있는 게 아니었다.

'그 복잡한 서류 작업을 어떻게 감당하려고 당신이 날 쏘겠소?' 정곡을 찌르는 대답이었다. 탁월한 통찰력과 두둑한 배짱을 겸비한 사내였다. 그리고 그의 두 눈. 냉철하면서도 감성적이고, 다정하면서도 모질고, 솔직하면서도 냉소적인 성격을 내비치고 있는 눈빛이었다. 두 눈동자가 조금씩 절도 있게 움직이고, 두 눈썹이 미미하게 씰룩거리며, 입매가 계속해서 변화하고 있는 걸로 미루어 그의 머릿속에서 온갖 생각이 끝없이 샘솟고 있다는 걸 알 수 있었다. 그의 안구 안쪽에 마치 최대 속도로 돌아가는 컴퓨터가 자리 잡고 있는 듯.

그녀가 다시 총을 겨누며 말했다. "미안해요. 하지만 당신을 발견하는 즉시 체포해서 네브래스카로 호송하라는 명령을 받았어요."

35

소렌슨의 얘기가 차가운 밤의 대기 속에 맴돌았다. '당신을 발견하는 즉시 체포해서 네브래스카로 호송하라는 명령을 받았어요.'

덩치 큰 사내는 아무 말이 없었다. 하지만 이내 그의 얼굴에 미소가 피어올랐다. 여러 번 들었던 농담을 다시 들었을 때 상대방을 무안하지 않게 하기 위해 예의상 지어내는 그런 미소였다.

얼굴에 웃음기를 머금은 채 리처가 말했다. "이거 행운을 빌어드려야 하나?"

그는 움직이지 않았다. 두 다리는 앞으로 곧게 뻗고 팔걸이 아래로 양 팔뚝을 내려뜨린 채 위태로워 보이는 의자 등받이에 상체를 파묻은 자세 그대로였다.

소렌슨이 말했다. "농담이 아니에요."

그가 말했다. "그들은 사전계획에 따라 움직인 게 아니었소."

그녀가 말했다. "그들이라면?"

"그 두 사내 말이오. 당신도 이미 사건 현장에서 내 얘기를 뒷받침할 수 있는 정황 증거들을 찾아냈을 거요."

"당신은 누구죠?"

"차량 탈취는 범인들이 절박한 상황이라는 걸 입증해주는 분명한 증거잖소, 언제나. 아니오? 모의 단계에서 차를 뺏어 타고 도주할 계획을 세우는 범인들은 거의 없소. 아예 지나가는 차가 없을 수도 있고 설사 있다고 해도 대상을 잘못 골라 얼굴에 총을 맞을 위험이 다분하니까."

"요점이 뭐죠?"

"그들은 내게 자기들 이름을 말해줬소. 난 그게 본명이라고 믿소. 미리 준비해둔 가명처럼 들리지 않았소. 그리고 난 그들이 가명을 준비했다고는 생각하지 않소. 그자들은 다른 어떤 것도 미리 계획해둔 것 같지 않았기 때문이오."

"그들이 당신에게 알려준 이름들이 뭐였죠?"

"앨런 킹과 돈 맥퀸."

"킹과 맥퀸? 완전 지어낸 이름들처럼 들리는데요?"

"그렇소. 하지만 만일 가명을 내세울 계획이었다면 그들은 좀 더 그럴듯한 이름을 지어냈을 거요. 게다가 그들은 내게 본명을 알려줘도 상관이 없다고 생각했을 거요. 어차피 날 살려 보낼 마음이 없었으니까."

"그래서 요점이 뭐죠?" 소렌슨이 다시 물었다.

"자신을 앨런 킹이라고 밝힌 사내는 자기 형이 육군에 복무한 적이 있다고 했소. 피터 킹. 그 이름에서부터 시작하는 게 좋을 것 같소."

"뭘 시작한다는 거죠?"

"범인 추적."

"당신은 누구죠?" 소렌슨이 다시 물었다.

"당신의 직속상관은 어떤 사람이오?"

"내가 왜 당신에게 그런 얘기까지 해야 하죠?"

"그는 야심만만한 인물이오. 그는 이번 사건을 또 다른 발판으로 삼으려 하고 있소. 동이 트기 전에 누구든 잡아들여야 윗사람들에게 점수를 딸 수 있다고 판단했을 거요. 그가 옳을 수도 있소. 일단 모양은 갖출 수 있겠지. 하지만 이 시점에서 필요한 건 모양새가 아니라 유연성이오."

"나와 거래를 하자는 건가요?"

"네브래스카로 서둘러 되돌아가는 건 좋은 전략이 아니라는 얘기요. 그녀가 반대 방향으로 끌려가는 걸 목격한 사람을 체포해서 득이 될 게 뭐가 있겠소? 당신 상관도 결국엔 당신의 결정을 이해하게 될 거요. 만족스러운 결실을 위해 잠시 불편함을 감수하는 건 바람직한 태도잖소. 바로 그 태도가 이 나라의 중산층을 지탱하고 있는 거고."

"당신은 지금 체포 명령에 불응하고 있어요. 이젠 당신을 쏴도 법적으로 걸릴 게 없어요."

"그럼 쏘시오. 내가 바라는 게 뭘 것 같소? 영원한 삶?"

그녀는 아무 대꾸도 하지 않았다.

그가 말했다. "내 이름을 알려주겠소."

그녀가 말했다. "난 이미 당신 이름을 알고 있어요. 모텔 숙박부에 서명을 했더군요. 당신 이름은 스퀘론이에요."

그가 말했다. "거봐요. 진짜처럼 들리는 가명이란 게 바로 그런 거요. 당신도 꼼짝 없이 속아 넘어갔잖소. 빌 스퀘론. 양키스 타자, 1960년도 정규시리즈 타율 3할9리, 포스트시즌엔 3할7푼5리."

"당신 이름이 스퀘론이 아니라고요?"

"내가 감히? 난 메이저리그 투수들의 공을 맞힐 재주는 없는 사람이오. 하지만 당신은 1960년도라는 부분에 주목해야 하오. 월드시리즈와 연관지어서. 그해에도 양키스는 월드시리즈에 진출했소. 그때까지 12년 동안 열 번째 진출이었지. 상대 팀은 파이레이츠였소. 시리즈 동안 양키스의 기록은 압도적이었소. 총득점 55대 27, 팀 타율 3할3푼8리 대 2할5푼6리, 총홈런 수 10 대 4, 게다가 화이티 포드는 완봉승을 두 차례나 거뒀소. 그런데도 그들은 우승을 하지 못했소."

"뜬금없이 야구 얘기는 왜 끄집어내는 거죠?"

"이해를 돕기 위해서. 은유법이라고 생각하시오. 세상일이라는 게 늘 그렇게 삐끗거리는 법이오. 승리를 목전에 두고도 자멸하는 경우가 얼마든지 있다는 얘기지. 지금 당신이 나를 네브래스카로 끌고 간다면 한 가지 실례가 더 보태지는 거고."

 소렌슨은 아무 대꾸도 하지 않았다. 잠시 후 그녀의 총구가 내려갔다.

 리처는 총구가 천천히 그리고 확실히 내려가는 걸 보면서 생각했다. '이제 거의 다 됐군.'

 그녀와의 대화에 소비된 시간은 2분 20초. 그만큼 더 지연됐고 그만큼 더 성가셨지만 악을 쓰거나 싸움을 벌여서 제압하는 것보다는 훨씬 빨랐고 효과적이었다. 물론 훨씬 안전했고. 맥퀸의 22구경 롱 라이플 실탄도 살벌하긴 했지만 소렌슨의 9밀리 파라블럼은 실로 가공할 위력을 지닌 총탄이었다. 그 둘을 비교한다는 것 자체가 실없는 짓이었다.

 그가 말했다. "난 리처라고 하오. 이름은 잭이고. 중간 이름은 없소. 난 육군 헌병 출신이오."

 소렌슨이 물었다. "그럼 현재는 무슨 일을 하고 있죠?"

 "실업자."

 "어디서 살고 있죠?"

 "아무 곳에서도 살지 않소."

 "무슨 뜻이죠?"

 "말 그대로요. 난 정처 없이 떠도는 사람이오."

 "왜죠?"

 "그럼 안 되는 거요?"

 "그래서 정말로 차를 얻어 타고 돌아다니는 거예요?"

 "정말로 그렇소."

 "버지니아엔 무슨 일로 가려는 거죠?"

 "개인적으로 볼 일이 있소."

 "만족할 수 없는 대답이군요."

"나로선 최선의 대답이오."

"난 좀 더 구체적인 대답이 필요해요. 개인적인 호기심 때문이 아니라 당신의 정체를 분명히 파악하기 위해서."

"여자를 만나기 위해 가려는 거요."

"어떤 여자를?"

"특별한 여자."

"그게 누구죠?"

"난 그녀와 전화로 얘기를 나눴소. 좋은 사람 같았소. 그래서 직접 만나 봐야겠다는 마음을 먹었소."

"전화로 얘기만? 실제론 한 번도 만난 적이 없고?"

"아직은."

"단 한 번도 만난 적이 없는 여자와 시간을 보내기 위해 미국 땅의 절반을 달려가는 중이란 말이에요?"

"그럼 안 되는 거요? 어차피 난 어디든 가야 하오. 그런데 특별히 갈 곳도, 오란 곳도 없소. 그러니 버지니아에도 한번 가보려는 거요."

"그 여자가 당신에게 기꺼이 시간을 내줄 거라고 생각하나 보죠?"

"아마 그렇진 않을 거요. 하지만 시도하지 않으면 얻을 것도 없다는 말도 있잖소."

"형편없는 여자일지도 모르잖아요."

"목소리가 고왔소. 지금까지 내가 알고 있는 건 그게 전부요."

다시 35초가 흘렀다. 따라서 지금까지 지체된 시간을 모두 합치면 2분 55초. '이제 정말 다 와 가고 있다.' 싸움을 벌이는 것보다 신속하게, 그리고 더 안전하게.

리처가 말했다. "더 알고 싶은 게 있소?"

"코는 어쩌다가 그렇게 됐죠?"

"어떤 녀석한테 소총 개머리판으로 맞았소."

"네브래스카에서?"

"그렇소."

"왜 맞았죠?"

"나도 모르겠소. 천성적으로 공격적인 부류들도 있잖소."

"만약 당신의 정체가 당신이 내게 얘기한 대로가 아니라면 난 직장에서 쫓겨날 수도 있어요. 감옥에 갈 수도 있고."

"나도 알고 있소. 하지만 내가 얘기한 그대로가 나라는 사람이오. 당신은 당신 나름대로의 자아가 있고. 당신은 지금 가장 중요한 문제가 카렌 델펜소의 안위라고 생각하잖소. 당신 상관하고는 달리."

소렌슨이 잠시 침묵에 빠졌다.

그녀가 고개를 끄덕였다.

그녀가 말했다. "그럼 어디서부터 시작할까요?"

'됐다.' 3분 21초. 하지만 그때 그녀의 전화벨이 울렸다. 그 벨소리는 미처 시작하기도 전에 모든 것이 끝났음을 알리는 신호였다.

36

순조로운 흐름에 찬물을 끼얹었다고나 할까? 벨소리가 울린 순간 소렌슨은 훼방이고 간섭이라고 생각했다. 덩치 큰 사내는 술술 불어대고 있었다. 자신이 누군지, 뭘 하고 있었는지, 왜 여기 있게 됐는지. 심문이라는 건 상황에 따라 적절한 기술을 구사해야 하는 일이다. 심문을 받는 사람에게 계속해서 맞장구를 쳐주는 것도 그 기술의 하나이다. 믿어주는 척, 공감하는 척, 설득당한 척. 소렌슨은 그 기술을 펼치고 있었다. 사내의 경계심은 거의 다 풀린 것 같았다. 몇 분만 더 있으면 소렌슨은 모든 정보를 얻어낼 자신이 있었다.

그녀가 휴대폰을 꺼냈다. 그녀의 손바닥에 따뜻한 진동이 느껴졌다. 스토니일 리는 없었다. 오마하에서 당직을 서고 있는 후배가 분명했다. 상당히 중요한 정보를 전하기 위해 전화를 했을 것이다. 덩치 큰 사내의 얼굴에 난 상처와 연관된 정보일 수도 있었다. 어쩌면 그 사내는 여러 주에서 찾고 있는 수배범일지도 몰랐다. 스쿼론이든, 리처든, 그의 본명은 중요하지 않았다. 그렇다면 그 전화는 절대 훼방이나 간섭이 아니었다. 오히려 지름길이었다.

그녀가 전화를 받았다.

그녀의 짐작이 맞았다. 야간 당직 요원이 말했다. "아이오와 경찰이 911에 지원을 요청했습니다. 어떤 농부가 자기 농장 한 끝자락에서 자동차가 불타고 있다는 신고를 했답니다."

"위치는?"

"선배님의 현재 위치에서 남쪽으로 8킬로미터 떨어진 지점입니다."

"어떤 차래?"

"농부는 모르겠다고 했답니다. 거리가 상당히 떨어져 있어서요. 상당히 큰 농장이랍니다. 다만 일반 승용차인 것 같다는 말만 했답니다."

"현장엔 누가 출동했지?"

"아무도 출동하지 않았습니다. 가장 가까운 소방서가 80킬로미터 떨어져 있다는군요. 그냥 완전히 타버릴 때까지 내버려둘 모양입니다. 아이오와 농장 지대의 겨울이니 불이 옮겨 붙을 데도 없으니까요."

그녀가 전화를 끊었다. 그러곤 덩치 큰 사내를 바라보며 말했다. "차량 화재. 여기서 남쪽으로 8킬로미터 떨어진 지점."

덩치 큰 사내가 일어섰다. 빠르면서도 유연한 동작이었다. 모텔 주차장을 가로질러 도로에 올라선 다음 사내는 길 한가운데에 멈춰 서서 남쪽을 살펴보았다.

그가 말했다. "난 좀 전에도 저걸 봤소."

그녀도 총을 쥔 채 아스팔트 위로 올라섰다. 멀리 지평선 어림에 불빛이 보였다. 먼 곳에 피워 놓은 화톳불처럼 보이는 옅은 오렌지색 불빛이었다.

그가 말했다. "좋지 않군."

그녀가 말했다. "저 차가 임팔라라고 생각하나요?"

"아니라면 그야말로 다행이겠지."

"그자들이 다시 차를 갈아탔다면 우린 그들을 찾을 길이 없어요."

그가 고개를 끄덕였다.

"상당히 고전하게 될 건 틀림없소." 그가 말했다.

그녀가 말했다. "당신은 내게 진실만을 얘기했나요?"

"뭐에 관해서?"

"예를 들자면, 당신 이름."

"잭, 중간 이름 없고, 리처." 그가 말했다. "만나서 반갑소."

"신분증은 있나요?"

"기한이 지난 여권은 있소."

"누구 이름으로 돼 있죠?"

"잭, 중간 이름 없고, 리처."

"당신처럼 보이는 사진이 붙어 있나요?"

"더 젊고 더 멍청해 보이는 사진."

"차에 타요."

"조수석? 아니면 뒷좌석?"

"조수석." 그녀가 말했다. "이번만."

크라운 빅토리아는 단순한 운송 수단에 불과했다. 움직이는 사무실도 이동 사령부도 아니었다는 얘기다. 리처는 조수석에 올라탄 뒤 실내를 둘러보았다. 노트북도 없었고 고성능 무전기도 없었다. 진열대에 꽂힌 소총들도 없었다. 일반 승용차와 다른 건 대시보드에 볼트로 고정된 충전기 겸 전화 거치대와 섬광등을 작동하는 스위치뿐이었다.

소렌슨은 운전석에 올라타서 기어를 넣은 뒤 차를 출발시켰다. 차는 속도만 좀 더 느렸을 뿐 임팔라가 그랬던 대로 차양이 처진 모텔 현관에서 시계 반대 방향으로 앞머리를 돌리고 빠져나와 덜컹거리며 도로에 진입했다. 소렌슨이 액셀을 힘껏 밟았다. 화재 현장은 일직선상에 있었다. 도로는 곧게 뻗어 있었다. 차는 곧장 불빛을 향해 달려갔다. 아주 밝고 뜨거워 보였다.

'태양의 심장을 향해 곧장 달려 들어가자.'

리처의 머릿속에 노래 가사 한 구절이 떠올랐다.

거리가 절반으로 좁혀지자 휘발유로 인한 화재라는 걸 분명히 알 수 있었다. 오렌지색 불길의 중심부에서 나무나 다른 물질이 탈 때와는 달리 푸른 기운이 감도는 화염이 맹렬한 기세로 날름거렸기 때문이다. 남쪽 하늘은 아직 칠흑 같았기에 보이진 않았지만 불길 위로 검은 연기가 피어오르고 있을 게 분명했다.

동쪽 먼 지평선엔 새벽의 첫 빛줄기가 낮게 비쳐들고 있었다. 리처의 머릿속에 시카고와 웨스트 해리슨의 그레이하운드 터미널, 그리고 아침 버스 편들이 차례로 떠올랐다. 하지만 그는 이내 그 생각을 지워버렸다.

'지금 급한 건 그게 아니다.'

그는 소렌슨이 운전하는 모습을 지켜보았다. 그녀의 발은 액셀을 힘껏 밟고 있었다. 오른쪽 허벅지 위로 근육이 가는 띠를 이루며 솟아 있었다.

그녀가 물었다. "군대에는 얼마나 있었죠?"

그가 말했다. "13년."

"계급은?"

"소령."

"코는 많이 아파요?"

"그렇소."

"안됐군요."

"상대방의 꼴을 봤다면 그런 얘기가 안 나올 거요."

"군대에서는 괜찮은 헌병이었나요?"

"아주 괜찮았지."

"어느 정도로?"

"헌병계의 빌 스쿼론이었다면 믿겠소? 타율이 3할대를 웃돌았소. 팔을 걷어붙이면 3할7푼5리까지도 올라갔고."

"훈장도 받았나요?"

"모조리 휩쓸었소."

"한 곳에 정착하지 않은 이유는 뭐죠?"

"당신은 집이 있소?"

"물론이죠."

"집을 지니고 있다는 게 즐겁기만 한 일이라고 생각하오?"

"꼭 그런 건 아니죠."

"그게 내 대답이오."

"범인들이 다시 차를 바꿔 탔다면 우린 그들을 어떻게 찾죠?"

"방법이야 많소."

거리가 1.5킬로미터로 좁혀지자 아래쪽은 넓고 위로 갈수록 좁아지는 불기둥의 형체를 똑똑히 구분할 수 있었다. 800미터가 되자 그 불기둥에서 갑자기 이상한 소리가 울리며 화염이 미친 듯이 날름거렸다. 연료 호스가 터지면서 기름이 본격적으로 뿜어지기 시작한 것 같았다. 아직 폭발하진 않았지만 연료 탱크 곳곳에서도 기름이 새어나오고 있는 게 분명했다. 7미터에서 10미터에 이르는 부젓가락 같은 불기둥들이 아래, 위, 양옆 할 것 없이 사방으로 뿜어져 나왔다. 그 화염의 한가운데에서 자동차는 뜨거워진 공기가 이룬 아지랑이 장막 때문에 마치 춤추듯 일렁거리는 적갈색 그림자로만 보일 뿐이었다. 리처가 자기 쪽 창문을 내렸다. 불길이 내는 소리가 똑똑히 들렸다. 그가 한겨울 새벽 대기 속으로 손을 내밀었다. 따뜻한 기운이 희미하게 느껴졌다.

"너무 가까이 다가가지는 마시오." 리처가 말했다.

소렌슨이 차의 속도를 낮추며 말했다. "연료 탱크가 폭발할까요?"

"그러진 않을 것 같소. 불길이 저렇게 크게 일어나고 있는 걸 보면 탱크에 금이 가서 휘발유가 밖으로 새어나오고 있는 게 분명하오. 따라서 탱크 내부의 압력이 폭발할 정도로 상승하지는 않을 거요. 어쨌든 당장에 폭발할 위험은 없을 것 같소."

"휘발유가 얼마나 남아 있을까요?"

"지금 말이오? 그건 모르겠소. 하지만 65킬로미터 전에는 탱크가 가득 차 있긴 했소."

"그럼 이제 어떻게 해야 하죠?"

"기다립시다. 폭발을 하거나 불길이 어느 정도 수그러져서 저 차의 형체가 분명히 드러날 때까지."

소렌슨은 화재 현장 300미터 앞에서 속력을 완전히 줄였다. 그녀는 일단 갓길로 1미터가량 빠졌다가 후진해서 바깥쪽 바퀴가 갓길 밖 잡초 밭을 30센티미터가량 먹은 상태로 도로와 나란히 차를 세웠다. 정확히 교과서적인 주차였다. 지나다니는 차량이 아예 없었기 때문에 추돌 사고를 걱정할 필요는 없었다. 철저한 여자였다. 리처는 정면을 바라보며 기다렸다. 그는 곧 결말이 날 거라고 생각했다. 휘발유는 그리 오래가지 않을 것이다. 중형 승용차가 고속도로를 달리기 위해선 100마력 정도의 폭발력이면 충분하다. 하지만 지금 임팔라의 연료 탱크는 그 천 배는 될 것 같은 힘으로 화염을 키워주고 있었다. 휘발유 소모량으로만 따지면 비행기 엔진이나 마찬가지였다.

리처가 물었다. "그자들이 저 차를 탈취한 게 언제였소? 처음부터? 환한 대낮에?"

그의 옆 자리에서 소렌슨이 고개를 가로저었다. "델펜소가 일하는 칵테일 라운지 뒤에서였어요. 처음엔 차만 훔치려 했던 것 같아요. 그런데 그녀가 밖으로 나왔던 거죠. 경고음이 울렸으니까요. 그렇지 않았다 해도 퇴근할 시간이었으니 우연히 시간이 맞아떨어졌던 거예요."

"그녀는 가방을 지니고 있었소." 리처가 말했다.

"아무튼 그녀는 차와 함께 납치됐어요. 범인들은 잠시 후 차를 세우고 셔츠를 샀어요. 그러곤 곧장 고속도로를 향해 차를 몰았고."

"물도 샀소."

"그걸 어떻게 알고 있죠?"

"내가 그 물을 마셨으니까. 아직 차가웠소. 그자들은 무슨 짓을 저지르고 도주한 거요?"

"어떤 남자를 찔러 죽였어요."

"칵테일 라운지에서?"

"아뇨. 거기서 5킬로미터쯤 떨어져 있는 펌프장에서요. 폐쇄된 곳이에요. 왜 그런 데서 범인들과 피살자가 만났는지 모르겠어요."

"범행을 저지르고 난 뒤 그자들은 칵테일 라운지까지 어떻게 갔던 거지? 걸어갔소?"

"피살자의 차를 이용했어요."

"왜 그 차를 계속 몰지 않았을까?"

"수입차인데다가 선명한 빨간색이었어요. 목격자도 있었고."

"찌르는 장면을 목격한 사람?"

"그건 아니고. 하지만 그들이 도주하는 장면은 분명히 목격했대요."

"목격자의 신원은?"

"쉰 살쯤 된 농장 노동자예요."

"그의 증언이 결정적인 도움이 됐소?"

"그저 그랬어요. 서랍 속에 있는 가장 날카로운 칼은 아니었죠. 비유가 적절치 못했다면 미안해요. 아무튼 그는 피살자가 펌프장 안으로 들어가는 걸 봤대요. 곧이어 범인들이 따라 들어가는 것도 봤고. 잠시 후 범인들만 나오더니 그 차를 타고 떠났대요."

"범인들이 타고 온 차는? 아니, 차가 없었던 건가?"

"아무도 몰라요."

"범인들에게 차가 있었다면 그들은 당연히 그 차를 타고 도주했을 거요. 따라서 그들은 자신들이 살해한 사내와 같은 차를 타고 온 게 틀림없소."

"FBI 감식반장의 얘기는 달랐어요."

"피살자의 신원은?"

"상무관. 일종의 외교관이죠. 미국 해외 공관에서 근무했던 사람이에요. 아랍어를 할 줄 안다는 건 분명하고요."

"범행에 사용된 무기는?"

"확실하진 않지만 상당한 크기였을 거예요. 20센티미터쯤 되는 칼날. 사냥용 칼인 것 같아요."

"해외 공관에 근무하는 남자가 네브래스카에는 무슨 일로 온 걸까?"

"아무도 모르죠. 다음 발령을 기다리는 동안 짬이 났다는 얘기가 있긴 해요. 빨간 승용차는 덴버에서 렌트한 거고요. 공항에서. 덴버까지 비행기를 타고 왔다가 현장까진 렌트한 차를 몰고 왔던 거죠. 출발 지점이나 여행 목적에 관해서는 아직까지 어떤 정보도 입수되지 않았어요. 하지만 국무성에서 상당한 관심을 보이고 있어요. 현장으로 직원까지 보냈더군요."

"벌써?"

"FBI 감식반이 범행 현장에서 피살자의 지문을 채취했어요. 그 이후론 예상치 못했던 일들이 연속적으로 일어나고 있어요. FBI 대테러 팀에서 사전 통보도 없이 들이닥치질 않나, 국무성 직원이 불쑥 끼어들질 않나. 우리 지부장은 잠도 안 자고 이 사건에 매달려 있고, 목격자는 사라지고."

"수상하군." 리처가 말했다.

해가 떠오를 때쯤 드디어 불이 꺼졌다. 오렌지색, 핑크색, 황금색의 빛줄기들이 왼편의 동녘 하늘을 비칠 무렵 탱크에 남아 있던 휘발유가 모두 타버리자 작은 불꽃들은 알아서 자지러들고 큰 화염들은 연기와 함께 하늘로 사라져갔다. 온기 없는 햇빛이 화재 현장에 비쳐들자 검게 변한 형체가 그 모습을 분명히 드러냈다. 차는 남쪽으로 앞머리를 향한 채 소렌슨의 크라운 빅토리아처럼 도로에서부터 벗어나 갓길에 주차된 상태였다. 완전히 타버린 바퀴들, 깨끗이 녹아버린 유리, 증발해버린 페인트. 회색과 주황색의 희한한 나선형 무늬들이 수놓인 차체.

갓길 너머 약 20미터 반경의 벌판이 탈 만한 것은 모두 타버린 채 검게 변해 있었다. 차 주변의 아스팔트 역시 거품과 연기를 뿜어대고 있었다. 여기저기 작은 화염들이 아직 날름거리고 있었지만 좀 전까지 거세었던 화염의 위세는 완전히 사라지고 없었다.

소렌슨은 다시 도로로 진입해서 현장으로 다가갔다. 리처는 앞 유리 너머로 차체를 살펴보았다.

재에서 태어나서 재로 돌아간다.

공장에서 철제 구조물로 탄생했던 자동차는 이제 모든 걸 잃은 채 다시 검은 구조물로 식어가고 있었다.

임팔라였다. 의문의 여지가 없었다. 트렁크의 형태, 옆면의 굴곡, 불룩 솟은 차 지붕, 보닛의 경사도, 그 모두 리처의 기억과 일치했다. 뒤쪽에서부터 접근하고 있었기에 각도상 차체의 4분의 3 정도만 볼 수 있었지만 그걸로도 충분했다. 분명히 델펜소의 쉐비였다.

'나의 차.'

델펜소는 눈신호로 그렇게 말했었다.

리처는 주의 깊게 차를 살펴보았다.

모든 장식이 사라진 채 철제 구조물로 남은 차.

하지만 텅 비어 있지는 않았다.

37

리처가 먼저 차에서 내렸다. 차문을 닫은 뒤 그는 등으로는 한기를, 얼굴로는 열기를 느끼며 몇 걸음 옮겨서 크라운 빅토리아의 보닛 옆에 멈춰 섰다. 거리가 가까워진 만큼 임팔라의 상태도 좀 더 자세히 눈에 들어왔다.

유리, 고무, 비닐, 가죽은 물론 하이테크 시대의 최첨단 물질로 제조된 장비들까지 깡그리 타고 녹아버렸다. 남아 있는 건 차체의 안팎을 구성하고 있는 금속뿐이었다.

리처의 눈길이 차체의 뒷부분에 꽂혔다. 뒷좌석, 그리고 그 등받이 위쪽에 장착돼 있던 스피커는 사라지고 군데군데 볼트와 너트를 조여 차체에 고정시킨 철제 막대들이 스산스런 모습을 드러내고 있었다.

그런데 그 가로세로로 얽힌 뒷좌석 철골조 위가 이상했다.

리처는 앞으로 세 걸음을 나아간 뒤 멈춰 서서 얼굴에 끼쳐오는 열기를 참아가며 차체의 뒷부분을 자세히 살펴보았다. 뒷좌석의 오른쪽 부분, 직선으로 뻗은 철제 막대들 위에 차체의 골격과는 아무런 상관이 없는 뭔가 이상한 덩어리가 엉켜 있었다. 물건이 아닌 생명체의 흔적이었다. 살아 있던 것이 불에 타고 남은 잔재가 가로세로로 얽힌 철골 속에서 기괴하게 흐트러진 모습으로 들러붙어 있었다.

사람의 몸뚱이였다. 정확히 말하자면 불에 타서 뭉그러지고 졸아붙은 사람의 머리와 몸뚱이의 잔해였다.

소렌슨이 차에서 내렸다.

리처가 말했다. "거기 그대로 있어요, 알겠소?"

그는 고개를 옆으로 돌리고 폐 안에 차가운 공기가 가득 찰 때까지 두어 차례 숨을 크게 들이마셨다. 그가 고개를 바로 하고 걸음을 옮기기 시작했다. 그는 일단 차체의 측면과 나란한 지점까지 도로를 우회해서 걸어간 뒤, 거기서부터 곧장 다가갔다. 신발 바닥에 아스팔트가 눌어붙었다. 발바닥으로 뜨거운 기운이 전해져왔다.

쉐비의 뒷좌석은 형체도 없이 사라졌다. 하지만 거기 앉아 있던 사람은 그렇지 않았다. 완전히 타버리지 않았다는 얘기다. 역시 검은 철골로만 남은 조수석 바로 뒤, 사방으로 튕겨져 올라온 용수철 위에 마치 물개나 돌고래와 같은 모습으로 크기가 반으로 줄어든 사람의 시체가 얹혀 있었다. 가는 나뭇가지와 같은 팔, 갈고리 같은 손, 까맣게 윤이 나는 머리, 그 머리에서는 아무 표정을 읽을 수 없었다. 아예 얼굴이 없었기 때문이다.

하지만 그 사람은 비명을 지르면서 죽어갔다.

그것만은 분명했다. 입이 있었을 것 같은 부분이 벌어져 있었다.

두 사람은 북쪽으로 50미터쯤 물러났다. 둘 다 거친 숨만 내쉴 뿐, 아무 말이 없었다. 그들의 눈길은 먼 지평선 너머의 허공에 꽂혀 있었다. 족히 1분이 지났다. 그리고 다시 또 1분이 지났다. 그들의 자세에는 변함이 없었다.

소렌슨이 먼저 입을 열었다. "그자들은 지금 어디 있을까요?"

리처가 말했다. "나도 모르겠소."

"그들은 어떤 차를 몰고 있을까요?"

"그들은 차를 몰고 있지 않을 거요. 차는 타고 있겠지만. 누군가가 차를 몰고 와서 그들을 태워갔을 거요."

"그게 누굴까요?"

리처는 대답하지 않았다. 대신 꼼짝 않고 있던 자세를 허물어뜨렸다. 그의 고개가 잠깐 하늘로 젖혀졌다가 다시 제자리로 돌아왔다. 아주 이른 시각이긴 했지만 하늘은 쉐비의 타이어 자국을 어렵지 않게 찾을 만큼 충분히 환해져 있었다. 도로와 갓길 사이에는 약 1미터 너비로 진흙 띠가 형성돼 있었다. 진흙은 완전히 젖지도, 딱딱하게 굳지도 않은 상태였다. 그래서 마치 분말 고운 회반죽 같은 그 표면 위에 타이어 자국이 무늬까지 고스란히 찍혀 있었다. 그 자국이 각이 크지 않은 사선을 그리며 길게 이어진 것으로 미루어 단번에 핸들을 꺾고 갓길로 벗어난 게 아니었다. 마치 활주로에 내려앉는 점보제트기를 모는 것 같은 조심스러운 운전. 그렇다면 운전을 한 사람은 킹이 아니라 맥퀸일 가능성이 높았다.

리처는 겨울잠에 빠져 있는 벌판으로 걸어 들어갔다. 소렌슨이 그의 뒤를 따랐다. 두 사람은 아직도 만만치 않은 열기를 뿜어내고 있는 차체를 좁은 반원을 그리며 돌아서 다시 도로로 올라섰다. 거기서 그들은 또 다른 타이어 자국을 발견했다.

예각을 이루며 도로에서 갓길로 넘어와 쉐비 앞에 급히 멈춰 선 차량의 타이어 자국. 폭이 넓은 도로 주행용 타이어, 중형 세단이 분명했다. 그 세단은 다시 급하게 도로로 진입해서 반원을 그리고 방향을 바꾼 뒤 남쪽을 향해 달려간 게 틀림없었다. 진흙 띠에 찍힌 선명한 자국과 아스팔트 위에 남아 있는 흐릿한 자국이 그렇게 말해주고 있었다.

소렌슨이 말했다. "내가 오기 전까지 모텔 앞을 지나간 차는 없었어요, 그렇죠? 따라서 이 두 번째 차량은 몇 시간 전부터 여기서 대기하고 있었던 게 분명해요."

"아니." 리처가 말했다. "모텔 앞을 지나온 차가 아니오. 남쪽에서부터 왔다가 바로 여기서 범인들을 태운 다음 유턴을 해서 왔던 길로 다시 돌아갔소. 타이어 자국들이 그 증거요."

"확실해요?"

"다른 상황이 벌어졌을 가능성은 전혀 없소. 범인들은 또다시 차량을 탈취하지 않았소. 아예 지나다니는 차가 없으니 그건 불가능한 일이오. 그렇다고 걸어서 도주했을 리도 없소. 결국 누군가가 그들을 태워간 거요. 사전에 계획했던 접선이었소. 범인들이 여기에 먼저 도착했소. 그리고 기다렸지. 그들은 이 지역을 이미 알고 있었소. 고속도로에서 그 형편없는 출구로 빠져나온 것도 그래서였고."

"그들을 태워간 건 누굴까요?"

"나도 모르겠소." 리처가 다시 말했다. "하지만 상당히 규모가 큰 범행이라는 건 알겠소. 최소한 세 패거리가 합동작전을 펼친 거요."

"셋이라니요? 둘 아닌가요? 킹과 맥퀸이 한 팀, 그리고 그들을 태워간 차량이 나머지 한 팀."

"네브래스카에서 사라진 당신의 목격자를 빼먹었잖소. 그래서 내가 합동작전이라는 단어를 사용한 거요. 현장청소 팀이라고 할까? 킹과 맥퀸을 목격한 사람들을 처리하는 패거리."

동이 틀 때부터 북쪽에서 찬바람이 제법 세차게 불어오기 시작했다. 곧 비가 내릴 게 틀림없었다. 리처가 코트 깃 속으로 목을 움츠렸다. 소렌슨의 바짓가랑이가 바람을 머금은 돛처럼 펄럭였다. 그녀가 들판 속으로 20미터쯤 걸어 들어갔다. 바람에 실려 오는 냄새를 피하기 위해서였을 것이다. 리처가 그녀를 따라갔다. 그녀를 혼자 놔두고 싶지 않았기 때문이다. 사실 그는 움직일 필요가 없었다. 아직까지 아무 냄새도 맡을 수 없었으니까. 하지만 코가 멀쩡하던 시절에 그런 냄새를 맡은 적이 여러 번 있었다. 오일, 휘발유, 플라스틱 등 화학 물질이 타는 냄새, 그리고 살이 타는 냄새. 전자는 코를 파고들지만 후자는 머릿속을 휘젓는다. 지독한 악취의 조합, 코와 머리가 정상인 사람이라면 피할 수밖에 없다.

소렌슨은 아이오와 경찰당국에 전화를 걸어 상황을 대충 설명한 뒤 FBI가 출동할 때까지는 접근해서도 안 되고 뭐든 건드리지도, 옮기지도 말라고 지시했다. 그다음엔 FBI 과학수사 팀에 전화를 걸어서 출동 명령을 내렸다. 그러면서 그 어느 때보다도 철저한 현장 감식과 부검을 당부했다.

"시간 낭비일 뿐이오." 그녀가 통화를 끝내자 리처가 말했다. "이런 화재 현장에서는 찾을 만한 게 남아 있지 않으니까."

"난 알고 싶을 뿐이에요." 그녀가 말했다.

"뭘?"

"그녀가 화재가 일어나기 전에 사망했는지. 그걸 알아야만 수사를 계속해나갈 수 있을 것 같아요."

두 사람은 열기와 냄새를 피해 되도록 멀리 돌아서 델펜소의 차로 다가갔다. 차까지 6~7미터 남겨둔 지점에서 소렌슨은 자신이 해야만 할 일을 실행에 옮겼다. 일단 목을 가다듬고 난 다음 깊게 숨을 들이마신 뒤 총을 들이대고 잭 리처를 체포했다.

그녀가 밝힌 그의 혐의는 범죄 모의, 일급 살인, 그리고 납치였다.

38

소렌슨은 알맞게 벌린 두 다리로 몸무게를 지탱하고 수평으로 뻗은 양손으로 글록을 겨눴다. 리처와의 거리는 고작 3미터 정도였다. 모텔 앞에서처럼 그녀의 머리가 뭔가 궁금해하는 사람처럼 한쪽으로 약간 기울어졌다. 머리카락이 흘러내려 한쪽 눈을 덮은 것도 똑같았다.

그녀가 말했다. "내 입장에서 생각해봐요. 이렇게 할 수밖에 없겠죠? 인질이 살해됐으니 상황이 변했어요. 당연히 수사 방향도 바꿔야죠. 당신을 체포하는 게 새로운 시발점이에요. 안 그러면 우리 모두 희생될 거예요. 이해할 수 있죠, 그렇죠?"

리처가 말했다. "지금 내게 사과하고 있는 거요?"

"그래요. 그런 셈이에요. 미안해요. 하지만 만일 당신의 정체에 관한 진술이 모두 사실이라면 아무 일 없을 거예요. 당신도 알죠?"

"난 사실대로 내 정체를 밝혔소. 당신은 아주 의심이 많은 여자군. 지나친 의심은 상대방의 감정을 상하게 만들지."

"난 의심할 수밖에 없어요. 그리고 그 부분에 대해서도 미안해요."

리처의 얼굴에 잠시 옅은 미소가 떠올랐다가 사라졌다. "예의가 깍듯한 체포 현장이로군. 역사상 가장 공손한 체포일 거요. 물론 총만 없다면. 사실 당신은 총을 겨눌 필요도 없소. 내가 여기서 어디로 도망가겠소?"

"미안해요. 하지만 난 총을 겨눌 수밖에 없어요. 당신은 유력한 용의자예요. 게다가 귀중한 정보도 갖고 있어요. 지금 우리 지부장이 가장 바라고 있는 건 사건의 신속한 해결일 거예요. 하지만 그건 현재로선 불가능한 일이에요. 그러니 그는 하룻밤 동안의 성과만이라도 내보이고 싶을 거예요. 용의자든 목격자든 일단 자기 눈으로 확인하고 싶겠죠. 당신은 그 둘 중 하나예요. 어쩌면 둘 다일 수도 있고."

"내가 오마하로 가기를 거부한다면?"

"그녀는 기다려줄 거예요."

"그녀라니?"

"버지니아에 있다는 여자. 어쩌면 기다려주지 않을 수도 있겠죠. 당신에 대해 까맣게 잊은 지 오래일 수도 있고요. 하지만 어느 경우가 됐든 버지니아는 잠시 잊어버려요."

"난 버지니아를 생각하고 있던 게 아니었소. 그쪽 일을 잠시 잊어버려야 한다는 당신 말에는 나도 동감이오. 난 아이오와를 생각하고 있었소. 사건의 실마리가 시작되고 있는 지금 여기 말이오. 저 타이어 자국들을 보시오."

"타이어 자국들."

리처가 뒤를 한 번 돌아보았다. 도로와 나란한 1미터 너비의 진흙 띠. 하지만 좀 더 가까이 다가가지 않고는 그가 확인하고 싶은 걸 확인할 수 없었다.

소렌슨이 말했다. "혹시 지금 이 상황을 영화의 한 장면으로 착각하고 있는 건 아니죠? 당신은 민간인이에요. 실마리? 이건 당신이 맡은 수사가 아니라고요. 그리고 이젠 더 이상 내 사건도 아니에요. 우린 인질을 잃어버렸어요. 벌써 잊었어요? 무고한 여성이었어요. 죄 없는 일반 시민. 차량 탈취 사건의 희생자. 게다가 한 아이의 엄마. 정신 차려요. 이제 곧 대규모 수사가 전개될 거예요. 수십, 수백에 달하는 수사 인력이 투입될 거라고요. 최소한 부지부장급 인사가 지휘를 맡게 되겠죠. 언론에도 보도될 거예요. 나 정도의 직급으로는 감당할 수 없는 대형 사건이 되는 거죠. 본부에선 나를 창피한 자식 취급을 하며 뒤로 빼돌릴 거예요. 따라서 당신이나 내가 여기 아이오와에서 할 일은 아무것도 없어요. 현실을 직시해요."

리처가 말했다. "과학수사 팀이 도착할 때쯤엔 저 실마리가 사라져버릴 텐데."

"하는 수 없죠. 우리가 뭘 어쩌겠어요?"

"어쩔 수 있소. 시간을 절약할 수 있다는 말이오. 우리 둘이 시작할 수 있는 일이잖소."

"실직자 보험은 있나요?"

"없소."

"나도 없어요. 그러니 제발 당신의 무모한 계획에 날 끌어들이려는 시도는 그만둬요."

"알겠소. 그럼 나 혼자 시작하겠소."

"민간인이 어떻게? 혼자 아무 지원도 없이? 착각하지 말아요."

"난 그들을 찾을 수 있소."

"어떻게요?"

"전에도 사람들을 찾았던 경험이 있기 때문이오."

"찾은 다음엔 어쩔 건데요?"

"그들의 방식이 잘못됐다는 걸 깨우쳐줄 거요."

"눈에는 눈?"

"난 그들의 눈에는 관심이 없소."

"난 당신이 그러도록 내버려둘 수 없어요. 그 자체로 범죄예요. 적법한 절차를 밟아야 해요. 법에 맡겨야 한다는 얘기예요. 그게 문명사회의 기본 질서예요."

"여기서 문명이 할 수 있는 일은 없소. 난 델펜소를 좋아했소. 좋은 여자였소. 용감하고 영리한 여자이기도 했소. 비록 허접한 직장에서 매일 저녁을 보냈지만 생각만은 올바른 여자였소."

"나도 거기에 반대할 마음은 없어요."

"그놈들은 문을 잘못 열었소. 그들은 죄의 대가를 치러야 하오."

"당신 손으로? 대체 뭘 믿고 이러는 거죠? 왕이던 아버지가 죽어서 왕관이라도 물려받았나요?"

215

"누군가는 해야만 할 일이오. 당신들이 그 일을 할 수 있다고 생각하오?"

소렌슨은 아무 대꾸도 하지 않았다.

리처가 말했다. "지금 그 침묵을 할 수 없다는 걸 인정하는 대답으로 받아들여도 되겠소?"

소렌슨은 한 차례 어깨를 으쓱거리고 나선 마지못해 고개를 끄덕였다.

그녀가 말했다. "전화할 곳이 한 군데 더 있어요."

"어디?"

"네브래스카의 카운티 보안관. 델펜소의 딸아이가 일어날 시각이에요."

"유감이오."

"이제 당신에게 수갑을 채워야겠어요. 그리고 당신을 뒷좌석에 태울 거예요."

"그런 일은 일어나지 않을 거요."

"우린 지금 게임을 하고 있는 게 아니에요."

"곧 비가 내릴 거요." 리처가 말했다. "그럼 타이어 자국이 사라질 거고."

"돌아서요." 소렌슨이 말했다. "두 손을 뒤로 내밀고."

"카메라 있소?"

"뭐라고요?"

"카메라." 리처가 말했다. "혹시 카메라 있냐고 물었소."

"왜죠?"

"타이어 자국을 찍어둬야 하오. 비가 쏟아지기 전에."

"돌아서요." 소렌슨이 다시 말했다.

"거래합시다."

"무슨 거래?"

"내게 당신 카메라를 빌려주시오. 내가 타이어 자국들을 촬영할 동안 당신은 그 카운티 보안관과 통화하면 되잖소."

"그다음엔?"

"좀 더 얘기를 나눕시다."

"어떤 얘기?"

"내 개인적 상황에 관한 얘기."

"그게 거래인가요? 내가 선택할 수 있는 다른 조건은 없고?"

"없소."

"내가 총을 들고 있는데도?"

"하지만 당신은 그걸 사용하지 않을 거잖소. 우리 둘 다 알고 있소. 그리고 난 이미 당신에게 약속했소. 도망가지 않겠다고. 날 믿어도 좋소. 난 이미 진실에 관한 선서를 했소, 군대에서. 당신네가 하는 것보다 훨씬 더 책임이 따르는 선서요."

"난 당신을 데리고 돌아가야만 해요. 당신도 상황을 이해하고 있죠, 그렇죠? 오마하의 FBI 지부는 지난밤의 수사 진척 상황에 관해 내보일 만한 뭔가가 필요하다고요."

"날 만나지 못했다고 보고할 수도 있잖소."

"모텔 주인이 우리가 만난 걸 알고 있어요."

"그 친구 머리에 한 방 먹여주지 그랬소."

"나도 그러고 싶었어요."

"그럼 이제 거래가 이루어진 건가?"

"사진을 찍고 난 다음엔 나와 함께 오마하로 가야 해요."

"그건 거래 내용에 없는 조건이오. 나중에 결정해야 할 문제인 거지. 좀 더 얘기를 나눠야 한다고 내가 말했잖소."

"당신이 사실대로 정체를 밝혔다면 걱정할 게 없잖아요."

"정말 아무 일도 없을 거라고 생각하는 거요?"

소렌슨이 말했다. "네."

리처는 아무 말도 하지 않았다.

"이봐요," 소렌슨이 말했다. "어려운 선택이 아니잖아요. 생각해봐요. 당신은 차가 없어요. 전화도 없고 연락할 곳도 없어요. 도움도 지원도 받을 길이 없고 경비도 없어요. 감식장비도 없고 컴퓨터도 없어요. 연구실도 없고 연구 인력도 없어요. 아무것도 없다고요. 게다가 범인들이 어디로 갔는지도 모르고 있어요. 당신은 음식과 휴식이 필요해요. 얼굴에 입은 상처도 치료받아야 하고요. 물론 난 당신을 여기 남겨 두고 갈 수도 있어요. 지금 이 상태 그대로. 곧 비가 퍼부을 이 황무지에. 혼자 돌아가면 난 잘릴 거예요. 그 다음엔 무슨 일이 벌어질까요? 그들은 당신을 들개처럼 사냥할 거예요."

리처가 말했다. "그럼 내게 어떤 선택이 남아 있소?"

"나와 함께 오마하로 돌아가는 거죠. 그래서 우리 FBI가 사건을 해결하도록 돕는 거예요. 도중에 정보를 얻을 수도 있어요. 당신이 원하는 대로 일을 풀어가는 데 도움이 되는 정보."

"어디서 그런 정보를 얻을 수 있다는 얘기요?"

"장소가 아니라 사람에게서."

"알겠소. 그럼 누구에게서 그런 정보를 얻을 수 있다는 거요?"

"나한테서."

"당신이 왜 내게 정보를 흘리겠소?"

"난 지금 이 상황을 어떻게든 해결하려고 애쓰는 중이니까. 당신을 차에 태울 수만 있다면 웬만한 정보는 알려줄 수도 있지 않겠어요?"

"그럼 이제 당신이 거래를 제안하는 셈이군."

"당신에게 유리한 거래예요. 그러니 받아들여요."

소렌슨이 네브래스카의 카운티 보안관과 통화를 하는 동안 리처는 사진을 찍었다. 디지털 카메라였다. 이전에 휴대폰으로 사진을 찍은 적이 있었던 것 같기도 했지만 그 믿을 수 없는 기억을 제외하고 그가 마지막으로 카메라를 사용했던 때는 필름이 반드시 필요했던 시대였다. 하지만 그는 별걱정은 하지 않았다. 렌즈와 촬영 버튼이 있고 피사체를 들여다볼 구멍이 있는 건 마찬가지라고 생각했기 때문이다. 하지만 아니었다. 그런 구멍은 없었다. 초소형 스크린을 지켜보면서 모든 과정을 진행해야 했다. 그건 카메라를 쥔 손을 앞으로 길게 내뻗고 피사체를 스크린에 제대로 잡기 위해 부지런히 돌아다녀야 한다는 걸 의미했다. 마치 방진복을 입고 방사능을 측정하는 사람처럼.

어쨌든 리처는 그가 원했던 두 장의 사진을 찍은 다음 차로 돌아왔다. 소렌슨도 이미 통화를 마친 상태였다. 그녀의 표정으로 미루어 기분 좋은 내용은 아닌 것 같았다. 최소한 웃을 수 있는 주제는 아니었던 게 분명했다.

소렌슨이 말했다. "자, 이제 출발하죠. 원한다면 조수석에 타도 돼요."

리처가 말했다. "먼저 내가 찍은 사진들을 보시오."

비가 내리기 시작했다. 빗방울이 굵었다. 수직으로 떨어지는 것들도 있었고 간헐적인 강풍 때문에 비스듬히 날려 오는 것들도 있었다. 그들은 차에 올라탔다. 그가 그녀에게 카메라를 건넸다. 물론 그녀는 조작법을 잘 알고 있었다. 손가락을 놀려 저장된 내용을 대충 훑어본 뒤 그녀가 말했다. "달랑 두 장?"

"내겐 그 두 장이면 충분하오."

"똑같은 걸 두 번 찍은 거잖아요."

"똑같은 게 아니오."

굵은 빗줄기가 크라운 빅토리아의 지붕을 두들겨 댔다. 소렌슨은 두 장의 사진을 차례차례 아주 자세히 들여다보았다. 두 장 모두 진흙 위에 찍힌 타이어 자국을 가까이에서 촬영한 사진이었다. 똑같은 진흙, 똑같은 타이어 자국이었다. 그녀는 두 사진을 비교해 가며 세 차례나 돌려보았다.

219

그녀가 말했다. "아무리 봐도 똑같은 자국인데요? 각도가 다른 건가? 아무튼 유턴을 한 두 번째 차량의 타이어 자국이잖아요, 맞죠? 왼쪽과 오른쪽을 찍은 건가요? 아니면 앞쪽과 뒤쪽?"

"둘 다 아니오." 리처가 말했다.

"그럼 뭐죠?"

"유턴한 차량의 타이어 자국을 찍은 건 한 장뿐이오."

"그럼 나머지 한 장은?"

"당신 차의 타이어 자국."

39

소렌슨은 다시 사진들을 살펴보았다. 차례차례, 여러 번. 똑같은 바퀴 자국, 똑같은 진흙이었다. 그녀가 말했다. "그 차와 내 차의 타이어가 똑같다는 게 결정적인 단서는 아니잖아요."

"내 생각도 그렇소." 리처가 말했다. "결정적이라고 할 수는 없소."

"난 그 전엔 단 한 번도 여기 와본 적이 없어요."

"난 당신을 믿소."

"그리고 FBI는 타이어까지 만들지는 않아요. 일반인들과 마찬가지로 우리도 시중에서 구입해요. 그냥 일반 제품들 가운데 값싸고 품질 좋은 타이어를 사는 거죠. 특히 세일 기간 중에 대량으로 구매하는 경우가 많아요. 시어스 백화점 같은 곳에서요. 내 차의 타이어도 그런 제품일 거예요. 내 동료들 타이어도 마찬가지일 거고. 하지만 그런 타이어를 쓰는 차량은 많아요. 택시, 렌터카, 노인네들이 타는 대형 승용차 등등. 아마 똑같은 타이어가 백만 개는 굴러다닐 걸요."

"그보다 훨씬 더 많을 거요."

"그렇다면 지금 이 사진이 결정적인 단서가 될 수 없다는 게 확실해진 거네요."

"이 사진들은 결정적인 단서는 물론 아니오. 하지만 범인들이 타고 달아난 자동차의 타이어가 어떤 종류인지는 드러났잖소. 당신 차량과 똑같은 타이어. 따라서 그들의 차량도 미제 중형 세단이라는 결론이 가능해졌소. 여기서부터 추적하자는 얘기요."

"그게 다예요?"

"그 이상은 단지 추측에 불과하오."

"들어줄 테니 당신이 추측한 걸 얘기해봐요."

"그렇다면 일단 그들이 도시에서 활동하는 사람들이라고 추측할 수 있소. 최소한 도시권에 거주하는 자들일 거요. 농장 지대에서는 대형 세단을 찾아보기 힘들잖소. 픽업트럭과 사륜구동 차량들 천지지."

"도시라면 그 규모는?"

"택시 회사와 정비업체들이 충분히 수지를 맞출 수 있는 규모의 도시일 거요. 사무실이 많아야겠지. 어쩌면 공항이 딸린 도시일 수도 있소. 아무튼 이런 타이어의 수요가 확실한 곳이어야 하오. 이 동네에선 이런 타이어를 살 수 없을 거요. 재고를 들여 놓은 타이어 상점이 없을 테니까."

"아무튼 FBI가 개입됐다는 얘기는 아닌 거죠?"

"절대 그럴 리는 없다고 생각하오."

"하지만?"

"그게 전부요."

"왠지 찝찝해하는 것 같은데요?"

"사실 난 흑백이 분명한 사람이오. 예나 아니요로 끝나는 대답을 늘 좋아하지. 미심쩍은 부분을 두고 끙끙거리는 건 딱 질색이오."

"그렇다면 분명히 말씀드리죠. 아니에요. 내가 보증할게요. 지금 이 자리에서. 사실이에요. 너무나 분명한 사실. 일말의 의심의 여지도 없어요. FBI가 이 사건에 개입됐다는 건 생각도 할 수 없는 일이에요. 정말 말도 안 되는 의심이에요."

"그럼 됐소." 리처가 말했다. "출발합시다. 교대하고 싶으면 언제든지 말해요. 나도 길을 알고 있으니까."

소렌슨은 크게 유턴을 한 뒤 장대비 속을 뚫고 북쪽을 향해 달려 나갔다. 도중에 그들은 그 모텔을 지나쳤다. 환할 때 보니 사뭇 다른 모습이었다. 바깥 복도를 비추던 전구들은 꺼져 있었고 외벽의 색깔은 훨씬 흐렸다.

리처가 말했다. "난 이틀 치 숙박료를 미리 지불했소. 객실에 머문 시간은 채 30초도 되지 않았는데."

소렌슨이 말했다. "왜 그랬어요?"

"로비 벽이 부서진 게 내 책임 같아서."

"당신 잘못이 아니었잖아요."

"하지만 그땐 그런 느낌이 들었소."

"죄책감을 느낄 필요가 없어요. 특히 그 사내한테는 더더욱. 정말 호감이 가지 않는 사내더군요."

"아무튼 난 아직 방 열쇠를 갖고 있소, 주머니 속에. 나중에 우편으로 부쳐야겠소. 장담은 못 하지만."

그가 말을 끝내는 것과 거의 동시에 차가 첫 번째 분기점에 이르렀다. 소렌슨은 늦게야 브레이크를 밟으며 왼쪽으로 핸들을 꺾었다. 차는 젖은 아스팔트 위를 미끄러지면서 길고 요란하게 비명을 내질렀다. 그녀는 액셀에서 발을 떼고 핸들을 조절해서 무사히 좌회전을 한 다음 다시 액셀을 힘껏 밟았다.

"미안해요." 그녀가 말했다.

리처는 아무 말도 하지 않았다. 사실 그로선 불평을 할 주제가 아니었다. 어쨌든 차는 도로를 벗어나지 않았다. 만약 그가 운전을 했다면 들판에 처박았을 것이다.

"타이어가 많이 닳았어요." 그녀가 말했다. "이쪽으로 올 때부터 이미 알고 있었어요."

리처는 아무 말도 하지 않았다.

그녀가 말했다. "범인들이 타고 있는 차량의 타이어도 마찬가지 상태일 거예요. 사진상으로 내 타이어 자국과 똑같으니까. 새로운 단서예요. 그 차량의 타이어가 어떤 종류인지는 이미 알고 있고 이제 얼마나 오래된 건지도 대충 알게 됐으니까. 연식이 더 오래된 차일 수도 있어요. 운전자의 나이도 더 많을 수도 있고요. 이 지역 주민들 가운데 낡은 대형차를 소유한 나이 든 사람이 그들을 태워줬을 가능성이 있는 거죠."

"그런 것 같지는 않소." 리처가 말했다. "여자가 불에 타 죽는 장면을 목격한 다음에도 신고하지 않고 범인들을 태워줄 동네 노인은 없을 거요. 화재가 시작될 시점에는 그들 모두 현장에 있었을 가능성이 높다는 걸 당신도 알잖소. 그들이 차에 폭약을 설치한 게 아니었소. 순간적으로 폭발한 게 아니니까. 그들은 차에 불을 붙인 다음 제대로 타들어 가는지 확인하기 위해 한동안 지켜보며 기다렸소."

"알겠어요." 소렌슨이 말했다. "운전자는 우연히 지나가던 동네 노인이 아니다, 사전에 연락을 받고 도시에서부터 달려온 공범이다, 이거죠?"

"택시 회사와 정비업체들이 영업 중이고, 대형 사무실들이 들어서 있으며 공항까지 딸린 상당한 규모의 도시." 리처가 말했다. "도시권 전체 인구가 백오십만 명에 달하는 대도시일 가능성이 높소. 나 혼자 추측하는 게 아니라 앨런 킹이 무심결에 흘린 정보에 따르자면 그렇다는 얘기요. 자기가 사는 곳의 인구가 백오십 만이라고 하더군."

223

"일단 흥미로운 정보긴 하네요. 하지만 그것도 연막작전이 아니었을까요?"

"내 생각엔 정말인 것 같소. 그들에겐 각본이 없었으니까. 아주 민첩하고 영리한 자들인 건 사실이오. 하지만 생각나는 대로 질문을 하고 즉각적으로 대답을 주고받는 상황이었소. 머리를 굴릴 만한 시간적 여유가 없었다는 얘기요. 그 얘기는 거짓말이라고 하기에는 너무 거침없었소. 그가 했던 거짓말들은 뜸을 들인 뒤에 튀어나왔고 작위적인 냄새가 분명했는데 말이오."

"그 밖에 이상했던 점은?"

"맥퀸이 내 생각엔 적절하지 않은 단어를 선택한 적이 있었소. 고속도로 출구에 서 있던 광고판 내용에 내가 의문을 제기했었소. 그리로 빠져나가 봤자 주유소가 없을 거라고 말했지. 막상 주유소가 나타났을 때 맥퀸이 이렇게 말했소. '당신은 날 신뢰했어야 했어요.' 하지만 '당신은 내 말을 믿었어야 했어요'가 훨씬 일반적이고 자연스러운 문구잖소."

"무슨 얘기죠?"

"나도 확실히 정리가 되지는 않소. 군대 시절에 우리는 부적절한 단어들에 주목하는 훈련을 받았소. 러시아의 어학 교육은 장난이 아니오. 영어 발음이나 억양은 물론 욕지거리들까지 철저하게 가르치지. 따라서 그들이 부적절한 단어를 사용할 때야 비로소 러시아 사람이라는 걸 깨닫게 되는 경우가 있소. 그래서 난 잠깐 동안이나마 맥퀸이 외국인일지도 모른다는 생각을 했었소."

소렌슨은 차만 몰 뿐 아무 대꾸도 하지 않았다.

그녀는 기억을 더듬고 있었다.

'그 셔츠는 파키스탄에서 구입한 것 같습니다. 어쩌면 중동 시장일 수도

있고.'

그녀가 리처에게 물었다. "맥퀸의 억양이 특이하던가요?"

리처가 대답했다. "전혀. 억양만으론 완벽한 미국인이었소."

"생김새는 어땠어요? 이국적이던가요?"

"그렇진 않았소. 백인. 182센티미터 정도의 키에 몸무게는 72킬로그램쯤? 금발에 하늘색 눈동자, 늘씬한 체형에 팔다리가 길었소. 주머니에서 총을 뽑는 동작이나 차로 달려가서 올라타는 일련의 움직임은 여지없이 운동선수 같았소. 거의 체조선수급이라고 할 만큼 민첩했소."

"알겠어요." 소렌슨이 말했다. "그렇다면 그의 입에서 튀어나온 부적절한 단어에는 문제가 없는 거군요."

"그런 셈이오. 하지만 피살자와 연관을 지어서 생각해볼 필요가 있소. 외국인들과 거래를 하는 게 그의 직업이라는 점에 주목해야 할 것 같소."

"상무관? 나도 그의 직업에 초점을 맞춰야 한다는 생각이에요."

"당신은 상무관을 만나본 적이 있소?"

"아뇨."

"나도 없소." 리처가 말했다. "진짜 상무관을 만난 적은 없다는 얘기요. 자신들이 상무관이라고 주장하는 사람들은 몇 번 본 적이 있지만."

"무슨 얘기죠?"

"코카콜라가 해외 시장에서 자사 제품을 판매하기 위해 상무관들의 도움을 얼마나 필요로 할 것 같소? 별로 필요하지 않을 거요, 안 그렇소? 일반적으로 말하자면 미국 상표는 그 자체로 홍보를 한다고 할 수 있소. 하지만 전 세계 모든 미 대사관에는 상무관이 주재하고 있소."

"무슨 얘기를 하려는 거죠?"

"당신은 상무관 사무실에 가본 적이 있소? 난 두 군데 가봤소. 두 곳 모두 길거리 쪽은 그냥 벽이었고 건물 안마당을 향해서만 창문이 나 있었소.

쇠창살이 쳐진 창문들이었소. 게다가 하루에 네 번씩이나 방을 완전히 뒤집어버리더군. 도청 장치를 찾기 위해. 코카콜라의 제조 기술이 극비사항이긴 하지만 단지 그것 때문이라기에는 너무 지나치지 않소?"
"뭔가를 은폐하기 위해?"
"바로 그거요." 리처가 말했다. "지구상의 모든 CIA 지부장들은 상무관 명함을 갖고 있소."

굿맨 보안관은 엄청나게 피곤했다. 게다가 델펜소의 딸아이 문제는 쉽지 않은 숙제였다. 그 아이를 학교에 보내지 않는 게 잘하는 일인지 그로서는 확신이 서지 않았다. 소렌슨 특수요원은 상황에 따라 아이의 결석 기간을 며칠, 혹은 일주일, 아니, 몇 달까지도 늘려야 한다는 생각인 게 분명했다. 하지만 그의 생각은 반대였다. 그는 일과 친숙한 환경이 힘든 상황을 극복하는 데 도움이 된다고 믿고 있었다. 그래서 그는 부하들에게 어떤 일이 있어도 정상적으로 출근할 것을 늘 권해왔다. 식구들 가운데 누군가가 심하게 아프거나 심지어 죽더라도, 아니면 이혼 소송이 진행 중일지라도 일단 나와서 일을 하는 게 집에 박혀 있는 것보다 훨씬 낫다는 생각이었다. 습관적으로 해오던 일을 계속하는 게 치유에 도움이 된다는 걸 그는 경험을 통해 확신하고 있었다. 물론 그는 동정에 인색한 사람은 아니었다. 힘든 일을 겪고 있는 부하들에게 그는 언제나 충분히 자기 시간을 갖도록 배려해왔다. 다만 그런 시점에서 일에 매달린다고 해서 아무도 이상하게 생각하거나 조롱할 사람은 없다는 얘기를 덧붙이는 정도였다. 부하들은 대부분 고마워하며 그의 충고를 따라주었다. 그리고 상대적으로 수월하게 역경을 이겨내곤 했다.
하지만 그들은 어른이었고 델펜소의 딸은 어린아이였다.
정말 내키지 않았다. 액셀을 밟는 발에 도무지 힘이 들어가지 않았다. 굿맨은 델펜소의 동네에 도착해서도 한동안 차에서 내리지 않았다. 보안관 생활을 하는 동안 부모에게 자식의 죽음을 알려야 했던 적이 네 번 있었다. 하지만 자식에게 부모의 죽음을 알려야 했던 적은 한 번도 없었다. 게다가 열 살짜리 아이라니. 그는 어떤 식으로 말을 꺼내야 할지조차 알 수 없었다.

'사실만 알리세요.'

소렌슨은 그렇게 말했다.

'모든 게 밝혀질 때까지는 그 이상 말해선 안 돼요.'

답답한 주문이었다.

이번 사건에서 사실의 한계는 어디까지란 말인가? 그리고 모든 게 확실히 밝혀지는 시점은 또 언제란 말인가? 그는 화재 현장에 수없이 출동했었다. 그중 사람이 사망한 사건도 여러 번 있었다. 그런 경우엔 일단 사망진단서 발급과 보험 문제 등을 처리하기 위해 치과 치료 기록이나 DNA 샘플을 확보하고 추적해야 한다. 최소한 2~3일은 소요되는 과정이다. 전문가의 소견과 친필 사인을 첨부한 뒤 공증까지 끝마쳐야 한다. 델펜소의 경우에는 그녀의 사망 경위를 정확히 알고 있는 사람이 아무도 없었다. 최소한 아직까지는. 그녀가 차량과 함께 납치됐다는 것만 사실로 추정되는 상황이었다.

굿맨은 차 안에 앉아 생각을 정리했다. 상대가 열 살짜리 어린아이인 만큼 두 단계로 나누어 상황을 설명하는 것이 옳을 것 같았다.

1단계, '참 유감스럽다만 네 엄마가 실종되셨단다' 정도의 귀띔.

2단계, 2~3일 후에 모든 게 밝혀지고 나면 '정말 안됐다만 네 엄마가 돌아가셨단다'라는 통보.

그는 천천히 차에서 내렸다. 여전히 내키지 않았다. 그는 차 문을 닫고 나서도 잠시 머뭇거리다가 배수로를 넘어서 그 이웃집의 짧은 진입로로 올라섰다.

40

소렌슨은 더 이상 실수 없이 체스판 같은 미로를 무사히 빠져나왔다. 음울한 날씨였다. 낮게 드리워진 짙은 잿빛 하늘에선 계속 비가 퍼붓고 있었다. 주간고속도로의 교통량은 전날 밤보다 확실히 늘어난 상태였다. 차들마다 꽁무니에 긴 물보라를 달고 있었다. 소렌슨이 와이퍼의 회전 속도를 높였다. 그녀는 고속도로에 들어선 뒤로 계속해서 시속 110킬로미터 정도로 차를 몰았다.

그녀가 물었다. "육군에 복무했다는 앨런 킹의 형을 가장 빨리 찾을 수 있는 방법이 뭘까요?"

"킹의 얘기로는 레드 렉이었다고 했소." 리처가 말했다. "아마 댁비였을 거요. 제1차 걸프전. 마더 실은 알고 있겠지."

"무슨 얘긴지 못 알아듣겠어요."

"레드 렉(red leg)은 포병의 별칭이오. 아주 옛날에 포병 군복 바지에 빨간 천을 동여맸던 게 그 유래지. 참고로 포병대 깃발은 빨간색이오. 댁비(DAGBY)는 13B MOS, 즉 포병 주특기 가운데 하나인 포수를 뜻하는 은어요. 풀어쓰면 dumb ass gun bunny, 포수가 멍청이 중에 멍청이라고 놀리는 말이니 그들 앞에서 쓰면 한판 붙자는 얘기나 마찬가지요. 마더 실(Mother Sill)은 포병사령부, 실 기지를 우리끼리 부르는 명칭이오. 내 말은 거길 뒤지면 그자의 복무 기록이 나올 거라는 뜻이었소. 제1차 걸프전은 사담 후세인을 상대로 미국이 1991년도에 중동에서 벌였던 전쟁."

"나도 그건 알고 있어요."

"그렇군."

"앨런 형의 이름이 피터라고 했죠?"

"맞소."

"그리고 당신은 킹이 그의 진짜 성이라고 믿는 거고?"

"그럴 가능성이 높다는 거요. 어쨌든 진짜라는 전제 하에 조사해볼 만한 가치는 있잖소."

"댁비라는 단어는 뜻만큼이나 어감도 좋지 않네요."

"하지만 아주 적절한 단어요. 꼭 필요하기도 하고." 리처가 말했다. "프레드릭 대왕이 아주 큰 실수를 한 적이 있소. '야전 포병대가 아니었으면 전장은 존엄성을 찾아볼 수 없는 오직 아비규환의 살육 현장에 불과할 것이다' 뭐 그 비슷한 말을 했다더군. 포병들로서는 기세가 등등해질 수밖에. 그들이 스스로를 전장의 왕이라고 떠벌리기 시작한 게 그때부터였다고 들었소. 그때부터 자기네가 육군에서 가장 중요한 부대라고 착각하기 시작했고, 그 착각은 지금까지도 계속되고 있소. 그건 절대로 사실이 아니기에 다른 병과에서 댁비라고 부르는 거요."

"실제로 그들이 가장 중요한 병과일 수도 있잖아요."

"천만에. 육군에서 가장 중요한 병과는 헌병이오."

"그럼 포병들은 헌병을 뭐라고 부르죠?"

"감히 부르지도 못하지. 평상시에는 그저 '넵', '옙' 하며 설설 기거든."

"그럼 평상시가 아닐 때는 뭐라고 부르죠?"

"얼뜨기나 원숭이 순찰대. 그리고 침프스라고 부르기도 하지. 하지만 그건 침팬지가 아니라 단순한 두문자어일 뿐이오."

"구체적으로 말하자면요?"

"CHIMPS, completely hopeless in most policing situations. 경찰력이 필요한 상황에 전혀 대처하지 못하는 한심이들."

"실 기지는 어디에 있죠?"

"오클라호마 주, 로턴."

그녀는 거치대에 얹혀 있는 휴대폰의 단축 번호를 눌렀다. 스테레오에서 통화연결음이 크고 길게 울려나왔다. 곧 목소리가 응답했다. 낮고 빠른 남자 목소리였다. 공식적인 수신 멘트를 읊지 않는 것으로 미루어 리처는 오마하의 야간 당직 요원이라는 걸 알아차릴 수 있었다. 발신 번호를 확인하고 곧장 본론으로 들어갈 태세를 갖춘 다음 전화를 받은 게 분명했다. 그 시각에 자다 깬 목소리가 아닌 것도 그가 교대 시간을 목전에 둔 야간 당직 요원이라는 증거였다.

소렌슨이 그에게 말했다. "오클라호마 주 로턴에 있는 실 육군 기지에 전화를 해서 피터 킹이라는 포병에 관해 알아봐. 1991년 전후에 복무했을 거야. 특히 현재 거주지와 가족 사항에 관한 정보가 필요해. 그들에게 내 번호를 알려주고 그의 기록을 확인하는 대로 전화 부탁한다고 말해, 알겠지?"

"알겠습니다." 사내가 말했다.

"스토니는 출근했어?"

"좀 전에요."

"지시 사항은?"

"아직 어떤 지시도 내려오지 않았습니다. 어째 좀 이상합니다."

"윗선에서 서로들 밀고 당기느라 그런 거 아니야?"

"전화선들이 하나같이 잠잠한데요? 야간 통화 일지 내용을 보고하라는 지시조차 아직 없습니다."

"이상하군."

"그렇다니까요."

그의 앞에도 뒤에도 다른 손님은 없었다. 커피를 마시고 머핀을 우물거리며 목격자는 프런트에서 곧장 투숙 절차를 밟았다. 데스크 여직원이 그의 이름과 선호하는 침대 타입을 물었다. 넉넉한 몸집만큼이나 성격도 좋은 여자인 것 같았다. 일처리 솜씨도 능숙해 보였다. 그는 이름을 밝혔다. 하지만 그녀의 두 번째 질문은 제대로 이해할 수 없었다.

그가 되물었다. "침대 타입이라니요?"

여자가 말했다. "저희 객실들은 침대 사이즈로 구분됩니다. 킹, 퀸, 그리고 트윈 사이즈."

"난 아무 사이즈나 상관없는데요?"

"특별히 선호하는 사이즈가 없단 말씀이신가요?"

"그냥 정해주시면 좋겠는데요."

"솔직히 말씀드리자면 퀸 사이즈 침대가 있는 객실들이 제일 좋습니다. 실제 크기는 다른 타입의 객실들과 같지만 느낌상 약간 넓어 보이거든요. 안락의자를 비롯해서 실내 가구와 집기들도 마찬가지고요. 대부분의 손님들이 가장 선호하시는 객실이에요."

"좋네요. 그걸로 할게요."

"탁월한 선택이십니다." 여자가 밝은 표정을 지으며 말했다. 이어서 그녀는 숙박부에 기록을 한 뒤 그에게 열쇠를 건넸다. "14호실입니다. 쉽게 찾으실 수 있을 거예요."

목격자는 키를 쥐고서 로비를 나섰다. 그는 잠시 차가운 바람을 맞으며 멈춰 서서 하늘을 올려다보았다. 곧 비가 내릴 것 같았다. 북쪽에선 이미 비가 내리고 있을 게 분명했다. 그가 건물 바깥 보행로를 따라 걸음을 옮겼다. 이내 11호실부터 15호실까지의 위치를 가리키는 손가락 모양의 표지판이 눈에 들어왔다. 그는 표지판을 따라갔다. 보행로는 생명 없는 겨울 화단을 빙 둘러 빠져나가 다섯 개의 객실이 열을 지어 들어서 있는 긴 별관 앞까지 이어졌다. 14호실은 끝에서 두 번째였다. 가까운 곳에 물이 죄다 빠진 바닥에 나뭇잎들만 흐트러져 있는 수영장이 있었다. 목격자는 그곳이 여름철엔 아주 멋진 휴양지일 거라고 생각했다. 수영장엔 넘실거리는 푸른 물, 화단엔 만발한 꽃. 그는 그때까지 수영장에서 수영해본 적이 단 한 번도 없었다. 호수나 강에서 헤엄친 적은 많았지만.

231

수영장 너머로 야트막한 담장이 보였다. 콘크리트로 블록을 쌓고 그 위를 벽토로 장식한 허리 높이의 구조물이었다. 그 뒤쪽으로 3~4미터 떨어진 거리에 얕은 담장과 평행선을 이룬 보안 철책의 일부가 보였다. 수직으로 높이 솟은 검은색 철책 위엔 안쪽으로 경사를 두고 레이저 철조망이 설치돼 있었다. 평생 농장 일을 하며 살아온 목격자는 담장에 관해 잘 알고 있었다. 그 담장을 보면서 그는 인건비와 재료비가 엄청나게 들어갔을 거라는 생각을 했다.

그가 14호실의 문을 따고 안으로 들어갔다. 침대는 그가 집에서 동거녀와 함께 쓰는 침대보다 좀 더 넓었다. 그 위에 옷가지들이 가지런하게 쌓여 있었다. 청바지, 데님 셔츠, 파란색 면 스웨터, 흰 셔츠, 흰 팬티가 각각 두 벌씩 있었다. 베개 위엔 파자마도 한 벌 개켜져 있었다. 욕실에는 세면도구들이 정리돼 있었다. 비누, 샴푸, 면도 크림, 로션, 탈취제, 치약, 포장을 뜯지 않은 칫솔과 면도기, 솔빗, 목욕 가운 그리고 수건 한 보따리.

그는 침대에 누울까 했던 생각을 접고 대신 안락의자에 앉았다. 프런트의 여직원은 점심이 12시 정각이라고 했다. 그때까지 할 일이 없었다. 그래서 그는 낮잠을 자기로 했다. 잠깐만 졸다 일어나도 개운할 것 같았다. 그의 일생에서 가장 길었던 지난밤의 피로가 한꺼번에 몰려왔다.

소렌슨이 굉음을 울리며 달리는 트럭 한 대를 추월할 때까지 기다렸다가 리처가 말했다. "피살자의 지문을 채취하고 감식하는 과정을 설명해주겠소?"

"일반적으로는," 소렌슨이 말했다. "감식반이 살인 현장에 도착해서 가장 먼저 하는 일이 지문 채취예요. 부패가 시작되면 힘들어지니까요. 지문을 채취하고 나면 곧장 데이터베이스에 업로드하죠."

"인공위성을 통해서?"

"아뇨. 일반 휴대폰 네트워크를 통해서."

"참 편리한 세상이군."

"맞아요. 이제 휴대폰은 가장 중요한 생필품이에요. 그게 없으면 살 수가 없어요. 이유를 대자면 끝이 없을 거예요. 20년 전에 연방 의회에서 전 국민이 의무적으로 무선송수신기를 24시간 목걸이처럼 착용하는 법안을 상정했다고 가정하자고요. 정부에서 개개인의 위치를 실시간으로 추적할 수 있도록 말이죠. 국민들 반응이 어땠겠어요? 하지만 이제 사람들은 자발적으로 24시간 내내 그런 장비를 지니고 다녀요. 주머니나 가방 속에. 실제로 목에 걸고 다니는 사람들도 적지 않고요."

"선명한 빨간색 차에서도 지문이 나왔소?"

"아주 많이. 그자들은 전혀 조심을 하지 않은 것 같아요."

"그 지문들도 업로드했소?"

"물론이죠."

"결과는?"

"아직 나오지 않았어요." 소렌슨이 말했다. "그자들의 신상 명세가 데이터베이스에 등록돼 있지 않아서 그럴 거예요. 거의 확실해요. 신원 조회가 이렇게 늦는 경우는 처음이에요. 단 한 번도 지문을 찍은 적이 없는 자들이 분명해요."

"그렇다면 외국인은 아니라는 얘기군." 리처가 말했다. "외국인들은 비자 신청이나 입국 절차 때 지문을 찍어야 하는 걸로 아는데, 맞소? 물론 그들이 밀입국했다면 얘기가 다르겠지. 그러고 보니 그자들이 캐나다 국경선을 넘어왔을 가능성도 있군. 거긴 구멍투성이라던데."

"그건 일단 캐나다에 입국한 다음의 문제예요. 우린 캐나다의 데이터베이스에 접속해서 신원 조회를 할 수도 있어요. 캐나다는 육상으로는 다른 국경선이 없잖아요. 그들이 외국인이고 또 캐나다에 밀입국했다면 방법은

233

오직 두 가지뿐이에요. 북극을 걸어서 가로지르거나 베링 해협을 헤엄쳐 건너거나."

"알래스카는?"

"마찬가지예요. 외국인이 합법적으로 알래스카 땅을 밟으려면 반드시 지문을 찍어야 해요."

"입국 절차에 허점이 있거나 세관원이 실수할 가능성도 있잖소."

"지난 10년 동안 그런 일은 단 한 번도 없었어요."

"알겠소. 그럼 그자들이 외국인일 가능성은 완전히 배제해야겠군."

소렌슨은 계속해서 차를 몰았다. 올 때와 정반대 방향이긴 했지만 한 번 달렸던 길이었다. 하지만 지형이 전혀 생소하게 느껴졌다. 고속도로조차 다른 길 같았다. 하늘을 뒤덮은 먹구름 때문에 양옆의 풍경도, 앞뒤의 지평선도 분간하기 힘들었다. 마치 끝없는 구름바다를 항해하는 것 같았다. 장대비의 기세는 상당히 수그러들었지만 도로는 여전히 물바다였다.

그녀 곁에서 리처가 말했다. "국무성 직원이라는 남자는 어디서부터 출동한 거요?"

그녀가 말했다. "모르겠어요. 차를 몰고 불쑥 나타났어요. 하지만 신원은 확실했어요. 내가 직접 그의 신분증을 확인했으니까요."

"국무성에서도 당신네들처럼 지부를 운영하고 있소?"

"잘은 모르겠지만 그렇진 않은 것 같아요."

"그럼 그는 어디서 파견된 거지? 워싱턴일 리는 없소. 거리가 너무 머니까."

"좋은 지적이에요. 우리 지부장한테 물어봐야겠어요. 그 남자가 현장으로 가고 있다는 메시지를 받았다더군요. 그리고 그 후에도 국무성과 연락을 주고받았어요. 피살자가 상무관이었다는 사실도 그래서 알게 된 거예

요."

"상무관이 아니었을 수도 있소. 앞뒤 정황상 국무성이 바짝 코를 들이밀고 있는 건 맞소. 하지만 자기네 직원이 살해됐기 때문이 아닌 것 같소. 뭔가가 있다는 생각이 드는군. 피살자가 진짜 국무성 직원이라면 내 얘기는 잊어버리시오. 하지만 난 직감상 그 사내가 CIA 요원이었던 것 같소."

소렌슨은 입을 다문 채 계속 차를 몰았다. 파키스탄, 혹은 중동에서 구입했을 체크무늬 셔츠에 관해서도, 지속적인 보고를 요구했던 지난밤의 CIA 전화 내용에 관해서도 입을 열지 않았다. 옆자리의 덩치 큰 사내가 못 미더워서가 아니었다. 그녀 나름의 수사 원칙, 혹은 그에 관한 터부가 있어서도 아니었다. 절대 입 밖에 내서는 안 되는 일들도 있었다. 한밤중에 CIA가 미국의 내륙지방을 들쑤시고 다니는 것도 그런 일들 가운데 하나였다.

41

델펜소의 딸아이 이름은 루시였다. 굿맨 보안관은 루시를 이웃집 현관 계단에서 만났다. 마른 몸매에 머리색이 짙고 얼굴이 뽀얀 아이였다. 파자마 차림의 아이는 아직 잠에서 덜 깬 것 같았다. 집 안에선 아침의 일상적인 부산스러움이 느껴졌다. 굿맨은 아이를 시멘트 계단 위에 앉힌 뒤 자신도 무릎에 팔꿈치를 괴고 양손을 늘어뜨린 자세로 그 옆에 앉았다. 겉으로 보기엔 가벼운 얘기를 나누는 정다운 할아버지와 손녀 같았다. 굿맨은 일단 아이의 안부를 물었다. 하지만 그의 첫 질문은 대답을 얻지 못했다. 아이는 갑작스러운 상황을 거북해하며 입속으로만 우물거릴 뿐이었다. 굿맨은 작정했던 얘기를 하기 시작했다.

네 엄마가 어젯밤 직장에서 돌아오지 않았다. 현재 엄마가 어디 있는지 아무도 모르고 있다. 많은 사람들이 엄마를 찾고 있는 중이다.

아이는 별다른 반응을 보이지 않았다. 굿맨의 얘기를 자기와는 전혀 상관이 없는 다른 세계에서 일어난 일인 것처럼 받아들이고 있었다. 토성의 표면 온도라든가 AM과 FM의 주파수 차이에 관한 강의처럼 전혀 이해할 수도, 느낄 수도 없는 얘기. 공손하게 고개를 몇 번 끄덕이긴 했지만 그건 순전히 보안관 할아버지에게 예의를 지키기 위한 행동일 뿐이었다. 아이는 추웠고 불안했다. 빨리 집 안으로 들어가고만 싶었다.

아이와 얘기를 끝낸 다음 굿맨은 이웃집 여자와 면담을 했다. 그는 그녀에게도 간단하게 소식을 전했다.

델펜소가 실종됐다, 현재 그녀가 어디 있는지 아무도 모른다, 전면적인 수색 작업이 진행 중이다.

굿맨은 자신의 신념을 포기하고 소렌슨의 조언을 전달했다.

루시를 학교에 보내지 말도록 하자, 당신 딸도 루시와 함께 집에 있으면 좋겠다, 당신도 일을 쉬고 두 아이를 보살펴주면 정말 고맙겠다, 이런 상황에선 익숙한 얼굴이 한 명이라도 더 주위에 있는 게 루시를 위해 좋다는 전문가의 얘기를 들었다.

이웃집 여자는 잠시 머뭇거리다가 그렇게 하도록 노력하겠다고 약속 비슷하게 말했다. 최선을 다해보겠다고, 일단 여기저기 전화부터 걸샜나노노 했다. 굿맨은 그녀를 현관 앞에 세워두고 돌아섰다. 그녀의 뒤쪽으로 잠에서 완전히 깨어난 두 아이가 활기차게 노는 모습이 어른거렸다. 하지만 여자는 집 안으로 들어갈 생각도 잊은 듯 멍한 표정으로 가만히 서 있었다.

비는 그치고 구름이 점점 엷어지면서 도로 상태도 변했다. 바다를 이루고 있던 물이 눈에 띄게 말라가면서 검은 아스팔트가 원래 모습을 드러내기 시작했다. 15킬로미터를 달리는 동안 일어난 변화였다. 그제야 리처의 눈에 도로 주변의 풍경이 들어오기 시작했다. 낮 시간에 달리는 고속도로는 지난밤과는 사뭇 다른 모습이었다. 더 이상 어둠 속에 뚫린 터널이 아니었다. 광활하게 펼쳐진 주변의 평야 지대보다 조금 북돋워진 아스팔트길이었다. 끝없이 이어질 것 같은 그 도로 위를 달리면서 리처는 차창을 통해 이따금씩 지나치는 출구들을 유심히 살펴보았다. 대부분은 실망만 안겨줄 출구들이었다. 하지만 기대를 해도 좋을 만한 출구들도 가끔 있었다. 어느 순간, 정말로 마음에 드는 출구가 멀리서 그의 눈에 들어왔다. 상당히 먼 거리인데다가 잿빛 하늘 때문에 제대로 형체를 구분할 수는 없었지만 건물들이 군락을 이루고 있는 상업지역으로 이어지는 출구였다. 건물숲 위엔 각종 간판들이 여러 가지 색깔로 빛나고 있었다. 엑슨, 텍사코, 수노코, 서브웨이, 맥도날드, 크래커 배럴, 메리어트, 레드 루프 인 그리고 컴포트 인. 거기다 네온이 아니라 무광택 종이 재질이었기에 밤에는 보이지 않을 아웃렛 몰 간판까지.

리처가 말했다. "아침 먹읍시다."

소렌슨은 대답하지 않았다. 리처는 그녀의 자세가 경직되는 걸 느꼈다. 후회할 일은 하지 않겠다는 무언의 표현이었다.

그가 말했다. "배가 고프군. 당신도 그럴 거요. 어쨌든 차에 기름도 넣어야 하잖소."

그녀는 대꾸하지 않았다.

그가 말했다. "절대 당신을 난처하게 만들지 않겠소. 그럴 마음이었다면 애초에 이 차에 타지도 않았을 거요. 우린 이미 합의를 봤잖소. 벌써 잊었소?"

그녀가 입을 열었다. "우리 오마하 지부는 지난밤 동안 놀고 있지 않았다는 걸 보여줄 증거가 필요해요."

"그 사정은 나도 충분히 이해하고 있소. 그러니 당신과 함께 끝까지 갈 거요."

237

"그래도 난 방심할 수가 없어요. 그러니 이렇게 하죠. 드라이브 스루(차에 탄 채로 이용할 수 있는 식당)가 있으면 아침을 먹기로."

"아니," 그가 말했다. "식당에 들어가 테이블에 앉아서 먹읍시다. 서로를 신뢰하는 교양인들답게. 게다가 난 씻고 싶소. 옷도 사야겠고."

"어디서요?"

"아웃렛 몰에서."

"왜요?"

"옷을 갈아입으려고."

"왜 옷을 갈아입으려는 거죠?"

"좀 나아 보이려고."

"당신 가방은 임팔라 속에 있었나요?"

"난 가방을 갖고 다니지 않소."

"그건 또 왜죠?"

"그 속에 넣을 게 없으니까."

"장거리를 여행하려면 갈아입을 옷 한두 벌은 있어야 하잖아요."

"사흘쯤 지난 뒤엔 또 어쩌라고?"

소렌슨이 고개를 끄덕였다. "당신 말도 일리가 있네요." 그녀는 더 이상 아무 말이 없었다. 800미터쯤 더 가다가 그녀가 차의 속력을 늦추면서 깜빡이를 켰다.

그녀가 말했다. "좋아요. 당신을 믿어보죠. 날 곤경에 빠뜨리지 말아요. 지금 여기서 내가 믿을 건 당신의 약속뿐이니까."

리처는 아무 말도 하지 않았다. 그녀는 출구를 빠져나온 뒤 램프 끝에서 좌회전을 해서 텍사코 주유소로 진입했다. 소렌슨이 차에서 내렸다. 리처도 따라 내렸다. 소렌슨이 눈살을 약간 찌푸렸다. 리처는 어깨를 한 차례 으쓱거렸다. '믿으려면 완전히 믿을 것이지.'

그녀는 일반 아멕스 신용카드를 주유 펌프의 카드 투입구에 밀어 넣은 뒤 호스를 들고 기름을 넣기 시작했다.

그가 말했다. "난 편의점으로 갈 건데 뭐 필요한 거 있소?"

그녀는 고개를 가로저었다. 그녀는 불안해하고 있었다. 리처는 그녀의 불안을 충분히 이해할 수 있었다. 그 상황에서 주유 호스는 사슬이나 마찬가지였다. 그는 자유로운 몸이었지만 그녀는 사슬에 묶인 셈이었다.

"돌아오겠소." 리처는 그 말을 던지곤 걸음을 옮겼다. 디모인 남동쪽, 셸 주유소 편의점의 꾀죄죄한 사촌 같은 가게였다. 상품들은 물론 복도며 진열 방식도 똑같았다. 하지만 남쪽의 사촌에 비해 낡고 더러웠다. 그쪽 직원과 비슷한 또래의 청년이 계산대 뒤에 서 있었다. 리처는 자신의 코언저리에 꽂히는 그의 시선을 의식하며 진열대들을 짚어나갔다. 여행용품 진열대 앞에 이르자 그는 일단 항생 연고와 일회용 반창고 한 통을 집었다. 그리고 작은 치약 튜브와 아스피린 한 통. 그는 현금으로 계산을 했다. 계산을 하면서도 점원의 눈길은 리처의 코언저리에서 떠나지 않았다.

리처가 말했다. "모기한테 물렸을 뿐이야. 그러니 걱정하지 않아도 돼."

소렌슨은 편의점과 주유 펌프 중간쯤 되는 지점에 서서 리처를 기다리고 있었다. 그녀는 여전히 불안해하고 있었다.

리처가 말했다. "아침은 어디서 먹으면 좋겠소?"

그녀가 말했다. "맥도날드 괜찮겠어요?"

그가 고개를 끄덕였다. 그는 단백질과 지방, 그리고 당분이 필요했다. 그 필요만 충족된다면 어떤 음식이든 상관없었다. 게다가 그는 패스트푸드에 대한 편견이 없는 사람이었다. 끝없이 떠돌아다니는 처지라는 걸 감안하면 오히려 정식 요리보다 나았다. 그들은 다시 차에 타서 100미터쯤 떨어진 맥도날드 주차장으로 갔다. 형광등으로 밝혀진 실내엔 냉기가 감돌았다. 딱딱한 플라스틱 의자가 섬뜩할 만큼 차가웠다. 그는 치즈버거 두 개와 애플파이 두 개, 그리고 톨 사이즈 커피 한 잔을 주문했다.

소렌슨이 말했다. "점심이 아니라 아침인데 그렇게나 많이?"

리처가 말했다. "지금이 어느 땐지 헛갈려서. 어제 아침에 일어난 뒤로 눈 한 번 못 붙였소."

"그건 나도 마찬가지예요." 소렌슨이 말했다. 하지만 그녀는 일반 아침 메뉴를 주문했다. 소시지 패티와 계란을 넣은 건포도 빵, 그리고 커피 한 잔. 두 사람은 눅눅한 합판 테이블을 사이에 두고 마주 앉아 아침을 먹었다.

소렌슨이 물었다. "샤워는 어디서 할 거죠?"

"모텔." 리처가 말했다.

"샤워 한 번 하려고 하루 치 요금을 내겠단 말인가요?"

"아니, 난 1시간 치 요금만 낼 거요."

"여기 모텔들은 모두 체인업체들이에요. 시간당 대실은 하지 않는 건전한 모텔들이라고요."

"하지만 사람이 운영하는 곳들이오. 그리고 지금은 아침이잖소. 객실 청소부들이 아직 퇴근하지 않았을 거라는 얘기지. 프런트 직원은 20달러면 만족할 거요. 10달러는 자기가 챙기고 나머지 10달러는 청소부에게 줘서 다시 방을 청소시킬 거고. 대충 그렇게 돌아가게 돼 있소."

"전에도 그랬던 적이 있군요?"

"안 그랬다면 진즉에 알거지가 됐을 거요."

"그렇다 해도 적은 돈이 아니네요. 번번이 옷까지 사 입었을 테니 그동안 지출이 상당했겠는데요?"

"당신이 매달 갚아가는 주택 융자금과 그 이자를 생각해보시오. 거기다 보험료와 냉난방 비용 그리고 유지비와 수리비까지 합치면?"

소렌슨이 미소를 지어 보였다.

"일리가 있는 얘기네요." 그녀가 다시 말했다.

리처는 먼저 식사를 마치고 화장실로 갔다. 화장실 바깥벽에 공중전화가 매달려 있었다. 현재로선 전혀 필요가 없는 물건이었다. 화장실 안에는 창문이 없었다. 비상구도 없었다. 소변을 본 뒤 손을 씻고 나서 다시 밖으로 나오는 순간, 그는 소렌슨의 뒤쪽에 두 사내가 양쪽으로 버티고 서 있는 걸 보았다. 소렌슨은 여전히 의자에 앉아 있었다. 두 사내가 각각 그녀의 한쪽 어깨에 두꺼운 허벅지를 거의 닿을 듯이 들이대고 있었기 때문에 그녀가 몸을 돌려서 빠져나올 공간은 없었다. 두 사내는 바로 그녀의 머리 위에서 예쁜 숙녀분이 왜 자기들을 식사에 초대하지 않는지 모르겠다는 둥, 지들끼리 시답지 않은 농담을 큰 소리로 주고받았다. 트럭운전수들인 것 같았다. 그들은 복장만 보고 소렌슨을 출장길에 나선 사업가라고 착각한 게 분명했다. 검은 바지에 검은 재킷 그리고 푸른 셔츠. 점잖고 겁 많은 여성 사업가는 그들로서는 만만한 상대였다. 두 사내는 그녀의 머리 스타일에 관해서도 몇 마디 고맙지 않은 칭찬을 하며 낄낄거렸다.

리처는 3~4미터 거리를 두고 멈춰 서서 잠시 지켜보았다. 그녀가 신분증과 글록 중에 어느 걸 먼저 뽑을지 궁금했다. 하지만 그녀는 아무것도 뽑아들지 않았다. 그녀는 자리에 앉은 채 수모를 견디고 있었다. 정말이지 인내심이 대단한 여자였다. 아니면 보고서를 쓰는 게 지겨워서였을지도 몰랐다. 리처로선 민간인의 도발에 대한 FBI의 대응 수칙까진 알 수 없었다.

어느 순간 그들 가운데 하나가 리처의 존재를 알아챘다. 그가 입을 다물고 고개를 돌려 리처의 얼굴을 쳐다보았다. 곧이어 그의 동료의 눈길도 리처에게 꽂혔다. 근육은 아니지만 그렇다고 군살도 아닌 살집이 두둑한 몸매에 키가 큰 사내들이었다. 초점이 흐린 작은 눈, 수염이 덥수룩한 얼굴, 지저분한 치아, 떡진 머리. 그리고 혼자 식사하는 여자를 희롱하는 행태. 전형적인 인간쓰레기들이었다.

'어서 결정해라.' 리처는 생각했다. '눈 깔고 꺼지든지 한번 해보든지.'

그들은 후자를 선택했다. 그들은 눈길을 돌리지 않았다. 리처의 깨진 코가 신기해서가 아니었다. 도전이었다. 두뇌의 사고 작용의 개입 없이 순전히 수컷 호르몬의 충동에 의한 멍청한 선택이었다. 리처도 똑같은 호르몬이 솟구치는 걸 느꼈다. 자기 의지로 제어할 수 있는 현상이 아니었다. 리처 같은 사내들은 어떤 화학식으로도 표기할 수 없는 생태적 원소를 지니고 있다. 냉혹하면서도 뜨거운 원초적 물질, 짐승을 쫓아다니던 선사 시대 이전부터 그들의 핏줄 속에 이어져 내려오고 있는 사냥꾼의 기질, 결전의 순간엔 모든 불안과 초조가 사라지고 대신 승리에 대한 절대적인 욕구와 확신이 가득 차올라 초인적인 힘을 발휘하게 만드는 투혼, 그 묘한 물질이 아드레날린과 결합하게 되면 엄청난 시너지를 발휘하게 된다. 그건 칼을 들고 싸우는 싸움에 총을 들이대는 정도가 아니다. 플루토늄 핵폭탄을 터뜨려버리는 것이다.

두 사내는 그를 계속 노려보고 있었다. 리처도 그들을 노려보았다. 왼쪽에 선 사내가 말했다. "뭘 봐?"

그 자체로 도발이었다. 시비의 첫 단계. 많은 싸움이 거기서 끝이 난다. 대부분의 사람들은 움찔해서 눈을 내리깔게 된다. 잘못했다는 느낌마저 갖는 사람들이 적지 않다. 리처로서는 죽을 때까지 그 이유를 깨닫지 못할 것이다. 눈이 깔리는 게 아니라 자동적으로 두 배는 크게 부릅떠지는 사람이니까.

리처가 말했다. "똥덩어리들을 보고 있다."

사내들은 아무 대꾸도 하지 않았다.

리처가 말했다. "그래도 선택권은 주겠다. 1번, 트럭으로 돌아가서 고속도로를 따라 80킬로미터를 달린 다음 거기 어디서 아침을 먹는다. 2번, 구급차로 실려 간 다음 병원에서 아침을 먹는다. 물론 플라스틱 튜브로."

사내들은 아무 말도 하지 않았다.

"시간제한이 있는 선택이다." 리처가 말했다. "그러니 서둘러라. 아니면 내 마음대로 선택해주겠다. 정말로 솔직히 말하자면 지금 내 마음은 구급차와 플라스틱 튜브 쪽으로 기울어지고 있는 중이다."

그들의 입언저리가 씰룩거렸다. 그들의 눈동자가 불안하게 흔들렸다. 그들은 움직이지 않았다. 하지만 잠시 후 그들은 리처의 예상대로 1번을 선택했다. 그들이 몸을 돌렸다. 그들이 식당 출구 쪽으로 걸음을 옮겼다. 아무 일도 없었다는 듯, 약간 건들거리는 걸음걸이였지만 그들은 문 앞에 다다를 때까지 한 번도 멈추지 않았다. 그들이 문을 밀어 열고 주차장으로 나갔다. 그들의 모습이 시야에서 사라졌다. 단 한 번도 뒤돌아보지 않은 채. 리처가 숨을 내쉬면서 자기 자리에 앉았다.

소렌슨이 말했다. "날 위해 나서줄 필요는 없었는데."

리처가 말했다. "난 당신을 위해 나선 게 아니었소. 그들이 내게 시비를 걸었잖소. 난 내 자신을 보호한 것뿐이오."

"그들이 순순히 떠나지 않았다면 어떻게 할 작정이었죠?"

"불필요한 가정이오. 저런 친구들은 반드시 떠나게 돼 있으니까."

"실망한 것처럼 들리는군요."

"난 늘 실망하며 살고 있소. 세상이 자꾸 날 실망시키는 걸 어쩌겠소. 그나저나 당신은 왜 가만히 참고만 있었소?"

"보고서." 그녀가 말했다. "저런 사람들을 체포하고 나면 보통 귀찮아지는 게 아니거든요."

그녀가 휴대폰을 꺼내서 화면을 띄우고 배터리와 신호 세기 막대를 확인했다.

"기다리는 전화가 있소?" 리처가 물었다.

"당신도 알잖아요." 그녀가 말했다. "이 사건에서 손 떼라는 지시를 기다리고 있는 중이에요."

"그런 지시는 떨어지지 않을 거요."
"이미 2시간 전에 떨어져야 했어요."
"그럼 이 상황을 어떻게 설명하겠소?"
리처는 그녀의 대답을 들을 수 없었다. 바로 그 순간 마치 큐 사인이라도 받은 것처럼 그녀의 전화벨이 울렸기 때문이다.

42

전화기가 움찔거리며 울어댔다. 음이 가늘고 높은 벨소리였다. 평범한 기계음. 소렌슨은 응답을 한 다음 상대편의 얘기에 묵묵히 귀를 기울였다. 리처의 판단으론 그녀가 기다리고 있던 전화가 아니었다. 그녀의 표정이 말해주고 있었다. 사건에서 손을 떼라는 지시가 아니었다. 오히려 그녀에게 새로운 소식을 알리는 전화였다. 그녀의 표정으로 미루어 그다지 나쁜 소식은 아니었다. 그렇다고 좋은 소식도 아니었다. 관심을 가질 만한 소식 정도인 것 같았다. 새로운 사실. 사건을 좀 더 복잡하게 만드는 정보.

통화를 끝낸 뒤 소렌슨이 리처를 바라보며 말했다. "우리 의료 팀이 그 펌프장에서 피살자를 끄집어냈다는군요."

리처가 말했다. "그런데?"

"지금까지 모르고 있었던 한 가지 사실이 새롭게 드러났어요."

"어떤 사실?"

"범인들이 피살자를 찌르기 전에 먼저 그의 팔을 부러뜨렸어요."

소렌슨의 얘기가 이어졌다.

FBI 의료 팀이 운구용 침대에 시신을 싣고 문 가까이 세워 놓은 영구차로 가는 중이었다. 그들은 시체 운반용 부대를 사용하지 않았다. 피 웅덩이 속에 누웠던 시체는 원래 부대에 담지 않는다. 부대 안팎으로 피를 칠할 이유가 없으니까.

영구차로 가는 동안 침대의 한쪽 바퀴가 인도에 돌출된 뭔가에 걸렸다. 그 서슬에 시체의 오른팔이 옆으로 비어져 나왔다. 그런데 그 팔꿈치가 비정상적으로 꺾여 있었다. 의료 팀은 휴대용 엑스레이 기계로 즉시 그 인도 위에서 시신의 팔꿈치를 촬영했다. 판독 결과 피살자의 팔꿈치 관절이 으스러졌다는 걸 알게 됐다. 피살자가 펌프장 안으로 들어가기 전에 그 부상을 당했을 가능성은 전혀 없었다. 견딜 수 없을 만큼 통증이 극심했을 것이기 때문이다. 팔꿈치가 으스러지는 부상을 당하고도 돌아다닐 수 있는 사람은 없다. 그 상태론 단 1분도 버티기 힘들다. 피살자는 덴버에서부터 펌프장까지 혼자 차를 몰고 왔다. 그리고 목격자의 말에 따르자면 별 이상한 기미 없이 펌프장 안으로 들어갔다. 따라서 그의 팔꿈치가 으스러진 건 그 이후의 어느 시점에서였다. 그 시점은 다시 그가 사망하기 전으로 좁혀진다. 으스러진 팔꿈치에서 비록 소량이지만 출혈이 있었고, 그 부위가 아주 미세하게나마 부어올라 있었기 때문이다. 즉, 부상을 입은 뒤 피가 그 부위로 몰리고 생명체의 치유 과정이 시작됐으나 곧 그 과정이 멈췄다는 임상적 증거였다.

그녀의 설명을 듣고 난 뒤 리처가 말했다. "맞서 싸우려다가 입은 부상일 거요. 아마 자기 총이나 칼을 뽑아들었겠지. 정황상 칼이 유력하겠군. 아무튼 그는 자신을 지키려고 했던 거요. 범인들은 무력으로 그를 제압해서 칼을 놓게 만들었을 테고. 피살자는 오른손잡이일 거요."

"사람들은 대부분 오른손잡이예요." 소렌슨이 말했다. "그리고 나서 범인들은 그의 얼굴을 베고 배를 찔렀던 거예요. 그는 잠시 후에 과다 출혈로 사망했고."

"목격자가 비명소리를 들었답디까?"

"그런 얘기는 없었어요."

"팔꿈치가 으스러지면 이만저만 아픈 게 아니오. 목격자는 반드시 비명 소리를 들었을 거요. 단 한 차례라도. 아주 크게 울부짖었을 테니 못 들었을 리가 없소."

"어쨌든 이젠 다시 물어볼 수도 없게 됐어요."

"현장에서 발견된 무기는 없었소? 피살자 것이든 범인들 것이든."

소렌슨이 고개를 가로저었다. "범인들은 무기를 파이프 구멍에 버렸을 거예요."

"당신 생각엔 아직도 피살자가 상무관인 것 같소? 주머니에 칼이나 총을 지니고 네브래스카의 황무지로 찾아든 그가?"

소렌슨이 다시 고개를 가로저었다.

"당신에게 하지 않은 얘기가 있어요." 그녀가 말했다. "CIA. 현장에 도착하고 난 직후에 난 그들의 전화를 받았어요. FBI 대테러 팀 요원들이 도착하기도 전이었어요. 국무성 직원보다는 훨씬 전이었고."

"그들이 원하는 게 뭐였소?"

"실시간 보고."

"내가 그랬잖소." 리처가 말했다. "피살자는 그들 사람이라고."

"그렇다면 왜 내게 이 사건을 계속 맡겨두고 있는 걸까요? 엄청난 사건인데 말예요. 지금쯤 발칵 뒤집어져야 하는 거 아닌가요?" 그녀가 다시 휴대폰을 확인했다. 신호 세기 막대와 배터리 표시가 스크린 위에 모습을 나타냈다. 하지만 전화기는 꿋꿋이 침묵을 지키고 있었다.

그들이 다음번에 들른 곳은 아웃렛 몰이었다. 값싼 의류 매장이었다. 건물 자체도 볼품없었다. 매장에 입주한 업체의 3분의 1 정도가 남성용 의류 전문점이었다. 그중에는 잘나가는 브랜드들도 적지 않았다. 웬만한 사람들이라면 눈이 휘둥그레질 만한 세일 가격에도 리처는 전혀 마음이 동하지 않았다. 장사 수법이라는 게 다 그런 것 아닌가. 파격적인 가격이란 이윤을 덜 먹겠다는 얘기지 손해 보겠다는 게 아닌 것이다. 리처의 사전에서 세일이란 가격표에 덮여 있는 엄청난 거품을 살짝 털어내는 상술일 뿐이었다.

늘 그렇듯이 그의 선택은 제한되어 있었다. 색상이나 디자인이 아니라 실용성, 그것도 X의 개수가 선택의 기준이었다. 그 기준에 해당하는 옷이 없어서 빈손으로 나와야 했던 적이 한두 번이 아니었다. 하지만 다행히도 그 몰엔 X 표시가 여러 개 달려 있는 옷들이 제법 많았다. 한 가게에선 청바지, 또 다른 가게에선 티셔츠와 와이셔츠, 그리고 순면 스웨터. 색깔은 모두 푸른색 계통. 세 번째 가게에선 푸른색 양말과 흰 내의. 마지막으로 들른 가게에선 푸른색 방한 재킷. 신발은 며칠 더 신기로 했다. 아직 괜찮았으니까.

"파란색을 좋아하나 보죠?" 소렌슨이 그에게 물었다.

"난 색깔을 맞춰 입는 게 좋소." 그가 말했다.

"이유는?"

"그래야 옷 좀 입을 줄 안다는 얘기를 들을 수 있다고 누군가 내게 말해 줬소."

총 지출은 70달러였다. 만족스런 쇼핑이었다. 하루 20~25달러로 최소한 사흘, 잘하면 나흘 동안은 옷 걱정 없이 지낼 수 있게 됐으니까. 옷을 빨고 다리고 개키고 정돈하는 것보다 비용도 싸고 편하기도 했다. 누가 뭐래도 그건 사실이었다.

소렌슨이 물었다. "돈은 어떻게 벌죠?"

리처가 말했다. "여기저기서."

"여기저기가 어디죠?"

"저축해둔 걸로 충당하고 있소, 일부는."

"그럼 나머지는?"

"가끔씩 일도 하고."

"무슨 일?"

"그냥 일. 할 만한 일이라면 뭐든."

"자주?"

"가끔씩."

"그럼 벌이가 시원찮을 텐데."

"부수입이 있소."

"부수입?"

"대개는 전쟁에서 얻은 전리품."

"무슨 얘기죠?"

리처가 말했다. "나쁜 놈들의 돈을 슬쩍 하는 거요."

"지금 나한테 자수하는 거예요?"

"난 당신네를 따라 하는 것뿐이오. FBI는 늘 악당들의 재산을 압류하잖소. 코카인이 발견된 BMW, 경우에 따라선 집과 보트도."

"그건 차원이 다른 얘기예요. 압류한 범죄자들의 재산이 우리 경비를 줄여주니까 결국 납세자들에게도 도움이 되는 거죠."

"그러니 똑같지." 리처가 말했다. "악당들의 재산을 훔치지 않으면 난 극빈자 생활보호 프로그램에 의지해야 하오. 귀중한 세금이 축나잖소."

리처는 레드루프 인을 선택했다. 본사와 이익금을 분배하는 프랜차이즈. 프런트를 맡고 있던 점주는 리처가 내미는 현찰을 흔쾌히 받았다. 10달러짜리 두 장. 한 장은 달달한 그의 부수입, 나머지 한 장은 부지런한 청소부의 수고비. 리처는 쇼핑백 다섯 개를 들고 점주가 지정해준 객실로 들어갔다. 편의점 보따리 하나, 옷 보따리 네 개. 소렌슨이 따라 들어와 객실을 둘러보았다. 그녀는 아무 말 안 했지만 리처는 욕실에 난 창문 때문에 그녀가 불안해하는 걸 눈치 챌 수 있었다. 대형 창문은 아니었지만 탈출구로는 충분했다. 객실은 1층이었고 창문 아래는 바로 판석이 깔린 뒷골목이었다.

"원한다면 방 안에 있어도 좋소." 리처가 말했다. "샤워 커튼도 치지 않겠소. 그래야 당신 마음이 편하다면."

그녀는 아무 대꾸 없이 미소만 지었다. 잠시 후 그녀가 말했다. "얼마나 걸릴 것 같아요?"

"샤워하는 데 22분," 그가 말했다. "말리는 데 3분, 옷 입는 데 3분, 혹시 모르니 여유 시간 5분, 모두 합해서 33분."

"시간 개념이 칼이네요."

"시간 엄수는 미덕이잖소."

그녀가 방을 나가자 그는 즉시 옷을 벗기 시작했다. 옷가지들은 거의 누더기 수준이었다. 당연했다. 사우스다코타, 볼튼에서부터 며칠 동안 계속 입고 있었으니까. 여기저기 진흙이 말라붙었고 군데군데 핏자국도 있었다. 그가 흘린 핏자국도 있었고 남의 것도 있었다. 그는 주머니를 털어낸 다음 벗은 옷가지들을 한꺼번에 둘둘 말아서 욕실 휴지통에 던져 넣었다. 그 다음엔 먼저 정성들여 이를 닦은 뒤, 샤워기를 틀었다.

리처는 머리를 감은 다음, 온몸을 비누칠한 수건으로 문질러 닦았다. 8분 경과. 몸을 깨끗이 헹군 뒤 샤워 부스에서 나온 그는 세면대 앞에 서서 거울을 들여다보며 따뜻한 물로 적신 수건으로 얼굴을 닦았다. 코언저리에 말라붙은 피딱지는 살살 문질러 벗겨내고 찢어진 상처에 엉킨 핏덩이는 아주 조심스럽게 찍어냈다. 이제 콧구멍 차례였다. 그는 윗입술에 비누칠을 한 다음 코로 한껏 숨을 들이마셨다. 예상했던 대로 재채기가 조절할 수 없을 만큼 연속적으로 터져 나왔다. 그 바람에 콧속을 막고 있던 피딱지들이 빠져나왔다. 큰 것들은 거의 완두콩만 했다.

리처는 다시 샤워 부스로 들어가서 머리부터 발끝까지 한 번 더 헹궜다.

드디어 목욕을 끝낸 그는 물기를 닦고 새로 산 옷들을 챙겨 입었다. 머리는 손빗으로 정리했다. 여권과 ATM 카드는 한쪽 바지 주머니에, 칫솔은 다른 쪽 주머니에, 그리고 땅딸보의 모텔 키는 재킷 주머니에 넣었다.

이제 상처를 치료하는 일만 남았다. 그는 일단 아스피린을 입에 머금은 뒤 화장실로 가서 수돗물로 넘겼다. 욕실에는 수증기가 가득 차 있었다. 거울을 보면서 연고를 바르려면 일단 거울을 뒤덮은 김을 제거해야 했다.

리처가 욕실 창문을 활짝 열었다.

소렌슨이 거기, 뒷골목에 서 있었다.

그녀는 통화 중이었다. 유쾌한 내용은 아닌 것 같았다. 따지고는 있었지만 말투는 공손했다. 그래서 리처는 상대방이 지부장일 거라고 판단했다. 지부장은 그녀에게 사건에서 손을 떼라고 지시하고 그녀는 그 지시에 반발하고 있는 것 같았다. 상대방은 물론이고 소렌슨의 목소리도 잘 들리지 않았지만 그녀의 손동작이 그걸 말해주고 있었다. 손칼을 수직으로 세워서 허공을 난도질하는 건 조목조목 명분을 내세우고 있다는 표시, 쭉 뻗은 팔을 바깥쪽으로 뿌리치듯 휘둘러 90도 가량의 원호를 그리는 건 상대방의 반론을 다시 반박하고 있다는 표시, 그리고 그 팔을 다시 거둬들이다가 가슴 앞에서 스타카토로 동작을 멈추는 건 결론을 제시하고 있다는 표시였다. 목소리만으로는 진심을 채 다 전달할 수 없기에 인류의 가장 오랜 전통 수단을 동원하고 있는 것이었다. 덕분에 리처는 목소리 없이도 그녀의 진심을 파악할 수 있었지만 정작 통화 상대방은 그럴 수 없다는 게 문제였다. 전화란 의사 전달을 하기에 적절한 기기가 아니라는 게 리처의 생각이었다. 육체 언어와 뉘앙스라는 아주 중요한 수단을 배제하고 있기 때문이다.

리처는 김이 가신 욕실 거울로 눈길을 돌리고 상처 부위를 화장실 휴지로 조심스럽게 닦아냈다. 이어서 몸체가 가는 애벌레 모양으로 연고를 짜서 그 위에 발랐다. 그다음엔 휴지 끝을 뾰족하게 말아 쥐고 상처 주변에 번진 연고를 닦아내고 피부의 습기를 찍어냈다. 마지막으로 가장 깊게 찢어진 두 곳에 일회용 밴드를 하나씩 붙였다. 치료를 끝마친 리처는 헌 옷가지를 던져 넣은 휴지통에 쓰레기들을 버리고 창문을 닫은 다음 욕실을 나왔다. 그는 객실 옷장 옆에 걸린 전신 거울에 자신의 모습을 비춰보았다. 새 옷이 제법 어울렸다. 머리 모양도 마음에 들었다. 얼굴은 여전히 엉망이었다. 하지만 30여 분 전의 몰골보다는 나았다. 훨씬 나았다. 사람의 모습을 절반쯤은 되찾은 것 같았다.

리처가 주차장으로 나왔다. 소렌슨의 차가 현관에서 가장 가까운 자리에 세워져 있었다. 그녀는 앞 범퍼에 거의 걸터앉은 듯한 자세로 그를 기다리고 있었다. 그가 욕실 창문을 닫는 걸 본 뒤 주차장으로 서둘러 돌아온 모양이었다. 물론 그를 맞이하기 위해서가 아니었다. 그가 도망갈 거라는 의심을 깨끗이 털어내지 못하고 있는 것이다.

그녀가 말했다. "아주 말끔해졌네요."

그녀의 얼굴에 묘한 표정이 떠올라 있었다. 목소리에도 이상한 여운이 묻어 있었다. 분노도 아니었고 상심도 아니었다. 실망도 아니었다. 혼란이라고 표현하는 게 그나마 비슷했다.

리처가 말했다. "무슨 일이오?"

"전화를 받았어요."

"나도 보았소."

"우리 지부장이었어요."

"나도 그럴 거라고 생각했소. 이 사건에서 손을 떼라는 지시를 받았소?"

그녀가 고개를 가로저었다. 하지만 이내 고개를 끄덕였다. 부정이면서 긍정?

그녀가 말했다. "이 사건에서 손을 떼게 된 건 맞아요. 하지만 지부장의 지시는 아니에요."

"그럼 누가? 왜?"

"사건이 존재하지 않기 때문이에요. 더 이상은."

"그건 또 무슨 얘기요?"

"지금부터 20분 전 현재 시각으로 이 사건에 관한 수사가 공식적으로 중단됐어요. FBI로서는 논리적으로 충분한 명분이 있는 조치이긴 해요. 어젯밤 네브래스카에서 발생한 사건은 우리의 관할이 아니니까요. 따라서 FBI에겐 아무 일도 일어나지 않은 것과 마찬가지예요. 어떤 일도."

43

소렌슨이 말했다. "하지만 난 그들이 이런 결정을 내리게 된 동기가 마음에 들지 않아요. 이 사건은 빅뱅이에요. 그런데 그들은 블랙홀로 만들려 하고 있어요. 덮어버리려는 거죠. 완전히 빨아들여서. 아마 CIA의 입김이 강력히 작용했을 거예요. 국무성일 수도 있겠고. 국가 안보 어쩌고 하면서 또다시 말도 안 되는 짓거리들을 하고 있는 거예요."

리처가 뭐라고 대꾸하기 전에 다시 그녀의 휴대폰이 울렸다. 그녀가 발신 번호를 확인한 뒤 그에게 물었다. "지역 번호가 405면 어디죠?"

"오클라호마 남서부." 리처가 말했다. "그렇다면 로턴의 마더 실이겠군."

그녀는 전화를 받은 뒤 잠자코 상대방의 얘기를 들었다. 잠시 후 감사 인사를 하고 통화를 끝낸 그녀가 리처에게 말했다. "네, 마더 실이었어요. 1991년도에 피터 제임스 킹이 현역으로 복무한 사실을 확인했다는군요. 피스트였대요. 피스트면 주먹인데 싸움을 잘했다는 얘긴가요? 아니겠죠?"

"FIST, fire support team. 즉 포격지원 팀을 말하는 거요." 리처가 말했다. "그냥 댁비가 아니었소. 내가 그를 너무 만만하게 봤군. 아마 관측병이었을 거요. 아주 똘똘한 친구들이지. 원래 포병 출신들보다는 일반 보병대나 기갑부대에서 차출되는 경우가 많소. 인재가 부족한 전장의 왕들께서 비천한 땅개나 리어카꾼들에게서 쓸 만한 병사들을 슬쩍해 온다고 생각하면 될 거요. 그나저나 피터 킹의 가족 관계에 관해서는 무슨 얘기가 없었소? 앨런이라는 동생이 있다고 합디까?"

"아뇨. 하지만 없다고도 안 했어요. 아직 모르겠대요. 가족 관계를 확인하려면 서류 절차가 필요하다더군요."

"1991년 이후 피터의 근황은?"

"1997년에 포병 상사로 전역했대요."

"나랑 같은 해에 군대를 떠났군. 지금은?"

"마더 실도 확실하게는 모르고 있어요. 덴버에 있는 어느 경비 회사에 다니고 있다는 소식을 끝으로 연락이 끊겼대요. 피살자가 비행기에서 내려서 차를 렌트한 곳도 덴버 공항인데."

"우연의 일치일 거요." 리처가 말했다. "앨런 킹의 얘기로는 형제간에 말을 하지 않고 지낸다고 했소."

"그 얘기를 믿나요?"

"그는 피터라는 이름과 군 복무 경력을 사실대로 얘기했소. 그래 놓고 형제간의 불편한 상황을 새삼스럽게 꾸며낸다는 건 앞뒤가 맞질 않소."

"덴버의 인구는 얼마나 되죠?"

"덴버시 자체 인구는 육십만 정도." 리처가 말했다. "덴버 도시권 전체로는 그 범위를 어디까지 잡느냐에 따라 이백오십만에서 삼백만 명에 이르는 걸로 알고 있소. 킹이 얘기한 백오십만 명과는 어떤 식으로도 들어맞지 않는 거지."

"그런 것들을 어떻게 그리 잘 알고 있는 거죠? 지역 번호나 인구수 같은 것들 말이에요."

"난 정보와 사실을 좋아하오. 덴버는 캔자스가 주州로 승격되기 이전에 주지사에 해당하는 자리를 역임했던 제임스 W. 덴버의 이름을 따라 명명된 도시요. 그 배경에는 래리머라는 부동산 투기꾼의 농간이 있었소. 제임스 덴버를 회유해서 덴버가 캔자스의 주도主都가 되면 한몫 단단히 챙기려 했던 거지. 하지만 그건 그의 백일몽에 불과했소. 제임스 덴버가 이미 그 자리를 사임했다는 사실을 모르고 일을 벌였던 거요. 당시엔 우편이 느렸으니까. 그 투기꾼으로서야 황당하기 이를 데 없었겠지만 더 웃긴 건 신생 도시, 덴버가 캔자스가 아니라 콜로라도 영토로 편입됐다는 사실이오. 현재 지역번호는 303이고."

"차에 타요." 소렌슨이 말했다.

"나머지 길은 내가 운전해도 되는데. 그러길 원하오?"

"아뇨. 그럴 마음 없어요. 당신이 운전하는 차를 타고 사무실에 돌아가면 난 뭐가 되죠? 당신을 조수석에 태우고 있는 것만으로도 내 꼴은 충분히 우스워진다고요."

"난 뒷좌석에 타지 않을 거요."

소렌슨은 아무 대꾸도 하지 않았다. 두 사람은 차에 올라탔다. 소렌슨은 운전석, 리처는 조수석. 모텔 주차장을 빠져나온 차는 잠시 후 다시 고속도로에 진입했다. 소렌슨이 액셀을 밟고 있는 발에 힘을 주었다. 비구름은 동쪽 하늘에 몰려 있었다. 하지만 아무리 달려도 날씨는 개지 않았다. 소렌슨이 거치대에 휴대폰을 끼워 넣었다. 충전이 시작됨을 알리는 짧은 신호음이 울렸다. 그다음 순간 전화벨이 울리기 시작했다. 가늘고 높은 기계음이 아니라 크고 강력한 스테레오 사운드였다. 소렌슨이 버튼을 누르자 남자의 목소리가 흘러나왔다. 지시대로 디모인의 남동쪽 현장으로 가고 있는 중이라는 보고였다.

몇 마디를 더 나누고 통화를 끝낸 뒤 소렌슨이 말했다. "우리 과학수사팀이에요. 델펜소에게 가고 있는 중인 거죠."

리처가 말했다. "그녀가 이 사건의 중심이오. 무고한 시민이 살해된 사건을 그냥 덮으려 하는 FBI의 처사를 난 도무지 이해할 수 없소."

"예전부터 있었던 일이에요."

"하지만 사실이란 건 소멸되는 게 아니오."

"우린 델펜소가 죽었다는 사실을 부인하려는 게 아니라 그 사실을 범죄와 연관시키지 않는 것뿐이에요. 하루에도 수많은 사람들이 죽어요."

"그럼 그녀가 죽게 된 경위는?"

"아무도 모르죠. 그녀는 자기 차를 몰고 주 경계선을 넘었고, 그 차에 불이 난 거예요. 자살일 가능성이 크겠죠. 약을 먹은 다음 마지막으로 피운 담배를 차 바닥에 떨어뜨렸을 거예요. 그것도 단지 추정일 뿐 사망 원인은 영원히 밝혀지지 않을 거예요. 모든 게 불에 타서 사라졌으니까요. 약병을 포함해서 전부 다."

"그건 당신네 지부장의 각본인가?"

"이제 그녀의 사망 사건은 지역 경찰 당국의 소관이에요. 굿맨 보안관이 처리할 문제라는 거죠. 하지만 그는 뒤처리만 할 뿐 수사를 진행할 수는 없을 거예요. 누군가 그의 손발을 묶어버릴 테니까, 반드시."

"사라진 목격자는 어쩌고? 그도 지워지는 거요?"

소렌슨이 핸들을 잡은 채로 어깨를 으쓱했다. "아무도 관심을 갖지 않는 농장 노동자예요. 임대 주택에 세 들어 살며 주위에 친구도 없는 사람이죠. 게다가 음주 전과까지 있어요. 그런 사람들은 언젠가는 훌쩍 떠나는 법이죠. 세월이 흐른 뒤에 돌아오는 사람도 있고 그렇지 않은 사람도 있고."

"그것도 각본에 있는 내용이군?"

"전부 다 그럴듯하게 들리는 설명이에요. 딱 맞아 떨어지지는 않으면서 그렇다고 지나치게 모호하지도 않은 설명."

리처가 말했다. "20분 전에 수사가 종결됐는데 당신에게 계속해서 전화가 걸려오는 이유는 뭐지? 좀 전엔 마더 실, 이번엔 FBI 과학수사 팀."

소렌슨은 잠시 생각하고 나서 대답했다. "그들 모두 내 휴대폰 번호를 알고 있으니까 내게 직접 전화한 거예요. 오마하 지부를 거치지 않고. 아직 수사가 종결됐다는 걸 모르고 있는 거죠."

"언제쯤 알게 될 것 같소?"

"내 바람이기도 하지만 당장은 아닐 거예요. 특히 과학수사 팀은 그래선 안 돼요. 난 킹과 맥퀸이 델펜소를 어떻게 뒷좌석에 붙잡아둘 수 있었는지 알고 싶어요. 내 말은 당신 같았으면 가만히 있었겠냐는 거죠. 그들이 차에 불을 질렀는데도 얌전히 앉아 있었겠어요? 그러지 않았겠죠? 어떤 식으로든 싸웠을 거예요."

"그들이 불을 지르기 전에 먼저 그녀를 쏜 거지. 그녀는 이미 죽어 있었던 거요."

"내가 바라는 게 바로 그거예요."

"과학수사 팀이 그걸 입증하긴 힘들 거요."

"난 확실한 증거를 원하는 게 아니에요. 설득력 있는 가능성이면 충분해요. 뛰어난 전문가들이니까 그 정도는 기대할 수 있을 거예요."

"당신 지부장이 중간에 그들을 불러들일 거요, 분명히."

"그 양반은 과학수사 팀이 출동한 것도 몰라요. 출동 현장이 어딘지는 더더욱 모르고. 물론 난 그 사실을 보고하지 않을 거예요."

"자체적으로 확인에 나설 수도 있잖소."

"그러진 않을 거예요." 소렌슨이 말했다. "일단 담당자인 나를 거쳐야 해요. 최소한 이번 사건에서는 그게 절차니까요."

두 사람 사이에 대화가 끊겼다. 소렌슨은 말없이 차를 몰았고 리처는 생각에 잠긴 채 묵묵히 앉아 있었다. 차 뒤편 하늘에 태양이 떠 있긴 했지만 환한 빛 대신 어둑한 그림자를 뿌리고 있었다. 비구름은 여전히 낮게 깔려 있었다. 하지만 먼 지평선 어림은 약간이나마 환했다.

침묵 속에서 2킬로미터가량을 달리고 난 뒤 리처가 말했다. "사건을 묻어버렸다면 오마하 지부는 지난밤에 벌였던 수사 실적을 내보일 필요가 없잖소. 간밤엔 어떤 수사도 진행되지 않았으니까. 그리고 네브래스카에선 어떤 사건도 발생하지 않았으니까."

소렌슨은 대꾸하지 않았다.

리처가 말했다. "그리고 일어나지 않은 사건에 용의자나 증인이 무슨 필요가 있겠소? 범행을 저지른 사람도 없고 그 현장을 목격한 사람도 없는 거잖소. 아무 일도 일어나지 않았으니 말이오."

소렌슨은 아무 말도 하지 않았다.

리처가 말했다. "그리고 더 이상 수사가 진행되지 않는다면 당신이 내게 전해줄 정보도 없는 거잖소."

소렌슨은 여전히 입을 다물고 있었다.

리처가 물었다. "그렇다면 내가 이 차에 타고 있어야 할 이유는 뭐지?"

소렌슨은 아무 대답도 하지 않았다.

리처가 물었다. "나도 그 각본에 포함된 거요? 누구도 관심을 갖지 않는 존재. 실직자에다가 월세 방조차 없는 예비역 군인. 주위에 친구도 없는 외톨이. 갑자기 사라져도 전혀 이상할 것 없는 떠돌이. 내가 사라지면 당신들 모두 앓던 이가 빠진 것처럼 개운하겠지. 난 사건을 묻어버리려는 당신들의 엿 같은 음모를 알고 있는 마지막 생존자니까. 무슨 일이 일어났는지 알고 있고, 킹과 맥퀸의 얼굴을 보았으며, 델펜소가 그들과 함께 있는 걸 목격한 증인. 그녀가 직접 차를 몰고 주 경계선을 넘지 않았으며 약을 먹지도 않았다는 걸 알고 있는 유일한 사람. 그래서 당신들은 나도 지워버리려는 거요. 안 그렇소?"

소렌슨은 여전히 침묵을 지켰다.

리처가 물었다. "내가 샤워하는 동안 당신 상관과 나에 대해 얘기를 나눴소?"

소렌슨이 말했다. "네, 그랬어요."

"그래서 당신에게 떨어진 명령은?"

"상황이 변했어도 당신을 지부로 데려와야만 한다는 것."

"그 이유는? 날 어쩌려고?"

"난 몰라요." 소렌슨이 말했다. "당신을 지부 주차장까지 데려올 것, 그 얘기만 반복해서 들었을 뿐이에요."

44

리처는 지난밤과 똑같은 궁리를 하느라 족히 1분을 보냈다. 이번엔 뒷좌석이 아니라 조수석이었고 운전자도 남자가 아니라 여자였지만 어렵기는 마찬가지였다. 안전벨트를 매고 있고, 에어백도 터져주겠지만 시속 130킬로미터의 속도로 차를 몰고 있는 소렌슨을 맨손으로 제압하려다간 큰 사고가 날 게 뻔했다. 게다가 지난밤과는 달리 통행량도 많았다. 무고한 사람들이 날벼락을 맞게 될 위험이 너무 컸다. 출근하는 직장인들, 일찌감치 자식 방문길에 나선 노인네들.

어려운 정도가 아니라 불가능했다. 리처가 머릿속으로 결론을 내리는 순간 소렌슨이 말했다. "미안해요."

리처가 말했다. "내 어머니는 자신의 이익부터 챙기려 해서는 안 된다고 내게 늘 말씀하셨소. 하지만 난 이번에는 아무래도 어머니의 말씀을 어겨야 할 것 같소. 만일 날 데려가지 못한다면 당신은 얼마나 곤란해질 것 같소?"

"아주 많이." 그녀가 말했다.

그가 듣고 싶었던 대답이 아니었다. 그가 말했다. "그렇다면 내게 한 가지 맹세를 해줘야겠소. 오른손을 드시오."

그녀가 그의 요구에 따랐다. 그녀가 핸들에서 오른손을 뗀 뒤 손바닥을 활짝 펴고 가슴 앞으로 들어 올렸다. 공직자들이 선서를 할 때처럼 빠르지도 느리지도 않은 동작이었다.

리처는 좌석에 엉덩이를 붙인 채로 허리만 틀어서 자신의 왼손으로 그녀의 오른 손목을 잡았다. 1단계.

리처는 상체를 옆으로 기울이고 오른손을 그녀의 재킷 속으로 쑤셔 넣어 엉덩이에 차고 있는 총 지갑에서 글록을 뽑았다. 2단계.

리처는 총을 든 오른손을 오른쪽 다리와 조수석 문 사이에 내려놓으면서 다시 자세를 똑바로 추슬렀다. 3단계.

소렌슨이 말했다. "비겁해요."

"사과하겠소." 리처가 말했다. "당신과 내 어머니한테."

"이건 범죄이기도 해요."

"그렇겠지."

"날 쏠 작정이에요?"

"그러진 않을 거요."

"그럼 어쩌려는 거죠?"

"당신네 사무실 건물에서 한 블록 떨어진 곳에 날 내려주시오. 하지만 그들에겐 30킬로미터 떨어진 지점에서 날 놓쳤다고 말해야 하오. 그들이 엉뚱한 곳을 뒤지도록. 우린 잠깐 주유소에 들렀고 내가 화장실 가는 척하면서 도망친 거요."

"내 총은 돌려줄 건가요?"

"물론." 리처가 말했다. "당신네 건물로부터 한 블록 떨어진 곳에서."

소렌슨은 입을 다물고 계속 차를 몰았다. 리처도 아무 말 없이 그녀 옆에 앉아 있었다. 그의 머릿속엔 조금 전의 기억이 가득 차 있었다. 소렌슨의 손목 피부의 감촉, 그리고 복부와 엉덩이의 온기. 권총을 뺏기 위해선 어쩔 수 없었다. 하지만 그 기억이 지워지지 않는 것도 어쩔 수 없었다. 순면 셔츠, 그리고 그 아래 감춰져 있는 딱딱하지도 무르지도 않은 그녀의 몸.

두 사람을 태운 차는 고속도로를 착실하게 달려 아이오와 카운실블러프스의 남쪽 구역을 지난 뒤 미주리 강에 걸린 다리를 건너 네브래스카 주로 들어섰다. 곧바로 오마하였다. 고속도로는 동물원과 대공원이 자리 잡은 변두리를 지난 후 오마하 도심을 관통하며 그 도시를 두 구역으로 나눈다. 북쪽은 주거지역, 남쪽은 상업지역. 도심을 지난 후에야 그때까지 일직선을 고수하던 고속도로는 왼쪽으로 크게 휘어지며 오마하를 빠져나간다. 소렌슨은 바로 그 커브 지점에서 도로를 갈아탔다. 상업지역을 동서로 관통하는 직선 도로였다. 하지만 그들이 들어선 끄트머리는 상업지역이라기보다는 오피스 촌에 가까웠다. 조경이 그럴듯한 잔디 공원들을 사이에 두고 층수가 낮은 흰 건물들이 띄엄띄엄 자리 잡고 있었다. 주차장들도 아주 넓었다. 리처가 예상했던 것과는 사뭇 다른 풍경이었다. 그는 좁은 골목들을 사이에 두고 붉은 벽돌 건물들이 촘촘히 늘어서 있는 전형적인 시내 풍경을 예상하고 있었다.

서쪽을 향해 차를 몰고 있는 소렌슨에게 그가 물었다. "당신네 사무실이 정확히 어디요?"

소렌슨이 손가락으로 다음번 신호등 너머의 오른쪽 한 지점을 가리켰다. "바로 저기예요." 그녀가 말했다. "이제 다 왔어요."

200미터 앞에서 도로로부터 등을 돌리고 서 있는 하얀색 새 건물이었다. 5층짜리 건물의 뒤쪽과 양옆에는 잔디밭이 넓게 펼쳐져 있었다. 서쪽 잔디밭은 옆 건물의 야외 주차장과 잇닿아 있었다. 모든 게 넓고 평평한 풍경이었다. 걸어 다니는 사람의 모습은 거의 찾아볼 수 없었다. 도망갈 데도 없고 숨을 곳도 없었다.

"계속 가시오." 그가 말했다. "여긴 마음에 들지 않는군."

소렌슨은 이미 속도를 줄여가고 있던 중이었다. 그녀가 말했다. "한 블록 떨어진 곳에 내려달라고 했잖아요."

"이게 무슨 블록이오? 미식축구 경기장이지."

그녀가 신호등을 건너갔다. 흰색 건물 바로 뒤에 가려져 있던 작은 주차장이 그제야 리처의 눈에 띄었다. 공무용 차량들과 일반 차량들이 적당히 섞인 채 단정하게 열을 이루어 주차돼 있었다. 그 차들과 약간 떨어진 곳에 군청색 크라운 빅토리아와 검은색 칸막이 밴이 다른 차들과 직각을 이루고 세워져 있었다. 그 두 대의 차량 사이에 네 명의 사내가 코트 깃 속에 턱을 파묻은 채 커피를 홀짝거리며 서 있었다.

리처를 기다리고 있는 요원들이 분명했다.

그가 물었다. "아는 사람들이오?"

"두 사람은." 소렌슨이 말했다. "어젯밤 캔자스시티에서 출동했던 대테러팀 요원들이에요. 도슨과 미첼."

"다른 두 사람은?"

"처음 보는 얼굴들이에요."

"계속 가시오."

"저 사람들과 대화를 해보는 건 어때요?"

"좋은 생각이 아니오."

"저들이 당신을 함부로 대하진 않을 거예요."

"당신은 연방 애국자법 조항들을 끝까지 읽어본 적이 있소?"

"아뇨." 소렌슨이 말했다.

"당신네 지부장은?"

"읽지 않았을 거예요."

"그렇다면 애국자법을 근거로 저 친구들이 내게 무슨 짓이든 할 수 있다는 것도 모르고 있겠군."

소렌슨이 차의 속력을 좀 더 줄였다.

리처가 말했다. "저 주차장으로 들어가지 마시오. 직진하시오."

"나는 이미 도착 예정 시각을 보고했어요. 이제 곧 다들 나와서 나를 찾기 시작할 거예요."

"그들에게 전화를 걸어 차가 고장 나서 어딘가 갓길에 서 있다고 말하시오. 혹은 타이어가 펑크 났다고 하든지. 어쨌든 아직 아이오와를 벗어나지 못했다고 해요. 아니면 실수로 길을 잘못 들어서서 위스콘신으로 넘어갔다고 해도 좋고."

"그들이 내 휴대폰을 추적할 거예요. 어쩌면 벌써 추적 중인지도 모르고."

"계속 가시오." 리처가 말했다.

소렌슨이 약간 속도를 높였다. 차는 건물의 서쪽 측면과 약 100미터 거리를 두고 지나갔다. 건물 앞에는 넓은 주차장이 반원 모양으로 자리 잡고 있었다. 유리를 많이 사용한 건물의 전면은 아주 현대적이면서 멋있었다. 그 유리 속에서는 별다른 움직임이 없었다. 모든 게 조용했다. 리처는 건물이 멀어지도록 고개까지 돌려가며 살펴보았다.

"고맙소." 그가 말했다.

"이제 어디로 갈 생각이죠?" 소렌슨이 물었다.

"1.5킬로미터 더 가서 내려주시오."

"그다음에는?"

"작별 인사를 나누는 거지."

하지만 그들은 1.5킬로미터를 더 갈 수 없었다. 그래서 작별 인사도 나눌 수 없었다. 중간에 소렌슨의 휴대폰이 울렸기 때문이다. 소렌슨이 버튼을 켜자 스피커에서 남성의 목소리가 흘러나왔다.

"소렌슨 요원? 나 빅터 굿맨 보안관이오. 카렌 델펜소의 딸아이가 사라졌소. 유괴된 것 같소."

45

소렌슨은 즉시 브레이크를 밟으며 핸들을 크게 돌려서 유턴을 한 뒤 고속도로를 향해 달려갔다. 몇 분 전에 천천히 지나갔던 길을 쏜살같이 되돌아가는 동안 리처는 130킬로미터 떨어진 곳에 있는 빅터 굿맨 보안관이라는 사람에 대해 잠시 생각해보았다. 그 지역 토박이. 간밤의 사건을 처음으로 접수하고 대응한 경찰. 완벽주의자. 하지만 그의 목소리에는 지친 기색이 완연했다. 능력의 한계를 넘어설 때 완벽주의자들은 극심한 스트레스를 받기 마련이다.

굿맨 보안관의 얘기가 이어졌다. "난 오늘 아침 그 아이에게 엄마의 실종 소식을 알렸소. 아이가 큰 충격을 받지 않도록 아이오와에서 일어난 일은 아직 얘기하지 않았소. 확실한 부검 결과가 나온 다음에 얘기하는 게 좋을 것 같아서. 그다음엔 이웃집 여자에게 간단하게 상황을 설명한 뒤 두 아이 모두 학교를 쉬게 하라고 말했소. 직장을 쉬고 애들 곁을 지켜주면 좋겠다는 부탁도 했고. 그렇게 하도록 노력해보겠다는 반 약속도 받았소. 하지만 그녀는 그 약속을 지키지 않았소. 직장에서 문제가 생길까 봐 두려웠던 거지. 결국 그녀는 아이들만 남겨두고 출근을 했소. 별일 없을 거라고 생각하면서. 하지만 별일이 생긴 거요. 오늘 내가 두 번째 그 집을 찾아갔을 땐 주인집 아이만 있었소. 그 아이 혼자만 덩그러니. 그 아이 얘기로는 어떤 남자들이 찾아와서 델펜소의 아이를 데려갔다는군."

소렌슨이 물었다. "언제요?"

굿맨이 말했다. "열 살짜리 어린아이가 시간을 제대로 기억하기를 바라는 건 무리요. 하지만 횡설수설하는 걸 종합해보면 1시간쯤 전이 아닐까 싶소."

"몇 명이었대요?"

"그것 역시 제대로 기억하지 못하고 있소."

"한 명? 두 명? 열댓 명?"

"두 명 이상인 건 확실하오. 남자가 아니라 남자들이라고 말했으니까."

"인상착의는?"

"그냥 남자들."

"흑인? 백인? 젊은 남자들? 늙은 남자들?"

"내 생각엔 백인들이 틀림없는 것 같소. 아니었다면 아이가 얘기를 했을 테니까. 여긴 네브래스카잖소. 그리고 나이는 포기하는 게 좋을 것 같소. 열 살짜리의 눈엔 모든 어른들이 늙어 보이는 법이니까."

"옷차림은?"

"기억하지 못하고 있소."

"차량은?"

"설명이 되지 않소. 난 아이가 차량을 실제로 봤는지조차 의문이오. 어쨌든 아이는 봤다고 주장하면서 그냥 차라고만 했을 뿐이오. 그러니 어떤 차량인지 알 길이 없소. 픽업일 수도 있고 SUV일 수도 있고."

"색깔은?"

"역시 기억하지 못하고 있소. 차량을 봤다는 아이의 주장이 맞다고 해도 아무 도움이 되질 않소. 좀 전에도 말했듯이 난 아이가 실제로 차를 본 게 아니라 당연히 차가 있었을 거라고 짐작을 했다는 생각이오. 그 아이는 그 부근을 걸어 다니는 사람을 한 번도 본 적이 없을 수도 있소. 거기서 차 없이 다닌다는 건 불가능하니까."

"그 남자들한테 들은 얘기는 없대요?"

"아이는 별로 주의를 기울이지 않았던 것 같소. 초인종이 울리자 루시가 현관으로 나갔다더군. 이웃집 아이는 문밖에 서 있던 남자들을 보았고 뭔가 얘기하는 소리도 듣긴 했다고 말했소. 하지만 그 아이는 집 안쪽의 놀이방에 있었소. 뭐가 재미있는 놀이에 흠뻑 빠져 있었던 거요. 5분쯤 지난 뒤에야 현관으로 나갔던 루시가 돌아오지 않았다는 걸 깨달았다고 말했소."

"자기 집도 아닌데 루시가 왜 문을 열러 나갔을까요?"

"두 아이 사이에는 내 집, 네 집 구분이 없었으니까. 그 아이들은 두 곳 모두 자기들 집이라고 생각하며 살아왔소. 실제로도 늘 아무렇지도 않게 들락날락거렸고."

"주변을 수색했나요? 델펜소의 집도?"

"부하들 전원을 동원해서 샅샅이 수색했소. 하지만 루시의 흔적조차 발견하지 못했소."

"다른 이웃은 만나봤나요? 흰 머리 남자?"

"그는 집에 없었소. 새벽 여섯 시면 출근하는 사람이니까. 네 번째 집에도 사람이 없었고."

"주 경찰국에 보고했나요?"

"물론이오. 하지만 단서가 없으니 그들도 속수무책일 뿐이오."

"어린아이 실종 신고에는 무조건 즉각적으로 조치를 취해야 하는 거 아닌가요?"

"그렇긴 하지만 그들이 뭘 할 수 있겠소? 수사 인원은 극소수인데 네브래스카 땅덩어리는 하염없이 넓잖소. 아무 단서도 없는 판국에 어디를 뒤지고 누구를 심문하겠소?"

"알겠어요. 함께 대책을 세우기로 하죠." 소렌슨이 말했다. "난 지금 그리로 가는 중이에요. 하지만 그동안에도 수색을 계속하셔야 해요."

"물론 수색은 계속할 거요. 하지만 용의 차량은 지금쯤 어느 쪽으로든 거의 100킬로미터 떨어진 지점을 달리고 있을 텐데 무슨 소용이 있을지."

소렌슨은 그 말에 대꾸하지 않고 전화를 끊었다. 그녀는 거칠게 램프를 타고 고속도로로 진입한 다음 서쪽을 향해 시속 160킬로미터에 육박하는 속도로 달려 나갔다.

10분이 지난 뒤 여전히 전속력으로 차를 몰고 있는 소렌슨에게 글록을 돌려주며 리처가 물었다. "당신 상관이 실종된 아이까지 묻어버리려 할 것 같소?"

소렌슨이 권총을 엉덩이에 차고 나서 말했다. "야망이 큰 사람이에요. 부국장 자리까지 꿈꾸고 있는 것 같아요. 그러니 후버 빌딩에서 내리는 지시는 뭐든 따를 거예요. 옳든 그르든. 하긴 지부장들 가운데엔 그런 부류들이 적지 않아요. 아무튼 후버 빌딩은 CIA가 시키는 일은 뭐든 하는 곳이에요. 국무성이나 국가 안보국, 혹은 백악관의 지시도 마찬가지고요. 그러니 아이의 실종 사건도 묻어버릴 가능성이 높아요."

"완전히 돌았군."

"그게 요즘 이쪽 세계의 현실이에요. 당신도 알아둬야 해요."

"당신의 재량권의 범위는 어디까지요?"

"아예 없어요. 그들이 지금 내가 어디로 가고 있는지 알아내는 순간 난 모든 권한을 박탈당할 거예요."

"그럼 그들의 전화를 받지 마시오."

"안 그래도 받지 않을 생각이에요. 적어도 처음 몇 번은 무시해야죠."

"그다음엔?"

"그들이 음성 메시지를 남기겠죠. 문자와 이메일도 보낼 거고. 난 탈영병이라는 오명을 쓰고 싶지 않아요. 명령불복종으로 징계를 먹고 싶지도 않고요."

리처는 아무 말도 하지 않았다.

소렌슨이 말했다. "글쎄, 당신이라면? 당신은 그래 본 적이 있죠?"

"몇 번." 리처가 말했다.

"그래서 지금 주위에 친구 하나 없는 떠돌이 실직자 신세가 된 거고."

"정답이오. 옳지 않다고 해서 조직의 명령을 따르지 않는 건 결코 쉬운 일이 아니오. 하지만 시도할 만한 가치는 있소. 게다가 하고 보면 그리 어려운 일도 아니오. 그들이 당신을 무장해제 시키기 전에 해야 할 일을 끝내면 되는 거니까."

"어디서부터 어떻게?"

"동기." 리처가 말했다. "이 시점에서 당신이 생각해야 할 게 바로 그거요. 살해된 여자의 아이를 유괴한 자들은 대체 누굴까? 그리고 그 이유는 뭘까? 더구나 아이가 자기 엄마한테 무슨 일이 일어났는지 전혀 모르고 있는 상황에서."

"하지만 분명히 모종의 연관이 있는 일이에요. 우연의 일치일 리가 없어요. 양육권을 놓고 다투던 아버지가 아이를 데려간 것도 아니고, 먹잇감을 찾아 헤매던 소아 변태성욕자가 저지른 범행도 아니에요."

"그자들의 표적이 이웃집 아이였을 수도 있소. 두 아이를 혼동했을 가능성도 있다는 얘기지. 어쨌든 장소가 이웃집이었으니까. 그 이웃 여자도 역시 이혼녀 아닌가?"

"이건 우연의 일치가 아니라고요, 리처."

"그럼 뭐라고 생각하오?"

"모르겠어요."

"나도 모르겠소." 리처가 말했다. "전혀 앞뒤가 맞질 않으니."

잠을 못 잔 지 벌써 30시간째였다. 굿맨 보안관은 지치고 졸린 나머지 똑바로 서 있기도 힘들었다. 하지만 그는 수색을 중단하지 않았다. 유괴범들이 아직도 그 지역에 머무르고 있을 가능성은 희박했지만 그의 부하들은 그의 지시에 따라 헛간이든 주택이든 관할 구역 내의 모든 빈 건물들을 샅샅이 수색하고 있는 중이었다. 그리고 그 자신은 그들이 건너뛴 곳들을 찾아다니며 일종의 마무리 역할을 하고 있었다. 하지만 그는 아무것도 찾지 못했다. 부하들도 마찬가지였다. 그들이 주고받는 무선 통화에는 답답함과 체념, 그리고 피곤함만이 가득할 뿐이었다.

그런 상황에서 굿맨 보안관은 다시 한 번 델펜소의 동네를 찾아갔다. 이웃집 앞 도로에 차를 세운 뒤 그는 운전석에 앉아 졸음과 사투를 벌였다. 생각을 정리해야 했다. 그날 아침, 현관 앞에서 그와 만났을 때 아이가 보였던 반응이 그의 머릿속에 떠올랐다. 이해력 부족에서 비롯한 침묵, 단순히 예의를 지키려는 끄덕거림, 불안. 열 살짜리 평범한 시골 소녀였다. 천재가 아니었다. 그 사내들의 얘기가 얼추 그럴 듯했다면 사실로 믿었을 게 분명했다. 그들이 엄마가 사라졌다는 얘기를 하거나 경찰이라고 신분을 속였다면 대번에 그들을 신뢰했을 것이다. 그런 상태에서 그들은 아이에게 약속을 했을 것이다. '얘야, 아저씨들과 함께 가자. 우리가 네 엄마를 찾았단다. 엄마한테 데려다주마.'

하지만 대체 그들은 누구란 말인가? 누구이기에 델펜소가 실종됐다는 걸 알고 있었단 말인가? 그 사실을 알고 있는 사람은 극소수에 불과했다. 보안관 사무실 직원들, 이웃집 사람들, 그들에게 소식을 전해 들었을 몇몇 사람들.

그리고 델펜소를 납치한 범인들. 그들이 가장 유력한 용의자들이었다. 하지만 엄마를 살해해 놓고 그들은 왜 또다시 찾아와서 아이를 데려간 걸까?

왜?

그는 차에서 내려 찬 공기에 머리를 식혔다. 그는 1분 동안 차 주변을 어슬렁거리다가 조수석 앞쪽의 범퍼에 걸터앉았다. 엔진의 열기가 등짝을 타고 따뜻하게 전해져왔다. 동쪽 지역엔 비가 오고 있었다. 그는 그쪽 하늘에 낮게 드리운 비구름을 쳐다보았다. 구름은 빠르게 그를 향해 다가오고 있었다. 그는 눈길을 떨어뜨리고 앞에 서 있는 두 채의 집을 바라보았다. 델펜소의 집과 이웃집. 하지만 어떤 영감도 떠오르지 않았다. 그는 배수로를 내려다보았다. 진흙 위에 그의 순찰차 타이어 자국이 어지럽게 나 있었다. 고무와 진흙 그리고 물을 사용해서 적어 내려간 헛고생의 기록 같았다. 지난 몇 시간 동안 그는 그 도로에 네 차례나 차를 세웠다. 지난밤, 스미스 부인의 집에서 소렌슨과 함께 곧장 달려온 것이 첫 번째, 오늘 아침 일찍 루시에게 소식을 전하려고 찾아온 것이 두 번째, 용의주도한 보안관답게 상황을 확인하러 왔다가 그 아이가 사라진 것을 알게 된 것이 세 번째, 그리고 관할 지역의 수색이 헛수고로 돌아간 지금 혹시라도 단서를 얻을까 해서 다시 찾아온 것이 네 번째. 그 네 차례의 방문은 생각보다 많은 타이어 자국을 남겼다. 곧게 난 것도 있고 휘어진 것도 있고 원을 그리고 있는 것도 있었다. 아스팔트가 심하게 벗겨진 도로 몇 군데는 배수로의 진흙이 넓게 퍼져서 2미터 너비의 진흙 구덩이를 이루고 있었다. 그 구덩이 위로도 바퀴 자국들이 무수히 나 있었다. 지나치게 많았다. 그는 혹시나 종류가 다른 바퀴 자국들이 있는지 살펴보았다. 하지만 모두 같은 무늬, 그의 순찰차, 포드 크라운 빅토리아의 타이어 자국들이었다.

그는 철저한 사람이었다. 거리를 두고 떨어져서 대충 확인하는 것만으로는 결론을 내릴 수 없었다. 그래서 그는 혹시나 찾게 될지도 모를 단서를 훼손하지 않기 위해 조심스럽게 발자국을 내디디며 도로를 살피기 시작했다. 델펜소의 집 앞에는 다른 자국이 없었다. 이웃집 앞에도 마찬가지였다. 단지 그의 눈에 너무나 익숙한 그의 순찰차, 크라운 빅토리아의 밋밋한 미쉐린 타이어 자국뿐이었다. 언제 어디서나 쉽게 구입할 수 있는 제품이었다. 그는 그 타이어를 잘 알고 있었다. 그가 직접 보안관 사무실의 예산을 관리하고 있었기 때문이다. 그는 그 타이어를 늘 미시건 주에 있는 경찰용품 도매업체에서 온라인으로 구입했다. 세일 가격에 부가세를 내지 않으면서도 100퍼센트 보증으로. 트럭으로 배달된 타이어는 옆 카운티에 있는 필 어벤슨 타이어 가게에서 조립했다. 그 가게에선 장기간 계약을 조건으로 용역비를 싸게 받았다. 필은 똑똑한 친구였다.

굿맨은 운전석에 올라탄 뒤 커브에서 차를 빼서 아스팔트가 말짱한 도로 중앙에 주차시켰다. 그다음엔 다시 내려서 차가 서 있던 자리까지 주의 깊게 살펴보았다.

비로소 그는 확신을 갖고 결론을 내릴 수 있었다.

P225/60R16, 개당 99달러, 조립하고 균형 맞추는 비용 5달러. 값싸고 품질 좋은 미쉐린. 그 외에 다른 타이어 자국은 없었다. 그의 짐작대로 이웃집 아이는 실제로 자동차를 본 게 아니었다. 차가 없었으니까.

범인들은 그곳까지 걸어왔고 루시 델펜소를 데리고 역시 걸어서 사라졌다. 하지만 네브래스카의 황무지에서 그게 말이 되는 얘긴가?

46

소렌슨은 열 몇 시간 전에 리처가 차를 얻어 탔던 바로 그 지점에서 고속도로를 빠져나왔다. 어둠과 추위 속에서 그가 서 있었던 램프를 타고 내려오는 동안 공중에 떠 있던 헬리콥터와 10미터 전방에서 멈췄던 임팔라, 그리고 킹과 맥퀸이 허리를 틀고 뒷좌석의 카렌 델펜소에게 으름장을 놓던 모습이 리처의 머릿속에 차례로 떠올랐다. 마침내 차가 그의 앞까지 굴러온 뒤 앨런 킹이 그의 목적지를 물었던 기억도 났다.

'동쪽으로 갑니다. 버지니아까지.'

그렇게 대답했지만 그는 지금 출발점으로 돌아와 있었다. 여정을 끝내지 못한 정도가 아니라 시작조차 하지 못한 셈이었다.

소렌슨은 남쪽으로 방향을 잡고 차를 몰았다. 리처로서는 처음 와보는 지역이었다. 아이오와의 도로들처럼 일직선으로 뻗은 지방도로였다. 하지만 양옆의 풍경은 약간 달랐다. 좀 더 거칠고 삭막했다. 그다지 즐길 만한 풍경은 아니었다. 왼쪽으로 30킬로미터쯤 떨어진 동편 하늘에서부터 한 덩어리의 먹구름이 비와 안개를 흩뿌리며 몰려오고 있었다. 타버린 임팔라와 땅딸보의 모텔 위로 비를 퍼붓던 아이오와의 먹구름이었다. 결코 무시해서는 안 될 메시지, 혹은 불길한 전조처럼 그 먹구름은 그들을 천천히, 하지만 집요하게 쫓아오고 있었다. 소렌슨도 램프를 내려오는 동안 나름대로 생각을 정리했던 모양이었다.

그녀가 말했다. "저기가 당신이 그들의 차를 얻어 탄 지점이죠?"

리처가 고개를 끄덕였다. "난 1시간 반 넘게 저기 서 있었소. 쉰여섯 대의 차량이 그냥 지나갔지. 쉰일곱 번째가 그들의 차였소."

"당신이 저기 없었다면? 아무도 저기서 히치하이킹을 하지 않았다면? 그랬다면 그들은 연막작전을 펼 수 없었을 거예요."

"델펜소만으로도 충분했소."

"하지만 만약 내가 좀 더 일찍 상황을 파악했다면? 그래서 세 사람이 탄 차량에 수배를 내렸다면? 경찰에 차량 번호까지 알려주면서?"

"그들은 총을 갖고 있었소." 리처가 말했다. "검문소에서 총격전이 벌어졌을 거요. 그들이 델펜소의 머리에 총을 겨누고 인질극을 벌였을 수도 있겠고. 그 방법이 제대로 먹혔을지도 모르오. 내 생각엔 네브래스카나 아이오와 경찰들은 그런 상황에 대처하는 훈련을 받지 않았을 거요."

"지나친 모험이에요."

"무슨 얘기요?"

"그들은 남쪽에서부터 고속도로에 진입했고 다시 남쪽으로 빠져나갔어요. 그들은 히치하이커를 태우려고 고속도로에 진입한 게 아니에요. 바보가 아니라면 이 한겨울, 그것도 한밤중에 그럴 수 있다고 생각하진 않았을 거예요. 게다가 그들은 수배령이 떨어지게 되면 고속도로에 검문소가 개설될 거라는 사실을 충분히 알고 있었어요. 그런데도 그들이 굳이 위험을 무릅쓰고 고속도로를 탄 이유가 뭘까요? 지방도로를 타고도 얼마든지 동쪽으로 갈 수 있는데."

"그들은 시카고로 간다고 말했소."

"시카고의 인구는 얼마나 되죠?"

"도시 자체의 인구는 삼백만, 도시권 전체는 팔백만 정도. 지역 번호는 312와 773."

"당신은 그들의 얘기가 사실이라고 믿었나요?"

"그때는 별생각 없이 들어 넘겼소. 하지만 지금 생각해보면 거짓말이었던 것 같소. 일단 시카고는 너무 멀잖소. 하룻밤 운전으로는 도저히 힘든 거리지."

"그렇다면 그들이 고속도로를 선택한 이유는 뭘까요?"

이제 비구름은 점점 더 가까이 다가오고 있었다. 마치 움직이는 검은 장벽 같았다. 태양은 이미 사라지고 없었다. 성난 바람에 차체가 계속해서 흔들렸다. 도로는 일직선으로 뻗어 있었다. 튼실하게 닦인 도로였다. 왕복 2차선이었지만 전체 폭은 그다지 좁지 않았다. 아주 가끔씩 만나는 동서 도로들은 들판 사이로 난 포장 농로 수준에 불과했다. 그 길들을 타고는 아무 데로도 갈 수 없을 것 같았다.

그가 물었다. "지도 있소?"

소렌슨이 말했다. "종이 지도는 없어요."

그녀가 내비게이션을 켰다. 중계위성과 연결되는 동안 리처는 흰 화면을 잠시 지켜보았다. 이내 화살표가 화면에 나타났다. 그들의 차였다. 화살표는 굵은 회색 선 위에서 움직이고 있었다. 왼쪽과 오른쪽의 샛길들은 가는 회색 선으로 나타났다.

소렌슨이 말했다. "줌을 조절하세요. 필요하다면."

리처는 줌아웃 버튼을 찾아 눌렀다. 화살표는 그대로였지만 회색 선들은 가늘어졌다. 그들이 달리고 있는 남북 도로가 가장 넓은 길이었다. 동서로 뚫린 길들 가운데 그만한 너비를 가진 도로는 현재 위치에서 남쪽으로 50킬로미터가량 떨어져 있는 교차로에서나 만날 수 있었다.

"거기가 우리의 목적지예요." 소렌슨이 말했다. "폐쇄된 펌프장이 있는 곳."

비슷한 너비의 동서 도로가 스크린에 하나 더 나타나 있기는 했다. 하지만 그 위치는 정반대 방향이었고 고속도로에서도 훨씬 북쪽이었다.

리처가 말했다. "시간이 문제였을까? 동이 트기 전에 목적지에 닿으려 했다면 고속도로를 타는 것 말고는 방법이 없었을 테니 말이오. 하지만 그게 위험한 모험이라는 당신 얘기에는 나도 공감이오. 그리고 아무리 생각해도 시간이 문제가 될 합당한 이유를 찾을 수가 없소. 어쨌든 누군가가 그들을 태워갔으니 말이오. 접선 장소를 훨씬 가까운 곳으로 잡았다면 시간에 쫓길 필요가 없었을 테니까. 따라서 그들이 교차로에서 동서 도로를 타지 않고 굳이 북쪽까지 먼 길을 올라가서 고속도로를 탔다는 게 도무지 이해가 가질 않소. 화면으로 보기엔 저 교차로의 동서 도로도 이 남북 도로만큼이나 잘 닦여 있는 것 같은데 말이오. 분명히 아이오와까지 직방으로 뚫려 있을 거요."

굵은 빗방울들이 앞 유리창에 떨어지기 시작했다. 소렌슨이 헤드라이트를 켜고 와이퍼를 작동시켰다. 폭우를 동반한 먹구름은 동쪽 1.5킬로미터 거리까지 다가와 있었다.

굿맨 보안관은 비구름을 보았다. 그의 차는 여전히 도로 한가운데 주차돼 있었다. 그는 앞 범퍼에 다시 엉덩이를 걸쳤다. 차도 없이 아이를 유괴한다는 건 불가능한 일이었다. 네브래스카였다. 하루 온종일 걸어봐야 아무 데도 닿지 못하는 곳이다. 그래서 그는 유괴범들이 지금 그의 차가 주차된 자리에 그들이 타고 온 차를 세웠을 가능성을 고려하고 있었다. 범인들이 용의주도한 자들이라면 그럴 수도 있었다. 바퀴 자국을 남기지 않기 위해서 진흙이 띠를 이루고 있는 길가를 피해 아스팔트가 말짱한 도로 한가운데 차를 세웠을 거라는 얘기다.

남들의 눈에 띄지 않도록 수백 미터 떨어진 곳에 차를 숨겨두었을 가능성도 있었다. 하지만 그 경우엔 델펜소의 이웃집 앞까지 걸어오는 동안 오히려 남들의 눈에 띄게 될 위험을 감수해야 한다. 차로 돌아갈 때는 위험 수위가 훨씬 높아진다. 아이까지 데리고 있었으니까. 그런데 목격자가 없다는 게 문제였다. 두 사람 이상의 낯선 사내들이 수백 미터를 걸어 들어왔다가 아이를 데리고 다시 걸어서 빠져나갔다면 최소한 십 몇 분은 걸렸을 텐데 그 시간 동안 그 낯선 광경을 목격한 사람이 없다는 건 납득하기 어려웠다.

어느 순간 비가 내리기 시작했다. 굿맨은 빗방울들이 진흙 위에 떨어져 부서지는 모양을 잠시 지켜보다가 하늘을 향해 고개를 들었다. 경험에서 우러나온 그의 판단으론 일시적 호우였다. 이 지역에선 흔한 현상이었다. 네브래스카 주가 엄청난 지하수 자원을 보유하고 있는 데에는 다 이유가 있었다. 그는 다시 눈길을 떨어뜨리고 어느새 진흙탕이 되어버린 배수로를 바라보았다. 이제 곧 도로 양옆엔 개울이 생겨날 것이고 그렇게 되면 바퀴 자국이 새겨진 진흙 띠는 씻겨 내려갈 것이다. 그리고 들판에서 쓸려온 미세한

흙 알갱이들이 그 자리에 새로운 진흙 띠를 형성할 것이다. 하지만 그는 걱정하지 않았다. 그의 증거물이 유실되는 게 아니었다. 그런 건 처음부터 없었으니까. 수색은 재개되지 않을 것이다.

빗줄기가 한층 굵어지기 시작했다. 그는 엉덩이로 범퍼를 밀고 일어섰다. 아니, 일어서려고 했다. 그 순간 그는 양어깨에 찌르는 듯한 통증을 느꼈다. 통증은 양팔로 전해져 내려왔다. 곧이어 가슴 한가운데가 뻐근해지기 시작했다. 속 쓰림인가? 하지만 그건 아니었다. 아무것도 먹은 게 없었으니까.

그는 숨을 쉴 수가 없었다. 몸을 움직일 수도 없었다. 숨을 쉬는 가슴의 움직임이 둔해졌다. 두 무릎이 맥없이 풀려버렸다. 그의 몸이 미끄러운 범퍼를 타고 땅바닥으로 무너져 내렸다. 그는 잠시 발꿈치를 들고 발끝으로 체중을 버텼다. 범퍼 끝이 그의 등을 파고들었다. 그는 타이어의 냄새를 맡을 수 있었다. 비 냄새도 맡을 수 있었다. 후각은 정상이었다. 하지만 그의 양팔은 움직이지 않았다.

그는 옆으로 몸을 던져 땅바닥에 똑바로 몸을 눕혔다. 하늘을 덮고 있는 먹구름이 고스란히 그의 눈에 들어왔다. 굵은 빗방울이 그의 온몸을 사정없이 때렸다. 뭔가 무거운 쇳덩어리가 가슴을 짓누르고 있는 것 같았다. 예전에 그는 그 비슷한 경험을 한 적이 있다. 오래전 체육관에서 겪었던 일이다. 곁을 봐주던 사람이 잠시 자리를 비운 새에 손에 힘이 풀려서 들어 올렸던 90킬로그램짜리 바벨이 그의 목 바로 아랫부분을 짓눌러버린 사고였다. 그때 그는 소리 내어 도움을 요청할 수도 없었다. 지금도 그때처럼 목소리가 나오지 않았다. 폐 안의 공기가 모두 빠져나갔기 때문이다. 손가락 하나 까딱할 수 없었다. 어떻게든 움직여보려고 1분 남짓 안간힘을 써봤지만 허사였다. 결국 그는 노력을 중단했다. 다시는 움직일 수 없으리라는 사실을 갑자기 깨달았기 때문이다.

그는 온몸에 힘을 풀었다.

양팔과 두 다리의 모든 감각이 사라졌다. 남의 몸 같았다. 팔다리부터 죽어가고 있다는 사실에 그는 약간 재밌어졌다. 상대적으로 생존에 필수적이지 않은 부분부터 생명이 빠져나간다는 걸 그는 처음으로 깨달았다. 눈부신 진화 과정을 거치면서 가장 핵심적인 기능을 마지막까지 보존하려는 본능이 각인된 동물적 유기체. 그래서 핵심적 기능의 중요성을 극적으로 부각시키기 위해 역설적으로 중요하지 않은 부분부터 제거해나가는 것이다. 다리? 필요 없어. 팔? 필요 없지. 핵심적 기능, 즉 가장 중요한 부분은 두뇌였다. 따라서 일반적인 경우 두뇌가 가장 마지막에 죽는 것이다.

그의 머릿속에 숫자 하나가 떠올랐다. 4. 그는 자신이 받았던 한 가지 훈련을 기억하고 있었다. 물에 빠지거나 이물질이 기도를 막는 바람에 숨을 쉬지 못할 경우 심장이 멎기까지 4분이 걸린다. 그는 온몸이 머리를 향해 위쪽과 안쪽으로 점점 오그라드는 것을 느꼈다. 그건 단순히 그의 느낌만이 아니었다. 이제 그의 육신 가운데 살아 있는 부분은 오직 머리뿐이었다. 두뇌. 나머지 부분은 이미 죽어버렸다. 그게 그의 존재의 본질이었다. 다른 모든 인간들도 마찬가지다.

'Cogito, ergo sum(코기토, 에르고 숨). 나는 생각한다, 고로 나는 존재한다.'

아프진 않았다. 통증은 모두 사라졌다. 그는 다른 신체 부위와 분리된 하나의 두뇌였다. 그에겐 더 이상 육신 따위는 없었다. 마치 공상과학소설 같았다. 화성에서 온 사나이 같기도 했다. 외계인. 흑백TV. 바로 그거였다. 그는 비로소 모든 걸 이해할 수 있었다. 의문은 해결됐고 신비는 풀렸다. 그는 구식 흑백TV처럼 스위치가 꺼질 것이다. 화면 중앙에 작은 점으로 모아지며 잠시 빛을 유지할 것이다. 이내 그 빛마저 점차 희미해지다가 결국 영원히 사라질 것이다.

47

와이퍼를 최대 속도로 작동시키고 있는데도 앞 유리창으로 끝없이 물줄기가 흘러내렸다. 차 지붕을 때리는 빗줄기 소리도 거셌다. 도로 위로 떨어진 빗방울들은 30센티미터는 될 것 같은 높이로 튀어 올랐다. 온통 회색뿐인 그 불투명한 세상 속에서 들판 위로 높이 솟아오른 불 밝힌 주유소 간판이 리처의 눈에 들어왔다. 그의 어림으론 800미터가 채 안 되는 거리였다.

소렌슨이 그를 흘깃 쳐다보고 나서 말했다. "자, 지금부터 주의를 기울여야 해요. 여기는 이 동네 사람들이 씬 시티라고 부르는 지역이에요. 이번 사건의 시발점이죠."

그녀가 차의 속도를 늦췄다. 주유소는 그들의 왼쪽에 자리 잡고 있었다. 하지만 그녀는 오른쪽으로 핸들을 꺾고 시멘트 벽돌로 지어진 그저 그런 술집 건물을 돌아 뒤편의 자갈밭으로 들어섰다. 그녀는 술집 옆의 베이지색 단층 건물 뒤에 앞머리를 남쪽으로 두고 차를 세웠다. 그 건물의 뒷문 앞에 빨간색 마즈다가 서 있었다.

그녀가 말했다. "델펜소가 일했던 곳이에요. 칵테일 라운지. 킹과 맥퀸이 저 빨간 차를 타고 교차로 근처의 펌프장에서부터 여기까지 올라온 거고요."

그녀가 다시 액셀을 밟았다. 차는 물보라를 일으켜가면서 몇 개의 물웅덩이를 덜컹거리며 건너간 다음, 또다시 어느 단층 건물 뒤에 멈춰 섰다.

소렌슨이 말했다. "여기는 편의점이에요. 범인들이 셔츠와 물을 산 곳."

거기서 그녀는 핸들을 꺾고 도로를 향해 뚫린 골목길로 차를 몰았다. 도로로 진입하기 직전, 그녀가 다시 차를 세웠다.

그녀가 말했다. "그들은 여기서 왼쪽으로 꺾어서 북쪽으로 도주했어요. 그다음부터의 일은 당신이 더 잘 알고 있겠고."

그녀는 그들과는 반대로 핸들을 꺾어서 남쪽을 향해 차를 몰았다. 리처는 쟁기 자국마다 빗물이 가득 찬 빈 콩밭과 400미터 길이의 흠뻑 젖은 중고 농기구 전시장, 그리고 또 다른 콩밭들이 이어지는 창밖 풍경을 물끄러미 바라보았다. 마지막 콩밭을 지나고 나서 얼마 후 홈통마다 빗물이 넘치는 키 낮은 건물들이 열을 지어선 지역이 나타났다. 날씨를 감안한다고 해도 전혀 활기를 찾아볼 수 없는 소규모 상업지역이었다. 그곳이 마을의 중심가였다. 내비게이션 화면의 화살표는 교차로에 아주 가깝게 다가가고 있었다. 마을의 남북을 잇는 지점이 동서를 잇는 지점과 만나기 직전이었다. 그 회색의 십자선 외에 화면의 다른 부분은 그저 흰 여백이었다. 그 상업지역에서 다른 곳으로 가려면 동서남북 어느 방향으로든지 상당한 거리를 달려야 한다는 얘기였다. 소렌슨은 교차로에서 서쪽으로 핸들을 꺾은 뒤 다시 100미터 정도를 달리고 나서 어느 키 낮은 콘크리트 벙커 앞에 차를 세웠다. 길이와 너비와 높이가 각각 7미터, 5미터, 그리고 3미터 남짓 되는 구조물이었다. 평평한 지붕에 창문은 없었고 앞면엔 철제문이 하나 달려 있었다. 벙커는 물에 젖은 콘크리트 특유의 카키색을 드러낸 채 쏟아지는 빗줄기를 온몸으로 맞고 있었다.

리처가 물었다. "이게 그 폐쇄된 펌프장이오?"

소렌슨이 고개를 끄덕였다. "시체는 안쪽 바닥에 널브러져 있었어요. 빨간색 마즈다를 타고 떠나는 킹과 맥퀸의 모습도 목격됐고요."

리처는 사방을 둘러보았다. 그가 내비게이션의 줌 버튼을 조작해서 화면의 범위를 반경 32킬로미터까지 넓혔다. 이제 화면상에 나타나는 건 오직 남북 도로와 동서 도로뿐이었다.

그가 말했다. "킹과 맥퀸이 이 지역 사람이 아니라는 것만은 분명하군. 그들은 한 번도 이곳에 와본 적이 없을 거요. 그들도 우리와 같은 지점에서 고속도로를 빠져나와 남북 도로를 타고 여기까지 왔던 게 틀림없소. 그러니 그들도 술집과 라운지들을 봤겠지. 범행을 저지르고 난 뒤, 그들은 빨간 마즈다를 끝까지 타고 갈 수는 없다는 결정을 내렸겠고 그래서 그 씬 시티라는 곳으로 올라갔던 거요. 이 근방에서 도주 차량을 훔칠 수 있는 유일한 곳이라는 걸 이미 알았으니까."

"거기까진 나도 이해가 가요. 하지만 차량을 탈취한 뒤 그들이 다시 교차로로 돌아오지 않은 이유는 뭘까요? 동쪽으로 도주하려면 그게 가장 안전한 길이었는데."

"거기엔 두 가지 이유가 있소." 리처가 말했다. "첫째, 그들은 이 지역 출신이 아니오. 따라서 저 동서 도로가 동쪽으로 어디까지 이어져 있는지를 몰랐던 거요. 델펜소의 차에는 내비게이션이 없었소. 지도 같은 것도 없었던 것 같고. 하지만 두 번째 이유가 훨씬 더 크게 작용했을 거요. 그들이 저 교차로에 즉시 검문소가 설치될 거라고 지레짐작을 했다는 게 그 두 번째 이유요. 동, 서, 남, 북, 일석사조의 요충지, 저 교차로를 거치지 않고는 어디도 갈 수 없으니까. 보안관이 교차로를 봉쇄하지 않았소?"

"그러지 않았어요."

"그러지 않았다면 실수를 한 거지. 그로선 다행히도 치명적인 실수는 아니었소. 어쨌든 그들이 교차로를 피해 도주했으니 말이오. 북쪽으로 올라가는 동안 그들의 목적지까지 이어져 있을 만한 동쪽 도로를 발견하지 못한 그들은 고속도로까지 가게 된 거였소. 한밤중이었으니 작은 도로들은 가능성이 없어 보였겠지. 결국 그들은 위험을 무릅쓰고 고속도로를 탈 수밖에 없었소. 선택의 여지가 없었던 거요."

"그래요." 소렌슨이 말했다. "당신 말이 맞는 것 같군요."

"사실 그들이 어떻게 여기까지 왔는지가 더 큰 의문이오. 그들이 피살자와 덴버에서부터 함께 차를 타고 온 것도 아니고 자기들 차를 몰고 온 것도 아니라면 또 다른 인물이 있었다는 얘기요. 다시 말하면 누군가 그들을 여기에 내려주고 돌아갔다는 거지. 나중에 아이오와에서 그들을 태워간 사람이 있었던 것처럼. 그게 누구든 그 인물은 왜 이 근처에서 그들을 기다리지 않았을까? 그들이 험난한 도주극을 감행하도록 방치한 채 혼자 떠나버린 이유가 뭘까? 그 대답은 하나뿐이오. 이 펌프장에서 발생한 사건은 그들의 사전 계획에 없었다는 것. 킹과 맥퀸은 피살자와 함께 차를 타고 돌아갈 계획이었을 거요. 하지만 그들은 그를 죽였소. 따라서 그들은 도주할 방법을 스스로, 그리고 즉석에서 찾아야 했던 거요."

그때 소렌슨의 전화벨이 울렸다. 여전히 스피커에 연결돼 있었기에 웅장한 울림이었다. 그녀가 발신자 표시를 확인했다.

"오마하예요." 그녀가 말했다. "우리 사무실."

"받지 마시오." 리처가 말했다.

그녀는 받지 않았다. 벨소리는 혼자 한동안 울어대다가 끊어졌다.

리처가 말했다. "우린 델펜소의 집에 가봐야 하오. 그 이웃집이든지. 어쨌든 그쪽으로 갑시다. 우리가 직접 확인할 필요가 있소. 그 남자들에 관해 뭔가 기억이 났을지도 모르니 이웃집 아이도 만나봐야 하고. 목격자의 실종에 연루된 자들일 가능성이 높소. 킹과 맥퀸을 여기까지 태워다준 장본인이거나 최소한 그자와 같은 팀 멤버들? 그러고 보니 그 인물이 한 명이 아닐 수도 있겠군. 어쩌면 이 사건의 배후엔 상당수의 조직원을 거느린 집단이 있을지도 모르오."

소렌슨이 말했다. "난 델펜소의 집까지 어떻게 가야 하는지 몰라요. 오밤중에 보안관의 차를 타고 한 번 가봤을 뿐이라서."

그때 그녀의 전화기가 웅웅거렸다. 음성 메시지.

"듣지 마시오." 리처가 말했다.

그녀는 듣지 않았다. 그 대신 그녀는 통화 기록 확인 버튼을 누르고 화면을 밀어 올려서 굿맨 보안관의 휴대폰 번호를 찾았다. 그녀가 통화 버튼을 누르자 자동으로 전화를 거는 경쾌한 기계음과 곧이어 기분 좋은 고양이 울음소리 같은 통화연결음이 스피커를 통해 연속으로 울려나왔다.
통화연결음은 상당히 오랫동안 계속됐다.
하지만 응답이 없었다.
"이상하네." 소렌슨이 말했다.

펌프장 앞을 떠나 교차로를 향해 차를 몰던 소렌슨이 도중에 핸들을 오른쪽으로 꺾고서는 작은 샛길로 들어섰다. 리처는 그녀가 뭘 하려는지 즉시 알아챘다. 보안관 사무실을 중심가에서 찾으려는 건 어리석은 짓이다. 관공서는 변두리나 뒷길에 있기 마련이다. 이유는 간단하다. 땅값이나 임대료가 싸니까. 주민들의 세금을 절약하기 위한 방침이다. 샛길로 들어선 뒤 그녀는 골목을 만날 때마다 핸들을 꺾었다. 하지만 보안관 사무실은 눈에 띄지 않았다. 그녀는 다시 큰길로 나왔다. 교차로의 남쪽이었다. 거기서 그녀는 다시 어느 샛길로 들어갔다.

"저기로군." 키 낮은 황갈색 건물의 지붕에 솟아 있는 단파 안테나를 발견하고 리처가 말했다. 건물 앞은 담장이 쳐진 주차장이었다. 순찰차 대여섯 대가 넉넉히 주차할 수 있는 그 공간은 텅 비어 있었다. 다만 아스팔트가 벗겨진 자리에 빗물이 고여 생겨난 웅덩이가 군데군데 눈에 띌 뿐이었다. 주차장 아스팔트만큼이나 건물 역시 낡고 오래돼 보였지만 정성껏 관리해온 흔적이 곳곳에 역력했다. 군대 건물과 민간 건물의 중간쯤 되는 관리 수준이었다.

소렌슨은 그 주차장에 차를 세운 뒤 비를 맞으며 건물 안으로 뛰어 들어갔다. 로비의 카운터 뒤에 한 여자가 앉아 있었다. 민원 안내와 통신 업무를 동시에 담당하고 있는 민간인 여직원이었다. 소렌슨은 그녀에게 신분증을 펼쳐 보이며 굿맨 보안관의 소재를 물었다. 여직원은 보안관의 순찰차와 무선 교신을 시도했다. 하지만 응답이 없었다. 그녀는 이번에는 일반 전화선을 통해 보안관의 휴대폰으로 전화를 걸었다. 역시 응답이 없었다.

그녀가 말했다. "댁으로 돌아가셔서 낮잠을 주무시나 봐요. 연세도 연세지만 오랫동안 주무시질 못했거든요."

"그럼 카렌 델펜소의 집주소를 알려줘요." 소렌슨이 말했다. "가는 길도 가르쳐주고."

잠시 후 여직원에게서 두 가지 정보를 모두 알아낸 소렌슨이 다시 차에 올라탔다. 교차로 북동쪽으로 13킬로미터가량 떨어진 농장 지대. 갈림길을 만날 때마다 무조건 좌회전, 우회전을 반복하면 반드시 만나게 될 소규모 주택가. 민간인 여직원은 겨울이라 들판이 텅 비어 있어서 훨씬 찾기 쉬울 거라는 귀띔까지 해주었다. 소렌슨이 천천히 차를 몰아서 주차장을 빠져나왔다. 동쪽 지평선 어림의 하늘엔 밝은 빛이 비치고 있었다. 빗줄기의 기세는 상당히 수그러들었다. 리처는 피곤했다. 너무나 피곤했다. 온몸의 세포들이 휴식을 달라고 아우성치고 있는 것 같았다. 거의 이틀 동안 꼬박 깨어 있었으니 당연했다. 더 오랜 시간을 잠 없이 견딘 적도 있었지만 그땐 그때고 당장에 피곤해서 죽을 맛이었다. 그는 소렌슨을 흘깃 바라보았다. 그녀의 상태는 그보다 더 심한 것 같았다. 워낙에 흰 피부라 눈 주위에 생겨난 다크서클이 한결 두드러져 보였다.

마지막 우회전을 하고 나자 황량한 벌판에 옹기종기 모여 있는 네 채의 농장 가옥이 그들의 눈앞에 나타났다. 도로 한가운데에 순찰차 한 대가 세워져 있었다.

소렌슨이 말했다. "굿맨 보안관이 여기 와 있었군요. 저게 그 양반 순찰차예요. 델펜소의 집은 저기, 오른쪽에서 두 번째."

그녀는 델펜소의 집에서 7미터가량 떨어진 커브에 차를 세웠고 두 사람은 땅 위로 내려섰다.

48

그리고 그들은 보안관을 발견했다. 굿맨은 쓰러졌던 자세 그대로 차 앞바퀴 가까이에 머리를 두고 똑바로 누워 있었다. 그의 두 눈엔 빗물이 가득 고여 있었다. 그 두 개의 작은 샘 위로 빗방울이 떨어질 때마다 마치 눈물처럼 물줄기가 뺨 위로 흘러내렸다. 벌어진 입속으로 흘러들어간 빗물이 어느새 목구멍까지 차올라 있었다. 게다가 흠뻑 젖은 유니폼이 아무렇게나 들러붙어 있었기에 그의 몸뚱이는 강물에서 건져 올린 익사체 같아 보였다. 피부는 이미 차갑게 식어 있었다. 맥박은 정지한 지 오래였다. 그리고 죽은 사람에게서만 느낄 수 있는 공허감이 그의 주변을 감돌고 있었다. 생명체의 수많은 세포조직이 발산하는 삶의 기운은 죄다 빠져나간 지 오래였다.

'연세도 연세지만 오랫동안 잠을 주무시지 못했거든요.'

소렌슨의 귓가에 보안관 사무실 여직원의 얘기가 감돌았다.

'이제 푹 주무세요.' 소렌슨은 속으로 중얼거렸다.

"나이가?" 리처가 물었다.

"60대 후반." 소렌슨이 말했다. "70대 초반일 수도 있고요. 아무튼 아직 죽기엔 아까운 나이예요. 참 좋은 사람이었어요. 자신의 이름처럼. 심장마비였을까요?"

"그런 것 같소." 리처가 말했다. "스트레스, 만성피로, 과도한 걱정. 그런 것들이 원인이었겠지. 건강에 치명적인 요소들이오. 경찰 연봉을 올려줘야 하는데."

"나도 적극적으로 찬성이에요."

"우리가 알아야 할 정보를 죽기 전에 그가 입수했을 것 같소?"

"아닐 거예요. 그는 현재 우리에게 어떤 정보가 필요한지조차 몰랐으니까."

"일단 신고부터 해야겠소."

두 사람은 함께 소렌슨의 차로 돌아갔다. 그녀는 휴대폰에 저장되어 있는 보안관 사무실의 번호를 눌렀다. 민간인 여직원이 즉시 응답했다. 소렌슨은 그녀에게 비보를 전했다. 여자의 울음소리를 들으며 소렌슨이 전화를 끊었다. 두 사람은 아무 말 없이 보이지도 않는 앞 유리창 밖에 시선을 고정시킨 채 이제 곧 나타날 순찰차를 기다렸다. 둘 다 온몸이 젖은 상태였다. 추웠다. 그리고 피곤했다.

잠시 후 순찰차를 몰고 현장에 출동한 사람은 덩치가 엄청난 30대 중반의 남성이었다. 금발 머리에 살집이 두둑한 붉은 얼굴의 사내는 경찰 유니폼 위에 비닐 방수, 방한 재킷을 걸쳐 입고 있었다. 재킷 소매에는 갈매기 표식이 세 개 그어져 있었다. 그가 운전석 쪽으로 다가와 허리를 굽혔다. 여미지 않은 재킷의 앞섶이 넓게 벌어지며 유니폼 상의 한쪽 주머니 위의 명찰과 다른 쪽 주머니 위의 별 모양 펜던트가 드러났다.

명찰과 별 모양 펜던트에는 각각 풀러와 수석 보안관보라고 적혀 있었다. 사내가 핑크색이 감도는 큼지막한 주먹으로 유리창을 노크했다. 소렌슨은 창문을 내리지 않은 채 손으로 보안관의 순찰차를 가리켰다. 사내는 마치 그 차 뒤에서 총을 든 범인이 튀어나올 걸 경계하는 것처럼 주춤주춤 보안관의 순찰차로 다가갔다. 그는 조수석 쪽으로 돌자마자 얼어붙은 듯 그 자리에 멈춰 섰다. 잠시 후 그는 갓길까지 뒷걸음질로 물러서더니 허리를 깊숙이 구부리고 진흙 웅덩이 위에 구토를 했다.

비가 그쳤다.

한참 후 풀러라는 이름의 사내는 허리를 펴고 황량한 벌판에 텅 빈 눈길을 던졌다. 그의 얼굴은 파랗게 질려 있었다. 슬픔이 아니라 두려움이었다. 보안관의 죽음이 아니라 그 시체 때문이었다. 리처가 차에서 내렸다. 도로는 아직도 물바다였다. 하지만 공기는 아주 신선했다. 소렌슨도 차에서 내려 운전석 옆에 섰다. 풀러라는 이름의 사내가 그들 쪽으로 천천히 걸어왔다. 잠시 후 세 사람은 차 사이의 공간에 모여 섰다.

소렌슨이 물었다. "당신이 보안관 사무실 서열 2위인가요?"

풀러가 말했다. "그런 것 같습니다."

"그런 것 같지 않군요. 지금 이 시점 이후로 당신이 1위예요. 보안관 대리. 따라서 보안관으로서 당신이 해야 할 일이 있어요. 예를 들자면 우리에게 필요한 정보를 제공한다든지."

"무슨 정보요?"

"저 집에서 아이가 실종됐어요."

"전 그 사건에 관해서는 잘 모릅니다."

"어째서요?"

"도로에 나가 있느라고요. 고속도로를 들고 나는 과속 차량들을 단속하는 게 제 주업무거든요. 씬 시티 한참 위쪽에서요. 레이저 건 들고."

"그래도 어젯밤 사건에 관해서는 브리핑을 받았겠죠?"

"네. 전 직원이 받았습니다."

"그런데 수사 진척 상황은 잘 모른다?"

"교통 단속이 제 주업무라고 말씀드렸잖아요."

"굿맨 보안관이 일상 업무를 접으라는 지시를 내렸을 텐데?"

"전 직원에게 그런 지시를 내리셨죠."

"그건 모두들 이번 사건에 전념하라는 지시잖아요. 그런데도 상황이 어떻게 돌아가는지 모르고 있다면 결국 당신은 직무 태만이군요."

"보안관님이 제게 특별히 할 일을 지시하진 않았습니다."

리처가 말했다. "자네 어렸을 때 높은 데서 머리부터 떨어진 적 있나?"

풀러는 아무 대꾸도 하지 않았다.

소렌슨이 말했다. "사무실에 전화해요. 시신을 운구할 구급차를 보내라고 해요."

"알겠습니다."

"그다음엔 굿맨 보안관의 가족에게 알리고."

"알겠습니다."

"그리고 장의사에도 연락하고."

"어느 장의사?"

"그걸 나한테 묻는 거예요? 어서 전화해요. 멀찍이 떨어진 곳에 가서."

풀러는 자기 순찰차로 걸어갔고 리처와 소렌슨은 델펜소의 이웃집 현관을 향해 걸음을 옮겼다.

델펜소의 이웃은 30대 초반이었다. 아직 주름이 잡히지 않은 얼굴에 날씬한 몸매의 여성이었다. 그 여자의 열 살 때 버전이라고 할까? 엄마를 그대로 빼다 박은 모습의 아이는 이름이 폴라라고 했다. 폴라는 집 안쪽의 놀이방에서 놀고 있었다. 그 놀이방에서는 도로가 보이지 않았다. 현관문 근처와 배수로의 진흙 띠까지가 시야의 한계였다. 아이는 네모난 장치가 연결되어 있는 TV 화면에 정신이 팔려 있었다. 그 만화 동영상 게임 속에서는 긴박한 상황이 펼쳐지고 있었다. 대부분 폭발 장면이었다. 작은 형체들이 갑자기 골프공보다 작은 연기 뭉치로 변하며 연속해서 사라져갔다.

이웃집 여자가 말했다. "일을 나가야 했어요. 미안합니다."

소렌슨이 말했다. "이해합니다." 진심인 것 같았다. 리처도 이해할 수 있었다. 그도 신문 기사들을 통해 충분히 알고 있었다. 사람들의 얘기도 들었다. 직장을 잃기는 쉽고 다시 얻기는 어려운 시대였다.

이웃집 여자가 말했다. "아이들한테 누구에게도 문을 열어주지 말라고 단단히 일렀는데."

소렌슨이 아이를 바라보며 물었다. "폴라, 왜 문을 열어주었니?"

아이가 말했다. "내가 열지 않았어요."

"그럼 루시는 왜 열었지?"

"그 아저씨가 루시의 이름을 불렀으니까요."

"아저씨가 루시의 이름을 불렀어?"

"네. 루시, 루시, 이렇게요."

"또 무슨 얘길 하든?"

"난 듣지 못했어요."

"정말이니? 뭔가 분명히 들었을 것 같은데?"

아이는 대답하지 않았다.

소렌슨은 기다렸다.

아이가 물었다. "지금 난 큰일이 난 건가요?"

소렌슨이 적당한 대답을 찾기 위해 머뭇거렸다.

리처가 말했다. "그래, 꼬마야. 지금 넌 큰일이 난 거다. 솔직히 말하자면 아주 큰 문제가 생겼어. 하지만 네가 우리에게 오늘 아침에 보고 들은 모든 걸 말해주면 넌 그 문제에서 벗어날 수 있어. 그렇게만 하면 넌 누명을 벗고 완전히 자유가 되는 거야."

채찍과 당근. 감형 조건부 자백. 전문가들이 애용하는 유서 깊은 자백 유도 방법. 리처가 현역 시절 수없이 활용했던 방법이다. 10년 징역을 3~5년으로 감형, 구속 대신 집행유예, 정보제공의 대가로 기소 취하. 스무 살짜리와 서른 살짜리에게도 먹히는 방법이었다. 리처는 열 살짜리에게도 충분히 먹힐 수 있다고 판단했다. 그렇게 어린 피의자는 처음이었지만.

아이는 아무 말도 하지 않았다.

리처가 말했다. "그것뿐이 아니지. 아저씨가 과자 값으로 1달러 줄게. 저 아줌마는 네 이마에 입맞춤을 해줄 거야."

뇌물도 상당히 효과적인 방법이다.

아이가 말했다. "그 아저씨가 루시 엄마가 어디 있는지 자기는 알고 있다고 말했어요."

"그랬어?"

아이가 열심히 고개를 끄덕거렸다. "엄마에게 데려다 주겠다는 얘기도 했고요."

"그 아저씨가 어떻게 생겼든?"

아이가 마치 손에서 답을 짜내려는 듯, 두 주먹을 꼭 쥐었다.

아이가 말했다. "모르겠어요."

"하지만 그 사람들을 슬쩍이라도 봤잖니, 그렇지?"

아이가 다시 고개를 끄덕였다.

리처가 물었다. "현관 앞에 몇 명이 있었지?"

"두 사람."

"그 두 사람이 어떻게 생겼지?"

"TV에 나오는 사람들처럼요."

"차도 보았니?"

"큰 차였는데 지붕은 낮았어요."

"보통 자동차였어? 트럭이나 캠핑카는 아니었고?"

"보통 자동차."

"진흙투성이였니?"

"아뇨, 반짝반짝했어요."

"무슨 색이었니?"

아이가 다시 두 주먹을 쥐었다.

아이가 말했다. "모르겠어요."

그때 소렌슨의 휴대폰이 울렸다. 그녀는 화면을 확인한 뒤 입모양으로만 말했다. "오마하."

리처가 고개를 가로저었다. 소렌슨이 고개를 끄덕였다. 하지만 편치 않은 표정이었다. 그녀는 전화벨이 혼자 울어대도록 내버려두었다.

잠시 후 벨소리가 그치자 리처는 다시 아이에게 눈길을 돌리며 말했다. "고맙구나, 폴라. 아주 잘했어. 이제 아무 문제도 없어졌어. 넌 완전히 자유야."

리처는 주머니에서 지폐 다발을 꺼낸 뒤 1달러짜리 한 장을 뽑아 아이에게 주었다. 소렌슨의 휴대폰이 웅웅거렸다. 음성 메시지.

리처가 말했다. "이제 저 예쁜 아줌마가 네 이마에 뽀뽀해줄 거야."

아이가 까르르 웃었다. 소렌슨은 아이에게 멋쩍게 다가가서 허리를 숙이고 작은 머리에 입을 맞췄다. 아이는 다시 놀이방의 TV 앞으로 돌아갔다.

리처는 아이 엄마를 보며 말했다. "카렌의 집 열쇠가 필요합니다."

여자는 복도에 놓인 서랍장에서 열쇠를 꺼냈다. 평범한 열쇠였다. 고리엔 크리스털 펜던트가 매달려 있었다. 델펜소의 자동차 키에 달려 있던 것과 똑같았다. 리처는 크리스털 유리가 몇 도에서 녹는지 궁금했다. 일반 유리보다는 낮은 온도일 것 같기는 했다. 그것을 반짝이게 만드는 성분 때문일 것이다. 따라서 자동차 키의 크리스털은 영원히 녹아 없어졌을 것이다. 완전히 타버린 임팔라의 바닥 골조 위에 희미한 얼룩으로 남았거나 작은 수증기 덩어리로 변해서 지금쯤은 바람에 실려 오리건까지 절반은 날아가는 중일 것이다.

그가 열쇠를 받으며 말했다. "고맙소."

두 사람은 다시 집 밖으로 나왔다. 굿맨의 차는 그대로 세워져 있었다. 하지만 시체는 보이지 않았다. 그사이에 구급차가 왔다간 것이다. 풀러의 순찰차도 없었다. 그리고 비구름도 사라졌다. 날씨가 개었다. 말갛게 낯을 씻은 태양이 하늘 높이 떠 있었다.

소렌슨은 현관 앞 진입로에 서서 음성메시지를 확인했다.

리처가 말했다. "들을 필요가 뭐 있소? 무슨 내용일지 알고 있잖소."

"보고를 해야 할 것 같아요." 그녀가 말했다. "상황이 바뀌었으니까. 아이가 사라졌는데 이곳엔 수사를 담당할 만한 경찰이 없어요. 그럴 만한 사람은 이미 죽었고. 그의 뒤를 이을 사람은, 에잇, 말해 뭐하겠어요."

"그렇다 해도 좀 있다 보고하시오." 리처가 말했다. "아직은 때가 아니오."

그는 열쇠를 손에 쥔 채 질척한 잔디밭을 피해 도로를 빙 돌아서 델펜소의 집 진입로로 올라갔다.

소렌슨이 물었다. "그 집에서 뭘 찾으려고요?"

"침대." 리처가 말했다. "아니면 최소한 소파라도. 우린 눈 붙일 곳이 필요하오. 지금 상태론 누구에게도 도움을 줄 수 없소. 굿맨과 똑같은 최후를 맞을 순 없잖소."

49

델펜소의 집은 실질적으로 모든 면에서 이웃집과 똑같았다. 일단 공간 배치부터 똑같았고 부엌, 욕실, 창문, 바닥, 문짝, 심지어 문손잡이까지 똑같았다. 리처의 짐작으로는 나머지 두 채의 집도 마찬가지일 것 같았다. 하나의 도면에서 태어난 네쌍둥이.

침실은 모두 세 개였다. 델펜소, 아이, 나머지 하나는 손님용.

"당신이 먼저 고르시오." 리처가 말했다. "손님방이나 소파 중에서."

"이건 미친 짓이에요." 소렌슨이 말했다. "난 우리 사무실에서 걸려온 전화를 두 번씩이나 무시해버렸어요. 지부장이 직접 전화했을 거예요. 난 탈영한 거나 마찬가지예요. 그런데 나보고 발 뻗고 자라고요?"

"이건 효율에 관한 문제요. 아이가 실종됐소. 당신네 FBI는 개입하려 들지 않을 것이고 당신도 말했듯이 여기 경찰들은 아무 쓸모가 없소. 그러니 우리가 나설 수밖에 없소. 그 전에 지쳐서 죽으면 안 되잖소?"

"동료들이 곧 나를 찾을 거예요. 침대에 누워 자다가 잡혀갈 순 없어요."

"그들은 2시간 거리에 있소. 그동안에라도 눈을 붙이면 되잖소."

"정작 중요한 건 우리가 해결할 수 있는 사건이 아니라는 사실이에요. 우린 뭐가 어떻게 돌아가는지 모르고 있잖아요. 지원을 요청할 곳도 없고."

"나도 알고 있소." 리처가 말했다. "몇 시간 전에 당신이 내게 지적했던 것과 똑같은 상황이오. 연락할 곳도, 지원을 부탁할 곳도 없소. 경비도 없고 장비도 없소. 우리에겐 아무것도 없소. 하지만 우리에겐 사건을 해결하려는 '의지'가 있소. 그 모든 걸 갖고 있는 사람들은 이 사건을 영원히 묻어버리려 하고 있소. 그러니 우린 맨손으로 이 사건을 해결해야 하오."

"어떻게요? 어디서부터 시작하죠?"

"카렌 델펜소의 부검. 그 결과가 나오게 되면 우린 많은 걸 알게 될 거요."

"그게 무슨 도움이 되죠?"

"기다려봅시다. 답답하면 과학수사 팀을 재촉하든가."

"그럴 필요 없어요. 난 그들을 알아요. 늘 최선을 다하는 사람들이에요."

"부검 장소는?"

"디모인일 거예요. 부검 시설을 갖춘 장의사가 있고 현장에서도 가장 가까우니까. 과학수사 팀은 협조를 구하고 곧장 부검에 들어갈 거예요. 그게 FBI가 일하는 방식이죠."

"결과는 언제쯤 나올 것 같소?"

"당신, 뭔가 짚이는 게 있는 거죠, 그렇죠?"

"일단 눈 좀 붙여요." 리처가 말했다. "과학수사 팀을 제외하곤 어떤 전화도 받지 말고."

리처는 거실의 노란색 꽃무늬 천 소파를 차지했다. 팔걸이가 낮은 3인용이었다. 침대보다는 못했지만 맨바닥보다는 나았다. 그는 소파에 등을 대고 누운 뒤 고개를 몇 번 뒤척여 한쪽 팔걸이에 머리를 편하게 괴고 소파 길이에 맞춰 무릎을 접었다. 그는 머릿속의 알람을 2시간 뒤로 맞췄다. 그러고 나선 한 차례 숨을 깊숙이 들이켰다. 그 숨을 길게 내뿜고 나자마자 그는 즉시 잠에 빠졌다.

잠시 후, 완전히 감겨 있던 그의 두 눈이 번쩍 떠졌다. 전화 벨소리 때문이었다. 소렌슨의 휴대폰이 아니었다. 벨소리는 부엌에서 들려왔다. 델펜소의 집 전화였다. 평범한 가정용 전화 벨소리였다. 전화기는 나직하고 끈기 있게 여섯 번 울린 다음 자동응답기로 넘어갔다. 리처의 귀에 생기발랄한 델펜소의 목소리가 들려왔다.

"안녕하세요. 카렌과 루시예요. 지금은 전화를 받을 수 없으니 삐 소리 후 메시지를 남겨주시면 고맙겠습니다."

삐 소리가 울린 뒤 어느 여자의 목소리가 들려왔다. 루시를 데리고 놀러 가고 싶다는 내용이었다. 잠시 후 전화가 끊기자 리처는 다시 잠에 빠져들었다.

그는 두 번째로 잠에서 깨어났다. 이번에 그를 깨운 건 머릿속의 알람 소리였다. 양 무릎은 저렸고 등은 망치로 맞은 것처럼 쑤셨다. 그는 몸을 뒤척여 일어나 앉으며 두 발로 바닥을 디뎠다. 집 안에서는 아무 소리도 들리지 않았다. 한겨울, 빈 들판 속에 떠 있는 외로운 섬 같은 공간이었다.

그는 일어서서 기지개를 켰다. 양손바닥이 천장에 닿았다.

화장실에서는 대충 세수를 하고 공룡이 그려진 치약으로 이를 닦았다.

이제 손님용 침실을 확인할 차례였다.

소렌슨은 침대에 누워 곤히 자고 있었다. 리처 쪽을 향한 얼굴 위로 드리워진 머리카락이 한쪽 눈 위를 덮고 있었다. 지난밤 그에게 총을 겨눴을 때처럼. 한쪽 팔은 이마 위에, 다른 쪽 팔은 가슴 위에 얹혀 있었다. 절반의 방어태세. 그녀도 리처처럼 프로였다. 잠재의식을 활짝 열어 놓고 잠을 자는 습관에 길들여져 있는 것이다. 그때 그녀의 전화벨이 울렸다. 그녀를 깨울 적당한 방법을 궁리하고 있던 리처로서는 잘된 일이었다. 벨소리는 낮았지만 마치 질책하는 것처럼 울려댔다. 한 번, 그리고 두 번. 그녀가 몸을 뒤척거리더니 두 눈을 번쩍 뜨고선 감전된 사람처럼 튕기듯 일어나 앉았다. 그녀는 아직 감각이 채 다 돌아오지 않은 손으로 전화기를 더듬어 쥐고 화면을 확인했다.

"오마하예요." 그녀가 말했다.

세 번째 벨이 울렸다.

그녀가 말했다. "더 이상은 무시해버릴 수 없어요."

네 번째 벨이 울렸다.

그녀가 말했다. "이번 전화까지 받지 않으면 난 직장과 영영 이별이에요."

다섯 번째 벨이 울렸다.

리처는 침대로 다가가 그녀의 손에서 전화기를 낚아챘다.

그가 통화 버튼을 눌렀다. 그러곤 전화기를 귀에 가져다 댔다.

리처가 말했다. "누구십니까?"

남자의 목소리가 들렸다. "당신은 누구요?"

"내가 먼저 물었소."

"그 전화기를 어째서 당신이 갖고 있는 거지?"

"한번 맞춰보시오."

"소렌슨 특수요원은 어디 있나?"

"당신은 누구요?"

전화기 저편에서는 긴 침묵이 흘렀다. 녹음을 하거나 내비게이션 추적

293

장치를 작동시키는 중인 것 같았다. 아니면 리처의 주문대로 누군지 맞춰 보려고 머리를 쥐어짜고 있는지도 몰랐다.

다시 목소리가 들려왔다. "내 이름은 페리고, 오마하의 FBI 지부를 책임지고 있는 특수요원이다. 다시 말하자면 상당히 높은 직급의 사법 공무원인 동시에 소렌슨 요원의 직속상관이지. 이제 당신의 정체를 밝혀."

리처가 말했다. "난 아이오와에서 용의 차량을 운전했던 사람이오. 그리고 지금은 소렌슨 요원을 강제로 데리고 있는 사람이고. 다시 말하자면 그녀는 나의 인질이오, 페리 씨."

50

소렌슨은 침대 위에서 소리 없이 발버둥질을 쳐댔다. 전화기에선 거친 호흡 소리만 들려왔다. "내 요구 조건은 아주 검소하오, 페리 씨. 소렌슨 요원을 안전하고 멀쩡하게 되찾고 싶다면 당신은 그냥 아무 조치도 취하지 않으면 되는 거요. 그게 전부요. 내게 전화하지 마시오. 내 위치를 추적하지 마시오. 날 찾으려 하지 마시오. 날 회유하려는 생각은 아예 마시오. 어떤 식으로든 내 일에 끼어들 생각을 마시오."

사내가 말했다. "당신이 원하는 걸 말해봐."

"방금 말했잖소."

"난 당신을 도울 수 있어. 우리 함께 상황을 풀어보자고."

리처가 물었다. "당신도 인질범과의 협상법 강좌를 이수했소?"

"당연하지."

"그러니 인질범의 얘기를 귀 기울여 듣지 않고 당신 대사만 읊고 있는 거요. 다시 한 번 말할 테니 그 강좌에서 배운 건 다 잊어버리고 내 얘기만 똑똑히 들으시오. 그냥 내게서 멀리 떨어져 있으라는 게 내 요구 조건의 전부

요."

"당신은 어쩔 계획이지?"

"난 당신이 해야 할 일을 할 작정이오."

"내가 해야 할 일?"

리처가 말했다. "사람들이 죽었소. 그리고 어린아이도 실종됐소. 당신은 CIA와 국무성의 지시를 거부해야 했소. 하지만 당신은 그들의 지시대로 이 사건을 묻어버렸소. 당신의 밥줄이 우선이었던 거지. 난 당신이 했어야만 했던 일을 하려는 거요. 그러니 내 일을 방해하지 마시오."

"당신 누구야?"

리처는 그 말에 대답하지 않고 전화를 끊었다. 그가 전화기를 침대 위로 던졌다.

"당신은 미쳤어요." 소렌슨이 말했다.

"꼭 그런 건 아니오." 리처가 말했다. "이렇게 되면 당신과 당신 지부장은 책임을 지지 않아도 되잖소. 그러면서도 사건 수사는 진행되는 거고. 모두 다 득을 보는 셈이지."

"하지만 그는 당신이 요구한 대로 따르지 않을 거예요. 책상 앞에 가만히 앉아 사태를 방관할 리가 없어요. CIA 앞에서 당신이 자신을 물 먹이게 내버려둘 사람이 아니에요. 그는 당신을 잡으려 할 거예요. 곧 대대적인 사냥이 시작될 거라고요."

"누가 이기나 봅시다." 리처가 말했다. "난 예전에도 사냥감이 된 적이 있었소. 아주 여러 번. 하지만 한 번도 잡힌 적이 없소."

"아직도 상황 파악이 되질 않는군요. 그들로서는 아주 쉬운 사냥이에요. 내 휴대폰을 추적하면 되니까."

"그걸 저대로 침대 위에 버려두고 가면 되잖소. 새 걸 하나 삽시다."

"내 차는요. 그건 어쩔 거죠?"

295

"당신 차를 타지 않으면 되지."

"뭐라고요? 걸어 다니겠다는 거예요?"

"아니, 우린 굿맨 보안관의 차를 탈 거요. 우리가 당분간 빌립시다. 그는 더 이상 차가 필요 없으니."

굿맨의 차는 여전히 도로 한가운데 서 있었다. 리처가 예상한 대로 자동차 키도 꽂혀 있었다. 도시의 경찰들은 차에서 내릴 때 습관적으로 키를 챙긴다. 시골 경찰들은 키를 꽂아 두는 경우가 많다. 도시에선 거리의 아이들이 순찰차를 몰고 달아나는 경우가 얼마든지 있을 수 있다. 시골에선 그런 일이 드물다. 결국 키를 챙기느냐 마느냐는 경찰관 개인의 성격이 아니라 환경에 따른 습관의 문제이다.

보너스도 있었다. 새 전화기를 살 필요가 없어진 것이다. 굿맨의 휴대폰이 소렌슨의 것과 똑같은 거치대 위에 얌전히 놓여 있었다. 전화기의 화면에는 받지 못한 전화번호가 두 개 떠올라 있었다. 하나는 소렌슨, 나머지 하나는 보안관 사무실 여직원.

사후 전화방문.

리처는 운전석을 뒤로 밀고 시동을 걸었다. 굿맨의 순찰차는 경찰용 크라운 빅토리아였다. 세부 사양은 약간 허술했지만 겉모습은 소렌슨의 차와 완전히 똑같았다. 하지만 연식이 오래됐고 실내는 지저분했다. 리처는 엉덩이와 허벅지 그리고 등짝을 통해 낯선 굴곡을 느꼈다. 오랫동안 거기 앉아서 시간을 보냈던 굿맨의 흔적, 리처는 마치 죽은 사람의 옷을 입은 것 같은 기분이 들었다.

소렌슨이 물었다. "이제 우린 어디로 가죠?"

리처가 말했다. "휴대폰이 터지는 곳이라면 어디든지. 당신네 과학수사팀으로부터 연락을 받아야 무슨 일이든 착수할 수 있소. 부검 결과에 관해서. 그러니 그들에게 전화를 해서 바뀐 번호를 가르쳐주도록 하시오."

"엄밀히 말해서 당신은 이 차량을 불법으로 탈취한 거예요."

"하지만 누가 제재하겠소? 그 멍청한 풀러가?"

리처는 델펜소의 빈 진입로를 이용해 차를 돌린 뒤 교차로를 향해 남서쪽으로 달리기 시작했다. 800미터쯤 달렸을 때 굿맨의 휴대폰이 울렸다. 아주 시끄러운 전자음이었다. 순전히 재촉하기 위한 목적 하나만으로 울리는 신호였다.

화면에 뜬 지역 번호는 402였다.

"오마하." 리처가 말했다.

소렌슨이 고개를 빼고 나머지 번호를 확인했다.

"일 났네요." 그녀가 말했다. "우리 지부장의 개인 전화선이에요."

"그가 굿맨에게 전화를 걸었다? 왜?"

"당신이 나를 납치했으니까. 동부 네브래스카 전 지역의 경찰 관서에 수배를 내리고 있는 중인 거죠. 십중팔구 아이오와에도."

"굿맨이 죽었다는 걸 모르고 있단 말이오?"

"모를 거예요. 현재로선 알 수 있는 방법이 없을 테니까."

"이 번호는 어떻게 입수했을까?"

"우리 데이터베이스. 웬만한 번호는 다 나와 있어요."

"그가 굿맨과 통화한 적이 있소?"

"없을 거예요. 야간 당직 요원이 굿맨의 신고 전화를 받았어요. 그게 전부예요. 거기서부터 이 모든 일이 시작된 거죠."

"이 전화기는 어떻게 사용하는 거요?"

"설마 이 전화를 받으려는 건 아니죠?"

"전화 거는 사람마다 응답을 하지 않게 되면 그가 감을 잡을 수도 있소."

"하지만 그는 당신 목소리를 알고 있잖아요. 방금 전에 둘이 통화했으니까."

"굿맨의 목소리는 어땠소?"

"네브래스카 억양의 일흔 살 먹은 영감 목소리."

"이 전화기는 어떻게 사용하는 거요?" 리처가 다시 물었다.

"대체 어쩌려는 거예요?"

"어서. 음성 사서함으로 넘어가기 전에."

"앞 유리 안쪽 틀에 마이크가 달려 있어요. 저 녹색 버튼을 누르면 돼요."

리처가 녹색 버튼을 눌렀다. 순간 전화기가 받아들인 모든 소리가 차의 스피커를 통해 남김없이 흘러나오기 시작했다. 바람 소리와 삐걱대는 소리 속에서 페리의 목소리가 울려나왔다.

"굿맨 보안관이십니까?" 사무적이면서도 약간 긴장감이 배어 있는 목소리였다.

리처는 핸들에서 오른손을 뗀 뒤 새끼손가락을 치과 치료 도구처럼 입 한쪽 모서리에 쑤셔 넣었다.

그가 말했다. "그렇소만."

다시 목소리가 차 안을 가득 메웠다. "보안관, 나는 FBI 오마하 지부의 앤서니 페리 지부장입니다. 현재 우리 FBI는 당신의 미래를 좌우할 수도 있는 어떤 상황에 주목하고 있어요."

"어떤 상황입니까, 지부장님?"

"우리 지부의 소렌슨 요원을 이미 만나본 걸로 알고 있습니다만."

"아, 그 젊고 예쁜 요원님 말이군요. 네, 지난밤에 만났습니다. 정말 대단히 유능한 요원이더군요. 그런 부하를 거느리고 계시니 정말 자랑스러우시겠습니다, 지부장님."

소렌슨이 고개를 뒤로 젖히며 두 눈을 질끈 감았다.

페리가 말했다. "물론입니다. 하지만 지금은 그게 중요한 게 아니에요. 우린 네브래스카 주 경찰국으로부터 어린아이가 실종됐다는 보고를 받았어요."

"유감스럽지만 사실입니다, 지부장님."

"그래서 소렌슨 요원이 다시 그쪽으로 출동하기로 돼 있었고."

"반가운 소식이군요." 리처가 말했다. "모든 지원을 감사히 받아들이겠습니다."

그가 새끼손가락 주위에 고인 침을 삼켰다.

페리가 말했다. "무슨 일입니까? 괜찮은 건가요?"

"피곤해서요." 리처가 말했다. "나이도 나이인데다가 오랫동안 잠을 못 자서."

"아직 소렌슨 요원을 만나지 못했습니까?"

"네. 저희가 찾아보겠습니다."

"그렇게 간단한 문제가 아닙니다. 그리로 가던 중에 문제가 생긴 것 같아요, 소렌슨 요원에게. 어느 남성 용의자에게 제압당해서 현재 그자의 인질로 잡혀 있는 상탭니다."

"아, 그래서 처음에 아주 심각한 상황이라고 말씀하셨군요. 네, 정말 그렇네요. 지부의 요원들은 그냥 이리로 보내시면 됩니다. 굳이 이렇게 양해를 구할 필요 없이. 지부장님은 당연히 부하를 구하셔야죠. 그리고 저는 언제든 FBI를 환영합니다."

"그게 아니라 현재 그리로 내려보낼 병력이 없습니다." 페리가 말했다. "다른 사건도 많아서. 그래서 당신과 당신 부하들에게 내 눈과 발이 돼주길 부탁하려는 겁니다. 그래 줄 수 있나요?"

"정확히 뭘 하면 되는 거죠?"

"소렌슨 요원 본인이나 그녀의 자동차를 발견하는 즉시 내게 알려주십시오. 그리고 가능하다면 그녀와 함께 있는 자를 체포하세요."

"그자의 인상착의를 알려주십시오."

"코가 깨지고 덩치가 큰 사내."

"위험인물인가요?"

"극도로 위험한 자입니다. 불필요한 모험은 시도하지 마십시오."

"먼저 쏘고 심문은 나중에 하라는 말씀인가요?"

"이런 상황에서는 원칙상 그게 가장 적절한 대응책입니다."

"잘 알겠습니다, 페리 지부장님. 이 시간 이후로 저희 카운티는 걱정 마십시오. 그자가 이리로 온다면 저희가 제대로 처리하겠습니다."

"고맙군요. 귀하의 협조에 정말 감사드립니다."

"별말씀을요. 그게 저희의 의무잖습니까. 소렌슨 요원을 발견하는 즉시 연락드리겠습니다." 리처가 말했다. 그는 입에서 손가락을 빼낸 뒤 통화 종료 버튼을 눌렀다.

소렌슨은 아무 말도 하지 않았다.

리처가 말했다. "왜? 잘된 일이잖소. 이제 이 카운티는 우리 것이 됐소. 마음대로 돌아다닐 수 있게 된 거지."

"하지만 이 카운티를 벗어난다면? 아직도 상황을 모르겠어요? 당신은 지명 수배자예요. 우리 지부장이 전 지역에 수배를 내렸다고요."

"많은 사람들이 그래왔소." 리처가 말했다. "하지만 나는 아직 이렇게 말짱하오. 그들은 그렇지 못하고."

1.5킬로미터쯤 더 달린 뒤, 소렌슨이 새 전화번호를 알려주기 위해 과학수사 팀에 전화를 걸었다. 하지만 통화로 연결되지 않아서 음성 메시지를 남겨야 했다. 리처의 판단으로는 청신호였다. 그들이 철제 침대 위로 몸을 굽히고 열심히 부검을 하고 있는 중이라는 증거였기 때문이다. 그는 그들의

직업이 별로 부럽지 않았다. 여느 경찰들처럼 그 역시 부검 현장에 참석한 적이 여러 번 있었다. 수사 절차상 요식 행위였던 적도 있었고 실제로 결정적인 증거를 찾았던 적도 있었다. 익사한 뒤 부패된 시체가 가장 끔찍했지만 불에 탄 시체도 그에 못지않았다.

리처는 교차로에서 4킬로미터가량이 못 미친 지점에서 차를 세웠다. 보안관의 순찰차를 몰고 다니는 모습을 남들에게 들킬 수는 없었다. 풀러나 다른 보안관보는 물론이고 주민들의 눈에 띄어서도 안 되는 일이었다. 은밀하게 움직이는 것이 최상책이었다. 그는 벌판으로 이어지는 샛길로 들어가 트랙터 농로 위에 차를 세웠다. 히터를 돌리기 위해 시동은 끄지 않았다. 기름은 절반쯤 남아 있었다. 그는 앞 유리를 통해 지평선까지 펼쳐져 있는 고동색의 벌판을 바라보았다. 6개월 뒤면 비와 자양분이 키워낸 초록 물결이 벌판에 일렁일 것이고 만약 그 전에 발견되지 않는다면 굿맨의 순찰차도 그 물결 속에 잠길 것이다.

소렌슨이 물었다. "무슨 생각을 하고 있는 거죠?"

"지금 상황에 관해?"

"아뇨. 델펜소의 부검에 관해."

"'예스'냐 '노'냐의 문제요." 그가 말했다. "이거 아니면 저거."

"좀 더 구체적으로 얘기해봐요."

"싫소." 그가 말했다. "나중에 창피해질까 봐."

"부끄러움을 많이 타는 편이군요?"

"단정을 지었다가 나중에 그게 아니라고 밝혀지면 멍청이 같다는 느낌이 들잖소."

"그런 일이 자주 일어나나 보죠?"

"내가 바라는 것보다는 자주 일어나는 게 맞소. 당신은 애들이 있소?"

소렌슨이 고개를 저었다. "아직까지 아이와는 인연이 없었어요."

"인연이 있길 바라오?"

"잘 모르겠어요. 당신은?"

"인연도 없었고 바라지도 않소. 당신은 쉽게 무안해하는 편이오?"

"아뇨." 소렌슨이 말했다. "최소한 직업적으로는 그렇지 않아요. 개인적으론 가끔씩 그럴 때도 있지만. 지금도 그래요. 샤워를 하고 옷을 갈아입었으면 좋겠어요. 어제 일어난 뒤론 내내 이 셔츠만 입고 다녔거든요."

리처가 말했다. "난 최소한 사흘은 같은 셔츠를 입고 다니는데? 게다가 지금은 코가 깨졌으니 아무 냄새도 맡을 수가 없소."

그녀의 볼이 허물어졌다.

그가 말했다. "정 불편하면 쇼핑을 하시오. 샤워는 델펜소의 집에 가서 하고. 이 카운티는 우리 거니까."

"델펜소의 집에서 샤워를 한다는 건 어째 좀 그렇네요. 죽은 여자의 집인데."

"우린 지금 죽은 사람의 차 안에 앉아 있소."

"어쨌든 쇼핑을 할 곳도 없잖아요."

"시내에 여성의류점이 반드시 있을 거요. 파티드레스도 구할 수 있을걸?"

"당신은 시내로 들어갈 마음이 없잖아요. 그랬다면 이리로 빠지지 않았을 테니까."

"그럼 씬 시티로 갑시다. 최소한 셔츠를 파는 곳은 있으니까. 그 편의점 말이오."

"그리 좋은 제품이 아니에요."

"당신은 뭘 입어도 어울릴걸."

"그 얘긴 못 들은 걸로 하겠어요." 그녀가 말했다.

잠시 후 그녀가 다시 말했다. "좋아요. 씬 시티로 가요. 당신이 했던 대로 따라하면 되겠죠. 내가 셔츠를 사는 동안 당신은 모텔 객실을 1시간만 쓸 수 있도록 주선해줘요."

"오후 시간엔 그런 흥정이 불가능할 거요. 청소부들이 모두 퇴근을 했을 테니까. 하루 요금을 고스란히 지불해야 할 거요."

"상관없어요. 씻을 수만 있다면."

"결벽증이 있소?"

"씻고 싶어하는 건 인간의 본능이에요."

"거기서 점심도 해결합시다."

그 순간 굿맨의 휴대폰이 다시 울렸다. 스피커를 통해 울려나오는 다급한 기계음이 차 안을 가득 메웠다.

지역 번호는 816이었다.

"캔자스시티." 리처가 말했다.

"받지 말아요." 소렌슨이 말했다.

여섯 번, 일곱 번, 여덟 번까지 울리고 난 뒤 벨소리가 끊겼다. 차 안이 다시 조용해졌다. 엔진과 히터의 나지막한 가동음만이 이어지고 있었다.

리처가 말했다. "당신네 대테러 팀 요원들이 캔자스시티에서부터 출동했다고 했잖소, 안 그렇소?"

"그들과 나는 같은 소속이 아니에요." 소렌슨이 말했다.

"도슨과 미첼, 맞소?"

"맞아요."

"그들 말고 캔자스시티에서 굿맨에게 전화를 걸 만한 사람이 또 있소?"

"얼마든지 있겠죠. 형, 여동생, 아들, 대학 동창, 낚시 친구."

"근무 시간인데?"

"안 될 것 없죠."

"굿맨이 대학을 다녔을까?"

"나야 모르죠."

"그의 수석 보안관보가 대학에 다니지 않은 건 분명한데."

그때 전화기가 한 차례 웅웅거렸다. 음성 메시지. 소렌슨이 상체를 옆으로 기울이고 전화기 버튼 몇 개를 눌렀다. 그녀의 머리가 리처의 오른팔에 닿았다. 차 안은 이내 변질되고 무미건조한 기계음으로 가득 찼다.

"휴대폰." 소렌슨이 말했다. "신호 세기가 약한 상태에서 보낸 메시지예요. 막힌 공간, 혹은 차 안일 수도 있고."

곧이어 목소리가 들려왔다. "굿맨 보안관님. 캔자스시티, FBI 대테러 팀의 도슨 요원입니다, 지난밤에 만났던. 이 메시지를 듣는 대로 전화 주십시오. 우선은 경고 사항을 알려드리겠습니다. FBI 오마하 지부 소속의 소렌슨 요원과 함께 움직이고 있는 남성에 관해서입니다. 아주 위험한 용의자입니다. 발견 즉시 체포하십시오. 저는 현재 동료와 함께 그리로 가고 있는 중입니다. 도착하는 대로 저희가 인수를 하겠습니다. 하지만 그때까지는 조심하셔야 합니다. 일단 보안관 사무실로 가겠습니다. 거기서 뵙도록 하죠."

예의 기계음이 잠시 이어진 뒤 메시지가 종료됐다.

엔진과 히터의 나직한 작동음.

소렌슨이 말했다. "결국 이 카운티가 우리 건 아니군요."

51

리처는 차를 빼지 않았다. 얘기를 나누기에 안성맞춤인 그 자리에서 다른 곳으로 옮길 이유가 없었다. 그가 말했다. "오마하에서 캔자스시티에 연락을 취하지 않은 게 확실하오. 도슨과 미첼이 이리로 오는 중이라는 걸 당신네 지부장이 알았다면 굿맨에게 눈과 발이 돼달라는 요청을 하진 않았겠지."

"그 반대예요." 소렌슨이 말했다. "캔자스시티가 오마하에 연락을 하지 않은 거죠. 대테러 팀들은 원래 독자적으로 활동하니까."

"그들이 나를 테러리스트로 간주한다는 얘긴가?"

"그들은 당신이 킹과 맥퀸을 위해 차를 몰았다는 걸 알고 있어요. 그 두 사람은 당신이 CIA라고 확신하는 사람을 살해했어요. 그러니 대테러 팀에서 당신을 어떻게 생각하겠어요?"

"그들의 차를 얻어 타기 전에 내 앞에 설 뻔했던 흑인 사내가 있었소. 그 당시 난 그의 픽업트럭을 타지 않았던 게 너무 다행이라고 생각했었소. 그 차의 히터가 고장 난 것 같았기 때문이오. 하지만 지금은 그 차를 탔으면 좋았을 거라는 생각이 드는군. 그랬다면 지금쯤 버지니아에 있을 텐데."

"폐렴에 걸려 쿨럭거리면서."

"자, 이제 셔츠 사러 갑시다. 샤워도 하시고."

"하지만 30분밖에 시간 여유가 없어요. 아니, 이젠 그만큼도 안 남았겠네요."

"초조해할 필요 없소. 당신은 죄지은 게 없으니 꺼려할 게 없고 나는 그들의 눈에 띄지 않을 거니까."

"그들은 내가 납치된 줄 알고 있어요. 분명히 나를 구출하려 들 거예요. 그러니 나도 그들 눈에 띄어서 좋을 게 없어요."

"당신네 지부장은 그들에게 상황을 설명하지 않았소. 따라서 그들은 당신이 납치된 걸 모르고 있소. 아까 메시지에서도 당신과 함께 움직이고 있는 용의자라고 말했잖소. 당신을 납치한 범인이 아니라. 서로 만나게 되면 그들은 아무렇지도 않게 당신에게 인사를 건넬 거요. 그럼 당신도 인사하면 되고. 이어서 그들이 코 깨진 사내에 관해 묻겠지. 그럼 당신은 모른다고 말하면 되고. 하지만 그런 상황은 일어나지 않을 거요. 그들이 모텔에 투숙할 리가 없으니까. 설사 그런다고 해도 모텔 직원이 당신이 씻고 있는 방을 그들에게 내주겠소? 그러니 안심해요."

"알았어요." 소렌슨이 말했다. "이제 가죠."

굿맨의 차에는 내비게이션이 없었다. 지도도 없었다. 필요가 없었을 테니 당연했다. 굿맨은 카운티 지리를 손바닥 보듯 훤히 알고 있었다. 거기서 태어나서 거기서 일생을 보낸 사람이었다. 최소한 거기서 최후를 맞은 건 확실했다. 어쨌든 리처는 기억과 감각에 의존해서 길을 찾아야 했다. 씬 시티는 교차로에서 정북으로 5킬로미터 떨어져 있었다. 그들의 현재 위치는 교차로에서 동북쪽으로 4킬로미터 떨어진 지점이었다. 따라서 북서쪽으로 방향을 잡아야 했다. 계산을 마친 다음 리처는 차 앞머리를 북서쪽으로 돌리고 체스판 같은 농장 지대의 농로들을 따라 차를 몰아가기 시작했다. 얼마 후, 그들은 대로로 진입하는 샛길 어귀에 이르렀다. 중고 농기구 전시장이 자리 잡고 있는 지점이었다. 리처는 대로로 진입하기 전에 길 양쪽을 조심스럽게 살폈다. FBI 세단도 없었고, SWAT 팀 트럭도 없었고, 장갑차도 없었다. 보안관 사무실의 순찰차도 보이지 않았다. 검문소도 개설되지 않았고 하늘은 텅 비어 있었다. 리처는 북쪽으로 핸들을 꺾어서 도로에 진입한 뒤 1.5킬로미터를 달린 다음 다시 핸들을 크게 꺾어서 편의점 뒤쪽 골목으로 들어섰다.

소렌슨이 굿맨의 휴대폰을 자기 가방에 집어넣고 차에서 내렸다. 5분 후, 가게에서 나온 그녀의 손에는 비닐 가방 두 개가 들려 있었다. 하나에는 델펜소가 입었던 것과 똑같은 색깔과 사이즈의 셔츠, 나머지 하나에는 속옷과 양말이 들어 있었다.

도로 건너편에 자리 잡고 있는 모텔이 외관상으로 가장 그럴듯했다. 리처는 그곳을 향해 도로를 건넌 뒤 어느 정도 거리를 두고 차를 세웠다. 남은 거리는 걸어서 가는 것이 소렌슨을 위해 여러 모로 좋을 것 같았다. 그의 경험상 호텔 직원들은 가십에 관한 한 다른 어느 업종의 종사자들에게도 1위 자리를 내주지 않을 사람들이다. 보안관의 순찰차를 몰고 있는 낯선 사내는 그들에겐 비 개인 하늘의 무지개만큼이나 반가운 존재일 것이다.

리처는 소렌슨이 모텔 사무실에 들어간 다음에도 자리를 뜨지 않았다. 5분 뒤 그녀가 객실 열쇠를 들고 밖으로 나왔다. 그는 그녀가 바깥 복도를 걷다가 어느 객실의 문을 따고 들어가는 것까지 지켜보았다.

30분. 30시간 전에 샤워를 한 결벽증 여성이 몸을 닦는 데는 그 정도 시간이 필요할 거라고 리처는 생각했다. 헤어드라이어로 머리를 말려야 하는 습관이 있다면 거기다 10분을 보태야 했다.

그는 차를 빼서 낮 시간 동안에는 영업을 하지 않는 어느 술집 뒤에 주차시켰다. 씬 시티는 전체적으로 아주 조용했다. 식당들은 문구만 조금씩 다를 뿐 모두 다 '고속도로 전, 마지막 식당'이라는 광고판을 내걸고 있었다. 그건 다른 업종들도 마찬가지였다. '고속도로 전, 마지막 XX'는 그 지역 상공회의소의 구호인 것 같았다. 하지만 그 마지막 기회를 활용하려는 운전자들은 별로 없는 것 같았다.

리처가 차에서 내렸다. 문을 잠근 뒤 그는 길을 건너 델펜소의 칵테일 라운지 뒤편으로 돌아갔다. 빨간색 마즈다는 그대로 서 있었다. 다섯 개 문짝은 모두 강제로 잠금 장치가 해제된 상태였다. 소렌슨의 현장감식 팀이 그랬을 것이다. 운전석은 평균 키의 운전자에 맞춰져 있었다. 깨끗한 차 안엔 별다른 장식이 없었다. 모든 면에서 렌터카의 특징을 고스란히 보여주고 있는 차량이었다.

'머리가 혼란스러울 땐 커피를 마셔라.'

리처의 행동 강령 가운데 하나였다. 그는 그 강령에 따라 다시 길을 건너 소렌슨이 들어간 모텔과 가장 가까운 식당으로 들어갔다. 그는 가장 안쪽 모서리 부스에 빈 벽을 등지고 앉아 커피를 마셨다. 무거운 도자기 잔은 마음에 들지 않았지만 넘칠 정도로 가득 채워진 커피 맛은 썩 괜찮았다. 위치도 전략적으로 유리했다. 실내와 도로가 한눈에 들어왔다. 화장실로 통하는 복도가 그의 왼쪽 어깨에서 3미터 떨어져 있었고 그 복도 끝에는 비상구가 있었다. 그는 창밖의 도로를 지켜보며 커피를 홀짝였다. 대형 트레일러 두 대가 서로 엇갈리며 지나갔다. 이어서 낡은 픽업트럭과 진흙 범벅의 사각 진 사륜구동 차량, 그리고 차체에 녹이 여러 줄 난 배달용 밴이 차례로 북쪽을 향해 올라갔다.

잠시 후, 군청색 포드 크라운 빅토리아 한 대가 남쪽에서부터 올라왔다. 소렌슨의 차와 차종과 제조사, 그리고 색깔까지도 같은 차량이었다. 트렁크 덮개에 바늘 안테나가 달린 것도 똑같았다.

FBI.

차 안엔 두 사내가 타고 있었다.

느린 속도였다. 느려도 너무 느렸다. 조심스럽게 운전하기 위해 속도를 줄인 게 아니었다. 주변을 샅샅이 훑어보기 위해 서행을 하고 있었다. 운전석의 사내는 왼쪽을, 조수석의 사내는 오른쪽을 살피고 있었다. 리처는 차가 지나가는 동안 조심스럽게 지켜보았다. 낯이 익은 사내들이었다. 오마하의 FBI 건물 앞에서 기다리고 있던 네 사내들 가운데 둘인 것 같았다. 도슨과 미첼. 거의 확실했다. 잠시 후 크라운 빅토리아는 리처의 시야에서 사라졌다.

그는 커피를 한 모금 마신 뒤 머릿속으로 시간과 속도와 거리를 계산했다. 그의 계산대로 정확한 시점에 크라운 빅토리아가 다시 모습을 보였다. 이번엔 남쪽으로 앞머리를 향하고 있었다. 느린 속도로 북쪽에서 내려오는 차 안에서 두 사내가 각각 한쪽 갓길과 그 너머를 샅샅이 훑어보고 있었다.

식당 앞에서 차의 속도가 더욱 느려졌다.

차가 주차장으로 방향을 틀었다.

깨진 갓돌을 타고 넘은 차는 식당 주차장의 자갈밭 위를 굴러 와서 리처의 창문 앞 1미터 거리에 앞머리를 들이밀고 멈춰 섰다. 두 사내는 가만히 앉아 있었다. 서두를 필요가 없었다. 특별한 목적이 있어서 식당 앞에 차를 세운 게 아니었다. 결실 없는 긴 수색 끝에 커피 한 잔을 마시며 잠시 쉬고 싶었을 뿐이었다. 그게 전부였다. 이제 리처는 그들이 도슨과 미첼이라는 걸 확실히 알아볼 수 있었다. 두 사람은 눈을 깜빡이며 하품을 하는가 하면 고개를 돌려가며 목 근육을 풀고 있었다. 둘 다 군청색 양복에 흰 와이셔츠와 파란색 넥타이 차림이었다. 옷매무새가 조금씩 흐트러져 있었다. 약간 피곤해 보였다. 한쪽이 키가 좀 더 크고 몸이 좀 더 말랐다는 것만 빼놓고는 완벽한 쌍둥이였다. 둘 다 금발머리에 얼굴이 붉었다. 둘 다 40대 초반이었다.

'그들이 나를 테러리스트로 간주하고 있단 얘기요?'

'그들은 당신이 킹과 맥퀸을 위해 차를 몰았다는 걸 알고 있어요.'

두 사내는 함께 차에서 내린 뒤 잠시 찬바람을 맞으며 서 있었다. 운전자는 손목을 내려뜨린 채 양팔을 한껏 벌렸고 조수석에 탔던 사내는 양 팔꿈치를 위로 하고 두 주먹을 귀 근처에 가져다 댄 자세로 몸을 젖혔다. 그들이 가슴에는 글록을, 허리에는 수갑을 차고 있다는 걸 리처는 보지 않고도 알 수 있었다. 게다가 애국자법이 부여한 무제한의 권한, 그리고 어떤 행동이든 정당화될 수 있는 국가 안보라는 명분이 그들의 뒤를 받쳐주고 있었다.

사방을 두리번거리던 두 사내의 눈길이 식당 출입문 쪽에 꽂혔다.

리처는 마지막 한 모금의 커피를 마신 뒤 식탁 위에 2달러를 올려놓고 그 위에 잔을 내려놓았다. 그가 부스를 빠져나와 화장실 복도로 들어서는 순간 그의 등 뒤에서 출입문이 열리는 소리와 타일 바닥을 딛는 두 쌍의 구둣발 소리가 연속적으로 들려왔다. 웨이트리스가 메뉴판 두 개를 빼내는 소리도 들렸다. 리처는 복도 끝의 비상구까지 걸어가 문을 밀어 연 다음 밖으로 나갔다.

그는 잰걸음으로 식당 건물과 모텔 건물 사이의 공터를 가로지른 다음 모텔 뒷벽에 난 어느 창문 앞에서 걸음을 멈췄다. 유일하게 김이 서려 있는 창문이었다. 그는 손끝으로 창문을 몇 차례 두드린 다음 조용히 기다렸다. 창문이 조금 열리더니 헤어드라이어 소리가 새어나오다 사라졌다. 뒤이어 소렌슨의 목소리가 들렸다. "리처?"

그가 물었다. "몸을 가렸소?"

그녀가 말했다. "생각하기에 따라 다르겠지만 괜찮아요."

그는 발돋움을 하고 창문 틈으로 안을 들여다보았다. 그녀는 큰 수건으로 몸을 감싸고 있었다. 위쪽은 겨드랑이까지 치켜져 있었지만 아래쪽은 무릎 훨씬 위쪽에 드리워져 있었다. 가르마를 중심으로 한쪽 머리는 젖어 있었고 다른 쪽 머리는 마른 상태였다. 눈에 보이는 피부는 모두 연분홍색으로 물들어 있었다.

그가 말했다. "당신네 캔자스시티 친구들이 식당에 와 있소."

그녀가 말했다. "내 친구들 아니라니까요."

"과학수사 팀에서는 소식이 있었소?"

"아뇨."

"왜 이렇게 오래 걸리는 거지?"

"상당히 난해한 케이스라서 그럴 거예요."

"난 그들이 충분한 실력을 갖고 있기를 기대하고 있소."

"충분한 실력이라면 어느 정도?"

"내가 알고 싶은 걸 말해줄 수 있는 정도."

"그거야 당신이 뭘 알고 싶은지에 따라 달라지는 거죠. 안 그래요?"

"난 차에서 기다리겠소." 그가 말했다. "여기서 북쪽으로 두 건물 떨어진

술집 뒤에 세워두었소."

그녀가 말했다. "알았어요."

창문이 다시 닫히고 이어서 헤어드라이어 소음이 새어나왔다. 리처는 몸을 돌리고 북쪽을 향해 걸음을 옮겼다. 쓰레기통, 매트리스 무더기, 종이 박스 더미 등 온갖 잡동사니가 어질러져 있는 뒷길을 따라 바쁘게 걸어 올라가던 리처가 식당 건물과 술집 사이의 공터를 건너자마자 멈춰 섰다.

약 28미터 전방, 술집 건물 뒤편 맨 끝자락에 굿맨의 순찰차가 주차돼 있었다. 그가 세워둔 그대로였다. 하지만 정확히 T자 형태로 또 다른 차가 그 차의 꽁무니 쪽을 가로막고 서 있었다. 차의 앞부분은 건물 모서리에 가려 보이지 않았다. 하지만 포드 크라운 빅토리아인 것만은 분명했다. 관용차량인 것도 확실했다. 하지만 FBI 차량은 아니었다. 소렌슨의 차, 혹은 도슨과 미첼의 차와 똑같지는 않았기 때문이다. 일단 모래색 페인트였고 안테나의 위치와 형태도 달랐다. 그리고 연방정부에서 발행한 번호판을 달고 있는 것도 달랐다.

흰색 연기가 배기통에서 뿜어져 나오고 있었다.

시동을 켠 채 보안관 순찰차의 후진을 가로막고 있는 관용 차량.

고의인지 아닌지 리처로선 알 수가 없었다. 리처는 다시 걸음을 옮겼다. 이번엔 천천히 조심스럽게.

차 안에는 운전자 한 사람뿐이었다. 접근하는 동안 리처는 그 사내의 뒤통수만을 볼 수 있었다. 차와 똑같이 모래색 머리칼이었다. 스웨터 차림의 사내는 통화 중이었다.

스웨터 차림이라는 건 어깨띠를 매지 않았다는 걸 의미했다. 어깨띠가 없다는 건 권총을 소지하지 않았다는 걸 의미했다. 권총을 소지하지 않았다는 건 그 사내가 평복 차림의 형사도 아니고 작전에 투입된 기관 요원도 아니라는 걸 의미했다. 즉, 사법부 소속이 아니라는 얘기였다. DEA(마약 단속국), ATF(주류·담배·화기 단속국), DIA(국방부 정보국), 그 외 어떤 세 철자짜리 기관의 요원도 아닌 것이다.

결국 스웨터는 그 사내가 전혀 위협적인 존재가 아니라는 걸 의미했다.

'옷이 사람을 만든다.'

리처는 운전석 쪽으로 다가가 창문을 몇 번 두드렸다. 화들짝 놀란 사내가 물기 어린 푸른 눈으로 창밖을 올려다보았다. 그의 손이 버튼을 더듬었다. 창문이 내려갔다.

리처가 말했다. "어이, 차 좀 빼주시지. 내 차를 막고 있잖소."

사내가 귀에서 휴대폰을 떼면서 말했다. "누구시죠?"

리처가 말했다. "보안관."

"천만에, 당신은 보안관이 아니야. 난 어젯밤에 이곳 카운티 보안관을 만났었어. 게다가 그는 사망했다고 들었어, 오늘 아침에."

"난 새 보안관이오. 승진했지."

"이름이 어떻게 되나?"

"당신 이름은?"

그 사내는 자신이 심각한 결례를 범한 것을 불현듯 깨달았다는 듯 잠시 흠칫하는 태도를 보였다.

그가 말했다. "저는 레스터 레스터라고 합니다. 국무성 소속이고요."

리처가 말했다. "부모님께서 아주 근검절약하시는 분들인 것 같소만."

"집안 분위기가 대대로 그렇긴 합니다."

"어쨌든 레스터 씨. 난 지금 가봐야 할 곳이 있소."

사내는 움직이려는 기색이 없었다.

리처가 말했다. "레스터 씨, 당신에겐 두 가지 선택이 있소. 앞으로 차를 빼는 게 하나, 뒤로 차를 빼는 게 둘."

사내는 어느 선택도 하지 않았다. 차바퀴는 그대로 정지 상태였다. 하지만 그의 머릿속의 바퀴는 돌아가고 있다는 걸 리처는 충분히 알아챌 수 있었다. 빠르지는 않은 속도였다. 하지만 결국 사내는 결론에 이르렀다. 그가 리처의 얼굴을 유심히 바라보았다. '덩치 큰 사내, 깨진 코'.

사내가 아주 큰 소리로 말했다. "아, 당신이 바로 우리가 찾고 있는 사람이군!"

"그걸 나한테 물으면 어쩌라고. 당신들이 누굴 찾고 있는지 내가 무슨 수로 알 수 있단 말이오?"

"차에 타시지."

"왜?"

"당신을 체포해야겠으니까."

"지금 농담하자는 건가?"

"국가 안보가 농담이라고 생각하나?"

"자네 같은 사람들이 그런 자리에 있는 한 농담일 수밖에 없지."

리처는 사내의 손에 들려 있는 휴대폰에 갑자기 생각이 미쳤다.

통화 상대방은 누구였을까?

식당?

레스터라는 이름의 사내는 리처의 생각처럼 멍청이가 아닐 수도 있었다.

52

리처는 운전석 문을 뜯어내듯 열어젖히고 사내의 손에서 휴대폰을 낚아챈 다음 술집 지붕 위로 던져버렸다. 이어서 사내의 스웨터 목깃을 움켜쥐고 밖으로 끄집어내서는 반은 잡아채고 반은 따라오게 해서 6~7미터를 끌고 간 뒤 원반던지기 동작으로 팔을 휘둘러서 술집 뒷벽에 그를 내던졌다. 그러고 나선 잽싸게 사내의 차로 달려가서 비좁은 운전석에 자기 몸을 우겨 넣은 다음 주행으로 기어를 넣고 액셀을 힘껏 밟았다. 바퀴 아래에서 잔돌들이 사방으로 튕겨나가며 차가 급발진을 하자마자 리처는 금세 발을 바꿔 브레이크를 힘껏 밟은 뒤 뛰어내리듯 땅에 내려선 다음 굿맨의 순찰차 트렁크를 돌아서 운전석으로 달려갔다. 열쇠고리의 잠금 해제 버튼을 누르는 것과 거의 동시에 차에 올라탄 그는 술집 벽에서 후진으로 떨어져 나오며 핸들을 오른쪽으로 크게 꺾었다.

모래색 크라운 빅토리아는 여전히 움직이고 있었다. 리처가 기어를 주행으로 놓아둔 채 뛰어내렸기 때문이다. 술집 건물과 그 북쪽으로 이웃한 건물 사이의 공터에서 리처는 그 차를 추월한 다음 보닛 앞을 바짝 돌았다. 그 차의 앞머리가 굿맨 차의 뒷부분 어딘가에 슬쩍 부딪혔다. 리처는 차의 속도를 올리며 꼬리를 흔드는 생선처럼 핸들을 조작해서 사내의 차를 떨쳐냈다. 왼쪽 사이드미러에 모래색 머리의 사내가 절뚝거리며 쫓아오는 모습이 비쳤다. 그의 목표가 굿맨의 차인지 아니면 자신의 차인지는 알 수 없었다. 리처는 이내 고개를 똑바로 하고 전방에 신경을 모았다. 그는 술집 건물 앞 주차장에서 갓돌을 타고 넘어 큰길로 진입한 다음 곧장 직진해서 맞은편 건물 사이의 골목으로 들어갔다. 그 골목을 빠져나간 뒤엔 공터에서 좌회전을 했다. 그는 일단 한 차례 심호흡을 하고 자세를 바로잡은 뒤 천천히 차를 몰고 뒷길을 따라 남쪽으로 내려갔다. 그가 다음 골목 어귀에서 차를 세웠다. 건너편의 모텔과 식당이 한눈에 보이는 위치였다.

소렌슨의 모습은 보이지 않았다.

식당에서는 아무런 기척이 없었다.

군청색 크라운 빅토리아는 여전히 그 자리에 주차돼 있었다. 주위는 여전히 조용했다. 식당 출입문에서 뛰어나오는 사람은 없었다. 하지만 창문 안쪽의 상황은 장담할 수 없었다. 밖에서는 안이 보이지 않기 때문이다.

리처는 1분 동안 그쪽을 지켜보았다. 여전히 아무 움직임도 없었다.

국무성 사내의 통화 상대방은 그 식당에 있는 인물이 아니었다.

리처의 눈길이 모텔로 옮겨갔다. 3분이 지나자 소렌슨의 객실 문이 열리며 그녀가 밖으로 나왔다. 들어갈 때와 똑같은 검은색 정장에 셔츠만 바뀐 차림이었다. 들고 있는 봉지 속엔 입던 셔츠가 말려 있었다. 벗어버린 옷가지를 집으로 가져갈 모양이었다. 리처와는 다른 생활방식이었다. 그녀에겐 집이 있었으니까.

그녀는 객실 밖의 복도에 서서 고개를 꼿꼿이 세운 채 왼쪽과 오른쪽을 번갈아 살펴보았다. 대도시의 인도에 서서 택시를 잡으려는 직장 여성의 모습이었다. 이윽고 그녀가 북쪽을 향해 발길을 옮겼다. 리처에게서 차가 주차돼 있다고 들었던 지점으로 가려는 게 분명했다. 리처가 핸들을 돌렸다. 골목을 통해 건물 앞 주차장으로 나간 그는 곧장 갓돌을 타고 넘어 큰길로 진입한 다음 다시 맞은편 갓돌을 타고 넘어가 모텔 건물 앞에 이르렀다. 거기서 그는 차 앞머리가 북쪽을 향하도록 왼쪽으로 크게 핸들을 돌린 뒤 브레이크를 밟아서 소렌슨 바로 옆에 차를 세웠다. 그가 조수석 쪽으로 상체를 기울이고 차 문을 열었다. 그녀는 매일 그 동작을 연습한 사람처럼 매끄럽게 올라탔다.

그가 말했다. "자리를 옮겨야 했소. 그사이 국무성의 당신네 친구 레스터 씨와 약간의 문제가 있었소."

그녀가 말했다. "레스터 씨도 내 친구가 아니에요."

그녀의 말이 끝나는 순간 리처는 그들이 생각했던 것보다 훨씬 심각한 위기에 봉착했다는 걸 깨달았다.

그는 뒤쪽에서 도슨과 미첼이 식당 문을 박차고 나와 주차장으로 달려가는 모습을 룸미러를 통해 보았다. 두 사람 다 휴대폰을 귀에 대고 있었다. 두 사람 모두 자유로운 손을 허공에 저어대며 가속도를 얻고 있었다. 재킷 자락이 바람에 펄럭였다. 결국 레스터는 식당으로 연락을 한 셈이었다. 의도

한 것도 아니었고 직접 전화를 건 것도 아니었다. 중간에 여러 단계를 거친 연락이었다. 레스터의 전화 상대방은 국무성의 누군가였을 것이다. 리처의 정체를 깨달은 뒤 레스터는 말했다. '당신이 바로 우리가 찾던 사람이로군.' 아주 큰 소리로. 통화가 끊기지 않은 상태에서 그 외침을 들은 국무성의 누군가는 제법 머리가 돌아가는 사람인 게 분명했다. 그는 즉시 후버 빌딩으로 연락을 했고 후버 빌딩에선 캔자스시티로, 그리고 캔자스시티에서는 도슨과 미첼의 휴대폰으로 연락을 한 것이다. 그 두 사람이 여전히 휴대폰을 귀에 대고 있는 것으로 미루어 통화가 계속되고 있는 것이 확실했다.

'그 용의자가 지금 너희에게서 20미터가량 떨어진 지점에서 레스터 레스터의 엉덩이를 걷어차고 있는 중이다.'

차로 뛰어가던 도중 그들은 리처를 보았다. 아니면 소렌슨을 보았다. 그들은 잠시 멈춰 섰다가 손가락으로 리처 쪽을 가리킨 뒤 다시 그들의 차를 향해 달려갔다.

리처는 힘껏 액셀을 밟았다. 관성의 법칙은 여지없이 작용해 소렌슨을 좌석 깊숙이 파묻었다. 리처는 자꾸 엇나가려는 핸들을 꼭 잡고 갓돌을 타고 넘어서 큰길에 진입한 다음 곧장 북쪽으로 내뺐다. 오른쪽 사이드미러와 룸미러 속에서는 군청색 차량이 뒤로 약간 빠졌다가 방향을 잡은 뒤 쫓아오는 장면이 이원으로 생중계되고 있었다.

"꼭 붙들어요." 리처가 말했다. "난 운전이 무척 거친 사람이니까."

"말하지 않아도 벌써 알고 있어요." 소렌슨이 말했다. 그녀가 안전벨트 고리를 더듬어 쥔 뒤 단단히 졸라매었다. 리처는 액셀을 밟은 발에 힘을 빼지 않았다. 8기통의 순찰차는 과연 구동력과 추진력이 엄청났다. 전혀 나쁘지 않았다. 문제는 도슨과 미첼도 똑같은 차량을 타고 있다는 사실이었다. 역시 8기통에 똑같은 구동력과 추진력. 게다가 경광등 지지대도 없고 범퍼 앞뒤에 보조 범퍼도 부착되어 있지 않았으니 중량도 덜 나갈 것이다. 유체

역학상 그들이 탄 차가 속도전에서 유리했다.

리처는 고속도로까지 거의 80킬로미터 거리라는 걸 알고 있었다. 거기까지는 외길 수순이라는 것도 알고 있었다. 왼쪽과 오른쪽으로 이따금씩 샛길이 나 있고, 여기저기 나무들이 작은 군락을 이룬 곳도 있었으며 용도를 알 수 없을 만큼 폐허가 된 농장 건물들이 가끔씩 들판 가운데 서 있기도 했다. 하지만 그 밖에는 겨울의 황량한 들판만이 이어져 있을 뿐이었다. 평평한 들판이었다. 꺼져 들어간 지형도 없었고 계곡도 없었다. 언덕도 없었고 봉우리도 없었다.

달릴 곳은 있었다.

숨을 곳은 없었다.

도로 사정은 좋지 않았다. 겨울 서리와 여름 가뭄에 오랫동안 시달린 탓에 아스팔트는 곳곳이 깨져 있었다. 정상 속도라면 별문제 없겠지만 과속으로 달릴 땐 위험했다. 하지만 굿맨의 순찰차는 돛대 가득 바람을 머금은 요트처럼 달려 나갔다. 도슨과 미첼은 400미터 뒤에서 쫓아오고 있었다. 거리가 점점 좁혀지고 있었다. 리처는 액셀을 밟고 있는 발에 힘을 보탰다. 속도계의 바늘이 시속 160킬로미터를 가리키고 있었다.

달릴 곳은 있었다.

숨을 곳은 없었다.

풀러.

리처의 머릿속에 불현듯 그 사내가 떠올랐다.

그가 말했다. "무전기 작동법을 알고 있소?"

소렌슨이 말했다. "한번 해보죠."

"풀러가 현재 어느 지점에서 레이저 건을 들고 근무 중인지 알아보시오. 그에게 과속 차량 한 대가 북쪽으로 올라가고 있다고 말하시오. 군청색 세단."

리처는 계속 차를 몰았다. 핸들을 꺾을 필요는 전혀 없었다. 도로는 일직선으로 뻗어 있었다. 차는 도로에 팬 구덩이들을 미끄러지듯 넘어서며 달려갔다. 거의 날아가는 것과 마찬가지였다. 소렌슨이 클립에서 마이크를 뽑아들고 스위치를 올린 다음 목을 몇 차례 가다듬었다.

그녀가 말했다. "풀러 수석 보안관보, 현재 위치를 보고하시오."

이내 치직거리는 잡음에 섞여 풀러의 목소리가 응답했다.

"누구십니까?"

"FBI의 소렌슨 요원이에요. 현재 어디에 나가 있죠?"

"카운티 경계선에서 1.5킬로미터 정도 못 미친 지점입니다, 요원님."

"동서남북 어느 쪽 경계선?"

"북쪽입니다."

"잘됐네. 지금 과속차량 한 대가 고속도로를 향해 북쪽으로 올라가고 있어요. 군청색 포드 크라운 빅토리아. 그 차량을 세운 다음 운전자에게 부주의하고 안전하지 못한 운전에 대해 책임을 묻도록."

"그러겠습니다, 요원님."

"통신 끝, 오버." 소렌슨이 말했다. 마이크를 다시 클립에 끼운 다음 그녀가 리처를 보며 말했다. "뒤차가 정지 명령을 무시하면 어쩌죠? 시속 160킬로미터인데 자칫하다간 풀러가 치여 죽을 거예요."

"인간 유전자의 질적 향상을 위한 희생이라고 봐야지."

리처는 계속 전속력으로 차를 몰았다. 이제 뒤차와의 거리는 300미터 정도였다. 시속 160킬로미터의 속도를 감안하면 6초 남짓을 앞서가고 있는 것이다. 하지만 거리가 갈수록 좁혀지고 있다는 게 문제였다. 리처는 앞 유리 멀리를 내다보았다. 직선으로 뻗은 도로, 평평한 들판, 낮게 깔린 지평선, 그 어디에도 풀러의 모습은 없었다.

그가 물었다. "과학수사 팀에서는 연락이 있었소?"

소렌슨이 말했다. "아직 없었어요. 이제 당신이 마음속에 품고 있는 생각을 털어놔 봐요."

"동기." 리처가 말했다. "죽은 여자의 아이를 납치한 사람은 누굴까? 아무것도 보지 못했고 아무것도 알지 못하는 아이를 왜?"

"부검 결과가 그 의문을 어떻게 해결해준다는 거죠?"

"해결해줄 수 없을지도 모르오." 리처가 말했다. "내 마음속에 품고 있는 생각을 말했을 뿐이오." 액셀을 밟고 있는 그의 발에 힘이 더해졌다. 페달을 부수려고 작정한 사람 같았다. 하지만 엔진은 신음소리만 더 크게 울려댈 뿐 더 이상 속력을 올리지 못했다. 시속 160킬로미터가 최고속력인 모양이었다. 그들은 왼쪽으로 뚫린 샛길을 지나쳤다. 잠시 후엔 오른쪽으로 뚫린 샛길을 지나쳤다. 두 길 모두 포장도로이긴 했지만 들판 사이로 뻗은 농로 수준에 불과했다.

"저기." 소렌슨이 말했다.

지평선 위에 찍힌 점 하나가 리처의 눈에도 보였다. 고동색 들판에 대비되어 흑백에 금색이 약간 섞인 상태로 번져 있는 얼룩 같은 형체였다. 갓길에서 대기하고 있는 풀러의 순찰차였다. 거리는 1.5킬로미터 정도. 따라서 30초면 다다를 수 있었다. 도중에 샛길은 뚫려 있지 않았다. 오른편 멀리에 죽은 나무가 한 그루 서 있었다. 왼쪽 멀리에는 너무 낡아서 지붕이 휘고 회색으로 바랜 헛간이 한 채 눈에 띄었다.

30초.

20초.

"꼭 붙잡아요." 리처가 말했다.

15초.

그는 핸들을 단단히 붙들고 액셀에서 발을 뗀 다음 브레이크를 힘껏 밟았다. 차의 앞머리가 노면을 향해 급속하게 기울어지고 두 사람의 몸이 앞으로 쏠렸다. 리처는 핸들을 잡은 손에 힘을 보탰다. 도슨과 미첼의 차는 속도를 늦추지 않았다. 그들은 계속 전속력으로 달려왔다. 풀러의 순찰차가 점점 가까이 다가왔다.

100미터.

50미터.

30미터.

리처는 핸들을 급하게 꺾어서 도로를 벗어나 오른쪽 들판으로 들어갔다. 도슨과 미첼의 차는 마치 새총에서 쏘아진 돌멩이처럼 리처가 꺾어진 지점을 지나쳐 곧장 달려갔다. 리처는 울퉁불퉁한 들판 위에 작은 반원을 그리며 차를 몰았다. 도슨과 미첼의 차는 시속 110킬로미터의 속도로 풀러의 순찰차 곁을 지나쳤다. 풀러는 순찰차 지붕의 경광등을 켜고 사이렌 소리를 울리며 곧장 그 뒤를 쫓아갔다. 다시 도로로 진입한 리처는 이번엔 남쪽으로 방향을 잡았다. 그는 좀 전에 올라오면서 지나친 왼쪽 샛길, 이제는 오른쪽이 된 그 샛길을 만날 때까지 전속력으로 차를 몰았다. 그 어귀에서 리처는 힘껏 브레이크를 밟으며 핸들을 틀어 그 샛길로 접어들었다. 잠시 후 그는 샛길에서 벗어나 오른쪽 벌판으로 들어섰다. 차는 지붕이 휘고 회색으로 바랜 헛간까지 트랙터 자국이 깊이 팬 비포장 농로를 따라 덜컹거리며 달려갔다. 농로는 헛간 앞에서 끝났다. 리처는 그 낡은 건물 뒤에 차를 세웠다. 그는 즉시 차에서 내려 건물의 북쪽 모퉁이로 달려가서는 벽 뒤에 몸을 숨기고 도로를 지켜보았다.

도로는 텅 비어 있었다. 도슨과 미첼의 차는 아직 보이지 않았다. 북쪽으로 1.5킬로미터 이상 떨어져 있을 테니 당연했다. 리처는 머릿속으로 시간과 거리를 계산했다. 그들은 속도를 줄이고 180도로 차의 방향을 돌렸을 것이다. 뒤따라온 풀러가 그들을 멈춰 세웠을 것이다. 그들이 신분증을 제시한 뒤에도 소렌슨의 명령이 단단히 입력된 풀러는 순순히 놓아주지 않을 것이다. 설명이 고함으로 변하고 고함이 다시 협박으로 변한 뒤에야 그들은 풀러에게서 풀려날 것이다.

그들은 잔뜩 부어오른 채 남쪽을 향해 전속력으로 달려 내려올 것이다. 들판에서 리처가 차 앞머리를 돌리는 것을 보았을 테니 그들의 추격은 시내까지 이어질 것이다.

3분.

혹은 3분 10초.

그는 기다렸다.

3분 뒤 그들의 차가 시속 160킬로미터의 속도로 왼쪽에서 오른쪽으로, 북쪽에서 남쪽으로 쏜살같이 지나갔다. 육중한 세단이 햇살 아래 반짝이는 차체를 낮게 깔고 들판 한가운데로 뚫린 도로를 전속력으로 달리는 모습이 마치 한 편의 광고 같았다. 리처는 헛간의 남쪽 모퉁이로 달려가 역시 몸을 숨기고 크라운 빅토리아의 뒷모습을 지켜보았다. 10초 뒤 육중한 차체는 하나의 점으로 변했다. 20초 뒤엔 그 점마저 사라졌다.

그는 숨을 길게 내쉰 뒤 다시 차에 올라탔다. 그가 양손을 무릎 위에 얹은 자세로 운전석에 몸을 파묻었다.

사방이 고요했다. 엔진이 낮게 그르렁거리는 소리와 이런저런 부품들이 식어가는 소리뿐이었다.

소렌슨이 말했다. "운전 솜씨가 그렇게 형편없는 수준은 아니군요."

그가 말했다. "고맙소."

"이젠 어쩌죠?"

"기다립시다."

"어디서?"

"여기도 괜찮을 것 같군."

소렌슨이 가방을 열고 굿맨의 휴대폰을 꺼냈다. 다시 거치대에 끼워진 휴대폰에서 충전이 개시됐다는 신호음이 울렸다.

잠시 후 진짜 벨소리가 울렸다.

그녀가 몸을 기울이고 화면을 확인했다.

"우리 과학수사 팀이에요." 그녀가 말했다.

53

소렌슨이 화면 위의 버튼을 누르자 또다시 크고 뚜렷한 기계음이 스피커에서 흘러나왔다. 소렌슨이 말했다. "드디어 결과가 나왔군요?"

남자의 목소리가 들려왔다. "네. 일단 초기 검사 결과는 나왔습니다."

많이 지친 듯한 목소리였다. 약간 숨이 찬 것 같기도 했다. 리처는 사내가 걸음을 옮기면서 통화를 하고 있다고 판단했다. 흰색 타일로 도배된 지하실에서 장시간에 걸쳐 속이 뒤집히는 작업을 마친 뒤 신선한 공기와 밝은 햇빛을 찾아 밖으로 걸어 나오는 중일 것이다. 리처는 현장의 풍경을 머릿속에 그려보았다. 실험실 특유의 양쪽 여닫이문, 몇 개의 콘크리트 계단, 그리고 주차장. 화분과 벤치가 놓여 있을 그 주차장 어귀에서 햇빛에 부신 눈을 끔벅이며 심호흡을 몇 차례 한 뒤 기지개를 켜고 연신 하품을 해대는 흰 가운의 과학수사 팀장. 옛날 같았으면 그의 입에 당연히 담배 한 개비도 물려져 있어야 하겠지만 이젠 시대가 시대인지라 그럴 가능성은 10퍼센트 이하였다.

소렌슨이 말했다. "계속 말씀하세요."

사내가 말했다. "솔직하게 얘기할까요?"

"팀장님은 늘 그러잖아요."

"일단 사망 이후에 화재가 발생했다고 단정하기가 어렵습니다. 그럴 수도 있고 그렇지 않을 수도 있다는 게 솔직한 내 소견입니다. 갈비뼈로 추정되는 부위에 치명상으로 추정되는 손상이 있는 것 같습니다. 시체의 손괴가 너무 심해서 추정을 넘어선 판단은 불가능합니다. 다만 임상 경험상 가슴 부위의 총상이 사망 원인인 것 같습니다. 총탄이 심장으로 추정되는 부위를 뚫고 들어간 것으로 보입니다. 하지만 법정에서는 그렇게 진술할 수 없습니다. 등쪽에 총알이 뚫고 나간 자국을 도저히 찾을 수가 없으니까요. 열기로 인해 시체가 철저하게 변형되어서 어떤 외상도 확인이 불가능합니다."

"직감은?"

"지금 내 머릿속엔 당장 은퇴를 하고 미용사 자격증을 따고 싶다는 생각뿐입니다. 이렇게 처참한 시신은 처음입니다."

소렌슨은 한동안 아무 말도 하지 않았다.

그녀가 다시 입을 열었다. "그 밖에는?"

"저는 곧장 골반부터 시작했습니다. 이런 경우에 시체의 성별을 구분할 수 있는 유일한 방법이거든요. 그리고 역시 명확한 결론을 얻었습니다. 골반을 둘러싼 지방층이 상당히 두껍더군요."

리처의 눈이 커졌다. '델펜소는 뚱뚱하지 않다. 누가 봐도 마른 몸매다.'

소렌슨이 말했다. "그래서요?"

"의문의 여지없이 그 시체는 남성입니다."

이후로도 구체적인 사항에 관한 소렌슨과 팀장의 질의응답이 계속됐다. 법의학 속성 강좌를 방불케 하는 대화였다. 리처도 예전에 법의학 강좌를 수강한 적이 있었다. 직업상 필요 때문이기도 했고 개인적 관심 때문이기도 했다.

해부학상 골반을 통해 성별을 확인할 수 있는 방법은 크게 네 가지다. 첫 번째는 장골의 형태다. 장골은 나비 날개처럼 생긴 커다란 골반 뼈이다. 여성의 장골은 남성의 장골보다 넓으며 물을 받기 위해 손을 모은 것 같은 요람의 골이 상대적으로 깊다. 따라서 그 앞에 위치한 척추와의 간격도 그만큼 더 벌어져 있다. 반면에 남성의 장골은 보다 좁게 조여진 형태이며 여성의 장골에 비해 요람의 골이 훨씬 얕다. 따라서 수직선상으로 훨씬 매끄럽게 빠진 모양새를 갖추고 있다. 낚시꾼이 30센티미터짜리 송어를 설명하는 손동작을 상상하면 어느 정도 비슷할 것이다.

두 번째로 좌골의 구멍이 여성의 것은 작고 삼각형인 반면 남성의 것은 크고 원형이다.

세 번째로 치골의 휘어진 각도가 여성의 경우에는 90도 이상이며 완만한 반면 남성의 경우에는 90도 미만이며 예리하다.

네 번째는 좌골 사이 공간의 너비이다. 여성의 경우에는 당연히 아기의 머리가 빠져나오기 충분할 만큼 넓다. 하지만 남성의 경우는 그럴 필요가 없으니 좁다. 턱도 없이 좁다.

골반은 거짓말을 하지 않는다. 남성과 여성의 골반은 절대 헷갈릴 수가 없다. 산산조각이 난 채 땅속에서 발굴된 백만 년 전의 골반으로도 성별을 분명히 확인할 수 있다. 완전히 가루가 되지만 않았다면 반드시 밝혀낼 수 있다.

강의 끝, 수고들 했습니다. 굿나잇.

리처가 강의실에서 배운 내용이었다. 그리고 지금 스피커를 통해 울려오는 목소리는 그 내용을 확인해주고 있었다.

소렌슨이 말했다. "그렇다면 그 시체는 델펜소가 아니군요."

목소리가 말했다. "그렇습니다. 요원님이 기뻐할 모습을 생각하니 저도 흐뭇합니다. 하지만 확실한 건 딱 여기까지입니다. 남자의 시체라는 사실. 그 이상은 단순한 추측에 불과합니다."

소렌슨이 통화를 끝낸 후 리처에게 몸을 돌리고 말했다. "당신은 알고 있었어요, 그렇죠?"

"그럴지도 모른다고 생각했을 뿐이오."

"근거는?"

"루시가 유괴된 상황이 다른 식으로는 설명이 되질 않으니까. 델펜소는 여전히 어딘가에 억류돼 있는 상태이다. 겁을 집어먹었든 어쨌든 협조를 하려 하지 않는다. 유일한 방법은 아이를 만나게 해주는 것뿐이다."

"그녀를 달래기 위해서?"

"혹은 그녀를 협박하기 위해서."

"그럼 이제 위험에 처해 있는 구출 대상이 두 명이 된 거네요."

"아예 없을 수도 있고." 리처가 말했다. "그 두 사람이 현재 자기 집만큼이나 안전한 환경에 머물고 있을 가능성도 배제할 수 없다는 얘기요. 그 모녀를 처리하는 방법이 꼭 극단적일 필요는 없으니까. 하지만 어떤 방법이든 그건 잘못된 거요. 아주 심각한 잘못."

"불에 탄 시체는 둘 중 누구일까요? 킹일까요? 맥퀸일까요? 아니면 아예 우리가 모르는 사람일까요?"

"킹일 거요. 그는 살이 찐 편이었소. 특히 허리 부분이. 그리고 앞뒤를 맞춰 봐도 그가 맞을 것 같소."

"앞뒤를 맞추다니 그건 또 무슨 얘기죠?"

"지난밤, 고속도로에서 빠져나왔을 때 맥퀸이 했던 얘기."

"당신은 나를 신뢰했어야 했다, 그 얘기?"

"그 전에 했던 얘기부터 따져봐야 하오. 내가 그 지점에서 빠지는 걸 못미더워하자 그가 조금 짜증이 섞인 투로 말했소. 자기가 책임자라고."

"그 말이 사실일 수도 있잖아요. 둘 중 한 명은 두목이어야 하니까. 민주주의는 아니었을 거 아니에요."

"하지만 그 두 개의 단어에는 복선이 깔려 있소. 잘 생각해보시오. 일단 책임자. FBI에는 책임을 맡고 있는 특수요원들이 있소. 군대에도 이런저런 책임을 맡고 있는 간부들이 있소. 조직사회에서 책임이란 부여받는 거요. 공적 조직 체계에서 위임받은 권한이라는 얘기지."

"복선? 지나친 추측이 아닐까요?"

"범죄 조직과 책임자라는 단어는 서로 어울리지 않소. 악당이라면 두목이나 대장 같은 단어를 사용해야지."

"그래서 무슨 얘길 하려는 거죠? 맥퀸이 예비역 군인이거나 전직 경찰이었다는 건가요?"

리처는 대꾸하지 않고 하던 말을 이어갔다. "자신을 신뢰해야 했다는 얘기가 나온 건 그다음이었소. 자신이 신뢰할 가치가 있다는 것, 그건 자신이 정의의 편이라는 사실을 돌려 말했던 것 같소. 그 뒤에 그는 내게 총을 쐈고 맞히지 못했소."

"그렇다면 예비역 군인이나 전직 경찰이 아니었네요. 사격술이 형편없으니까."

"어쩌면 상당한 사격술의 소유자일 수도 있소."

소렌슨은 아무 말도 하지 않았다.

리처가 말했다. "그 당시엔 곰곰이 생각하질 않았소. 그냥 총 맞아 죽지 않은 게 다행이다 싶었을 뿐이오. 하지만 허공을 향해 빗나가도 너무 빗나간 사격이었소. 내 머리 위 30센티미터, 아니 그보다 좀 더 높은 곳에 총알이 박혔소. 나중에 내가 모텔 주인에게 했던 말이 기억나는군. 그가 자기 어깨 위에 올라섰어도 맞지 않았을 거라고 했소. 물론 그건 과장이었소. 하지만 수평에서 10도 이상 총신이 들려진 사격이었던 건 분명하오. 보다 정확히 얘기하자면 11하고도 영 점 몇 도쯤이었소."

"큰 행운이었으니 그냥 감사하면 될 일 아닌가요?"

"난 공연히 의심을 품는 게 아니오. 그리고 내 얘기는 아직 끝나지 않았소. 그가 위치를 바꿔 내 시야를 가렸소. 그래서 차 쪽을 볼 수가 없었소."

"별로 이상할 것도 없네요."

"그건 차 쪽에서도 나를 볼 수 없었다는 얘기잖소. 해야만 할 일을 하지 않기 위해 보는 눈을 가린 게 아닐까?"

"그는 당신을 맞히지 못했어요. 그게 다예요. 얼마든지 일어날 수 있는 일이잖아요."

"난 그가 일부러 그런 것 같다는 생각이오."

"리처, 그 몇 시간 전에 펌프장에서 사람을 살해한 자예요. 그리고 아직 확실하게 밝혀지지는 않았지만 자신의 동료도 죽인 자예요. 불에 태워서. 그가 왜 당신을 일부러 맞히지 않았겠어요? 당신이 자신에게 뭐가 그리 특별하다고?"

"알아볼 방법은 단 하나뿐이오."

"뭐죠?"

"당신 전화번호가 몇 번이오?"

"그건 왜요?"

"필요해서."

"내 휴대폰은 델펜소의 집에 두고 왔잖아요. 기억 안 나요?"

"이제 곧 되찾게 될 거요. 당신 차도. 그리고 당신의 명예도. 당신은 이제 곧 영웅이 될 거요."

54

두 사람은 서로 자리를 바꿨다. 소렌슨은 시내까지 얌전하게 차를 몰았다. 한 번도 시속 80킬로미터 이상은 밟지 않았다. 씬 시티, 텅 빈 콩밭, 중고 농기구 야외 전시장, 그리고 다시 몇 개의 빈 콩밭을 차례로 지나 교차로에 이른 뒤, 그녀는 핸들을 오른쪽으로 꺾고 100미터쯤 직진한 다음 폐쇄된 펌프장 옆에 차를 세웠다. 그녀는 차 안에 앉아 굿맨의 휴대폰을 쥐고 버튼을 눌러 최근 통화 기록과 음성 메시지들을 화면에 띄웠다. 거기서 그녀는 도슨의 휴대폰 번호를 확인했다. 그녀가 그 번호로 전화를 걸자 즉시 도슨이 응답했다.

그가 말했다. "굿맨 보안관님?"

소렌슨이 말했다. "오마하 지부의 소렌슨이에요. 보안관의 전화에 관한 얘기는 너무 기니까 생략하고 바로 본론으로 들어가죠. 당신들이 찾고 있는 남성을 내가 체포했어요. 언제고 이리로 와서 그를 데려가도 좋아요."

"현재 위치가 어디십니까?"

"그 폐쇄된 펌프장."

"2분 안에 도착하겠습니다."

90초 뒤 리처가 조수석 문을 열고 차에서 내리며 말했다. "자, 나도 이제 사진 찍을 준비를 해야겠군."

그가 인도를 가로질러 펌프장의 콘크리트 벽 앞으로 다가간 다음 열 손가락 끝을 그 위에 가져다 댔다. 두 발도 1미터 너비로 벌린 뒤 상체를 앞으로 기울이며 손끝에 체중을 실었다. 소렌슨도 자기가 맡은 역할을 하기 위해 차에서 내렸다. 그녀는 리처에게서 2미터가량 떨어진 지점에 버티고 선 뒤 권총을 꺼내어 양손으로 잡고 그의 뒤통수 한가운데를 겨눴다.

"사진이 제법 잘 나오겠네요." 그녀가 말했다.

"기분은 그다지 좋지 않군." 그가 말했다.

"행운을 빌어요." 그녀가 말했다. "당신과 함께 다니는 동안 즐거웠어요."

"영원히 이별하는 건 아니잖소. 조만간 다시 만나길 바라오."

두 사람은 잠시 그 자세를 유지했다. 콘크리트의 냉기에 손끝이 얼얼해질 때쯤 리처의 귀에 아스팔트 위를 구르는 타이어 소리가 들려왔다. 이내 차가 멈추는 소리와 문이 열리는 소리도 들렸다. 리처가 고개를 돌렸다. 군청색 크라운 빅토리아. 도슨과 미첼이었다. 두 사람은 재킷 자락을 펄럭이며 잰걸음으로 다가왔다. 총을 뽑아들고 있는 두 사람의 얼굴에는 득의의 미소가 떠올라 있었다. 그들은 소렌슨과 간단한 대화를 나눴다. 축하, 감사, 격려.

리처는 다시 벽을 향해 얼굴을 돌렸다. 소렌슨의 발자국 소리가 들렸다. 이어서 굿맨의 차에 시동이 걸리는 소리, 그리고 도로를 따라 멀어져가는 엔진 소리가 차례로 들렸다.

잠시 정적이 내려앉았다. 뒤편의 숨소리, 그리고 땅 위를 쓸어가는 겨울 바람 소리뿐이었다.

도슨인지 미첼인지, 둘 중 한 사람이 말했다. "뒤로 돌아서십시오."

리처로서는 반갑기 그지없는 명령이었다. 손가락 끝은 이미 감각을 잃었고 어깨까지 통증이 느껴지기 시작하던 순간이었다. 그는 손끝으로 벽을 밀어 자세를 바로 세운 다음 뒤로 돌아섰다. 두 사내와 두 개의 총구가 그를 맞이했다. 식당 창문을 통해 처음 봤을 때 느꼈던 것처럼 똑같이 생긴 사내들이었다. 40대 초반, 금발머리, 군청색 양복, 흰 셔츠, 푸른 넥타이, 흐트러진 매무새, 피곤한 모습, 상기된 얼굴.

그사이에 좀 더 고생을 해서 처음 봤을 때보다 좀 더 피곤하고 좀 더 상기된 표정이었다. 물론 가장 힘들었던 부분은 풀러와의 승강이였을 것이다. 과속 딱지를 모면하는 건 별문제가 아닐 수도 있다. 하지만 꼴통을 설득하는 건 전혀 다른 차원의 문제다. 적절한 속담이 뭐였더라? 쇠귀에 경 읽기?

둘 중 키가 좀 더 크고 몸이 좀 더 마른 사내가 말했다. "난 도슨이라고 합니다. 내 동료는 미첼이고. 우리 차로 함께 가시죠."

리처가 말했다. "난 어젯밤 이전엔 킹이나 맥퀸을 만난 적이 없소. 그걸 알고 계시는지?"

"그렇습니다, 선생님. 우연히 차를 얻어 타신 거잖습니까. 우린 다 알고 있습니다. 탈취한 경찰 차량으로 우리와 추격전을 벌인 부분도 추궁하지 않을 겁니다. 그리고 레스터 씨도 그가 입은 상처를 문제 삼지 않을 것 같습니다."

"무슨 상처?"

미첼이 말했다. "선생님이 그의 다리에 상처를 입혔습니다. 감정도 상하게 만드신 것 같고요."

"그럼 이제 내 혐의는 벗겨진 셈이군."

"깨끗이."

"그렇다면 지금 나를 체포하려는 이유는?"

도슨이 말했다. "우린 선생님을 체포하려는 게 아닙니다. 공식적으로 그렇지 않습니다."

"그럼 비공식적으로 나를 체포한다는 얘기요?"

"최근에 제정된 법령에 의거해서 우리는 다양한 권한을 행사할 수 있습니다. 그 조항에 명시된 모든 행위를 할 수 있는 권한을 법적으로 위임받았다는 말씀입니다."

"미란다 원칙을 지키지 않고도 말이오? 내게 구체적인 설명을 해주지 않고도 체포가 가능하다는 거요?"

"선생님은 국가 안보에 관한 문제에 있어서 우리에게 협조할 의무가 있습니다. 우리는 선생님의 안전을 우선적으로 고려할 의무가 있고요."

"내가 무슨 위험에 처해 있는지?"

"선생님이 이해할 수 없는 사건에 복잡하게 연루돼 있습니다."

"그렇다면 지금 당신들은 내게 호의를 베풀고 있는 셈이다?"

도슨이 말했다. "그런 셈이 아니라 정확히 그렇습니다."

리처는 그들의 차에 올라탔다. 수갑은 차지 않았다. 다른 어떤 구속도 받지 않았다. 그들이 권해서 졸라맨 안전벨트 말고는. 그들은 운전자와 탑승객의 안전을 최대한으로 도모하는 관행을 따르는 것이 FBI의 원칙 가운데 하나라는 설명까지 덧붙였다. 뒷문이 안에서는 열리지 않을 게 분명했지만 리처는 신경 쓰지 않았다. 어차피 뛰어내릴 마음도 없었으니까.

미첼이 운전을 했다. 그는 동쪽으로 달리다가 교차로에 이르자 남쪽으로 방향을 꺾었다. 도슨은 그의 곁에 조용히 앉아 있었다. 리처는 창밖을 지켜보았다. 그는 그들이 선택한 경로를 자세히 알고 싶었다. 2차선 도로의 남쪽 풍경은 씬 시티 같은 상업지역만 없을 뿐 북쪽과 거의 똑같았다. 겨울잠에 빠진 들판, 군데군데 몇 그루씩 모여 서 있는 나무들, 낡은 헛간들, 이따금씩 나타나는 식료품 가게들, 중고 트랙터 타이어들이 어지럽게 널린 야적장, 심지어 400미터 길이의 중고 농기구 야외 전시장까지 있었다. 전시된 농기구들 역시 북쪽의 사촌들처럼 하나같이 망가지고 녹이 잔뜩 슬어 있었다. 중고 시장의 경기가 말이 아닌 모양이었다.

"어디로 가는 겁니까?" 리처가 물었다. 궁금해서 물어본 게 아니었다. 소렌슨과 공모한 연극의 마지막 대사였을 뿐이었다. 그들의 의심을 마지막 한 가닥까지 잠재우기 위해서.

도슨이 반 혼수상태에서 정신을 차리려고 애쓰며 말했다. "곧 알게 되실 겁니다."

네브래스카의 남쪽 끝자락에서부터 캔자스 깊숙한 곳까지 이어지는 여정이었다. 450킬로미터가 넘는 거리였다. 그 거리의 첫 번째 절반을 그들은 정남으로 뻗은 직선 도로를 따라 달렸다. 출발한 지 얼마 안 되어 네브래스카의 동서 고속도로를 가로지른 다음 계속 남으로 내려와 캔자스의 동서 고속도로를 만나는 경로였다. 주 경계선을 넘은 직후, 미첼이 맥도날드 앞에 차를 세웠고 세 사람은 늦은 점심을 먹었다. 도슨은 드라이브 스루를 고집했다. 아이오와에서 소렌슨이 그랬던 것처럼. 리처는 그것도 FBI의 원칙 가운데 하나일 거라고 생각했다. 간부회의에서 결정한 권고 사항 수준이라면 적당할 것 같았다.

'호송 중인 죄수를 굶주리게 해선 안 된다. 하지만 그 죄수를 차에서 내리게 해서도 안 된다.'

맥도날드에서 그의 메뉴는 정해져 있었다. 치즈버거 두 개, 애플파이 두 개, 그리고 톨 사이즈 커피 한 잔. 미첼의 유리창을 통해 전달된 음식은 다시 그의 어깨 위를 넘어 리처에게 건네졌다. 리처는 컵 홀더까지 부착된 뒷좌석을 독차지한 덕분에 상당히 편안하게 식사를 했다. 그가 일선에서 떠난 이후로 경찰의 근무 환경은 놀랄 만큼 개선되었다. 최소한 차량에 관한 한 그건 틀림없는 사실이었다.

맥도날드 이후로 다시 이어진 2차선 직진 구간을 달리는 동안 리처는 내내 선잠에 빠져 있었다. 리처의 사전에서 선잠이란 완전히 자는 것도 아니고 완전히 깨어 있는 것도 아닌 반의식 상태를 의미했다. 리처는 그런 상태로 잠자는 걸 좋아했다. 하지만 그가 좋아하지 않았다고 해도 어쩔 수가 없었을 것이다. 그는 피곤했고 차 안은 따뜻했다. 뒷좌석은 편안했고 승차감도 좋았다. 게다가 도슨과 미첼은 입을 꼭 다물고 있었다. 두 사람 모두 단 한 마디도 하지 않았다. 세 사람 사이의 진지한 대화는 생각할 여지도 없었다. 물론 리처가 그런 대화를 원했던 건 아니었다.

'침묵은 금이다.'

그가 생각하는 명언 중의 명언이었다.

차가 캔자스 고속도로의 동쪽 차선으로 올라섰을 때 리처는 선잠에서 깨어났다. 미주리, 캔자스시티 방향이었다. 리처는 그 지역에 관해서도 웬만큼은 알고 있었다. 캔자스시티에 정착민 1세대가 터를 잡은 건 1831년이었다. 1853년에 이르러 그 일대가 미연방에 편입됐다. 당시 그 지역은 '시티 오브 파운턴스', 혹은 '파리 오브 더 플레인즈'로 불렸다. 캔자스시티 야구 팀은 실력이 상당했다. 1985년에는 월드시리즈 챔피언 트로피를 가슴에 안기도 했다. 조지 브렛, 프랭크 화이트, 브렛 세이버하겐.

지역 번호는 816.

인구수를 집계하는 방식은 다양하다. 개발 옹호론자들은 도시권을 최대한 넓게 상정해서 주민 수를 부풀리고 싶어한다. 하지만 대부분의 사람들은 캔자스시티 도시권의 인구수를 대략 백오십만 명으로 추산하고 있다.

55

그들이 달리고 있는 고속도로는 설계 방식과 구조, 그리고 겉모양에 있어서 북쪽으로 240킬로미터 거리를 두고 나란히 그어져 있는 네브래스카의 고속도로와 거의 똑같았다. 일단 넓고 평평하며 직선으로 뻗어 있었다. 출구가 드문드문한 것도 똑같았다. 정보 제공과 유혹할 목적이 절반씩인 푸른 광고판이 각 출구의 출현을 미리 알려주며 서 있는 것도 마찬가지였다. 어떤 출구들은 실속이 있고 어떤 출구들은 아닌 것도 똑같았다. 군청색의 크라운 빅토리아는 그 도로를 날아가듯 달렸다. 도슨과 미첼은 여전히 입을 다물고 있었다. 리처는 안전벨트에 묶인 윗몸을 불편하지 않을 정도까지만 똑바로 세우고 양쪽 갓길과 전면의 도로를 번갈아 가며 열심히 지켜보았다. 동쪽 하늘은 이미 어둑했다. 하루가 저물고 있었다. 임팔라의 잔해 위로 떠올랐던 태양이 이제 리처의 뒤편 멀리, 지평선 너머로 사라질 채비를 하고 있었다.

리처는 어느 출구의 존재를 알리는 이정표를 지나면서 차의 속도가 조금씩 줄어드는 것을 느꼈다. 이어서 입간판들이 100미터 간격을 두고 차례로 나타났다. 첫 번째, 주유소. 두 번째, 음식점. 하지만 세 번째 입간판의 파란 표면은 비어 있었다. 숙박업소가 없는 출구인 것이다. 리처는 배경의 페인트와 명도상으로 뚜렷이 구분되는 직사각형의 붓 자국을 확인할 수 있었다. 최근에 폐업한 모양이었다. 대부분의 경우들처럼 파산이 유력했지만 분점 구조 조정, 혹은 소유주 내외 가운데 한 사람이나 둘 모두의 사망 때문일 수도 있었다.

아니면 좀 더 복잡한 내력이 있을 수도 있었다.

멀리서 보기에 그 출구는 실속과 아닌 것의 중간 정도인 것 같았다. 그럴듯해 보이긴 했지만 단박에 마음이 끌리는 곳은 아니었다. 출구 주변에 주유소 간판은 눈에 띄지 않았다. 패스트푸드 식당의 불빛도 없었다. 하지만 땅거미가 지고 있는 주변 형세로 미루어 등성이를 넘어서거나 모퉁이를 돌고 나면 기대했던 건물들을 만날 수 있을 것 같기도 했다.

미첼이 룸미러를 확인한 뒤 깜빡이를 켜고 속도를 좀 더 늦췄다.

'운전자와 탑승객의 안전을 최대한으로 도모하는 관행.'

그가 액셀을 밟은 발에 힘을 빼면서 흰 주행선을 넘어 매끄럽게 출구로 빠졌다. 그는 깜빡이를 켠 채로 램프를 돌아나간 뒤 그 어귀에서 잠깐 멈춰서서 텅 빈 2차선 지방도로의 양쪽을 번갈아 확인한 다음 오른쪽으로 핸들을 꺾었다. 다시 남쪽 방향이었다. 파리 오브 더 플레인즈에서 160킬로미터가량 떨어진 황무지 한가운데인 것 같았다.

1.5킬로미터가량 달린 뒤 주유소가 나타났다. 미첼은 그곳을 그냥 지나쳤다. 거기서 다시 1.5킬로미터가량 달리자 이번에는 그저 그런 식당이 나타났다. 미첼은 그곳도 그냥 지나쳤다. 잠시 후 마지막 안내판이 갓길에 나타났다. 그 넓적하고 푸른 얼굴이 텅 비어 있었다. 다만 역시 명도 차이로 주위의 페인트칠과 구분되는 새로 칠한 직사각형의 푸른색 붓 자국이 가로세로로 하나씩 그어져 있을 뿐이었다. 길지 않은 모텔 이름과 직선 방향의 화살표가 최근에 지워진 것이 분명했다.

도로의 양쪽으로는 아이오와에서와 마찬가지로 겨울잠에 빠진 들판이 끝이 없을 것처럼 펼쳐져 있었다. 밀, 사탕수수, 해바라기. 지금은 황량할 뿐이지만 6개월 뒤엔 세계 최고를 자랑하는 그 토양 위에 금싸라기 같은 작물들이 코끼리 눈높이만큼 자라나 또 한 차례의 결실을 물결치며 약속할 것이다. 한참을 달려도 인가는 단 한 채도 눈에 띄지 않았다. 농장 주택이며 부속 건물들은 모두 어두워져 가는 지평선 너머에 자리 잡고 있는 모양이었다.

미첼은 황량한 벌판을 가로지르고 있는 도로를 따라 30킬로미터 이상 차를 몰았다. 어느 지점에선가 그가 다시 속도를 늦췄다. 리처는 불빛을 확인하기 위해 어둑한 앞 유리 너머를 살펴보았다. 전면엔 헐벗은 나무들이 이루고 있는 작은 숲 말고는 아무것도 없었다. 미첼은 그 작은 숲을 오른쪽, 왼쪽으로 돌아나가는 도로를 따라 말없이 차를 몰았다. 잠시 후 도로가 약간 내리막이 되면서 리처의 눈앞에 계곡이 펼쳐졌다. 넓고 얕은 계곡이었다. 도로를 따라 1.5킬로미터쯤 되는 지점에 모텔이 하나 자리 잡고 있었다. 서쪽에서 비쳐드는 하루의 마지막 햇빛에 비친 그 모습이 마치 건설 회사 전시 테이블 위에 놓인 모형 건물 같았다.

상당한 규모의 모텔이었다. 본관을 중심으로 여러 개의 별관들이 포진하고 있는 구도였다. 별관들은 모두 단층이었지만 길이가 길어서 각각 대여섯 개의 객실이 들어서기에 충분할 것 같았다. 히스패닉 타일로 이엉을 얹은 지붕과 회반죽으로 마무리한 벽면은 멀리서 보기에도 상당히 아름다웠다. 그 앞 공간 한쪽에 물이 빠진 수영장이 보였다. 비록 꽃은 없었지만 화단도 줄지어 조성돼 있었다. 단정하게 구획이 정리된 주차 공간들도 여러 군데 눈에 띄었고 주차장과 별관들을 잇는 자동차 통로들은 물론 부지 내의 모든 시설을 잇는 외곽 보도들은 모두 시멘트로 깔끔하게 포장돼 있었다. 상단에 회반죽 소재의 구조물을 얹고 있는 야트막한 장식벽이 부지 전체를 에워싸고 있는 것도 경관에 풍미를 더해주었다. 멀리서 보기에 근사한 해변 리조트 같았다. 좀 더 구체적으로 표현하자면 내륙지방에서 해변을 못내 동경하던 어떤 사람이 마이애미와 캘리포니아 그리고 롱아일랜드 리조트의 장점들만을 한데 모아 세운 것 같은 시설이었다.

안내판에는 지워져 있었지만 영업을 하고 있는 것 같아 보였다.

본관에 불빛이 환했다. 별관 건물들 유리창 가운데 몇 개에도 불이 밝혀져 있었다. 주방의 환기통으로 보이는 굴뚝에서는 흰 김이 뿜어져 나왔다. 두 동의 별관 앞 주차 공간에 똑같이 생긴 차량이 한 대씩 주차돼 있었다. 두 대 모두 차체가 길고 지붕이 낮은 짙은 색 세단이었다. 리처가 보기에는 포드, 그것도 크라운 빅토리아 같았다.

그가 지금 타고 있는 것과 똑같은 차량.

그가 말했다. "저기가 목적지요?"

미첼은 운전만 할뿐 입을 열지 않았고 도슨도 아무 대답이 없었다.

거리가 점점 가까워지면서 리처는 그곳을 좀 더 자세히 살펴볼 수 있을 거라고 생각했다. 하지만 아니었다. 그럴 수가 없었다. 내리막이었던 도로가 다시 평평해지자 오히려 시야가 흐릿하게 가려졌다. 황혼녘의 어스름 때문이 아니었다. 뭔가가 중간에 가로막고 있었다. 800미터 거리에서 바라보니 리조트 외곽을 뭔가가 에워싸고 있었다. 낮게 드리운 안개 띠 같기도 했고 자기장 같기도 했다. 400미터로 거리가 좁혀지자 리처는 비로소 그 무언가의 정체를 확인할 수 있었다.

보안 철책이었다. 3~4미터 높이에 검은색으로 칠한 촘촘한 철책. 보기에도 섬뜩한 레이저 와이어가 똬리를 틀고 있는 상단은 안쪽을 향해 45도 각도로 기울어져 있었다. 철책과 그 안쪽의 야트막한 장식벽과의 거리는 3미터 남짓이었다. 리조트 부지 전체를 에워싸고 있는 그 두 개의 벽은 마치 컴퍼스를 긋고 지나간 듯 굴곡이 정확히 나란했다. 마치 꾸미기 좋아하는 키

작은 여동생이 밖으로 달아나지 못하게 하기 위해 무서운 오빠가 지키고 있는 모양새였다. 그다지 어긋난 비유는 아니었다.

안쪽으로 45도 각도로 기울어진 상단.

그건 밖에 있는 사람을 들어오지 못하게 하려는 게 아니라 안에 있는 사람을 나가지 못하게 하려는 것이 그 철책의 목적이라는 사실을 말해주고 있었다.

도슨이 휴대폰을 켜고 어딘가로 연락을 취했다. 차가 철책으로 가까이 다가가자 자동문이 이미 서서히 열리고 있는 중이었다. 차가 정문을 통과해서 차량 통행로를 따라 올라가는 동안 리처는 허리를 틀어 뒤를 돌아다보았다. 문이 다시 자동으로 닫히고 있었다. 콘크리트로 포장된 통행로는 본관 바로 앞의 널찍한 원형 정차 공간으로 이어져 있었다. 미첼은 본관 출입문 앞에 차를 세웠다. 하지만 그는 장시간의 운전 끝에 마침내 여정을 마친 사람의 자세를 취하지 않았다. 등받이에 상체를 파묻지도 않았고 긴 숨을 내쉬지도 않았으며 기지개를 켜지도 않았다. 엔진도 끄지 않았다. 게다가 기어는 주행에 놓아둔 채 브레이크만 밟고 있었다. 리처는 안전벨트를 푼 다음 문고리를 잡아당겨 보았다. 역시 안에서는 열리지 않는 문이었다.

차에서 내린 도슨이 밖에서 리처를 위해 문을 열어주었다. 그러면서도 여전히 말은 한 마디도 건네지 않았다. 단순히 턱짓으로 본관 출입문 쪽을 가리켰을 뿐이었다. 리처는 차에서 내려 문을 닫은 뒤 겨울 저녁의 찬 공기를 온몸으로 느끼며 잠시 그 자리에 서 있었다. 도슨이 다시 차에 올라탄 뒤 문을 닫았다. 차는 곧장 출발했다. 그들의 차가 원형의 정차 공간을 돌아서 콘크리트 통행로를 거의 다 내려갈 때쯤엔 정문도 이미 활짝 열려 있었다. 브레이크를 밟지 않고 정문을 통과한 차는 도로로 진입하기 전 잠시 멈춰 섰다가 오른쪽으로 앞머리를 돌리고 북쪽을 향해 달려갔다. 모텔 현관 앞에 리처만 덩그러니 내려놓고 왔던 길을 정확히 그대로 되돌아가는 수순이었다.
정문이 다시 닫혔다. 빠르지도 않고 느리지도 않게. 하지만 소리 없이.

리처는 본관 출입문을 열고 안으로 들어갔다. 문 안쪽은 그가 그때까지 보아왔던 수많은 모텔 로비들과 그다지 다를 게 없는 공간이었다. 특히 그날 새벽 눈에 익혔던 땅딸보의 모텔 로비와는 아주 흡사했다. 프런트, 로비용 의자들, 커피포트와 아침식사용 머핀을 올려놓는 테이블, 비닐 바닥, 벽에 걸린 사진과 그림, 적절한 조도보다는 전기요금 고지서에 좀 더 신경을 쓴 실내조명.
카운터 뒤에는 넉넉한 몸매의 중년 여성이 서 있었다. 그녀의 포동포동한 얼굴에는 일종의 환영 인사 같은 미소가 활짝 피어올라 있었다.
그녀가 말했다. "리처 씨?"
리처가 말했다. "그렇소."
"저희는 선생님께서 도착하시길 고대하고 있었습니다."
"그랬소?"
그녀가 고개를 끄덕였다.
그녀가 말했다. "저희 모텔엔 각각 킹, 퀸, 트윈사이즈 침대를 갖춘 객실들이 있습니다. 하지만 제가 이미 선생님을 위해 퀸 사이즈 침대가 있는 객실로 정해두었습니다."
"그랬소?"
여자가 다시 고개를 끄덕였다.
그녀가 말했다. "퀸 사이즈 객실들이 저희 모텔에서 제일 좋습니다. 안락의자를 비롯해서 다른 침대 사이즈 객실에 있는 가구와 집기들을 똑같이 갖추고 있으면서도 좀 더 널찍한 분위기거든요. 그래서 대부분의 고객님들이 가장 선호하십니다."

"대부분의 고객? 투숙객들이 얼마나 많기에?"

"오, 상당히 많이 계십니다."

그가 말했다. "어쨌든 퀸 사이즈면 적당할 것 같소. 난 혼자니까."

"네." 그녀가 말했다. "저도 알고 있습니다."

그녀는 숙박부에 몇 가지 사항을 기재하고 난 뒤 고리에서 열쇠 하나를 뺐다.

그녀가 말했다. "20호실입니다. 쉽게 찾으실 수 있을 겁니다. 조명을 밝힌 안내판들을 따라가시면 되니까요. 저녁식사는 1시간만 기다리시면 됩니다."

리처는 여자가 건네준 열쇠를 주머니에 넣은 뒤 현관문을 나섰다. 밖은 어느새 깜깜해져 있었다. 무릎 높이로 설치된 안내판들은 여자의 얘기대로 각각 가까이에서 비춰주는 막대 스포트라이트 불빛을 받아 이정표 구실을 제대로 해내고 있었다. 그는 16호실에서 20호실까지의 객실 위치를 알리는 안내판을 따라갔다. 깔끔한 콘크리트 보도는 텅 빈 원형 화단 주위를 돌아 다섯 개의 객실이 들어서 있는 길고 낮은 별관 건물로 이어졌다. 20호실은 그 건물의 맨 끝이었다. 물이 빠진 수영장이 멀지 않았다. 수영장 너머엔 야트막한 장식벽, 그리고 그 장식벽 너머엔 보안 철책이 서 있었다. 가까이서 보니 높이가 상당한데다가 색깔은 검고 상단에 레이저 와이어까지 감겨 있어서 그 모습이 더욱 위협적이었다. 철망 자체는 납작한 철사를 구부려서 우표보다 작은 크기의 직사각형 모양으로 만든 다음 그것들을 위아래, 양 옆으로 서로 이어 만든 제품이었다. 그 직사각형의 구멍들은 손가락을 집어넣기에도 작았다. 따라서 거기에다 발끝을 들이밀고 발판으로 삼는다는 건 아예 생각조차 할 수 없는 일이었다. 게다가 철책 꼭대기에는 레이저 와이어가 똬리를 틀고 있었다. 지키는 자의 입장에서는 대단히 효율적인 담장이었다.

리처는 객실 문을 따고 안으로 들어갔다. 여자의 얘기대로 퀸 사이즈 침대와 안락의자 두 개가 눈에 들어왔다. 침대 위에는 옷가지들이 두 개의 낮은 무더기를 이루며 단정하게 개켜져 있었다. 똑같은 옷가지 두 세트였다. 청바지, 데님 셔츠, 푸른색 면 스웨터, 흰색 속옷 상하의, 푸른색 양말이 각각 두 벌씩이었다. 모두 정확히 리처의 사이즈였다. 짧은 시간 내에 리처에게 맞는 옷들을 준비한다는 건 쉬운 일이 아니었다. 즉석에서 마련한다는 건 불가능한 일이었다.

'저희는 선생님께서 도착하시길 고대하고 있었습니다.'

베개 위에는 파자마가 개켜져 있었다. 화장실에는 세면도구가 구비돼 있었다. 비누, 샴푸, 린스, 면도크림, 스킨로션, 탈취제, 일회용 면도기, 치약, 비닐 포장을 뜯지 않은 칫솔, 역시 포장을 뜯지 않은 솔빗까지. 옷걸이에는 목욕 가운, 선반에는 온갖 크기의 수건, 바닥엔 미끄럼 방지용 매트, 그 위엔 포장 상태로 두 짝이 겹쳐져 있는 욕실용 슬리퍼.

거기까지는 포 시즌스 호텔에 못지않았다.

그런데,

TV가 없었다.

전화기도 눈에 띄지 않았다.

리처는 다시 밖으로 나와 문을 잠근 뒤 주변 탐색에 나섰다.

전체 부지가 직사각형 구도로 설계된 리조트였다. 군데군데 움푹 패거나 볼록 튀어나온 부분들은 재미와 다양성을 위한 조경과 시설들 때문이었다. 깔끔한 콘크리트 보도들이 곳곳으로 뻗어 들어가고 돌아 나오며 다섯 동의 별관 건물, 본관, 수영장, 한쪽 귀퉁이 깊숙이 자리 잡고 있는 미니 골프장 등을 비롯해서 리조트 내의 모든 주요 시설과 장소들을 서로 연결해주고 있었다. 야트막한 장식벽의 축소판 같은 구조물로 테두리를 치고 바닥을 돋워 조성한 화단이 눈길 닿는 곳마다 널려 있었다. 건물 사이의 공간 바닥이나 모퉁이 주변에는 잘게 부서진 돌멩이가 깔려 있었다. 장식벽과 보안 철책 사이, 그리고 화단 사이의 공간들도 마찬가지였다. 역시 콘크리트로 만들었지만 보도보다 구도가 사뭇 단순한 차량 통행로는 정문과 본관 앞의 원형 정차 공간, 그리고 다섯 개의 별관 건물에 딸린 다섯 개의 소형 주차장을 서로 이어주고 있었다. 본관 뒤쪽에 있는 화물 창고도 그 통행로를 타고 다닐 수 있었다.

객실 가운데 모두 네 곳에 불이 밝혀져 있었다. 그중 두 개의 객실 앞 주차장에는 각각 차 한 대씩이 주차돼 있었다. 나머지 두 개의 객실 앞 주차장은 텅 비어 있었다. 주차된 두 대의 차는 모두 역시 포드 크라운 빅토리아였다. 트렁크 덮개 위에 바늘 안테나가 달린 관용 차량. 리처는 유리창을 통해 차 안을 들여다보았다. 어두침침한 속에서도 소렌슨의 것과 똑같은 휴대폰 충전 거치대를 분명히 확인할 수 있었다.

리처는 어둠 속에 꼼짝 않고 선 채로 주변의 소리에 귀를 기울였다. 1분이 지나도록 아무 소리도 들리지 않았다. 완벽한 정적이었다. 지나가는 자동차도, 날아가는 비행기도 없었다. 사방이 그저 광막한 진공 상태였다. 그는 상식과 추리력을 총동원해서 현재 위치를 추정해나가기 시작했다. 일단 캔자스 주인 것만은 틀림없었다. 토피카와 위치토를 잇는 가상의 직선상의 어느 한 지점인 것도 거의 확실했다. 그 직선의 가운데쯤? 아니면 토피카에 조금 더 가까운 지점? 어쩌면 톨그래스국립보호구 근처일 수도 있었다. 하지만 확인할 방법이 없었다. 그는 달 뒤 표면에 있는 것과 마찬가지였다. 구름 덮인 밤하늘은 무겁게 느껴졌고 촘촘한 보안 철책 너머로는 어떤 세상도 존재하지 않을 것만 같았다.

그는 몸을 돌리고 왔던 길을 되돌아갔다. 불이 밝혀진 창문 하나를 지나친 직후, 그는 14호실이라고 표기된 객실 문을 막 나서는 어떤 사내와 거의 몸을 부딪칠 뻔했다. 중키에 마른 몸매, 그다지 단정하지 않은 외모, 사내의 얼굴에 팬 굵고 가는 주름은 바깥에서 육체노동을 하며 살아온 곤고한 일생을 대변해주고 있었다.

'농장 노동자, 나이는 대략 쉰 살.'

사내는 같은 비밀을 공유한 사람끼리 서로에게 지어 보일법한 미소를 흘리며 리처에게 말했다. "안녕하쇼."

리처가 말했다. "당신이 바로 그 목격자로군."

사내가 말했다. "누구라고요?"

소렌슨은 그를 '서랍 안에 있는 가장 날카로운 칼'은 아니라고 빗대었다. 하지만 리처가 보기에는 '일단 갈지 않고는 써먹을 수 없는 칼'이었다.

리처가 말했다. "당신이 그 빨간 차를 본 사람이잖소."

"봤을 수도 있고 보지 못했을 수도 있고. 하지만 여기선 그런 얘기를 하면 안 되게 돼 있소이다. 단 둘만 있는 자리에서도 안 된답디다. 당신은 그런 얘기 못 들었소?"

사내는 새 청바지에 새 데님 셔츠, 그리고 푸른색 면 스웨터 차림이었다. 리처의 침대 위에 개켜져 있던 옷가지들과 똑같았다. 다만 크기가 작았을 뿐이었다. 샴푸 냄새를 풍기는 그의 머리는 나름 단정하게 빗질이 되어 있었다. 방금 면도한 티도 났다. 마치 휴가차 놀러 온 모습이었다.

리처가 그에게 물었다. "언제 여기 왔소?"

사내가 말했다. "오늘 새벽에 왔소이다."

"도슨과 미첼이 당신을 데려왔소? 아니면 다른 사람이?"

"난 그 사람들 이름은 모르겠소이다. 아무튼 여기선 그런 얘기는 못하게 돼 있다고 했잖소. 정말 그런 얘길 듣지 못했나 보네."

"누구한테 들어야 하는 거요?"

"누가 당신 방으로 찾아오지 않았소?"

"아직은."

"언제 여기 오셨는데?"

"지금 막. 몇 분 전에."

"그럼 좀만 기다리면 되겠네. 객실로 댁을 찾아와서 여기 규칙을 설명해 줄 거요."

사내가 보도 위에 선 채로 몸을 몇 차례 움찔거렸다. 뭔가 급한 용무 때문에 안달이 나기 시작한 것 같은 몸짓이었다. 지금쯤은 어딘가 다른 곳에 있어야 한다는 강박감으로 해석할 수도 있었다.

리처가 그에게 물었다. "지금 어디로 가려는 중이었소?"

사내가 말했다. "거 참. 식당이지 어디겠소? 거긴 맥주가 있거든. 별별 종류가 다 있소. 목이 긴 병에 든 시원하고 맛있는 맥주. 하루 종일 놀면서도 공짜로 먹고 마실 수 있으니 이게 웬 떡이란 말이오?"

리처는 아무 대꾸도 하지 않았다.

사내가 말했다. "댁도 같이 가시겠소?"

"나중에 봐서."

"서두를 건 없소이다." 사내가 말했다. "물론 내가 무지 마시긴 하겠지만 맥주는 엄청 많으니까. 절대 금방 떨어지진 않을 거요. 내 말 믿어보쇼."

그 말을 마친 뒤 사내는 크게 굽은 보도를 따라 걸음을 서둘렀다. 처음엔 안내판을 비추는 스포트라이트 불빛에 허리 아래가 훤히 드러났다가 모서리를 돌면서 그의 모습이 시야에서 사라졌다.

리처는 잠시 그대로 서 있었다. 14호실. 주차장이 비어 있고 불도 켜져 있는 두 객실 가운데 하나. 나머지 하나는 5호실이었다. 그는 몸을 돌리고 그의 객실과 반대 방향을 향해 걸음을 옮겼다. 그는 6호실부터 10호실까지 들어서 있는 별관을 지난 뒤 화단 하나를 반쯤 돌아서 잘게 부순 돌멩이를 깔아 놓은 공간을 가로지른 다음 이웃한 별관의 첫 번째 객실 앞으로 다가갔다. 5호실. 그는 노크를 할 생각이었다. 하지만 그럴 필요는 없었다. 그가 문 앞 2미터 거리에 이르렀을 때 갑자기 문이 확 열리더니 어린 소녀가 밖으로 달려 나왔다. 마른 몸매에 검은 머리칼, 열 살가량의 나이, 아주 신이 난 모양이었다. 춤추듯 달리는 아이의 뽀얀 얼굴에는 온통 웃음이 번져 있었다. 하지만 어둑한 보도 위에 서 있는 엄청난 형체를 발견하자마자 아이는 그 자리에 얼어붙은 듯 멈춰 섰다. 얼굴 가득 번져 있던 웃음기가 순식간에 걷히면서 아이의 두 손이 입언저리에 포개졌다. 리처가 볼 수 있는 건 이제 아이의 커다란 두 눈뿐이었다.

그 두 눈을 마주 보며 리처가 말했다. "안녕, 루시."

56

이내 델펜소도 밖으로 나왔다. 안에서 리처의 목소리를 들은 게 분명했다. 문 앞 복도에 멈춰선 그녀의 뒤로 실내의 불빛이 후광처럼 넘실거렸다. 그 불빛 덕분에 몸매의 아름다운 곡선이 살짝 드러났다. 하지만 그녀의 얼굴은 후광의 도움 없이도 충분히 좋아 보였다. 아주 푹 쉰 듯, 개운한 얼굴이 고왔다. 그녀도 그곳의 유니폼 차림이었다. 청바지, 데님 셔츠, 푸른색 면 스웨터. 모두 새것이었고 색깔도 똑같았다. 다만 여성용이라 좀 더 작고 짧았으며 재봉선이 섬세했다. 머리는 단정하게 정돈돼 있었고 얼굴 피부는 윤이 날 만큼 맑았다.

'저희는 선생님께서 도착하시길 고대하고 있었습니다.'

그들은 그녀를 위해서도 만반의 준비를 해두고 있었던 것이다.

그녀가 말했다. "루시, 리처 아저씨께 인사드리렴. 엄마랑 힘든 시간을 함께 보낸 분이서."

아이가 말했다. "리처 아저씨, 안녕하세요."

"안녕, 루시." 리처가 다시 말했다.

아이가 말했다. "아저씨, 코가 깨졌어요."

"어떤 사람이 이렇게 만들어줬어."

"아파요?"

"이젠 별로 안 아파."

델펜소가 말했다. "루시는 미니 골프장에 가려던 중이었어요."

"너무 어둡던데." 리처가 엄마보다는 딸에게 말했다. "내가 거기 다녀오는 길이거든."

새로운 정보를 접한 아이는 잠시 생각에 잠겼다. 작은 얼굴에 떠오른 표정이 꽤 진지했다.

아이가 엄마에게 말했다. "그럼 돌아다니면서 놀면 안 돼요? 여기 또 뭐가 있는지 궁금해요."

"그러렴." 엄마가 말했다. "또 어떤 게 있는지 돌아다니면서 찾아봐."

신이 나서 보도를 뛰어가는 아이의 뒷모습을 지켜보던 델펜소가 눈길을 리처에게 돌리며 말했다. "담장이 있어서 아이 혼자 돌아다녀도 안전해요. 수영장에는 물도 없고."

리처가 말했다. "잠시 얘기 좀 나눌 수 있겠소?"

"뭐에 관해서?"

"어젯밤, 그리고 오늘 일에 관해서."

"그 부분에 대해서는 입 밖에 내지 못하게 돼 있잖아요."

"당신은 늘 남의 지시만 따르는 사람이오?"

"늘 그렇진 않지만 이런 경우엔 그래야 할 것 같아요."

"이런 경우라니?"

"국가 안보. 그 부분에 관한 한 입을 다물어야죠, 누구에게든."

"나는 당신과 함께 그 현장에 있었던 사람이오."

"처음부터 끝까지 함께 있었던 건 아니잖아요."

"그럼 내가 묻는 말에 대답해주겠소? 그건 내게 얘기해주는 것과는 다르니까."

"그들이 당신을 이리로 데려왔어요. 무슨 일이 일어나고 있는지는 그들에게 들으세요."

리처가 말했다. "내 생각에 그들은 무슨 일이 일어나고 있는지 모르고 있는 것 같소."

저녁식사 시간까지는 고작 30분을 남겨두고 있었다. 그리고 델펜소는 제3자에게 그들이 대화를 나누는 모습을 보이는 걸 껄끄러워하고 있었다. 그들은 남의 눈에 띄지 않는 가장 가까운 장소를 선택했다. 델펜소의 방. 두 개의 안락의자를 비롯해서 그녀의 방은 리처의 방과 똑같았다. 다만 퀸 사이즈 침대 하나 대신 침대 두 개가 있는 것만 다를 뿐이었다. 그래서 약간 비좁은 것 같았지만 그건 상대적인 느낌일 뿐이었다. 리처는 빈 의자에 앉았다. 델펜소가 다른 의자 위에서 가방을 집어 들었다. 아스피린 통이 들어 있던 가방. 제법 무거워 보였다. 그 속에 그녀 몫의 물병이 여전히 들어 있는 것 같았다.

리처가 말했다. "아이오와의 모텔 로비에서 무슨 일이 일어났다고 생각했소?"

그녀가 침대 위에 가방을 던지듯 내려놓았다. 가방은 한 번 튀어 올랐다가 저 좋은 대로 자리를 잡았다. 그녀가 의자에 앉았다.

"그 일에 대해서는 얘기하지 못하게 돼 있어요." 그녀가 다시 한 번 말했다.

"누가 정한 규칙이오?"

"우린 지금 우리 자신의 안전을 위해서 여기 머물고 있는 거예요. 그 사건에 대해 함부로 얘기하다간 위험해질 수도 있어요. 그들이 분명히 경고했어

요."

"어떻게 된답디까?"

"그 부분에 관해서는 정확히 얘기하지 않았어요. 당신은 현재 당신으로선 이해할 수 없는 일련의 사건에 깊숙이 연루돼 있다, 당신을 이리로 데려온 건 당신을 안전하게 보호하기 위한 조치다, 당신은 보다 큰 목적을 위해 잠시 격리된 거다, 배심원들과 비슷한 경우라고 생각하면 된다, 아니 좀 더 심각한 상황이다, 이건 애국자법과 관련된 문제다, 대충 그렇게 설명하더군요."

"격리? 웃기는 소리. 이건 구금이오. 당신은 여길 떠날 수 없소."

"난 어차피 떠나고 싶은 마음도 없어요. 여긴 재밌는 곳이에요. 난 몇 년 동안 휴가를 즐길 만한 여유가 없었어요."

"당신 직장은 어쩌고?"

"그 문제는 자기들이 우리 사장과 잘 타협해보겠다고 말하더군요. 루시의 학교 문제도 마찬가지고. 우리 모녀가 불이익을 당하게 되는 경우는 절대 없을 거라고 다짐까지 하던 걸요. 사실 이런 상황에서는 당연히 그래야죠."

"언제까지 머물러야 한다는 얘기는 들었소?"

"상황이 해결될 때까지. 그다지 오래 걸리진 않을 것 같아요. 하지만 난 최소한 일주일은 걸렸으면 좋겠어요."

리처는 아무 대꾸도 하지 않았다.

델펜소가 말했다. "당신 코는 조금 나아진 것 같아 보이네요."

"그렇소?" 리처는 내키진 않았지만 작전상 맞장구를 쳤다. 사실 그는 자기 코가 화제에 오르는 게 싫었다. 하지만 더 큰 목적을 위해 작은 희생은 감소해야 했다.

'시간이 지연되고 기분도 더럽다. 그래도 을러대거나 완력을 사용해서 제

압하는 것보다는 그 편이 훨씬 빠르고 효과적이다.'

델펜소가 말했다. "어제는 정말 끔찍했어요. 난 함께 차를 타고 가는 동안 몇 시간씩이나 당신 코만 바라봤어요. 상처를 씻어냈군요?"

리처가 고개를 끄덕였다.

그녀가 말했다. "그러고 보니 코만 씻은 게 아니네. 샤워했죠, 그렇죠?"

"난 보기보다 자주 씻는 편이오."

"어머, 기분 나쁘셨다면 죄송해요. 난 그저 궁금해서."

"난 옷도 새로 사 입었소."

"그럴 필요 없었는데. 여기선 옷도 주니까요. 원한다면 가져도 된다고 하더군요, 두 벌 모두. 그리고 세면용품도."

리처가 물었다. "그 모텔에서 떠난 뒤에 무슨 일이 벌어졌소?"

그녀는 대답하지 않았다.

리처가 말했다. "당신은 무슨 일이 있었는지 알고 있소. 그들도 알고 있고. 그러니 내가 알게 된다고 해서 안 될 게 뭐가 있겠소? 난 지금 당신과 함께 있소. 아무 데도 갈 수 없으니 다른 누구에게도 이 일을 발설할 수 없는 처지잖소."

델펜소는 한동안 생각에 잠겼다. 그녀의 얼굴에는 좀 전에 아이의 얼굴에 떠오른 것과 똑같은 표정이 떠올랐다. 잠시 후 그 진지한 표정이 사뭇 홀가분한 표정으로 바뀌었다.

그녀는 어깨를 한 차례 으쓱거리고 나서 말했다. "난 너무나 무서웠어요. 당신이 맥퀸과 함께 모텔로 들어간 다음에 일어난 일 때문에요. 사실 난 그 안에서 무슨 일이 벌어졌는지 제대로 보진 못했어요. 맥퀸이 가리고 있었으니까요. 하지만 섬광이 보였고 총소리도 들었어요. 맥퀸이 달려 나온 다음엔 로비 안이 훤히 보였지만 당신은 눈에 띄지 않았어요. 난 당신이 죽었다고 생각했어요. 잠시 뒤에 맥퀸도 그렇게 말했고요."

"그가 그랬소?"

델펜소가 고개를 끄덕였다. "킹이 먼저 그에게 물어봤어요. 당신을 죽였냐고. 맥퀸이 그랬다고 대답했어요. 미간에 정확히 한 방 먹였다고 하더군요. 그들은 낄낄대면서 얘기를 주고받았어요. 그러니 내가 얼마나 무서웠겠어요? 그들이 내게도 똑같은 짓을 할 거라는 생각이 드는 거예요. 반드시 그럴 것 같았어요. 당신이나 나나 더 이상 쓸모가 없어진 건 마찬가지였으니까. 난 비명을 지르기 시작했어요. 킹이 내게 닥치라고 했어요. 그래서 난 입을 다물었어요. 지금 생각해보면 한심하기 짝이 없네요. 뭐든 그가 시키는 대로만 하면 날 죽이지 않을 거라고 생각했으니 말예요. 난 그때 정말 엄청난 사실을 깨달았어요. 단 10초라도 더 살 수만 있다면 무슨 짓이든 하는 게 사람이라는 사실."

"그다음엔 어떻게 됐소?"

"한동안 차를 타고 돌아다녔어요. 대충 8자 모양을 그리며 벌판을 달렸던 것 같아요. 무슨 이유에선지 그들은 멀리 달아나려 하지 않았어요. 운전을 한 건 킹이었어요. 그가 마침내 모텔에서 서쪽으로 15킬로미터쯤 떨어진 곳에 차를 세웠어요. 나는 때가 됐다는 생각이 들었어요. 이제 내 차례구나 했죠. 하지만 당장은 아니었어요. 킹, 그 개 같은 자식이 먼저 재미 좀 봐야겠다고 말하더군요. 그가 내게 셔츠를 벗으라고 명령했어요. 지들이 사준 그 푸른색 셔츠 말예요. 난 그러려고 했어요. 좀 전에도 말했듯이 살기 위해선 뭐든 할 수 있는 게 사람이니까. 킹이 차에서 내렸어요. 그러곤 뒷좌석에 올라탔어요. 그놈이 날 막 덮치려고 할 때 맥퀸이 차에서 내렸어요. 그가 내 쪽 문을 열었어요. 그가 나를 밖으로 끌어냈어요. 킹이 날 쫓아 내리려고 했어요. 맥퀸이 그를 쐈어요. 그냥 총을 뽑아서 킹을 쏴 버린 거예요."

"가슴에?"

델펜소가 고개를 끄덕였다. "정확히 심장에."

"그다음엔?"

"맥퀸은 일단 나를 진정시켰어요. 그리고 나선 말하더군요. 자신은 원래 FBI 요원인데 신분을 위장하고 범죄 조직에 잠입해서 작전 중이라고."

"알겠소." 리처가 말했다. "내가 아니라 다행이군. 그건 목숨을 내걸어야 하는 작전이니까."

"나도 알아요."

"당신도?"

"영화에서 많이 봤으니까."

"그다음엔 어떻게 됐소?"

"맥퀸이 다른 얘기도 해줬어요. 당신 머리 위의 허공에 대고 총을 쐈으니 당신은 멀쩡하게 살아 있다고 했어요. 그리고 킹을 쏴 죽이는 걸 직접 보게 해서 미안하다고 하대요. 하지만 나를 구하기 위해선 어쩔 수 없었다는 말도 했고요. 다른 방법이 없었대요. 작전상 범인들이 저지르는 못된 짓들을 참아 넘겨 가며 계속 같은 편인 척해야 하지만 이 경우엔 어쩔 도리가 없었다고."

"그다음엔?"

"그가 어딘가로 전화를 몇 통 했어요. 그러곤 이미 죽어버린 킹에게 안전벨트를 채우더라고요. 그 자리, 그러니까 내가 앉아 있던 자리에 널브러져 있는 자세 그대로. 그리고 난 다음 우린 차를 타고 떠났어요. 물론 나는 조수석에 앉았고요. 동쪽으로 8킬로미터쯤 달린 뒤에 맥퀸이 차를 세웠어요. 잠시 후 처음 보는 남자 둘이 도착했고 우릴 자기네 차에 태웠어요. 그 두 사람이 내 차에 불을 질렀어요. 악당들이 확인할 수도 있기 때문에 어쩔 수 없다고 말하더군요. 내겐 새 차를 장만해주겠다고 약속했어요. 나로선 잘 된 일이지 뭐예요. 그 차는 트랜스미션이 시원치 않았거든요."

"그 낯선 사내들도 FBI 요원들이었소?"

"네. 캔자스시티 소속이었어요. 내게 신분증을 보여줬어요. 맥퀸은 신분증이 없었어요. 위장 신분이었으니까."

"그들이 당신을 곧장 이곳으로 데려왔소?"

그녀가 다시 고개를 끄덕였다. "난 루시 없이는 어디에도 머물 수가 없다고 버텼어요. 그랬더니 그들이 우리 집으로 가서 루시를 데려왔어요."

"맥퀸은 어디로 갔소?"

"여기까지는 나와 함께 왔어요. 그러곤 즉시 떠났어요. 조직으로 서둘러 돌아가야 된다면서요. 악당들이 납득할 수 있을 만한 구실을 만들어야 한다는 얘기도 했어요. 킹을 죽인 게 당신이라고 둘러대려는 것 같았어요."

"나는 또 왜?"

"글쎄요. 난 오는 길에 자기들끼리 주고받는 대화를 주워들었을 뿐이에요. 떠돌이를 한 명 태웠다, 검문소를 빠져 나가기 위해 탑승 인원수를 바꾸려는 작전이었다, 하지만 그 떠돌이가 갑자기 강도로 돌변했다, 난투극을 벌이다가 킹이 살해됐고 떠돌이는 도망갔다, 대충 그런 줄거리였어요."

"악당들의 정체에 관한 얘기는 나오지 않았소?"

델펜소가 고개를 저었다.

"네." 그녀가 말했다. "하지만 그자들을 상당히 경계하고 있는 것만은 분명했어요."

아주 묘한 저녁식사 자리였다. 그들은 마치 한 가족처럼 본관으로 걸어갔다. 가는 동안 내내 리처와 델펜소 사이에서 루시는 그들의 손을 한쪽씩 붙들고 깡충 뛰기 놀이를 했다. 정사각형 구조의 식당은 상당히 넓었다. 테이블 스무 개에 의자가 여든 개였다. 모두 소나무 재질이었는데 니스를 얼마나 두껍게 칠했는지 표면에 액체가 흐르고 있는 듯한 착각을 불러일으킬 정도였다. 그것 말고는 리처가 그때까지 봐왔던 모텔 식당들과 별반 차이가 없었다. 그 넓은 공간이 텅 비어 있었다. 손님이라곤 그들 말고는 목격자 한 사람뿐이었다. 그는 한쪽 구석 자리에 혼자 앉아 있었다. 테이블 위에는 서로 상표가 다른 빈 맥주병이 세 개 놓여 있었다. 그의 손에 들려 있는 맥주병도 또 다른 상표였다. 그는 병목을 잡고 있는 손목을 연신 활기차고 절도 있게 꺾어댔다. 행복해 보였다. 사내는 아주 오랜만에 가져보는 게 틀림없을 휴가를 즐기고 있었다. 아니, 어쩌면 평생 처음 가져보는 휴가일지도 몰랐다.

프런트에서 얼굴을 익혔던 통통한 여자가 메뉴판을 가져왔다. 여전히 상냥하고 공손한 태도였다. 리처는 그녀 역시 FBI 요원이라고 판단했다. 식당 안의 손님은 성가신 주정뱅이까지 포함해서 달랑 넷뿐이었다. 한창 저녁시간에. 하지만 그녀는 전혀 불만이 없는 표정이었다. 직장에서의 앞날을 걱정하고 팁에 신경을 써야 하는 서비스 업소의 직원이라면 그 상황에서 그런 표정이 나올 수가 없었다. 인상을 쓰지는 않는다고 해도 최소한 무의식적으로나마 표정이 굳는 게 당연했다.

메뉴는 두 가지였다. 치즈버거와 치킨. 두 가지 요리 모두 주방장이 아니라 전자레인지를 거쳐서 손님상에 오르는 냉동식일 게 뻔했다. 리처는 치즈버거를 선택했다. 그날만 다섯 개째였다. 델펜소와 루시도 같은 걸 골랐다.

그들이 음식을 기다리는 동안 두 사람이 식당 안으로 들어왔다. 군청색 양복에 흰 셔츠와 파란 넥타이 차림의 사내들이었다. 주차돼 있는 크라운 빅토리아 두 대의 주인들인 게 분명했다. 베이비시터들, 즉 그 리조트의 기간요원들이었다. 긴장을 늦추지 않는 표정, 절도 있는 동작, 몸에 밴 자신감, 언뜻 보기에도 강도 높은 훈련으로 단련된 사내들이었다.

델펜소가 말했다. "날 이리로 데려온 게 바로 저 사람들이에요."

루시가 말했다. "날 여기로 데려온 아저씨들이에요. 폴라네 집에서요."

두 사내는 식당 안을 쭉 둘러본 뒤 리처에게 다가왔다.

오른쪽에 선 사내가 말했다. "선생님, 오늘 저녁은 저희 테이블에서 함께 해주시면 감사하겠습니다."

리처가 말했다. "왜?"

"저희를 소개해드릴 필요가 있어서입니다."

"그리고?"

"규칙을 말씀 드릴 필요가 있어서입니다."

57

두 FBI 양복쟁이들은 목격자가 독차지하고 있는 구석의 반대편 4인용 테이블로 리처를 안내했다. 리처는 제일 안쪽 의자에 등을 벽으로 향하고 앉았다. 실내가 한눈에 들어오는 자리였다. 단순히 몸에 밴 습관이었다. 꼭 거기 앉아야 할 필요는 없었다. 리처 자신이 어떤 위험도 느끼지 않았고 실제로 어떤 위험도 없었다. 그 식당은 캔자스 주 전체에서 가장 안전한 공간이었다.

두 명의 요원은 각각 리처의 왼쪽과 오른쪽 자리에 자리를 잡고 앉았다. 그들이 테이블 위에 팔꿈치를 괴고 상체를 수그렸다. 맥퀸이나 소렌슨보다 젊은 축이었다. 삼십 대 후반이거나 많아야 마흔 정도일 것 같았다. 초짜도 아니고 베테랑도 아니었다. 둘 다 갈색 피부에 탄탄한 몸집이었다. 머리가 벗겨진 것도 같았다. 다만 한쪽 사내의 이마선이 좀 더 위로 올라가 있었다. 그들은 베일과 트라파토니라고 이름을 밝혔다. 도슨과 미첼이 자신들의 친한 선배라고 했다. 그들과는 같은 지부 소속이고 하는 일이 같다고도 말했다. 소개를 끝마친 다음 그들은 자신들이 리처에 대해 모든 걸 알고 있다고 말했다. 리처의 군 복무 시절 기록을 샅샅이 검토했다고 했다.

리처는 잠자코 듣고만 있었다.

이마선이 좀 더 올라간 사내, 베일이 물었다. "여기선 편안히 지내고 계십니까?"

리처가 말했다. "내가 어떻게 편안할 수 있겠소?"

"편안하지 못할 것도 없잖습니까?"

"난 현역 시절 헌법을 수호하겠다는 선서를 했소. 당신들도 그런 선서를 했을 거요, 안 그렇소?"

"그런데요?"

"난 현재 적법한 절차도 없이 미연방 제5차 수정헌법이 보장하고 있는 내 주거의 자유를 빼앗긴 상태잖소. 당신 둘은 지금 범죄를 저지르고 있는 거요. 물론 상부의 지시에 의해서겠지만."

"여긴 감옥이 아닙니다."

"바깥의 보안 철책 공사를 맡았던 사람은 그렇게 생각하지 않았던 것 같은데."

"그래서 지금 불만이라는 말씀이시군요?"

리처가 말했다. "사실은 괜찮소. 난 당신들이 좋아요. FBI와는 아무 유감이 없소. 당신들의 사고방식이 마음에 들어요. 옛날부터 그랬소. 당신들이 잘못을 하는 건 맞소. 하지만 올바르게 잘못을 하려는 태도는 바람직하오. 당신들은 이번 사건의 결정적인 민간인 목격자 전부를 이리로 데려왔소. 그들의 진술을 종합하면 최소한 외형적인 전체 줄거리는 구성이 될 거요. 당신들은 우리를 진짜 감옥에 가둬 놓고 얼마든지 몹쓸 짓을 저지를 수도 있었소. 하지만 당신들은 그래서도 안 되고 그러지도 않고 있소. 당신들이 근본적으로는 천사의 편이기 때문이오. 난 그 점을 고맙게 생각하고 있소. 이곳에 미니 골프장까지 마련해둔 건 참 대단한 배려요. 그나저나 언제 이곳을 매입한 거요?"

트라파토니가 말했다. "3년 전."

"캔자스시티 지부가 담당하고 있는 작전의 일환이오?"

"그렇습니다. 대테러 작전 중부 지부 사령부."

"이곳을 매입하게 된 이유는?"

"그래야 할 필요가 있었습니다."

"무슨 필요?"

"사람들을 안전하게 보호할 수 있는 장소."

"내 생각엔 당신들을 안전하게 보호할 수 있는 장소 같소."

"어째서죠?"

"당신들은 신분을 위장하고 작전을 펼치는 경우가 많소. 그런 작전과 연관된 사건이 발생하면 잠입한 요원의 신분이 노출될 위험이 커지지. 그 위험을 줄이기 위해 당신들은 다른 사법기관이나 언론이 목격자들과 접촉하는 걸 막아야 하오. 그들의 진술이 밖으로 새어나가는 일이 없도록. 그래서 이런 장소가 필요했던 거잖소."

"신분을 위장하고 적진에 잠입한 요원들은 어떻게 돼도 상관없다는 뜻으로 받아들여도 되겠습니까?"

"천만에, 어떤 수단을 동원해서라도 그들의 안전을 도모해야 한다는 게 내 생각이오."

"그렇다면 뭐가 문제죠?"

"난 당신들이 얼마나 많은 위장 잠입 작전을 수행하고 있는지 생각 중이오. 이 시설은 한 번에 50명까지 수용할 수 있는 규모인 것 같소. 그 정도면 목격자 숫자치고는 상당한 거 아닌가?"

"우리가 수행하고 있는 작전에 대해서는 어떤 사항도 발설할 수 없습니다."

"이 시설이 가득 찬 적이 있었소?"

"아니요."

"텅 빈 적은 있었소?"

"아니요."

"3년 동안? 그랬다면 작전이 상당히 많았다는 얘기로군."

"우리 일이 워낙 광범위하잖습니까."

리처가 말했다. "이제 여기 규칙을 말해보시오."

베일이 말했다. "두 가지가 있습니다."

"계속하시오. 나도 둘까지는 셀 수 있으니까."

"작전이 끝날 때까지 선생님은 우리의 손님으로 여기 머무르시게 됩니다. 그건 타협의 여지가 없습니다. 그동안 다른 투숙객들에게 선생님이 목격하신 내용을 발설해서는 안 됩니다. 어느 누구에게도 말씀해서는 안 됩니다. 극히 일부분도 안 됩니다. 여기 머무시는 동안은 물론 앞으로도 영원히 안 됩니다. 그 역시 예외가 있을 수 없는 규칙입니다."

"그게 전부요?"

"우리의 규칙은 선생님의 안전을 보장하기 위해 마련된 겁니다. 범인들 역시 선생님을 봤으니까요. 임팔라를 탈취한 두 사람 가운데 한 사람만 천사 편입니다."

"킹은 죽었잖소."

"죽기 전에 여러 차례 휴대폰을 사용했다는 걸 모르고 계시는군요. 주유소에 들렀을 때마다 통화를 했던 것 같습니다. 신용카드와 휴대폰을 사용한 시점이 일치하고 있으니까요."

"그자의 휴대폰을 도청하고 있었소?"

"위장 잠입 작전은 그래서 효과적이죠."

"그가 나에 관해서 뭐라고 얘기하던가요?"

"그들은 이미 선생님의 이름과 인상착의를 알고 있습니다. 그 점을 상기하시면 저 철책을 설치한 목적이 그다지 의심스럽지만은 않을 겁니다."

"범인들은 대체 누구요?"

아무 대답이 없었다.

"맥퀸은 무사할 것 같소?"

"그에 관해서는 걱정하지 마십시오."

"걱정이 되는 걸 어쩌겠소?"

"이미 7개월 동안이나 공을 들인 작전입니다. 이제 와서 맥퀸이 빠질 순 없습니다."

"그는 당연히 작전을 포기하고 그 소굴에서 빠져나와야 하오. 대체 당신들 상관은 어떻게 생겨먹은 작자요? 부하의 안전은 뒷전이라니, 빌어먹을."

"우린 그 부분에 관해 얘기를 나눌 수 없습니다." 베일이 말했다. "그 규칙들만 기억하십시오."

거기까지였다. 베일이 의자 등받이에 상체를 기댔다. 트라파토니도 의자 등받이에 상체를 기댔다. 대화는 끝났다. 마치 기다리고 있었다는 듯 음식이 나왔다. 그 통통한 여자가 주방에서 엿보고 있었던 것 같았다. 아니면 엿듣고 있었든지.

리처가 식당을 나설 땐 델펜소와 루시는 이미 떠나고 없었다. 목격자는 일곱 번째 맥주병을 비워가고 있었다. 리처는 차가운 밤공기 속에서 자신이 당분간 머물러야 할 숙소를 향해 불 밝혀진 보도를 따라 걷다가 갑자기 걸음을 멈췄다. 그는 하늘을 올려다보았다. 달 없는 밤이었다. 별도 없었다. 은밀하게 움직이기에는 아주 바람직한 배경이었다. 하지만 출구는 오직 정문 하나뿐이라는 것, 그 정문을 열 수 있는 방법이 없다는 것, 그리고 전화도 없다는 것이 문제였다.

그때 목격자가 식당을 나와 리처가 서 있는 쪽을 향해 다가왔다. 무릎 높이에 설치된 스포트라이트가 그의 불안정한 발걸음을 훤히 드러내주고 있었다. 그냥 비틀거리는 정도가 아니라 금방이라도 자빠질 것 같은 걸음이었다. 발바닥을 번갈아가며 내려놓기 위해 목격자는 무진 애를 쓰고 있었다. 눈길은 보도에 꽂혀 있었고 보폭은 아주 좁았다. 리처는 목격자에게로 다가가서 자신의 하반신이 불빛에 훤히 드러나는 지점에서 멈춰 섰다. 사내의 심장을 멈추게 만들고 싶지 않아서였다.

사내가 여전히 눈길을 바닥에 꽂은 채 양발을 조심스럽게 번갈아 디디며 천천히 다가왔다. 어느 순간 리처의 다리를 본 사내가 걸음을 멈췄다. 그다지 놀라진 않은 것 같았다.

사내의 얼굴에 맹한 미소가 피어올랐다. 방어벽이 무너진 상태.

리처가 말했다. "그 빨간 차를 목격했을 때도 이렇게 취해 있었소?"

사내는 잠시 대답을 궁리하더니 입을 열었다. "아마도."

"사건 현장에서는 누구와 얘기를 나눴소?"

"굿맨 보안관, 그리고 FBI에서 나왔다는 금발머리 여자."

"그들에게 하지 않았던 얘기가 뭐였소?"

"난 그들에게 모든 걸 얘기했는데?"

"아니, 그러지 않았소." 리처가 말했다. "모든 상황을 있는 대로 모두 다 진술하는 목격자는 없소. 당신도 분명히 몇 가지 사실은 얘기하지 않았을 거요. 분명하지 않은 사실, 말했다간 괜히 멍청하다는 소리나 들을 것 같은 사실, 그리고 당신 자신이 저지른 위법 행위."

"난 내 트럭을 찾고 있던 중이었지."

"당신 트럭은 어디 있었소?"

"기억이 나질 않았지. 그러니까 찾고 있었던 거고."

"그들에게 그 얘기도 했소?"

"그들이 묻지도 않았는걸?"

"술에 취한 상태로 집까지 차를 몰던 중이었소?"

"거기서 멀지 않으니까. 그리고 그쪽 길은 훤히 아니까."
"그리고?"
"얼마 못 가서 차를 세워야 했지. 오줌이 마려워서."
"어디서?"
"그 거지 같은 펌프장 뒤쪽에서. 난 그 얘기도 하지 않았지."
리처가 고개를 끄덕였다.
'당신 자신이 저지른 위법 행위.'
공공장소에서의 방뇨, 그리고 음주운전. 미국 모든 도시에서 법으로 금지하고 있는 행위들.
리처가 말했다. "그랬다면 당신은 그 사람들을 보지 못했겠군. 펌프장 뒤에 있었다면 말이오."
사내가 말했다. "아니, 난 그 사람들을 아주 가까이에서 똑똑히 봤거든. 이미 오줌을 다 싼 뒤였으니까. 바지 지퍼를 올리고 걸어 나오던 중이었지."
"그 사람들도 당신을 봤소?"
"못 봤을걸? 아주 깜깜한데다가 건물 그림자에 가려져 있었으니까."
"그들과의 거리는 얼마나 가까웠소?"
"3미터? 그쯤 될까?"
리처가 물었다. "그들은 뭘 하고 있었소?"
"난 보안관에게 다 말했는데." 사내가 말했다. "그리고 그 금발머리한테도."
"당신은 그들이 묻는 말에 대답을 했던 것뿐이었소. 그건 차원이 다르지."
"기억이 나질 않는데."
"정신을 집중해 보시오."
사내가 눈을 감았다. 그의 몸뚱이가 발뒤꿈치를 축으로 해서 앞뒤로 흔들렸다. 그의 양팔이 손바닥을 바깥으로 향하고 들려졌다. 콘크리트 벽에 짚은 양손으로 몸무게를 지탱하고 있는 사람의 자세였다. 그는 머리보다는 육체의 기억을 불러오고 있는 중이었다. 그 시점으로 돌아가서.

사내가 말했다. "첫 번째 남자가 서두르는 것 같았어. 펌프장 안으로 먼저 들어가려고. 코트 지퍼를 열어젖히면서."

"그 전에는 세 사람이 뭉쳐 있었소? 펌프장까지는 함께 걸어왔느냐는 얘기요."

"확실하진 않지만 그랬던 것 같은데. 그 첫 번째 남자가 갑자기 앞으로 튀어나왔으니까. 나머지 두 남자가 허겁지겁 뒤따라 왔고."

"양복쟁이들, 맞소?"

"코트는 입지 않았고."

"손에 들고 있는 건 없었소?"

"전혀."

"그 세 사람이 펌프장 안으로 들어간 다음 당신은 뭘 했소?"

"난 길을 건너려고 했지."

"왜?"

"내 트럭을 찾으려고. 사실 펌프장 근처에 있기가 싫었거든."

"왜?"

"안 좋은 기분이 들어서."

"양복쟁이들 때문에?"

"그 남자들보다는 첫 번째 남자 때문에. 초록색 코트를 입은 남자. 아주 기분 나쁜 남자였거든."

리처가 물었다. "무슨 소리는 듣지 못했소?"

사내가 말했다. "고함 소리. 서로 싸우는 것 같은."

"양복쟁이들이 다시 밖으로 나왔을 때 당신은 어디 있었소?"

"건너편 인도에."

"그 밖에 또 기억나는 건 없소?"

사내가 말했다. "아니, 아니. 내가 본 걸 얘기하면 안 되지. 여기 사람들이 절대 그러지 말라고 했으니까. 난 한 마디도 할 수 없다고."

사내가 정신을 집중해서 천천히 조심스럽게 리처의 주위를 돌고 난 뒤 보도를 따라 걸어갔다. 사내의 뒤를 따라 걸음을 옮기던 리처가 다시 멈춰 섰다. 자동차 엔진 소리가 낮게 들려왔기 때문이었다. 350미터쯤 떨어진 거리였다. 그가 몸을 돌렸다. 안개 숲속에서 헤드라이트 불빛이 위아래로 흔들리며 다가오고 있었다.

정문이 열리기 시작했다. 빠르지도 느리지도 않게, 하지만 소리 없이.

58

결국 줄리아 소렌슨은 그녀의 휴대폰을 되찾지 못했다. 그녀의 차, 그리고 그녀의 명예도 마찬가지였다. 그녀는 영웅이 되지 못했다. 리처는 리조트 밖 2차선 도로에서 꺾어진 검정색 크라운 빅토리아가 아직 채 다 열리지 않은 정문을 들어서는 광경을 지켜보았다. 헤드라이트로 크게 반원을 그리며 차량 통행로로 올라선 차는 콘크리트 노면을 따라 원형 공간까지 툴툴거리며 올라와 본관 현관문 앞에 멈춰 섰다. 리처가 전에 한 번도 본 적 없는 사내가 조수석에서 내리더니 뒷문을 열었다. 말은 단 한 마디도 하지 않는 것 같았다. 다만 도슨이 리처에게 그랬던 것처럼 턱짓으로 현관문을 가리켰다.

열린 뒷문에서 내린 사람은 줄리아 소렌슨이었다. 그녀는 찬 공기를 맞으며 잠시 그 자리에 서 있었다. 침침한 조명 빛에 비친 그녀의 얼굴은 피곤해 보였다. 리처는 어깨를 움츠린 그녀의 모습에서 일종의 좌절감마저 느낄 수 있었다. 밤바람에 펄럭이던 그녀의 재킷 앞섶이 열렸다. 그녀는 여전히 새로

산 셔츠를 입고 있었다. 하지만 총 지갑은 비어 있었다. 권총까지 반납한 모양이었다.

사내가 뒷문을 닫은 뒤 다시 차에 올라탔다. 크라운 빅토리아는 그녀만 홀로 남긴 채 곧장 출발했다. 정문이 다시 열리기 시작했다. 문을 통과한 차는 도로에 진입하기 전 잠시 멈춰 섰다가 오른쪽으로 방향을 잡고선 왔던 길로 달려갔다.

정문이 다시 닫혔다. 리처는 차의 불빛이 사라진 뒤에도 그 소음이 완전히 잦아들고 다시 정적이 내려앉을 때까지 북쪽 도로를 지켜보았다. 그제야 그는 몸을 돌리고 소렌슨을 바라보았다.

그녀는 잠시 더 서 있다가 로비로 들어갔다. 리처는 머릿속으로 시간을 계산했다.

프런트의 상냥한 여자가 미소와 함께 환영의 인사를 건넨다, 원하는 침대 사이즈를 물어본다, 안락의자와 공간 감각에 관한 개인적인 의견을 덧붙인다, 대부분의 손님들의 선택에 관해서도 귀띔한다, 그리고 '당신이 도착하기를 고대하고 있었다' 등등 몇 마디를 더 보탠다.

리처가 계산을 끝냈다. 4분. 어쩌면 그보다 빠를 수도 있었다. 같은 요원들끼리니 객쩍은 군소리는 생략할 수도 있으니까. 아니 그보다 오래 걸릴 수도 있었다. 소렌슨이 열 받은 김에 직급을 내세워 온갖 얄궂은 질문을 퍼부어 댈 가능성도 배제할 수 없으니까.

실제로 소요된 시간은 정확히 4분이었다. 다시 밖으로 나온 소렌슨의 손에는 열쇠가 들려 있었다. 그녀는 체념한 표정이었다. 그녀가 스포트라이트 불빛에 비친 안내판을 확인한 뒤 리처가 서 있는 쪽을 향해 걸음을 옮겼다. 그녀는 보도가 둘로 갈라지는 지점에서 다시 한 번 안내판을 확인했다. 그녀가 리처 쪽과 다른 방향으로 난 보도로 발을 내디뎠다.

"줄리아." 리처가 불렀다. 부드럽게.

그녀가 걸음을 멈췄다.

그녀가 말했다. "리처?"

"나 여기 있소."

그녀가 내디뎠던 발을 거두고 잘게 부순 돌멩이가 깔린 공간을 가로질러 리처에게 다가왔다.

리처가 물었다. "무슨 일이 있었던 거요?"

그녀가 말했다. "우린 서로 얘기를 나누지 못하게 돼 있어요."

"지들이 어쩌려고. 우릴 감금하기라도 한답디까?"

"아무튼 밖에선 얘기할 수 없어요. 어디든 가죠."

두 사람은 리처의 방으로 갔다. 소렌슨이 방 안을 찬찬히 둘러보고 난 뒤 말했다. "정말 이상한 곳이네요. 보통 모텔과 똑같잖아요."

리처가 말했다. "여긴 일반 모텔이오. 아니, 그랬었다고 해야 정확하겠지. FBI 캔자스시티 지부에서 3년 전에 이곳을 매입했소. 그들이 말해주더군. 당신은 전혀 모르는 일이었소?"

"이곳에 관해선 단 한 마디도 들어본 적이 없어요. 다른 사람들도 모두 여기 와 있나요?"

리처가 고개를 끄덕였다. "델펜소와 그녀의 아이, 그리고 목격자. 건강하고 안전하게 잘들 지내고 있소. 실제로 모두들 아주 즐거운 시간을 보내고 있소."

"구금된 상태인데도?"

"여기 사람들이 단순히 잠시 동안 격리된 상황이라고 구슬린 모양이오. 배심원처럼. 그것도 그들의 안전을 위해서. 따라서 다들 구금 상태라고 생각하지 않고 있소. 오히려 휴가로 생각하고 즐기고 있더군. 하기야 공짜 맥주에다가 미니 골프장까지 있으니."

"이게 적법한 조치인가요?"

"난 모르겠소. 변호사가 아니니까. 이런 일이 있어선 안 되지만 법에 저촉되는 건 아닌 것 같소. 애국자법이라는 특례법이 있으니까. 그 부분은 당신이 더 잘 알고 있잖소."

"누가 당신을 이리로 데려왔죠?" 그녀가 말했다. "불에 탄 시체는 또 누구였고?"

"그 시체는 앨런 킹이었소." 리처가 말했다. "그는 심장에 총을 맞고 사망한 뒤에 불태워졌소. 맥퀸이 쐈다더군. 맥퀸은 위장 신분으로 작전 중인 당신네 요원이었소. 캔자스시티 소속. 그래서 도슨과 미첼이 상황을 살피기 위해 사건 발생 즉시 펌프장으로 달려온 거고. 일종의 현장 대책반인 셈이지. 아무튼 그가 킹을 사살한 뒤 캔자스시티 지원 팀이 출동해서 그 차에 불을 지르고 나선 그와 델펜소를 이리로 태워왔소. 현장에서 우리가 확인했듯이 당신 차와 똑같은 바퀴를 가진 FBI 관용 차량을 동원해서. 맥퀸도 여기까지 같이 왔지만 금방 떠났다더군. 서둘러 소굴로 돌아가야 했겠지."

"딱하네요. 엄청난 추궁을 당할 거예요. 당장 킹이 죽었잖아요. 그걸 놈들에게 무슨 수로 납득시키죠?"

"아주 어려운 일이겠지. 내가 추측할 수 있는 수준 이상으로."

"내가 아는 한 당신 추측은 늘 정확했어요. 맥퀸이 당신을 못 맞힌 게 아니라 머리 한참 위를 겨냥했다는 추측부터 그랬고요."

"맥퀸으로선 연극을 계속할 수가 없었소. 킹이 델펜소를 겁탈하려 들었으니 다른 방법이 없었던 거지. 그자를 죽일 수밖에."

"좋은 사람이네요. 난 그가 무사했으면 좋겠어요."

"당신은? 대체 무슨 일이 있었던 거요?" 리처가 다시 물었다.

소렌슨이 침대 위에 걸터앉았다. 그녀가 말했다. "나요? 처음엔 순조로웠어요. 실제로 아주 괜찮은 것 같았어요. 난 일단 델펜소의 집으로 굿맨의 순찰차를 몰고 가서 내 전화기를 챙겼어요. 그다음엔 내 차로 바꿔 탄 뒤 우리 지부장에게 전화를 걸었어요. 어찌어찌해서 당신을 제압한 다음 캔자스시티 친구들에게 넘겼다고 둘러댔죠. 지부장은 크게 감동한 것 같았어요. 아주 신이 난 것 같기도 했고요. 하지만 난 거기서 그칠 수가 없었어요. 궁금한 게 많았으니까요. 그래서 질문을 던지기 시작했어요. 내가 생각해도 좀 많이. 전화상이긴 했지만 지부장은 싫은 기색이 역력했어요. 그러더니 어느 순간 완전히 태도가 변했어요. 더 이상 즐거워하지 않았어요. 전혀요. 난 그의 목소리에서 그 변화를 분명히 느낄 수 있었어요."

"어느 순간이라면?"

"내 차로 갈아타기 전에 난 굿맨 순찰차의 대시보드 보관함을 열어봤어요. 순전히 직업상 몸에 밴 습관이에요. 그 안에 무기가 들어 있을 수도 있으니까요. 막상 열어보니 무기는 없었어요. 달랑 수첩과 펜 하나뿐이더라고요. 난 당연히 그 수첩을 펼쳐봤죠. 굿맨은 정말 철저한 사람이었더군요. 그 수첩은 일종의 수사 일지였어요. 사건 수사 기록 가운데 델펜소에 관한 부분도 있었어요. 굿맨은 정보가 쌓일수록 마음이 가벼워지는 타입이었나 봐요. 아무튼 우리가 그녀를 제때 찾아내지 못할 경우 그의 꼼꼼한 기록이 도움이 될 거라고 생각했던 것만은 분명해요. 어떤 도움이 될 수 있는지 나로선 알 수 없지만."

"그래서?"

"델펜소에 관한 기록 가운데 도무지 납득이 가지 않는 내용이 있었어요. 그래서 우리 지부장에게 물어봤죠. 사실 대놓고 물어본 건 아니었어요. 그냥 그 부분에 관한 내 느낌을 말했을 뿐이에요. 정말이에요. 그의 태도가 돌변한 건 바로 그때였어요."

"어떤 내용이었소?"

"난 델펜소가 그 동네 토박이인줄 알았어요. 거기서 4대째 살아온 농사꾼 집안의 딸은 아닐지라도 아주 오랫동안 살아왔을 거라고 생각했어요. 최소한 루시는 거기서 낳고 길렀을 거라고 말이죠."

"그게 아니었소?"

"그 모녀가 거기서 살기 시작한 게 고작 7개월 전이었던 거예요. 맞은편 집에 사는 사람의 말로는 델펜소가 어딘가 멀리에서 살다가 이혼을 하면서 그 동네로 이사 왔대요. 난 훨씬 전에 이혼한 줄로 알았었는데."

"그녀가 결혼을 했었는지 확신할 수 없잖소." 리처가 말했다.

"아이가 있잖아요."

"아이가 있다는 게 정식으로 결혼을 했다는 증거는 안 되잖소."

"그럼 결혼을 하지 않았다는 증거는 있나요?"

"그녀는 생활력이 강한 여성이오." 리처가 말했다. "혼자서도 충분히 세상을 살아나갈 수 있는 타입이오. 실제로도 그렇게 살아온 것 같았소. 게다가 머리도 명석하오. 사내 뒷바라지를 하면서 사는 삶은 그녀의 선택 범위 밖이오."

"머리가 좋은 여자는 결혼하지 말라는 법이라도 있나요?"

"당신은 결혼했소?"

그녀는 그 질문에 대답하지 않았다.

그녀가 말했다. "하와이 해변의 호텔에서 수천 명의 하객 앞에서 치른 결혼식 허니문의 결실이든 뉴저지의 어느 모텔에서 즐겼던 불장난의 결과이든 델펜소가 엄마가 된 경위는 관심 없어요. 그녀가 싱글맘이라는 사실이 중요한 게 아니에요. 중요한 건 고작 7개월 전에 그 동네로 이사를 온 싱글맘이라는 사실이죠."

리처가 말했다. "캔자스시티 친구들 얘기로는 이 작전이 개시된 시점이 7개월 전이라고 하던데."

"그건 불가능해요."

"그들이 뭐 하러 거짓말을 했겠소?"

"아뇨, 그들의 작전에 델펜소가 연관돼 있을 리가 없다는 뜻이었어요. 불가능한 일이잖아요. 우연의 일치가 틀림없어요. 반드시 그래야만 해요. 이미 우연의 일치가 한 번 일어났으니까요."

리처가 말했다. "그럼 이제 우연의 일치가 두 번째로 일어난 셈이군."

"우연의 일치는 한 번이면 족해요."

"첫 번째 우연의 일치는 뭐였소?"

소렌슨이 말했다. "당신도 앨런 킹의 형을 기억하죠?"

"피터 킹? 그 관측병?"

"지난밤 당직 요원이 그에 관해 좀 더 알아본 모양이에요. 내게 도움이 될까 해서. 마더 실과 첫 번째 통화를 끝낸 뒤 곧장 자동차등록소, 우체국, 은행, 신용카드 회사에 그자의 신원을 조회했대요. 휴대폰 통신 회사까지도요. 걸리면 골치 아파지지만 걸리는 법이 없으니까요. 오늘 저녁에 조회 결과가 나왔어요."

"어떻게 나왔소?"

"피터 킹이 덴버에서 캔자스시티로 거주지를 옮겼어요."

"언제?"

"7개월 전에."

59

리처는 안락의자에 몸을 깊숙이 파묻으며 손가락으로 머리를 몇 차례 빗어 올렸다. 그가 말했다. "앨런 킹은 자기 형과 얘길 하고 지내지 않는다고 내게 말했소."

소렌슨이 말했다. "앨런 킹이 캔자스시티에 살고 있나요?"

"그런 것 같소."

"아닐 수도 있어요. 설사 거기 살고 있다고 해도 형제간에 왕래가 없을 수도 있고. 캔자스시티는 아주 넓잖아요."

"나도 알고 있소." 리처가 말했다. "도시권 전체의 인구가 백오십만 명이니까."

"그래요?"

"지역 번호는 816."

"그만. 다음으로 넘어가죠."

리처가 말했다. "이제 우리 앞에 우연의 일치가 세 번씩이나 펼쳐져 있소. 7개월 전에 델펜소가 네브래스카의 궁벽한 시골 마을로 이사를 했소. 같은 시점에 피터 킹이 미주리의 캔자스시티로 주거지를 옮겼소. 그곳엔 그와 왕래를 할 수도 있고 왕래를 하지 않을 수도 있는 그의 동생이 살고 있을 수도 있고 살고 있지 않을 수도 있소. 그리고 역시 같은 시점에 미주리 캔자스시티의 FBI 중부 지부 대테러 팀이 모종의 작전을 개시했소. 신분을 위장한 정예요원까지 투입했으니 상당히 중요한 작전인 것만은 틀림없소. 아무튼 그 작전의 주 무대 가운데 하나가 네브래스카의 궁벽한 시골, 델펜소의 새 보금자리에서 아주 가까운 펌프장이었소."

"우연의 일치가 세 번씩이나 발생할 수는 없어요. 그건 너무 많아요."

"나도 그 말에 공감이오." 리처가 말했다. "따라서 우연의 일치가 세 차례 발생한 게 아니오. 두 개의 연결고리가 드러난 거지."

"연결고리?"

리처가 의자에 앉은 채로 상체를 수그리고 한쪽 손바닥으로 침대를 짚었다. 그가 손바닥에 힘을 주어 눌러서 매트리스의 탄력을 확인했다.

그가 말했다. "첫째, 피터 킹과 앨런 킹은 틀림없는 형제지간이오. 그리고 앨런 킹은 틀림없는 악당이었소. 신분을 위장한 FBI 요원이 심장을 쏴서 사살한 뒤 그 시체를 태워버렸소. 그 정도면 그가 얼마나 나쁜 놈이었는지 충분한 설명이 될 거요, 안 그렇소?"

"두 번째 고리는?"

리처가 말했다. "당신네 지부장이 당신을 여기에 연금시키는 조치를 내린 건 델펜소가 7개월 전에 새 동네로 이사했다는 사실을 당신이 알아냈기 때문이었소. 현재 이곳에 연금된 사람들은 모두 그들의 위장 작전을 수포로 돌아가게 만들 소지가 있는 위험인물들이오. 보지 말아야 했거나 알지 말아야 하는 걸 보고 알은 사람들이니까. 따라서 델펜소의 이주는 이번 작전의 한 부분인 것이오."

"어떤 부분?"

리처가 말했다. "그녀에게 직접 물어봅시다."

리처는 델펜소의 별관 그림자 속에 몸을 숨겼다. 소렌슨은 그녀의 객실 문 앞으로 다가가 가볍게 노크를 했다. 1분쯤 지난 뒤 안에서 문고리를 푸는 소리가 들렸다. 이내 문틈이 조금 벌어지더니 그 사이로 흐릿한 불빛과 함께 델펜소의 속삭이듯 나지막한 목소리가 새어나왔다. "누구세요?"

리처는 그녀의 조심스러움이 루시가 잠든 지 얼마 되지 않았기 때문이라고 짐작했다.

소렌슨이 말했다. "카렌 델펜소?"

델펜소가 여전히 속삭이듯 대답했다. "그런데요?"

소렌슨이 말했다. "FBI 오마하 지부의 줄리아 소렌슨이에요. 당신을 구출하기 위해 어젯밤 내내 쫓아다닌 수사 담당잡니다."

델펜소가 다급하게 헛소리로 조용히 해달라는 경고음을 보냈다. 역시 리처의 짐작이 맞았다. 밖으로 나온 델펜소가 소렌슨의 팔을 잡고 문에서 3미터가량 떨어진 곳으로 데려갔다. 역시 리처의 예상대로였다.

"미안해요." 소렌슨이 말했다. "불편을 끼치고 싶은 마음은 없었어요. 인사를 나누고 싶었을 뿐이에요. 당신이 괜찮은지도 확인할 겸."

"난 괜찮아요." 델펜소가 말했다. 그들 뒤, 3미터 이상 떨어진 그림자 속에 서 있던 리처가 그림자처럼 방 안으로 들어갔다.

리처는 몇 시간 전에도 그 방에 들른 적이 있었다. 그래서 어둠 속이라고 할지라도 그 구도를 어림할 수 있었다. 방 안은 실제로 어두웠다. 욕실 안쪽의 전등 스위치 조절판 내부에서 새어나오는 오렌지색 불빛 한 점만이 어둠을 밝히는 전부였다. 그래도 그 희미한 불빛 덕분에 안쪽 침대 위에 잠들어 있는 루시의 모습을 확인할 수 있었다. 아이는 마치 태아처럼 담요에 푹 쌓인 채 옆으로 누워 있었다. 담요 윗자락이 아이의 턱까지 당겨져 있었다. 아이의 검은 머리카락이 흰 베개 위에 흐트러져 있었다. 리처는 빈 침대 위에서 델펜소의 가방을 발견했다. 문에서도, 안락의자에서도 더 가까운 침대였다. 그는 아까 델펜소가 의자에서 가방을 들어 침대 위에 던지듯 내려놓는 걸 보았다. 무거워 보였다. 매트리스는 부드러웠고 쉽게 꺼져 들어갔다. 트램펄린 같은 탄력은 없었다. 하지만 그런데도 그녀의 가방은 되튀어 올랐다. 그래서 리처는 그녀가 아직도 가방 속에 물병을 지니고 있다고 생각했었다. 하지만 나중에 생각해 보니 물병보다 좀 더 무거운 게 들어 있을 것 같았다. 그가 자기 방 매트리스의 탄력을 시험해본 것도, 지금 그녀의 방에 숨어들어 온 것도 모두 그래서였다.

리처는 가방을 들고 천천히 그리고 조심스럽게 카펫 위를 가로질러서 욕실로 들어갔다. 그는 스위치 조절판 바로 아래 놓인 작은 테이블 위에 수건 한 장을 접어 깔고 거기다 가방 속의 내용물을 쏟았다. 수건의 방음 효과는 상당했지만 완벽하지는 않았다. 크게 절그렁거리는 소리는 없었지만 둔탁한 물건이 부딪는 소리는 몇 차례 울렸다.

그가 두 귀에 신경을 모았다. 아이의 숨소리가 여전히 낮고 고르게 들려왔다.

그가 수건 위에 쏟아진 물건들을 헤집었다. 별별 게 다 있었다. 화장품, 솔빗, 플라스틱 머리빗 두 개, 길쭉한 유리 향수병, 각각 절반씩 남은 껌 두 통, 지갑, 그 지갑 속에 신용카드는 없었고 현금 3달러와 발급된 지 7개월째의 네브래스카 운전면허증이 들어 있었다. 면허증의 이름은 카렌 델펜소. 사진도 그녀였고 집주소도 리처가 실제로 찾아갔던 주소와 일치했다. 그녀는 마흔한 살이었다.

리처의 수색이 이어졌다. 네일 파일, 포장지에 싸인 스테이크하우스 이쑤시개. 이런저런 동전 모두 합해서 71센트. 크리스털 펜던트가 달린 집 열쇠. 그의 눈에 익은 아스피린 약통도 있었다. 하지만 물병은 없었다. 크고 무거운 물건은 성경뿐이었다. 일반 소설책보다는 크고 백과사전보다는 작은 킹 제임스 버전(영국 국왕 제임스 1세의 주도로 만들어진 영어 성경)이었다. 암적색 보드지 표지와 책등에는 금박으로 글씨가 새겨져 있었다. 'Holy Bible'.

많이 사용한 것 같지는 않았다. 자주 펼쳐보지 않은 것 같았다는 얘기다. 자세히 보니 아예 펼칠 수가 없는 책이었다. 오래전에 말라버린 누르스름한 액체에 의해서 책장들이 서로 엉겨 붙어 있었기 때문이다. 가방 안에서 뭔가가 새어 흘렀던 모양이었다. 파인애플 주스인 것 같았다. 오렌지나 자몽 주스일 수도 있었다. 어쨌든 당분이 강한 주스 종류였다. 빨대를 꽂은 팩이나 어린이용 음료수 컵을 그대로 가방 속에 넣었다가 엎지른 것 같았다.

그런 성경을 왜 가지고 다니는 걸까? 손상된 성경을 버리고 새 걸 장만하는 게 금기인가? 리처로선 알 수 없는 일이었다. 그는 종교와는 거리가 먼 사람이었다.

그런데 부피에 비해 지나치게 무거웠다.

리처는 손톱을 사용해서 성경의 표지를 첫 번째 백면지에서 떼어내려 했다. 떨어지지 않았다. 서로 완전히 달라붙어 있었다. 리처는 빨대나 컵 주둥이에서 새어나온 주스가 가방 속에 차올라서 그 책을 골고루, 그리고 흠뻑 적시는 상황을 상상해보았다.

가능한 일이 아니었다.

엎질러진 주스는 모양이 제멋대로인 얼룩을 남긴다. 그 크기는 상당히 클 수도 있다. 하지만 상당한 두께의 책을 골고루 적실 수는 없다. 그것도 흠뻑 적신다는 건 아예 불가능하다. 주스에 닿지 않은 책장들도 있게 마련이다. 젖은 부분은 부풀어 오르고 젖지 않은 부분은 원래의 형태를 유지한다. 리처는 그런 상태의 책들을 여러 번 본 적이 있었다. 물이나 피에 젖은 책들. 그 손상 상태는 그때그때 달랐다.

그는 가방에서 떨어진 머리빗 한 개를 집어 들고 그 꽁무니를 갈피 사이에 쑤셔 넣었다. 잠시 후비고 돌려댄 끝에 손가락 두 개가 들어갈 만한 틈이 생겼다. 리처는 책등을 바닥에 대고 그 틈 속에 두 손가락 끝을 밀어 넣었다. 그가 양 바깥쪽으로 힘을 주자 그 부분의 책장이 찢어지면서 갈피가 활짝 열렸다.

왼쪽은 탈출기, 오른쪽은 유다서였다. 하지만 중간의 몇 백 페이지에 이르는 책장들이 테두리만 남고 모조리 오려져 있었다. 면도칼을 이용해서 성경 속에 일종의 보관함을 만들어 놓은 것이었다. 아주 깔끔한 솜씨였다. 빈 공간은 얼추 직사각형 모양으로서 가로세로 각각 18, 15센티미터에 깊이는 5센티미터 정도였다. 남겨 놓은 테두리에 골고루 접착제를 바른 뒤 책을 덮어서 붙여버렸으니 쉽게 떨어질 리가 없었다. 한마디로 덮개가 붙어버린 보석함이었다.

하지만 그 속에 들어 있는 건 보석이 아니었다.

그 공간은 처음부터 그곳에 들어갈 물건들의 형체를 염두에 두고 마련된 것이었다.

글록 19 자동권총, 충전기가 딸린 애플에서 나온 휴대폰, 그리고 얄팍한 신분증 지갑.

글록 19는 글록 17의 소형 모델이다. 10센티미터에 불과한 총신을 비롯해서 모든 부분이 글록 17보다 작고 가볍다. 그래서 여성들에게 적합한 모델이다. 또한 숨겨서 가지고 다니기에 훨씬 용이한 모델이기도 하다.

그 총에는 모두 열여덟 발의 9밀리 파라블럼 실탄이 장전돼 있었다. 탄창에 열일곱 발, 약실에 한 발. 글록에는 수동 안전장치가 없다. 조준, 발사.

휴대폰은 전원이 꺼져 있는 상태였다. 앞쪽엔 빈 스크린, 한 입 깨문 사과가 새겨진 채 반짝거리는 검은색 케이스. 리처는 그 휴대폰을 어떻게 켜야 하는지 몰랐다. 몇 초 동안 누르고 있어야 할 버튼? 혹은 차례대로 눌러야 할 버튼 몇 개? 어느 쪽이 됐든 그로선 버튼조차 찾을 수 없었다. 충전기는 아주 작은 흰색의 정육면체였다. 그 본체의 한쪽 면에는 소켓에 꽂도록 뭉툭한 돌기들이 솟아 있었고 그 반대쪽 면에는 끝부분에 직사각형의 조그만 플러그가 달린 흰색 전선이 길게 연결돼 있었다.

신분증 지갑은 꼼꼼하게 무두질한 검은색 가죽 제품이었다. 리처가 지갑을 젖혀서 열었다. 지갑은 그 자체로 아주 작은 앨범 같았다. 왼쪽에는 방패 표식이 컬러로 새겨져 있었다. 사법부. FBI. 오른쪽에는 사진이 부착된 신분증이 있었다. 사진의 주인공은 델펜소였다. 카메라 플래시와 촬영장의 형광등 불빛 때문에 창백하면서 약간 녹색이 감돌고는 있었지만 틀림없는 그녀의 얼굴이었다. 사진 위에는 발행기관의 철인이 찍혀 있었다. 사법부. 왼쪽과는 달리 입체로 도드라진 글자였다. 사진 아래에는 가로로 끝에서 끝까지 Federal Bureau of Investigation이라는 글자가 다시 한 번 적혀 있었다.

FBI 특수요원, 카렌 델펜소.

리처는 성경을 다시 닫은 다음 힘을 주어 그 테두리를 몇 차례 누른 뒤 손에 들었다. 잠든 루시 곁을 조심스럽게 통과한 다음 객실 문을 나선 그는 여전히 3미터 밖에 함께 서 있는 두 여자에게로 다가갔다. 소렌슨은 단지 시간을 벌기 위한 목적에서 별 의미 없는 대사를 주절대고 있었다. 그걸 듣고 있는 델펜소는 지겨워 죽을 맛이었을 것이다. 두 여자 모두 리처의 부츠가 바닥에 끌리는 소리를 들었다. 두 여자 모두 그를 향해 돌아섰다.

리처가 성경을 들어 올리며 말했다. "기도합시다."

60

그들은 루시가 계속 자도록 혼자 방에 남겨두기로 했다. 델펜소는 아이가 전혀 위험하지 않을 거라고 생각했다. 일단 안전이 확실하게 보장된 시설이었다. 그녀는 아이가 어떤 환경에서든 일단 잠에 떨어지면 중간에 깨어나 무섭다거나 낯설다고 징징대는 타입이 아니라고 말하며 오히려 두 사람을 안심시켰다. 그들은 소렌슨의 방, 9호실로 갔다. 리처의 방보다 가까웠기 때문이다. 소렌슨 역시 그 방이 처음이었다. 거기까지 와볼 틈이 없었다. 도중에 어둠 속에서 리처가 그녀를 불러 세웠으니까.

그녀가 열쇠로 방문을 땄고 세 사람은 실내로 들어섰다. 리처의 방과 똑같은 구조와 풍경이었다. 안락의자 두 개, 퀸 사이즈 침대, 델펜소가 입고 있는 것과 똑같은 옷가지 두 벌. 욕실은 굳이 확인할 필요도 없었다.

델펜소가 안락의자에 앉았다. 리처가 그녀에게 성경을 건넸다. 그녀는 성경을 무릎 위에 놓은 뒤 마치 소매치기가 노리고 있는 가방이기라도 한 듯, 양손을 그 위에 올려놓았다. 소렌슨은 침대에 걸터앉았다. 그녀의 방이었으니 앉고 싶은 자리를 선택하는 건 그녀의 권리였다. 리처의 차지는 당연히 두 번째 안락의자였다.

그가 먼저 입을 열었다. "난 묻고 싶은 게 너무도 많소."

델펜소가 말했다. "당신 때문에 우리 모두 아주 곤란하게 됐어요. 당신은 내 가방을 건드리지 말았어야 했어요. 당신의 행동은 엄연한 범죄예요."

리처가 말했다. "엄살떨지 마시오."

소렌슨이 델펜소를 바라보며 말했다. "여기 들어올 때 그들이 수색을 하지 않던가요? 아니면 이리로 오는 도중에라도?"

델펜소가 말했다. "그러지 않았어요."

"나도 뒤지지 않더군." 리처가 말했다. "주머니는커녕 털끝조차 건드리지 않았소."

"그렇다면 그건 심각한 직무 태만이네." 소렌슨이 말했다. "안 그래요? 난 캔자스시티 요원들에게 좀 실망이네요."

델펜소가 어깨를 한 차례 으쓱거렸다. "난 범인들에게 무작위로 피해를 당한 선량한 시민 행세를 하고 있었어요. 그래서 그들이 수색을 하지 않았어도 당연하게 생각했어요. 하지만 그들이 리처를 무사통과시킨 건 나도 불만이네요. 신원이 불확실한 인물인데 당연히 뒤졌어야죠."

"캔자스시티 지부에서는 당신의 정체를 모르고 있소?" 리처가 말했다.

"물론 그들은 모르고 있어요." 델펜소가 말했다. "그랬다면 내가 그들이 마련해 놓은 이 빌어먹을 감옥에 머물러 있겠어요?"

"그럼 당신은 대체 누구요?"

"그건 내가 거론하고 싶지 않은 주제군요."

"킹과 맥퀸은 네브래스카 고속도로에서부터 남쪽으로 내려왔소? 그 폐쇄된 펌프장까지?"

"그걸 왜 궁금해 하는 거죠?"

"이 사건의 핵심적인 부분이니까."

"그들은 캔자스에서부터 북쪽으로 올라왔어요."

"어떻게?"

"차를 타고. 공범이 모는 차."

"그들이 전에도 그곳에 가본 적이 있었소? 그 교차로 말이오."

"이 세상에서 거길 가본 사람이 얼마나 되겠어요?"

"그렇다면 그들은 씬 시티에도 처음이었겠군. 그들은 그 지역에 관해 아무것도 모르고 있었소. 그 부근에서 차량을 탈취할 수 있는 곳은 오직 거기뿐이라는 사실도 몰랐던 거지. 그런데도 그들은 씬 시티로 올라갔소. 왜 그랬을까?"

델펜소는 대답하지 않았다.

리처가 말했다. "그 지역에선 당신이 맥퀸의 비상연락책이었기 때문이었소. 그게 이유였소. 하지만 당신을 거기 심어 놓은 건 캔자스시티 지부가 아니었소. 캔자스시티는 당신이 누군지조차 모르고 있소. 그럼 당신을 거기 심어 놓은 건 누구요?"

델펜소는 대답하지 않았다.

리처가 말했다. "당신네 먹이사슬의 거의 정상에 자리 잡고 있는 존재가 틀림없소. 캔자스시티 지부장 정도는 무시해버릴 수 있는 사람이 과연 누굴까? 난 후버 빌딩에 번듯한 사무실을 차지하고 있는 인물이라는 생각이 드는군. 물론 온갖 걱정을 짊어지고 있기 때문에 그 멋진 창밖 풍경을 감상할 여유는 없겠지만."

델펜소는 아무 말도 하지 않았다.

리처가 말했다. "여기서 또 한 가지 궁금한 게 있소. 그 인물의 걱정거리가 정확히 뭔지."

델펜소가 입을 열었다. 하지만 대답이 아니라 질문이었다. "당신은 정말로 헌병 출신인가요?"

리처는 대답하지 않았다.

소렌슨이 말했다. "그래요. 헌병 출신이 맞아요. 난 그의 복무 기록을 직접 확인했어요. 굵직한 훈장이 여섯 개씩이나 되더군요. 은성무공훈장, 국방최우수공로훈장, 유공훈장, 군인훈장, 동성무공훈장, 퍼플하트상이기장."

"훈장은 누구나 받는 거요." 리처가 말했다. "그러니 내 포상 경력은 잊어버리시오."

델펜소가 말했다. "캔자스시티 지부에 문제가 있어요."

리처가 말했다. "무슨 문제?"

"형편없는 작전 수행능력."

"형편이 없다면 어느 정도?"

"아까운 요원들이 목숨을 잃었어요."

델펜소가 두 사람을 위해 설명을 시작했다. 그녀의 설명은 10분 동안 이어졌다.

FBI 중부 지부는 항상 바쁜 곳이다. 그 관할 지역엔 테러리스트들이 노릴만한 목표물이 많다. 사기업 형태로 운영되는 주요 기간산업체들, 그리고 군수품 공장을 비롯한 군사 시설들. 그 산업체들과 군사 시설들은 국내외의 테러리스트들 간에 인터넷상으로 오가는 수상한 교신의 단골 주제들 가운데 하나이다. 그런 교신의 내용들은 대부분 무시해도 무방하다. 망상이나 허풍, 혹은 백일몽 수준이기 때문이다. 하지만 그중 진짜도 있을 수 있다는 게 문제다. 최소한 걱정은 해야 할 만큼 구체적인 테러 위협도 가끔씩 있다는 얘기다.

그런 위협을 발본색원하기 위해 어느 핸가 캔자스시티 지부에선 테러리스트들보다 한발 앞서 움직인다는 방침을 세웠다. 그 방침을 토대로 네 개의 위장 잠입 작전 계획이 수립됐고 그 계획에 따라 지부 소속 요원들이 위장 신분으로 테러리스트 조직들에 잠입했다. 작전 초기엔 계획대로 순조롭게 풀려나가는 것 같았다. 하지만 갑자기 모든 게 어긋나기 시작했다. 결국 네 작전 모두 실패했다. 테러 조직들을 소탕하기는커녕 그중 두 개의 조직에 잠입한 요원들이 목숨을 잃었다.

그런 희생을 치렀는데도 나아진 게 없었다. 캔자스시티 지부는 여전히 실속 없이 분주하기만 했다. 테러리스트들 간의 교신은 계속 이어졌다. 그러던 어느 날 전혀 낯선 목소리가 등장했다. 그 목소리의 교신 내용에는 언제나 두 가지 주제가 핵심을 이루고 있었다. 모종의 액체 화학물질과 네브래스카의 지하수. 처음에는 누구도 이해를 하지 못했고 또한 신경을 쓰지도 않았다. 하지만 그 목소리는 갈수록 높아졌다. 수십 갤런에 불과했던 수치가 시간이 가면서 수백, 수천 갤런으로 늘어나더니 급기야는 천만 단위까지 올라갔다.

그래서 다섯 번째 위장 잠입 작전 계획이 수립되었다. 이번에도 역시 공식적으로는 캔자스시티 지부가 작전의 주체였다. 그들은 가공의 반체제 인물을 내세워 그 목소리의 배후 조직과 접촉을 시도했다. 연합 전선을 빌미로 그들을 유인한 것이다. 그들은 반체제 가공 인물의 신원과 동기를 집요하게 추궁했다. 하지만 이미 충분한 대비책이 마련돼 있었고 그들의 시험을 모두 통과한 결과 일단 신뢰 관계가 구축되었다. 그들은 그리고 나서도 한참 뜸을 들인 뒤 드디어 대면하자는 연락을 해왔다. 본격적인 작전 개시를 알리는 종소리가 울린 것이다.

하지만 후버 빌딩에서는 이번 작전마저 캔자스시티 지부에 전적으로 일임할 수 없었다. 최소한 위장 침투 요원만은 중앙에서 신임할 수 있는 인물이어야 했다. 그들은 철저한 보안을 위해 중서부지역에서는 전혀 얼굴이 알려지지 않은 요원을 선발해야 한다는 명분을 내세웠다. 물론 이미 주인공을 내정해둔 상태였다. 그 주인공이 바로 돈 맥퀸이었다. 그는 곧장 샌디에이고 지부에서 캔자스시티로 차출되어 작전에 투입되었다.

후버 빌딩의 안배는 거기서 그치지 않았다. 그들은 유사시 맥퀸을 지원

할 수 있도록 또 다른 요원을 네브래스카의 어느 거점에 위장 신분으로 심어 놓았다. 그 목소리가 네브래스카의 지하수를 거듭해서 언급하고 있었기 때문이다.

그 요원이 바로 카렌 델펜소였다. 당시 워싱턴의 대테러 총사령부에 근무 중이던 델펜소 요원의 새로운 임무는 최고위층들만이 알고 있는 일급기밀이었다. 캔자스시티 지부에서는 그녀의 존재를 알지도 못했고 알 수도 없었다.

네브래스카 거점으로의 이동도 마치 증인보호 프로그램에서처럼 아주 은밀하게 진행되었다. 델펜소는 거기에 집을 얻었고 직장을 얻었으며 아이까지 함께 데리고 가 동네 학교에 전학시켰다.

"장난이 아니군." 소렌슨이 말했다. "당신은 불만이 없었나요?"

"전혀요. 불만은커녕 신 나기만 하던걸요." 델펜소가 말했다. "선배님도 잘 아시잖아요. 우리는 가라는 곳엔 어디든 가야죠. 그런데 난 돌아다니는 걸 원래 좋아해요. 루시에게 세상의 또 다른 모습을 보여줄 기회가 생긴 것도 좋았고요."

"왜 이사를 해야 하는지 아이도 알고 있었나요?"

"구체적으론 몰랐죠. 그냥 짐작만 했을 거예요. 엄마가 총과 배지를 지니고 있다는 걸 아이도 알고 있거든요. 하지만 한 번도 물어본 적이 없어요. 그냥 거기에 익숙해져 있는 거죠."

"하지만 아이 때문에 위장 신분이 들통 난다면? 학교 친구들에게 얘길 한다거나 그 비슷한 상황이 일어날 수 있다는 걸 충분히 고려하지 않은 것 같은데?"

"아이가 무슨 얘길 했겠어요? 엄마가 총을 갖고 있다는 얘기? 네브래스카의 모든 엄마들은 총을 갖고 있어요. 그럼 엄마가 비밀 요원이라는 얘기? 아이들은 늘 그런 얘기를 지어내죠. 상의를 거의 벌거벗은 채 밤늦게까지 칵테일 라운지에서 일하는 엄마가 있는 아이의 얘기니 더욱 그러려니 했겠죠."

델펜소의 화제는 이제 맥퀸의 활약으로 옮겨갔다.

그녀가 새로운 환경에 적응하고 있는 동안 맥퀸은 이미 작전에 투입되어 상당한 성과를 올리고 있었다. 일단 그는 그 새로운 목소리의 배후가 미국 국적의 백인들로 이루어진 중간 규모의 테러 조직이라는 사실을 알아냈다. 그자들이 역시 중간 규모의 어느 중동 테러 조직과 최근에 연합 전선을 형성했다는 것도, 그래서 그 연합 전선이 아직은 약간 엉성하다는 것도 모두 그가 알아낸 정보였다. 또한 그 연합 전선의 대외적인 명칭이 와디아라는 것과 그쪽 두목이 실명 없이 암호명으로만 통한다는 사실도 맥퀸을 통해 알게 됐다. 하지만 맥퀸은 그때까지 두목과 대면한 적이 없어서 그의 신상에 관해서는 어떤 정보도 얻지 못하고 있었다. 물론 테러 조직 특유의 점조직 운영을 감안할 때 그로서도 어쩔 수 없는 일이었다. 한편 맥퀸의 정보를 토대로 추적한 결과 연합 전선의 한 축을 이루고 있는 중동 테러 조직이 시리아계라는 사실이 거의 확실하게 드러났다.

"그들의 목적은?" 리처가 물었다.

"아직 우리도 몰라요." 델펜소가 말했다.

"그나저나 인숭 구성이 참 묘한 테러 소식이군."

"그러게요."

"맥퀸은 별 탈이 없을 것 같소?"

"당신이 절반만큼 술이 부어진 잔을 반이 찼다고 보는 사람이라면 그 답은 '예스'고, 반이 비었다고 보는 사람이라면 '노'겠죠. 지금까지 위장 잠입 작전에서 둘이 죽고 둘이 살았어요. 그렇게 따지면 맥퀸의 운명은 50대 50인 셈이죠."

"썩 좋은 상황은 아니군."

"그래서 후버 빌딩의 거물도 창밖 풍경을 즐기지 못하고 있는 거예요."

"게다가 이젠 킹의 죽음을 설명할 그럴듯한 구실까지 지어내야 하니 더 큰 문제로군."

"그렇죠."

소렌슨이 전기 주전자에 수돗물을 받아서 차를 끓였다. 찻잔을 건네는 그녀에게 감사의 말은 전하면서도 눈길은 계속 델펜소에게 향한 채 리처가 물었다. "차 안에서 그렇게 열심히 눈을 깜빡인 이유는 뭐였소?"

델펜소가 자기 몫의 찻잔을 들며 되물었다. "내가 당신을 제대로 속여 넘겼나요?"

"완전히. 난 당신이 운이 없어서 악당들의 마수에 걸려든 피해자인줄로만 알았소. 용감하고 똑똑했지만 일반 시민치고 대단하다고 생각했던 거지 당신이 특수요원일지도 모른다는 생각은 하지 못했소."

"내 목적이 바로 그거였어요. 맥퀸은 내 정체를 알고 있었어요. 하지만 킹은 모르고 있었죠. 그래서 킹을 속이기 위해 계속 연기를 해야 했어요. 사실 밤새 그래야만 했죠. 그 인질극의 마지막 장소는 결국 와디아, 아니면 FBI 캔자스시티 지부, 둘 중 하나라는 걸 알고 있었고 그 두 곳 모두 내 정체를 몰라야 했으니까요."

"그건 이제 충분히 이해했소. 하지만 내게 눈을 깜빡인 이유에 대한 대답으로는 부족한 것 같군."

"나는 그 상황에서 최대한 빨리 벗어나고 싶었어요. 빠르면 빠를수록 내겐 유리했죠. 그래서 당신을 이용하면 그 목적을 이룰 수 있겠다고 계산했던 거예요. 당신은 상당한 능력을 가진 사람처럼 보였거든요. 당신이 운전을 하다가 뭔가 제대로 일을 터뜨릴 줄 알았어요. 하지만 당신은 그러지 않았어요. 그래서 내 인질극의 마지막 장소가 결국 캔자스시티 지부가 되고 말았죠. 그들은 나를 이리로 데려왔고요. 내 연기에 속아 넘어가서."

"그럼 어젯밤엔 실제로 무슨 일이 일어났던 거요?"

"당신도 그 대부분의 과정을 직접 겪었잖아요."

"전부 겪진 못했잖소. 그리고 아직 제대로 이해가 가지 않는 부분도 있소. 맥퀸이 킹의 심장에 총알을 박아 넣은 뒤 당신네 두 사람이 무슨 얘기를 나눴는지도 궁금하고. 누군가 당신들을 태우러 올 때까진 최소한 30분 정도의 시간이 있었을 테니까."

"거의 40분이었어요. 그리고 킹의 심장을 쏜 건 맥퀸이 아니에요. 그가 내게 자기 권총을 건넸어요. 아까 당신한테 둘러댔던 건 계속 신분을 감추기 위해서였어요. 울고불고 했다는 얘기도 그래서 지어낸 거고."

"그러니 어젯밤의 실제 얘기가 궁금하다는 거 아니오."

"한번 맞춰보세요."

리처가 어깨를 한 차례 으쓱거렸다.

"잘은 모르겠소." 리처가 말했다. "하지만 킹이나 맥퀸이 칼을 미리 준비하고 네브래스카로 갔던 건 아니었다는 생각이오. 일단 양복 주머니에 넣기에는 너무 컸소. 그리고 그들은 빈손이었소. 둘 중 한 사람이 팔뚝에 칼을 묶었을 가능성도 생각해봤지만 그건 아닌 것 같소. 결국 피살자의 칼이라는 결론을 내릴 수밖에 없소. 그자는 그 칼을 실제로 사용하기 위해 준비했을 거요. 코트 지퍼를 내리면서 펌프장 안에 들어갔다는 사실이 그의 의도를 말해주고 있소."

"목격자와 얘기를 나눴군요."

"그를 추궁해봐야 그런 일 없다고 잡아뗄 거요. 그는 맥주를 공짜로 마시기 위해서라도 여기 규칙을 충실히 따르려 하고 있소. 물론 취하기 전까지는 그렇다는 얘기요."

델펜소가 말했다. "이런 작전에는 늘 변수가 따르게 마련이죠. 킹과 맥퀸은 와디아의 대표 자격으로 다른 조직의 대표와 미팅을 하기 위해 그 펌프장으로 파견됐던 거예요. 자금 문제라든지, 혹은 그 밖에 중요한 협의 사항 때문이었겠죠. 원래는 시종일관 우호적인 분위기 속에서 진행되었어야 할 미팅이었어요. 킹과 맥퀸을 태워다 준 또 다른 조직원이 그냥 떠난 것만 봐도 그렇잖아요. 그들은 피살자의 차를 함께 타고 그의 본거지로 갈 계획이었어요. 일종의 예우였죠. 하지만 그들이 현장에 도착하자마자 그들의 계획은 완전히 어긋나버렸어요. 피살자가 갑자기 그들에게 고함을 지르기 시작하더니 칼을 뽑아들고 그들을 죽이려 든 거예요. 그래서 맥퀸이 그의 칼을 뺏었어요."

"그러다가 그자의 팔을 부러뜨렸고?"

"그랬대요?"

소렌슨이 말했다. "검시관에게 연락을 받았어요. 오늘 낮에 한창 점심을 먹고 있는데."

리처가 델펜소를 보며 물었다. "그다음엔 어떻게 됐소?"

델펜소가 말했다. "맥퀸이 그자를 죽였어요. 자기방어였죠. 거의 반사적으로."

"말도 안 되는 소리." 리처가 말했다. "맥퀸은 입을 막기 위해 그자를 죽인 거요. 그자는 칼을 준비해왔소. 그리고 소리도 질렀고. 화기애애했어야 할 미팅 분위기가 처음부터 왜 그렇게 험악했을까? 그자가 맥퀸의 정체를 알고 있었기 때문이 아니겠소? 아니, 확신은 없었다고 해도 최소한 의심은 하고 있었을 거요. 그자가 샌디에이고에서 그곳의 FBI 건물을 들락거리는 맥퀸을 봤을 가능성이 충분하잖소. 어차피 그자도 국가기관 사람이었고 자주 전근을 다녔으니까. 맥퀸은 그래서 그자를 죽였소. 그의 입에서 튀어나올 얘기를 킹이 듣지 못하게 하기 위해."

"아무튼 그건 정당한 살인이었어요."

"맥퀸이 깨끗하게 처리했다는 뜻이겠지."

"당신에겐 솜씨가 정당함의 기준인가 보죠?"

"스타일이라는 건 언제나 중요한 거요. 어차피 기술이 들어갔으면 맵시도 있어야잖소."

"난 그가 어떤 기술을 구사했는지 몰라요."

"난 알아요." 소렌슨이 말했다. "시체를 봤거든. 아주 솜씨 좋게 처리했더군요. 일단 상대방이 눈을 뜨지 못하게 하려고 이마를 수평으로 한 번 긋고 그다음에 갈비뼈 아래를 찔러서 위로 젖혔어요. 두 단계로 끝낸 거지."

"이제 만족해요?" 델펜소가 리처에게 물었다.

"그건 옛날식 기술이군." 리처가 말했다. "혹시 아는지 모르겠지만 이마를 먼저 긋는 건 한때 유행했던 방법이었소. 사실 화려하긴 하지. 하지만 실전에선 전혀 필요하지 않은 기술이오. 곧장 2단계로 들어가는 게 훨씬 낫소. 상대방의 뱃속에 20센티미터의 칼날을 손잡이 부근까지 깊숙이 찔러 넣은 상황인데 그 상대방이 2.0의 시력을 유지하고 있다고 해서 걱정할 게 뭐가 있겠소?"

"어찌 됐든 맥퀸의 살인은 정당했어요."

"나도 동감이오. 어떤 식으로든 이의를 제기하고 싶은 생각이 전혀 없소. 자, 그다음엔 어떻게 됐소?"

"그들은 현장에서 도망쳤어요. 하지만 그 빨간색 차량으로는 안 된다고 판단했죠. 그 지역 경찰이나 피살자의 조직원들이 그 차량을 수배할 거라는 걸 알고 있었으니까요. 양쪽 모두에서 찾으려 할 수도 있었겠고. 맥퀸은 내가 어디 있는지 알고 있었어요. 그는 늘 내 소재를 알고 있어야 하니까. 그래서 그는 씬 시티로 빨간 차를 몰고 올라왔어요. 그러곤 내 쉐비를 우연히 발견한 것처럼 연기를 했죠. 그 연기에 속아 넘어간 킹은 탈취하기에 적당한 차량이라며 좋아라 했고요."

"하지만 그들은 차량 탈취만 한 게 아니었소."

"그들은 차문을 열 수가 없었어요. 신형이라 도난 방지 장치가 장난이 아니었으니까. 결국 그들은 알람을 울리게 만들었어요. 나는 여자화장실 창문을 통해 밖을 내다봤어요. 그들은 그냥 차 옆에 서 있더라고요. 물론 맥퀸의 각본이었죠. 내가 뒷문을 열고 나가면 총을 들이대고 차 키를 뺏어서 도주하는 각본. 하지만 상황은 각본대로 풀리지 않았어요. 킹이 다른 생각을 갖고 있었던 거예요. 목격자를 내버려두고 갈 수가 없었던 거죠. 그래서 차량 탈취에 납치가 보태진 거예요. 그는 웨이트리스를 차에 태웠고 그때부터 그녀의 즉흥연기가 시작됐던 거죠."

"맥퀸은 펌프장에서 자신이 죽인 사내를 전부터 알고 있었소?"

"아뇨. 처음 보는 사내였다더군요."

"그렇다면 당신도 그 피살자의 정체를 모르고 있겠군. 그리고 우리와는 달리 밤새 어떤 정보도 얻지 못했을 테고. 당신을 일반 시민이라고만 알고 있는 캔자스시티 요원들이 귀띔을 해줄 리 없었을 테니까."

"무슨 귀띔?"

소렌슨이 말했다. "피살자는 지부장급의 CIA 요원이었어요. 우리가 아는 한."

델펜소가 잠시 침묵을 지킨 뒤 입을 열었다. "너무 혼란스럽네요. 좀 알아봐야겠어요."

그녀가 무릎 위에 놓인 성경을 펼치고 보석함 속에서 휴대폰을 꺼냈다. 플러그며 전선의 연결을 마친 뒤 그녀는 리처가 보기에 버튼처럼 생기지 않은 버튼을 약 2초 동안 눌렀다. 스크린에 불이 들어왔다. 그 위엔 이미 메시지가 떠 있었다. 모두 대문자였다.

"비상사태." 그녀가 말했다. "맥퀸이 레이더에서 떨어져 나갔대요."

61

델펜소가 몇 개의 버튼을 연속해서 눌렀다. 그들의 정보 네트워크와 직통으로 연결되는 비밀번호였다. 맥퀸이 레이더에서 떨어져 나갔다는 건 인터넷 신문 기사의 헤드라인처럼 자극적인 표현이었다. 맥퀸의 내비게이션 신호가 컴퓨터 스크린에 더 이상 나타나지 않는다는 표현이었다. 그는 두 개의 위치 추적 칩을 감추고 있었다. 하나는 휴대폰 속에 삽입했고, 나머지 하나는 혁대를 찢고 그 속에 집어넣었다. 7개월 동안 본부에서는 그 두 개의 칩을 통해 그의 모든 움직임을 파악해 왔다. 델펜소가 휴대폰으로 접속한 정보 네트워크에 따르자면 컴퓨터 스크린 위에서 그 두 개의 칩을 나타내는 불빛이 1시간 전, 갑자기 깜빡거리더니 이내 사라졌다고 했다. 몇 초 간격을 두고 두 개 모두. 두 개의 장치가 동시에 기계적 고장을 일으켰을 가능성은 너무나 희박해서 전혀 고려할 가치가 없었다. 맥퀸의 신상에 문제가 생긴 것이었다.

리처가 물었다. "마지막으로 수신된 위치가 어디였소?"

델펜소가 말했다. "늘 있던 곳이었대요."

"거기가 어디요?"

"와디아 본거지."

"거기가 어디냐니까?"

"캔자스시티 근처."

리처가 물었다. "본부의 대책은?" 델펜소가 말했다. "우리 중앙 본부는 이제 사태의 책임을 물어서 캔자스시티 지부를 이 사건에서 손 떼게 할 거예요. 사전에 이미 다짐을 받아 놓은 사항이에요. 따라서 지금 이 순간부로 캔자스시티 지부는 이 사건에 관여할 수 없어요. 본부에서 그들의 작전 일지를 철저히 검토한 뒤 내린 결정이에요. 지난 네 번의 실패와 마찬가지로 이번 위장 잠입 작전 역시 상황을 이 지경으로 만든 건 전적으로 그들의 책임이에요. 게다가 수습 작전에 도움도 안 되고."

"난 누구의 책임이냐가 아니라 맥퀸을 구출할 대책은 있냐고 물었소."

"콴티코 기지에서 직접 SWAT 팀을 출동시킬 거예요."

"언제?"

"신속하게."

"얼마나 신속하게?"

"8시간 뒤면 캔자스시티에 도착할 거예요."

"그게 신속한 출동이라는 거요?"

"우린 땅덩어리가 넓은 나라에 살고 있어요. 게다가 출동 승인 절차도 밟아야 하고."

"8시간이면 늦어도 너무 늦는군."

"나도 알아요. 하지만,"

"하지만 우린 지금 여기 있소. 우리 세 사람. 여기서 캔자스시티까지는 160킬로미터에 불과하오. 2시간이면 충분한 거리지. 8시간이 아니라."

더 이상 논쟁은 없었다. 리처가 예상했던 대로였다. FBI의 동료애가 대단하다는 걸 리처도 이미 알고 있었다. 물론 육군의 전우애에는 한참 못 미치지만.

위장 신분으로 작전에 투입된 FBI 요원이 절체절명의 위기에 처해 있는 상황이었다. 신분을 위장하고 범죄 조직에 잠입하려면 목숨을 걸어야 한다. 그런 모험을 감행할 수 있게 만드는 건 믿음이다. 위기에 처하는 즉시 동료들이 구출해줄 거라는 믿음 없이는 그런 임무에 나설 수가 없다는 얘기다.

세 사람은 3분 동안 준비를 했다. 정확히 말하자면 두 사람이었다. 리처는 그럴 필요가 없었다. 칫솔은 여전히 그의 주머니에 들어 있었다. 그로선 더 이상 준비할 게 없었다. 델펜소는 그 시간 동안 루시에게 편지를 썼다.

소렌슨은 정장을 벗고 침대 위에 놓인 유니폼을 갈아입는 데 시간을 썼다. 도중에 그녀는 데님 소재의 복장이 아니면 입장할 수 없는 파티에 가는 느낌이라고 농담을 했다.

이제 모든 준비가 끝났다.

델펜소가 리처를 똑바로 쳐다보며 말했다. "와디아가 당신의 이름과 인상착의를 알고 있다는 걸 잊지 말아요."

리처가 말했다. "나도 알고 있소."

"그리고 맥퀸이 그들에게 킹을 죽인 사람이 당신이라고 말했을 게 거의 확실해요. 그것도 잊어선 안 돼요."

"누구신지? 우리 어머니신가? 내 걱정은 하지 말아요."

그들이 가진 무기는 성경 속 보석함 속에 숨겨져 있던 델펜소의 글록 19가 전부였다. 델펜소는 그 권총을 오른손에 들고 왼손에는 신분증 지갑을 펼쳐 쥐었다. 세 사람은 먼저 트라파토니의 객실을 덮쳤다. 객실 불은 아직 켜져 있었다. 델펜소가 노크를 하고 몇 초가 지나자 그가 문을 열었다. 델펜소의 신분증을 확인한 그의 표정은 가관이었다. 발밑에 땅이 움직여서 놀란 사람의 표정이었다. 평범한 웨이트리스가 아니었다. 무고한 피해자가 아니었다. 게다가 자신의 것과는 차원이 다른 신분증이었다. 먹이사슬의 상위 고리. 카드패의 에이스. 리처는 FBI의 신분증들이 서로 어떤 차이가 있는지 알 수 없었다. 다만 발행처에 따른 차이가 아닐까 짐작만 했을 뿐이었다. 중앙의 후버 빌딩과 일개 지부. 아무튼 사내는 즉시 그 차이를 인정했다. 어떤 질문도 없었다. 그는 곧장 자신의 코트를 집어 들었다. 세 사람의 다음번 목적지로 따라나서기 위해서였다. 베일의 객실.

베일은 순순히 승복하지 않았다. 자존심이 강한 사내였다. 그의 객실 불도 켜져 있었다. 노크 소리에 금방 문을 연 것도 똑같았다. 코 밑에 들이밀어진 신분증을 확인하고 놀라는 모습도 마찬가지였다. 하지만 군말이 없었던 동료와는 달리 그는 따지고 들었다. 자신은 이 상황에 관해 아무것도 모른다고 했다. 브리핑을 받은 적도 없고 상부에서 내려온 지시도 없었다고 했다. 느닷없이 델펜소의 명령에 따를 수는 없다고 했다. 그녀는 자신의 직속 상관이 아니라 동등한 요원일 뿐이라고 했다. 후버 빌딩이면 다냐는 투였다.

사내는 완강했다. 그 시설의 관리자로서의 우위를 결코 포기하지 않을 기세였다.

델펜소는 난감했다. 후버 빌딩에 연락을 해서 사내의 귀에 휴대폰을 들이댈 수도 없었다. 본부에서는 그녀를 지원하지 않을 게 뻔했다. 최소한 아직은 아니었다. 그들로서는 조심스러울 수밖에 없었다. 여성요원 둘과 민간인 한 명, 그렇게 달랑 셋이서 도박보다 더 무모한 오밤중의 기습 작전을 펼치도록 허락할 수는 없었다. 너무나 무모했다. 너무나 위험했다. 너무나 무책임했다. 그들로서는 고려할 만한 가치도 없는 작전이었다. 결국 후버 빌딩을 등에서 내려놓고 개인적으로 설득을 시도할 수밖에 없었다. 요원 대 요원. 인간 대 인간. 하지만 그녀의 마지막 선택은 먹히지 않았다.

그래서 리처가 사내를 때렸다. 세게 때린 건 아니었다. 관자놀이에 왼손으로 가볍게 한 방 먹였을 뿐이었다. 충격도 그다지 크지 않았다. 사내의 상체가 조금 수그러졌을 뿐이었다. 리처가 예상했던 자세와 각도였다. 리처가 사내의 양팔을 등 뒤로 꺾어 돌렸다. 소렌슨이 사내의 어깨띠와 허리띠에서 각각 권총과 여분의 탄창을 뽑았다. 그의 한쪽 주머니에서는 휴대폰을 꺼냈고 또 다른 주머니에서는 차 키를 끄집어냈다. 트라파토니는 그 네 가지 물건을 알아서 내놓았다. 순순히, 그리고 신속하게.

리처가 베일을 첫 번째 안락의자에 앉혔다. 트라파토니는 두 번째 의자에 스스로 앉았다.

델펜소가 말했다. "당신들은 여기 남아서 맡은 임무에 충실하도록. 아직 손님이 둘이나 있으니까. 그중 한 명은 내 딸이라는 사실을 잊지 말아요. 난 내 아이가 안전하고 따뜻한 보살핌을 받길 원해요."

아무 대답이 없었다.

리처가 말했다. "자네들은 나라에서 지급한 무기를 빼앗겼어. 내가 근무했던 곳에서는 아주 심각한 문제였지. 자네들 조직에서도 마찬가질 것 같은데. 우리의 지시대로만 따르면 다른 어느 누구도 그 사실을 영원히 모를 거야. 하지만 허튼짓을 하면 반드시 모든 사람에게 알릴 거야. 자네들은 웃음거리가 되겠지. 여자 둘에게 무기를 강탈당했으니 온 세상이 비웃을 거야. 앞으로 어떻게 될 것 같나? 유기견 쫓아다니는 자리도 구하기 힘들걸?"

역시 대답이 없었다. 하지만 리처는 그들이 상황을 충분히 이해했다는 걸 감지할 수 있었다.

그들은 두 대의 차량을 살펴본 뒤 기름이 많이 남아 있는 차를 선택했다. 베일의 차였다. 델펜소가 운전석에 앉았다. 소렌슨은 조수석에 앉았고 리처는 뒷좌석에 올라타 몸을 웅크렸다. 그들은 우선 로비에 들렀다. 프런트의 상냥한 여자는 베일이 아니라 트라파토니의 전례를 따랐다. 그녀는 루시를 잘 돌보겠다고 다짐을 했고 부탁하자마자 정문 작동 장치를 눌렀다. 세 사람은 베일의 차로 돌아왔고 차는 곧 출발했다. 원형 정차 공간을 돌아 나와 콘크리트 통행로를 내려가서 정문을 통과한 뒤 그들은 오른쪽으로 방향을 잡고 고속도로를 향해 북쪽으로 달려갔다.

그들 뒤에서 모텔 정문이 닫혔다.

차량 한 대, 휴대폰 세 대, 글록 19 한 정, 글록 17 두 정, 그리고 9밀리 실탄 여든여덟 발.

작전 준비 완료.

62

 칠흑 같은 밤에 2차선 지방도로를 전속력으로 달리는 건 쉬운 일이 아니었다. 따라서 그들은 고속도로까지 거의 35킬로미터를 달려가는 동안 운전자의 정신을 분산시킬 정도의 심각한 대화는 나누지 않았다. 베일의 차는 승차감이 좋았다. 소렌슨이나 델펜소의 차에 못지않았다. 상태가 그다지 좋지 않은 도로를 시속 160킬로미터에 육박하는 속도로 달리면서도 차체가 거의 흔들리지 않았고 엔진의 파열음도 들리지 않았다.

 입체교차로를 타고 올라가 고속도로의 동쪽 차선으로 들어서자 델펜소가 물었다. "CIA 지부장이라면 정확히 하는 일이 뭐죠?"

 리처가 말했다. "해외에서 일어나는 사건 처리. 구체적으로 말하자면 대사관 근처에 상주하면서 외교적으로 민감한 사안들을 처리하는 게 그들의 주 임무라고 할 수 있소. 망명자들의 신병 관리, 미국의 국익을 위해 일하는 현지 정보원 조직 운영 등등."

 말끝에 리처가 한마디 덧붙였다. "그들 혹은 그녀들의 주 임무."

 델펜소가 물었다. "CIA 지부장들 가운데 여자들도 있나요?"

 "잘 모르겠소. 난 군대에 있었으니까."

 "당신 상관들 중에 여자도 있었나요?"

 "가끔씩 행운의 여신이 내게 미소를 보내줄 때만."

 "미국의 국익을 위해 일하는 현지 정보원들이라면? 그들은 어떤 사람들이죠?"

 "특별한 사람들은 아니오. 우리 측의 회유나 협박에 의해, 때로는 이념적 문제로 인해 자기네 국가 기밀을 우리에게 유출하는 사람들. CIA 지부장은 그들 가운데 주요 인물들과 가끔씩 접선을 하지."

 "어떻게요?"

 "영화에서 나오는 것과 똑같이. 한적한 카페, 뒷골목, 도심의 공원, 공중

전화 부스에 놓인 꾸러미."

"직접 만나는 이유는?"

"협박으로 옭아맨 경우엔 주기적으로 목줄을 당겨줘야 하고, 뇌물에 현혹된 경우엔 돈 가방을 전달해줘야 하니까. 이념 문제의 경우엔 신념을 부추겨줘야 하고. 물론 가끔씩은 보안을 위해 지부장이 직접 정보를 전달받을 필요도 있고."

"자주 만나나요?"

"일주일에 한 번일 수도 있고 한 달에 한 번일 수도 있소. 그때그때 필요에 따라 다르겠지."

"그럼 그 나머지 시간에는 줄곧 상무관 행세를 하나요?"

"혹은 문화공보관. 직함이야 뭐가 됐든 겉보기엔 그다지 할 일이 없는 보직들이오."

"지금 당신이 말하는 건 러시아, 중동, 파키스탄 혹은 그 비슷한 지역에서만 일어나고 있는 일들인 거죠, 그렇죠?"

"나도 진심으로 그러길 바라오."

"그렇다면 그런 사람이 미국 땅, 네브래스카에서 FBI 요원을 죽이려고 했던 이유는 뭘까요?"

소렌슨이 말했다. "그는 아랍어를 할 줄 알았어요. 따라서 시리아 지부장을 지냈을 수도 있어요. 그럴 경우, 시리아에서 그가 접촉했던 현지 정보원들 가운데 와디아 조직원이 있었을지도 모르고요. 이중간첩 말예요. 어쩌면 이번 사건은 CIA가 해외에서 주도했던 모종의 작전과 긴밀한 연관을 갖고 있을 지도 몰라요. 아무튼 접선 장소였던 펌프장에 자기 정보원이 나오지 않으니 그 CIA 요원은 의심이 생겼을 거예요. 그 사람의 입장에선 자기 정보원이 아닌 사람은 누구나 의심할 수밖에 없었겠죠."

"하지만 CIA는 미국 내에서는 활동을 할 수 없게 돼 있잖아요."

"특급 비밀 작전이었겠죠. 그 펌프장에 나오기로 돼 있던 시리아 사람을 제거할 계획이었을 수도 있어요. 작전 중지에 따른 증거 인멸, 혹은 배신 행위에 따른 처단? 아무튼 우리로선 알 수 없는 일이죠. 그들이 우리에게 정보를 줄 리가 없으니까."

델펜소가 말했다. "하지만 그 CIA 지부장이 자신이 여러 번 접촉했던 시리아 정보원과 맥퀸을 혼동했을 리가 없잖아요. 안 그래요? 그럼 뭐죠? 표적을 제거할 수 없는 경우엔 다른 사람이라도 죽이라는 명령을 받았단 말인가요? CIA가 무식하고 잔인하긴 해도 그 정도까진 아닐 텐데?"

리처가 말했다. "그들에겐 누구도 제거할 계획이 없었소. 그럴 계획이었다면 지부장급의 요원을 보내지 않았을 거요. 그들에겐 그런 일만 전담하는 전문가들이 있소. '웻 보이'라고 불리는 자들이지. 사람을 죽일 거였으면 그들을 보냈을 거요. 그리고 웻 보이들은 보이 스카우트 칼을 사용하지 않소. 그들이 사용하는 칼은 전혀 달라요. 기술도 다르고. 어쨌든 지금으로선 단지 추정만 할 수 있을 뿐, 어떤 결론도 내릴 수 없소. 사실 피살자의 신분도 우리의 심증일 뿐이오. 그가 CIA 지부장이라는 걸 입증할 수 있는 증거가 없소. 우린 이번 사건을 묻어버리려는 당국의 태도에 주목해야 하오. 그의 지문과 사진, 심지어 치과 치료 기록까지 업로드 됐는데도 아직까지 아무 반응이 없지 않소?"

소렌슨이 말했다. "알겠어요. 그럼 현재까지 드러난 사실만 짚어보기로 하죠. 어쨌든 피살자가 CIA 지부장이었던 건 거의 확실해요. 따라서 자신의 정보 조직을 운영했을 거예요. 펌프장에서의 회동은 그 정보원들과의 접선이었어요."

"하지만 그의 조직원은 나타나지 않았소. 그렇다면 대충 구라를 치면서 그냥 빠져나왔으면 될 걸 그는 왜 칼을 빼들었을까?"

"제대로 구라를 칠 줄 모르는 사람이었나 보죠."

"그는 CIA 지부장이었소. 구라를 치는 데는 전문가라고 봐야지."

"맥퀸과 안면이 있었나 보죠."

"맥퀸은 그를 처음 봤다고 했소."

"서로 알고 있었어야 할 필요는 없잖아요. 그 CIA 지부장만 맥퀸의 얼굴과 신분을 알고 있었을 수도 있으니까. FBI 요원인 줄만 알고 있던 맥퀸이 테러 조직원인 킹과 함께 나타난 걸 보았을 때 그 사람은 어떤 생각을 했을까요? 본인이 아니라서 잘 모르겠지만 대부분의 사람들이라면 '위장 침투 작전'보다는 '배신자'라는 단어가 먼저 떠오르지 않을까요?"

"그렇다면 당신 얘기는 우발적인 사건이란 말이군. 서로 정보 교류가 부족해서 발생한 비극?"

"겉보기보다 더 단순한 사건들도 있는 법이에요."

리처가 고개를 끄덕였다. "그건 그렇소."

델펜소가 말했다. "그건 그렇다 쳐도 지부장급의 CIA 요원이 일개 테러리스트 조직원으로 위장하고 접선 장소에 나간 건 도무지 이해할 수가 없네요. 킹과 맥퀸이 그 펌프장에 갔던 목적은 조직의 명령에 따라 상대 조직원을 만나기 위해서였어요. 그 점을 잊지 말아요."

"그 사람 역시 CIA의 위장 침투 요원이었다면?"

"미국 영토 내에선 CIA가 작전을 펼칠 수 없어요."

"그건 옛날 얘기예요, 카렌."

"두 개의 위장 침투 작전이 같은 시각에 같은 장소에서 펼쳐졌다? 그럴 확률이 얼마나 될까요?"

"그렇게 낮다고만 볼 수는 없소." 리처가 말했다. "똑같은 일에 관여하고 있는 두 사람만 있으면 되는 일이오."

"그런 작전에 지부장급 인사를 투입해야 할 만큼 CIA에 사람이 없나요?"

"그가 적임자였을 수도 있잖소. 본토에서는 얼굴이 알려지지 않은 인물일 가능성이 크니까. 일과 인생 모두 경험이 풍부하고 게다가 아랍어까지 할 줄 아는 사람이었소. 그뿐이 아니오. 미국으로 돌아와 발령 대기 상태였기에 시간까지 맞아떨어졌소."

델펜소가 말했다. "그자들이 만일 내 사람을 죽였다면 나는 그들의 소굴을 깡그리 쓸어버렸을 거예요. 그런데 CIA는 왜 여태 움직이지 않는 거죠?"

"당신이라면 물론 그랬을 거요." 리처가 말했다. "하지만 그건 CIA도 마찬가지 심정일 거요. 다만 사적인 응징은 불가능하기 때문에 준비를 하고 있는 중이겠지. 아마 지금쯤 워싱턴에서는 흰머리의 양복쟁이 둘이서 머리를 맞대고 있을 거요. 시가 연기가 꽉 들어찬 어느 밀실에서."

리처의 머릿속 시계가 캔자스시티에 다 와가고 있다는 걸 말해주었다. 계기판의 마일리지 계기가 그 사실을 입증해 주었다. 리처의 계산으로는 2시간으로 어림했던 여정이 1시간 40분 혹은 1시간 45분쯤에 끝날 것 같았다. 리처는 거기다 몇 분을 더 보태야 할지 궁금했다. 와디아가 도시 한가운데 본거지를 마련했을 리는 없었다. 시내 호텔 로비에 모여 음모를 계획하는 테러리스트들, 그건 코미디에서나 가능한 일이다.

"교외 주택가에 있는 집이에요." 마치 리처의 머릿속을 읽고 있었던 것처럼 델펜소가 말했다. "도심을 기준으로 남동쪽에 자리 잡은 주택가."

"거리는 얼마나 떨어져 있소?"

"20킬로미터가 좀 안 되는 거리예요."

그렇다면 그 앞까진 1시간 53분.

계산을 마친 리처가 말했다. "어떤 동네요?"

"괜찮은 주택가예요. 주민들도 많고."

"그건 좀 뜻밖이군."

"그러게요."

"이례적이긴 하지만 탁월한 선택인 것 같소."

델펜소가 운전을 하며 고개를 끄덕였다. "와디아는 그동안 우리가 봐왔던 어떤 테러리스트 조직들보다 교활해요."

40초가 지날 때마다 캔자스시티가 1.5킬로미터씩 가까워졌다.

어느 순간 소렌슨이 델펜소에게 물었다. "피터 킹에 관해서는 어디까지 알고 있죠?"

델펜소가 되물었다. "그 이름은 어떻게 아시죠?"

"앨런 킹이 말하는 걸 리처가 들었다더군요."

델펜소가 룸미러로 리처를 한 번 살펴본 뒤 고개를 끄덕였다.

"맞아요." 그녀가 말했다. "나도 기억하고 있어요. 그러고 나서 자기가 사는 지역의 인구수가 백오십만 명이라는 얘기를 자기도 모르게 흘렸어요. 좀 전에는 네브래스카에 산다고 하고서. 그뿐인가요? 연료 탱크가 가득 차 있고 물병이 아직 차가운 상태였는데도 3시간 동안 쉬지 않고 달려왔다고 거짓말을 하더군요."

소렌슨이 말했다. "우린 피터 킹이 7개월 전에 덴버에서 캔자스시티로 거주지를 옮겼다는 사실도 알고 있어요."

"알지 말아야 할 것까지 알고 계시는군요."

"그가 거처를 옮긴 게 우연인가요?"

"우연의 일치는 존재하지 않아요. 우리 세계에선 그런 일은 있을 수 없죠. 선배님도 잘 아시잖아요."

"혹시 그도 경찰이나 기관요원인가요?"

"왜 그런 생각을 하시죠?"

"그냥 좋은 쪽으로 한번 생각해본 것뿐이에요. 다른 뜻은 없었어요. 어쨌든 국가를 위해 군 복무를 했던 사람이니까."

"유감스럽게도 대답은 '노'예요. 피터 킹은 경찰이나 기관요원이 아니에요."

"그도 와디아와 연관이 있나요?"

"우린 그렇게 생각하고 있어요."

"얼마나 긴밀하게?"

"그가 와디아의 리더일 수도 있어요."

"그래요?"

"우린 그 조직의 계보도를 이미 작성했어요. 하지만 리더를 비롯해서 이름 칸 몇 개가 아직 비어 있어요. 반면에 무슨 역할을 맡고 있는지 우리가 아직 밝혀내지 못한 조직원들이 두세 명 있어요. 피터 킹도 그중 한 명이에요. 신원은 밝혀졌지만 직책은 드러나지 않은 조직원인 거죠. 그래서 우리는 혹시 그가 리더가 아닌지 추정하고 있는 거예요."

"같은 조직에 있는 동생과 말을 섞지 않는 리더라?"

"만일 그가 리더라면 그건 당연해요. 그게 테러리스트 조직들의 운영 방식이니까요. 리더는 최측근 참모들하고만 얘기를 나누죠. 리더의 지시 사항은 많아야 두세 명에 불과한 참모들을 통해서만 조직원들에게 전달돼요. 접촉 단면을 최소화시킨 세포 조직, 물론 보안을 위해서죠."

"그렇다고 해도 같은 조직에 속해 있는 형제간에 전혀 대화가 없다는 건 납득이 가질 않네요."

델펜소가 고개를 끄덕였다. "맥퀸은 그동안 앨런 킹에 관해 상당히 많은 걸 알아냈어요. 그래서 피터와 앨런 사이에 남자 형제들 간의 묘한 역학 관계가 작용하고 있다는 것도 알게 됐죠. 앨런은 한마디로 철부지 동생이에요. 아니, 이젠 철부지 동생이었다고 말해야 옳겠군요. 따지고 보면 불쌍한 인생이었어요. 늘 자기 형에게 인정받고 싶어했죠. 모든 게 형 위주였어요. 어젯밤 은연중에 형 얘기를 흘린 것도 그런 강박 때문이었을 거예요. 바보라면 모를까 그 얘길 꺼낼 이유가 없었으니까요. 정확한 경위는 모르지만 20여 년 전에 일이 한번 크게 잘못된 적이 있었나 봐요. 피터는 그게 전적으로 앨런 책임이라고 생각했대요. 배신이나 그 비슷한 수준의 잘못이었겠죠. 그 이후로 앨런은 자신의 충심을 인정받기 위해 열심히 노력했다는군요. 맥퀸이 보기에는 피터도 앨런이 자기에게는 물론 다른 사람들에게도 자신의 역량을 입증하기를 바라는 눈치였대요. 동생을 사면해줄 구실이 필요했나 보죠. 드러내지 못하는 사랑이었다고나 할까? 하지만 그것도 사랑은 사랑이죠. 가족관계라는 게 어떻다는 건 두 분도 아시잖아요. 피는 물보다 진하다, 어쩌고저쩌고. 어쨌든 앨런의 죽음으로 인해 피터가 엄청난 충격을 받았을 건 분명해요."

"그래서 맥퀸이 위기에 빠지게 된 것이 틀림없소. 물론 그전에도 위태롭기는 했겠지만 오늘 밤은 특히."

델펜소가 다시 고개를 끄덕였다.

"바로 그거예요." 그녀가 말했다. "앨런을 죽인 게 당신이라는 맥퀸의 얘기를 피터가 믿기만을 바랄 수밖에 없어요. 그렇지 않으면 맥퀸의 신상에 아주 불행한 일이 닥칠 거예요."

캔자스의 평야 지대를 가로질러 동서로 뻗은 주간고속도로는 내내 별다른 변화가 없이 단출하더니 주 경계선을 15킬로미터가량 남겨 놓은 지점부터 갑자기 복잡해졌다. 정신없이 교차하고 또 새롭게 뻗어나가는 무수한 순환 도로들과 간선 도로들 때문이었다. 캔자스 영토를 벗어나기 직전, 어느 지점에선가 델펜소가 핸들을 남쪽으로 꺾었다. 그녀는 이내 동쪽으로 방향을 틀고는 새로운 도로로 들어서서 추월 차선을 타고 시속 145킬로미터의 속도로 달리기 시작했다. 도로 위의 이정표가 리스서밋 방향을 알리고 있었다. 하지만 그들은 그 낯선 이름의 도시까지 가지 못했다. 도중에 델펜소가 북쪽으로 방향을 틀었기 때문이었다. 그 도로 위의 이정표 위엔 레이타운이라는 도시 이름이 적혀 있었다. 하지만 그들은 그 도시에도 이르지 못했다. 그 도시가 눈에 들어오기 전에 델펜소가 이번엔 북서쪽으로 핸들을 꺾었다. 차는 대형 공원인 것 같은 공간을 배경으로 삼고 수 헥타르에 걸쳐 자리 잡은 교외의 주택 단지로 들어섰다. 차의 속도가 느려졌다. 델펜소는 마치 목적지를 확실히 모르고 있는 것처럼, 혹은 그곳에 닿기를 두려워하는 것처럼 자신 없는 손놀림으로 핸들을 꺾어가며 차를 몰았다. 불빛이 있는 구역은 그나마 빠르게, 깜깜한 구역은 아주 천천히.

리처가 그녀에게 물었다. "전에 와본 적이 있는 곳이오?"

그녀가 말했다. "아뇨. 우리 요원들 가운데 여기 와본 사람은 맥퀸 뿐이에요. 작전 단계상 그럴 때가 아니었어요. 현재까지는 한 발짝 물러서서 사태의 추이를 지켜보는 단계였거든요. 하지만 나는 작전 파일을 훔쳐봤어요. 그러면서 주소도 알게 됐죠. 나중에 구글 맵으로 그 집을 확인했어요. 그래서 대충 위치는 알고 있어요."

그 대충 위치는 미국의 전형적인 변두리 지역이었다. 도로 양쪽에는 개발 계획에 따라 시 예산을 들여 만들어 놓은 인도가 이어져 있었다. 나무뿌리들에 의해 곳곳이 들떴고 이따금씩 소화전이 말뚝처럼 박혀 있는 인도의 콘크리트 위엔 파랗게 이끼가 끼어 있었다. 양쪽 인도 너머로는 마당이 딸린 주택들이 들어서 있었다. 대부분이 적당한 크기였지만 가끔씩 작은 집도 있었고 큰 집도 있었다. 그 집들 모두 어둠 속에 잠겨 있었다. 집들의 외벽은 대부분 흰색이었지만 가끔씩 다른 색깔들도 있었다. 대부분이 높이에 비해 길이가 상당히 긴 단층 주택이었다. 다락방을 들인 집들의 처마 밑에는 눈썹 같은 창문들이 나 있었다. 모든 집 앞에 우체통이 세워져 있었다. 집집마다 기본 조경이 돼 있었고 잔디 마당과 진입로를 갖추고 있었다. 어떤 집 앞에는 아무렇게나 팽개쳐진 채 이슬을 맞고 있는 어린이용 자전

거, 어떤 집 앞에는 축구나 하키 골대 혹은 농구 골대, 또 어떤 집 앞에는 바람 없는 겨울밤에 그림자처럼 축 늘어져 있는 성조기, 차가 천천히 지나가는 동안 리처는 그 모든 광경을 낱낱이 눈에 담았다.

"내가 예상했던 풍경이 아닌걸." 리처가 말했다.

"내가 그랬잖아요." 델펜소가 말했다. "인구가 많은 주택가라고."

"이런 곳에선 시리아 사람들이 금방 표가 나지 않을까?"

"속이는 거죠. 피부가 희면 이탈리아 사람, 검으면 인도 사람이라고 거짓말을 해요. 특히 인도 사람과 중동 사람은 구별하기가 어렵잖아요. 그들은 직업도 속이죠. 시내의 기술 관련 회사에서 일한다고."

말을 마친 뒤 델펜소가 속력을 완전히 줄이더니 어느 커브 앞에 차를 세웠다. "다 왔어요. 그 집은 여기서 두 블록 떨어져 있어요. 이제 어떻게 할까요?"

리처는 전에도 용의자의 집을 덮친 적이 있었다. 두 번은 확실히 넘고 스무 번은 안 될 것 같았다. 하지만 대부분 헌병 일 개 중대와 함께였다. 그들을 분대로 나눠서 집 앞과 뒤로 침투시키고 일부 병력은 막강한 화력을 갖춘 장갑트럭과 함께 후방에 잔류시켜 유사시를 대비하곤 했다. 전 대원이 강력한 화기는 물론 고성능 무전기까지 지니고 있었다. 물론 안전거리를 확보하고 보초들을 배치해 일반 시민들이 무고하게 희생되는 일이 없도록 만전을 기했다. 게다가 대부분 의료 팀까지 대동한 작전이었다.

그런데 지금은,

너무나 취약했다. 너무나 허술했다. 너무나 빈약했다.

그가 말했다. "그 집에 대고 집중사격을 할 수도 있소. 대부분의 경우에 효과적인 방법이지. 그들은 곧 모두 집 밖으로 뛰어나오게 될 거요. 하지만 맥퀸의 안전을 생각해야 하오. 그가 묶여 있거나 감금 상태, 혹은 그 비슷한 상황이라서 몸을 움직이지 못한다면 아주 위험할 수 있소. 따라서 우리는 다른 작전을 시도해야 하오. 만약 마당에서 지하실로 통하는 문이 있다면 한 사람은 그리로 들어가고 남은 두 사람은 각각 앞문과 뒷문을 칩시다. 당신들의 사격 솜씨는 어느 수준이오?"

"상당히 좋은 편이에요." 델펜소가 말했다.

"나쁘진 않아요." 소렌슨이 말했다.

"좋소. 팔을 앞으로 쭉 뻗은 자세로 사격해야 한다는 것만 다시 한 번 명심하시오. 움직이는 건 뭐든 쏘시오. 나와 맥퀸만 빼고. 확실하게 끝내기 위해 머리를 쏘시오. 얼굴의 정중앙을 조준하면 돼요. 실탄을 아껴야 하니 한 번에 명중시킬 수 있도록 집중하시오. 우리가 적들보다 유리한 건 기습 공격이라는 점뿐이오. 그들이 대응 태세를 갖추기 전까지 아마 4초 정도의 시간 여유가 있을 거요. 절대 길게 끌어서는 안 되오."

델펜소가 말했다. "미끼를 던지는 작전은 어떨까요? 내가 현관 문 앞으로 다가가서 길을 잃은 척한다든지."

"아니." 리처가 말했다. "그들이 당신을 사살하는 경우에는 나와 소렌슨 단 둘이서 모든 걸 처리해야 하니까."

"전에도 주택을 덮쳐본 적이 있나요?"

"당신은 없소?"

"없어요. 이건 SWAT 팀이 하는 일이에요."

"확률은 반반이오." 리처가 말했다. "해피엔딩으로 끝날 확률 말이오. 내 경험상 그렇다는 얘기요."

"콴티코 팀이 도착하기를 기다리는 게 낫지 않을까요?"

"일단은 동정이라도 살핍시다."

그들은 각자 총을 손에 쥔 채 소리를 내지 않으려고 조심하며 차에서 미끄러지듯이 내려섰다. 주변에 움직이는 건 그들뿐이었다. 하지만 세 사람 모두 군청색 옷차림이었다. 희미한 달빛 속에서는 눈에 띌 염려가 거의 없었다. 그들은 서로 2~3미터 간격을 두고 일렬종대로 인도 위를 걸어갔다. 한 블록을 지나자 그들은 곧장 도로를 건넜다. 시간이 시간이었던지라 차에 치일 확률은 희귀병에 걸릴 확률보다 낮았다. 두 번째 블록의 끝이 가까워 오자 그들은 걷는 속도를 늦추고 마치 토론거리라도 있는 사람들처럼 서로 간의 거리를 좁혔다. 델펜소는 위성지도로 그 집의 위치를 확인했을 뿐이었다. 컴퓨터 스크린 위의 2차원 공간으로 내려다보았으니 건물의 옆모습은 알 길이 없었다.

그들은 모퉁이 직전에서 멈춰 섰다. 델펜소가 고개를 조금 빼서 그들의 오른쪽으로 뻗어 있는 도로 부근을 살폈다. 약간 오르막이었다가 다시 내리막이 되는 도로였다. 앞쪽 몇 채는 보였다. 나머지는 보이지 않았다.

"여기예요." 델펜소가 말했다.

"어느 집?"

"언덕을 넘어서 왼쪽으로 두 번째 집."

"확실하오? 여기선 보이질 않는데도?"

"위성사진." 그녀가 말했다. "난 화면으로 이 부근을 샅샅이 훑었어요. 도로 위쪽과 아래쪽, 모퉁이들 전부. 여기가 그 도로인 게 틀림없어요. 소화전이 없으니까요. 다른 도로엔 전부 소화전이 있어요. 여기만 없고. 난 W자 두 개를 머릿속에 입력시켰어요. 하나는 소화전이 없음(Without a fire hydrant), 다른 하나는 와디아(Wadiah). 기억해내기 쉽도록."

리처가 목을 빼고 오른쪽 도로를 살펴보았다. 소화전은 보이지 않았다.

"잘했소." 그가 말했다.

소렌슨이 먼저 지하실 문 쪽을 자원했다. 물론 있다면. 만일 없다면 창문을 부수고 들어가겠다고 했다. 리처는 그러라고 했다. 사실 그쪽 침투로는 어느 정도 도움은 되겠지만 결정적인 건 아니었다. 가장 위험한 건 앞문이었다. 가장 큰 성과를 올릴 수 있는 건 뒷문이었다. 남은 선택은 그렇게 두 개였다. 위험이냐 성과냐.

리처가 말했다. "뒷문은 내가 맡겠소."

델펜소가 말했다. "그럼 내가 앞문을 맡죠."

"그들에게 길을 잃었다고 말해선 절대 안 되오. 대신 그들의 얼굴을 쏘시오. 그들이 인사를 건네기도 전에."

"소렌슨 선배가 먼저 출발해야 해요. 물론 지하실 문이 있을 때의 얘기지만. 그쪽이 시간이 오래 걸리니까요."

"맞소." 리처가 말했다. "일단은 집 앞까지 간 다음에 그렇게 합시다."

그들은 함께 모퉁이를 돌아 오른쪽 도로 위에 올라섰다.

63

그들은 인도가 아닌 도로를 따라 속보로 전진했다. 몇 그루도 안 되고 엄폐용으로도 사용할 수 없는 가는 나무들 뒤로 몸을 숨겨가며 전진하는 건 시간 낭비에 불과했다. 언덕 꼭대기를 2.5미터가량 남겨둔 지점에서 리처가 일행을 멈춰 세웠다. 거기서부터 그와 소렌슨은 마당들을 타 넘으며 그 집에 접근하고 델펜소는 한동안 기다렸다가 혼자서 현관 앞까지 걸어간다는 계획이었다. 그러려면 리처와 소렌슨이 먼저 출발해야 했다. 담장과 울타리, 그리고 혹시나 개들. 타 넘고 피해가야 할 장애물이 많았기 때문이다. 철조망이 쳐진 마당도 각오해야 했다. 미주리 주였으니까. 세인트루이스 서던 와이어 컴퍼니는 한때 세계 최대의 소목장 철조망 제조 회사였다. 목장의 철조망이 불법이 되면서 450그램에 3센트에 판매되기도 했다. 어쨌든 철조망을 만나면 돌아갈 수밖에 없었다.

그렇다고 해도 델펜소보다 위험하지는 않았다. 경계의 눈초리는 언제나 현관 주위에 도사리고 있는 법이다. 뒷문 쪽도 경계 지점인 건 맞지만 언제 나는 아니다. 세 사람 가운데 단 한 명만 발각된다면 그건 델펜소일 것이다. 그러고 나면 그녀의 운명은 그자들의 강박증 수위가 어느 정도인지에 따라 달라질 것이다. 그녀를 단순한 행인으로 보아 넘길 것인가, 아니면 위협으로 간주할 것인가. 문제는 현 시점에서 그 수위가 아주 높아져 있을 가능성이 크다는 데 있었다.

철조망은 없었다. 개들도 없었다. 요즘은 변두리의 애완견들까지도 죄다 응석받이라서 밖에서 밤을 보내질 않는다. 그리고 철조망은 사실 주택의 미관을 크게 손상시키는 살벌한 물건이다. 하지만 담장과 울타리는 있었다. 어떤 담장은 높았고 어떤 울타리엔 가시가 돋아 있었다. 하지만 두 사람은 별 탈 없이 모든 장애물을 통과했다. 소렌슨은 날렵하게 담장을 뛰어넘었다. 리처보다 나았다. 울타리에 돋친 가시들은 위협이 될 만큼 날카롭지는 않았다. 게다가 값싼 데님은 역시 질겼다.

비탈을 평평하게 고른 잔디밭 위에 온갖 테라스 구조물들까지 세워져 있었기에 도로 쪽 시야를 확보할 수 없었다. 따라서 언제쯤 언덕 꼭대기에 이르게 될지 알 길이 막연했다. 하지만 다행히도 희미하게나마 달빛이 비치고 있었다. 그 불빛 덕분에 리처는 집들 사이의 허공에 이어져 있는 전깃줄을 분간할 수 있었다. 완만한 상승선을 그리던 그 전깃줄이 리처가 멈춰 선 지점과 나란히 서 있는 전봇대 위에서 꼭짓점을 찍고 나선 다시 완만한 하강선을 그리고 있었다. 그가 멈춰 선 곳이 바로 언덕 꼭대기였다.

'언덕을 넘어서 왼쪽으로 두 번째 집.'

소렌슨도 목표 지점의 위치를 파악했다. 그녀가 손동작으로 리처에게 하나, 둘을 세어보였다. 둘을 세는 동시에 그녀는 손가락으로 앞을 가리켰다. 리처는 고개를 끄덕여주었다. 그들은 멈춰 섰던 마당에서 다시 걸음을 옮겨 담장 앞으로 다가갔다. 나무판자 위에 가는 철망을 스테이플러로 고정시켜 놓은 담장이었다. 그 담장을 넘어서자 목표물의 바로 옆집 마당이었다. 마당에는 온갖 물건들이 어질러져 있었다. 가스 그릴, 야외용 의자들, 미니 사이즈의 자전거와 자동차가 열 대도 넘을 것 같았다. 동력도 있었고 무동력도 있었다. 모양도 다양했다. 테니스 운동화처럼 생긴 것까지 있었다. 리처는 걸음을 멈추고 그 집을 살펴보았다. 침실 세 개짜리가 거의 확실했다. 그중 두 침실의 주인은 아이들일 게 틀림없었다. 외벽은 얇았다. 나무판자와 석고보드. 그 집으로 총알이 날아와서는 안 될 일이었다. 반대편으로 날아가게 해야 했다. 하지만 그쪽 집은 아예 고아원 수준이라면?

그들은 다시 걸음을 옮겨 마침내 마지막 담장에 이르렀다. 두 사람은 담장 너머로 목표물을 살펴보았다.

이층 주택이었다.

주변 집들에 비해 너비는 절반이고 높이는 두 배쯤 되는 크기였다. 외벽도 다른 집들과는 달리 암적색이었다. 아래층 뒤쪽은 전체가 부엌인 것 같았다. 그 바로 앞으로 양쪽에 식당이며 거실 등이 자리 잡은 중앙 통로가 층계 어귀까지 뻗어 있을 것이다. 위층엔 방이 네 개쯤 있을 것 같았다. 전체적인 면적으로는 이웃집들과 비슷했다. 하지만 이층으로 나누어진데다가 방을 너무 크게 지은 탓에 다른 공간들이 턱없이 비좁은 구조였다.

좋지 않았다. 전혀 바람직하지 않았다. 이층 주택은 단층 주택보다 여덟 배가량 더 힘이 든다. 리처의 경험이 말해주고 있는 수치였다.

소렌슨이 표정으로 어찌할지를 그에게 물었다.

그는 그녀에게 윙크를 했다. 왼쪽 눈으로.

두 사람은 담장을 타 넘었다. 거의 관리가 되어 있지 않은 마당이었다. 잡초만 무성한 마당엔 화단도 없었다. 나무도 없었다. 관상용 조경은 흔적조차 찾아볼 수 없었다. 그릴도 없었다. 의자도 없었다. 장난감도 없었다.

하지만 지하실로 통하는 문은 있었다.

그것도 활짝 열려 있었다.

전형적인 구조였다. 길이와 너비가 각각 1.5미터와 1.2미터 정도의 강판을 반으로 자른 뒤, 각각 앞쪽보다 대략 45센티미터가 높아지도록 뒤쪽을 비스듬히 세운 다음 그 끝이 건물의 기단 부위에 닿도록 붙든 상태에서 경첩들을 조여 고정시킨 문짝이었다. 입을 활짝 벌리고 있는 구멍 속으로 몇 개 안 되는 투박한 나무 계단이 보였다.

지하실엔 불빛이 없었다. 리처는 오른쪽 왼쪽으로 번갈아 걸어 다니며 집 안을 살폈다. 일층 왼쪽 편의 반투명한 창문 하나에서 새어나오는 흐릿한 불빛 말고는 온 집 안이 어둠에 잠겨 있었다. 손님용 화장실인 것 같았다. 최악의 경우, 흉악한 악당들이 한 방에 네 놈씩 잠을 자고 있을 가능성까지 고려해야 했다. 그중 한 놈은 볼 일을 보고 있는 중이고.

식당, 거실, 네 개쯤 될 이층의 침실들.

그렇게 따지면 스물네 명까지도 각오해야 했다.

그는 소렌슨에게로 걸어갔다. 그녀는 손가락 두 개를 벌려서 자신의 두 눈을 찍듯이 가리킨 다음 그것들을 다시 모아서 지하실 문을 가리켰다.

'저 아래로 내려가 보겠다.'

그가 고개를 끄덕였다. 그녀는 삐걱대는 소리가 나지 않도록 발판 앞부분에 무게를 실어가며 나무 계단을 천천히 조심스럽게 내려갔다. 마침내 콘크리트 바닥에 내려선 그녀가 머리를 숙이더니 이내 그림자 속으로 사라졌다.

리처는 기다렸다. 40초가 지나고 1분이 지났다.

소렌슨의 모습이 다시 나타났다. 계단 아래에서 리처를 올려다보는 얼굴이 희미한 달빛에 드러났다. 약간 숨이 찬 것 같았다. 하지만 그녀는 고개를 끄덕였다.

'지하실 이상 무.'

리처는 오른손으로 그녀를 가리킨 다음 왼쪽 손목을 두드리고 나서 귀를 만졌다.

'앞쪽과 뒤쪽에서 우리가 행동을 개시하는 소리가 들릴 때까지 기다려라.'

소렌슨이 고개를 끄덕인 뒤 다시 그림자 속으로 사라졌다.

리처는 건물 옆벽이 가리고 있는 도로가 보일 때까지 뒷걸음질을 쳤다. 델펜소가 인도에 심어진 나무에 기대어 서서 기다리고 있었다. 리처가 손을 흔들었다. 그녀가 몸으로 나무를 밀어서 자세를 똑바로 세웠다. 그녀가 반쯤 말아 쥔 손을 어깨에 얹은 다음 팔꿈치를 안쪽으로 끌어당겼다.

'어떻게 돼 가고 있나?'

리처가 어깨를 아주 과장되게 한 차례 으쓱거렸다.

'뭔 뜻인지 모르겠다.'

그녀가 이번엔 엄지손가락을 수평으로 뻗었다.

'예스인가, 노인가?'

리처가 엄지손가락을 수직으로 세웠다.

'예스.'

그녀가 고개를 끄덕였다. 그녀가 심호흡을 했다. 그녀가 손끝에 권총을 건 채로 그에게 양 손바닥을 들어보였다. 그러곤 열 손가락을 폈다.

'열을 세고 덮친다.'

그녀가 손가락 한 개를 접었다.

'아홉.'

다시 또 하나.

'여덟.'

그녀가 현관 쪽을 향해 달리기 시작했다. 그녀의 모습이 시야에서 사라졌다. 그녀와 거의 동시에 리처도 뒷문을 향해 뛰었다.

일곱, 여섯, 다섯, 넷,

셋,

둘,

하나.

델펜소는 리처보다 숫자를 빨리 셌다. 한쪽 발이 아직 허공에 머물고 있는 동안 리처는 현관문을 두드리는 소리를 들었다. 글록의 개머리판으로 강철판을 두드리는 소리 같았다. 강철 현관문. 수비 보강. 안전 강화. 그는 뒷문의 저항은 어떨지 순간적으로 궁금증이 일었다.

결국 별 게 아니었다.

그는 추진력을 잔뜩 실어 허공에 떠 있던 부츠 뒤꿈치로 뒷문 손잡이 2.5센티미터 윗부분을 밀어 찼다. 문짝이 안쪽으로 부서지며 밀려났고 다음 순간 리처는 부엌 안으로 들어섰다. 집 안으로 제법 빨리 들어서긴 했지만 도중에 몇 개 뛰어넘었던 자잘한 물건들 말고는 다른 장애물이 없었으니 그리 내세울 일은 아니었다. 그때까지도 현관문을 두드리고 있는 델펜소에 비하자면 훨씬 수월했다는 얘기다. 냉기가 감도는 부엌엔 아무도 없었다. 최근에 사용한 흔적은 있었지만 당장엔 텅 비어 있었다. 리처는 현관 쪽으로 나가는 누군가의 뒷모습을 발견할 것을 예상하면서 그 즉시 쏴버릴 태세를 갖춘 채 중앙 통로로 걸어 들어갔다.

하지만 그런 모습은 보이지 않았다.

문을 두드리는 소리는 계속해서 들려왔다. 시체마저 깨울 수 있을 만큼 요란했다. 리처는 총을 든 뻣뻣한 팔을 앞으로 길게 뻗은 채 엉덩이 윗부분의 몸통 전체를 왼쪽, 오른쪽으로 급격히 틀어가며 통로 양쪽을 수색했다. 마치 걸어가며 디스코를 추는 듯한 모양새였다. 춤 이름은 집 덮치기 댄스.

식당은 왼쪽에 자리 잡고 있었다. 각종 집기와 가구들이 들어차 있었다.

하지만 사람은 없었다.

응접실은 오른쪽이었다.

각종 가구들과 소품들.

사람은 보이지 않았다.

복도에는 문이 두 개 더 있었다. 그중 하나의 아래 틈새에서 불빛이 새어 나오고 있었다. 반투명한 유리창. 손님용 화장실. 누군가 사용 중일 수도 있었다. 리처는 크게 한 걸음을 떼면서 다른 발로 문손잡이 부분을 힘껏 걷어찼다. 뒷문과 마찬가지로 문짝이 단번에 열리는 것과 동시에 리처는 한 걸음 뒤로 물러서며 방아쇠에 손가락을 단단히 걸었다.

화장실은 비어 있었다.

전등은 켜져 있었지만 사람은 없었다.

그 순간 마지막 남은 문짝이 활짝 열리며 소렌슨이 권총을 앞세우고 뛰어 들어왔다.

"쏘지 마시오." 리처가 말했다. "나요."

그는 그녀 뒤의 지하실 계단 아래를 넘겨다보았다. 비어 있었다. 아무도 없었다.

'일층 이상 무.'

그가 말했다. "델펜소가 들어오도록 현관문을 열어주시오. 난 이층을 살펴보겠소."

그가 계단을 올라갔다. 그가 가장 꺼려하는 상황이었다. 그는 계단이 너무나 싫었다. 실제로 침투 작전에 투입된 경찰들은 계단을 올라가길 아주 싫어한다. 중력의 법칙을 비롯해서 전략적으로 모든 면에서 불리하기 때문이다. 적은 고도도 높고 시야도 넓은 고지를 선점하고 있다. 그 위엔 몸을 숨길 곳이 수없이 많다. 그런 적을 찾기 위해 올라가려면 머리부터 노출이 된다. 꺼림칙하지 않을 수가 없다.

하지만 리처는 이번만큼은 홀가분한 마음으로 계단을 올라갔다. 이미 그 집이 텅 비어 있다는 걸 확신하고 있었기 때문이다. 그는 그전에도 용의자의 집을 덮친 적이 있었다. 그 여러 번의 경험이 이번엔 다르다는 걸 말해주고 있었다. 전혀 달랐다. 심장박동이 느껴지지 않았다. 너무나 조용했고 모든 게 정지돼 있었다. 모두가 떠나간 공간 같았다.

그리고 실제로도 그랬다.

이층엔 각각 공간이 넉넉한 옷장이 딸려 있는 방이 네 개 있었다. 화장실은 두 개였다. 리처는 다시 한 번 집 덮치기 댄스를 춰야 했다. 동작마다 장단을 맞춰주는 음악까지 있었다면 정말로 볼만했을 것이다.

침실, 옷장, 화장실, 모두 텅 비어 있었다.

침대, 옷, 가구, 심지어 쓰레기 더미까지 널려 있었지만 사람은 없었다.

'일층 이상 무.'

'이층 이상 무.'

집엔 아무도 없었다.

보통 경찰이었다면 마음 한구석에선 아주 달갑게 받아들일 수도 있는 결과였다. 인간의 본성. 안도감. 결실은 없지만 희생도 없는 모험. 명예를 잃지 않고 지켜낸 평화. 하지만 중앙 통로에 모여선 리처, 소렌슨, 델펜소 세 사람은 절망감에 휩싸여 있었다. 맥퀸이 여기 없다면 어딘가 다른 곳으로 급작스럽게 끌려간 것이 분명했다. 그곳이 어디란 말인가?

"그자들은 어딘가에 더 큰 본거지를 마련해 두고 있을 거요." 리처가 말했다. "틀림없소. 중간 규모의 두 개 조직이 연합 전선을 형성했다는 정보가 사실이라면 말이오. 이 집은 일단 그들의 규모에 비해 너무 좁소. 간부들이나 손님용 숙소, 혹은 임시 거점으로 사용하는 장소일 거요. 일종의 부대시설인 거지."

"우편물 수취 장소일 수도 있어요." 소렌슨이 말했다.

"맥퀸은 여기서 생활했어요." 델펜소가 말했다. "확실한 사실이에요. 그가 본부에 그렇게 보고했어요. 그 사실을 입증해줄 수 있는 7개월간의 내비게이션 기록도 있고요."

리처가 중앙 통로를 끝까지 걸어갔다가 다시 돌아왔다. 가는 길에 그는 모든 전등 스위치를 올렸다. 식당, 응접실, 부엌.

그가 말했다. "철저히 뒤져봅시다. 그들이 또 다른 본거지와 이곳을 정기적으로 왔다 갔다 한다면 여기에 뭔가 흔적이 남아 있을 수밖에 없소. 그자들이 아무리 깨끗이 치웠다고 해도."

그자들은 정말로 깨끗이 치워 놓았다. 아주 말끔하게. 하지만 그건 일반적인 의미에서의 말끔한 청소가 아니었다. 집 안은 많이 어질러져 있었다. 싱크대에는 설거지거리가 그득했다. 침대는 모두 자고 일어난 그대로였다. 쿠션들은 찌그러진 채 소파 위에 아무렇게나 얹혀 있었다. 날짜 지난 신문 뭉치와 쓰레기 더미들이 여기저기 널려 있었다. 머그들은 하나도 헹궈진 게 없었고 재떨이마다 담배꽁초가 수북했다. 세탁이 필요한 옷가지들이 아무 데나 쑤셔 박혀 있었다. 그 모두 그자들이 경황없이 떠났다는 사실을 입증해주는 증거였다.

하지만 그자들은 말끔히 치우고 떠났다. 그 와중에서도 치워야 할 것들은 깨끗이 치웠다는 얘기다. 우편물, 서류, 고지서, 공문서, 사문서, 그 어느 것도 남겨두지 않았다. 노트도 없었고 낙서도 없었다. 메시지도 없었다. 쪼가리조차 찾아볼 수 없었다. 따라서 어떤 이름이나 주소도 발견할 수 없었다. 리처가 찾길 원한 건 어느 한 지점에 빨간 잉크로 '우리의 소굴'이라고 적어 놓고 화살표까지 그려 넣은 보물지도가 아니었다. 사소한 소품들이면 충분했다. 도로 통행료 영수증, 업소 이름이 인쇄된 종이성냥갑, 반쪽 난 영화티켓. 많은 사람들이 마음먹고 대청소를 한 뒤에도 그런 소품들을 남긴다. 쓰레기통, 후미진 구석, 소파 쿠션 밑, 어느 곳에서든 얼마든지 발견될 수 있는 것들이었다. 하지만 없었다. 그 어디를 뒤져도 나오는 게 없었다. 그들은 용의주도한 자들이었다. 아주 꼼꼼하고 철저한 솜씨로 미루어 상당한 훈련을 받은 자들이 분명했다. 휴일이나 특별한 날에만 신경을 쓴 게 아니었다. 하루하루의 생활에 배어 있는 습관이었다. 보안 유지가 최우선인 조직의 구성원들에게서 찾아볼 수 있는 특징이었다.

이제 그들이 정말로 무심결에 저지른 실수에 의존하는 수밖에 없었다.

어느 순간 소렌슨이 부엌에서 다른 두 사람을 불렀다.

정말로 무심결에 저지른 실수를 발견한 것이다.

64

소렌슨은 테이블 위에 큼지막한 맥도날드 종이봉지 일곱 개를 늘어 놓고 두 사람을 기다리고 있었다. 테이크아웃 봉지. 그것들은 하나같이 온통 얼룩이 진 채 구겨져 있었다. 그 내용물들은 소렌슨이 이미 탈탈 털어서 무더기를 만들어 놓았다. 빈 음료수 컵과 밀크쉐이크 컵, 낱개들이 버거 박스, 애플파이 포장지, 치즈 묻은 휴지, 영수증들, 황갈색으로 변한 양상추 이파리, 미끈덩한 양파 쪼가리, 딱딱하게 굳은 케첩 튜브들.

소렌슨이 말했다. "그자들은 맥도날드를 좋아해요."

"그 자체론 범죄가 아니잖소." 리처가 말했다. "나도 맥도날드를 좋아하는데."

"하지만 우리에겐 고마운 차선책이네요." 델펜소가 말했다. "그자들을 가만히 내버려둬도 5년만 지나면 심장마비로 전부 죽을 테니까."

"그자들은 맥도날드를 좋아해요." 소렌슨이 다시 말했다. "내 생각을 말해볼게요. 거의 매일 그들 가운데 한 명이 가장 가까운 맥도날드 가게로 가서 드라이브 스루로 서너 봉지씩 사 온다, 그리고 그 가게는 여기서부터 자동차로 5분 이내의 거리가 확실하다."

"여긴 미국이잖아요. 당연하죠." 델펜소가 말했다.

"그리고 입맛이란 한번 들이게 되면 고치기 어렵다, 그래서 다른 소굴에 머물고 있을 때에도 맥도날드가 먹고 싶어진다, 결국 거기서 가장 가까운 맥도날드 드라이브 스루를 찾게 된다, 그들은 거점 A와 거점 B를 정기적으로 오간다, 그 여행길에 속을 채우거나 심심한 입을 달래기 위해서 어쩌다 한 번씩은 출발 거점에서 가까운 맥도날드 드라이브 스루에 들러 먹거리를 산다, 돌아올 때도 가끔씩은 그렇게 한다."

"쓰레기를 반대쪽 휴지통에 버리게 된다?" 리처가 말했다.

소렌슨이 고개를 끄덕였다.

"바로 그거예요." 그녀가 말했다. "버거와 프렌치프라이, 그리고 음료수를 사서는 운전 중에 먹는다, 하지만 음료수 컵은 다 비우지 못할 때가 많다, 그래서 다른 쓰레기와 함께 봉지에 담아 도착 거점으로 가지고 들어온다, 그래서 바로 이곳, 아니면 다른 소굴의 부엌에서 마저 마신다, 그다음엔 봉지와 함께 쓰레기통에 버린다, 아주 위생적인 행동이다, 하지만 떨어져 있어야만할 두 거점을 연결시키고 만다."

리처가 물었다. "저 영수증들이 우리에게 제공하는 정보는?"

"여섯 장은 한 곳에서 발행한 것들이에요. 나머지 한 장은 다른 곳에서 발행한 거고."

"일곱 번째 영수증의 발행 장소는?"

"모르겠어요. 주소가 나와 있지 않아요. 단지 코드 번호만 있을 뿐이에요."

소렌슨은 오마하 지부로 연락하지 않았다. 거기서는 그녀가 중부 지부의 긴급 요청에 의해 캔자스의 FBI 안가에 연금되어 있는 상태라고 알고 있기 때문이었다. 대신 그녀는 트라파토니의 휴대폰으로 인터넷에 접속한 다음 맥도날드의 홍보 담당 부서의 전화번호를 검색했다. 하지만 그녀 자신조차 그 방법이 도무지 탐탁지 않았다. 휴대폰으로 전화를 걸어와서 FBI라고 신분을 밝힌 뒤 영업소의 고유번호를 묻는 여자? 욕이나 안 하고 전화를 끊으면 다행이었다.

그녀의 생각을 읽었든, 혹은 자신도 같은 생각이었든, 아니면 둘 다였든, 리처가 델펜소에게 물었다. "맥퀸의 내비게이션 데이터는 어떤 식으로 기록이 되고 있소?"

"스크린 샷." 그녀가 말했다. "지도상에 나타나는 동선과 반짝이는 좌표들. 기간은 선택이 가능해요. 일주일, 하루, 한 시간, 기타 등등."

"7개월도 가능할까?"

"불가능할 이유가 없을 것 같은데요."

"그 데이터를 보려면 어떻게 해야 하오?"

"이메일을 통하면 돼요. 필요하다면 내 휴대폰으로."

"지금 당장 필요하오."

"본부에서는 내가 그 모텔에 연금돼 있는 걸로 알고 있는데."

"상관없소. 굳이 아니라고 말할 필요가 없소. 아무것도 하지 않고 있으려니 갑갑해서 미치겠다고 사정 좀 봐달라고 말하면 그만이잖소. 혹은 사건을 해결할 방법이 생각났는데 그 데이터를 보면서 생각을 정리해야겠다고 말하든지. 아니면 모텔에 박혀 있는 동안 소일거리라도 있어야겠다고 부탁하는 것도 괜찮겠고. 그 데이터를 적절히 활용해서 소기의 성과를 거두면 사무실로 곧 복귀할 수 있을 거라고 졸라보시오."

"해결할 방법이라면?"

"그거야말로 걱정하면 바보지. 그냥 얼버무리면 되는 일을. 나중에 다 알게 될 거라고 말하면서 데이터를 보내달라고 하면 되잖소. 그거야말로 당신네들 주특기인 것 같은데."

델펜소가 번호를 눌렀다. 소렌슨은 전화기를 손에 쥔 채 그 모습을 잠시 지켜보았다.

세 사람이 모텔을 떠난 지 2시간하고도 거의 30분이 지난 시점이었다. 리처의 생각으로는 콴티코 기지에서는 이제야 출동 준비를 끝마쳤을 것 같았다. 그는 SWAT 팀의 작전 방식을 정확히 모르고 있었다. 사전에 모든 장비를 적재한 트럭이 기지 내에서 대기하고 있다가 대원들을 앤드류 공군기지로 실어갈 수도 있을 것 같았다. 혹은 트럭 대신 헬기가 동원될 수도 있을 것 같았다. 아니면 앤드류 공군기지 창고에 모든 장비가 늘 준비되어 있을 것도 같았다. 그다음 순서는 서쪽으로의 장시간 비행이었다. 1600킬로미터가 넘는 거리. C-17 공군 수송기일 것이다. 그의 생각으로는 아무리 FBI라 해도 전용 중형 제트기까지는 갖고 있을 것 같지 않았다. 그다음엔 착륙이다. 캔자스시티 국제공항을 일단 꼽아보자. 하지만 북서쪽으로 너무 멀리 떨어져 있는 게 아쉽다. 그렇다면 리차즈-게보 공군기지도 생각해볼 수 있다. 남쪽으로 32킬로미터 남짓 거리이다. 하지만 그 기지가 아직 운영되고 있는지 리처는 확신할 수 없었다. 그가 군대를 나올 무렵, 수많은 군사시설들이 문을 닫았다. 시스템상의 문제였다. 만약 그 기지를 사용할 수 없다면 유일한 대안은 동쪽으로 95킬로미터 떨어진 화이트먼 공군기지뿐이다. 착륙한 다음에는 다시 트럭이나 헬리콥터가 동원될 것이다. 그리고 나면 현장에서의 전략을 수립할 차례이다. 상당한 시간과 머리를 필요로 하는 과정이다. 그다음에야 비로소 작전 개시다.

'8시간. 땅덩어리가 넓은 나라. 과정이 복잡한 작전.'

맥퀸의 현재 위치에 맞춰 착륙할 공항을 결정해야 했다. 소렌슨은 여전히 통화 중이었다. 다행히 미친 여자 취급을 하고 전화를 끊는 사람은 없었다. 하지만 대기업의 데이터베이스에 접근하기까지는 수많은 관문을 거쳐야 한다. 델펜소는 이메일이 도착하기를 고대하며 휴대폰 화면에서 눈을 떼지 않고 있었다. 시간이 흐르고 있었다. 리처는 그들의 역할이 결국 콴티코 팀을 현장으로 안내하는 정도에 그치게 될까 봐 초조해졌다. 마치 전방관측병처럼. 마치 포병 시절의 피터 킹처럼.

하지만 자칫하다간 그 정도 역할마저 못하게 될 수도 있었다.

소렌슨이 먼저 정보를 입수했다. 그 과정은 다음과 같았다. 맥도날드 본사에서는 그녀의 요구에 아무런 이의도 제기하지 않았다. 영업점의 코드 번호는 대외비도 아니었고 연막작전도 아니었다. 시간이 지체됐던 건 이해 부족에서 비롯한 혼선과 대기업 특유의 불필요한 업무 관행, 그리고 길고 지루한 통화 대기 음악과 여러 차례에 걸친 담당자의 부재 때문이었다. 어쨌든 여러 단계를 거친 끝에 드디어 문제의 영업점과 연결이 되었다. 전화를 받은 사람은 최저임금을 받는 수준일 게 분명한 종업원이었다. 버거 패티 뒤집기 담당. 전화기는 벽에 걸려 있는 것 같았다. 타일에 울리는 이런저런 소리와 함께 감자채가 끓는 기름에 튀겨지는 소리가 전화선을 타고 들려왔다. 소렌슨은 직원에게 그의 위치를 물어보았다.

"전 주방에 있는데요." 앳된 목소리가 대답했다.

"아니, 아니, 지금 그쪽이 일하는 곳의 위치가 어디냐고."

직원은 대답을 하지 않았다. 몰라서 우물거리고 있는 것 같았다. 소렌슨은 그가 입술을 잘근잘근 깨무는 소리를 들은 것 같았다. 그가 생각 끝에 이런 대답을 할 것만 같았다.

'음, 제가 일하는 곳은 카운터 반대쪽에 있습니다. 그러니까 부엌에서 보자면요.'

그녀가 그에게 물었다. "우편물을 받는 주소가 어떻게 되죠?"

그가 말했다. "제 주소요?"

"아니, 그곳 주소."

"모르겠는데요. 전 지금까지 이곳에 한 번도 뭘 부쳐본 적이 없어서요."

"거기 위치가 어디죠?"

"우리 지점이요?"

"그래요, 그쪽 지점."

"레이시스를 지나서 바로예요. 못 찾을 수가 없는 곳이죠."

"레이시스는 어디 있죠?"

"텍사코를 지나면 있어요."

"도로는?"

"65번 도로. 바로 이 앞을 지나가요."

"당신이 있는 동네 이름이 뭐죠?"

"아무 이름도 없는 것 같은데."

"아직 미연방에 귀속되지 않은 지역이란 말이에요?"

"그게 무슨 뜻인지 모르겠는데요."

"알았어요. 그럼 가장 가까이에 있는 마을 이름이 뭐죠?"

"큰 마을이요?"

"일단 말해 봐요."

"캔자스시티요. 그게 가장 큰 마을이니까."

그때 전화선 너머로 고함소리가 들렸다. '매니저. 청소할 시간인가 보다.' 소렌슨은 생각했다.

직원이 말했다. "아주머니, 이만 가봐야겠어요." 그러곤 전화가 끊겼다.

소렌슨이 휴대폰을 테이블 위에 내려놓았다. 리처가 표정으로 대답을 추궁하자 그녀가 말했다. "65번 국도. 텍사코 주유소를 지나면 곧바로 만나게 되는 레이시스라고 불리는 곳 근처."

리처는 아무 말도 하지 않았다.

소렌슨은 다시 휴대폰으로 인터넷에 접속을 한 뒤 지도를 클릭했다. 화면 위에서 그녀의 손끝이 꼬집고 벌리고 닦아내는 동작을 한동안 반복했다.

그녀가 말했다. "대단하군. 65번 국도는 아이오와에서부터 출발해서 미주리를 남북으로 종단한 뒤 아칸소에서 끝나요. 거의 480킬로미터에 육박하는 거리예요."

"레이시스도 거기 나와 있소?"

"이건 지도예요. 사업체 검색 페이지가 아니고. 레이시스는 아마 어떤 전문점 상호일 거예요. 낚시용품점이나 술집일 수도 있겠고."

말을 하고 있는 동안에도 그녀의 눈은 휴대폰 화면에 꽂혀 있었다. 손끝도 마찬가지였다. 곧장 온라인 검색에 들어간 것이었다. 그녀가 검색창에 '레이시스 캔자스시티'를 입력했다. 없었다. 그녀가 이번엔 '레이시스 미주리'를 입력했다.

소렌슨이 말했다. "소규모 슈퍼마켓 체인이었네."

그녀가 링크를 타기 위해 손가락으로 화면을 가볍게 두드렸다. 휴대폰은 느렸다.

잠시 후 사이트가 떴다. 그녀의 손끝이 다시 한 번 현란하게 움직였다.

그녀가 말했다. "65번 국도상에 세 군데 영업점이 있네요. 서로 간의 거리는 32킬로미터 정도고, 연결하면 반원 모양이 되는군요. 캔자스시티에서의 거리는 엇비슷하네요. 플러스마이너스 95킬로미터."

2시간 40분이 지났다.

"상당한 진전이군." 리처가 말했다.

그 순간 델펜소의 휴대폰이 웅웅거렸다.

고대하던 이메일이 도착했다.

65

미국 내륙지방의 인접한 다섯 개의 주. 캔자스, 네브래스카, 아이오와, 일리노이, 미주리. 총면적 5500만 헥타르, 전체 인구수 이천육백만 명. 그 엄청난 지역을 위성 촬영한 뿌연 사진이 배경이었다.

그 배경 위에 지난 7개월 동안 움직인 맥퀸의 동선이 황갈색의 가느다란 선들로 표시되어 있었다. 캔자스에서부터 네브래스카로 갔다가 아이오와를 거쳐 다시 캔자스로 돌아온 최근 여행의 동선은 약간 삐뚤삐뚤한 직사각형 모양을 그리고 있었다. 그것 말고도 거미 다리처럼 길고 가는 선들이 있긴 했지만 그 수가 많지는 않았다. 맥퀸이 장거리 여행을 별로 하지 않았다는 얘기였다. 그의 동선들은 캔자스시티에 집중돼 있었다. 그 부분에만 황갈색 선들이 볼펜을 북북 그어댄 것처럼 그 수를 알 수 없을 만큼 중복되어 있었다. 황갈색 선들은 겹쳐질수록 밝아졌기에 그 부분이 마치 하나의 싯누런 불똥 같아 보였다.

리처가 그 부분을 가리키며 물었다. "화면을 확대할 수 있겠소?"

델펜소가 좀 전에 소렌슨이 그랬던 것처럼 현란하게 손끝을 놀렸다. 그녀는 황갈색 불똥 부분을 확대한 뒤 화면 가운데로 끌어왔다. 그녀가 같은 작업을 한 번 더 되풀이했다. 화면이 충분히 확대되자 황갈색의 밝은 덩어리가 옅은 색의 가는 선들로 올올이 풀어졌다.

하지만 두 개의 점을 연결하고 있는 황갈색 선 하나는 여전히 싯누런 색깔을 잃지 않고 있었다. 화면상으로 2.5센티미터 정도 되는 강렬한 빛줄기였다. 맥퀸이 두 개의 거점을 수없이 왕복하면서 남긴 흔적이었다. 두 거점의 위치는 시계판으로 보자면 7시와 2시였다.

"거점 A와 거점 B로군." 리처가 말했다. "틀림없소."

소렌슨이 자기 휴대폰에도 지도를 띄웠다. 그녀가 그 휴대폰을 델펜소의 휴대폰 옆에 나란히 놓았다. 그다음엔 다시 손가락을 분주히 놀려서 두 개의 지도의 주 경계선을 맞췄다. 캔자스와 미주리의 경계선이 일직선으로 뻗다가 미주리 강줄기의 굴곡에 맞춰 갑자기 구부러지기 시작하는 지점이었다.

그녀가 말했다. "찾았다. 거점 A는 바로 여기, 이 앞 도로, 정확히 이 집이네." 그녀가 두 개의 화면을 동시에 북동쪽으로 끌었다. 두 개의 집게손가락이 정확하고 우아하게 똑같은 각도를 유지하며 움직였다.

그녀가 말했다. "그리고 거점 B는 65번 국도상에서 가장 북쪽에 있는 레이시스 영업점에서 아주 가깝네요."

95킬로미터. 샛길이 많은 변두리. 깜깜한 지방도로들.

모텔을 떠난 지 2시간 50분이 경과했다.

이제 거기다 1시간 이상을 보태야 했다.

"갑시다." 리처가 말했다.

베일의 차에 장착된 내비게이션이 큰 도움이 되었다. 소렌슨이 휴대폰 화면에 떠오른 최북단 레이시스 영업점의 주소를 불렀고 델펜소가 그걸 내비게이션에 입력했다. 델펜소가 섬광등을 켠 뒤 액셀을 힘껏 밟았다. 차는 굉음을 울리며 쏜살같이 달려 나갔다. 더 이상 소리 죽여 움직일 필요는 없었다. 최소한 거점 A 주변에서는. 하지만 거점 B 주변에서는 그래선 안 될 일이었다. 그녀는 거기 도착하면 알아서 할 거라고 일행을 안심시켰.

맥퀸의 동선을 추적했던 위성들이 이번에는 그들의 차를 샛길들이 복잡하게 얽힌 변두리 지역에서 순식간에 빼내주었다. '그래, 과학기술, 이번엔 네가 이겼다.' 리처는 생각했다. 위성은 리처의 판단으론 아니다 싶은 방향으로 차를 이끌었고 리처의 짐작으론 막다른 골목으로 차를 직진시켰다. 하지만 숨어 있던 오른쪽 샛길이 마지막 순간에 눈앞에 띄었고 보이지 않던 왼쪽 샛길이 후진을 마음먹은 순간에 나타났다. 그 왼쪽 샛길로 빠지자 잠시 후 순환도로들이 나타났다. 그들은 램프를 타고 그중 하나로 진입해서 10킬로미터가량을 전속력으로 달린 뒤 미주리 주, 인디펜던스의 남쪽 끝자락을 지나가는 70번 고속도로를 만나 동쪽으로 향하는 차선에 들어섰다. 인디펜던스는 해리 S. 트루먼 대통령의 고향이다. 역대 미국 대통령들 가운데 리처가 가장 좋아하는 인물. 70번 고속도로는 곧게 뻗어 있었고 다른 차들도 거의 없었기에 그들은 아무 문제없이 시속 160킬로미터의 속도로 달릴 수 있었다. 리처는 희망의 빛이 밝아지는 걸 느꼈다. 1시간 이상이 50분으로 단축됐기 때문이었다. 아주 고무적이었다. 그 시점에서 콴티코 팀이 이미 수송기를 탔다고 해도, 사실 탔어야만 했지만, 그들이 도착하려면 아직 멀었으니까.

내비게이션의 지시에 따라 그들은 어느 지점에서 고속도로를 빠져나와 좁은 지방도로로 들어섰다. 황무지 한가운데였다. 하지만 리처는 이제 그 기계에 대한 믿음을 단단히 굳힌 상태였다. 그는 화면 위의 화살표와 회색 선들을 열심히 지켜보았다. 그는 65번 국도를 나타내는 회색 선이 북쪽에서부터 내려오다가 역사적 유래가 있을 것 같은 마샬이라는 이름의 마을을 향해 동쪽으로 꺾이며 길게 뻗어 있는 것을 확인했다. 화면 위의 화살표는 바로 그 꺾이는 지점을 향해 수직으로 올라가고 있었다. 내비게이션이 그들의 차를 지름길로 인도한 것이다. 리처는 그 마을 이름의 유래를 알 수 있는 기회를 놓친 게 전혀 아쉽지 않았다. 하지만 지방도로는 그 기회를 보상이라도 해주려는 듯, 65번 국도와 합류하기 직전에 어느 유명한 남북전쟁 격전지를 지나갔다. 사실 리처는 미국 역사에 관심이 많았다. 당시 그 격전지에서는 9시간에 걸쳐 포격전이 벌어졌었다. 전장의 왕들. 관측병들. 조악한 포탄들. 남군 포병들은 살상 효과를 높이기 위해 미리 불에 달궈 놓은 포탄을 적진을 향해 발사했다. 북군 포병들은 군복 바지에 빨간색 띠를 묶고 싸웠다.

리처는 차창 밖으로 눈길을 돌렸다. 가끔씩 농장 정문들에 의해서 흐름이 끊길 뿐, 철제 울타리들이 양쪽에서 내내 도로와 평행하게 달리고 있었다. 울타리 안쪽의 땅은 그의 눈길이 미치는 데까지 가축들의 발굽으로 다져지고 또 파헤쳐져 있었다. 군데군데 방수포로 씌우고 낡은 자동차 타이어로 눌러 놓은 건초 더미와 큼지막한 물통들이 그림자처럼 서 있었다.

"다시 농장 지대네." 소렌슨이 말했다. "그렇다면 거점 B는 농장?"

"충분히 가능한 얘기요." 리처가 말했다. "장소도 외지고 자동차와 장비들을 숨길 수 있는 헛간이라든지 그 밖에 대형 부속건물들이 많으니까. 게다가 그런 건물들은 쉽게 합숙소로 개조할 수 있다는 이점이 있소. 그자들에겐 그런 공간이 반드시 필요할 거요. 그것도 여러 개가. 중간 규모의 테러리스트 조직 두 개라면 인원이 모두 얼마나 될까?"

"그리 많지는 않아요." 델펜소가 말했다. "여섯 명부터 중간 규모로 분류되니까요. 위로는 열다섯 명에서 스무 명까지고요. 따라서 그자들의 머릿수는 열두 명에서 마흔 명 사이인 거죠."

"그 정도면 많은 거네요." 소렌슨이 말했다. "안 그래요?"

리처는 아무 말도 하지 않았다. 소렌슨의 말이 옳았다. 그들이 가지고 있는 실탄은 여든여덟 발이었다. 군 생활 끝 무렵에 그는 어떤 통계자료를 통해 흥미로운 사실을 알게 됐다. 일반 보병이 실전에서 만오천 발을 쏴야 적군 한 명을 사살할 수 있다는 통계였다. 그 통계에 따르자면 마흔 명의 테러리스트들을 죽이기 위해선 육십만 발의 실탄이 필요하다. 육십만 발 대 여든여덟 발. 그들이 이길 수 있는 방법은 그들의 명중률이 일반 보병의 몇 천 배는 돼야 한다는 얘기였다.

65번 국도가 거의 500킬로미터에 달하는 길이에 미주리 주를 절반으로 가르는 남북 종단 도로인 건 분명했다. 하지만 국도라기엔 사뭇 초라했다. 도로 폭이 조금 넓고 노면 상태가 약간 양호한 정도 말고는 일반 지방도로 보다 별반 나을 게 없었다.

65번 국도로 갈아타자마자 그들은 미주리 강을 건넜다. 큰 A자 모양의 강철 삼각 아치가 이어지는 미주리 철교는 장관이었다. 다리를 건넌 뒤에는 크게 휘어지지도, 곧게 뻗지도 않은 길을 따라 북쪽을 향해 어둠 속을 달렸다.

어느 순간 소렌슨이 말했다. "자, 이제 목표지점까지는 16킬로미터만 더 올라가면 돼요. 맥도날드 총각이 일러준 순서는 남쪽부터일 수도 있고 북쪽부터일 수도 있어요. 텍사코 주유소와 레이시스 슈퍼마켓을 먼저 만날 수도 있고 곧장 맥도날드를 만날 수도 있다는 거죠."

델펜소가 섬광등을 껐다. 8킬로미터를 더 달린 뒤엔 속도를 줄이기 시작했다. 3킬로미터를 더 가서는 헤드라이트를 비롯해서 모든 불을 껐다. 그들 주변의 세계가 암청색의 어둠과 짙은 안개에 덮였다. 텍사코 사인은 눈에 띄지 않았다. 슈퍼마켓의 간판도 없었다. 맥도날드의 금빛 아치와 붉은 네온도 보이지 않았다.

"계속 가보자고요." 소렌슨이 말했다.

델펜소는 시속 30킬로미터의 속도로 차를 몰았다. 헤드라이트를 끈 상태였지만 운전이 그리 어렵지는 않았다. 흐릿한 달빛 아래 회색으로 비치는 중앙선이 큰 도움이 되었다. 전방의 시야도 시속 30킬로미터를 안전하게 달릴 수 있을 만큼은 확보할 수 있었다. 사실 그보다 더 빨리 달릴 수도 있었다.

텍사코, 레이시스, 맥도날드. 하지만 여전히 아무것도 나타나지 않았다. 리처는 왼쪽과 오른쪽을 번갈아 가며 살폈다. 양쪽의 풍경은 그저 어둡고 황량한 들판이었다. 보이는 건 아무것도 없었다. 그가 찾으려고 했던 건 '고속도로에 진입하기 전 마지막 테러리스트 소굴'이라고 적힌 안내판이 아니었다. 열두 명 내지 마흔 명의 사람들이 모여 있다면 어떤 식으로든 표시가 날 수밖에 없었다. 현관의 불빛, 보초의 담뱃불, 자동차의 알람 깜빡임, 커튼 사이로 새어나오는 TV 화면의 푸른 빛무리.

하지만 아무것도 보이지 않았다.

델펜소가 말했다. "어딘가에서 길을 잘못 들었나 봐요."

소렌슨이 말했다. "아니, 이 길이 맞아요. 곧 나타날 거예요."

"웹 사이트 지도들은 믿을만하오?" 리처가 물었다.

"관용차의 내비는 늘 정확해요. 거점 B는 반드시 이 앞에 있을 거예요."

리처가 말했다. "그럼 콴티코 팀과 연락을 해야만 할 상황이 될 때를 대비해서 내 말을 기억해 두시오. 그들에게 화이트먼 공군기지에 착륙하라고 하시오. 거기가 가장 가까우니까."

"우리가 실패하고 나만 살아남는 경우를 얘기하는 건가요?"

"어떻게 될지 몰라서 하는 얘기요. 모든 가능성을 열어두자는 거지."

"그래서 좀 전의 얘기도 그 가능성 가운데 하나라는 거예요?"

"하나가 아니라 두 개의 가능성. 우리가 실패하고 아무도 살아남지 못할 수도 있으니까."

66

패스트푸드점, 슈퍼마켓, 주유소, 그 모두 화려하고 강렬한 조명이 필수인 업종들이다. 따라서 그들은 도착하기 전에 미리 그 불빛들을 볼 수 있을 거라고 기대했었다. 하지만 차가 그 앞을 거의 다 지나갈 때쯤에야 세 사람은 맥도날드의 존재를 알아차렸다. 밤 시간엔 영업을 하지 않는 곳이었다. 레이시스와 텍사코도 마찬가지였다.

고속도로 출구 안내판 위에 이름이 적혀 있어서는 안 될 곳들이었다. 주유소는 마치 유령선 같았다. 슈퍼마켓은 어둑하고 네모난 회색빛 언덕 같았다. 두 곳 모두 불빛 한 점 없었다. 빨갛고 노란 외부의 네온사인과 내부의 형광등 조명이 모두 꺼져 있는 맥도날드는 허공에 A자의 외곽선을 그리며 서 있는 하나의 실루엣일 뿐이었다.

"아까 통화할 때 매니저의 고함소리를 언뜻 들었어요." 소렌슨이 말했다. "청소 어쩌고 하는 것 같았는데 이제 보니 문을 닫기 전에 청소를 하자는 얘기였네요."

리처가 말했다. "그럼 거점 B는 어디란 말이지?

소렌슨의 현란한 손가락 묘기가 다시 한 번 등장했다. 그녀는 휴대폰 두 개를 나란히 놓고 각각의 화면에 떠오른 고속도로를 서로 연결시켰다. 두 배가 된 지도를 한참 살펴보고 난 뒤 그녀가 숨을 돌리며 말했다. "슈퍼마켓 웹 사이트 내용이 정확하다면 거점 B는 우리의 현재 위치에서 북서쪽으로 1.5킬로미터가량 떨어진 곳에 있어요."

"거긴 들판 한가운데일 텐데." 리처가 말했다.

"역시 농장이었네요." 델펜소가 말했다. "난 그럴 줄 알았어요."

그녀는 레이시스의 앞쪽 주차장에 세 개의 자리를 차지하고 차를 가로로 주차시켰다. 차에서 내린 세 사람은 건물 뒤편으로 돌아갔다. 일종의 사전 답사였다. 곧장 거점 B를 찾아 나선 건 아니었다. 레이시스의 웹 사이트 지도를 고스란히 믿을 수는 없었다. 당장에 영업장의 표기만 해도 그랬다. 그 지도에 표기된 대로라면 영업장의 실제 크기는 1.5킬로미터 길이여야 했다.

내비게이션 화면상으로 65번 국도를 나타내는 회색 선이 그 부근에서만 큼은 남북으로 정확히 일직선을 그리고 있는 것을 리처는 이미 확인했었다.

그래서 그는 도로와 나란히 서서 북쪽을 향해 몸을 돌렸다. 그랬다가 다시 왼쪽으로 45도 각도로 방향을 돌린 뒤 손으로 정면을 가리키며 말했다. "저기가 북서쪽이오. 난 아무것도 보이지 않는데, 당신들은 어떻소?"

마찬가지라는 대답이 동시에 돌아왔다. 정말로 보이는 게 없었다. 다른 방향도 마찬가지였다. 너무 어두웠다. 그런데 정북 쪽과 정서 쪽은 왠지 더 어두웠다. 북서쪽에 정말로 뭔가가 있기 때문인 것 같았다. 눈에 보이진 않았지만 분명히 뭔가 있는 것 같았다.

그들은 두 눈에 온 신경을 집중했다. 없었다.

긴장을 풀었다. 없었다.

초점을 풀었다. 없었다.

그들은 아예 고개를 돌리고 옆 눈으로 살펴보았다. 없었다.

하지만 실제로 없어서 없는 게 아니고, 보이지 않아서 없다는 느낌이 드는 것 같았다.

리처가 말했다. "구글 지도를 확인합시다."

소렌슨이 말했다. "여기선 휴대폰이 안 터져요."

그래서 그들은 차로 돌아갔다. 리처는 베일의 내비게이션을 켰다. 그는 작은 샛길들까지 모두 나타나도록 화면을 확대시켰다. 그러고 나선 그들의 현재 위치를 화면 중앙으로 옮겼다.

레이시스 뒤편 공간이 네 개의 도로에 의해 테두리가 쳐졌다. 오른쪽은 65번 국도, 왼쪽은 그 국도와 나란히 뻗어 있는 좁은 샛길, 위쪽과 아래쪽은 각각 2차선 동서 도로. 그 동서 도로들을 나타내는 회색 선들은 둘 다 오른쪽에서 왼쪽으로 기울어 있었기 때문에 그 공간은 평행사변형이 되었다. 넓지도 좁지도 않은 공간이었다. 내비게이션상으로 너비를 알아내기는 어려웠지만 그 한 변의 길이가 짧으면 1.6킬로미터, 길면 3.2킬로미터 정도일 것 같았다.

리처가 말했다. "최소 260헥타르에서 최대 1036헥타르 크기의 공간인 것 같군. 농장이라기에는 너무 큰 거 아닐까?"

소렌슨이 말했다. "미국엔 이백만 개가 넘는 농장이 있어요. 전체 부지는 4억 헥타르에 육박하고요. 농장 한 곳당 평균 200헥타르. 통계는 확실히 유용하다니까."

"하지만 평균은 평균일 뿐이오, 안 그렇소? 2~4헥타르를 부치고 사는 부부 농사꾼이 있는가 하면 1000헥타르를 말 타고 돌아다니는 농장 기업가도 있는 거지."

"목장이나 산업용 옥수수 재배 단지의 경우에는 아무래도 그 규모가 커야겠죠."

"난 오는 길에 농장들을 봤소."

"당신은 이 공간이 하나의 농장이라는 생각인가요?"

"기껏해야 다섯 개 정도겠지. 살펴보는 데 그리 오래 걸리지는 않을 거요."

그때 델펜소의 휴대폰이 징징거렸다. 성경 속에 감추면서 벨소리를 진동으로 해놓은 모양이었다. 치과 드릴 같은 그 소리에 델펜소는 즉시 전화를 받았고 족히 1분 동안 아무 대꾸 없이 듣기만 했다. 마침내 그녀가 인사를 하고 전화를 끊었다.

"내 보스예요." 그녀가 말했다. "새로운 정보를 알려주네요. 내 해결책에 도움이 될지 모르겠다면서."

"당신의 해결책?" 리처가 말했다.

"내가 GPS 데이터를 전송해달라고 부탁하면서 해결책이 있을 것 같다고 말했잖아요. 나중에 알게 된다고 얼버무리면서. 당신이 그러라고 해놓고 벌써 잊었나요?"

"새로운 정보라면?"

"국무성 측에서 펌프장 사건의 피살자는 자기들과 아무 관련이 없는 사내라고 공식발표를 했대요. 해외 영사관은 물론 어느 부서에도 그런 직원은 없다고 거듭 강조하더래요. 질문에 대한 답변은 한 마디도 안 하고."

"하지만 그의 지문은 이미 감식까지 끝난 상태잖소. 따라서 그의 신원이 데이터베이스에 저장돼 있을 텐데 왜 그런 거짓말을 하는 거지?"

"충분히 있을 수 있는 실수가 다시 한 번 일어난 거라고 우기는 거죠. 범죄 현장에서의 과학수사는 항상 졸속으로 이루어지고 증거물도 쉽게 훼손된다는 핑계를 대면서."

"웃기는 소리." 소렌슨이 말했다. "우리 감식반은 아주 우수해요."

"나도 알죠."

"그래서?"

"졸속이고 훼손된 건 국무성의 발표라는 게 내 생각이에요."

리처가 고개를 끄덕였다. "그들은 차라리 신문에 광고를 내는 방법을 택하는 게 나을 걸 그랬소. 이렇게 되면 피살자가 CIA 요원이었다는 사실이 더욱 확실해질 뿐인데."

"우리에겐 그렇죠. 하지만 우린 이미 그들의 속셈을 알고 있잖아요. 일반 시민들은 다시 한 번 속아줄 거라는 확신."

"그리고 법을 어긴 책임을 모면하려는 속셈도 있겠지. 자기들이 미국 내에서 작전을 펼쳤다는 걸 감출 수 있을 테니까."

소렌슨이 말했다. "그들이 미국 내에서 활동한다는 건 공공연한 비밀이에요. 그들도 감출 생각을 그만둔 지 오래고요."

"그렇다면 그들의 발표는 은연중에 또 다른 사실을 드러내고 있소. 피살자는 단순한 CIA가 아니었소. 변절한 CIA였던 거요. 위장 작전에 투입된 것도 아니었고. 실제로 테러리스트 조직을 대표해서 펌프장에 나타났던 거요. 그렇지 않고야 국무성에서 그가 자기네 사람이 아니라고 잡아뗄 이유가 없잖소."

"CIA 지부장이 이중간첩이었다는 얘긴가요?" 델펜소가 물었다.

"본부의 높은 사람들은 그 정도쯤은 늘 염두에 두고 있소. 해결책도 다각적으로 마련돼 있고. 삼중간첩이라면 골치 좀 썩겠지만."

"CIA에 침투한 테러 조직의 스파이가 와디아와 얘기를 나눴다는 게 영 접접하네요."

"얘기를 나누지는 못했소." 리처가 말했다. "당신네 요원이 그전에 그자를 죽여 버렸으니까."

"만나자마자 죽인 게 아니었잖아요. 그전에 시간이 좀 있었어요. 최소한 몇 분 정도는. 난 그들 셋이 함께 펌프장으로 걸어갔다고 생각해요."

'첫 번째 사내가 갑자기 앞으로 튀어나왔으니까. 나머지 두 사내는 허겁지겁 쫓아갔고.'

"아마도." 리처가 말했다.

"그랬다면 그들은 분명히 얘기를 나눴을 거예요."

"아마도."

"난 그들이 무슨 얘기를 나눴는지 궁금해요."

"맥퀸에게 물어봅시다. 그를 찾고 난 다음에."

"그 단어 게임의 답이 뭐죠? A자를 사용하지 않고 어떻게 1분 동안 계속해서 얘기를 할 수 있죠?"

"나에 대한 기억을 뚜렷이 새기고 싶어서 묻는 거요?"

"천만에. 술집에서 내기할 때 써먹으려는 거예요."

"그건 내가 앨런 킹에게 던졌던 질문이었는데."

"내 귀에까지 들렸어요."

"나중에 알려주겠소." 리처가 말했다. "맥퀸을 찾은 다음에. 그도 대답이 궁금할 테니까."

"맥퀸은 그때 자고 있었어요."

"천만에. 그는 그런 상황에서 절대로 잠을 잘 사람이 아니오."

"몇 헥타르나 된다고 했죠?"

"땅덩어리는 얼마나 되든 상관없소. 어떤 건물이냐가 문제지. 보고 나면 어떤 건물인지 알게 될 테고."

정확히 10분 뒤 그들은 그 건물을 보았다. 그리고 어떤 건물인지도 알게 되었다. 550미터를 걷고 난 뒤에.

67

세 사람은 다시 한 번 슈퍼마켓 건물 뒤에 모였다. 이번엔 답사가 아니라 실제 행군이었다. 그들은 북쪽을 향해 65번 국도와 나란히 섰다가 왼쪽으로 45도 각도로 방향을 틀었다. 북서쪽. 최대한으로 확대시킨 맥퀸의 짙은 GPS 동선은 J자를 뒤집은 모양을 이루고 있었다. 사각형의 위쪽 선을 이루는 2차선 동서 도로의 어느 지점에서 거점 B로 들어가는 진입로를 만난다는 얘기였다. 맥퀸은 65번 국도를 북쪽으로 올라오다 맥도날드와 레이시스 슈퍼마켓, 그리고 텍사코 주유소를 차례로 지난 뒤 좌회전을 했다가 잠시 후 다시 한 번 좌회전을 해서 그 진입로로 들어선 것이다. 동선을 빛줄기로 만들만큼 수없이 왕복했던 길이었다. 그 빛줄기의 한쪽 끝의 좌표는 평행사변형의 대각선 거의 정중앙에 찍혀 있었다. 변의 길이가 1.6킬로미터라면 거의 1.2킬로미터일 것이고 3.2킬로미터라면 거의 2.3킬로미터일 것이다. 성인의 평균 도보 속도가 10분당 800미터라고 할 때 그들이 북서쪽으로 15분 내지 30분을 걸어가면 거점 B를 만나게 된다는 계산이었다. 그곳이 어떤 건물이든지 그들은 배후에서 비스듬하게 접근하게 된다. 나쁘지 않았다. 정면에서 다가가는 것보다는 확실히 유리했다. 뒷면으로 곧장 접근하는 것보다도 나왔다. 물론 가장 유리한 건 측면으로 접근하는 것이었다. 옆벽에 창이 없는 집은 있어도 앞뒤에 창이 없는 집은 생각하기 힘들다. 그리고 옆벽엔 쪽창이나 반투명 유리창이 나 있는 경우도 많다. 손님용 화장실. 95킬로미터 떨어져 있는 거점 A도 그랬었다.

그들은 서로 상당한 간격을 두고 일렬횡대를 이뤘다. 왼쪽 끝은 델펜소, 오른쪽 끝은 소렌슨이었다. 가운데 위치의 리처는 두 사람을 형체로나마 볼 수 있었다. 하지만 두 여자는 서로를 전혀 볼 수 없었다. 델펜소가 먼저 앞으로 나갔다. 몇 분 후 소렌슨도 앞으로 발을 내디뎠다. 리처가 맨 마지막에 출발했다. 전후좌우로 상당한 간격을 두고 산개된 세 개의 표적. 칠흑 같은 밤, 군청색 옷차림. 웬만한 정규군 기습특공대의 침투 작전에 견줄만했다. 발바닥 아래는 진흙 밭이었다. 가축들의 발굽으로 패이고 다져져 질척질척한 바닥에 덩어리들이 지천으로 깔려 있었다. 그중 어떤 것들은 흙덩어리가 아니라 똥덩어리였다. 하지만 코가 막힌 리처로서는 냄새로 분간할 재간이 없었다. 다만 특히 미끄러운 것을 밟을 때마다 똥이려니 했을 뿐이었다. 일직선을 벗어나지 않기 위해 그의 두 눈은 지평선 위에 가상으로 설정한 한 지점에 고정되어 있었다. 옆으로 늘어뜨린 그의 오른손에는 베일의 글록이 들려 있었다. 왼쪽 먼 전방에서 델펜소의 모습이 그림자 같은 형체로 그의 눈에 들어왔다. 그녀는 보폭을 좁히고 힘 있게 발을 내디디며 가며 꾸준히 전진하고 있었다. 오른쪽의 소렌슨의 모습은 좀 더 확실하게 살펴볼 수 있었다. 그녀는 리처보다 많이 앞서 있지 않았다. 그리고 델펜소의 머리칼은 짙은 색이었지만 그녀는 금발이었다. 당연히 더 잘 보일 수밖에 없었다. 다행히 그들의 등 뒤, 남동쪽 하늘에 낮게 걸린 달은 흐릿한 빛살 몇 줄기만을 구름 틈새로 뿌리고 있을 뿐이었다.

충분히 안전했다.

지금까지는.

하지만 질척하고 미끄러운 바닥이 그들의 발목을 잡았다. 리처는 출발 전의 계산을 수정해야 했다. 15~30분이 아니었다. 20~40분은 걸릴 것 같았다. 실망스럽긴 했지만 크게 낙담할 건 없었다. 콴티코 팀은 아직 12킬로미터 허공에 떠 있었다. 웨스트버지니아 상공 어디쯤일 게 분명했다. 착륙하기까진 몇 시간이 걸릴 것이다. 리처는 덩어리들을 밟고 미끄러져가며 계속해서 전진했다.

갑자기 그가 걷는 속도를 줄였다. 텅 비어 보이는 전방의 공간에서 어떤 존재를 감지했기 때문이었다. 뭔가가 있었다. 여전히 보이지는 않았다. 하지만 작은 농가는 아니었다. 그보다는 훨씬 부피가 크게 느껴졌다. 대형 헛간일 수도 있었다. 철판이나 골진 양철로 지은 헛간. 검은색. 밤보다 더 어두운 검은색.

그의 왼쪽에서 델펜소도 걸음을 늦췄다. 그녀도 리처와 똑같은 걸 감지한 모양이었다. 그의 오른쪽에서 소렌슨이 리처 쪽으로 방향을 조금 틀었다. 델펜소도 리처 쪽으로 각을 좁혔다. 그들 앞에 분명히 뭔가가 있었다. 그래서 두 여자는 본능적으로 한데 뭉치려 하고 있었다. 그들의 본능이 그 뭔가를 혼자서 만나서는 안 된다고 말했기 때문이다.

리처는 정면의 어둠 속을 응시한 채 걸음을 옮겼다. 아무것도 보이지 않았다. 그의 시력은 지극히 정상이었다. 그는 지금껏 단 한 번도 안경의 필요성을 느껴본 적이 없었다. 흐릿한 조명 속에서도 책을 읽을 수 있었다. 칠흑 같은 밤엔 1.5킬로미터, 혹은 그 이상 떨어진 곳에서 흔들리는 촛불까지도 눈에 들어오는 법이다. 인간의 눈은 4초 이내에 어둠에 익숙해진다. 그동안에 동공이 최대한 확대되는 것이다. 그리고 나서 몇 분 동안 체내의 비타민 A가 왕성하게 화학작용을 한다. 볼륨을 높이는 것과 같은 작용이다. 하지만 리처의 눈엔 아무것도 보이지 않았다. 마치 눈이 멀어버린 것 같았다. 하지만 아무것도 보이지 않는 데도 뭔가가 보이는 것 같은 느낌이 들었다. 정말로 뭔가가 있지 않고는 그럴 수가 없었다.

한 줄기 불어온 바람에 그의 바지 아랫부분이 퍼덕거렸다. 갑자기 추위가 심하게 느껴졌다. 소렌슨이 오른쪽 전방에서 그를 기다리고 서 있었다. 델펜소는 그를 향해 비스듬히 다가오고 있었다. 산개 작전이 종료된 것이다. 뭉쳐 있는 세 사람은 아주 쉬운 사냥감이었다. 결코 올바른 전략이 아니었다. 하지만 그들은 잠시 뒤에 함께 뭉쳤다.

"참 이상하네요." 소렌슨이 속삭였다. "저 앞에 커다란 형체가 있어요."

"어떤 형체?" 리처가 물었다. 소렌슨의 시력이 그보다 더 나은가? 하지만 그건 아니었다.

"그냥 형체 없는 커다란 형체를 덧대 놓은 것 같아요. 허공에 검은 구멍이 뚫린 것도 같고."

"나도 그걸 보고 있는 중이오." 리처가 말했다. "형체 없는 커다란 형체."

"하지만 허공에 높이 떠 있는 건 아니에요." 델펜소가 말했다.

다시 바람이 불어왔다. 그녀가 몸을 떨며 말했다. "고개를 들고 하늘을 봐요. 그러고 나선 눈길을 천천히 떨어뜨려요. 그러면 외곽선이 보일 거에요. 아무것도 없는 허공이 그 형체 없는 형체로 바뀌는 경계선."

리처가 하늘을 바라보았다. 북쪽과 서쪽 하늘에는 검은 구름이 두껍게 덮여 있었다. 빛은 전혀 보이지 않았다. 그들 뒤의 남동쪽 하늘에 덮인 구름층은 좀 더 얇았다. 그중 한 부분이 회색빛을 띠고 있었다. 구름을 뚫고 달빛이 비치고 있는 것이다. 너무나 미약한 빛이었다. 하지만 바람이 불고 있었다. 얇은 구름층이 움직이고 있는 것이다. 달빛이 비치는 틈새가 더 넓어질 수도 있었다. 혹은 아예 닫혀버릴 수도 있었다.

그는 다시 고개를 돌리고 정면의 하늘 높은 곳을 바라보았다. 그의 눈길이 점차 아래로 내려왔다. 델펜소가 얘기했던 외곽선을 찾아서. 그는 두 눈에 온 신경을 집중시켰다. 하지만 외곽선은 보이지 않았다. 두 개의 형체 없는 형체를 가르는 경계선은 그의 눈에 띄지 않았다. 오직 한 덩어리의 암흑일 뿐이었다.

그가 델펜소에게 물었다. "얼마나 낮은 곳에 있소?"

"지평선 위에요. 하지만 그다지 낮지는 않아요."

"내 눈엔 지평선도 보이지 않는군."

"난 상상해서 얘기한 게 아니에요."

"그렇지 않다는 걸 나도 알고 있소. 아무래도 좀 더 나아가야겠소. 다들 준비됐소?"

"네." 델펜소가 말했다.

소렌슨이 고개를 끄덕였다. 금발머리가 어둠 속에서 흐트러졌다.

그들은 서로 바짝 붙은 채로 앞으로 나아갔다. 10미터, 20미터.

눈길은 모두 정면에 꽂혀 있었다.

아무것도 보이지 않았다.

30미터.

드디어 그들 모두 그것을 보았다. 가까워진 거리 때문일 수도 있었고 바람 덕분에 구름 틈새가 조금 더 열려서 달빛이 두어 줄기 더 비쳤기 때문일 수도 있었다. 혹은 그 둘 모두 때문이었다.

그것은 농가가 아니었다.

68

전복된 군함 같은 모습이었다. 뒤집힌 채 해안으로 떠밀려온 선체. 짙은 색이었다. 각이 진 것 같으면서도 묘하게 둥근 모양이었다. 높다기보다는 긴 건물이었다. 한쪽 끝에서 다른 쪽 끝까지 백 수십 미터는 될 것 같았다. 앞에서 뒤까지의 너비도 그 정도는 될 것 같았다. 높이는 대략 12미터 정도였다.

레이시스와 비슷한 크기였다. 하지만 훨씬 튼튼한 구조였다. 레이시스는 값싼 자재로 대충 지은 상업용 건물이었다. 태풍이 불면 날아갈 것 같은 건물이었다.

하지만 들판에 버티고 선 그 구조물은 포격에도 끄떡없을 것 같아 보였다. 버티고 선 모양새로 미루어 수 미터 두께의 콘크리트 건물이었다. 벽들과 지붕이 둥글게 만나고 있는 구조는 엄청난 내구력을 시사하고 있었다. 모퉁이들도 둥글었다. 문도 없었고 창도 없었다. 옥상에는 허리 높이로 원통형 철제 난간이 빙 둘러쳐져 있는 것 같았다.

그들은 다시 전진했다. 15미터쯤 나아간 뒤 리처가 뒤편 하늘을 돌아보았다. 바람이 구름을 몰고 있었다. 달이 얼굴을 드러냈다. 잘된 일이기도 했고 그 반대이기도 했다. 그는 좀 더 환했으면 했다. 하지만 너무 환해서는 안 될 일이었다. 자칫 위험할 수도 있었다.

그는 다시 고개를 돌리고 그 구조물을 자세히 살펴보았다. 가까이에서 보니 검은색이 아니었다. 암갈색과 암녹색이 섞여 있었다.

아프리카 지도 같기도 하고 아메바 같기도 한 무늬들, 그 사이사이에 굵고 기다란 사선과 쇠스랑 대가리, 그리고 단검 같은 것들이 무광 페인트로 그려져 있었다.

위장 페인트.

리처의 어렸을 때 기억이 정확하다면 1960년대 미 육군의 위장 무늬와 같은 것이었다.

델펜소가 속삭였다. "저게 뭐죠?"

"확실히는 모르겠소." 리처가 말했다. "다만 폐쇄된 군 시설인 것만은 분명하오. 담장은 철거된 것 같소. 덕분에 어떤 농부가 그 안쪽 땅까지 활용해 왔을 거요. 무슨 용도로 지어진 건물인지는 나도 잘 모르겠소. 하지만 건물 벽으로 미루어 방공 미사일 기지였거나 탄약 제조 공장이었던 것 같소. 저 두꺼운 콘크리트 벽은 내부의 폭발로부터 주변을 보호하려는 목적도 있소. 정문을 보고 나면 분명하게 알 수 있을 거요. 미사일 격납고라면 초대형 운반 장비가 드나들 수 있도록 크게 만들어져 있겠지. 탄약 공장이라면 훨씬 작을 테고."

"폐쇄된 지는 얼마나 됐을까요?"

"저 위장 무늬는 상당히 오래전 것이오. 칠해진 지 최소한 50년은 됐을 거요. 그러니 베트남전 직후에 폐쇄됐을 가능성이 높소. 그게 맞다면 탄약 공장일 가능성이 높고. 베트남 전쟁이 종전되고 나서는 총알과 포탄이 그리 많이 필요하지 않게 됐으니까. 하지만 같은 시기에 미사일 생산량도 약간 줄어들었소. 따라서 여전히 미사일 격납고일 가능성도 있는 거지. 어쨌든 정문을 봐야 알 수 있을 거요."

"아직까지 철거되지 않은 이유는 뭘까요?"

"그자들이 매입했을 거요. 국방성은 쓸모가 없어진 군 시설을 좋아라 하며 팔아넘기니까. 하지만 그자들이 무단점유하고 있는 걸지도 모르오. 관리하는 사람이 없으니까. 국방성이나 관계 기관에는 그럴만한 여력이 없소. 저런 시설들이 너무 많으니 말이오. 당신 할아버지가 내신 세금이 아까운 거지."

"굉장히 크네요."

"그렇소. 아까 당신이 어림잡았던 머릿수를 다시 계산하고 싶은 마음이 들진 않소? 저긴 마흔 명이 아니라 사백 명도 수용할 수 있을 것 같은데?"

"공간만 놓고 보자면 사천 명도 들어가겠죠."

"맥퀸이 그들의 숫자에 관해서는 아무런 보고도 하지 않았소?"

"테러리스트 조직원들의 숫자를 세는 건 거의 불가능해요. 한 번에 모이는 법이 없으니까요. 하지만 나는 많아야 스물 몇 명이 확실하다고 생각해요."

"그자들이 지금 저 안에 있소."

"어떻게 해야 되죠?"

"아주 조심해야지."

"아니, 어디서부터 시작해야 하냐고요."

리처는 그녀와 소렌슨을 번갈아 쳐다보았다.

'작전에 투입된 요원은 만일 자신이 위험에 빠지게 되면 그동안 지켜보고 있던 동료들이 즉각적인 행동을 취해 주리라 믿고 있다.'

하지만 '즉각적'이라는 단어는 너무 과장된 표현이었다. 그들 세 사람이 작전을 계획한 건 콴티코 팀의 8시간이 너무 길어서였다. 하지만 그들이 그 작전에 착수한 지도 이제 4시간이 다 돼 가고 있었다. 4시간이 즉각적이란 말인가?

전혀 그렇지 않다.

그렇다면 8시간이나 4시간이나 거기서 거기다.

그가 말했다. "정석대로 하자면 일단 아주 조심스럽게 정탐을 해야 하오. 사면에서 저 건물을 철저히 살펴본 뒤 행동을 개시해야 한다는 얘기지."

델펜소가 말했다. "몇 시간이 걸릴 텐데?"

"할 수 없소."

"콴티코 팀이 도착할 때까지 기다리자는 건가요?"

"그것도 하나의 옵션이오. 그러고 싶소?"

"하지만 좋은 옵션은 아니에요." 델펜소가 말했다. "돈 맥퀸을 위해서는 특히."

"나도 공감하오."

"그럼 정석을 무시하고 행동을 개시해야죠. 안 그래요?"

"그건 너무나 무모하오."

"사실 말이지 우린 처음부터 아무 준비도 없었잖아요."

"우린 교전 태세를 갖췄잖소." 리처가 말했다. "우린 깨어 있지만 저자들은 대부분 잠들어 있을 테고."

소렌슨이 말했다. "지금 당장 움직이지 않으면 영영 기회를 잃게 될 거예요. 그게 우리의 현재 상황이에요. 상황에 따라 작전을 맞춰가는 게 군대라고 알고 있는데 내가 틀린 건가요? 당신은 군대에서 이런 상황에 대처하는 훈련은 받지 않았나요?"

"나는 훈련이란 훈련은 모두 받았소. 모든 훈련은 대개 짧은 역사 강의부터 시작하지. 냉전 시대에는 소련이 고성능 미사일들을 보유하고 있었소. 지금 우리 앞에 있는 저 건물은 그런 미사일 공격을 견뎌낼 수 있도록 지어졌소. 우리는 권총 세 자루뿐이고."

"하지만 당신이 위기에 빠진 요원이라면?"

"나도 맥퀸을 구하자는 데에는 적극 찬성이오."

델펜소가 말했다. "그럼 우리가 믿음직하지 못해서 이러는 건가요?"

"내가 부하들에게 결코 하지 않았던 얘기가 있었소. 하고 싶어도 할 수 없었던 건 장교 교범에 하지 말라고 적혀 있기 때문이었소."

"무슨 얘기였는데요?"

"이번 작전 중에 죽을 수도 있고 평생 불구로 살아가게 될 수도 있다."

"우리가 그 위험을 줄일 수 있는 방법이 있나요? 시간을 끄는 것 말고?"

"있소." 리처가 말했다.

그들은 돌발 상황에 대처하는 요령에 관해 얘기를 나누느라 7분을 썼다. 실전에서는 사전에 계획한 대로 움직일 수 없다. 일단 양쪽의 총구가 불을 뿜고 나면 계획도 연기와 함께 사라진다. 더욱이 지금 같은 경우엔 아예 계획을 세우는 것조차 불가능했다. 어떤 정보도 없었기 때문이다.

그들은 건물을 등에 지고 한 줄로 땅바닥에 앉아서 발생 가능한 모든 상황들을 짚어보았다.

그들은 몇 가지 원칙과 기본 수순을 정했다. 리처는 콘크리트 벽까지는 안전하게 다가갈 수 있다고 판단했다. 일리 있는 판단이었다. 미사일 격납고나 탄약 공장의 벽을 지을 때는 감시창을 뚫어 놓지 않기 때문이다. 그렇다고 나중에 뚫을 수도 없다. 미사일 공격에도 끄떡없는 콘크리트 벽을 무슨 수로 뚫겠는가. 하지만 벽까지 다가간 뒤부터가 문제였다. 옥상엔 보초들이 서 있을 게 거의 확실했다. 원형 철제난간 뒤, 통로 위, 혹은 미니 운동장 가운데. 하지만 보초의 숫자는 많지 않을 것이다. 게다가 그들 모두 침입자가 다가오는 상황을 한 번도 겪어보지 않았을 게 틀림없었다. 리처는 군 생활을 통해 보초들의 생리를 잘 알고 있었다. 보초란 때로는 없는 게 더 나을 수도 있는 존재들이다.

이제 얘깃거리가 다 떨어졌다. 그들은 어색한 침묵 속에서 잠시 더 앉아 있었다. 그런 상황에서 FBI들끼리 주고받는 농담이 반드시 있을 것이다. 육군이야 두말할 것도 없다. 하지만 각자의 세계에서만 통하는 농담들이다. 그런 농담들은 결코 조직 문화의 장벽을 넘지 못한다. 따라서 섣불리 꺼냈다간 안 하느니만 못한 결과를 초래할 수도 있다. 그래서 그들은 입을 꼭 다물고 있었다. 이윽고 세 사람은 여전히 입을 다문 채 일어섰다. 거의 동시에 돌아선 그들은 서로 간의 간격을 넓힌 뒤 각자의 출발점에 섰다. 그들은 정면의 어둠 속에 시선을 모으고 각자의 목표지점을 확인했다.

"준비됐소?" 리처가 말했다.

소렌슨이 말했다. "언제든지."

델펜소가 말했다. "네."

"기억하시오. 속도와 방향. 절대로 늦추거나 바꾸면 안 되오. 자, 갑시다."

세 사람은 동시에 앞으로 걸음을 내디뎠다.

순조로웠다.

소렌슨이 머리에 총알을 맞기 전까지는.

69

리처는 그 일련의 소리들을 역순으로 들었다. 소리의 속도, 소렌슨과 그의 거리, 그리고 건물과 그의 거리가 모두 변수로 작용했기 때문이다. 그는 총알이 표적에 박히는 둔탁한 소리를 먼저 들었다. 그 직후, 총알이 초음속으로 허공을 가르는 날카로운 소리를 들었고 다시 그 직후, 약 360미터 전방에서 발사된 소총의 파열음을 들었다. 그 파열음을 들었을 땐 그가 이미 바닥에 납작하게 엎드린 다음이었다. 첫 번째 소리를 들었을 때 그는 땅을 향해 몸을 던졌다. 몸이 땅에 닿기까지 그 찰나의 순간 동안 그의 머릿속엔 전광석화처럼 생각들이 연이어 떠올랐다.

저격용 라이플. M14 혹은 동급의 소총. 308구경. 야시경은 장착되지 않은 상태.

만약 야시경이 장착된 라이플이었다면 저격수의 생리상 리처가 첫 번째 표적이 됐어야 했다. 저격수가 소렌슨을 첫 번째로 겨눈 건 달빛에 드러난 그녀의 흰 얼굴과 금발머리 때문이었다.

리처는 즉각적으로, 그리고 본능적으로 모든 상황을 깨달았다. 소렌슨은 죽었을 것이다. 그는 분명히 알 수 있었다. 첫 번째 소리가 그 사실을 입증하고 있었다. 그는 예전에도 여러 번 그 소리를 들은 적이 있었다. 총알이 머리를 관통하는 소리였다. 초속 800미터 이상의 속도, 1미터 거리를 360킬로그램 이상의 추진력으로 돌파한 에너지, 스트라이크존을 찾아들어가는 커브볼처럼 12미터의 높이에서 65센티미터 이상의 낙차로 하강탄도를 그리며 360미터를 날아온 308구경 탄환.

살아남을 수가 없었다.

실낱같은 희망조차 없었다.

리처는 기다렸다.

그는 엎드린 채로 양 손바닥과 손등을 땅에 문질러서 흙을 잔뜩 묻혔다. 그다음엔 얼굴까지 땅에 골고루 문댔다.

그가 한쪽으로 살짝 고개를 들어 델펜소 쪽을 살펴보았다.

아무것도 보이지 않았다.

그건 다행이었다. 그녀도 어디선가 엎드려 있는 모양이었다. 얼굴을 땅에 박고 있다면 그녀의 검은 머리 덕분에 저격수의 눈에 띌 염려가 없었다. 리처가 반대쪽으로 고개를 돌렸다. 땅 위에서 뭔가가 희미하게 빛을 내고 있었다. 작고 하얀, 소렌슨의 손. 그녀가 어떤 자세로 쓰러졌는지에 따라 오른손일 수도 있었고 왼손일 수도 있었다.

대답이 돌아오지 않을 걸 알고 있었지만 그는 그쪽을 향해 나직하게 속삭였다. "줄리아?"

대답이 없었다.

그는 이번엔 반대쪽을 향해 속삭였다. "카렌?"

대답이 없었다.

"카렌? 거기 있소?"

억눌린 성대에서 나오는 것 같은 목소리가 응답했다. "리처? 총에 맞았나요?"

그가 말했다. "소렌슨이 맞았소."

"심각한가요?"

"심각한 것보다 훨씬 안 좋은 상태요." 그가 머리를 숙인 채 팔꿈치와 무릎으로 기기 시작했다. 그의 후두엽은 침대보에 붙은 벌레처럼 보여야 한다고 명령했다. 하지만 전두엽은 그럴 필요 없다고 말하고 있었다. 저격수가 그를 봤다면 그는 벌써 저세상 사람이 됐을 테니까. 그는 후두엽의 명령을 어기고 고개를 들었다가 전방을 확인하곤 재빨리 숙였다. 그가 방향을 약간 수정했다. 그는 소렌슨의 손에서 한 팔 길이 되는 지점에서 멈췄다. 그가 팔을 뻗어서 그녀의 손을 잡았다. 아직 따뜻했다. 그는 그녀의 손목을 더듬어 올라가서 그 안쪽에 두 손가락을 얹었다.

'이번 작전에서 죽을 수도 있고 평생을 불구로 살아가게 될 수도 있다.'

맥박이 잡히지 않았다. 그냥 축축하고 늘어진 살갗이었다.

'눈에 보이지 않는 수많은 근육들의 긴장이 모두 풀어진 상태.'

그는 다시 기어서 50센티미터 정도 다가갔다. 그의 손이 그녀의 팔과 어깨를 차례로 더듬어 올라가서 목에 닿았다.

맥박은 없었다.

다만 미끄럽고, 물컹거리고, 꺼끌꺼끌한 촉감만이 느껴졌다. 피와 뇌수, 그리고 뼈 조각들 때문이었다. 턱은 온전히 붙어 있었다. 코도 말짱했다. 한때는 생기와 즐거움이 가득 담겼었던 파란 두 눈 주위에도 상처는 없었다. 하지만 그 눈 위로는 아무것도 남아 있지 않았다. 그녀는 이마 한가운데를 맞았다. 머리 윗부분이 완전히 날아가 버렸다. 머리카락을 비롯해서 모조리. 이마 상단의 피부가 조금 붙어 있는 그녀의 머리 가죽은 뒤편 어딘가에 걸려 있거나 땅바닥에 떨어져 있을 게 분명했다. 리처는 전에도 그런 걸 여러 번 본 적이 있었다.

그는 그녀의 목에 다시 한 번 손끝을 가져다 댔다.

맥박은 없었다.

그는 바닥에 손을 문질러 닦은 뒤 그녀의 권총을 찾기 위해 주변을 더듬었다. 하지만 찾을 수가 없었다. 폴리카보네이트 재질의 검은색 권총, 칠흑 같은 어둠. 그는 권총을 단념했다. 그는 다시 손을 더듬어 그녀의 어깨와 허리를 확인했다. 그러곤 그녀의 스웨터 속으로 손을 집어넣어 벨트를 더듬었다. 여분의 탄창을 찾기 위해서였다. 그녀의 엉덩이는 아직 따뜻했다.

'면 셔츠, 그리고 딱딱하지도 무르지도 않은 그 아래의 몸.'

그는 땅바닥에 배를 깔고 엎드린 채 그녀의 벨트에서 빼낸 탄창을 주머니에 쑤셔 넣었다.

그는 다시 네 발로 뒷걸음질을 치다가 게처럼 몸을 뒤집은 다음 델펜소의 목소리가 들렸던 곳을 향해 기어갔다. 멀었다. 30 내지 40미터 정도?

델펜소가 속삭였다. "그녀는 죽었나요?"

그가 말했다. "즉사했소."

아주 오랫동안 침묵이 흘렀다.

델펜소가 먼저 입을 열었다. "아, 돌겠네. 난 정말 그녀가 좋았는데."

"나도 그녀가 좋았소." 리처가 말했다.

"FBI 최정예요원으로서 나무랄 데가 없는 여자였는데."

그녀의 목소리에서 걷잡을 수 없는 울분이 느껴졌다.

"일어나지 말아야 할 일이었지만 어쩌겠소." 리처가 말했다. "일단 마음을 가라앉혀요."

"당신네 군바리들은 이런 상황에 그렇게밖에 반응을 못하나요?"

"당신네 FBI들은 어떻게 반응하는데?"

그녀는 대답하지 않았다.

그녀가 말했다. "이제 어쩌죠?"

"당신은 차로 돌아가시오." 리처가 말했다. "가는 내내 자세를 낮추는 걸 잊지 말고. 차에서 콴티코 팀에게 연락을 해서 현재 상황을 알리시오. 화이트먼 공군기지가 가장 적합한 착륙 장소라고 반드시 일러주시오. 오마하에도 연락을 하는 게 좋겠소. 거기 지부장은 토니 페리라는 사람이오. 난 그와 한 번 통화를 했소. 아, 야간 당직 요원이 그녀와 절친한 사이인 것 같았소. 그러니 그녀의 사망 소식을 조심스럽게 전해야 할 거요. 과학수사 팀장에게도 마찬가지고. 그들이 소식을 듣고 이성을 잃어도 좀 참아주시오."

"당신은 나와 함께 가지 않을 건가요?"

"그렇소." 리처가 말했다. "난 총을 쏜 놈을 반드시 내 손으로 잡아 죽일 거요."

"당신 혼자선 불가능한 일이에요."

"당신은 나와 함께 갈 수 없소. 당신에겐 아이가 있잖소."

"난 당신을 혼자 보낼 수 없어요. 내게 부여된 권한에 의거해서 명령합니다. 철수하세요."

"그런 일은 일어나지 않을 거요."

"콴티코 팀에게 해결을 맡기죠."

"맥퀸은 그렇게 오랫동안 기다릴 수 없소."

"당신은 죽게 될 거예요. 저 안에 몇 백 명이 우글거리고 있을지도 몰라요."

"당신이 스물 몇 명이라고 장담했잖소."

"스물 몇 명이 적어요? 게다가 전투 훈련을 제대로 받은 자들일 텐데."

"그들의 훈련 상태가 어떤지는 곧 알게 될 거요. 아마 고등학교 땐 폼 좀 잡았겠지. 하지만 그들이 메이저리그의 강속구를 받아칠 수 있을지는 의문인 걸?"

"악랄한 놈들일 거예요."

"그들은 악랄하다는 단어의 정확한 의미를 모르는 놈들이오. 이제 곧 알게 되겠지만."

"난 당신을 저곳에 들여보낼 수 없어요. 절대 살아나오지 못할 거예요. 차라리 당신을 이 자리에서 내 손으로 쏴버리는 편이 낫겠네요."

"당신은 나를 제지할 수 없소. 난 민간인이니까."

"바로 그거예요. 맥퀸과 소렌슨은 당신과는 상관없는 세계의 사람들이잖아요. 그러니 우리 세계의 일은 우리가 알아서 처리하도록 내버려둬요."

"기꺼이 그러겠소." 리처가 말했다. "당장이라도 SWAT 팀의 비행기 소리가 들리기만 한다면."

"그들은 가까이에 있어요."

"그들은 지금 오하이오 상공에 있소. 어쩌면 인디애나 상공일 수도 있겠지. 하지만 그래도 가까이 있는 건 아니오."

"당신이 총에 맞아 죽는다고 해서 일이 해결되는 것도 아니잖아요."

"절대 아니지. 하지만 난 총에 맞아 죽지 않을 거요."

"수많은 결과를 예상할 수 있는 일이잖아요."

"그렇소." 그가 말했다. "가능한 결과가 여러 개인 건 맞소."

"그럼 당신이 총에 맞아 죽지 않는다는 것도 그 여러 개의 결과 가운데 하나일 뿐이고요."

"그렇소." 그가 다시 말했다. "당신 말이 맞소."

"그렇다면 왜 굳이?"

"내가 소렌슨을 좋아했기 때문이오. 난 그녀가 정말로 좋았소. 그녀는 날 공정하게 대했고 존중해 주었소."

"그럼 추도 예배에 참석하세요. 그녀를 위해 죽을 게 뻔한 전장에 나갈 필요까지는 없어요."

"전장에 나가면 내가 살아남을 확률이 더 높아지거든."

"어떻게요?"

"내가 살아서 오늘 밤을 넘길 수 있는 기회니까."

"별 희한한 기회도 다 있네요. 나와 함께 철수하면 내일 아침을 반드시 맞이하게 될 텐데? 그거야말로 살아남을 수 있는 기회잖아요."

"아니." 리처가 말했다. "만일 당신과 함께 철수하게 되면 난 수치심에 못 이겨 당장 죽게 될 거요."

그걸로 대화는 끝이었다. 더 이상의 논쟁은 없었다. 다만 어색한 침묵만이 감돌뿐이었다. 그 상황에 걸맞는 FBI식 농담이 반드시 있을 것이다. 육군은 두말할 것도 없다. 하지만 각자의 세계에서만 통하는 농담이다. 그래서 리처도, 델펜소도 입을 열지 않았다. 그녀는 그의 얼굴을 빤히 바라보고만 있었다. 그는 그 눈길의 의미를 확실히 파악할 수 없었다. 그의 얼굴은 오물투성이였다. 그가 소똥 위에 얼굴을 문댔던 게 틀림없었다. 깜깜하기도 했지만 코가 막혀 진흙덩어리와 구분할 수 없었던 것이다.

델펜소가 말했다. "행운을 빌어요."

그녀는 양 팔꿈치와 양 무릎으로 뒷걸음질을 치다가 게처럼 몸을 뒤채어 방향을 바꾼 다음 레이시스를 향해 기어가기 시작했다. 리처는 그녀의 뒷모습을 지켜보았다. 그 모습이 어둠에 완전히 묻혀버린 다음에도 그는 1분 동안 눈길을 돌리지 않았다. 그녀가 되돌아올까 봐. 그는 그녀가 그러고 싶어한다는 걸 알고 있었다. 하지만 그녀는 돌아오지 않았다. 루시 때문이었을 것이다.

'당신에겐 아이가 있잖소.'

좀 전의 대화 중에 그녀가 시비를 걸지 않은 건 딱 그 얘기뿐이었다.

그는 1분을 더 기다리고 나서야 몸을 돌렸다. 그러곤 어둠을 뚫고 앞으로 기어나가기 시작했다.

70

웨스트포인트(미 육군사관학교)에서 리처는 전략과 전술에 관한 전문가들의 강의를 수백 시간은 들었을 것이다. 그는 그 강의 내용들을 뚜렷이 기억하고 있었다. 훌륭한 이론들이었다. 하지만 그는 실전에서는 그 자신의 방식을 고수해 왔다. 동양엔 지피지기라는 필승의 전략이 있다고 배웠다. 하지만 그의 방식은 지피 또 지피라고 할 수 있었다. 철저하게 상대방 입장에 서서 상황을 분석하고 그 상황에 맞춰 대응을 하는 게 그의 방식의 골자였다. 그의 생각엔 기왕에 벌어질 싸움, 자신의 부족한 전력을 분석해봐야 사기만 떨어질 뿐이었다. 지금도 마찬가지였다. 그는 몇 개 안 되는 자신의 강점과 수두룩한 자신의 약점을 이미 알고 있었다. 중요한 건 그자들이었다. 그들의 강점은 무엇일까?

일단 그들은 사격술이 뛰어난 자들이었다. 최소한 한 놈은 명사수였다. 그건 분명했다. 깜깜한 밤에 360미터 거리에서 이마 한가운데를 맞힌다는 건 단순히 뛰어난 정도가 아니라 경지에 오른 사격술이다.

하지만 그것 말고는 그들에게도 별다른 강점이 있을 것 같지 않았다. 반면에 그들은 결정적인 약점들을 갖고 있었다. 그 대부분이 불안과 공포에 의해 생성된 것들이기에 더욱 치명적이었다. 항상 은밀한 환경에서 강박감에 짓눌린 채 지내온 자들이었다. 자연히 쉽게 공포에 질릴 수밖에 없고 그렇게 되면 일관적이고 합리적인 판단을 내릴 수가 없다. 리처의 생각으로는 그들은 두 가지 판단착오를 하고 있을 게 틀림없었다.

일단 그의 접근 경로에 대해 지나치게 머리를 굴린 게 그들의 첫 번째 판단착오였다. 그들은 저격수가 쓰러뜨린 침입자에게 일행이 있다면 이미 도망을 갔거나 아니면 90도, 혹은 그 이상의 각도로 우회해서 접근할 것이라고 단정 지었을 것이다. 하지만 동료를 잃고도 접근을 포기하지 않을 만한 자라면 배짱이 상당할 것이다. 따라서 그들은 다시 한 번 생각해서 현재 위치를 지키고 있어야 했다. 물론 그들은 다시 한 번 생각했을 것이다. 하지만 강박증 환자들은 두 번으로는 만족하지 못하는 법이다. 결국 그들은 세 번 생각한 끝에 북쪽과 서쪽의 경계를 강화했을 것이다. 저격수가 그의 사격술을 과시했던 남동쪽 방향은 이제 그들에겐 경계 지점으로서의 가치가 없다. 물론 그쪽에 보초 한두 명을 남겨두긴 했을 것이다. 하지만 그 보초들은 정예가 아닐 게 뻔했다. 더구나 그들은 어깨 너머로 고개를 돌려가며 적의 예상 침투로를 확인하느라 정면에는 주의를 기울이지 않고 있을 터였다.

두 번째 판단 착오는 첫 번째의 연장선상에서 일어난 것이다. 남동쪽 방향이 안전하다는 착각 속에서 그들 몇 놈이 그쪽으로 나와 소렌슨의 시체를 안으로 끌어갈 것이 분명했기 때문이다. 그들은 소렌슨이 과연 진짜 침입자였는지 확인을 하지 않고는 불안해서 견딜 수 없을 것이다. 어차피 그 자들은 그녀의 시체를 건물 밖에 내버려둘 수는 없었다. 거긴 그들의 땅이 아니었다. 어떤 농부 할아버지가 아주 오래전 국방성에 내주었고 이제 그의 농부 손자가 되찾아서 이웃들처럼 매일 새벽마다 나와 일하는 터전이었다. 따라서 그들의 제1행동강령, 비밀의 원칙에 따라 그 시체는 치워져야 했다. 그것도 아주 빨리. 강박증 환자들이 가장 못 견디는 건 기다림이다.

5분 내지 10분.

반면 리처가 가장 잘 견디는 건 기다림이다.

그들은 북쪽 벽에 나 있는 출입구를 통해 차를 타고 밖으로 나올 것이다. 두 놈 정도일 것이다. 그들은 목표지점으로 직행할 것이다.

그들은 땅바닥에 납작하게 엎드려 있는 리처로부터 3~4미터 떨어진 지점에 차를 세울 것이다.

8분 뒤 리처의 예상대로 픽업트럭 한 대가 북쪽에서 돌아 나왔다. 트럭은 각이 조금 더 좁았을 뿐 맥퀸의 내비게이션 동선들이 보여주었던 거꾸로 세운 J자 궤도를 따라 리처가 숨어 있는 쪽, 소렌슨의 시체가 널브러져 있는 쪽으로 곧장 다가왔다. 회색 트럭이었다. 프라이머인 것 같았다. 흐릿한 달빛에 비치는 어슴푸레한 형체만 가지고는 정확한 모델을 파악하기 힘들었다. 하지만 분명히 크루캡은 아니었다. 일반 픽업트럭이었다. 트럭은 헤드라이트와 실내등을 모두 끈 채 덜컹거리며 달려왔다. 은밀함, 그리고 강박중. 앞 유리 안쪽은 바깥쪽과 구별이 안 되는 암흑이었다. 하지만 최소한 두 명, 최대한 세 명이 타고 있을 게 분명했다. 아마 두 명일 것 같았다.

트럭의 속도가 줄어들면서 두 사내의 머리가 양쪽 창문 밖으로 튀어나왔다. 목표물을 확인하기 위해서였다. 이미 소렌슨의 얼굴엔 온통 피딱지가 검게 굳어가고 있었다. 하지만 달빛을 받아 희미한 빛을 발하고 있는 부분은 얼굴 말고도 몇 군데 더 있었다. 목표물의 위치를 확인한 그들은 7~8미터 전방에서부터 브레이크를 서서히 밟다가 소렌슨이 누워 있는 지점에 바짝 꽁무니를 붙이고 차를 세웠다. 그들이 동시에 차에서 내려섰다.

두 놈이었다. 셋이 아니었다. 문이 열리면서 불이 들어온 실내등이 말해주고 있었다.

무기는 없었다. 손에 든 것도 없었고 등에 맨 것도 없었다.

그들이 그녀를 향해 걸어왔다.

리처는 미신을 믿지 않았다. 영혼의 존재도 믿지 않았다. 어떤 터부도 꺼림칙하게 여겨본 적이 없었다. 하지만 그들이 그녀의 몸에 손을 대도록 내버려둘 수는 없었다.

그들은 눈길을 아래로 향한 채 그녀의 주위에서 잠시 주춤거렸다. 적절한 방법을 궁리하는 모양이었다. 일감을 지시받은 덜 떨어진 일꾼들의 모습이었다. 리처가 보기에 시리아 인들이었다. 하지만 피부가 하얀 편이었다. 이탈리아 인 행세를 하는 자들이었다. 둘 모두 발육 부전증 환자들 같았다. 작은 키에 비쩍 마른 몸매였다. 목도 가늘었다.

그들이 준비 태세를 갖췄다. 각자 다리를 적당히 벌리곤 담뱃불을 끄듯 발바닥으로 땅을 몇 번 짓이겼다. 두 사내 모두 아무런 말이 없었다. 얘기가 필요 없는 상황이었다. 그들이 할 일은 너무나 분명했다. 역학은 스스로 명징한 것이다. 기하학은 기하학 그 자체인 것이다. 왼쪽 사내가 절반을 맡고 오른쪽 사내가 나머지 절반을 맡으면 그만이었다. 그들이 시체만 운반하고 나면 나머진 새벽 일찍 일어난 새들이 처리할 것이다.

그들이 무릎을 굽혔다.

그때 그들 뒤에서 마치 동화 속 한 장면처럼 땅이 갈라지더니 악몽 속에서나 만날 법한 엄청나게 커다란 형체가 그 구덩이에서 일어섰다. 온몸에서 폭포줄기처럼 흙과 먼지가 쏟아지고 날렸기에 더욱 기괴해 보였다. 그 무시무시한 형체는 한 걸음을 크게 떼면서 오른쪽 주먹으로 왼쪽에 선 사내의 뒷목을 가격했다. 유령이 맨주먹으로 철길 말뚝을 박는 것처럼 살벌하기 그지없는 동작이었다. 위에서 아래로 가공할 힘을 실어 내려친 주먹이기에 충격도 어마어마했다. 왼쪽 사내는 비명 한 번 지르지 못하고 꼬꾸라졌다. 그 커다란 주먹은 운동의 법칙에 충실히 따라서 허공에 우아한 곡선을 그리며 주인의 무릎 옆을 스치고 뒤로 돌아갔다가 그 즉시 똑같은 궤도를 타고 다시 솟구쳐 올라왔다. 그와 동시에 그 거대한 형체의 허리가 뒤틀리더니 이번에는 팔꿈치가 오른쪽 사내의 앞 목에 정확히 꽂혔다.

리처는 첫 번째 사내의 가슴을 무릎으로 타고 앉았다. 그러곤 한 손 손가락들로 콧구멍이 막히도록 그자의 코를 비틀었다. 다른 손으론 입을 덮어 눌렀다.

아무 저항이 없었다. 이미 숨이 끊어져 있었기 때문이다.

두 번째 사내는 제법 버둥거렸다. 하지만 오래가진 못했다.

리처는 땅바닥에 양손을 문질러 닦은 뒤 픽업트럭을 향해 발길을 옮겼다.

71

그자들의 무기는 좌석 위에 아무렇게나 얹혀 있었다. 천 소재의 어깨끈이 달린 콜트 자동소총 두 자루였다. 기본적인 사양은 M16과 흡사하지만 길이가 더 짧고 9밀리 파라블럼 실탄을 사용하는 총이다. 미국 총기 회사의 제품으로서 1분당 구백 발을 쏠 수 있다. 탄창은 스무 발짜리에 전자동, 혹은 한 번에 세 발이나 한 발로 발사 간격 조절이 가능하다. 리처가 선호하는 총기는 아니었다. 사실 미제 자동소총은 별로다. 소비자들을 사로잡을만한 특징이 없다. 그래서 소비자들은 슈타이어, 혹은 헤클러 운드 코흐 같은 유럽 상표를 선호한다. 리처의 편견이 아니었다. 델타포스나 콴티코 기지에 물어보면 안다. 현재 비행기 안에 있는 SWAT 팀도 콜트를 메고 있지는 않을 것이다. 그건 너무나 분명했다.

하지만 그래도 없는 것보다는 나았다. 리처는 그것들의 상태를 점검했다. 장전이 돼 있었다. 제대로 작동할 것 같았다. 그는 조수석 문을 닫은 뒤 보닛을 돌아 반대편으로 갔다. 그러곤 좌석을 뒤로 민 다음 올라탔다. 시동은 켜져 있는 상태였다. 평범한 포드 픽업트럭이었다. 그는 양쪽 창문을 내린 다음 글록은 오른쪽 허벅지 밑에 쑤셔 넣고 자동소총들은 옆자리에 포개 놓았다.

그는 속으로 셋을 세고 난 뒤 기어를 넣고 천천히 차를 몰기 시작했다. 아까는 발바닥으로 느꼈던 울퉁불퉁한 땅바닥의 느낌이 이번엔 타이어를 통해 고스란히 전해져 왔다. 덜컹거리는 트럭을 몰고 리처는 두 사내가 왔던 길을 그대로 따라 올라갔다. 건물의 위쪽 모퉁이까지는 거의 직선으로 뻗은 통로였다. 달빛은 여전히 흐릿해서 그 앞에 거의 다 이를 때까지도 건물은 육중한 그림자로만 보였다. 그러다 어느 순간, 열어 놓은 창문 밖에 갑자기 솟아오른 것처럼 모습을 드러냈다. 그 동쪽 벽을 따라 올라가면서 리처는 그 건물이 마치 정박해 있는 대형 선박 같다는 생각을 했다. 일단 가운데에 상당한 두께의 철근을 박고 주변에 나무판자로 임시 틀을 만든 다음 거기다 엄청난 양의 콘크리트를 붓는 공정을 거쳐 탄생한 벽이었다. 리처는 여기저기 박혀 있는 작은 나무 조각들을 볼 수 있었다. 나무틀을 떼어낼 때 부서져 남은 조각들이었다. 건물 모퉁이 역시 나무판자들을 둘러

세워서 틀을 만들었기에 멀리서는 매끄럽게 보였지만 바로 앞에서 보니 꺼끌끄끌한 여러 개의 평면들이 각을 좁혀가며 돌아간 것을 알 수 있었다. 건축 당시 콘크리트 일부가 나무틀 틈새로 비어져 나와 그대로 굳어버렸기 때문에 건물 벽에는 긁어서 부어오른 것 같은 자국들이 간격을 두고 길고 짧게 도드라져 있었다. 어떻게 보면 솔기가 재봉되지 않은 넓은 커튼자락 같기도 했다. 두껍게 칠해진 위장페인트에는 투박한 붓 자국들이 역력했다. 깔끔한 작업은 아니었다. 하지만 어차피 위장 페인트 작업은 칠 솜씨보다는 효과가 중심인 데다가 그 효과도 가까이에서가 아니라 멀리서 판단해야 할 문제이기 때문에 트집을 잡을 수는 없었다.

그는 차의 속도를 줄인 다음 심호흡을 한 번 하고 핸들을 꺾어서 건물의 위쪽 모퉁이를 돌았다. 그리고 그는 처음으로 북쪽 벽을 보게 되었다. 벽 자체는 다른 쪽들과 마찬가지로 12미터 높이의 밋밋한 콘크리트였다. 하지만 그 벽에서부터 낮은 터널 같은 반원형의 거대한 돌기 세 개가 서로 일정한 간격을 두고 30미터가량 곧게 뻗어 나와 있었다. 마치 이글루의 출입구를 길게 늘여 놓은 것 같은 모양이었다. 공습에 대비한 출입구들이었다. 그런 터널식 출입구의 양쪽 끝에는 각각 방폭문이 달려 있다. 그 한 쌍의 문은 결코 동시에 열리지 않는다. 첫 번째 문을 통과한 트럭은 일단 내부의 대기 공간에서 기다려야 한다. 첫 번째 문이 뒤에서 완전히 닫혀야만 두 번째 문이 열리기 때문이다. 그제야 트럭은 건물 안으로 들어갈 수 있게 된다. 건물에서 나올 때도 순서만 반대일 뿐 똑같은 과정을 거쳐야 한다. 그래야만 공습으로 인한 외부의 충격파에 내부의 시설이 손상을 입지 않을 수 있기 때문이다.

'미사일 격납고.' 리처는 생각했다. 냉전 시대. 당시 군대는 원하는 것은 무엇이든 차지했다. 아니, 군대가 원했든 원하지 않았든 간에 모든 건 그들의 차지였다.

연속적인 의문과 그 대답을 찾기 위해 리처의 머릿속은 바쁘게 돌아갔다. 세 개의 터널 가운데 현재 사용 중인 출입구는 어느 것인가?

쉽게 대답을 얻을 수 있는 의문이었다. 타이어 자국이 달빛 아래 분명하게 드러나 있었기 때문이었다. 가운데 터널 앞, 부드러운 흙바닥 위에 들고 난 차량들이 남긴 두 줄기 타이어 자국이 뚜렷이 나 있었다. 리처는 핸들을 요령 있게 조작해서 픽업트럭의 앞바퀴들을 그 바퀴 자국들 위에 맞추고 가운데 터널 앞으로 천천히 차를 몰았다. 첫 번째 문은 닫혀 있었다. 문은 터널 입구보다 좀 더 넓었다. 비행기 격납고와 같은 구조였다. 레일에 맞춰져 있는 커다란 철제 바퀴들을 타고 마치 극장 커튼처럼 가운데에서부터 양쪽으로 열리게 돼 있는 미닫이 형식의 철문이었다.

그렇다면 어떻게 해야 열리는가?

픽업트럭 안에는 무전기가 없었다. 입구 주변에는 감시 카메라가 없었다. 동작을 감지하는 광선도 없었고 호출 버튼도 없었다.

리처는 강철 벽처럼 우뚝 솟아 있는 문을 향해 무작정 천천히 차를 몰았다. 옥상의 원통형 난간 뒤에 서 있는 보초들이 그의 눈에 들어왔다. 모두 다섯 명이었다. 각자 어깨에 총을 메고 있는 그들의 얼굴은 바로 아래도 아니고 먼 지평선도 아닌 그 중간쯤의 어딘가를 향하고 있었다. 어두워서 분명히 확인할 수는 없었지만 그들에게서 특별한 긴장감을 감지할 수는 없었다. 보초 임무란 원래 힘이 들면서도 지루한 것이다. 웬만큼 모험심을 가진 사람이라면 절대 자원하지 않는 임무다. 거기선 어떤 흥분도, 어떤 매력도 찾을 수 없기 때문이다.

리처는 문까지의 거리를 1미터가량 남겨 놓고 차를 세웠다.

이내 문이 열리기 시작했다.

한가운데에서 일종의 자석 같은 접합 장치가 떼어지더니 문짝이 두 개로 분리되며 각각 레일을 타고 서로 반대 방향으로 밀려났다. 적재 한계를 초과한 트럭 엔진이 내는 것과 비슷한 소리가 울렸다. 수백 톤은 거뜬히 나갈 문짝의 중량을 감당하려고 기를 쓰는 모터 소리였다. 틈이 점차 넓어져 갔다. 60센티미터, 90센티미터. 터널 안의 조명은 흐릿했다. 철망 틀이 감싸고 있는 촉수 낮은 전구들이 천장에서부터 내려뜨려진 전선에 매달려 있었다. 리처는 허벅지 아래에서 글록을 뽑았다. 그러곤 눈에 띄지 않도록 총을 쥔 손을 아래로 내렸다.

틈새가 2미터 10센티미터 남짓 벌어지고 나자 두 개의 문이 작동을 멈췄다. 일반 승용차는 물론 픽업트럭도 얼마든지 통과할 수 있는 너비였다. 리처는 한 차례 심호흡을 하고 나서 속으로 셋까지 센 다음 왼쪽 손으로 핸들을 잡고 액셀을 가볍게 밟았다. 차가 안으로 천천히 굴러들어갔다.

터널 속엔 두 사내가 있었다. 한 명은 리처 가까이, 첫 번째 문 근처의 커다란 빨간색 버튼 옆에 서 있었다. 나머지 한 명은 30여 미터 떨어진 두 번째 문 근처의 커다란 빨간색 버튼 옆에 서 있었다.

'그들이 인사를 건네기도 전에 얼굴을 쏴버려라.'

그가 몇 시간 전에 델펜소에게 건넸던 충고였다.

그는 첫 번째 사내를 대상으로 자신의 충고를 직접 실행에 옮겼다. 하지만 얼굴을 쏜 건 아니었다. 그는 글록을 조금 더 높게 조준해서 그자의 이마 한가운데를 뚫어버렸다. 그들이 소렌슨에게 그랬던 것처럼.

'실탄을 아껴라, 두 번 쏘지 않도록 해라.'

그가 30분 전에 두 여자에게 건넸던 충고였다.

그는 그 충고 역시 직접 실천했다. 첫 번째 사내를 한 방에 끝냈으니까. 그자는 헐렁한 녹색 유니폼을 입고 있었다. 허리엔 권총을 차고 있었다. 덮개가 달린 커다란 권총 지갑은 리처가 군대에 있을 땐 단 한 번도 본 적이 없는 물건이었다. 군수품이라기보다는 민속 공예품 같았다.

리처가 다시 정면을 향해 고개를 돌렸다. 두 번째 사내와의 거리는 너무 멀었다. 30여 미터 밖의 표적은 권총으로는 무리였다. 그는 트럭에서 내려서서 커다란 빨간색 버튼을 눌렀다. 첫 번째 문이 그의 뒤에서 굉음을 울리며 닫히기 시작했다. 그는 기다렸다. 두 번째 사내도 기다렸다. 30여 미터, 권총으로는 불가능한 거리. 그는 다시 차에 올라탄 뒤 안전벨트를 졸라맸다. 그러곤 액셀을 힘주어 밟았다. 차는 곧장 두 번째 사내를 향해 돌진했다. 그자는 얼어붙은 채 이미 소중한 몇 초를 허비한 상태였다. 역시 공포는 그들의 천적이었다. 뒤늦게야 커다란 총 지갑을 더듬었지만 떨리는 손끝으론 덮개를 열고 권총을 뽑아낼 수가 없었다. 결국 그는 포기를 하고 두 번째 문 옆에서 비껴나 달리기 시작했다. 첫 번째 문은 닫혔지만 그 문을 열 만한 시간적 여유가 그에겐 없었다. 그건 비상구가 아니라 몇 백 톤짜리 철벽이었다. 사내는 터널 안에서 살 길을 찾기 위해 달렸다. 그건 바보짓이었다. 하지만 이미 공포에 사로잡힌 그는 이성적으로 판단을 내릴 수가 없었다. 리처는 그자가 페널티 키커와 마주 선 골키퍼처럼 현란하게 몸을 움직이다가 어느 순간 한쪽 벽에 달라붙는 전략을 펼칠 거라고 예상했다. 콘크리트 벽에 차를 갖다 박을 운전자는 없을 거라는 그자의 판단을 읽었기 때문이다.

그는 왼손만으로 핸들을 잡고 차를 계속 몰아갔다.

아니나 다를까, 그자는 왼쪽, 오른쪽으로 번갈아 뛰는 척하다가 한쪽 벽에 찰싹 달라붙었다. 역시, 리처의 짐작대로, 픽업트럭이 바로 앞까진 다가오겠지만 충돌 직전에 방향을 바꿀 것이라고 판단을 한 것이었.

물론 상대방의 생각은 아랑곳없이 자신의 전략만 고수했기 때문에 일어난 판단착오였다.

리처는 시속 50킬로미터의 속도로 사내가 붙어 있는 벽을 향해 곧장 돌진했다. 사내의 두 눈이 공포로 하얗게 뒤집어졌다. 인정사정 볼 것 없었다. 리처는 트럭의 앞부분으로 그를 받아버렸다. 사내의 무릎 위부터 허리까지가 강철과 콘크리트 사이에 끼어 으스러져버렸다. 리처는 사내의 얼굴에 떠오른 표정을 보았다. 경악, 그 자체였다. 하지만 그 얼굴은 곧 그의 시야에서 사라졌다. 콘크리트 벽과 충돌한 직후, 보닛 덮개가 아코디언 바람주머니처럼 쭈글쭈글 주름이 잡히며 위로 말려 올라왔기 때문이었다. 앞 유리가 산산조각이 났다. 앞으로 튕겨나가던 리처의 몸이 안전벨트에 걸려 순간적으로 정지 상태가 되었다. 최대한으로 팽팽해진 안전벨트가 그의 상체를 엄청난 힘으로 조여 왔다. 다음 순간, 아직 남아 있던 추진력 때문에 트럭의 앞바퀴들이 허공에 들리며 정지 상태에 있던 리처의 상체와 머리가 좌석 등받이에 심하게 부딪쳤다. 연기와 증기가 자욱하게 피어올랐다. 그 모든 게 순식간에 일어난 일이었다. 따라서 충돌의 소음은 그 자체론 오래가지 않았다. 하지만 콘크리트 터널 안이었다. 귀를 먹먹하게 만드는 메아리가 한동안 계속됐다. 우그러지는 철판, 박살나는 유리, 사방으로 튀어나가는 차 앞부분의 파편과 부속들.

그 모든 울림이 잦아든 뒤에도 리처는 차 안에 잠시 더 앉아 있었다. 몸에 밴 조심성 때문이었다. 두 번째 문 반대편으로는 소리가 새어나가지 않았을 게 분명했다. 백 메가톤의 원자폭탄 피격을 견뎌내도록 제작된 방폭문이었다. 9밀리짜리 총알 한 방의 파열음과 자동차 부딪치는 소리는 그 문을 통과할 수가 없었다.

그는 찌그러진 문짝을 힘을 주어 열고서 어질러진 바닥에 내려섰다. 두 번째 사내는 우그러든 보닛과 벽 사이에 거의 반 동강이 난 상태로 끼어 있었다. 아직 실낱같은 숨이 붙어 있는 사내의 모든 구멍에선 피가 엄청 흘러내리고 있었다. 검은 머리에 검은 피부의 사내였다. 외국인이었다.

'그러나 우리의 피는 모두 같은 색이다.'

맞는 말이었다.

리처는 그를 고통에서부터 해방시켜주었다. 귀 뒤, 제로 사거리, 한 방. 귀중한 실탄을 한 발 낭비한 셈이었지만 선한 일에는 희생이 따르는 법이다.

콜트 자동소총들은 조수석 바닥에 떨어져 있었다. 리처는 그것들을 집어서 양쪽 어깨에 하나씩 멨다. 두 발이 없어진 글록의 탄창은 소렌슨의 허리춤에서 빼내온 새로운 탄창으로 갈아 끼웠다. 실전에서 두 발 차이는 결정적일 수도 있었다.

그는 두 번째 문 옆으로 다가가서 크고 빨간 버튼을 눌렀다.

72

몇 차례 툴툴거리는 소리가 나더니 곧이어 두 개의 대형 엔진이 작동하기 시작했다. 그 소리와 동시에 두 번째 문의 한가운데가 떨어지더니 틈새가 열리기 시작했다. 바닥에 내려서서 그 광경을 코앞에서 바라보니 차 안에서 볼 때보다 훨씬 장관이었다. 엄청난 용량의 엔진들이 힘겨운 신음소리를 울리고 있었다. 그만큼 문짝들은 크고 두꺼웠다. 그 자체로 두 개의 건물들 같았다.

가까이에서 지켜보니 열리는 속도가 좀 더 빠른 것 같았다. 아니면 단지 착각일 수도 있었다. 충분히 그럴 수 있었다. 이번엔 차가 아니라 사람이 들어갈 수 있을 만큼만 열리면 충분했으니까. 세상일이라는 게 모두 상대적인 것이다. 10초. 리처는 그렇게 계산을 끝내고 기다렸다.

60센티미터.

75센티미터.

리처가 글록을 세워들었다.

그가 틈새를 통해 건너편 공간으로 들어섰다.

아무도 없었다.

차고였다. 바닥은 가로세로가 똑같이 12미터 남짓한 정사각형이었다. 한쪽 구석에 낡은 픽업트럭 한 대가 세워져 있었다. 앞 타이어 하나가 펑크가 나서 앞부분 한쪽이 주저앉아 있었다. 그거 하나뿐이었다. 다른 건 아무것도 없었다. 뒤쪽 벽은 설치한 지 오래되지 않은 합판 칸막이였다. 양쪽 벽과 천장은 콘크리트였다. 사실 벽과 천장을 구분하기는 어려웠다. 그 공간 역시 터널이었기 때문이다. 12미터 남짓한 너비로 입구에서부터 120미터 정도 뻗어 있는 터널을 도중에 합판 간이 벽으로 가로막아서 조성한 공간이었다.

두 번째 방폭문을 제외하고도 그 공간에는 세 개의 출입구가 나 있었다. 판자벽 위에 문 하나, 그리고 양쪽 벽에 원래부터 있었던 문 두 개. 그 두 개의 문들은 벽 속에 깊이 박혀 있어서 그 입구가 짧은 터널을 이루고 있었다. 그 문들을 내기 위해 틀을 짜고 콘크리트의 하중을 견뎌낼 방법을 고안하느라 국방성의 공사 담당자들이 상당히 부심했을 게 틀림없었다.

오른쪽 문에 이르는 짧은 터널은 반투명한 비닐 장막으로 막혀 있었다. 그 장막의 네 테두리는 터널 벽에 덕 테이프로 고정돼 있었다. 겹겹이 두터운 것이 한 롤을 다 쓴 것 같았다.

막아 놓은 이유야 알 수 없었고.

'미심쩍을 때엔 왼쪽으로 돌아라.'

리처는 평상시의 신조에 따라 왼쪽 문 앞으로 다가갔다. 튼튼한 소재로 만들어진 그 문의 표면에는 광택 마감재가 칠해져 있었다. 색도 바랬고 군데군데 헐기도 했지만 50년 전에는 사람들의 감탄을 자아냈을 신소재요, 신기술이었을 것이다. 손잡이는 평범한 강철 소재였지만 두툼하고 튼튼한 것이 상당히 비싸보였다.

리처는 그 손잡이를 돌리면서 문을 밀어 열고 안으로 들어섰다. 원래부터 있었던 두 개의 콘크리트 벽과 두 개의 합판 간이 벽이 각각 ㄴ자와

ㄱ자로 잇대어져 조성된 공간이었다. 바닥엔 키가 낮고 편안해 보이는 의자들이 여러 개 놓여 있었다. 그 의자들 가운데 하나에 어떤 사내가 앉아 있었다. 맥퀸은 아니었다. 사내가 몸을 일으키려 했다. 하지만 그는 도로 앉아야 했다. 이번엔 머리가 아니라 몸통이었다. 훨씬 맞히기 쉬운 표적이었다. 즉사시킬 필요가 없는 상황이었다. 사내의 손끝이 미사일 발사 버튼 위에 얹혀 있던 게 아니었으니까.

그 공간에는 또 다른 출입구가 있었다. 리처가 들어왔던 철문과 마주 보고 있는 간이 벽 위에 나 있는 판자문이었다. 리처는 그 문에 글록을 겨누고 잠시 기다렸다. 뛰어 들어오는 지원군은 없었다. 문을 열자 길고 좁은 내부 통로가 나타났다. 통로는 그의 오른쪽으로 120미터 남짓 뻗어 있었다. 리처의 머릿속에 건물의 기본적인 내부 구조가 그려졌다. 세 개의 길고 좁은 공간이 마치 박스 속에 들어 있는 세 개의 시가처럼 나란히 들어서 있는 구조였다. 각각의 구역은 건물 밖으로 돌출돼 있는 세 개의 터널 출입구와 연결돼 있었다. 옛날 그 시절에는 그 공간마다 미사일이 가득했을 것이다. 그랬던 곳이 언젠가부터는 텅 빈 채 한동안 공허한 메아리만을 울려댔을 것이다. 그러다가 다시 언젠가부터는 와디아 조직의 보금자리로 이용돼 온 것이었다. 그들 혹은 그들 전의 누군가가 각 구역의 한가운데에 통로만을 남겨 놓고 그 양쪽에 합판으로 벽을 세운 다음 다시 그 두 개의 긴 공간을 칸칸이 막아 여러 가지 용도로 사용할 수 있도록 나누어 놓은 것이었다.

리처에겐 상당히 불리한 상황이었다. 일단 방들이 너무나 많았다. 각 구역마다 마흔 개씩은 있을 것 같았다. 백이십 개. 그가 수색을 절반도 끝내지 못한 상태에서 콴티코 팀이 들이닥칠 것이다. 그들은 이미 델펜소의 연락을 받았을 것이다. 그녀는 그들에게 화이트먼 공군기지에 착륙해서 곧장 북쪽으로 달려오라고 말했을 것이다. 건물에 들어간 지 몇 시간이 지나도록 그가 나오지 않는 것으로 미루어 그녀는 리처, 그리고 맥퀸까지 이미 죽었다고 단정 지을 것이다. 레이시스 앞에서 콴티코 팀을 만난 그녀는 건물 안엔 모두 테러리스트들뿐이라고 말할 것이다. 따라서 일단 교전이 시작되면 그들은 보이는 대로 무조건 쏴버릴 것이다. 그 자신과 맥퀸이 자칫 아군의 총에 맞아죽는 참사가 일어날 가능성이 다분했다.

불리한 상황은 그것만이 아니었다. 합판으로 세운 간이 벽들은 소리를 제대로 흡수하지 못한다. 따라서 그가 중앙 통로로 나서기 전에 쏘았던 총소리는 건물 전체의 3분의 1을 차지하는 공간에 울려 퍼졌을 것이다. 리처는 되돌아서서 가운데 구역의 차고로 다시 나왔다. 두 번째 방폭문은 여전히 열려 있었다. 그 틈새를 통해 부서진 픽업과 두 사내의 시체가 보였다. 리처는 안쪽 벽에서 작동 버튼을 찾아 눌렀다. 두 개의 문짝이 닫히기 시작했다. 육중한 엔진의 가동음 때문에 귀가 먹먹해졌다. 리처가 기대했던 대로였다. 상황이 허락하는 한 일단 후방의 안전을 확보해 두는 게 그의 원칙이었다. 이제 뒤에서 그를 덮치려는 자들을 알려줄 우레 같은 경보 장치가 마련된 것이다.

그는 차고의 안쪽 끝까지 걸어가서 그 판자벽에 나 있는 문을 열었다. 문 안쪽은 길고 좁은 중앙 통로였다. 좀 전에 옆 구역에서 보았던 것과 똑같은 구조였다. 양쪽으로 칸칸이 막아 놓은 공간들이 쭉 이어져 있었다. 각각의 공간으로 들어가는 문들 가운데 어떤 것들에는 파란색 플라스틱 조각이 붙어 있었다. 왼쪽에서 두 번째와 오른쪽에서 두 번째 문이 그랬다. 리처는 눈길 닿는 데까지 통로의 좌우를 살펴보았다. 그리고 일종의 패턴을 확인할 수 있었다. 두 번째 문들 이후로 왼쪽 오른쪽 모두 세 번째 방문마다 같은 표시가 있었다.

그는 두 귀에 온 신경을 모았다. 아무 소리도 들리지 않았다. 그는 심호흡을 한 뒤 속으로 셋을 세고 나서 앞으로 걸어 나가기 시작했다. 그는 오른쪽으로 두 번째 문 앞에서 걸음을 멈췄다. 시중에서 싼 값에 구입할 수 있는 문짝이었다. 그의 눈높이에 파란 플라스틱 조각이 붙어 있었다.

그가 얇은 크롬 손잡이를 돌리며 문을 밀어 열었다. 적당한 크기의 공간이었다. 텅 비어 있었다. 사람도 없고 가구도 없었다. 아무것도 없었다. 다만 문을 마주 보고 있는 콘크리트 벽면에 그가 차고에서 보았던 두 개의 짧은 터널들과 똑같은 크고 깊숙한 홈이 파져 있었다. 그 홈 안쪽에도 역시 광택 마감재가 칠해져 있고 손잡이가 육중한 문이 자리 잡고 있었다. 파란 플라스틱 조각은 그 방문 안쪽의 공간에 건물 내의 세 구역을 옆으로 오갈 수 있는 문이 있다는 걸 알리는 표시였다. 지름길. 늘 미사일전의 위협에 시달리던 옛 시절에는 그 시설 내부에 지름길이 절대적으로 필요했을 것이다. 건물의 규모를 생각할 때 어느 한 구역의 제일 안쪽에서 터널식 출입구까지 걸어 나와 다른 터널식 출입구를 통해 다른 구역으로 들어가려면 상당한 시간이 걸릴 것이다. 그래서 당시 설계 팀의 누군가가 전체 공간을 세 구역으로 가르고 있는 두 개의 콘크리트 벽에 약 20미터 간격을 두고 중간 통로들을 만들어서 시간을 단축하자는 아이디어를 냈을 것이다. 국방성의 공사 담당자들이 쓸 데 없이 고생해가며 그 짧은 터널들을 만든 게 아니었다. 그리고 문 위의 파란색 플라스틱 표시는 폐쇄된 뒤 텅 비어 있던 그 공간에 새롭게 간이 벽을 세운 와디아, 혹은 다른 누군가의 작품일 것이다. 그들에게도 당연히 필요한 내부의 지름길을 알려주는 표식이었다.

차고의 오른쪽 문과 마찬가지로 그 문은 반투명한 비닐 장막으로 가려져 있었다. 장막 테두리에 덕 테이프를 덕지덕지 발라서 콘크리트 벽에 고정시켜 놓은 것도 똑같았다.

막아 놓은 이유야 이번에도 알 수 없었고.

따라서 이젠 알아야겠고.

그의 주머니엔 모텔 열쇠가 두 개 있었다. 하나는 땅딸보의 아이오와 모텔 것이었고 다른 하나는 캔자스의 FBI 모텔 것이었다. 땅딸보의 열쇠가 더 날카로웠다. 아니, 날카롭다기보다는 작은 톱니처럼 꺼끌꺼끌했다. 일부러 그런 게 아니라 홈에 맞춰질 정도로만 대충 갈아서 납품한 것이었다. 리처 같은 손님 때문에 새로 맞춘 것일 수도 있었고 아니면 땅딸보의 경영 전략이 무조건 싸구려 비품 매입이기 때문일 수도 있었다.

리처는 한 손으론 반투명한 비닐 장막을 문에 밀어대면서 다른 손으론 열쇠 끝으로 한 부분을 위아래로 몇 번 긁었다. 구멍이 뚫리진 않았다. 하지만 생채기는 생겼다. 리처는 다시 그 부분을 긁어댔다. 생채기 위에 작은 구멍이 뚫렸다. 리처는 열쇠 끝을 그 구멍 속에 쑤셔 넣고 썰어대기 시작했다. 다른 손으론 장막을 잡아당기며 그 작업을 도왔다. 그 부분이 8센티미터 길이까지 찢어지자 리처는 열쇠를 호주머니에 넣은 뒤 양손 끝을 그 속에 집어넣고 서로 반대 방향으로 힘을 주었다.

쉽지 않았다. 아주 질긴 제품이었다. 화가들이 옷 위에 걸치는 비닐 앞치마와는 달랐다. 수축포장용 비닐보다도 찢기 힘들었다. 리처는 그걸 뜯기 위해 진땀을 흘리는 사람들을 많이 봐왔다. 슈퍼마켓의 포장 햄 판매대 옆에는 문구용 칼이 진열돼 있어야 마땅하다. 그는 용을 써서 30센티미터까지 찢었다. 하지만 거기까지였다. 탄성이 사라져서 힘만으로는 더 이상 찢을 수가 없었다. 그가 경험을 통해 잘 알고 있는 사실이었다. 이제 경험을 통해 익힌 기술을 선보일 차례였다. 그는 다시 열쇠를 꺼냈다. 그리고 열쇠로 썰고 양 손으로 찢는 동작을 반복했다. 찢을 때는 열쇠를 입에 물었다. 썰고 찢고, 썰고 찢고. 마침내 반투명한 비닐 장막이 거의 리처의 키만큼 길게 찢어졌다. 삐뚤삐뚤하게 갈라진 자국에 불과했지만 양쪽으로 힘껏 젖히고 몸을 쑤셔 넣으면 충분히 통과할 수 있을 것 같았다.

그는 그 틈으로 한 팔을 집어넣고 육중한 손잡이를 돌리면서 손끝으로 문을 밀었다. 문 안쪽은 그냥 칠흑 같은 어둠이었다. 하지만 훅 하고 느껴지는 찬 공기와 먹먹한 정적으로 미루어 딱딱한 벽에 둘러싸인 넓은 공간이라는 걸 느낄 수 있었다.

그는 몸을 옆으로 세우고 비닐 장막을 통과했다. 글록, 오른쪽 다리, 글록을 쥔 오른팔과 오른쪽 어깨, 머리, 그리고 왼쪽 팔과 왼쪽 다리 순서였다. 그 공간으로 들어선 뒤 리처는 손으로 뒤를 더듬어 문을 닫았다. 불을 켜는 스위치가 문 근처에 분명히 있을 것이다. 확신을 가지고 문 주위의 벽을 더듬는 그의 손끝에 전기 도관이 닿았다. 차가웠다. 먼지에 덮인 철제 파이프였다. 그 도관을 따라가자 네모난 금속상자가 만져졌다. 가로세로 10센티미터쯤 될 것 같은 그 상자 표면에 우묵한 홈이 파져 있었다. 그 홈 가운데에 차가운 놋쇠 돌기가 솟아 있었다.

그가 스위치를 올렸다.

73

3구역은 칸막이 시설이 없었다. 지어질 때의 모습 그대로였다. 12미터 너비에 120미터 길이의 공간이었다. 양쪽 벽과 접하고 있는 부분에서는 2미터 남짓이었다가 가장 꼭대기에서는 10미터로 높아진 천장 때문에 그 공간 역시 하나의 긴 터널이었다. 외벽과 달리 페인트가 칠해지지 않은 콘크리트 벽은 먼지 더껑이로 덮여 있었다. 맨 안쪽, 그러니까 남쪽 끝은 그냥 밋밋한 벽이었고 북쪽은 출입구 터널로 통하는 방폭문이 가로막고 있었다.

그 공간은 비어 있지 않았다.

엄청난 크기의 트레일러들이 한가운데에 일렬로 세워져 있었다. 트랙터는 없었다. 단지 트레일러들만이 정체된 교통 상황을 연출하고 있었다. 전부 여덟 대였다. 뒤쪽엔 네 개의 차축이 있고 앞쪽엔 트랙터와 연결하게 돼 있는 캔틸레버(구조물을 떠받치는 레버) 막대 두 개가 마치 곤충의 안테나처럼 돌출돼 있었다.

여덟 대 모두 모래색이었다. 사막 지역에서의 위장 페인트. 리처는 분명히 알고 있었다. 그것들은 미 육군 중장비 수송대의 트레일러였다. 트레일러의 공식적인 명칭은 M747이었다. 그 트레일러를 끄는 트랙터는 M746. 두 모델 모두 위스콘신의 오시코시 공장에서 생산된 것들이었다. M746과 M747의 주된 용도는 아브라함 탱크 운송이었다. 탱크는 일반 도로 위를 달리도록 설계된 게 아니다. 육중한 무게와 체인은 도로를 망가뜨린다. 따라서 탱크 운송을 전담할 장비가 필요하다. 하지만 아브라함 탱크의 중량은 60톤이 넘는다. 어떤 운송 장비든 오랜 기간을 견뎌낼 재간이 없다. 1991년, 걸프전이 종전된 후 M746과 M747은 상처투성이로 일선에서 은퇴했다. 이후 그중 그나마 성한 것들은 보다 가벼운 군수물자 운송 임무에 투입되었다.

하지만 3구역의 트레일러들이 싣고 있는 화물은 탱크보다 결코 가벼워 보이지 않았다.

여덟 대의 트레일러 위에는 수만 갤런의 액체를 담을 수 있는 용기들이 두 개씩 실려 있었다. 엄청나게 큰 것들이었다. 용기 하나의 크기가 소형차 네 대를 두 대씩 이층으로 쌓아 놓은 것 만했다. 강철로 만든 그 용기들은 역시 강철로 만들어진 안전 틀에 에워싸여 있었다. 가로세로와 높이가 모두 4미터에 이르는 그 틀은 아주 단단해 보였다. 쇠막대들의 이음새 부분은 특수한 재료를 사용해서 용접한 것 같았다. 신기술.

하지만 최근의 신기술은 아니었다. 그 공간 속에는 최근이라는 시간대는 존재하지 않았다. 모든 것이 먼지를 두껍게 뒤집어쓰고 있었다. 트레일러 바퀴들은 대부분 바람이 빠져 있었다. 몇 개는 완전히 주저앉은 상태였다. 트레일러 바퀴들과 대형 용기들 위, 그리고 벽 여기저기에 거미줄이 널려 있었다. 먼지와 거미줄, 마치 5천 년 전 파라오의 무덤 속 같았다.

실제로는 20년쯤 전이었을 것이다. M746들이 그것들을 떼어 놓고 떠난 뒤, M747들은 다시는 움직이지 못하고 20년 남짓을 그 속에서 버텨온 것이다.

열여섯 개의 대형 용기들은 먼지와 세월에 의해 빛이 약간 바래긴 했지만 모두 밝은 노란색이었다. 그 옆면에는 캘리포니아 공대 부설 방사능 연구소의 연구팀들에 의해 1946년 처음으로 고안됐던 농구공만 한 크기의 표식이 새겨져 있었다. 노란 바탕에 검은색 세 날 프로펠러.

핵폐기물이었다.

74

리처는 전원을 내린 뒤 다시 비닐 장막을 통과해서 2구역의 오른쪽 방으로 돌아왔다. 소리를 죽여 가며 문을 열고 중앙 통로로 나선 순간 그는 세 사람을 보았다. 모두 남자였다. 그들은 리처에게 등을 보인 채 뭔가 얘기를 나누며 통로를 따라 안쪽으로 걸어가고 있었다. 셋 다 겨드랑이에 파일 뭉치를 끼고 있었다. 모두 짙은 색 바지에 맨 와이셔츠 차림이었다. 무기는 지니고 있지 않았다. 그들 가운데 맥퀸은 없었다.

리처는 그들을 그냥 가게 내버려 두었다. 지금 죽이는 건 득보다는 실이 많았다. 위급한 상황도 아닌데 총소리를 낼 수는 없었다. 그들은 통로 거의 끝까지 걸어간 뒤 왼쪽 벽에 나 있는 어느 방문을 열고 그 안으로 사라졌다. 파란 표시가 있는 문이었다. 그들의 목적지가 1구역이라는 얘기였다. 역시 유용한 표시였다. 그렇지 않았다면 그들은 종종 헤매야 했을 것이다. 마치 내부 시설 안내도를 눈에 익히지 않고 펜타곤을 돌아다니는 것처럼.

그들이 나온 곳은 리처가 서 있는 곳에서 9미터쯤 안쪽에 자리 잡고 있는 왼쪽 방이 틀림없었다. 좀 전에는 닫혀 있던 방문이 활짝 열려 있었다. 리처는 심호흡을 한 다음 속으로 셋을 세고 나서 그 앞으로 다가갔다. 먼저 방과 마찬가지로 한 면만 콘크리트이고 나머지 세 면은 나무판자로 벽을 두른 공간이었다. 하지만 벽 사면이 책장으로 꽉 차 있었다. 가로 7미터, 세로 6미터가량의 바닥 위엔 책상들이 들어차 있었다. 사무실이었다. 책장 선반과 책상 위엔 서류들이 수북했다. 낱장으로 떨어진 것들, 클립이나 고무줄로 묶인 것들, 바인더 안에 포개진 것들, 그 모든 서류들 위엔 숫자들이 빼곡했다. 그 서류들을 통해선 어떤 구체적인 정보도 얻을 수 없었다. 별 의미 없어 보이는 단위들을 더하고 빼고 곱해서 나온 여섯, 일곱, 여덟 자리 숫자들뿐이었다. 사무실이라기보다는 마치 어질러진 부기 장부 보관실 같았다.

컴퓨터는 없었다.

서류뿐이었다.

그때 통로에서 여러 사람의 발자국 소리가 들렸다.

리처는 두 귀에 온 신경을 모았다. 문이 열리는 소리가 들렸다. 문이 닫히는 소리가 들렸다. 이내 아무 소리도 들리지 않았다. 그는 다시 통로로 나왔다. 만일 맥퀸이 어딘가에 갇혀 있다면 그 어딘가는 1구역이나 2구역의 깊숙한 곳일 게 분명했다. 찾기가 쉽지 않을 것이다. 두 개의 기다란 중앙통로들은 죽음으로 이끄는 덫이나 같았다. 도망갈 데도 없고 숨을 곳도 없었다. 활로는 파란 표시가 된 문들뿐이었다. 하지만 그 숫자는 많지 않았다. 게다가 그 문을 통해 다른 구역으로 피신을 하게 되면 맥퀸을 구할 수 있는 가능성은 거의 사라지게 된다.

'군대에서 이런 상황에 대처하는 훈련을 받지 않았나요?'

소렌슨은 그에게 그렇게 물었었다. 리처는 그녀에게 모든 훈련을 다 받았다고 대답했었다. 하지만 아니었다. 충분한 병력과 화력, 그리고 공중과 지상에서의 지원 포격 없이는 타개할 수 없는 상황이었다.

그는 통로 맞은편 방을 확인했다. 그곳도 똑같았다. 가로세로 각각 7미터와 6미터, 책장들, 책상들, 그리고 온통 숫자뿐인 서류들.

그는 그 옆방도 확인했다. 마찬가지였다. 책상들, 책장들, 숫자들만 빼곡한 서류들.

그는 통로로 나와 3구역으로 통하는 방으로 다시 들어갔다.

통로에서 다시 여러 사람의 발자국 소리가 들렸다.

그는 방문을 닫았다.

사람들의 발자국 소리가 오히려 더욱 크게 들렸다.

사람들이 뛰어다니고 있었다.

이젠 고함소리까지 들렸다.

그는 다시 글록을 앞세우고 비닐 장막 틈새로 빠져나가 등 뒤로 문을 닫았다.

두 지점 간의 최단 거리는 일직선이다. 리처는 일직선을 유지하려고 노력하며 3구역의 가장 깊숙한 지점을 향해 서둘러 걸음을 옮겼다. 그는 버려진 트레일러들과 커다랗고 불길한 용기들을 모두 지나 120미터를 거의 다 나아갔다. 발을 디딜 때마다 바닥에선 먼지가 피어올랐다. 얇게 덮인 눈길을 걷는 느낌이었다. 그는 코가 깨진 걸 처음으로 고맙게 생각했다. 그의 양쪽 콧구멍은 피딱지로 단단히 막혀 있었다. 그렇지 않았다면 쉴 새 없이 재채기를 해댔을 것이다.

중간 벽에 난 마지막 문은 터널 끝에서부터 3미터가량 떨어져 있었다. 마지막 노란 용기, 정확히 말하자면 그 용기 위의 방사능 표식과 나란한 위치였다. 리처는 그 문을 당겨 열었다. 또 다른 비닐 장막. 그가 땅딸보의 모텔 키를 다시 한 번 꺼냈다.

썰고 찢고 썰고 찢고.

그쪽 방향에서는 훨씬 수월했다. 비닐 장막이 방 안쪽으로 팽팽하게 밀려들어가며 탄성이 증가했기 때문이었다. 장막 뒤의 공간은 텅 비어 있었다. 앞의 것처럼 구조는 사무실이었지만 중간 통로로 사용하는 공간이었다.

그는 방문에 귀를 대고 중앙 통로의 기척을 살폈다. 무슨 소리가 들리긴 했다. 상당히 멀리에서 들리는 소리였다. 리처는 그 소리 속에서 혼란과 불안을 감지할 수 있었다. 중앙 통로 양쪽을 샅샅이 훑으며 침입자를 찾는 소리가 틀림없었다. 그 소리가 조금씩 멀어져가고 있었다. 리처는 그래서 3구역을 돌아왔던 것이다. 이제 그의 위치는 그자들의 후방이었다. 그 건물의 가장 깊숙한 지점, 그들만이 아니라 세상으로부터도 아주 멀리 떨어진 곳.

리처가 방문을 열었다. 그가 살짝 고개를 내밀고 중앙 통로의 동정을 살폈다. 그의 왼쪽으로 몇 십 미터 떨어진 통로 앞쪽에서 몇 명이 양쪽 방들을 뒤지고 있었다. 번갈아서 이 방 저 방 들락거리는 통에 정확히 셀 수는 없었지만 다섯 명인 것 같았다. 그들은 리처가 있는 곳과는 반대 방향, 즉 입구 쪽을 향해 조금씩 전진하고 있었다.

맞은편 문 위에도 파란색 표시가 있었다. 거긴 비어 있을 게 분명했다. 구조는 사무실, 용도는 중간 통로. 리처는 눈길을 조금 왼쪽으로 돌려 그 옆방 문을 살펴보았다. 파란색 표시가 없었다. 그는 그 문 앞으로 살금살금 다가갔다. 그가 문을 열었다. 사무실이었다. 책장들, 서류들, 그리고 여러 개의 책상들. 그중 하나에 어떤 사내가 앉아 있었다. 리처는 그자의 머리를 쐈다. 총소리는 특히 방음 효과에 있어서는 거적보다 못한 합판 칸막이들을 뚫고 2구역 전체에 울려 퍼졌다. 리처는 즉시 열린 방문 앞으로 다가가 고개를 살짝 빼고 통로의 동태를 살폈다. 수십 미터 떨어진 앞쪽에서 다섯 명의 수색대가 마치 스틸 사진처럼 하고 있던 동작 그대로 얼어붙어 있었다. 다음 순간 그들의 고개가 뒤를 향해 꺾였다. 하지만 리처는 이미 글록을 호주머니에 쑤셔 넣고 어깨에 메고 있던 두 정의 콜트 자동소총 가운데 하나를 끌러 조준을 마친 상태였다. 그는 발사 간격을 자동으로 맞추고 방아쇠를 당겼다. 분당 구백 발을 발사할 수 있는 소총이었으니 스무 발들이 탄창이 비기까지는 1초가 조금 더 걸렸을 뿐이었다. 자동 재봉틀 바늘이 바짓단 위를 한 차례 지나간 것과 마찬가지였다. 리처가 한 일이라곤 위로 들리려는 총신을 눌러준 것밖에 없었다. 다섯 명 모두 꼬꾸라졌다. 셋은 즉사했고 하나는 치명적인 부상을 당했으며 나머지 하나는 넋이 나가 있을 것이다. 리처가 점수를 세듯 확인한 건 아니었다. 그는 이미 점수를 알고 있었다. 현재까지는 그가 이기고 있었다.

그는 빈총을 버리고 다른 소총을 어깨에서 끌렀다.

이제 1구역을 덮칠 차례였다. 구역들을 번갈아 오가며 그자들을 혼란스럽게 만들어야 했다.

그는 파란 표시가 있는 방으로 들어갔다. 방금 전, 그냥 지나쳤던 문, 사무실 구조, 1구역으로 연결되는 중간 통로.

하지만 비어 있지 않았다.

거기엔 계단이 있었다.

가파른 철제 사다리였다. 군함에 설치되어 있는 것들과 비슷한 종류였다. 사다리가 연결된 방 천장에 수직 터널이 뚫려 있었다. 옥상으로 올라가는 통로였다. 리처는 그 터널을 올려다보았다. 맨 위에 사각형 철문이 보였다. 잠수함의 해치(위로 젖히는 출입문)처럼 튼튼한 스프링으로 연결된 철제 경첩과 회전시켜서 잠그고 여는 바퀴형 잠금 장치가 장착된 철문이었다. 해치는 닫혀 있었다. 옥상 쪽에서 보면 야트막한 돔의 형태를 이루고 있을 게 분명했다. 폭격의 충격파를 최대한 견뎌낼 수 있는 유선형 구조.

바퀴형 잠금 장치는 기계 관절을 통해 여러 개의 쇠막대와 연결돼 있다. 바퀴의 회전운동을 기계 관절이 직선운동으로 변환시켜 쇠막대들을 각각의 홈에 꼽고 빼는 원리로 작동되는 것이다. 문은 잠겨 있지 않았다. 그건 분명했다. 막대들이 홈에 끼워져 있지 않았다. 보초들은 옥상으로 나간 뒤 해치를 닫았을 것이다. 자신들의 위치가 드러나지 않도록, 그리고 야간의 시야를 방해받지 않도록 불빛을 차단하기 위해서였다. 하지만 그들은 해치를 잠그지는 않았다. 다시 들어와야 했으니 당연했다.

사다리에 올라서서 바퀴를 돌려 해치를 잠그는 게 상책이었다. 그러면 옥상에 있는 자들은 내려올 수 없게 되고 리처는 건물 안에 있는 적들만 처리하면 그만이었다.

하지만 그 저격수가 옥상 위에 있었다. 한 발이 부족한 탄창이 장착된 M14를 들고 있는 그놈, 그 얼굴엔 아직 득의의 미소가 사라지지 않고 있을 것이다.

리처는 중간 통로의 전기 스위치를 내렸다. 그는 동공이 최대한 확대될 때까지 4초 동안 어둠 속에서 기다렸다. 그러곤 다시 1분 동안 체내의 비타민 A가 화학적 기능을 시작할 때까지 기다린 다음 손을 더듬어 발판을 확인한 뒤 철제 사다리를 올라가기 시작했다.

75

해치는 수 톤의 무게였다. 방사능의 유입을 막기 위해 둘레의 콘크리트와 바늘 자국만 한 틈도 없도록 특수공법이 활용됐을 것이다. 당시의 군 시설 건축 전문가들은 최소한 그런 공법에서는 으뜸이었다. 캘리포니아 공대 출신들이 주축이었을 것이다. 아무튼 해치는 원자폭탄의 직접적인 충격파를 견딜 수 있도록 설계됐을 것이다. 하지만 피폭 후에 감마선이 새어 들어온다면 아무 소용이 없었다. 따라서 정밀하면서도 무거워야 했다. 사다리에 선 채 몇 톤 무게의 구조물을 들어 올린다는 건 사람의 힘으로는 불가능한 일이다. 그래서 경첩에 튼튼한 스프링 장치가 마련돼 있는 것이다.

리처는 힘을 조절해 가며 해치를 위로 밀었다.

해치가 5센티미터 열렸다. 스프링이 튕겨지고 늘어났다.

삐걱대는 소리가 났다.

그는 틈새로 밖을 내다보며 기다렸다.

북쪽과 서쪽의 옥상 가장자리에 형체들이 언뜻거렸다. 난간 바로 뒤에 배치된 보초들이었다. 옥상은 양키스 구장만 한 크기였고 해치의 위치는 남쪽 라인 근처였다. 최소한 옥상 병력의 4분의 3은 일단 리처로부터 상당한 거리만큼 떨어져 있는 것이다.

그는 이번엔 좀 더 세게 밀었다.

해치가 30센티미터가량 더 열렸다.

스프링이 한층 더 큰 소리로 삐걱댔다.

주변에선 아무 반응이 없었다.

그는 다시 밀어 올렸다. 해치가 90도 각도로 완전히 열렸다. 그는 위를 올려다보았다. 사각형의 미주리 밤하늘이 그를 내려다보고 있었다. 사다리는 동쪽을 향해 걸려 있었다. 해치의 경첩은 북쪽에 달려 있었다. 따라서 그쪽엔 직각의 강철 방패가 세워진 셈이었다. 하지만 다른 삼면은 아니었다. 사다리를 타고 옥상에 올라서는 동안 그의 정면과 뒷면, 그리고 오른쪽 옆면은 무방비 상태로 노출될 수밖에 없었다.

최대한 신속하게 옥상으로 올라서야 했다. 하지만 그게 쉬운 일이 아니었다. 방아쇠에 손가락을 건 상태로는 아예 시도도 할 수 없는 일이었다. 사격을 할 수 없는 상황에서 적에게 몸을 드러내야 하는 것이다. 극도로 위험한 순간이었다. 하기야 모든 실전에는 최악의 순간이 있게 마련이다. 하지만 그는 계단이 싫었다. 머리부터 노출되는 상황이 싫었다.

그는 오른손으로 콜트를 꽉 잡았다. 그러곤 왼손만으로 발판을 하나씩 올려 잡아 가며 사다리를 마저 올라갔다. 그는 일단 오른손부터 빼내어 콜트를 콘크리트 위에 올려놓았다. 그리고 나선 왼손바닥을 활짝 펴서 옥상

바닥을 짚고 허리를 틀어 준비 태세를 갖췄다.

그는 심호흡을 한 차례 한 다음 속으로 셋을 세고 나서 틀었던 허리를 풀며 몸을 솟구쳐서 옥상 위로 올라갔다.

그는 몸을 웅크린 채 콜트의 총구와 시선을 이리저리 돌려가며 주변을 살폈다. 다시 한 차례의 집 덮치기 댄스.

그의 위치는 옥상의 남쪽 가장자리에서 아주 가까웠다. 보초는 없었다. 그는 남동쪽 방면을 내려다보았다. 그 어둠 속 어딘가에 소렌슨이 홀로 누워 있는 것이다.

그의 오른쪽, 그러니까 서쪽 멀리의 난간 언저리에 그림자 같은 형체 하나가 등을 돌린 채 서 있었다. 리처는 북쪽으로 고개를 돌렸다. 그쪽엔 다섯 명이 서 있었다. 그들은 모두 맥퀸의 내비게이션에 불타는 선으로 나타나 있던 2차선 도로 쪽을 바라보고 있었다. 소렌슨을 쓰러뜨리고 난 다음 남쪽과 동쪽을 비운 채 그리로 몰려간 것이 분명했다.

강박증에서 비롯한 세 번의 머리 굴리기. 그리고 판단착오.

그는 콜트의 발사 간격을 단발로 놓은 다음 수직으로 서 있는 해치 뒤로 돌아가 서쪽을 향해 그림자 속에 배를 깔고 누웠다. 그가 왼쪽 팔꿈치를 단단히 세워 받침대를 만든 다음 총구를 겨눴다. 60미터. 어떤 라이플로든 쉽게 표적을 맞힐 수 있는 거리였다. H&K 자동소총으로도 마찬가지였다. 그것들은 단거리나 중거리에서는 라이플과 마찬가지로 효과적이다. 하지만 콜트 자동소총은 어떨지 알 수 없었다. 그래도 최소한 글록보다는 나았다. 60미터 떨어져 있는 사람을 죽이기 위해서는 권총을 뽑느니 차라리 저주의 기도를 올리는 편이 더 확실할 것이다.

리처는 뛰어난 장거리 사수였다. 사격대회에서 여러 차례 우승도 했다. 하지만 지금은 사격대회 때와는 다른 상황이었다. 서쪽의 표적에만 전념할 수 없었다. 총소리가 난 뒤 오른쪽으로 70도 각도로 120미터 떨어져 있는 다섯 명의 반응도 살펴야 했다. 그자들이 총소리가 난 방향으로 몸을 돌리는 걸 봐야 했다. 그래서 M14를 든 자의 형체를 확인해야 했다. 그들 가운데 누가 저격수인지 알아야 했다.

그 저격수가 다음번 표적이기 때문이었다.

리처는 숨을 한 번 길게 내쉬고 난 뒤 호흡을 멈췄다. 그의 고개가 오른쪽으로 기울어졌다. 그의 심장 박동이 빨라졌다. 하지만 총신은 흔들리지 않았다.

방아쇠에 걸려 있는 그의 손가락이 점점 핏기를 잃어갔다.

어느 순간, 콜트의 총구가 불을 뿜었다.

붉고 노란 화염, 고막을 울리는 파열음.

명중.

서쪽에 서 있던 사내의 몸이 잠깐 흔들리더니 그대로 바닥에 쓰러졌다.

북쪽에 있던 다섯 개의 형체가 일제히 돌아섰다.

저격수는 가운데 서 있었다. 왼쪽에서 세 번째, 오른쪽에서도 세 번째. 리처는 그의 손에 들린 M14의 형체를 확인했다. 너무나 익숙한 모습이었다. 전체 길이 115센티미터. 호두나무 개머리판이 달빛 아래 희미하게 반짝이고 있었다. 리처는 북쪽을 향해 70도 각도로 몸을 돌렸다. 그는 서두르지 않았다. 그의 고개가 다시 한 번 오른쪽으로 천천히 기울어졌다. 그가 숨을 깊게 들이마셨다. 그러곤 두 번에 걸쳐 숨을 내쉬었다. 콜트의 총구가 다시 불을 뿜었다.

빗나갔다.

저격수를 맞히지 못했다는 얘기다. 총알은 그자의 오른쪽에 선 사내를 맞혔다. 목 아랫부분이었다.

리처는 시계 방향으로 약간 몸을 튼 다음 다시 방아쇠를 당겼다. 하지만 이미 네 명의 생존자들은 움직이고 있었다. 9밀리 파라블럼 탄환이 120미터를 날아가는 데에는 3분의 1초가 걸린다. 그리고 누구든 3분의 1초 안에 충분히 위치를 바꿀 수 있다.

빗나갔다.

이번엔 아무도 쓰러뜨리지 못하고 완전히 빗나갔다.

약실에 한 발, 탄창에 열일곱 발. 리처는 엄지손가락으로 발사 간격 장치를 조정해서 한 번에 세 발로 바꿨다. B급 무기를 사용할 때 그가 가장 선호하는 방법이었다. 질이 아니라 양. 세 다리짜리 의자로 찍는 것처럼 작은 삼각형의 세 꼭짓점을 쏘는 것이다. 그는 대열의 오른쪽에 총구를 겨누고 방아쇠를 당겼다. 맨 오른쪽 사내가 쓰러졌다.

이제 남은 건 셋. 왼쪽에서 오른쪽으로 1, 3, 4번 사내들이었다. 그들 모두 무릎쏴 자세로 응사를 했다. 하지만 1, 4번의 총탄들은 모두 턱없이 빗나갔다. M14의 308구경 탄환들만 가까운 허공을 스치고 지나갔을 뿐이었다. 하지만 그것도 큰 위협은 아니었다. 저격수는 상당히 뛰어난 사수였다. 긴장하지 않은 상태일 때 그렇다는 얘기였다. 자신을 향해 날아오는 총알을 의식한 지금 그는 더 이상 일류가 아니었다. 리처의 머릿속에 그자의 묘비명에 새길 문구가 떠올랐다.

'방심하고 있는 여자를 어둠 속에서 저격하는 데에는 특등 사수, 실제 교전에서는 3등 사수.'

리처가 3번과 4번을 조준하고 다시 방아쇠를 당겼다.

4번이 쓰러졌다.

저격수는 맞히지 못했다.

이제 그자까지 둘.

콜트에 남아 있는 총알은 약실에 한 발, 탄창에 열한 발. 주머니 속의 글록, 하나는 가득 차 있고 하나는 두 발이 비어 있는 탄창 두 개. 필요하다면 글록의 실탄들을 콜트에 사용할 수도 있었다. 똑같은 9밀리 파라블럼이었다. 규격화라는 마술. 그로선 두 사내의 탄약 사정이 어떤지 알 수 없었다. M14의 탄창은 스무 발짜리인 것 같았다. 하지만 1번의 경우엔 어떤 총인지조차 파악이 되지 않았다. 장기전으로 이어질 가능성이 컸다. 그들보다 먼저 총알이 떨어져선 안 될 일이었다. 그다음엔 육박전의 가능성도 생각해야 했다. 진짜로 전장의 제왕들인 보병들의 주특기. 가장 원시적인 형태의 전투. 리처가 가장 좋아하는 싸움이었다.

1번과 3번은 여전히 무릎쏴 자세였다. 둘 사이의 거리는 어느 정도 떨어져 있었다. 리처는 해치를 눌러 덮은 다음 그 뒤로 돌아가 납작 엎드렸다. 그는 콜트의 발사 간격을 다시 단발로 바꿨다. 그는 옆으로 눕힌 몸을 해치의 굴곡을 따라 둥글게 감았다. 저격수의 총구에서 섬광이 번뜩였다. 이번엔 좀 나았다. 총알은 해치의 불룩한 표면을 맞힌 다음 어딘가로 튕겨나갔다. 레이시스에서도 들릴 만큼 요란한 소리가 울려 퍼졌다.

리처는 침착하고 조용하게 그리고 편안히 누워 호흡을 골랐다.

잠시 후 그의 콜트가 조금 전 섬광이 번뜩였던 지점을 향해 다시 불을 뿜었다.

이번엔 저격수를 맞혔다.

리처의 생각엔 왼쪽 옆구리 한참 아래쪽이었다. 엉덩이 가장자리인 것 같았다. 스친 건 아니었지만 정통으로 맞힌 것도 아니었다. 치명상은 아니었다. 하지만 그자의 사격 자세를 허물어뜨리기에는 충분했다. 저격수가 옆으로 몸을 굴리면서 바닥에 납작하게 엎드렸다. 리처의 표적이 작아진 것이다. 1번 사내도 동료를 따라 바닥에 엎드렸다. 그자의 총구가 불을 뿜기 시작했다. 이번에는 무차별 사격이었다. 일종의 엄호사격이었다. 옆 동네에 사는 사람이 맞을 게 걱정될 만큼 형편없는 조준이었지만 사내는 사격을 멈추지 않았다. 리처는 그자를 향해 총구를 돌렸다. 그자의 불 뿜는 총구는 아주 고마운 가이드였다. 그는 섬광에서 약간 오른쪽 위를 조준했다. 그러

곧 총신을 약간 드는 기분으로 방아쇠를 당겼다. 탄환이 콘크리트 위를 낮게 날아가는 동안 미세하게 상승탄도를 그리다가 그자의 얼굴에 박히기를 기대한 사격술이었다. 너무나 어두워서 그 결과를 확인할 수는 없었다. 하지만 그자의 총구는 더 이상 불을 뿜지 않았다. 재장전을 하고 있는 중일 수도 있었다. 아니면 잠깐 잠이 들었거나. 어쨌든 그자의 움직임이 전혀 감지되지 않았다. 그때 550미터가량 떨어져 있는 2차선 도로 위를 자동차 한 대가 헤드라이트를 환하게 켠 채 왼쪽에서 오른쪽으로 지나갔다. 안개 숲을 뚫고 비쳐든 헤드라이트 빛무리 덕분에 리처는 순간적으로나마 옥상 위의 상황을 확인할 수 있었다. 그자는 죽은 게 분명했다. 산 사람으로서는 도저히 취할 수 없는 자세로 자빠져 있었기 때문이다.

리처는 부상을 입은 저격수를 향해 총구의 방향을 약간 수정했다. 약실에 한 발, 탄창에 아홉 발, 열 번의 기회가 있었다. 정지된 표적. 120미터의 거리. 리처가 방아쇠를 당겼다. 그리고 또 한 번, 다시 또 한 번. 리처의 느낌엔 표적을 맞힌 것 같았다. 하지만 확신할 수 없었다. 저격수는 응사하지 않고 있었다. 술수일 수도 있었다. 그때 2차선 도로 위에서 또다시 헤드라이트 불빛이 비쳤다. 이번엔 오른쪽에서 왼쪽이었다. 좀 전과 동일한 차량이었다. 길을 잃은 모양이었다. 아니면 총소리를 들었기 때문일 수도 있었다. 경찰차는 아니었다. 빨갛고 파란 경광등 불빛은 없었다. 게다가 총알이 날아다니는 상황에서 태연히 같은 길을 왕복할 경찰은 없다. 어쨌든 그 차의 헤드라이트 빛무리 덕분에 리처는 이번에도 전방의 상황을 확인할 수 있었다. 저격수는 머리를 바닥에 박고 몸을 움츠린 자세로 미동도 하지 않고 있었다.

리처는 그자를 향해 다시 한 발을 쐈다. 그리고 또 한 발.

약실에 한 발, 탄창에 네 발. 그 다섯 발을 다 쏜다고 해도, 아니 앞으로 천 발을 더 쏜다고 해도 그다음엔 직접 눈으로 확인해야 했다. 리처는 해치

뒤에서 몸을 뺀 다음 낮은 포복 자세로 앞을 향해 기어가기 시작했다. 콘크리트에 쓸려서 양 팔꿈치와 무릎이 아팠다. 상당히 먼 거리를 기어가는 동안에도 전방에서는 아무 반응이 없었다. 날아오는 총알은 없었다. 리처도 쏘지 않았다. 공연히 위치를 노출시켜서는 안 될 일이었다.

그는 45미터 거리를 남겨두고 잠시 멈춰서 전방을 살펴보았다. 여전히 아무 움직임도 없었다. 그림자 같은 형체들만 여기저기 웅크리고 있을 뿐이었다. 그때 2차선 도로 위에 그 차량이 다시 나타났다. 헤드라이트 빛무리가 세 번째로 옥상 위를 비췄다. 리처는 그 차를 모는 사람의 정체가 궁금해지기 시작했다. 한편으론 불안한 마음도 들었다. 그가 이웃 농부라면? 자칫 신고라도 들어가면 상황이 아주 복잡해진다. 탁 트인 공간에서 9밀리 탄환의 격발 소리는 그다지 크게 들리지 않는다. 하지만 상당한 거리에서도 들을 수 있는 것만은 분명하다. 어쨌든 그 차 덕분에 리처는 이번에도 전방의 상황을 확인할 수 있었다. 움직임이 없었다. 생명의 기운이 느껴지지 않았다. 하지만 함정일 가능성을 배제할 수 없었다.

리처는 다시 기기 시작했다. 천천히, 그리고 조용히. 그들의 지원군은 걱정할 필요가 없었다. 해치의 스프링 소리가 미리 알려줄 것이기 때문이다. 좀 전에 리처가 올라왔을 때 옥상의 보초들도 그 소리를 분명히 들었을 것이다. 하지만 그들은 침입자가 이미 건물 안으로 들어왔다는 사실을 모르고 있었다. 그들은 지원 병력이나 야식이 올라오는 소리라고 생각했을 것이다. 그들로서는 불행하게도 하필 그 순간에만 강박증이 발동하지 않은 것이다.

리처는 15미터를 남겨두고 다시 멈췄다. 전방에서 움직이는 기척은 없었다. 전혀 없었다. 그는 몸을 일으키고 남은 거리를 걸어갔다. 다섯 개의 몸뚱이가 거의 나란하게 널브러져 있었다. 다섯 명 모두 사내들이었다. 그중 넷은 이미 숨이 끊어진 상태였다. 아직 숨이 붙어 있는 단 한 명은 바로 저격수였다. 그자는 서너 발을 맞은 게 분명했다. 그런데도 살아 있다니 운이 좋은 사내였다.

하지만 그를 위해서는 차라리 운이 따르지 않는 편이 나았다.

리처는 M14를 발로 차서 치워버리고 콜트를 어깨에 멨다. 그는 저격수의 벨트를 움켜쥐고 난간까지 질질 끌고 갔다. 거기서 그는 한 손으론 그자의 벨트를, 다른 손으론 코트 깃을 잡고서 그를 번쩍 들어올렸다. 그러곤 그를 난간 밖으로 던져버렸다. 그자의 몸뚱이는 벽 모퉁이의 각진 나무 틀 자국에 한 번 부딪힌 다음 12미터 아래의 땅바닥으로 떨어졌다.

'그자들이 메이저리그의 강속구를 받아칠 수 있는지는 의문인걸?'

'삼진 아웃일세, 이 친구야.'

리처는 돌아서서 해치까지 120미터를 뛰어갔다. 그러곤 해치를 열고 두 발로 사다리를 더듬어 디뎠다.

76

그들의 숫자가 스물 몇 명일 거라는 델펜소의 짐작이 맞는 것 같았다. 리처는 그들이 스물 네 명일 거라고 추정했다. 그럼 이제 남은 건 아홉이다. 그 아홉 가운데 한 명은 부상을 입었다. 복도에서 리처에게 총알 세례를 받은 오인조 수색대 가운데 한 명. 그는 바닥에 심하게 나가떨어졌었다. 단순히 중력의 법칙 때문이 아니었다. 그는 더 이상 전투 인력이 아니었다. 그렇다면 아직 서 있는 자들의 숫자는 여덟로 줄어든다. 열여섯이나 쓰러뜨린 것이다. 리처는 남은 여덟도 충분히 해치울 자신이 있었다. 그는 고개를 뺄 수 있을 만큼만 문을 열고 중앙 통로를 살펴보았다.

아무도 없었다.

그는 방마다 수색하기 시작했다. 파란 표시가 되어 있지 않은 문 안쪽의 공간들은 모두 똑같았다. 책상들, 책장들, 서류들. 사람은 한 명도 없었다. 건물 맨 안쪽 방에서부터 차고에서 첫 번째 방까지 거의 10분 만에 2구역의 수색을 끝내고 리처는 차고 벽에 난 문을 통해 1구역으로 들어갔다. 그는 2구역과는 반대 방향으로 앞에서부터 뒤로 방들을 하나씩 수색해 나가기 시작했다.

책상들, 책장들, 서류들.

사람은 없었다.

다섯 번째 방까지 뒤지도록 단 한 명도 보이지 않았다. 리처는 그들이 구역 깊숙한 곳 어딘가에 함께 모여 있을 거라고 판단했다. 하지만 이 방 저 방에 한두 명씩 숨어 그를 기다리고 있을 가능성도 없지 않았다.

왼쪽으로 세 번째 방은 부엌으로 사용되는 공간이었다. 가스레인지, 냉장고, 식품저장실. 싱크대 아래 서랍에는 포크와 숟가락 등이 가득했다. 그 맞은편 방은 식당이었다. A자형 받침대가 있는 식탁들과 벤치들이 여러 개 놓여 있었다. 그다음 방부터 다섯 개는 침실이었다. 세 개의 침실에는 벙커 침대가 각각 여덟 개씩 놓여 있었다. 나머지 두 침실엔 침대가 각각 하나뿐이었다. 개인실이긴 했지만 호사스럽지는 않았다. 흔한 철제 침대에 시트와 담요로 싸구려였다. 다섯 개의 침실 다음으로는 욕실과 화장실이 몇 개 이어져 있었다. 그 뒤로는 다시 사무 공간들이었다. 책상들, 책장들, 서류들.

과연 델펜소의 계산은 얼추 들어맞았다. 침대 수로 미루어 전체 인원은 최대 스물여섯 명이었다. 그들 가운데 한 명은 맥퀸일 것이다. 따라서 리처는 아직까지 서 있는 적의 숫자를 다시 아홉으로 늘려야 했다.

하지만 그는 그 숫자를 금세 여덟로 줄였다. 다시 이어진 사무실들 가운데 첫 번째 공간의 책상 위에서 어떤 사내가 뭔가 분주히 작업을 하고 있었다. 리처는 글록으로 그의 가슴을 쏴버렸다. 남은 숫자는 즉시 하나 더 줄어들었다. 총소리를 듣고 중앙 통로를 통해 안쪽으로 도망가던 사내를 리처가 등 뒤에서 쏴버렸기 때문이다.

그러고 나선 정적이 깃들었다. 아무 소리도 들리지 않았다. 막힌 공간에서 연속으로 발사된 총소리에 리처의 귀가 먹먹해졌기 때문만이 아니었다. 정말로 쥐 죽은 듯 조용했다. 그다음 방은 비어 있었다. 그다음도 마찬가지였다. 리처의 위치는 중앙 통로의 가운데 지점이었다. 한쪽에 열 개씩 아직 스무 개의 방이 남아 있었다. 그중 파란 표시가 있는 방문은 세 개였다. 물론 모두 오른쪽 문들이었다. 구조는 사무실이지만 용도는 2구역으로 건너가는 중간 통로들. 따라서 실제 리처가 수색해야 할 공간은 열일곱 개였다. 시간이 별로 없었다. 콴티코 팀은 이제 일리노이 상공을 날고 있을 것이다. 어쩌면 세인트루이스 공항에 비행 허가를 요청한 뒤 화이트먼 공군기지까지의 항로를 조종실 컴퓨터에 이미 입력한 상태일 것이다.

다음 방은 비어 있었다.

책상들, 책장들, 서류들.

사람은 없었다.

그 맞은편 오른쪽 방에 돈 맥퀸이 있었다.

맥퀸은 의자에 묶인 상태로 문쪽을 향해 앉아 있었다. 한쪽 눈엔 시커먼 멍이 들었고 뺨에는 긴 상처가 나 있었다. 그 상처에서 피가 흐르고 있었다. 그는 척박한 검은색 데님 소재의 상하의 차림이었다. 죄수복 같았다. 허리띠는 없었다. 내비게이션 칩도 없었다.

의자 뒤에 한 사내가 서 있었다.

그의 손에 들린 권총의 총구가 맥퀸의 옆머리에 박혀 있었다.

의자 뒤의 사내는 앨런 킹이었다.

실제로 그가 리처의 눈앞에 버티고 있었다.

앨런 킹은 살아 있었다.

77

하지만 의자 뒤의 사내는 앨런 킹이 아니었다. 그보다는 약간 나이가 들었고 좀 더 강해 보였다. 키는 1~2센티미터 더 큰 듯했고, 몸무게는 0.5킬로그램쯤 가벼워 보였다. 하지만 그 밖에는 앨런 킹과 완전히 똑같았다.

"피터 킹." 리처가 말했다.

"그 자리에서 꼼짝하지 마라." 킹이 말했다. "안 그러면 네 친구를 쏘겠다."

리처가 말했다. "그는 내 친구가 아니다."

피터 킹의 권총은 베레타 M9였다. 군용이었다. 리처의 개인적인 생각으로는 글록보다 나은 권총이었다. 그 총구가 맥퀸의 오른쪽 귀 뒤의 움푹한 공간에 박혀 있었다. 위험했다. 일단 그 총구의 방향을 돌려야 했다.

피터 킹이 말했다. "무기를 바닥에 내려 놔라."

"너나 내려 놔라." 리처가 말했다. "난 그럴 생각이 없다."

"그럼 네 친구를 쏴버릴 테다."

"내 친구가 아니라니까. 몇 번 말해야 알아듣겠나."

"친구든 아니든 상관없다. 난 어쨌든 이놈을 쏴버릴 거다."

리처가 글록을 치켜들었다.

"그럼 어서 쏴라." 리처가 말했다. "그럼 난 널 쏠 거다. 넌 네 방아쇠를 당기고 난 내 걸 당기는 거지. 앞으로 벌어질 상황은 단 하나뿐이다. 난 이 방을 걸어서 나갈 것이고 넌 그러지 못하게 될 거다. 맥퀸이 나와 함께 걸어 나갈지, 아니면 너와 함께 영원히 여기 남게 될지, 그건 나도 잘 모르겠다. 너도 잘 알고 있을 거다. 안 그런가? 포병대에서 네 보직이 뭐였지? 관측병?"

킹이 고개를 끄덕였다.

리처가 말했다. "그랬다면 진짜 군대 맛을 봤다는 얘긴데, 그럼 임기응변 전략에 관해서도 조금은 알고 있겠군."

"넌 이놈을 포기하지 않을 거야. 이놈을 찾으려고 많은 고생을 감수했으니까."

"물론 난 그를 데리고 여길 나가고 싶다. 하지만 어쩔 수 없다면 포기해야지. 그게 지금 나의 임기응변 전략이다."

"넌 대체 누구냐?"

"그냥 어떤 남자다. 차를 얻어 타고 다니는 떠돌이."

"맥퀸의 얘기로는 네 놈이 내 동생을 죽였다더군."

'베레타의 방향을 바꿔야 한다.'

"네 동생을 죽인 건 그 여자야." 리처가 말했다. "웨이트리스. 네 동생 놈은 여자 하나도 이기지 못했던 등신이었어."

킹은 아무 말도 하지 않았다.

리처가 말했다. "정말 잘 타더군. 기름기가 많아서 그랬을 거야. 바비큐 꽂이에 꽂힌 채 잘 구워진 양 새끼 같은 몰골이었어."

킹은 아무 말도 하지 않았다.

리처가 말했다. "너도 그럴 거 같은데? 배때기에 기름이 잔뜩 껴 있으니 말이야. 뒤룩뒤룩한 건 집안 내력이냐? 너희 엄마도 뚱뚱해? 못생긴 건 당연하겠지만."

아무 반응이 없었다.

전혀.

"그나저나 네 놈은 동생한테 아무 관심이 없었잖아." 리처가 말했다. "사람들 얘기로는 아예 얘기도 하지 않고 살았다더군. 사실 난 충분히 그럴 수 있다고 생각한다. 늘 실망만 시키던 동생이었지? 어떻게 실망시키던가? 항상 이불에 오줌을 쌌나? 아니면 집에서 키우던 개와 수간을 했어?"

킹은 아무 말도 하지 않았다.

리처가 물었다. "어떤 개였어? 깨갱거리던가?"

베레타는 움직이지 않았다.

요지부동.

"말해 봐." 리처가 말했다. "난 이해심이 많은 사람이야. 너희 형제들 사이에 있었던 일을 알고 싶어. 네가 20년 동안이나 동생을 모른 체할 수밖에 없었던 이유가 궁금하다고. 나도 형이 있었기 때문이야. 불행히도 이미 죽고 없지만. 그 전에도 자주 보진 못했지. 둘 다 늘 바빴으니까. 하지만 짬이 날 때면 늘 연락을 주고받았어. 우린 친하게 지냈지. 함께 즐거운 시간을 보냈어. 그리고 서로가 필요할 때마다 항상 곁에 있어 줬어. 난 형을 창피하게 만든 적이 없다. 형 때문에 부끄러웠던 적도 없었고."

방 안에 침묵이 흘렀다. 한 면은 콘크리트, 그리고 삼면은 합판, 방음이 부실한 그 공간에선 침묵마저도 크게 울리는 것 같았다.

갑자기 킹이 입을 열었다. "20년도 더 된 얘기다."

"뭐가?"

"앨런은 겁쟁이였어."

"겁쟁이라면?"

"누군가를 배신했다."

"너를?"

"그의 가장 친한 친구."

"뭘 했는데? 함께 구멍가게라도 털다가 걸린 거야?"

"뭘 했는지는 문제가 아니다." 킹이 말했다. "앨런은 걸어서 돌아왔고 그의 친구는 그러지 못했다."

"너 같았으면 절대 그러지 않았을 텐데, 안 그래?"

"난 절대 그러지 않았을 거다."

"넌 사나이니까."

"맞다." 킹이 말했다.

"그럼 이 상황도 사나이다운 방법으로 해결하자." 리처가 말했다. "일단 맥퀸의 머리에서 총을 치워라. 그리고 너와 나 모두 총을 든 팔을 내려뜨린 다음 셋을 세고 나서 쏘는 거다."

"뭐냐, 결투를 하자는 건가?"

"결투든 뭐든 그렇게 하자. 무고한 사람을 방패로 삼으려는 수작은 집어치우고. 그건 겁쟁이들이나 하는 짓거리잖나."

"이놈은 무고한 사람이 아니다. FBI요원이다."

"정체가 뭐든 지금은 의자에 묶여 있다. 나중에 처리하면 되잖나."

"결투에서 질 걸 알긴 아는 모양이군."

"어차피 결론은 두 가지뿐이다. 난 그 두 가지 모두를 생각한 것뿐이고."

아무 대답이 없었다.

"겁쟁이." 리처가 말했다.

"셋까지 세는 거다."

"네가 셋까지 셀 줄만 안다면."

"그다음에 쏘자는 건가?"

"둘 중 한 사람만 그럴 수 있겠지."

"네가 먼저 팔을 옆으로 내려뜨려라."

"너 먼저."

"셋에 함께 내리자." 킹이 말했다. "너와 내가 동시에 총을 내린 다음 다시 셋을 세도록 하자. 그다음에 쏘는 거다."

리처는 킹의 눈동자를 살펴보았다. 수상한 흔들림은 없었다.

"좋다." 리처가 말했다.

킹이 말했다. "하나."

리처는 기다렸다.

킹이 말했다. "둘."

리처는 기다렸다.

킹이 말했다. "셋."

리처가 팔을 내렸다. 그의 권총이 총구를 바닥으로 향한 채 허벅지 언저리까지 내려뜨려졌다.

킹도 똑같이 했다.

맥퀸이 크게 숨을 내쉬며 고개를 최대한 바깥쪽으로 틀었다.

리처는 여전히 킹의 눈을 지켜보고 있었다.

킹이 심호흡을 하고 난 뒤 말했다. "자, 해보자."

리처가 말했다. "준비 됐나?"

"셋에 쏘는 거다. 맞나?"

"그렇다."

킹이 말했다. "하나."

전술. 중요한 건 내가 아니라 상대방의 전술이다. 리처는 킹이 둘을 세면 쏠 거라는 걸 너무도 잘 알고 있었다. 그건 너무나 분명했다. 좀 전에 그는 약속을 지켰다. 하나, 둘, 셋을 센 다음 약속대로 총을 내렸다. 하지만 그건 속임수였다. 선례를 통해 리처의 신뢰를 얻어낸 다음, 이번에도 셋을 셀 때까지 기다리도록 유도하는 전략이었다. 킹은 이미 모든 계산을 끝마친 상태였다. 그는 상당한 전략가였다. 그의 눈에 그렇게 적혀 있었다. 그는 두뇌가 아주 뛰어난 자였다.

하지만 그 역시 강박증 환자였다.

그는 리처의 입장에서 생각하지 못했다. 적의 전술은 아랑곳없이 자기 전략만 고수하고 있었다.

그가 하나를 세자마자 리처는 즉시 글록을 들어서 그의 얼굴을 쏴버렸다.

78

킹을 쓰러뜨렸는데도 상황은 나아지지 않았다. 아니, 더 악화됐다. 첫째, 리처는 맥퀸을 의자에서 즉시 풀어줄 수가 없었다. 맥퀸을 꽁꽁 묶고 있는 건 가는 밧줄이었고 그 매듭들은 돌덩이처럼 뭉쳐 있었다. 둘째, 다른 방에 있던 잔당들이 몰려오고 있었다. 총소리가 난 뒤 킹이 승리의 미소와 함께 복도로 나오질 않자 그들은 두 가지 선택의 기로에 섰다. 그대로 도망가느냐, 아니면 죽기 살기로 싸우느냐. 그 어느 쪽이든 복도에서 그들을 맞닥뜨리게 되는 상황이었다. 리처는 그들이 중앙 통로에 집결하는 소리를 들었다. 자동 소총들의 노리쇠가 젖혀지는 소리, 그리고 낮게 웅얼거리는 대화 소리도 들었다. 분명하게 들리진 않았지만 영어와 아랍어가 반반씩 섞여 있었다. 아직 선택이 결정된 건 아닌 모양이었다.

리처가 물었다. "그나저나 와디아는 무슨 뜻이오?"

맥퀸이 말했다. "보안."

"나도 그럴 거라고 생각했소."

"아랍어를 할 줄 압니까?"

"몇 단어 정도."

"칼이 없어요?"

"칫솔은 있소."

"그걸로는 안 될 겁니다."

"치석은 거뜬한데."

"이 망할 놈의 의자에서 날 좀 풀어줘요."

"노력 중이오."

0.5센티미터의 두께에 비해 밧줄은 너무나 질겼다. 천 개는 될 것 같은 면과 나일론 가닥들을 함께 꼬아서 만든 것 같았다. 시판에 앞서 내구성이 철저히 검증된 제품이 분명했다.

리처가 말했다. "내게 열쇠가 있소."

"내가 지금 수갑을 차고 있는 걸로 보입니까?"

리처는 주머니에서 땅딸보의 모텔 키를 꺼냈다. 그러곤 열쇠의 꺼끌꺼끌한 날로 맥퀸의 오른손목을 조이고 있는 밧줄을 썰기 시작했다. 잠시 후 오라기 몇 개가 끊어졌다. 천 개 중에 두세 개.

리처가 말했다. "힘을 줘 보시오, 최대한으로. 당신은 FBI요, 안 그렇소? 연금을 올려 받기 위해 노력하는 것만큼만 용을 써보시오."

맥퀸의 양어깨와 이두박근들이 부풀어 올랐다. 밧줄이 극도로 팽팽해졌다. 앞뒤 톱질은 불가능했다. 열쇠를 갈고리처럼 사용해서 오라기들을 뜯어내야 했다. 중앙 통로에서는 웅성거리는 소리가 더 크게 들려왔다. 두 파로 갈라진 것 같았다. 한쪽은 회의와 두려움, 다른 한쪽은 각오와 격려. 리처는 당연히 전자를 응원하고 있었다. 물론 그들이 예뻐서 그런 건 아니었다. 갈등이 조금만 더 지속돼 시간을 벌어줬으면 하는 바람에서였다. 열쇠가 다시 한 번 진가를 발휘하고 있었다. 물론 얼굴이 시뻘개지도록 몸을 부풀리고 있는 맥퀸의 노력이 큰 도움이 되었다. 처음엔 몇 오라기씩 풀어지더니 점차 그 숫자가 늘어났다. 그냥 느는 게 아니라 기하급수적으로 늘어났다. 마침내 맥퀸의 오른손목이 자유를 되찾았다.

리처는 바닥에 떨어져 있던 피터 킹의 베레타를 주워들었다. 그가 맥퀸의 손에 그걸 쥐어주었다.

맥퀸이 말했다. "어깨에 메고 있는 콜트를 주시죠. 중앙 통로가 기니까요."

리처가 말했다. "총알이 다섯 발밖에 남지 않았소. 난 이걸 야구방망이처럼 사용할 작정이오."

리처가 맥퀸의 왼쪽 손목에 달라붙었다. 요령이 생긴 탓에 이번엔 오라기들이 좀 더 쉽게 풀어졌다.

맥퀸이 말했다. "글록의 탄환을 콜트에 장전하시죠."

리처가 말했다. "그럴 시간이 없소. 바지를 내리고 있다가 허를 찔릴 순 없잖소."

"그 글록에는 몇 발이나 들었습니까?"

"열세 발."

"불길한 숫자군요."

"그렇군." 리처는 열쇠를 내려놓고 글록의 탄창을 갈아 끼웠다. 1초가 조금 더 걸렸을 뿐이었다. 새 탄창은 아주 까마득한 과거에 캔자스의 모텔 방에서 베일에게 뺏은 것이었다. 리처가 다시 열쇠를 집어 들었다. 중앙 통로에서는 아직도 웅성거리는 소리가 들려오고 있었다.

리처가 말했다. "저들이 몇 명인지 정확히 파악했소?"

맥퀸이 말했다. "오늘 밤엔 모두 스물넷이었습니다. 나 빼고."

"그렇다면 여섯이 남았군."

"그것밖에 안 남았습니까? 세상에."

"내가 이 건물에 들어온 지 최소한 20분은 됐거든."

"도대체 당신은 누굽니까?"

"그냥 어떤 남자. 차를 얻어 타고 다니는 떠돌이."

"당신이 누구든 대단한 솜씨군요."

"여기서 지내는 동안 독방을 썼소?"

"아뇨. 피터 킹과 두목만 독방을 쓰고 있었습니다."

"난 피터 킹이 두목인줄 알았는데."

"아뇨, 킹은 2인자였습니다."

"그럼 두목은 누구요?"

"나도 몰라요. 만난 적이 없으니까."

"그는 지금 어딨소?"

"낸들 알겠습니까?"

그 순간 방문이 열렸다. 맥퀸의 손에서 베레타가 불을 뿜었다. 검은 형체가 뒤로 나가떨어졌다. 리처는 문 쪽으로 다가가 발로 차서 문을 닫았다.

그가 말했다. "이제 다섯 명."

맥퀸이 말했다. "당신이라면 어떤 작전을 펼 거죠?"

"내가 저자들이라면? 일단 방문들을 모두 열어 놓은 뒤 파란 표시가 있는 문 다섯 개 안쪽에 한 명씩 숨을 거요. 그들이 먼저 우리를 보게 되겠지. 우린 결코 입구를 빠져나가지 못할 거요."

"나도 그게 제일 걱정입니다."

"머리 좀 쓰는 자들이오?"

"잘 모르겠습니다." 맥퀸이 말했다. "일을 하는 걸 보면 상당히 똑똑한 것 같기도 하고."

"내 생각도 그렇소."

"어떻게 그런 생각을 했죠? 혹시 그들이 무슨 일을 꾸미고 있는지 알아낸 겁니까?"

리처가 말했다. "대부분은 알아낸 것 같소."

"그렇다면 이 건물을 손상시키지 않고 접수해야 할 필요도 이해하고 있겠군요, 그렇죠?"

"그거야 당신네들이 필요한 거고. 나한테 필요한 건 버지니아로 가는 것뿐이오."

"버지니아엔 뭐가 있죠?"

"많은 것들. 거긴 중요한 주니까. 인구수는 열두 번째, GDP는 열세 번째."

맥퀸의 왼손도 자유를 되찾았다. 리처는 그에게 콜트를 건네준 다음 의자 뒤에 몸을 웅크리고 그의 발목을 묶은 밧줄을 뒤에서부터 썰기 시작했다.

발목을 푸는 데는 시간이 훨씬 오래 걸렸다. 몇 번을 감았는지 셀 수 없을 만큼 칭칭 동여매져 있었기 때문이다. 게다가 땅딸보의 열쇠도 무뎌졌다. 리처는 캔자스 모텔의 열쇠까지 동원해야 했다. 5분이 지나자 맥퀸의 한쪽 발이 자유로워졌다. 다시 5분이 지나자 맥퀸의 몸은 완전히 자유를 되찾았다. 다만 양쪽 손목에 밧줄 팔찌만 차고 있을 뿐이었다. 그는 왼손으론 콜트를 잡고 오른손에는 베레타를 들었다. 준비 태세 완료. 그들과 차고까지의 거리는 60미터 남짓이었다. 거기서 입구까지는 30여 미터. 달콤한 바깥 공기를 다시 마시기 위해서는 약 100미터를 뚫고 나가야 했다.

"준비됐소?" 리처가 말했다.

맥퀸이 고개를 끄덕였다.

리처가 문을 열었다.

79

중앙 통로로 나선 즉시 두 사람은 탈출이 결코 쉽지 않을 거라는 사실을 깨달았다. 자유에 이르는 100미터가 마치 1킬로미터처럼 멀게 느껴졌다. 그들이 염려했던 대로 다섯 명의 잔당들은 머리가 잘 돌아가는 자들이었다. 중앙 통로 양쪽의 모든 방문이 활짝 열려 있었다. 두 사람이 중앙 통로를 따라 나아가는 동안 어느 방문 안쪽에서든 총알이 날아올 수 있었다. 서른아홉 개의 방 가운데 다섯 개, 너무나 위험한 탈출이었다. 각 방문 앞을 통과하기 전에 몸을 벽에 붙이고 수류탄을 안쪽으로 던져 넣거나 바주카포 같은 무기로 합판 벽들을 폭파하는 전술이 필요한 상황이었다. 하지만 지금 그들이 갖고 있는 건 권총 두 자루와 탄창이 거의 바닥난 자동소총 한 자루뿐이었다.

너무나 위험했다.

리처가 말했다. "이대로 통로로 나아가다간 벌집이 되고 말거요."

맥퀸이 말했다. "그렇다면 무슨 작전이라도?"

"여기다 불을 지르는 건 어떻겠소?"

"그건 절대 안 됩니다. 이자들의 서류를 확보해야 하니까요."

"하기야 내겐 성냥도 없소. 불을 지르기 위해선 주방으로 가서 가스레인지를 어떻게 해보는 수밖에 없소. 하지만 거기까지 갈 수 있다면 그냥 빠져나가는 게 낫겠지."

"중간 통로를 이용해서 2구역으로 빠져나간 다음 3구역으로 가야 합니다. 3구역은 그냥 뻥 뚫려 있으니까."

"그럼 어느 통로든 고르시오." 리처가 말했다. 그는 파란 표시를 볼 수 없었다. 모든 문들이 안으로 밀어붙여져 있었기에 그들의 위치에서는 앞면이 보이지 않았다. 파란 표시가 있는 문이 모두 여섯 개라는 걸 그는 알고 있었다. 사무실 구조이지만 중간 통로로 사용되는 곳들. 잔당들은 모두 다섯 명이었다. 따라서 안전한 통로는 단 하나뿐이었다. 16퍼센트의 확률. 정확히 말하자면 소수점 이하는 6이 영구 반복된다.

"등과 등을 맞대고?" 맥퀸이 물었다.

"누가 앞장서는 게 좋겠소?" 리처가 말했다.

"어느 쪽이든 마찬가집니다."

"그렇긴 하오." 리처가 말했다. 그는 16퍼센트의 확률에 큰 희망을 걸 수 없었다. 그들이 어떤 통로를 고르든 매복해 있는 적을 맞닥뜨릴 게 거의 분명했다. 다섯 명 중의 하나. 총소리가 울릴 테고 나머지 네 명이 작전을 전개할 것이다. 만일 그들이 중앙 통로를 따라 곧장 현장으로 달려온다면 전방을 맡은 사람이 일선이 된다. 하지만 그들이 머리를 굴린다면 얘기는 달라진다. 즉, 중간 통로를 통해 2구역을 돌아서 현장으로 다가온다면 후방을 맡은 사람이 일선이 된다.

"당신이 앞에 서시오." 리처가 말했다.

맥퀸이 중앙 통로로 나갔다. 리처는 뒷걸음질로 그의 뒤를 따랐다. 두 사람은 서로 등을 거의 밀착시킨 채 한 덩어리가 되어 움직였다. 그 시점에서 모든 건 신뢰의 문제였다. 리처는 어깨 너머를 돌아보고 싶은 생각이 간절했다. 맥퀸도 마찬가지였을 것이다. 하지만 두 사람은 그러지 않았다. 각자가 맡은 180도에서 더 이상 고개가 돌아가서는 안 되는 일이었다. 그들은 그렇게 7미터를 나아갔다. 두 개의 마주 보고 있는 공간. 맥퀸이 걸음을 늦추고 심호흡을 했다. 문들은 열려 있었다.

파란 표시는 없었다.

사람도 없었다.

다시 전진.

다시 7미터.

또 한 쌍의 문.

그 안쪽엔 각각 한 명씩 숨어 있었다. 리처와 맥퀸은 즉시 서로 반대쪽을 향해 90도 각도로 몸을 돌렸다. 리처는 자신의 왼쪽, 맥퀸도 자신의 왼쪽. 두 개의 총구가 동시에 불을 뿜었다. 그 즉시 입구 쪽 멀리에서 세 번째 사내가 중앙 통로 위에 모습을 드러냈다. 안쪽에서는 네 번째 사내가 나타났다.

리처와 맥퀸이 생각했던 것보다 훨씬 머리가 잘 돌아가는 자들이었다.

십자포화, 그것이 그들의 작전이었다. 사방에서 리처와 맥퀸을 향해 총알이 날아왔다. 리처가 총을 쏘며 눈앞의 공간으로 뛰어 들어갔다. 그 안에 매복해 있던 사내가 쓰러졌다. 맥퀸이 몸을 날려 리처를 따라 들어오며 방문을 닫았다. 두 사람은 널브러진 시체를 사이에 두고 몸을 굽힌 채 잠시 가쁜 숨을 골랐다.

"맞았소?" 리처가 물었다.

"아뇨." 맥퀸이 말했다.

그건 좋은 소식이었다. 그 밖엔 모두 나쁜 소식이었다. 앞에는 3.5미터 두께의 콘크리트 방폭벽이 그들의 진로를 막고 있었다. 왼쪽과 오른쪽, 그리고 뒤쪽엔 고작 1.5센티미터 두께의 합판 벽이었다. 엄폐물로서는 거적이나 마찬가지였다. 게다가 잠금 장치도 없는 얇은 싸구려 문짝 바깥에는 그들의 위치를 정확히 알고 있는 네 명의 잔당들이 도사리고 있었다.

리처가 말했다. "저자들은 안으로 들어올 필요조차 없소. 벽에 대고 쏘면 그만이니까, 문도 마찬가지고."

"그러게요." 맥퀸이 말했다.

그들의 예상은 즉시 현실로 나타났다. 첫 발이 문을 뚫고 날아왔다. 총알은 합판 조각을 날리며 2.5센티미터 거리를 두고 맥퀸의 옆을 지나갔다. 두 번째 총알은 한쪽 벽 너머에서 발사됐다. 합판 벽은 역시 총알을 막아주지 못했다. 하지만 생각했던 것보다는 튼튼했다. 벽을 뚫은 총알이 여러 개의 파편으로 부서졌다. 그중 한 조각이 리처의 손등을 스쳤다. 큰 상처는 아니었지만 피가 솟기 시작했다. 그는 벽 앞으로 다가가 글록의 총구를 총알구멍에 쑤셔 넣고 서로 다른 각도로 두 발을 쐈다. 맥퀸도 방문에 대고 똑같이 했다. 리처의 귀에 후퇴하는 발자국 소리가 들렸다.

한숨은 돌릴 수 있었다. 하지만 일시적일 뿐이었다.

리처는 건물 출구 쪽을 향하고 있는 칸막이 벽 앞으로 다가가 소방관들이 하는 것처럼 발을 높이 들었다가 세게 내질렀다. 합판에 균열이 가며 뒤로 약간 밀려났다. 칸막이 벽들을 몇 개만 무너뜨리며 나아가면 중간 통로와 만날 수 있지 않을까? 아니었다. 리처의 순간적인 착각이었다. 그들의 현재 위치는 1구역의 외벽 쪽이었다. 파란 표시가 있는 방문들은 모두 중앙 통로 건너편에 있었다. 게다가 쥐덫과 같은 공간들을 하나씩, 그것도 큰 소리를 내가며 통과한다는 건 잔당들에게 목을 내놓는 일이었다.

좋지 않은 상황이었다.

그 상황은 다음 순간 곧장 악화됐다.

건물 전체가 디젤 엔진의 굉음으로 가득 찼다. 바깥쪽 방폭문, 30여 미터 길이의 출입구 터널 맨 앞에 자리 잡고 있는 그 문이 열리는 소리였다. 리처의 눈앞에 한가운데의 접합 장치가 떨어지며 육중한 두 개의 철판이 각각의 레일을 따라 서로 반대 방향으로 움직이며 틈새를 넓혀가는 광경이 떠올랐다. 콴티코 팀일 리는 없었다. 시간상 그들은 아직 비행 중이었다. 미주리 상공에서 화이트먼 공군기지를 향해 접근하고 있을 수도 있었다. 아니, 이미 활주로를 향해 기수를 낮추고 있을 수도 있었다. 그렇다고 해도 화이트먼 기지에서 여기까지는 90킬로미터 거리였다. 게다가 트럭을 타고 출발하기 전까지는 복잡한 준비 절차를 거쳐야 했다.

따라서 기병대는 아니었다.

적들의 지원군이 틀림없었다.

리처가 말했다. "저자들이 지원군을 불러들였군."

맥퀸은 말없이 고개만 끄덕였다.

리처가 말했다. "당신 생각엔 몇 명이나 될 것 같소?"

"이삼십 명일 수도 있고 백 명일 수도 있겠죠. 자기들만의 네트워크가 형성돼 있습니다. 요즘은 저자들 사이에서도 연합 전선이 대세죠."

리처가 말했다. "그렇군."

"정말 죄송합니다." 맥퀸이 말했다. "나를 구하기 위해 애써주신 거, 너무나 감사드려요."

그들은 희망이 사라진 쥐덫 속에서 말없이 어색한 악수를 나눴다. 맥퀸의 손목에는 밧줄 팔찌가 채워져 있었다. 리처의 손은 상처에서 흐른 피로 끈적거렸다.

잠시 침묵이 내려앉았던 건물 내부를 디젤 엔진의 굉음이 다시 한 번 뒤 흔들었다. 지원군을 실은 차량 뒤에서 첫 번째 문이 닫히는 소리였다. 이제 곧 두 번째 문이 열릴 것이다. 그렇게 오랜 세월이 지났는데 고장도 나지 않는단 말인가.

맥퀸이 말했다. "잔당들이 지원군을 곧장 이리로 데려 오겠죠?"

리처가 고개를 끄덕였다. "최소한 가만히 앉아서 당할 수는 없소. 놈들의 진이라도 빼줍시다."

"그렇다면 3구역으로 가야 합니다. 거기선 놈들도 함부로 총을 쏴대진 못할 테니까."

리처가 다시 고개를 끄덕였다. 대형 트레일러들, 그 위에 적재된 초대형 용기들, 노란색의 방사능 마크.

리처가 말했다. "무슨 일이 벌어지든 나는 신경 쓰지 마시오. 둘 다 못 나가는 것보다는 하나라도 나가는 게 나으니까."

맥퀸이 말했다. "당신도 더 이상 내 걱정은 하지 마십시오."

"내가 먼저 나가겠소. 난 중앙 통로에서 왼쪽으로 꺾어져 중간 통로로 들어가겠소. 당신은 오른쪽으로 꺾어지시오."

"콜트 돌려드릴까요?"

"당신이 갖고 있어요. 다시 한 번 기억하시오. 난 왼쪽이오." 리처는 몇 발이 달아난 글록을 꽉 채웠다. 한 발은 약실에 열일곱 발은 탄창에. 총알 몇 개의 대가리에 그의 피가 엉겨 붙었다. 리처는 조만간 일어날 일에 대한 전조 같다는 생각이 들었다.

'인생이 의미 있는 건 끝이 있기 때문이다.'

언젠가 어느 늙은 사내에게 들었던 얘기다. 절대적인 진실이다. 죽지 않고 사는 사람은 없다. 리처도 머릿속으로는 언젠가 죽으리라는 걸 늘 알고 있었다. 모든 사람은 죽는다. 하지만 심장으로는 상상조차 해본 적이 없었다. 시간과 장소, 그리고 방법, 그 어느 것도.

리처의 얼굴에 희미한 미소가 피어올랐다.

그가 말했다. "셋에 갑시다."

맥퀸이 고개를 끄덕였다.

그가 말했다. "하나."

디젤 엔진의 굉음이 다시 건물을 흔들었다. 이번엔 더 큰 진동이었다. 두 번째 방폭문이 열리고 있었다. 역시 고장은 없었다.

맥퀸이 말했다. "둘."

리처가 문 앞으로 다가섰다.

맥퀸이 말했다. "셋."

리처는 전속력으로 뛰쳐나갔다. 방문을 나서서 중앙 통로로 들어서는 그 찰나의 순간에 그는 마지막 의식의 장벽까지 뛰어넘어 버렸다. 두려움은 물론 어떤 인간적인 감정에서도 벗어난 상태였다. 마음속에선 그는 이미 죽은 것과 다름없었다. 아버지와 어머니, 그리고 형처럼. 아무 생각도 없었다. 다만 보이는 놈은 누구든 황천길의 동무로 삼겠다는 동물적 본능뿐이었다. 그 불행한 동무는 즉시 모습을 나타냈다. 소리를 듣고 왼쪽 방에서 한 놈이 뛰어나왔다. 리처는 그에게 세 발을 쐈다. 가슴, 가슴, 머리. 그러곤 곧장 좁은 통로를 가로질러 파란 표시가 돼 있는 문 안으로 달려 들어갔다. 그 안에 있던 사내도 그의 총구 아래 쓰러졌다. 역시 세 발. 가슴, 가슴, 머리. 리처는 지체 없이 콘크리트 벽에 난 문을 통해 2구역으로 들어갔다. 문 건너편의 공간은 비어 있었다. 등 뒤에서 총소리가 연속적으로 들려왔다. 그는 다시 2구역의 중앙 통로로 나갔다. 통로 위쪽에서 잔당 한 놈이 그를 향해 총을 쏘며 달려왔다. 리처는 맞은편 파란 표시가 돼 있는 문 안쪽으로 몸을 날렸다. 등 뒤에서 발자국 소리가 요란하게 들려왔다. 다음 순간 리처의 도주극은 끝이 났다. 완전히, 절대적으로, 철저하게, 최종적으로. 콘크리트 벽에 뚫린 문 앞을 반투명 비닐 장막이 막고 있었다. 그리고 그의 글록이 더 이상 작동을 하지 않았다.

탄창의 스프링이 늘어나버렸을 수도 있었다. 아니면 총알머리에 엉켰던 피가 탄창 내부에 눌어붙어 고장을 일으켰을 수도 있었다.

주변 세상이 아주 고요해졌다.

그는 천천히 뒤돌아서서 비닐 장막에 등을 기댔다. 총을 든 두 사내가 그의 앞에 서 있었다. 하나는 얼굴 피부가 하얀 편이었고 다른 하나는 거무튀튀했다. 참 재미난 인종 조합이었다. 희고 검은 커플은 어깨를 맞댄 채 방 입구에 서 있었다. 원래의 인원에서 마지막까지 살아남은 두 놈이었다. 그 두 놈이 모두 리처 앞에 있는 것이다. 잘된 일이었다. 맥퀸은 무사히 빠져나가고 있는 중일 테니까.

그자들이 들고 있는 건 스미스 앤드 웨슨 2213이었다. 스테인리스 강철, 7.5센티미터 길이의 총신, 22구경 롱 라이플 실탄을 여덟 발까지 먹일 수 있는 탄창. 와디아의 조직원들에게 기본적으로 지급되는 무기인 모양이었다. 땅딸보의 모텔 로비에서 맥퀸이 뽑아들었던 것도 바로 그 권총이었다. 하지만 그때와는 달리 두 자루의 총신은 위를 향해 들려있지 않았다. 전혀. 두 개의 총구멍은 리처의 가슴을 향하고 있었다.

흰 얼굴에 미소가 피어올랐다.

거무튀튀한 얼굴에 미소가 피어올랐다.

백인 사내가 한쪽 눈을 감고 고개를 옆으로 기울였다.

아랍 사내가 한쪽 눈을 감았다.

리처는 두 눈을 뜨고 있었다.

방아쇠에 걸린 손가락들이 핏기를 잃어갔다.

주위에선 아무 소리도 들리지 않았다. 리처는 아무 생각도 나지 않았다. 다만 맥퀸이 탈출에 성공하기를 바라는 마음뿐이었다.

'차고로 가라. 부서진 트럭 뒤에 몸을 숨겨라. 적의 지원군이 통과할 때까지 기다려라. 빨간 단추를 눌러 문을 닫아라. 그다음엔 미친 듯이 뛰어라.'

흑백 커플의 손가락이 점점 더 하얗게 변해갔다.

다음 순간 리처는 두 발의 총소리를 들었다. 아주 가까이에서, 아주 크게 연속으로 울리는 소리였다.

백인 사내가 무릎을 꿇었다. 그의 몸뚱이는 이내 앞으로 고꾸라졌다. 아랍 사내는 옆으로 나가떨어졌다. 얼굴 부위는 날아가고 없었다. 머리 뒤에서 뚫고 들어와 얼굴로 빠져나간 총알 때문이었다.

그들이 시야에서 사라지자 한 여자의 모습이 나타났다. 글록 19를 손에 쥔 아담한 체격의 여자였다.

카렌 델펜소.

80

2구역의 차고에는 델펜소가 몰고 들어온 베일의 크라운 빅토리아가 주차돼 있었다. 돈 맥퀸은 이미 조수석에 앉아 있었다.

리처가 옥상에서 보았던 자동차도 그 크라운 빅토리아였다. 델펜소가 일부러 헤드라이트를 밝힌 채 왔다 갔다 했던 것이다. 처음엔 리처의 사기를 북돋아줄 요량이었다고 했다. 하지만 그러다보니 리처에게 조명이 필요할 거라는 생각이 들었다고 했다. 그래서 두 번을 더 움직였다고 했다. 그때 리처의 총신이 반짝이는 걸 보았고 총소리도 들었다고 했다. 그러다가 시간이 너무 오래 걸리자 도저히 앉아서 기다릴 수가 없어서 건물로 들어왔다고 했다.

리처가 말했다. "고맙소."

그녀가 말했다. "별 말씀을."

그녀가 트렁크에서 구급상자를 꺼냈다. 관용 차량마다 구비돼 있는 것이었다. 그녀는 리처의 손등에 난 상처를 소독약으로 씻어내고 그 위에 반창고를 붙였다. 치료가 끝나자 두 사람은 차에 올라탔다. 그녀는 일단 차를 뒤로 뺐다가 180도로 방향을 돌려서 입구를 향해 나아갔다. 리처는 도중에 잠시 내려서 빨간 버튼을 눌렀다. 안쪽 방폭문이 닫히기 시작했다. 바깥쪽 문을 열려면 반드시 거쳐야 할 절차였다. 그렇게 오랜 세월이 지났는데도 고장이 나지 않은 게 고맙기만 했다.

마침내 그들은 달콤한 밤공기 속으로 빠져나왔다. 차는 덜컹거리며 2차선 진입로로 들어섰다. 거기서 두 번을 계속해서 우회전을 한 뒤 델펜소는 레이시스의 전면 주차장 앞에 자리를 차지하고 차를 세웠다. 몇 시간 전 그들이 출발했던 바로 그 지점이었다.

리처가 그녀에게 물었다. "콴티코 팀의 도착 예정 시각은 알고 있소?"

그녀가 말했다. "예정보다 늦춰졌어요. 그들은 아직 세 시간 거리 밖에 있어요."

"입체교차로까지 날 태워다주겠소?"

"언제요?"

"지금."

"왜죠?"

"버지니아에 가고 싶으니까."

"콴티코 팀은 당신과 얘기를 나누고 싶어 할 거예요."

"난 그럴 시간이 없소."

"그 사람들은 당신이 알고 있는 걸 알고 싶어 할 거예요."

"난 아무것도 아는 게 없소."

"그게 당신의 공식적인 입장인가요?"

"늘 그렇소."

"그럼 비공식적인 입장은 뭐죠?"

"똑같소. 난 아무것도 모르오."

"천만에 말씀." 맥퀸이 델펜소에게 말했다. "그는 내게 와디아의 음모를 모두 파악했다고 말했어요."

"설마." 델펜소가 말했다. "나도 아직 전모를 파악하지 못하고 있는 걸요. 전체적인 내용은 아직 정확히 모르겠어요. 난 저 안에서 핵폐기물을 내 눈으로 똑똑히 보았어요. 그래서 그자들이 끔찍한 사건을 저지를 계획이었다는 걸 깨달았어요. 네브래스카의 지하수를 방사능으로 오염시키는 만행, 조만간 실행에 옮겼을 거예요."

"그렇지 않소." 리처가 말했다. "저 트레일러들은 절대로 움직이지 않을 거요. 지금도 아니고 조만간도 아니오. 영원히 저 자리에 붙박여 있을 게 틀림없소. 지난 20년 동안 그래왔던 것처럼. 타이어들은 죄다 썩었고 차축들은 녹이 너무나 두텁게 슬어서 움직일 수 있는 상태가 아니오. 저것들을 터널에서 빼내려면 공병 일 개 사단이 1년 동안 작업을 해야 할 거요."

"대체 그것들이 저 속에 있게 된 까닭이 뭘까요? 원래 그런 걸 보관하려는 용도로 지어진 건물도 아니잖아요."

"그것들을 보관할 자리가 어딘가는 있어야 할 것 아니오. 자기 집 뒷마당에 저런 걸 갖다 놓을 사람은 없소. 아마 관계 기관에서 임시로 가져다 놓았을 거요. 하지만 영원히 보관할 수 있는 장소를 찾지 못했겠지. 그러다가 그것들의 존재를 잊어버린 게 아닌가 싶소. 눈에서 멀어지면 마음에서도 멀어진다는 얘기처럼."

"그렇다면 움직일 수도 없는 걸 와디아가 끼고 있었던 이유가 뭘까요? 움직이지 못하면 사용할 수도 없는 거잖아요."

"그들은 그것들을 실제로 사용할 계획이 전혀 없었소. 그것들은 전시용이었소. 과시할 목적으로만 사용됐던 거지."

"뭘 과시한다는 거죠?"

"난 더 이상 말할 수 없소." 리처가 말했다. "당신네 윗사람들에게 물어보시오. 알지 말아야 할 것들을 알고 있는 게 드러나면 앞으로 내 처지가 곤란해질 거요. 콴티코 팀이 철수하는 길에 날 캔자스의 그 모텔에 처넣을 게 틀림없소. 국가의 안보를 위태롭게 만들 가능성을 염려해서. 바깥세상과 다시는 접촉하지 못하도록 날 감시하겠지. 그럼 내가 가만히 거기 갇혀 있겠소? 당연히 돌아버리겠지. 내가 돌아버리면 세상이 좀 시끄러워질 거요. 난 두려워서가 아니라 세상을 시끄럽게 만들고 싶지 않아서 이만 입을 닫치고 떠나려는 거요."

"그럼 사적으로 얘기해 줘요." 델펜소가 말했다. "우리끼리의 비밀."

리처는 아무 말도 하지 않았다.

"당신은 내게 신세진 것도 있잖아요." 델펜소가 말했다.

"말해주면 날 입체교차로까지 태워다 주겠소?"

"그럴게요."

"이 세상엔 의도하지 않은 결과의 법칙이 엄연히 작용하고 있소." 리처가 말했다.

"그런데요?"

"그건 은행이었소." 리처가 말했다.

"와디아가 일종의 금융 조직이었다는 뜻이오." 리처가 말했다. "미국은 전세계에 걸쳐 테러리스트 조직들의 자금 이동 경로를 성공적으로 봉쇄해오고 있소. 그자들이 자금을 움직일 곳도, 맡겨둘 곳도 없어진 거지. 따라서 그들은 대안을 개발해야 했소. 와디아도 그래서 생겨난 것이었소. 일단의 조직원들이 신흥 기업가 행세를 하면서 각자 계좌를 신설했소. 개중엔 미국인도 있었고 시리아 인도 있었소. 와디아라는 아랍어의 일반적인 의미는 보안이오. 하지만 그 단어에는 또 다른 뜻이 있소. 일종의 이슬람 은행 계좌라는 뜻. 결국 테러 조직들이 맡긴 돈을 안전하게 보관하겠다는 취지에 따라 조직의 이름이 지어진 거였소."

"저 건물 속에 돈이 있다는 얘긴가요?" 델펜소가 말했다. "어디에 있죠?"

"어떤 은행에도 돈은 없소. 당신이 거래하는 은행이나 내가 거래하는 은행이나 모두 마찬가지요. 물론 창구 데스크 서랍 속에 현찰은 몇 푼씩 들어 있긴 하지. 하지만 그게 전부요. 대부분의 돈은 순전히 가상의 세계 속에서만 존재하며 움직이고 있소. 상호신뢰를 바탕으로 컴퓨터 화면 속에서만 숫자의 형태로 오고 간다는 얘기지. 당신은 은행의 지하 금고에 보관되어 있는 금덩어리들을 본 적이 있을 거요. 하지만 그 금덩어리가 실제로 거래되는 걸 본 적은 결코 없을 거요. 그것들은 은행의 신용도를 제고하려는 전시물에 불과하기 때문이요. 자금 보유력을 과시하기 위한 수단이란 말이지. 뉴욕 연방 은행이나 포트 녹스(연방 금괴 저장소)는 미국 금융권의 신용을 보장하기 위해 금덩이를 쌓아 놓고 있는 거고."

"핵폐기물이요?" 델펜소가 말했다. "그게 자본이라는 말이에요? 와디아에겐 그 물질들이 포트 녹스의 금괴들과 마찬가지였다는 얘긴가요? 당신은 그 얘길 하고 싶은 거예요?"

"맞소." 리처가 말했다. "핵폐기물이 저 건물 속에 보관되어 있는 한 와디아의 화폐는 신용이 보장됐던 거요. 그들의 화폐는 달러나 파운드가 아니었고 유로나 엔도 아니었소. 그들은 자기들만의 화폐를 창조했던 거요. 어느 날 갑자기 온라인상에 등장했던 저들의 목소리를 기억하오? 그들은 갤런에 관해 끝없이 떠벌렸소. 그 갤런이 저들의 화폐 단위였던 거요. 그들은 갤런으로 거래를 해왔소. 이 폭탄은 100갤런이고 저 탄두는 500갤런이다, 뭐 그런 식이었겠지. 와디아는 테러리스트들의 불법적 무기 거래를 주선한 뒤 계약금을 받고 지불 보증을 해주며 계좌를 이체해왔던 거요. 여느 은행들과 마찬가지로 수수료를 챙겨가면서. 다만 컴퓨터를 일절 사용하지 않았다는 것만 달랐소. 해킹을 염려했기 때문이지. 그래서 모든 거래 내역을 종이 위에 기록했던 거요. 내가 불을 지르려는 걸 맥퀸이 극구 말렸던 건 그래서였고. 거기서 이름과 주소를 찾아내야 할 테니까. 방마다 가득 찬 그 종이뭉치들은 당신들에게는 테러리스트 조직 소탕을 약속하는 보물지도나 마찬가지일 거요."

델펜소가 맥퀸을 바라보았다. 그녀가 말했다. "이분 얘기가 전부 사실인가요?"

맥퀸이 말했다. "한 가지 사소한 부분만 빼놓고는 모두 사실입니다."

"사소한 부분이라면?"

"그 용기들은 비어 있어요. 처음부터 아무것도 들어 있지 않았던 빈 용기들뿐입니다. 만들긴 했는데 정작 한 번도 사용되지 않은 제품들, 한마디로 남아도는 제품들이었죠. 그래서 저곳에 방치돼 있었던 겁니다. 남아도는 건물에 남아도는 제품들, 어울리지 않습니까?"

델펜소의 얼굴에 희미한 미소가 떠올랐다가 이내 사라졌다.

"난 완전히 헛다리를 짚고 있었군요." 그녀가 말했다. "결국 금융 사기꾼 몇 명을 쏴 죽인 거고."

델펜소가 다시 차에 시동을 걸었다. 차가 남쪽을 향해 천천히 달리기 시작했다. 리처는 뒷좌석에 몸을 웅크리고 있었다. 델펜소와 맥퀸은 나란히 앉아서 요원끼리 나눌 법한 얘기들을 주고받았다. 작전 검토와 결과 평가. 그들은 처음부터 끝까지 안과 밖의 관점에서 철저하고 세밀하게 의견을 나눴다. 어느 순간 델펜소가 소렌슨을 화제로 올렸다. 두 사람은 그녀의 죽음이 이번 작전의 유일한 손실이라는 데 의견을 모았다. 그 밖에 모든 부분에서는 대단히, 아주 대단히 성공적이었다는 데도 공감을 했다. 엄청난 양의 정보 자료를 확보했고 골치 아픈 테러 자금 경로를 와해시켰으니 당연했다. 어느 순간 맥퀸이 와디아의 두목에 관한 얘기를 꺼냈다. 피터 킹 위에 있는 일인자, 그자의 정체를 밝히지 못한 것이 찝찝하다는 얘기였다. 델펜소가 눈을 몇 차례 깜빡거리더니 황무지 한가운데의 도로변에 차를 세웠다.

그녀가 말했다. "콴티코 팀에게서 새로운 소식을 입수했어요. 내가 화이트먼 공군기지로 착륙하라는 얘기를 전하려고 연락했을 때 그들이 말해주더군요. 국무성 위 라인에서 홍보부서를 거치지 않고 직접 나온 얘기래요. 내 생각엔 이 내용이 사실일 것 같아요."

"무슨 내용이었소?"

"'레스터 L. 레스터 주니어'라는 이름의 직원은 없다, 근무한 적도 없다, 그런 이름을 들어본 적도 없다."

"CIA는?"

"마찬가지예요. 전혀 모르는 이름이라네요. 그건 사실일 거예요. 자신들이 갖고 있던 카드패가 모조리 테이블에 펼쳐진 마당에 CIA가 거짓말을 할 리가 없잖아요. 게다가 펌프장 살인 사건을 조용히 묻으려면 우리 눈치를 봐야 하는 판국이니 말예요."

"피살자는 누구였소?"

"파키스탄과 중동 전 지역을 무대로 활동했던 그들의 요원이었어요. 하지만 미국의 국익을 위해 직접 정보 조직을 운영하진 않았어요. 그 반대였다고 봐야죠. 그가 조직과 조국을 배반했으니까. 그는 이중간첩이자 랭글리에 침투한 와디아의 고정 간첩이었어요."

델펜소가 다시 남쪽을 향해 차를 출발시켰다.

맥퀸이 물었다. "그가 왜 나와 킹을 공격했을까요?"

델펜소가 말했다. "그가 공격한 건 당신이었어요. 그는 최소한 당신의 이름 정도는 알고 있었을 거예요. 정말이지 캔자스시티 지부의 보안 상태는 형편이 없더군요. 게다가 CIA는 우리 FBI의 모든 행동을 늘 염탐하고 있으니 우리가 와디아 내부에 첩자를 심어 놓은 걸 당연히 알고 있었겠죠. CIA 내부에 침투해 있는 와디아의 또 다른 첩자가 그 사실을 두목에게 알린 거예요. 그러자 두목은 그 피살자에게 당신을 처리하라는 지령을 내렸죠. 그자는 회동을 핑계로 당신을 외딴 곳으로 불러낸 거고요. 간단한 줄거리죠, 뭐."

"잘했소." 리처가 뒷좌석에서 말했다. "신속하게 대처한 건 정말 잘한 일이었소. 안 그랬으면 그자에게 당했을 거요."

맥퀸이 말했다. "전문가에게 칭찬을 들으니 우쭐해지는군요."

"하지만 이마를 먼저 그은 건 한물간 수법이오."

"어쩌다 보니 그렇게 된 겁니다. 내가 칼을 뺏으려고 그자의 팔을 비틀자 칼날이 꽤 높이 들려지더군요. 그래서 내친 김에 그 기술을 써먹었죠. 선배님들을 기리는 마음에서라고나 할까요?"

그들은 65번 국도가 동쪽으로 뻗어나가는 지점에서 좁은 지방도로로 갈아탔다. 고속도로로 이어지는 지름길이었다. 가는 길에 미국인들이 미국인들을 향해 9시간 동안 서로 포탄을 퍼부었던 남북전쟁 전적지도 지났다.

맥퀸이 뒤쪽을 향해 허리를 틀고 리처의 얼굴을 바라보며 말했다. "마지막으로 한 가지."

리처가 말했다. "무슨?"

"A자를 사용하지 않고 어떻게 1분 동안 말을 계속할 수 있죠?"

델펜소가 말했다. "그 얘기가 나왔을 때 당신은 잠자고 있었잖아요."

맥퀸이 말했다. "난 7개월 동안 줄곧 깨어 있었습니다."

리처가 말했다. "쉽소. 그냥 숫자를 세기만 하면 되는 일이오. one, two, three, four, five, six, 그렇게 쭉. 100을 셀 때까지 A자는 단 한 번도 나오지 않소. 백 하나, one hundred and one, 에서야 비로소 등장하잖소. 아주 빨리 센다고 해도 1분 내에 99까지는 어림도 없소."

델펜소가 잡초가 듬성듬성 자라 있는 갓길에 차를 세웠다. 아무도 입을 열지 않았다. FBI들은 그 상황에 맞는 농담이 있을 것이다. 육군은 두말할 것도 없었다. 하지만 각자의 세계에서만 통하는 농담이었다. 어색한 침묵 속에서 1분이 흐른 뒤, 리처가 차에서 내렸다. 그러곤 단 한 번도 뒤돌아보지 않은 채 앞으로 걸어 나갔다. 고속도로 서쪽 차선으로 진입하는 램프가 먼저 나타났다. 인디펜던스와 캔자스시티 방향이었다. 그는 그 램프를 그냥 지나쳐 동쪽 차선으로 이어지는 램프까지 걸어갔다. 리처는 그 램프의 오르막길을 오르다 중간에서 멈춰 섰다. 그가 한 발은 갓길에, 다른 발은 차도에 올려놓은 자세로 엄지손가락을 치켜세웠다. 리처가 얼굴에 미소를 피워 올렸다. 그는 친절한 사람처럼 보이기 위해 노력했다.

www.jackreacher.co.uk

원티드 맨

초판 1쇄 발행 2013년 8월 22일
초판 3쇄 발행 2018년 9월 12일

지은이 | 리 차일드
옮긴이 | 정경호
펴낸이 | 정상우
편집 | 이민정
관리 | 남영애 한지윤

펴낸곳 | 오픈하우스
출판등록 | 2007년 11월 29일(제13-237호)
주소 | 서울시 마포구 동교로13길 34(04003)
전화 | 02-333-3705 팩스 | 02-333-3745
openhousebooks.com
facebook.com/openhouse.kr

ISBN 978-89-93824-82-7(03840)

* 잘못된 책은 구입처에서 교환해 드립니다.
* 값은 뒤표지에 있습니다.

이 도서의 국립중앙도서관 출판예정도서목록(CIP)은 서지정보유통지원시스템 홈페이지
(http://seoji.nl.go.kr)와 국가자료공동목록시스템(http://www.nl.go.kr/kolisnet)에서
이용하실 수 있습니다. (CIP제어번호:CIP2013013982)